1960~70년대 한국문학과 지배─저항 이념의 헤게모니

1960~70년대 한국문학과
지배-저항 이념의 헤게모니

한신대학교 인문학연구소

도서출판 역락

머리말

이 책은 2004년도 한국학술진흥재단 기초학문육성사업의 하나로 제안된 '1960~70년대 한국문학에 나타난 지배 및 저항 이념의 헤게모니 연구'의 성과를 갈무리한 것이다. 당초 우리 공동 연구진의 사유의 출발점은, 1960~70년대 한국 문학을 중심으로 문학이라는 일종의 사회적 장(field) 속에 펼쳐지는 여러 문화적 지향들의 역동적인 충돌과 길항 관계를 총체적으로 규명하고자 하는 데 있었다. 그 생각의 얼개를 좀더 밝혀보면 다음과 같다.

문학을 비롯한 여러 문화 현상은 사회로부터 절연된 단지 독자적이고 주관적인 창조와 향수의 영역에 머무는 것도 아니고, 또 일정한 집단의 세계관과 지향을 단방향적으로 반영한 객관적 구조물에 그치는 것도 아니다. 하나의 문학작품조차도 실은 한 작가의 오롯한 정신의 산물만이 아니며 또한 그가 속한 계급의 이념을 비추는 완벽한 '거울'도 아니다. 거기에는 항용 다양한 정치적 지향과 문화적 취향들이 뒤섞여서 갈등·길항하게 마련이며, 그래서 그곳은 당대 사회의 지배(들) 및 저항(들)의 관계로부터 연원하는 치열한 헤게모니 다툼의 장이 되기도 한다. 한 작품을 넘어서서 당대 사회의 문학의 총체로 범위를 넓힐수록 이와 같이 헤게모니를 둘러싼 역동적인 갈등의 영역으로서의 문학 장의 모습은 역연히 드러날 것인바, 그러한 사실은 당대 문학의 전개 양상을 특징짓는 가장 규정적인 문학사적 요인이 될 것이다. 우리의 연구는 지배 및 저항 이념의 다양한 헤게모니 갈등이 전개되는 장이라는 점을 가장 규정적인 요인으로 간주하여 한국문학사를 새롭게 재구성하고자 하는 연구의 일환으로 기획되며, 이를 위하여 그 대상을 우선 1960~70년대 한국문학으로 설정한다. 그 이유는 먼저 이 시기에 와서 한국문학이 식민지 시대의 불구상태, 그리고 한국 전쟁 및 그 직후인 1950년대의 혼란스러운 양상을 벗어나서 최초로 온전한 '국민문학(혹은 민족문학)'으로 정립·발전하게 되는 바, 하나의 온전한 '국민문학' 단위 내에서 지배 및 저항의 다양한 이념들 간의 헤게모니 갈등이 총체적으로 드러날 수 있기 때문이다. 다음으로는 이 시기가 한국 사회가 가장 치열하게 지배와 저항의 양상을 띠면서 발전해간 시기라는 점을 들 수 있다. 위로부터는 정부 주도의 국가독점적인 자본주의 발전을 위해 국가동원 체제가 가동되면서 이를 위한 강력한 이데올로기 장치가 모든 문화 부면을 장악해가고 있었고, 아래로부터는 위로부터의 독재 체제 및 우리 민족이 처한 분단과 외세 문제 등의 위기 상황에 대응하는 치열한 저항의 운동이 조직화되어 다양한 저항 담론들을 생산해내고 있었다. 그리하여 이 시기의 지배 및 저항의 대립과 그로부터 연원하는 문화 내지 문학 장에서의 헤게모니 갈등이 향후 한국 사회 및 문화 발전의 기본 노선을 결정하였다고 보아도 무리가 없다.

이와 같은 대전제 위에서 우리는 조직과 매체, 정전의 형성, 문화 정책 등과 같은 제도적 층위와, 민족·국민·민중·개인·대중 등으로 주체들을 호명(呼名)하여 구체적으로 헤게모니를 행사하려는 이데올로기 층위로 나누어서 총체적으로 이 시기 문학현상을 점검하고자 하였다. 그럼으로써 내적 발전과 외적 영향의 단순한 양분법적 문학사 구도라든가 혹은 폐쇄적인 문학 조류들의 영토 분할이라는 단선적인 구도를 넘어서서, 문학사를 다양한 정치와 이념, 문화 취향과 계급 갈등이 뒤섞여서 전개되는 역동적인 장으로 재정립하고자 하였던 것이다.

수확을 거두는 마당에 우리는 흘린 땀으로 인한 흐뭇함보다는 여전한 농사의 어려움을 새삼 실감한다. 땅을 고를 때부터 주변의 우려와 우리 스스로의 버거움으로 출발하였던 것이 사실이며 또한 많은 곡절이 있었다. 그러나 매사 그러하듯이 안도와 기쁨이 같이 서리는 것을 속일 수 없으며 그 위에 한 구비마다의 농삿길이 거듭하리라는 것을 믿는다.

많은 수고로움을 아끼지 않은 공동 연구원 여러 선생님들과 기꺼움을 나누며 서툰 제 손질에 대한 부끄러움도 같이 전하고 싶다. 아울러 편치 않은 시기 어려운 일을 맡아주신 역락의 이대현 사장과 여러 식구들에게도 인사를 올린다.

2007년 8월 늦더위 속 서늘바람을 기다리며
공동 연구원 선생님들 모두를 대신하여 삼가 유문선 씀

차 례

1960~70년대 한국문학과
지배-저항 이념의 헤게모니

강제된 산별노조 체제와 노동자 저항

−1960년대를 중심으로−

임 상 훈

1. 서 론

이 글은 1960년대[1] 강제된 산별노조 체제로 대변되는 국가조합주의 하에서 노동자의 저항이 왜, 어떠한 방식으로 발생하는지를 규명하고자 한다. 국가조합주의는 독재 권력이 힘의 관계에서 열세에 놓인 노동조합에게 노동영역에서 배타적 대표성을 부여함으로써 노동운동과 노동자를 체제내화하기 위한 전략 속에서 구축된다. 국가조합주의가 형성될 경우 노

---

[1] 이 글에서 1960년대라 함은 국가조합주의 하에서 법·제도적으로 노동3권이 형식적으로 보장되면서 산별노조／교섭 체제가 운영되었던 1961년에서 1971년까지를 뜻한다. 이후는 노동3권이 본격적으로 제약되어 이 연구에서 보고자 하였던 강제된 산별노조／교섭 체제와 노동자 저항을 둘러싼 노사정 주체의 상호작용이나 전략적 선택이 미미하게 작동되었기 때문에 큰 의미를 가지지 못한다.

동조합과 노동자의 사용자에 대한 쟁의행위는 대체로 무에 가깝게 된다. 이는 노동조합이 노사간 힘의 관계에서 열세인 데에다 국가 권력이 노동조합을 자신의 통치권에 편입하여 노동조합에 의해 노동자를 탄압하려는 경향이 강하기 때문이다.

한국의 1960년대 상황은 전통적인 국가조합주의에 부합되는 것으로 평가된다. 군부 쿠데타로 집권한 독재 권력이 존재하였고 노동시장은 농촌에서 밀려든 풍부한 미숙련 노동자로 높은 실업률을 기록하였다. 이러한 상황은 사용자에 비해 노동조합이 힘의 열세에 처하게 하였다. 군사정권은 기존 노동조합을 해산하고 자신의 의도대로 노동조합을 산업별로 재조직화하면서 배타적 대표성을 부여하였다.

그러나 예상과 달리 한국의 1960년대는 지속적으로 노동자의 저항에 직면하였다. 이러한 점은 또 다른 관점에서 국가조합주의 하의 노사관계에 대한 예상과 다르다. 즉, 국가조합주의에서는 노동자의 저항이 독재 권력에 대한 시민과 민중의 저항과 더불어 폭발적인 양상으로 나타나는 것이 일반적이다. 그런데 한국의 1960년대는 폭발적인 대신 지속적인 양상으로 노동자의 저항이 나타났다.

여기에서는 이와 같은 한국의 1960년대 노동자 저항을 설명하고자 하였다. 충분한 설명을 위해서는 정부 측의 전략과 사용자들의 전략적 선택 및 조직 특성에 대해 관심을 기울여야 한다. 그러나 여기에서 저자는 노조에 보다 포커스를 두고자 하였다. 이는 다음과 같은 2가지 주요 질문 때문이었다. 먼저, 기존의 노동조합이 모두 군정 주도의 국가조합주의에 편입되는 것을 허용하였는지 여부이다. 또 다른 하나는 노동조합 혹은 노조지도자가 국가조합주의 체제 하에서 내부 민주주의와 권력 집중화 사이에 어떤 절충점을 만들었는가 하는 점이다. 위의 두 질문은 1997년 경제위기후 10여 년 동안 지속되어온 산별노조 건설과정에서 맞이하는 여러 가지 문제점과 연관되어 있기 때문에 현재진행형이기도 하다.

여기에서는 문헌연구를 주요한 연구방법으로 채택하였다. 1960년대 전반의 노사관계 상황을 이해하기 위해서는 문헌연구의 방법이 가장 효과적이었기 때문이었다. 그러나 기존 연구와 달리 노동자의 저항을 둘러싼 노사정의 타협과 전략적 선택을 분석하기 위해서는 인터뷰가 필요하다. 이 연구의 한계는 인터뷰 부족에 있다. 이미 1960년대 노사관계를 증언해줄 노사정 사회주체들의 핵심 인사들이 존재하고 있지 않았다. 향후 많은 노사관계 연구자들이 보다 적극적으로 1960년대에 대한 연구를 진행할 필요성이 제기된다고 하겠다.

2. 이론적 분석

60년대 강제된 산별노조체제와 노동자 저항을 설명하기 위해서는 세 가지 이론이 필요하다. 우선 강제된 노사관계체제를 이해하기 위해서 조합주의(코포라티즘) 이론을 알아야 한다. 조합주의 이론은 5·16쿠데타를 집권한 군부정권에 의해 구축된 노사관계의 국가조합주의적 성격을 알기 위해 필수적이다. 나머지 둘은 산별노조/교섭과 관련한 이론과 파업이론이다. 이 세 가지 이론을 통해 60년대 한국의 노동자가 어떠한 노사관계 체제 속에서 저항하였는지를 이해할 수 있다.

먼저 조합주의 이론을 서술하기 전에 국가조합주의에 대한 간략한 정의를 보도록 하자. 제2차 세계대전 이전의 이탈리아와 독일의 파시스트 정부의 경험 때문에 한때 파시즘과 동일시되었던 코포라티즘은 1960년대 이후 사회 민주주의의 영향이 강한 유럽 국가들에서는 사회적 합의주의로, 권위주의적인 남미와 이베리아 반도에서는 국가 코포라티즘으로 변형되었다. 사회적 합의주의란 밑으로부터의 이익집단의 활동의 결과로서 자

연발생적으로 구체화되는 반면, 국가 코포라티즘은 국가에 의하여 위로부
터 만들어진다는 점에서 다르다. 국가 코포라티즘은 국민 전체를 사회집
단의 일원으로 재조직하여 국가이익에 부합하도록 강제하는 조직 원리이
다. 배타적 민족주의를 근간으로 보수적 독재세력과 결합된 파시즘이나
또는 지나친 정부개입으로 시민사회 또는 민간부문이 탈정치화 되는 관료
적 권위주의의 형태로 나타나기도 했으나 1980년대 이후 남미의 권위주
의 국가들이 무너지면서 사라지고 있다. 국가 코포라티즘은 많은 경우 국
가와 자본이 노동운동 및 사회주의에 대한 두려움을 강하게 갖고 있다. 성
장에 대한 요구가 다른 요구를 앞지르고 국가 또는 사회가 다양한 이해관
계를 조정할 수 있는 역량이 부족하며 다양한 이해관계의 표출을 병적인
현상으로 파악하는 후진적 국가에서 나타났다. 특히 국가 코포라티즘 하
에서 국가는 근로자 집단을 정책결정을 위한 정치체계에서 배제하거나 무
력한 하위체계로 형식적으로 통합함으로써 노동운동과 대립하였다(양병무
2002, p.102).

위와 같은 간략한 정의는 조합주의의 한 형태인 국가조합주의의 양상을
설명할 뿐이다. 따라서 국가조합주의의 운영 원리를 이해하기 위해서는
조합주의(코포라티즘-여기서는 neo-corporatism) 이론을 살펴보아야 한다. 이
이론은 노사관계체제를 구성하는 주체인 노사정 주체 사이의 관계를 설명
할 뿐만 아니라 주체 내부의 이해가 어떻게 조정되면서 노사관계체제가
유지되는가를 설명한다. 이 이론은 특히 노동자의 저항이 체제 내에서 어
떻게 진행되는 지를 설명하는 데 유효하다.

Olson의 연구에 따르면, 대부분의 neo-corporatist 논문은 가격 안정성을
그것에 대해 지불할 용의가 충분히 있는 수요 주체들의 존재에 의해 공급
이 결정되는 공공재(public good)로 보았다. 다시 말하자면, 소규모의 노동자
조직은 전반적인 가격 수준에 대해 그들에게 주어진 영향력이 제한되어
있기 때문에 임금억제 문제에 관여하고자 하는 의욕이 거의 없다는 것이

다. 그들은 그들이 적극적인 임금 행위의 혜택을 받아야 하는(즉, 더 높은 임금을 받는 것) 입장에 있다고 생각한다. 그렇지만 이러한 주장이 비슷한 특징을 가진 다른 주체들에게로 모두 적용된다면, 연합효과로 인한 악성 인플레이션이 야기된다. 포괄적(encompassing) 이해집단, 다시 말해 임금 근로자들의 큰 비중을 대표하는 국가 협회들은, 그들로 하여금 그들의 임금 정책의 결과(예를 들면, 인플레이션에의 효과, 실업, 환율, 이율 등)를 흡수하도록 하는 다른 유인책들을 직면하고 있다. 특히 포괄적 조직들은 파괴적인 경제적 행위의 부정적인 결과를 직접적으로 경험하기 때문에, 임금 억제는 그들의 이기주의이다.

　포괄적인 노동자 조직이 부문별, 단편적인 조직들보다 임금 절제에 더 이바지한다는 것이 받아들여진다면(Question 1), 문제는 어떻게 포괄성을 잠재적인 분권적 성향으로부터 보호하느냐이다(Question 2). 결국, 이러한 포괄적 조직들은 자발적인 협회들이다. 비록 임금 억제가 그들 조직 차원에서의 이해일지라도, 그것은 조직 멤버들 개인의 이해와 상충되기 쉽다. 멤버들은 노조의 교섭 정책을 온건에서 급진적으로 바꾸길 요구하거나(voice option), 포괄한 조직을 떠나, 공공 이해와는 상관이 적고 조직 자체의 특정 이해에 더 만족해하는 더 부문적인 조직에 참여하거나 혹은 아예 새로운 조직을 만든다(exit option)(Hirschman, 1970).

　Neo-corporatist 이론가들은 노조 리더들과 일반 조합원들의 선택과 행동의 심각한 차이를 소개하면서 순응(compliance)의 문제를 언급하였다. 리더들은 근시안적인 노조 조합원들보다 더 통찰력이 있다고 간주되어진다(Streeck, 1982 : 32). 또한 정상(peak-level) 회의 참여, 정치적 협상들은 리더들만의 관심사로 여겨지고 있는데, 이것이 그들에게 국가적 삶에서 중요한 역할을 수행하도록 하고, 더 넓은 시야를 제공하며 다른 보장된 커리어로의 이동(정치인 같은)을 가능하게 하기 때문이다.

　Neo-corporatist 연구의 핵심 내용 중의 하나는 국가와 포괄 조직들, 노조 리더들간의 조정이 거시 경제적 안정성을 촉진한다는 것이다. 그러나 이것은 대규모 2차 조직(secondary associations)에 이미 내재되어 있는 소수 독재정치 성향을 의미하며 노조는 이를 위해 조직적 변화를 필요로 한다 (Michels, 1962). 의사 결정 권한은 소수의 리더들에게 집중되어져야 한다. 또한 이러한 리더들은 조합원들의 분열된(disruptive) 영향으로부터 격리될 필요가 있다. 다시 말해, 조합원들이 내부로부터(from within : 예를 들면 단체 교섭 협약에 대한 선거나 노동자 투표 등을 통해) 혹은 외부에서(from outside : 조합원들의 요구를 더 잘 대변해 줄 수 있는 다른 조직에 가입함으로써) 노조의 선택에 영향을 끼칠 수 있는 능력이 삭감되어야 한다는 것이다.

노조 조직의 최적의 내부 구조에 대한 이러한 관점들이 명백하게 표현된 것은 거의 없다. 그러나 대부분의 neo-corporatist 연구의 이론적 분석에서 그것을 내포하고 있다. Schmitter은 다음과 같이 코포라티즘에 대한 독창적인 정의를 내린다. 코포라티즘은 (단일의, 강제적인, 비경쟁적인, 계층적인, 기능적으로 차별화된 범주를 지닌제한된 구성단위로 되어 있고, 국가에 의해 허가되어지고 리더의 선출과 요구와 지원의 표현에 대한 확실한 제어를 관측하는 대신에 자신들의 영역에서 신중하고 실제적인 독점을 허락받는) 일종의 이익대표 체계로 정의될 수 있다(Shmitter, 1979). 그에 따르면 강제적이고, 비경쟁적이며, 계층적 질서를 지니고 있고, 리더의 선발과 요구의 명확한 표현이 국가에 의해 직접적으로 조절되는 조직에서 조합원들의 정책 형성 능력이 최소화될 것은 분명하다.

Streeck은 효율성과 조직의 민주주의 간에 피할 수 없는 상호교환과 독재적 노동자 조직에 대해 명백하게 이야기하고 있다. 즉, 조합주의에서는 효과적으로 집단의 이익이 추구된다는 명분과 그룹의 보편적인 이익이 우선이라는 명분 속에서 강제 혹은 반강제적인 멤버십 그리고 내부적인 규율 변화에 대한 방어막이 존재하는 것은 분명하다. "너무 과도한" 민주주의 혹은 민주주의의 "그릇된 친절"은 때로 집단의 이익에 해로운 것이기도 하였다(Streeck, 1988).

사회적 협의와 관련된 노동자 조직의 최적의 내부구조에 대한 이러한 관찰들은 기술적이기보다는 훨씬 규범적이다. Neo-corporatist 이론에 의해 지적된 방향으로 노조가 서서히 변화하고 있는 명백한 경향이 실증 연구에 의해 밝혀졌다. 오로지 독일에서만 조직 조합원들의 참여 기회가 1970년대 이후 실질적으로 감소하였고 노조 조합원들이 현재의 조직을 탈퇴하거나 다른 조직을 가입하는 것이 어려워졌다(Streeck, 1982). 영국 역시 효율적인 임금 정책과 조합원들의 요구에 대한 노조의 반응(responsiveness) 간의 불일치를 보여주는 고전적인 예이다.

그러나 다른 연구들에서는 집권화된 임금 정책과 국가의 노동운동에서 내부의 반응(responsiveness) 사이의 체계적 연관 관계를 찾을 수가 없다. 스웨덴과 노르웨이, 독일, 네덜란드, 영국의 비교 연구에서 Peter Lange(1984)는 노조의 민주화 척도가 같은 영국과 스웨덴이 소득 정책에서 정반대의 경험을 한 것을 보여주었다. 한편, 조합원들이 노조 리더를 선택하는데 충분한 영향력을 끼칠 수 있고 투표를 통해 단체 교섭의 협약들을 비준하거나 거절할 수 있는 권리를 가진 노르웨이에서는 소득 정책이 성공적이고도 지속적인 결과를 나타내었다.

대부분의 neo-corporatist 논문들은 노조의 리더와 조합원간의 수직적인 관계에는 초점을 두지 않았다. 그러나 무엇이 노동자들을 위한 최선책인지에 관해 접근 방식이 서로 다른 그룹의 리더간 충돌은 집권화된 임금 정책의 결정과정을 설명하는데 매우 중요하다. 이 그룹들은 노조의 단체 교섭 전략을 형성하는 내부 투쟁을 한 것이다. 노조 리더들의 합법성과 의사결정 절차에 대한 인지된 공평성은 이러한 내부 투쟁의 결과를 결정하는 핵심이다. 즉, 중앙 노동조합 조직의 주요 결정사항에 대해 사업장 수준의 평조합원이 직접투표로 영향을 미칠 수 있는지의 여부가 국가수준 노사간 혹은 노사정간 합의를 도출할 수 있는지 성공여부를 결정짓는다

(Baccaro & Lim, 2007).

위에서 조합주의의 원리에 대해 설명하면서 국가조합주의 속에서 강제된 산별노조체제를 이해하기 위한 단초를 제시하였다. 그러나 일반적 산별체제가 국가조합주의에 의해 변용되는 양상을 파악하기 위해 산별노조/교섭이 어떻게 형성되는가에 대한 일반 이론을 설명할 필요가 있다.

대체로 서구에서 산업별 노조가 형성된 이유는 경제성장 과정에서 형성된 각국의 산업구조, 숙련형성체계, 기업지배구조 등이 산업별 노조의 형성에 유리한 조건을 만들었고 이러한 조건에서 반숙련 노동자와 비숙련노동자를 중심으로 한 노동자집단이 보다 더 자신의 이해를 적극적으로 대변하기 위해 산업별 노조를 선택하였기 때문인 것으로 언급된다(Locke, Kochan, and Piore, 1995).

한편, 산업별 교조의 형성과 별개로 산업별 교섭이 한 국가의 중심적인 교섭형태가 되기 위해서는 다른 요인들이 작용되어야 한다. 즉, 산업별 교섭이 자리매김하기 위해서는 정치경제적 요인, 법과 제도적 요인, 노사주체의 조직적 요인, 그리고 노사주체의 전략적 선택이 상호작용하여야 한다(Katz and Kochan, 2004). 대체로 친노조적인 진보정당이 활동하는 정치적 요인, 산업내 중소기업들간 치열한 경쟁이 존재하고 숙련, 임금, 근로시간이 유사하여야 하는 경제적 요인, 높은 수준의 조직률을 가진 노사단체가 존재하여야 하는 조직적 요인, 그리고 법 제도적 장치나 상호 배제 보다 교섭을 근로조건 결정방식으로 채택한 노사의 전략적 선택이 산별교섭 형성의 주요 요인으로 보고 있다(정주연, 2002).

그러나 산별교섭이 선진산업국가에서 오랜 기간 유지되어 온 주요한 이유로 교섭체계의 집중화가 주는 장점을 들 수 있다. 이러한 장점은 노사가 산별교섭을 선택할 수 있는 물질적 유인으로 작용한다. 즉, 무엇보다도 특정 산업 전체에서 이루어지는 산별교섭은 그 해당 산업 내의 모든 기업에게 임금비용과 관련하여 유사한 조건을 마련해 줄 수 있다. 경쟁업체보다

특별히 낮은 임금을 지급하는 업체의 이득을 제거하고, 또 그 과정을 통해 경쟁력과 지불능력이 약한 기업을 산업에서 제거하고, 분배를 둘러싼 갈등을 사업장 수준에서 사라지게 하는 다양한 부가효과도 얻게 된다. 더불어, 개별 기업 수준의 단체교섭에서 논의되거나 실행되기 어려운 산업 전반의 생산성을 향상시키는 교육훈련, 그리고 고용안정과 같은 공공재를 제공하기도 한다(이주희, 2004).

서구 선진 국가에서 발전한 산별노조／교섭에 대한 일반 이론이 60년대 한국의 국가조합주의 체제를 설명하는 데에는 많은 애로가 존재한다. 국가조합주의에 의해 억제된 산별노조／교섭체제의 대표적인 사례를 멕시코, 남아프리카공화국 등 제3세계 국가에서 찾아볼 수 있다. 남아프리카공화국(흑백차별이 없어진 시대 이전)의 경우 다음과 같이 산별노조／교섭체제가 운영되었다.

산별노조와 사용자단체／개별 사용자 등 산별교섭 당사자는 노동부에 산별협약이 해당 산업의 전 사업장에 적용할 것을 요청할 수 있었다. 이 경우 소규모 사업장과 노동집약적 사업장을 포함한 모든 사용자들이 지불해야 하는 새로운 최저임금(협약확장임금)이 형성되며 이것은 협약임금과 교섭 비참여 중소기업들의 임금범위 사이에서 절충되었다(그렇지 않으면 너무나 많은 비참여 중소기업들이 업계를 떠날 것이기 때문이었다). 따라서 새로운 협약확장임금는 협약임금보다 낮은 수준이었다. 이에 따라 일부 중소 사업체들은 최저 임금을 지불할 능력이 되지 않아 업계를 떠나기도 하고, 인력을 감축하고 좀 더 자본 집약적인 생산방식을 채택하게 되었다. 대기업 노조들은 지불되는 임금이 고용보다 중요하기 때문에 낮은 수준의 협약확장 임금에 대항하지만 영세 중소기업에 고용된 근로자들은 자발적인 경우에 비해 더 높은 임금을 받게 되었다.

협약확장에 따른 최저임금은 소규모 기업에게는 진입장벽이 되었다. 예로 인종차별 시대 남아프리카에서는 흑인 거주지역의 소기업들이 도시의 공식부문(formal sector)과 중앙 비즈니스 구역(central business districts)으로 진입하는 것을 산별교섭이 막았다. 장기적으로 본다면, 사업을 시작하는 흑인 기업이 드물고 이들이 대규모 기업으로 성장할 기회가 거의 없기 때문에 흑인 기업 소유자들이 거의 없게 되고 전반적으로 경제 성장에 미치는 효과는 부정적이었다. 경쟁의 한 쪽이 제거되었기 때문에 대기업들은 이전만큼 효율적으로 운영해야 할 압박이 줄어들었다. 중소기업들과 경쟁을 견디기 어려운 일부 대기업들이 유지되기도 하였다.

　이러한 제3세계의 산별노조 / 교섭체제가 한국의 1960년대 산별노조체제를 이해하는 데 도움을 줄 수 있는 여지는 예상보다 적다. 한국의 경우는 이들 제3세계 국가와 다른 양상이 전개되었다. 이는 1960년대의 경우도 그러하였다. 여기에서는 한국의 독특한 양상을 설명한다. 한국의 노사관계는 기업별 노조 / 교섭을 근간으로 한다. 교섭체계의 문제점으로서 노동생산성을 상회하는 임금인상, 기업규모별 임금격차의 확대, 높은 교섭비용 등이 지적되고 있다(김삼수·노용진, 2002 ; 이주희, 2004). 보다 자세하게 기업별 조합체제 고유의 문제점을 보면 다음과 같다. 첫째, 노동조합이 기업별로 분산되기 때문에 교섭력이 약하다. 특히 중소 영세기업의 노동자나 비정규직 노동자, 실업자들의 경우, 조직하기 어렵기 때문에 조직율이 낮으며, 원리적으로 협약적용율도 낮을 수밖에 없다. 방대한 비조직부문의 존재는 노동시장에서의 조직부문의 노동조건을 인하하는 힘으로 작용한다. 그리고 독과점기업의 경우 독점력을 기반으로 가격전가가 용이해 일반적으로 고율의 임금인상이 이뤄질 수 있지만 그 효과는 그 기업의 정규종업원에 한정된다. 뿐만 아니라 생산물시장에서의 과점적 경쟁이 치열할 경우 그 인상폭이 한정되는 면이 있다. 둘째, 기업의 수준을 넘어서는 산업차원이나 국가 수준의 경제사회적 문제에 대해 효율적으로 대응하기 어렵다. 노조의 전문역량이 부족할 뿐만 아니라 이를 정치사회적으로 대변할 수 있는 정당을 결성하기가 쉽지 않다. 노조의 입법기능(legal enactment)

이 스스로 제한될 수밖에 없다. 셋째, 임금체계가 각 기업별로 고유하게 정해져 있는 상황에서 임금교섭이 기업단위로 이뤄지기 때문에 산업에 종사하는 노동자의 직종별·숙련도별 표준임금률 내지 최저임금률을 사회에 제시할 수 없다.

그러나 일본의 경험에 비춰보면 그 어느 것도 기업별 조합, 기업별 교섭체제에 내재하는 고유한 문제는 아니다. 일본에서는 시기에 따라 달리 나타나지만 대체로 임금인상률은 노동생산성 증가율을 하회하는 수준에 머무르고 있고, 적어도 조직부문에서는 임금평준화 기능이 있으며 기업규모별 임금격차도 그다지 크게 확대되지는 않았다. 파업률이 극히 낮으며 기업연 중심의 산별 차원의 조정을 통해 통일요구안이 작성되기 때문에 교섭비용 또한 적다(김삼수, 2005). 이와 같은 양국의 기업별 조합체제의 성과의 차이는 임금교섭의 전국적 산업별 조정체계의 유무, 기업별 조합의 리더십의 성격, 기업의 인사노무관리제도(특히 현장직제)에 종업원 통합의 정도의 차이 때문에 초래된 것이지 결코 기업별 조합체제 고유의 문제라고 할 수는 없다.

이제 본격적으로 노동자저항을 설명하기 위해 파업이론을 살펴보도록 한다. 노사관계학에서 파업을 설명하는 이론은 경제적, 정치적, 심리적 접근방식에 따라 달리 구별되어진다. 파업에 대한 이론적 고찰에 앞서 아직 파업을 설명하는 통합적인 이론이 존재하지 않다는 점을 지적할 필요가 있다. 파업은 노사 모두에게 비용을 발생시킨다는 점에서 Pareto optimal한 것이 아니다. 따라서 만일 언제 파업이 발생하고, 파업의 결과가 무엇인지 정확하게 예측할 수 있는 이론이 있다면 노사 당사자는 파업을 하지 않고도 파업을 통해 얻을 수 있는 결과에 합의함으로써 파업에 따르는 비용을 회피할 수 있을 것이다. 즉 만일 단체교섭의 당사자들이 완전한 정보를 가지고(full-information assumption) 합리적으로 행동한다면(rationality assumption) 파업은 발생할 수 없다. 따라서 파업에 대한 이론은 이 두 가정을 완화하는 방향으로 발전하여 왔다. 본 연구에서는 파업에 관한 기존 이론의 흐름을 크게 경제학적 관점, 사회·정치학적 관점, 사회심리학적 관점(행동론적 관점)에 따라 살펴보기로 한다(박희준, 2005).

먼저, 경제학적 접근은 경제적 이해대립 때문에 파업이 발생한다고 보고 있으며, 파업의 영향요인을 주로 경제적 변수에서 찾아내려고 한다. 이 접근방법은 Hicks(1982)가 제시한 모델이 파업연구의 출발점이 되었으며, Hicks 이후의 연구는 주로 'Hicks의 역설'을 해결해 가는 과정으로 이론이 전개되었다. Ahenfelter & Johnson(1969)은 파업을 설명함에 있어 일반조합원을 포함시킨 '모델'을 제시하였으며, 그 후에 파업을 설명하는 주요한 이론으로써 파업비용이론과, Hicks의 이론에서 파업이 발생하는 원인을 정보의 불균형관점으로 보려는 이론이 발전되게 된다.

교섭력이론을 제기한 Rees(1952)는 파업과 관련하여 가장 두드러진 특징으로 파업 발생이 경기와 밀접한 관련이 있다는 점을 주장하였다. 즉 파업은 경기가 좋을 때 많이 발생하며, 경기가 나쁠 때 적게 발생한다. 파업을 설명하는데 있어서 초기에 널리 받아들여진 '교섭력이론'은 경기에 따라 파업이 어떻게 발생하는지를 설명해 주고 있다. 주로 제도경제학파에 의해서 발전하였으며, 호경기에는 노동력이 상대적으로 부족함으로 인해 노동자의 교섭력이 증대되고, 이러한 교섭력의 증대가 파업을 일으킨다고 주장한다.

Hicks(1932)는 노사를 둘러싼 환경을 중요시하였던 교섭력 이론 대신 노사당사자의 비용에 주목하면서 다른 설명모델을 제시하였다. 파업의 발생과 파업기간은 사용자의 양보곡선과 노조의 저항곡선에 따라 결정된다. 즉 파업기간은 사용자가 양보를 많이 할수록, 노조가 저항을 적게 할수록 짧아지며 사용자가 양보를 적게 할수록, 노조 측이 많이 버틸수록 길어진다.

사용자의 양보는 노조안의 수용으로 인해 발생하는 임금인상 부문과, 거부에 따른 파업 발생 비용의 비교에 의하여 결정된다. 파업의 진행이 사용자에게 끼치는 손실은 제품에 대한 수요탄력성, 파업노동자의 대체가능성, 파업노동자에 대한 수요탄력성, 산업의 기술적 특성 등에 좌우된다. 한편 노조의 저항은 파업기금, 조합원의 저축, 국민의 파업에 대한 태도에 의해 결정된다.

Hick의 파업모델은 Hick의 역설로 유명한데, 만약 노조와 사용자 측이 모두 합리적이고 완전한 정보를 가지고 있다면, 노사 양측이 교섭상대방의 양보에 대해 알 수 있기 때문에, 파업에 따른 비용을 노사 양측이 서로 분배하는 것이 좀 더 효과적이며, 파업은 일어나지 않아야 되지만 현실은 그렇지 않다는 것이다.

Hicks는 이러한 역설을 피하기 위해 파업발생 원인을 두 가지로 설명하고 있다. 하나는 미래의 교섭력을 높이기 위해서 파업이 발생한다는 것이다. 만약 노조가 파업을 하지 않으면 파업의 위협을 사용자에게 효과적으로 전달하지 못하게 되고, 이것이 장기적으로 교섭력을 약화시킬 수 있기 때문에, 노조는 미래의 교섭력을 위해서 위해 가끔 파업을 일으키게 된다. 두 번째는 노조와 사용자는 상대방에 대한 불완전한 정보 때문에 상대방에 대해 잘못된 예측을 하며, 파업의 결과가 자기에게 유리할 것이라는 잘못된 판단 하에 파업을 일으킨다는 것이다. 즉 파업은 교섭에서 잘못된 정보를 가지고 잘못 판단한 결과 발생한다는 것이며, Hicks는 대부분의 원인을 두 번째 요인에서 찾고 있다.

Hicks 모델과 마찬가지로 파업비용이론은 파업으로 인해 노사 쌍방의 총체적인 손실이 커질수록 파업행위는 줄어든다는 내용이다. 대표적으로 Kennan(1980)은 과거의 연구가 노동자나 사용자의 비합리적 행동에 대한 가정에서 출발함을 비판하면서, 파업은 파업기간 교섭양측의 총파업비용에 의해서 좌우된다는 합리적 모델을 제시하였다.

Reder & Neumann(1980) 역시 파업은 노사 쌍방의 파업비용에 대한 반비례로 발생함을 주장하였다. 이들에 따르면 단체교섭을 통해서 쌍방은 상대방의 행동패턴을 학습하며, 이후 단체교섭행동의 지침으로써 교섭규약을 개발하게 되는데, 이러한 교섭규약은 당사자의 행동을 제약하고, 상대방에 대한 예측가능성을 높이게 되며 결과적으로 파업은 줄어들게 된다. 과거의 파업이론이 협상자들의 학습능력과 경험을 고려하지 않았던 반면 이 이론에서 주장하는 교섭의 규약은 교섭의 시기, 절차, 장소, 교섭대표의 지위와 권한, 협약의 유효기간, 협약의 범위, 권리분쟁의 해결절차, 중재, 조정 등 매우 다양하게 학습되며, 개발된 교섭규약을 통해서 파업의 손실은 줄어들게 된다.

파업의 비용과 교섭규약 개발 및 형성에 드는 비용은 국가 간, 산업 별로 다르고 파업의 발생 빈도 역시 다양하게 나타난다. 교섭의 규약을 개발하는 데는 비용이 들기 때문에 행위 주체자는 노사분규로 인한 손실과 교섭의 규약을 만드는 비용을 비교하여 합리적 선택을 한다. 요약하면 기대 파업비용이 높을수록 정교하고 광범위한 교섭규약을 제정함으로써 파업이 감소하게 되고, 만약 교섭규약 형성 비용이 일정하다면 파업 때문에 발생하는 노사 간의 총 손실이 커질수록 파업행위는 줄어든다.

한편, 정보의 비대칭성 이론은 불완전한 정보가 파업의 원인이라는 Hicks의 주장에 그 뿌리를 두고 있으며, 상대방이 단체협상에서 얼마나 양보할 수 있는지를 알아내기 위해서 파업을 전략적으로 사용한다고 주장한다. 이러한 정보의 불균형에 대한 이론은 사적 정보이론(private information theory), 불완전한 정보이론(imperfect information theory), 정보의 비대칭이론 (Asymmetric information theory) 등 다양하게 불리고 있다.

Hicks의 관점은 만약 노사의 양 당사자가 적절한 정보를 가지면 양측은 작업거부의 가능한 결과를 예측할 수 있고 파업비용을 실제로 발생시키지 않고 교섭에 합의할 수 있으나, 파업의 실제 손익에 관한 불확실성이나 잘못된 기대로부터 나온 불완전한 정보 때문에 파업이 발생한다는 것이다.

Mauro(1982)는 이러한 Hicks의 파업이론을 구체화 시켰다. 즉 교섭상대방에 대한 정보가 획득하기 힘들고 비용이 많이 들기 때문에 교섭실패나 파업이 일어나며, 파업은 교섭상대방에 대한 불완전한 정보에 기인한 잘못된 지각으로 인해 일어난다는 것이다. 노사는 상대방의 양보를 추정하는데 있어 서로 다른 변수를 사용하며 결과적으로 상대방의 진짜 양보곡선을 서로 모르게 된다. 예를 들면 노조는 지각된 소비자 물가지수를, 사용자는 자사제품가격을 각각 사용하여 상대방의 양보를 추정하려고 하게 되며 결과적으로 양측의 불일치된 지각이 파업을 일으키게 된다. 이러한 잘못된 지각에 영향을 주는 요인은 노사 각각이 관심을 가지고 있는 변수의 차이, 교섭의 범위를 제한하는 요인, 상대적 교섭력, 과거 교섭에서의 파업 발생여부 등이 있으며, 파업확률은 교섭상대방의 입장과 양보곡선의 기울기에 대한 잘못된 지각에 관계되어 있다.

파업은 상대방에 대한 잘못된 지각을 수정하는데 필요한 정보를 전달하는 방법이며, 파업을 통해서 상대방의 입장을 알아보는 효율적 입장으로 생각되어 질 수 있음을 의미한다. 또한 과거 교섭에서 파업이 있었던 경우 미래에 파업이 잘 일어나지 않는 것은 파업이 교섭에 대한 학습효과가 있음을 보여주고 있다.

Hayes(1984)에 의하면 파업은 노사 간 정보의 비대칭성 때문에 발생한다. 이 모델에 의하면 기업은 노조의 사정을 잘 알고 있으나 노조는 기업의 이익과 시장에서의 수요상태에 대한 기업의 사정을 모르기 때문에, 노조는 사용자에 대한 정보를 얻어내기 위한 방법으로 파업을 일으킨다는 것이다. 노조는 일단 전략적으로 높은 임금수준을 요구하고 기업이 이를 받아들이면 경영상태가 좋다는 것을 알 수 있게 된다. 만약 기업이 임금안을 거절하면 경영상태가 양호하지 않다는 것을 알게 되지만 미래의 교섭력을 위해서 파업을 하게 된다. 노조가 파업을 하지 않으면 기업은 앞으로 항상 노조의 임금안을 거부할 것이므로, 기업이 제시한 것보다는 높은 수준의 임금을 받아 들여야 한다는 것을 인식시키기 위해서 파업을 하게 된다.

위와 같은 경제학적 접근과 달리 사회·정치학적 접근에 근거해 파업을 설명하는 이론이 있다. 파업에 대한 사회·정치학적 이론들은 동원(mobilization)의 측면(참가자 수 또는 파업규모)과 노동조합 조직의 발전과 사회의 노동자 지향적인 정치적 성격이 파업에 어떠한 영향을 미치는가에 그 초점을 두고 있다.

대표적으로 Ashenfelter & Johnson은 Hicks 모델의 문제점을 해결하는 하나의 대안을 제시하였다. 그들은 사용자와 노조집행부의 최적 전략이 어떻게 결정되는지를 모델화 함으로써 파업행동에 대한 계량분석을 가능하게 하였다. Ashenfelter & Johnson(1969)은 단체교섭에 있어 사용자, 노조지도부, 조합원의 세 당사자가 있으며 노조 측의 노조지도부와 조합원간의 정보의 비대칭성 및 정치적 문제 때문에 파업이 일어난다고 주장하였다. 이들의 모델은 Hicks모델 등에서 주장하는 합리적 모델에서 벗어나서 파업이 일어나는 원인을 정치적 관점에서 설명하였다는 점에서 '정치적 모델'이라 불리기도 한다.

또한 Ashenfelter & Johnson은 단체교섭을 이해하기 위해서는 노동조합의 정치적 성격을 이해하여야 한다고 주장하였다. 즉 노동조합은 조합원과 이들에 의하여 선출된 노조지도부로 구성되어 있으며, 단체교섭과 파업을 이해하기 위해서는 사용자, 노조지도부, 조합원 세 주체들의 관계를 이해하여야 한다는 것이다. Ashenfelter & Johnson에 의하면 노조지도부와 사용자는 합리적으로 행동하지만, 일반조합원은 그렇지 않으며, 이러한 일반조합원의 비합리성이 파업의 원인이다. 노조지도부와 사용자는 서로에게 수용 가능한 임금인상의 수준을 알고 있다. 하지만 노조지도부의 목표는 노조의 생존과 성장 및 노조지도자의 정치적 생존에 있다. 만약 조합원들의 임금인상 기대가 경영자가 받아들일 수준 이상이며, 임금협약 만기일까지 조합원의 기대수준을 낮추지 못한다면, 노조 집행부는 두 가지 대안 중 하나를 선택해야만 한다. 첫째, 조합원이 기대하는 수준보다 낮은 협약안에 서명하는 것과 둘째, 파업을 일으키는 것이다. 그러나 노조지도부가 첫 번째 안을 받아들이면 협약안이 조합원에 의해 인준 받지 못하거나 어용이라고 매도되어 지도부의 정치적 영향력이 감소되게 된다. 두 번째 대안은 조합원의 이익측면에서 볼 때, 파업비용에 의한 손실 때문에 결과적으로 최선은 아니다. 그러나 파업을 하게 되면 노조지도부는 그들의 '정치적 자산'을 증가시킬 뿐만 아니라 노동자들을 단결시킬 수 있고, 기업의 저항 및 임금수입의 손실 때문에 조합원들의 기대수준은 낮아지게 된다. 결국 파업이 진행됨에 따라 조합원들의 기대수준이 사용자가 받아들일 수 있는 수준 이하로 떨어지게 되면, 노조지도부는 사용자측과 안심하고 단체협약에 서명할 수 있으며 파업은 끝나게 된다.

Ashenfelter & Johnson과 달리 자원동원이론은 비합리성, 아노미, 긴장, 욕구좌절 등이 집단행동을 야기하는데, 이러한 집단행동을 일으키는 동원능력은 자원 및 조직의 가용성에 의존한다는 이론이다. 이 이론은 노조의 상대적 교섭력이 파업의 원인이라는 주장과 일치하면서, 경제적 교섭모델에 대한 하나의 대안으로 부상되었으며, 조직의 동원능력 없이는 어떠한 집단행위도 있을 수 없다는 관점이다.

한편, 정치적 교환이론은 국가의 권력구조상에서 노동자의 정치적 지위 변화에 초점을 두는 접근으로써, 권력구조 내에서의 노동자의 정치적 위상이 장기적 파업추세와 관련이 있다는 이론이다. 파업은 국가의 자원배분을 둘러싼 계급갈등의 표출로, 노동자가 자원배분에 영향을 미치는 정치적 영향력을 상당히 획득하면 파업이 감소한다는 것이다. 즉 정부를 통제하면 자원배분을 둘러싼 갈등은 파업이 전형적인 압력수단이 되는 사적영역으로부터 정치적 교환이 이루어지는 공적영역(정치부문)으로 이동하며, 그 만큼 파업보다 비용이 덜 드는 유리한 자원분배 수단을 확보하게 되는 것이다.

경제적, 정치적 접근과 더불어 심리학적 접근에 기반한 이론도 존재한다. 심리학적 접근 방법(행동론적 접근방법)에 의하면 파업은 기존의 연구와 같이 경제적, 제도적, 조직적 요인들에 의해서 구조적으로 결정되어지는 것이 아니라 그것을 인지하고 수용하는 개인이나 집단의 태도와 행동이 더 중요한 파업영향요인이라는 입장이다. 이 접근방법의 연구들은 크게 개인의 불만족과 투쟁성에 초점을 둔 연구, 교섭담당자에 초점을 둔 연구로 구분해 볼 수 있다.

먼저, 개인의 불만족과 투쟁성에 초점을 둔 연구(Kelly & Nicholson, 1980)는 주로 기본적 심리과정 즉 동기유발, 지각, 인지, 태도, 의사 및 행동의 관계를 설명하는 심리학적 접근방법에 따르고 있다. 파업이 노동자 개인들의 참여의사와 실제참가에 의해 이루어진다는 점에서, 노동자 개인의 특성, 태도, 행동 등을 그 자체로 혹은 집합화하여 연구하며, 주로 행동의 선행요인으로서 개인의 주관적 상태에 초점을 두고 있다.

Schutt(1982)는 투쟁성(militancy)을 종속변수로 두고 그것을 설명하는 영향요인들을 경제적요인, 욕구불일치요인, 사회적 배경요인, 정치적 요인으로 나누어 모델을 구축했으며, Martin(1986)은 파업의사를 개인적인 목표를 위한 것과 노조안정과 같은 제도적인 것에 대한 것으로 구분하고 설명변수도 사회적 배경요인, 경제적요인, 정치적 요인, 투쟁성 요인으로 나누어 설명하였다.

한편, 교섭담당자에 초점을 둔 연구(Carroll 외, 1988)도 있다. 단체교섭에 있어 교섭담당자의 인지와 행동은 교섭에 중요한 영향을 미침에도 불구하고 기존의 단체교섭에 관한 대부분의 경제학적 연구나 사회·정치학적 연구는 교섭담당자의 역할을 무시하고 환경적 요인이나 구조적 요인들의 영향에만 관심을 가져왔다. 사회심리학에서는 일찍이 교섭담당자와 같은 개인의 역할의 중요성을 인식하고 있으며, 교섭담당자의 인지적 측면들은 상대방의 인지적 측면들과 상호작용과정을 거쳐 협상결과의 중요한 요인으로 작용하게 됨을 주장하고 있다.

위에서 살펴본 노동자 저항(여기에서는 파업) 설명이론이 1960년대 국가조합주의 내에서 적용이 되는 데는 많은 한계가 있을 수 있다. 모든 이론이 가정하고 있는 정보공유 가능성, 고용형평 가능성이 부정될 여지가 많기 때문이다. 그럼에도 이러한 이론을 적용하면서 1960년대 노동자 저항이 어떠한 특징을 가지고 있는지 살펴보는 것은 의미 있는 작업이다.

3. 1960년대 이전 노사관계 개요

이 글에서 다루고자 하는 1960년대 산별교섭체제의 노동자저항을 분석하기 위해서는 1960년대까지의 노사관계 역사를 이해할 필요가 있다. 특히 1960년 4월 혁명 당시의 격심한 변화는 1960년대 노사관계와 극명히 대조되는 점에서 좀 더 자세히 설명할 필요가 있다.[2]

한국의 역사상 노동조합이 최초로 공인된 것은 1948년 헌법과 1953년의 노동관계법 제정에 의해서였다. 1953년 법은 민간부문에 한정된 한계는 있지만 노조와 파업권 승인을 기반으로 노사간의 자율적인 단체교섭과 그 결과인 단체협약에 의해 노사관계를 규율하는 법적인 틀을 정비하였다.

한국에서 기업별 조합의 전통은 오랜 연원이 있으며 또 매우 강력하다.[3] 해방 이후 전평계의 노동조합은 사회주의 적색노조의 영향을 받아 1산업 1노조의 산별체계를 취했지만 그 근간은 공장별 조직이었다. 1950년대에는 노동조합의 조직형태가 특별히 법적으로 강제되지는 않았지만

---

2) 이 부분의 서술은 저명한 저서(이원보, 2005)를 요약 보완하는 것을 기본으로 삼았다.
3) 일제시대에 지역노조 등이 존재하고, 또 사회주의 영향을 받은 산별노조 조직의 시도가 있었지만 안정적인 초기업적 노동조합은 발견되지 않는다. 사업장 내지 공장 수준의 노조가 중심이었다고 판단된다.

압도적으로 기업별 조합이 다수였다.

일본의 경우와 마찬가지로 한국에서 기업별 조합의 설립 근거는 초기업적인 직업별 조합이 성립된 경험이 없고, 더 나아가 그러한 직업별 조합의 모델이 된 길드적 전통이 전근대 사회에 존재하지 않았던데 그 연원이 있다(김삼수, 2005). 한국의 경우는 일본에 비해서도 동업조직의 전통이 부족했다. 이러한 역사적 조건 위에서 기업 분단적인 내부노동시장이 형성되고, 산별노조 결성을 위한 주체적 노력이 부족했던 점이 그간 기업별 조합 체제를 정착시켜 온 요인이다. 이러한 상황에서는 노동자가 모여서 일하는 직장이 무엇보다도 자연스러운 일차적인 단결의 장소가 될 것이기 때문이다.

1960년대 한국 노사관계에서 나타난 노동자의 저항과 노동자에 대한 지배는 1950년대가 물려준 문제점과 1960년 4·19혁명의 좌절 속에서 분명하게 나타난다. 4·19혁명의 좌절은 1960년대 저항과 지배의 시발점이었다.

1950년대 노사관계는 노동조합의 비민주성과 비자주성, 노동자들의 임금 및 근로조건 그리고 생활상태의 악화라는 현상으로 특징지워진다(김동춘, 1991 ; 김경일, 1998). 이러한 노사관계는 미국 의존적 경제구조와 일제 잔재가 장악한 국가권력에 기인한 것이었다(박현채, 1981 ; 이병천, 1987). 한국경제는 1950년 이래 3년간의 한국전쟁으로 엄청난 타격을 입었다. 전쟁 후 정부는 농지개혁을 시도했지만 실패하고 농업경제는 미국의 잉여농산물 원조로 피폐상태에 처하여 절대적 빈곤을 벗어나지 못하였다. 방직, 밀가루, 설탕 등 미국의 무상원조에 의해 지탱된 소비재공업은 권력과 밀착된 몇 사람들로 구성된 관료독점자본이 지배하였고 미국의 원조자금은 권력의 유지에 충당됨으로써 이를 둘러싼 부정부패가 극심하였다. 이러한 취약한 정치 경제구조는 1955년 이후 미국이 달러위기를 배경으로 원조를 삭감시키자 위기에 처하였다.

원조경제와 1인 독재체제 하에서 인구는 급증하고 농촌에는 과잉노동력이 넘치고 있었으며 도시에는 대량의 실업자가 생활고에 시달리고 있었다. 완전실업자는 1957년의 27만 7천 명에서 1960년 43만 4천 명으로 불어나고 있었으며 특히 노동운동의 주력부대인 공장노동자(5인 이상 업체)는 매년 감소하여 1960년에는 1943년 보다 3만여 명이 줄어든 23만 5천 명 수준에 머무르고 있었다. 1953년 조선방직노동자들의 투쟁을 계기로 노동법이 민주적인 내용으로 제정되지만 제대로 적용되지 않은 상태에서 노동자들은 장래를 기약할 수 없는 실업과 극도의 저임금, 장시간의 노동, 고용 불안 속에 생존 그 자체를 위협받고 있었다. 노동자들의 투쟁은 50년대 말 경제위기가 심화하면서 격화하였다. 1958년까지 40여 건의 쟁의에 1만여 명 정도가 참가했던 노동자들은 1959년에는 95건에 5만여 명이 참가할 지경에 이르렀다.

4·19혁명은 노동조합의 민주성 및 자주성 획득이라는 과제와 생활여건의 개선이라는 과제를 동시에 해결해야 했다. 노동조합은 60년 한 해 동안 380여 개가 만들어져 연초의 569개에서 914개로 크게 늘어났다. 이 과정에서 최초로 교원노조와 은행 증권 등 사무직노조가 등장하였으며 일부 신문사에도 노조가 결성됨으로써 노동조합운동의 지평이 넓어졌다. 그러나 교원노조는 끝내 합법성을 인정받지 못한 채 1961년 5·16군사쿠데타 직후 용공세력으로 몰려 극심한 탄압을 받고 와해되었다.

노동자들은 한 해 동안 50년대 연평균 50건의 4배가 넘는 227건의 쟁의를 일으켰다. 노동자들은 사업장 내의 파업만이 아니라 집회와 시위 등 보다 적극적인 투쟁방식을 통해 대폭적인 임금인상과 노동조건 개선을 쟁취하기도 하였다.

이러한 투쟁과정에서 노동자들은 어용노조 간부퇴진투쟁을 강력히 전개하였다. 이 투쟁을 기초로 1950년대 말 등장한 전국노동조합협의회의 영향력은 증대하고 대한노총은 과거를 반성하며 새로운 전환을 천명하지 않으면 안 되었다. 전국노동조합협의회는 대한노총의 재편을 요구하였고 위기의식을 느낀 대한노총은 조직재편을 위한 통합대회를 시도하였다. 그러나 전국노동조합협의회는 아직 대세를 장악할 수준에 이르지 못함으로써 대한노총의 민주적 재편은 수차의 회의와 논의에도 불구하고 끝내 성사되지 못한 채 5·16군사쿠데타를 맞게 되었다.

4·19혁명 당시 노동조합은 1953년 제정된 노동법 및 노동관계법에 근거, 기업별로 분산 조직되어 있었다. 지역 혹은 산업단위의 연맹이나 중앙조직으로서 대한노총은 기업과 작업장 수준의 현장 노동자와 분리되어 있었고 이들은 자유당과 담합관계를 유지하였다. 자유당 정부의 붕괴는 대한노총의 하부조직에 대한 통제력을 감소시켰고 이는 하부조직이 자주적이고 민주적으로 변화할 수 있는 기회를 제공하였다. 이러한 기회에 반응하여 자주적·민주적 노조 성립의 모습은 기존 간부진의 개편이라는 형태로 나타났다. 그러나 이러한 기존 간부진의 개편은 기존 간부들의 저항과 조합 내 개혁적 세력이 조직화되지 못하고 기업별로 노동조합이 분산되어 개혁세력의 연대가 어려웠기 때문에 대부분 자주적이고 민주적인 노조로 연결되지 못하였다. 기존 조직에서 나와 새로운 자주적·민주적 노조를 만드는 일 역시 사업장 별로 고립화되어 새로운 변혁의 계기를 만들기에는 큰 어려움이 있었다. 결국 4·19혁명이 제공하였던 자주적이고 민주적인 노조 설립 기회는 기존 지도부 미청산, 대체 개혁세력의 미비, 기업별 노동조합이라는 조직적 한계로 말미암아 큰 성과를 만들지 못하였다. 한편, 대한노총 자체 혁신운동과 전국노동조합협의회(전국노협)의 제2노총운동, 새로운 산별연맹 결성운동 등도 자주적이고 민주적인 노동조합으로 전환되는데까지 이르지 못하고 한국노동조합총연맹(한국노련)으로 봉합되는데 그쳤다(강신준, 2002).

4·19혁명이 노사관계에 미친 새로운 영향은 노동조합수와 조합원수의 양적팽창과 사무직 노동자의 조직화라는 질적 변화였다. 생산직 중심의

기존 노동조합의 조직개편으로 인한 노동조합 수 증가와 사무직 중심의 신규 노동조합 수의 증가에서 후자가 눈에 띠는 변화였다. 특히 정치권과 결탁한 금융권에 대한 반성에서 나온 금융노동자의 노동조합 결성과 자유당의 집권도구로 전락하고 미국 원조에 기초한 교육부문에 대한 교육노동자들의 반성에서 비롯한 전국적 노동조합의 결성은 자유당 시절의 노사관계와는 다른 모습을 보여준 것이었다. 그러나 기업별 교섭구조는 높은 실업률로 대표되는 경제적 어려움과 결합하여 4·19혁명 와중에도 노동조합으로 하여금 노사협조주의를 선택하게끔 하였다. 노동조합의 자주성 회복은 자유당과 담합관계 단절로 해석되어 노동자층의 정치적, 사회적 지위 향상을 위한 정치세력화로 이어지지 않고 반대로 정치적 중립으로 표면화되었다(강신준 2002).

4. 강제된 산별노조체제와 파업

(1) 환경

1961년 5월 16일 박정희가 주도한 군부는 '반공을 국시'로 하는 혁명정부를 구성하고 권력을 장악하였다. 군사정부는 5월 19일 임금과 물가의 동결 및 노동쟁의 금지령을 내리고 5월 23일에는 노동조합을 포함한 모든 사회단체를 해산시켰다. 이후 정부는 경제개발 5개년 계획을 수립하고 한일회담을 급속하게 추진하였다. 군사정부는 2년간의 군정기간 동안 중앙정보부의 공작과 3분 폭리사건 및 4대 의혹사건 등을 통해 정치적 기반을 마련한 후 국민들의 격렬한 반대를 무릅쓰고 민주공화당을 창설하여 지배권력을 유지하였다.

박정희 정부의 통치기조는 중앙정보부에 의한 공작정치와 경제개발 5개 년 계획을 물질적 토대로 한 철저한 반공주의로서 미국의 한반도전략을 충실히 이행하는데 두어졌다. 정부는 야당의 분열과 학생운동 및 사상운 동의 탄압을 통해 권력을 유지하고 반공정책을 강화하는 한편 미일 독점 자본을 끌어들여 경제개발을 추진하였다. 경제개발은 농업과 광업 등 기 초산업을 소외시키고 공업화에 의한 수출증대라는 불균형 성장전략으로 일관하였으며 공업화는 외국으로부터 도입한 자본 원자재 기술에 국내의 양질의 저렴한 노동력을 결합한다는 내용으로 추진되었다. 이로부터 저농 산물가격정책과 저임금정책은 경제개발의 충분조건으로 되었으며 경제개 발전략에서 소외된 농촌경제는 피폐를 거듭하여 대량의 이농을 통한 노동 력의 창출시장으로 전락하고 노동자들에게는 각종 제도적 통제가 강요되 었다.

1961년 7월 국가재건최고회의는 「5개년종합경제재건계획(안)」[이하「재 건(안)]을 통해, 1962년을 기점으로 1966년까지 5년 동안 연평균 7.2%의 경제성장을 달성하고 수출을 늘리는 동시에 수입대체산업을 육성하여 국 제수지를 개선함으로써 자립경제의 기반을 마련한다는 계획을 발표하였 다. 이 「재건(안)」은 공장건설을 통해 해당 제품의 수입대체를 목적으로 하고 있었지만, 이의 달성에는 많은 어려움이 있었다. 가장 중요한 문제는 바로 공장건설에 필요한 재원조달문제였다. "경제개발계획의 성패를 가름 하는 관건은 뭐니뭐니해도 내자동원과 외자획득에 있었고, 이 두 가지 중 에서도 외자획득을 크게 걱정했다"(천병규, 1988 : 200)는 당시 재무부장관 의 회고를 통해서도 알 수 있듯이, 공장의 신설에는 막대한 내・외자가 소요될 수밖에 없었다(이상철, 2002, p.114).

이러한 상황에서 부정축재자 정화 관련 구속 수사중이던 김지태를 비롯 한 9인은 기간산업 위축을 우려한다는 명분 아래 구속이 해제되었고 이들 주도하에 중앙 사용자단체가 결성되었다. 1961년 8월 부정축재자 13인에 의해 창립된 한국경제인협회는 「기간산업건설 제1차 민간계획안」을 국가재건최고회의에 건의하였다. 이처럼 부정축재자로 몰렸던 과거의 대기업가들이 조직화 되면서 노사관계의 한 당사자로 등장하였다.

이어 1962~3년에는 노동관계법 개정이 이루어졌다. 노동조합법에서는 전국규모의 노동조합 산하 노동단체가 단체협약 체결 또는 노동쟁의의 당사자가 되는 경우 이에 관한 사항을 규약에 기재하도록 하여 산별노조 체제를 지향하고(법 제14조 제11호), 조직이 기존 노동조합의 정상적인 운영을 방해하는 것을 목적으로 하는 경우를 노동조합의 결격사유로 하며(법 제3조 단서 제5호 신설), 노동조합은 설립신고증을 교부받아야 설립되는 것으로 하였다. 또 노동조합이 특정 정당을 지지하거나 특정인을 당선시키기 위한 정치적 운동을 할 수 없도록 하여(법 제12조 제1항 신설) 노조의 정치활동금지를 강화하였다. 이밖에 노동조합 임시총회 소집권자의 지명권을 노동위원회의 승인을 얻어 행정관청에 부여하고(법 제26조 제3항 신설), 노사협의회의 설치에 관한 규정을 신설(법 제6조)하였다. 이들은 노동통제를 강화하는 성질을 가진 내용이다. 그러나 한편으로 노동조합법은 유니언숍 조항을 신설(법 제39조 제2호 단서)하여 노조의 단결강제권을 인정하고, 사용자의 부당노동행위 유형에 단체교섭 거부, 경비지원을 추가하는 등 범위를 넓히며(법 제39조 제3호, 제4호), 사용자의 부당노동행위에 대하여 구법의 처벌주의(예방주의)로부터 구제주의(원상회복주의)로 변경하였다(법 제40조). 이들 내용은 노동단체권을 강화하는 내용이다.

노동쟁의조정법에서는 공익사업의 범위를 전매·조폐사업, 손익이 국가에 직접 귀속하는 유류사업, 증권거래소, 은행사업을 추가하고(법 제4조), 전국규모 노조의 산하단체가 쟁의행위를 하고자 할 때에는 소속 노조의 승인을 얻도록 하였다(법 제12조 제2항). 또 쟁의행위의 요건을 엄격히 하고, 공익사업에 대한 긴급조정제도를 신설(법 제6장)하였다. 파업에 대한 통제를 강화하는 내용이다. 나아가 1963년 12월 7일 개정법에서는 노동쟁의

발생신고가 있은 후 노동위원회로 하여금 사전에 그 적법여부를 심사하도
록 하고(법 제16조 제2항), 사태가 급박하거나 시간적인 여유가 없을 경우
노동위원회의 의결 없이 쟁의행위 중지 명령권을 행사할 수 있도록 하였
다(이상희, 2005).

한편, 1963년 박정희는 민주주의와 민족주의를 결합시켜 '민족적 민주
주의'라는 구호를 내걸었다. 이를 통해 박정희는 자신의 민족주의와 구정
치인=야당=서구민주주의=사대주의 세력의 대립구도를 설정하여 공식적
으로 민족주의를 지배담론화 했다(신병현, 2003).

〈표 1〉 박정희 정부의 시기별 담론과 구호

담론＼시기	국가재건 (1961~63)	조국근대화		국민총화 (1972~79)
		전기(1964~67)	후기(1968~71)	
경제발전	경제건설 자립경제	자립경제 수출제일주의, 수출입국		자립경제, 국력배양, 고도 성장과 안정, 중화학공업화
반 공	멸(승)공통일 / 선건설후통일		자주국방 선평화후통일	총력안보, 국민총화 선평화후통일
군사주의			자주국방	총력안보, 국민총화
국가주의	국민도 확립			국민총화, 총력안보, 한국적 민주주의
민주주의	민족적 민주주의	민족적 민주주의		

(전재호, 1997 : 86에서 수정 인용함. 표의 원 제목은 '시기별 민족주의의 담론과 구호'임.)

1965년 한일 국교정상화 이후 일본자본이 급격하게 진출하고 경제규모
는 60년대 연평균 9%의 고도성장을 기록하였다. 급격한 공업화의 추진을
배경으로 임금노동자는 1963년의 238만 명에서 1970년의 373만 명으로
급증하고 특히 전체 노동자 가운데 제조업 노동자는 1963년의 7.9%에서
1970년의 13.2%까지 늘어났다.

1960년대를 통해 노동운동은 침체되어 있었지만 1960년대 후반 공업화
가 진전되면서 광공업 부문 노동자 수가 증가하고 실질임금이 상승하기

시작하였다(1965~9년에 연평균 8.8%, 1968년은 14%). 그러나 이 시기의 특질
은 미숙련 노동자가 절대다수를 점하고 있는 고용구조와 노동의 공급과잉
속에서 노사관계의 대등성이 이루어지기 어려운 시기였다는 점이다(김원
경, 1991, pp.194~195).

　이러한 제약조건 하에서 1960년대 노동자들은 고도성장의 혜택을 받지
못하였다. 임금은 음식물비에도 모자라는 수준이었고 주당 노동시간은
1963년의 50.3시간에서 1969년에는 59시간으로 늘어났으며 산업재해는
1964~69년 사이에 1,489건에서 38,442건으로 30배나 증가하였다. 또한
노동자들의 실질임금은 1964~69년 사이 연평균 3.4% 증가에 그친 데 반
해 노동생산성은 12.6%나 상승하여 소득분배에서 철저히 소외되었다.

　1960년대 경제성장이 이루어지면 질수록 경제의 해외의존도는 높아졌
고 국내에서는 독점재벌의 형성과 부실기업의 대거 등장, 부익부 빈익빈
으로 표현되는 소득불균형을 확대 심화시켰다. 1960년대 말 1970년대 초
에 이르러 해외시장조건이 악화되자 경제는 위기를 맞게 되고 국내의 각
종 모순과 저항이 첨예하게 드러났다. 이러한 위기상황에 처하자 정부는
국가안보의 강화와 지속적인 경제성장을 명분으로 내세워 정부연장을 획
책하고 노동운동을 비롯한 정치적 사회적 저항을 억압하였다.

　한편, 사용자측은 1960년대 후반 근로기준법의 개악과 집단적 관계법의
개정을 요구하며 노동조건을 저하시키고 노동조합운동을 억압하고자 하였
다. 1965년에 이미 상공회의소는 노동조건의 악화와 쟁의의 제약을 의도
하는 노동법 개정안을 제시하였으며, 1968년에는 전국경제인연합회가 근
로시간 연장, 유급휴가 단축 등을 내용으로 하는 근로기준법 개정안을 건
의하기도 하였다. 그리고 1970년에는 노동문제를 전담하는 경영자협의회
(지금의 경총)를 구성하여 본격적인 노동대책 수립에 나섰다.

　이러한 사용자측의 요구와 외채상환부담 증가에 따라 외국인 직접투자
를 적극 도입하려는 정부의 방향이 합치되어 노동운동을 제약하는 방향으

로 노동관계법이 개정되었다. 외자기업에서 노동운동을 제한하는 [외국인
투자기업의 노동조합 및 노동쟁의 조정에 관한 임시특례법](1970. 1. 1)이
제정되었다. 이 법은 제18조에서 자유지역 내의 입주기업체에 종사하는
근로자의 쟁의 및 쟁의의 조정에 관하여는 노동쟁의조정법 중 공익사업에
관한 규정을 적용하도록 하였다. 자유지역이란 수출자유지역을 말하는데,
수출자유지역은 건설부 장관이 내무부 장관의 의견을 들어 선정한 예정지
중에서 상공부 장관이 정하는 지역으로서 관계법령의 적용이 전부 또는 일
부가 배제되거나 완화된 보세지역의 성격을 띤 지역을 말하였다. 마침내
노동권의 행사를 사실상 봉쇄한 [국가보위에 관한 특별조치법](1971. 12. 27)
이 도입되었다.4)

(2) 국가조합주의와 산별노조 / 교섭

1960년대 한국의 산별노조와 교섭을 설명하는 데 서구에서 발전한 일
반 산별노조 / 교섭이론은 크게 유효하지 못하다. 즉, 서구의 이론이 지적
하는 것과 같은 요인이 한국에서 활발하게 작동하지 못하였기 때문인데
특히 산별교섭의 예를 보면 명백하다. 그 당시 한국에서는 정치적으로 친
노조적인 진보정당이 활동하지 못하였고, 경제적으로도 산업내 독점적 대
기업으로 인해 중소기업들은 종속적인 역할을 수행할 뿐이었다. 또한 노
동조합의 조직률은 10~20%에 머물렀고 산업수준에서 사용자단체의 존
재는 미미하였다. 산별교섭이 주는 공공재 제공이나 임금 안정성의 장점
도 그리 크게 부각되지 않았다. 따라서 조합주의 이론에서 나름대로 1960
년대 산별노조 / 교섭을 이해하는 노력이 필요하다.

---

4) 이상희는 특별조치법 이전에 제정된 1960년대 노동관계법이 성장전략에 필요한 노동력 동
원을 최대한 가동하기 위한 노동시장 전략을 계획하고 구사하는 한편, 위로부터 통치를
통하여 성장에 장애가 되는 산업사회의 갈등을 제어한 것이라 주장하기도 한다(이상희,
2005).

4·19혁명 후 고양되었던 노동운동은 5·16군사정권에 의한 노동조합의 해산명령으로 단절되었다. 군사정권은 노동조합을 재편성하면서 강제된 산별노조체제를 구축하고자 하였다. 1961년 5월 23일 노조해산명령을 내렸던 군사정부는 그 해 8월 자신들이 설정한 기준에 따라 산업별노조를 만들도록 허용하고 9명의 간부들을 지명하여 중앙정보부에서 훈련을 시킨 후 노조재건을 추진하도록 하였다. 9명의 재건위원들은 자신들과 가까운 사람들을 모아 약 10일 만에 15개의 산업별노조를 만들고 이를 토대로 한국노동조합총연맹(한국노총)을 결성하였다. 노동조합은 노동자들의 자발적인 의사에 따라 만들어진 것이 아니라 군사정부에 의해 철저히 위로부터 만들어진 것이었다. 이와 같이 군사정부가 강력한 중앙 집중력을 가진 산별노조를 만들게 한 것은 노동조합 장악을 통해 대중적인 정치기반을 확보하고 저임금을 기초로 한 경제개발전략을 추진하는데 있어 노동자의 저항을 노동자로 하여금 통제하기 위한 것이었다. 이 과정에서 군사정부는 1950년대 말 대한노총의 관제 어용적 행태에 반발하여 등장한 '전국노동조합협의회' 세력을 철저히 소외시키고 노동조합법상 복수노조 금지규정을 두어 한국노총에 대한 도전을 차단하였다.

1961년 위로부터 조직된 한국노총체제는 형식적으로는 산업별 단일노동조합의 형태로 조직되었다고 평가될 수 있다. 이러한 체제를 지원하기 위해 산하의 조직을 지부로서 편성하고, 또 산별노조체제를 전제로 하는 노동법개정이 이뤄졌다. 기존노조의 기득권 유지를 위한 복수노조금지, 유니언숍 규정의 신설 등은 군정과 노조 상층간부 사이의 보호·통제와 충성·복종의 교환을 제도화 한 것이다(이상희, 2005, p.114).

그러나 5·16쿠데타 세력에 의한 한국노총의 설립과 노동조합의 산별노조화는 노동조합 내 반발과 저항을 불러일으켰다. 즉, 강제된 산별노조체제는 나름의 타협점을 모색하지 않고는 도입되기 어려워졌다. 군사정권이 지명한 후보가 산별노조위원장에 선출되지 못하는 사태가 15개 산별노조 가운데 광산노조, 전력노조, 외기노조, 금융노조 등에서 발생하였고 전력, 부두, 연합, 출판노조에서는 조합결성대회가 예전과 달리 이루어지지 못하였다. 위원장선거와 관련하여 2년여 진통을 겪은 전력노조의 예에서 보는 바대로, 새로운 체제를 둘러싸고 군부정권에 의해 지명된 새로운 산별노조 리더와 기존 사업장 리더 사이에 합의가 이루어지는 데는 시간이 필요했던 것이다. 결국 산별노조체제를 둘러싼 합의는 조직영역 분리로 나타나게 되었다.

외형별로 산업별 노조는 중앙집권적 형태를 취하였다. 산별노조의 의결기구는 대의원 대회와 중앙위원회이며 집행기구는 중앙집행위원회와 상무집행위원회가 있었다. 대의원대회는 최고의결기관으로 각 지부별 조합원 수와 조합비 납부실적을 기준으로 배정된 대의원으로 구성되었다. 산별노조위원장은 대의원회에서 선출되었다. 사업장의 지부 혹은 분회는 운영, 선거, 징계, 일상활동에서 단체교섭·노동쟁의에 이르기까지 대부분의 활동을 조합본부의 지휘통제 아래 두었다. 그러나 이러한 외형과 달리 실제 운영상에 있어서는 대부분 산별노조의 규약들이 단체교섭권과 단체협약권을 지부장에게 위임할 수 있도록 단서조항을 두었으며 지부장이 노동쟁의의 당사자가 되어 쟁의를 제기할 수 있도록 허용하였다.

이러한 상황 속에서 산별노조 리더와 사업장의 지부·분회 리더들은 평조합원들이 조직운영과 활동에 참여할 권한을 제한하면서 절충점을 찾았다. 즉, 평조합원은 지부나 분회에 할당된 산별파견 대의원을 직접 선출하기보다 지부·분회장이 추천한 후보를 추인하는데 그쳤다. 이로써 산별위원장들과 지부·분회장은 대의원을 접점으로 상호 자기영역에서의 리더십을 보장받게 되었다. 그러나 평조합원들은 산별노조 본부이든 지부·분회이든 노조운영과 관련하여 자기 목소리를 전달할 수 있는 여지가 매우 협소하게 되었다.

결국 정규 종업원만으로 조직된 기업별 지부가 산별노조체제의 근간이

되었고 교섭권도 지부와 분회 등 하부 조직에 '상시위임'하는 체계로서 본질적으로 기업별 노조체제의 성격을 지니게 되었다. 이러한 형식과 실제상 분리는 '노동조합을 통제하기 위한 수단으로서 하부 조직에 대해서 통제권을 갖는 유사(pseudo) 산별노조체제'로 평가되었다(김삼수, 2005).

　군사정권은 한국노총을 체제내로 편입하고 산별노조체제를 유지하기 위해 노동조합 리더십에 독점적 지위를 부여하기도 하였다. 아래 표처럼 정부는 한국노총 지도부를 정부 정책집행 결정과정에 참여시켰다.

〈표 2〉 1960년대 한국노총의 정책집행 참가 현황

연도	정책집행참가 기구(신규)	누적 계
1962	임금위원회(3명), 중앙직업안정위원회(3), 중앙실업대책위원회(1명), ILO가입추진위원회(1명)	4
1963	근로기준위원회(2명), 가톨릭의대 산업의학연구회 고문(1명), 한국생산성본부 이사(1명)	5
1964	중앙직업안정위원회(1), 근로기준위원회(1), 사회보장심의위원회(1)	5
1965	산재보험심의위원회(1명), 의료보험심의위원회(1명)	4
1966	국제기능올림픽대회 한국위원회(1명)	5
1967	임금위원회(1명), 직업훈련심의위(2명), 인력개발위원회(1명), 서울시직업안정위원회(2명)	13
1968	경찰행정자문위원회(1명), 광산보안위원회(1명)	11
1969	서울시사회정화실천위원회(1명), 제3차경제개발5개년계획심의위(1명)	13

출처 : 한국노총 50년사(김태현(2003)에서 재인용)

　노총이 참가하는 정부 산하 기구의 수는 4개에서 시작하여 점차 13개에 이를 정도로 증가하였다. 그러나 정부의 정책추진을 위한 구색 맞추기의 취지에서 노동계 대표를 동원한 듯한 사례들(예 : 경찰행정자문위원회, 서울시사회정화실천위원회, 경제개발계획심의위원회 등)도 포함되어 있는 것에서 알 수 있듯이 실제 정책결정 권한을 노정이 나누어 가졌다기보다 노총을 체제내로 편입하는데 활용되었다고 평가할 수 있다.

한편, 이렇게 강제된 산별노조체제 하에서도 노동조합은 확대되었다. 아래 표처럼 4 · 19혁명시 10만여 명에 불과하였던 노동조합원 수는 1971 년 50만여 명으로 다섯 배나 증가하기에 이른다.

〈표 3〉 1960년대 노동조합원 수 증가추이

		1961	1962	1963	1964	1965	1966	1967	1968	1969	1970	1971	지수
광공업	섬 유	15,388	25,263	32,099	35,292	33,246	38,605	45,519	50,886	56,496	56,686	58,412	231.2
	금 속	1,130	5,336	7,775	8,188	9,304	11,337	13,685	17,675	25,030	26,550	27,206	509.9
	화 학	8,847	11,340	13,215	15,114	16,165	22,047	23,702	29,581	35,078	35,717	41,617	367.0
	출 판	—	—	1,408	1,866	1,496	2,317	2,961	3,340	3,301	9,878	4,490	318.9
	광 산	14,265	16,446	20,858	25,362	27,064	29,798	32,053	30,321	30,627	32,185	34,951	212.5
	소 계	39,580 (40.8)	58,385 (33.1)	75,355 (33.6)	85,822 (31.6)	87,275 (29.7)	104,104 (30.9)	117,920 (32.1)	131,803 (33.0)	150,532 (33.8)	161,016 (34.3)	166,676 (33.8)	285.5
공공부문	철 도	15,000	21,765	25,871	25,871	28,766	30,427	31,009	33,544	33,805	34,693	34,796	160.0
	전 력	4,500	8,718	10,046	10,046	10,640	10,691	10,688	11,030	11,709	11,162	11,025	126.5
	체 신	4,359	7,041	8,191	8,191	9,360	9,798	10,502	13,558	17,844	20,167	23,065	327.6
	전 매	3,556	8,600	9,202	9,202	11,064	12,180	13,121	13,232	13,446	13,182	14,269	165.9
	금 융	3,600	5,982	7,481	7,481	7,782	7,973	8,825	10,542	12,800	15,286	20,272	338.9
	소 계	31,015 (32,0)	52,097 (29.6)	60,791 (27.1)	67,612 (24.9)	71,069 (24.2)	74,145 (22.0)	81,906 (22.3)	89,604 (22.4)	94,490 (21.5)	101,174 (20.5)	103,427 (22.3)	198.5
운수	자동차	—	—	—	24,790	34,002	39,923	39,733	47,341	59,449	63,334	77,084	310.9
	운 수	9,194	22,361	26,852	14,239	13,005	14,699	16,820	17,754	18,777	17,834	16,911	118.8
	해 원	1,683	10,878	14,802	15,660	16,551	20,569	24,175	28,087	27,635	32,465	42,697	392.5
	부 두	10,221	14,987	17,155	19,158	19,514	19,329	19,708	19,377	20,678	21,258	20,725	138.3
	소 계	21,098 (21.8)	48,226 (27.4)	58,809 (26.2)	73,937 (27.2)	83,072 (28.2)	94,520 (28.6)	100,436 (27.4)	112,559 (28.1)	126,539 (28.5)	134,891 (28.8)	157,417 (32.0)	326.4
서비스	외 기	4,659	5,231	11,079	19,714	26,765	32,960	34,392	37,241	38,856	35,942	27,718	529.9
	연 합	497	12,766	18,386	24,584	25,927	31,245	32,219	28,722	33,955	35,980	36,186	283.5
	관 광	—	—	—	—	—	—	—	—	—	—	2,287	—
	소 계	5,138 (5.3)	17,997 (10.2)	29,645 (13.1)	44,298 (16.3)	52,689 (17.9)	64,205 (19.1)	66,611 (18.2)	65,963 (16.5)	72,811 (16.4)	71,922 (15.3)	66,191 (13.4)	367.8
총 계		96,831	176,165	224,420	271,579	294,105	336,974	366,973	399,909	444,372	469,003	493,711	280.3

주 1) ( )안은 구성비(%)임.

　　2) 지수는 1962년을 100.0으로 한 것이며 운수와 자동차는 서로 분리된 1964년을 100.0으 로 한 것이며 출판은 1963년을 100.0으로 한 것임.

자료 : 한국노총, 『사업보고』, 1962~1971에서 재작성(이원보, 2004에서 재인용).

〈표 4〉 노동조합 조직률 변화 추이(단위 : 천 명, %)

연도별	피용자수(A)	상용근로자수(B)	조합원수(C)	조직률(C/A)	조직률(C/B)
1963	2,497	975	224	9.0	23.0
1964	2,511	972	272	10.8	28.0
1965	2,731	1,140	294	10.8	25.8
1966	2,887	1,300	337	11.7	25.9
1967	3,133	1,532	367	11.7	24.0
1968	3,460	1,802	400	11.6	22.2
1969	3,553	2,014	444	12.5	22.0
1970	3,718	2,195	469	12.6	21.4
1971	3,804	2,231	494	13.0	22.1

주 1) 피용자 수는 취업자 수 중 자영업주, 가족 종사자를 제외한 숫자임.
자료 : 노동청, 노동통계연감, 1972 한국노총사업보고서, 각 연도판(이원보, 2004에서 재인용)
이러한 조직화는 한국노총의 노력과 상관없이 경제성장의 결과인 것으로 해석하기는 어렵다. 아래 표처럼 한국노총은 연간 조직확대 계획을 수립하고 그 성과를 평가하였다.

〈표 5〉 한국노총의 조직확대계획과 성과

연도별	계획목표	달성성과	총 조합원수	실제 조합원 증가수
1962	55,000	47,300(86.0)	176,165	79,334
1963	55,319	48,255(87.2)	224,420	48,255
1964	38,725	47,159(121.8)	271,579	47,159
1965	57,227	57,740(100.9)	294,105	22,526
1966	106,921	72,916(68.2)	336,974	42,869
1967	64,466	66,418(103.0)	366,973	29,999
1968	83,044	83,522(100.6)	399,909	32,936
1969	95,576	103,514(108.3)	444,372	44,463
합계	556,278	526,824(94.7)	268,207	347,541

자료 : 한국노총, 『사업보고』, 1963~1969(이원보, 2004에서 재인용)

그런데 강제된 산별체제 하에서 위와 같은 조합원 수의 증가가 의미하는 바가 무엇인지에 대해 묻지 않을 수 없다. 이는 노동조합 상층 지도부 사이의 합의와 그들의 조합운영 전략이 존재하였다는 점을 시사한다. 즉,

노동조합 내에서 산별간부와 사업체간부 사이에 조직영역 다툼이 정리되었다는 것이다. 산별간부는 자사의 리더십을 유지하는 것을 보장받는 대신 사업체간부는 사업체 내 활동의 자율성을 보장받기로 한 것이다. 이는 한국노동조합이 1960년대 이미 대기업위주로 조직화되었고 그 경향은 경제성장과 더불어 강화되었다는 점에서 근거를 찾을 수 있다. 즉 표에서 보는 것처럼 제조업체의 사업장 당 조합원 수는 1962년 321명에서 1968년 426명으로 증가하였다.[5]

〈표 6〉 사업장당 조합원수 추이

		1962	1964	1966	1968	1970
전 체	조합원수(A)	176,165	271,579	336,974	399,909	469,003
	사업체수(B)	577	952	980	2,291	3,454
	사업장당 조합원수(A/B)	305.3	285.3	343.9	174.6	135.8
제조업	조합원수(A)	53,089	58,594	71,989	98,142	118,953
	사업체수(B)	165	186	238	230	314
	사업장당 조합원수(A/B)	321.8	315.0	302.5	426.7	378.8

주 1) 제조업은 섬유 · 화학 · 금속노조만을 계산한 것임.
　　2) 사업체수는 단체협약체결 대상업체수임.
자료 : 한국노총, 해당연도별 『사업보고』(이원보, 2004에서 재인용)

이러한 강제된 산별노조체제 하에서 노동조합 리더 내 조직영역 합의는 단체교섭에도 그대로 반영되었다. 산별협약 대신 사업장 내 체결된 단체협약의 비중이 압도적이다.

---

5) 다만, 서비스업종의 소규모 사업장 조직화로 말미암아 전체적인 규모는 1960년대 말 이후 축소하게 되었다.

〈표 7〉 연도별 단체협약 체결상황(매년 8월 31일 현재)

연도별	산업별 노조수	체결대상 사업체수	조합원수	체 결 상 황			
				체결업체수	%	적용조합원	%
1962	14	577	176,175	299	51.8	107,578	61.1
1963	15	776	224,420	491	63.3	171,221	76.3
1964	16	952	271,579	669	70.3	199,728	73.5
1965	16	892	297,105	664	74.4	217.818	74.1
1966	16	980	336,974	717	73.2	255,232	75.7
1967	16	1,250	366,339	853	68.2	310,018	84.6
1968	16	2,291	399,909	1,757	76.7	342,377	85.6
1969	16	2,975	435,196	1,605	53.9	320,371	73.6
1970	16	3,454	469,003	2,750	79.6	400,465	85.3
1971	17	3,370	456,996	2,848	84.5	398,274	87.2

자료 : 한국노총, 『사업보고』, 1962~1971(이원보, 2004에서 재인용)

이러한 기업별교섭의 대세는 소사업장이 주류를 이루어 산별교섭의 기반이 강하다고 할 수 있는 운송 및 서비스 부문에서도 그대로 나타나고 있다.

〈표 8〉 산업별 단체협약 체결 추이(각 년 8월 31일 현재)

	1965		1970	
	대상사업장수	단체협약수	대상사업장수	단체협약수
광공업부문 (섬유·화학·금속·출판·광산)	243	120	486	339
공무원부문 (철도·전력·체신·전매)	7	7	18	13
운송부문 (해상·부두·운수·자동차)	533	462	2,254	2,135
서비스부문 (금융·외기·연합·관광)	109	70	612	361
총 계	892	664	3,370	2,848

자료 : 한국노총, 『사업보고』, 1965 : 77 및 1971 : 117에서 재작성(이원보 2004에서 재인용).

산별교섭 대신 기업별교섭이 주류를 이룬 데는 사용자단체의 발전이 미비한데도 이유가 있으나 사용자의 기업별교섭 전략에도 기인한 바가 크다. 1960년대 경제개발의 정부주도성과 해외의존성은 사용자들의 기업지배구조, 경영방식, 노사관계에 대한 전략에 중요한 영향을 끼쳤다. 먼저, 사용자는 정부로부터 제공되는 금융·세제상의 특례를 중시하고 형식적·단기적·팽창적 경영방식을 채택하였고 노사관계도 자율적 포용전략보다는 정부의존형 배제전략을 채택하였다. 이러한 가운데 사용자가 사업장 외부 산별교섭·협약의 규제를 수용하기는 어려웠고 자기 사업장 단위에서 힘의 우위를 통해 노동조합을 통제·지배하고자 하였다. 이와 같은 자본과 경영이 분리되지 않은 가족회사구조, 재무구조의 취약성은 사용자로 하여금 노동조합을 억압하고 지배하고자 하는 경향성을 강화하였다. 그러나 대기업들은 정부의 재정·금융상의 특혜 및 지원 속에서 생산물의 공급과 원자재 수요를 독점하여 막대한 이윤을 축적하였고 이러한 대기업의 물질적 역량은 노동조합을 기업내부로 포용할 수 있는 조건을 만들 수 있었다. 따라서 대기업을 중심으로 기업별 교섭 전략이 채택되었고 이러한 입장은 중앙사용자단체에 의해 산별교섭 반대로 표현되었다.

노동조합과 더불어 또 하나의 노동자조직으로서 노사협의회에 참가하는 종업원대표조직이 제도화되었다. 노사협의회는 1963년 노동조합법 개정에 의해 도입이 의무화되기 시작하였다.[6] 노사협의회의 중요한 조직적 특징은 과반수로 조직된 노조가 있는 경우 자동적으로 그 노조가 종업원대표('근로자위원')를 지배하게 되어 있는 점이었다. 노조조직과 종업원대표조직의 범위가 사실상 일치하기 때문에 산별지부와 종업원대표 조직과의 기능의 일치는 산별체제의 성격을 보다 약화시키는 작용을 하였다.

---

6) 1963년 법개정 이전에도 노동조합이 설치된 기업에서는 거의 대부분 노사협의회가 설치되었었다(金三洙, 1993 : 29).

(3) 노동자 저항과 파업

　1960년대 노동자 저항이 국가조합주의 체제 성격상 비공식적인 파업 양상으로 전개되었을 것이라는 예상은 문헌연구 속에서 확인되지 못하였다. 도리어 노동자 저항이 많든 적든 법제도에 의해 규정된 노동쟁의의 모습을 지니다가 합법적 파업으로 발전하는 것이 대부분이었다. 이러한 현상은 서구에서 발전한 파업이론으로 설명하기는 곤란하다. 예로, 호황기에 파업이 많고 불황기에 파업이 적을 것이라는 경제적 접근방식과 다른 현상이 기록되었다. 1960년대 가장 많이 파업이 발생한 시기는 90건의 1963년과 18건의 1967년으로 이 때는 가장 높은 경제성장률인 13.4%를 기록하였던 1965년과 1971년과 달리 9.1%와 3.5%의 경제성장률을 기록하였을 뿐이다.

　따라서 여기에서는 국가조합주의에서 어떻게 예상과 달리 노동자의 저항이 공식적인 파업의 형태로 전개되었는지 그 이유를 밝히고자 하는데 초점을 두었다. 1960년대 노동운동은 군정이 끝나자 활발하게 전개되었다. 우선 조합원수는 1962년의 10만여 명에서 1969년에는 49만 명으로 증가하였고 노동쟁의는 1963~69년간 연평균 105건에 17만 5천 명이 참가하였다. 노동쟁의는 저임금으로 인한 생활난을 반영하여 임금인상요구가 주종을 이루었으며 그 밖에 해고반대, 노조활동 보장 등이 그 뒤를 잇고 있었다. 노동쟁의는 1960년대 중반까지 관공기업분야와 외기노조가 주도하다가 후반기에는 제조업이 주종을 이루며 점차 규모가 커지고 장기화하는 양상을 보였으며 외자기업에서의 쟁의가 급증하였다. 이들 쟁의는 대부분 기업별로 제기되었지만 섬유노조의 면방쟁의와 같은 산업별 쟁의도 전개되었으며 정부를 상대로 한 제도 정책개선투쟁도 포함하고 있었는데 정부 관리 기업체의 보수통제법 폐기투쟁, 주유종탄정책반대투쟁, 자본시장육성법 반대투쟁이 그 대표적인 것들이었다. 또한 섬유노조 산하 면

방 생사업종에서는 전국적인 통일교섭과 총파업이 시도되기도 했으며 최
저생계비를 기초로 한 노동조합의 임금이론이 등장하기도 했고 1960년대
말에는 권력의 억압정책에 대항하여 정치활동이 시도되기도 하였다.

〈표 9〉 노동쟁의의 주요 요구내용별 구성

연도별	쟁의건수	주요요구내용별 구성비(%)					
		임금인상	임시급여	해고반대	노동시간	권리분쟁	기 타
1963	89	58.4	7.9	3.4	1.1	22.5	—
1964	126	73.3	6.7	4.8	0.9	12.4	—
1965	113	61.9	7.2	8.2	2.1	14.4	—
1966	117	69.2	9.6	0.9	3.8	13.5	3.0
1967	105	80.0	3.9	—	0.9	14.3	0.9
1968	112	54.3	5.3	6.2	—	22.3	1.9
1969	70	70.0	2.9	2.9	—	22.8	1.4
1970	88	70.0	—	2.5	—	25.0	2.5
1971	101	68.3	—	5.0	—	18.0	5.9
연평균	112	67.27	6.21	4.24	1.76	18.36	2.60

자료 : 1963~65는 경제기획원, 『경제백서』, 1966.
　　1966~69는 노동청, 『한국노동통계연감』, 1972(이원보, 2004에서 재인용).

노동쟁의가 파업으로 연결되는 경우는 표처럼 10%의 경우에 지나지 않
는다. 특이한 점은 1960년대 후반까지 파업지속일수가 1~5일에 불과하여
과시적 파업이 특성을 보였지만 1970년 이후에는 15일 이상으로 증가하
였다는 것이다. 이는 경제침체로 인해 노사간 갈등이 장기화 되었다는 것
을 보여준다. 이러한 장기파업은 정부로 하여금 체제 안정성이 위협받는
것으로 인식되도록 하여 1971년 이후 노동자 통제 강화 국면을 도래하도
록 하였다.

이러한 국면전환은 표에서 보이는 것처럼 노동위원회에 의한 공식적 조
정보다 비공식조정으로 노동쟁의를 해결하고자 하였던 정부의 전략이 변

화하였다는 것을 시사하기도 한다.

〈표 10〉 연도별 노동쟁의 및 파업동향

	쟁 의			파 업			
	건 수	참가인원	건당 참가인원	건 수	참가인원	노동쟁의건수	건당 노동 손실일수
1966	117	145,168	1,241	12	30,690	40,592	3,382.7
1967	130	183,490	1,412	18	2,787	10,004	555.8
1968	135	265,290	1,898	16	18,437	65,405	4,087.8
1969	94	157,631	1,677	6	30,499	163,352	27,255.3
1970	90	207,826	2,309	4	541	9,013	2,253.3
1971	109	154,544	1,418	10	832	11,323	1,132.3
합 계	675	1,113,949	9,955	66	83,786	299,689	38,667.2
연평균	112.5	185,658	1,659	11.0	13,964.3	49,948.2	6,444.5

자료 : 노동청, 『한국노동통계연감』, 1974에서 재작성(이원보, 2004에서 재인용).

〈표 11〉 노동쟁의 해결상황(단위 : %)

연도별	총수(A)	노동위원회(B)				비공식조정(C)	기 타
		소계	알선	조정	중재		
1966	100.0	28.3	9.6	9.8	10.9	71.7	—
1967	100.0	27.1	9.3	10.3	7.5	72.9	—
1968	100.0	34.2	3.6	15.3	15.3	65.8	—
1969	100.0	37.0	3.3	19.6	14.1	63.0	—
1970	100.0	24.5	2.4	13.4	8.7	74.3	1.2
1971	100.0	27.9	4.3	12.9	10.7	54.8	17.3
연평균	100.0	29.8	5.42	13.6	11.2	67.1	9.25

자료 : 노동청, 『한국노동통계연감』, 1972(이원보, 2004에서 재인용).

위와 같은 1960년대 노동쟁의와 파업은 강제된 산별체제 하에서 노동자 저항이 노동조합의 합법적 파업전략에 의해 수행되었다는 특징을 갖는다. 사용자는 노동쟁의에 대해 부당노동행위의 도를 넘는 원시적인 억압책을 구사하였고 중앙수준 사용자단체(전경련, 상공회의소)를 통해 여론조작과 대정부 로비를 수행하였다. 1965 한국판유리, 1969 대한조선공사, 그리고 1969 면방쟁의에서 사용자들은 직장폐쇄를 단행하기도 하였다. 그러나 사용자의 노동쟁의 전략에 대해 노동조합은 타협주의 전략을 채택하였고 '사전협의-단체교섭-파업투쟁' 3단계 투쟁전술을 통해 합의 도출 여지를 제고하였다. 일부 소수업종에서 나타난 산별교섭이든, 사업장별 기업교섭이든 쟁의행위는 합법적으로 이루어졌다. 이는 평조합원의 목소리가 산별노조까지 전달되지 않고 기업수준에서 차단되어 기업수준 노동조합 리더들의 합법전략이 평조합원에게 수용되었음을 의미한다. 노조 리더들은 표에서 보는 것처럼 제한적이나마 임금인상 목표의 50% 이상을 달성하곤 하였다.

한편, 정부는 노동쟁의 조정에 비공식적 개입을 활발하게 수행하였고 때로는 공권력 개입을 진행하기도 하였다. 1960년대는 노동법에 의거 노동쟁의 절차가 마련되었고 합법 파업이 보호받았기 때문에 정부의 노골적인 노동자 파업권 통제는 1972년 유사헌법 때까지 미루어질 수밖에 없었다.

〈표 12〉 1967~1969년 노동쟁의와 임금인상 비교

	1967	1968	1969	합 계
해당사업체수	627	416	554	1,597(100.0)
0%	60	126	131	317(19.8)
1~9%	1	1	-	2(0.0)
10~19%	126	26	118	270(16.9)
20~29%	253	129	172	554(34.7)
30~39%	141	104	108	353(22.1)
40~49%	16	23	21	60(3.8)
50%이상	30	7	4	41(2.6)

주 : ( )안은 구성비.
자료 : 노동청, 『한국노동통계연감』, 1974에서 재작성(이원보, 2004에서 재인용).

〈표 13〉 임금인상요구율과 타결율(1966~1970)

	요 구		타 결	
	건 수	구성비	건 수	구성비
계	388	100.0	383	100.0
0%	–	–	66	17.2
1~9%	–	–	8	2.1
10~19%	6	1.5	75	19.6
20~29%	9	2.3	93	24.3
30~39%	63	16.2	87	22.7
40~49%	42	10.8	23	6.0
50%이상	264	68.2	31	8.1
평균요구율 및 인상율	44.8%		24.7%	

주 : 평균요구율 및 인상률은 각 계층별 중위값을 건수와 가중평균하여 산출한 것임.
자료 : 한국경영자협의회, 『한국의 노동쟁의 동향분석』, 1972(이원보, 2004에서 재인용).

1960년대 중·후반의 안정적인 노사관계는 일부 업종의 산별교섭과 제
도권내 편입되지 않는 영세업체 노동자의 증가로 말미암아 불안정화 된
다. 1969년 7월 1일, 전국 15개 면방직 사업장에서 노동자들이 연합해서
제기한 섬유노조쟁의(노동자 수 51,000)나, 1969년 7월 2일 조선공사 쟁의
등은 노동운동이 싹트고 있음을 보여주는 것이었다. 그리고 마침내 1970
년 11월 13일 평화시장 재단사 '전태일의 분신'이, 그리고 1971년 8월 10
일 '광주대단지 사건'이 발생한다. 특히 이 두 사건은 고도성장의 효과를
명시한 것으로서 당시의 사회적 봉합에 미미하나마 위협을 예고하는 것이
었다(양우진, 1994).

5. 결 론

이 글은 중앙과 산별노조 지도부와 사업장과 기업수준 지도부 사이의 타협 속에서 국가조합주의에 의한 산별체제가 형성되었다는 점을 밝히고 있다. 서론에서 제기한 1960년대 노동자 저항을 둘러싼 두 가지 질문에 대한 답은 아래와 같이 정리될 수 있다.

1960년대 산업별 노사관계체제는 서구의 노사자치주의에 입각한 산별 체제가 아니며, 동시에 제3세계에서 나타나는 정부의존형 산별체제도 아니다. 1960년대 한국의 노사관계체제는 형식상 산별노조에 의해 운영되고 이들 노조는 법과 제도에 의해 보호받았다. 그러나 실제 노사관계체제는 기업별 지부와 분회에 의해 운영되었고 이는 노동조합 내부의 합의를 기반으로 하였다. 노동조합 내부 합의는 일반 평조합원의 합의가 아닌 노조 상층부 지도자들 사이의 담합을 뜻한다. 한편, 이들 상층부의 담합은 가족 소유형 기업지배구조로 인해 파편화되었던 사용자의 지지를 받았다. 사용자는 산업별 노조와 교섭을 선호하기 보다는 기업수준에서 노동조합을 힘의 우위로 억압하거나 지배하고자 하였다. 경제성장 과정에서 정부와 대기업의 결탁은 대기업 사용자로 하여금 노동조합을 기업내로 편입할 수 있는 여지를 마련하였다. 대기업 기업별 지부와 분회 노동조합 지도자는 합법적 노동쟁의와 파업을 통해 임금상승을 쟁취할 수 있었고 이는 1960년대 지속적인 노동조합 확대로 이어졌다. 독재정권은 안정적인 노사관계 형성 여부가 산별체제나 기업별체제 여부보다 더 중요한 것이었다. 합법적 노동조합 쟁의와 파업에 대해 정부는 공식적인 노동위원회 기구를 활용하기보다 비공식적인 방식을 통해 대응하였고 이는 사용자가 힘의 우위를 유지하는데 도움을 주었다.

아울러, 1960년대 산업별 노사관계체제는 노동조합 내부의 합의와 사용자나 정부의 전략적 선택 속에서 안정화의 모습을 보이기도 하였지만 불안정성을 제거할 수는 없었다. 즉, 노동자 계층 가운데 점차 기존 체제에 포괄되지 않는 노동자의 수가 확대될 경우 이는 강제된 산업별체제에 불안정성을 가져올 수밖에 없었다. 1970년 평화시장에서 촉발된 영세업체 노동자의 저항은 1960년대 노사관계 체제의 안정성을 근본적으로 흔들었다. 마찬가지로 사용자 내부의 이원화도 노사관계 체제 안정성에 불안 요소로 등장하였다. 대기업을 중심으로 한 기업별 교섭이 대세로 정착하는 듯 보였지만 면방업종에서처럼 산별교섭이 제기되면서 사용자의 형식상 강제된 산업별 노사관계체제에 대한 불만은 가중되었다. 면방업체의 공격적 직장폐쇄도 산업별 노사관계체제를 강화하기 위한 것으로 보기는 어렵다. 도리어 사용자의 직장폐쇄는 정부에게 형식적으로 노동삼권이 보장된 산업별 노사관계체제를 규정한 기존 법제도를 폐기하고 보다 적극적으로 노동억제적인 체제를 구축하는데 나설 것을 주장하는 사용자들의 요구로 해석할 수 있다. 이처럼 사용자들은 개별 단위의 기업별 노사관계를 내실화하기보다 정부에 의존하여 국가 수준에서 노동조합을 통제하는 '보다 쉬운' 길을 선택하였던 것이다.

한편 정부는 합법적 노동자 저항을 용인하고 노사자치주의를 형성하는 길을 선택하지 않았다. 도리어 합법적인 저항조차 봉쇄하는 전략을 선택하였다. 1960년대 말 경제개발의 모순이 첨예화하고 권력기반이 동요하자 박정희 정부는 결국 지속적인 경제성장과 국가안보의 강화를 명분으로 가일층 독재체제를 강화하기로 하였다. 정부는 대기업의 이해에 조응하여 차관과 직접투자에 의한 중화학 공업화를 추진하고 3선 개헌을 통해 장기집권의 길을 연 후 1972년에 유신체제를 확립하였다.

끝으로, 이 연구의 한계는 이미 서론에 지적한 것처럼 무엇보다 인터뷰가 부족한 데 있다. 이미 1960년대 노사관계를 증언해줄 노사정 사회주체들의 핵심 인사들이 존재하고 있지 않다는 점을 고려하면 보다 적극적으로 인터뷰를 수행하고 그에 근거한 연구가 활성화되어야 할 필요가 있다. 또한 인터뷰 한계를 보완할 수 있는 연구방법론이 개발되어야 할 것이다. 한편, 이 연구가 노동조합에 보다 무게를 둔 점을 고려할 때 향후 사용자 측을 집중적으로 분석한 연구가 출현하여야 할 것이다.

참고문헌

1. 국내문헌

강신준(2002), 「4 · 19혁명 시기 노동운동과 노동쟁의의 성격」, 『산업노동연구』, 제8권
　　제2호, pp.199~236.
김경일(1998), 「1950년대 후반의 사회이념 : 민주주의와 민족주의」, 한국정신문화연구원
　　현대사연구소(편), 『한국현대사의 재인식 4』, 오름.
김동춘(1991), 「4 · 19혁명의 역사적 성격과 그 한계」, 『1950년대 한국사회와 4 · 19혁
　　명』(고성국외), 태암.
김삼수(1999), 「1960년대 한국의 노동정책과 노사관계」, 『한국현대사의 재인식 8 : 1960
　　년대 한국의 공업화와 경제구조』, 한국정신문화연구원.
　　＿＿＿(2000), 「노사관계의 한일비교」, 박영철 · 노조에신이치 공편, 『동아시아 경제협력
　　의 현상과 가능성』, 고려대 아세아문제연구소.
　　＿＿＿(2003), 「박정희시대의 노동정책과 노사관계」, 이병천 엮음, 『개발독재와 박정희
　　시대』, 창비.
　　＿＿＿(2005), 「노동조합 조직체계와 교섭구조의 변화」, 임상훈 등, 『한국형 노사관계
　　모델(I)』, 서울 : 한국노동연구원, pp.177~237.
김삼수 · 노용진(2002), 『산업별노조로의 전환에 따른 단체교섭구조의 현황과 정책과제』,
　　국회 환경노동위원회.
김원경(1991), 『한국고용사』, 형설출판사.
박현채(1981), 「미 잉여농산물원조의 경제적 귀결」, 진덕규 외, 『1950년대의 인식』.
박희준 (2005), 「이론적 검토와 기존 모형의 확장」, 김승택 등, 『노동시장 조기경보시스
　　템(EWS) 지표 개발 연구』, 서울 : 한국노동연구원, pp.150~161.
신병현(2003), 「70년대 산업화 과정에서 노동자들의 사회적 정체성에 영향을 미친 주요
　　역사적 담론들 : 근대화와 가부장적 가족주의 담론구성체를 중심으로」, 『산업노
　　동연구 제9권 제2호』, pp.307~351.
양병무(2002), 『산업별 노조에 관한 연구』, 한국경영자총협회(노동경제연구원).
양우진(1994), 『현대 한국자본주의 발전과정 연구』, 서울대 박사학위논문.

이상희(2005), 「60년대 경제개발기 노동입법의 변천과 성질 규명」, 『산업관계연구』, 제15권 제2호, 한국노사관계학회.

이상철(2002), 「1960~70년대 한국 산업정책의 전개」, 『경제와 사회』, 제56호, pp.110~137.

이병천(1987), 「전후 한국자본주의 발전의 기초과정」, 『지역사회와 민족운동』, 창간호

이병훈(2005), 「정책집행에의 노사단체 참여」, 임상훈 등, 『한국형 노사관계 모델(I)』, 서울 : 한국노동연구원, pp.151~176.

이주희(2004), 『산별교섭의 실태와 정책과제』, 한국노동연구원.

정주연(2002), 「한국의 단체교섭 구조의 형성과 변화: 국제 비교적인 시각의 분석」, 『경제학연구』, 제49집 제1호, pp.5~35.

2. 외국문헌

Ashenfelter, O. & Johnson, G. E.(1969), Bargaining theory, trade unions, and industrial strike activity, *American Economic Review*, Vol. 59(1), pp.35~49.

Carroll, J. S., Bazerman, M. M. & Maury, R.(1988), Negotiator cognition : A descriptive approach to negotiator's understanding their opponents, *Organizational Behavior and Human Decision Process*, Vol. 4l, pp.350~372.

Hayes, B.(1984), Unions & strikes with asymmetric information, *Journal of Labor Economics*, Vol. 2(1). pp.57~83.

Hicks, J. R.(1932), *The theory of wages*, London : MacMillan.

Hirschman, A. O.(1970), *Exit, Voice, and Loyalty*, Cambridge, Mass. : Harvard University Press.

Katz, Harry and Thomas Kochan(2004), *Collective Bargaining & Industrial Relations*, NY : Irwin.

Kelly, J. E. & Nicholson, N.(1980), The causation of strikes, *Human Relations*, Vol. 33(12), pp.861~868.

Kennan, J.(1980), Pareto optimality & the economics of strike duration, *Journal of Labar Research*, Vol. l, pp.77~94.

Locke, Richard, Thomas Kochan, and Michael Piore(1995), Employment Relations in a Changing World Economy, MA : MIT.

Martin, J. E.(1986), Predictors of individual propensity to strike, *Industrial and Labor Relations Review*, Vol. 39(2), pp.214~227.

Mauro, M. J.(1982), Strikes as a result of imperfect information, *Industrial and Labor Relations Review*, Vol. 35(4), pp.522~538.

Michels, R.(1962), Political Parties, New York : Collier.

Reder, M. W. & Neumann, G. R.(1980), Conflict & contract : the case of strikes, *Journal of Political Economy*, Vol. 88(5), pp.867~886.

Schmitter, P.(1979[1974]), "Still the Century of Corporatism?" In P. Schmitter and G. Lehmbruch, eds., *Trends toward Corporatist Intermediation*, London : Sage, pp.7~49, First published in Review of Politics, Vol. 36, pp.85~131.

Schutt, R. K. (1982). Models of militancy, *Industrial and Labor Relations Review*, Vol. 35(3), pp.406~422.

Streeck, W.(1982), Organizational Consequences of Corporatist Cooperation in West German Labor Unions, In G. Lehmbruch and P. Schmitter, eds., *Patterns of Corporatist Policy-Making*, Beverly Hills, Galif : Sage, pp.29~82.

_____(1988), Editorial INtroduction to Special Issue on Organizational Democracy of Trade Unions, *Economic and Industrial Democracy*, Vol. 9, No. 3, pp.307~318.

1970년대 지배적인 담론구성체들과 노동자들의 글쓰기

1. 머리말

본 연구는 70년대 산업화 과정에서 노동자들이 직접 생산한 수기, 일기 등 자전적 텍스트들의 담론분석을 통해 지배 이데올로기의 흔적들을 살펴보는 동시에 노동자들의 글쓰기 실천이 갖는 사회적, 언어적 개별성에 대한 검토를 목적으로 한다.[1]

산업화 과정에서 한국사회의 노동자들은 한편으로 가족 보존이라는 가부장적 희생 이데올로기의 담지자로, 다른 한편으로 민족주의와 가족주의 기초한 상징주의 정치공학의 대상으로 위치 지워져 왔다. 급속한 근대화

---

[1] 본 연구는 1960~70년대 노동자들의 사회적 정체성 형성에 영향을 미친 주요 역사적 담론구성체를 확인하는 연구에 기초하고 있다(신병현, 2003). 본 연구는 그러한 담론구성체의 확인을 넘어, 방법론적으로 더욱 진전된 분석을 통해 사회이론과 비판적 담론분석 모두에 기여하려는 관심에서 이루어졌다.

와 산업화 과정에서 이루어진 일반 대중교육과 매스 미디어를 통한 교육, 그리고 산업체와 정부 및 관련 보수단체들에 의해 주도된 엄청난 규모의 새마을 교육은 노동자들의 일상세계를 주요하게 틀 지우고(framing), 민족주의와 가부장제 이데올로기의 주체로서 노동자들이 전략적으로, 의식적·무의식적으로 동일화하도록 유인하였다(신병현, 2003).

그뿐 아니라, 종교기관이나 민중운동 단체 등 지식인들의 저항적 실천과 대항 담론 역시 당시 노동자들의 텍스트적 실천(textual practices)에 유의미하게 영향을 미쳤다. 민족주의 이데올로기로 착색된 근대화론과 가부장적 가족주의 이데올로기는 당시 대부분의 산업 및 노동관련 텍스트들에서 드러난다. 수기나 일기 등 노동자들이 직접 생산해낸 다양한 장르의 텍스트들에서 이러한 담론들의 영향이나 흔적들을 볼 수 있다. 또한 그로부터 당시의 노동자들이 타자들과의 관계 속에서 자신들을 어떻게 인식하고 있었는지(혹은 사회적 정체성)를 엿볼 수 있다. 그러한 텍스트들이 어떤 사회적 관계 속에서 생산되었고, 노동자들의 정체성에는 어떤 영향을 미쳤는지 등에 주목하는 것은 한국사회 노동자 계급 형성과정에 대한 이해와 현 시기 노동자문화에 대한 이해에 있어 매우 중요하다고 생각된다.

당시 노동자들의 생활 글들에는 지배담론 및 지식인 담론의 흔적과 더불어 노동자들의 사회적 정체성과 관련된 이야기하기 및 입장 선택하기 등의 개별적인 글쓰기 실천이 복합적으로 드러난다.

기존의 선행연구들에서는 노동자 생활글 텍스트들이 갖고 있는 이러한 담론적 복합성과 언어적 특징 자체에는 초점을 두지는 못했다(김원, 2003 ; 김준, 2002 ; 신병현, 2003). 따라서 본 연구는 노동자 생활글의 상호담론성뿐 아니라, 노동자 글쓰기에서 드러나는 언어사용 및 표현의 특징들에도 초점을 두고자 한다. 이러한 문제의식에 근거하여 본 연구는 페쉐(M. Pecheux)의 이데올로기 및 담론 구성체 개념과 페어클라우(N. Fairclough)의 비판담론분석(CDA : critical discourse analysis)에 주로 의존하여 담론분석을 수행했다(Fairclough, 2004 ; 2001).

본 연구에서는 노동자들이 생산한 텍스트들에서 공통적으로 드러나는 언어적 특징, 텍스트의 생산과 수용 관행, 그리고 그러한 텍스트들이 생산된 시대적 맥락과 관련해서 노동자들의 글쓰기에서 드러나는 상호담론성에 초점을 두고 비판담론분석을 수행하고자 한다. 이러한 분석을 통해 당시의 민족주의 및 가부장적 가족주의 이데올로기 담론구성체와 주요 담론들이 노동자들의 정체성과 일상 경험들의 언어적 표현들 속에서 어떠한 방식으로 작용하고 있는지 단편적이나마 엿볼 수 있을 것이다. 또한, 이러한 텍스트들의 생산이 이루어지는 사회적 맥락 하에서 노동자들은 자신들 스스로를 특정한 방식으로 사회적으로 위치지우고 있음을 볼 수 있을 것이다.

2. 방법론적 검토

1) 자료의 성격

산업화 및 도시화의 진전과 더불어 70년대 들어서 노동 소외와 도시에서의 빈곤을 주제로 한 노동문학 작품들이 등장하기 시작했다.[2] 황석영의 「객지」를 필두로 하여 이문구, 조세희 등 당시 '노동문학'의 주를 이룬 것은 주로 지식인 전문작가들이 생산한 작품들이었다. 이에 비해 노동자들이 직접 글쓰기에 참여한 산물로서 노동자들의 생활 글(수기, 일기, 편지글,

---

2) 여기서는 노동문학, 민중문학, 민족문학의 범주화에 관한 논쟁이나 전형, 이론과 실천에 관련된 문학에서의 리얼리즘 논쟁보다는 노동자들의 정체성과 일상적 삶의 경험을 구조화했던 주요 담론구성체가 어떤 것들이었고, 어떠한 이데올로기적 요소들이 주로 영향을 미쳤으며, 노동자들의 글쓰기는 그것들과 어떠한 관계를 갖고 있었는지에 대해서 초점을 둔다.

투쟁기)이나 조악한 시와 소설 등의 노동자 저자의 텍스트들이 등장하는
것은 주로 70년대 후반부터 80년대에 이르러서다.

　그 텍스트들은 노동자들이 농촌 생활의 고통과 가난으로부터 탈출하는
과정이나 친인척의 식모살이나 고향친구들의 소개 등 여러 경로와 역경을
거치면서 공장 노동자로 '되기(becoming)'의 과정을 묘사하는 개인 및 가족
이야기였다. 그러나 이 텍스트들은 '우연한' 계기를 거쳐 노조건설 투쟁에
참여하고 겪으면서 성장하는 노동자 의식과 관련된 매우 틀지어지고 구태
의연한 서사구조(structures of narrative)로 조직되었으면서도 지식인 등 읽는
이들의 감정을 자극하는 전형적인 체험수기들 이었다. 그 직접적인 계기
가 무엇이든 70년대 후반부터 일부 공장노동자들은 노동야학이나 산업선
교 기관이 마련하는 소모임 등의 경로를 통해 지식인들과 교류하면서 직
접 간접적인 도움을 받아서 글을 쓰게 된다. 그들의 글은 주로 비판적 성
향의 지식인들이 구독하던 「월간 대화」와 같은 잡지에 글을 발표되면서 주
목을 받았다. 그 후 다른 잡지에 발표되거나 종교단체의 소모임 등에서 쓰
여진 유사한 텍스트들이 지식인들의 기획 편집 하에 단행본으로 출간되었
으며, 노동자 교육 및 지식인 의식화를 위한 중요한 훌륭한 교재로 될 수
있었다. 70년대 노동자들에 의해 생산된 텍스트들은 그 수가 소수이고, 지
식인들의 영향아래 기획 출판된 것들이 대부분이며, 친 기업 혹은 노동운
동의 주요 담론 및 장르들과 상호담론(interdiscourse) 관계를 형성하고 있다.

　하지만 이런 부류의 텍스트 이외에도 노동자들의 담론 관행(텍스트의 생
산과 소비 과정)을 분석해 볼 수 있는 텍스트들이 있다. 대표적으로 노동청
에서 공모하여 당선된 모범노동자들의 수기들이 있는데, 70년대 초반부터
『노동공론』, 『산업노동』(77년 이후 『노동』)에는 방직, 제약, 운전기사, 여차
장, 전화교환원 등 다양한 산업에 속하는 남녀 모범노동자들의 공모수기
가 지속적으로 수록되었다.3) 또한 광업진흥공사, 한국전력, 대한상공회의
소나 새마을운동단체 등 공기업 및 기타 상공 단체에 의해 공모된 수기도

소수 있으며,4) 이외에도 다양한 매체를 통해 출간된 수기들이 있을 것으로 추정된다(김준, 2002 : 62). 하지만 발굴된 수기들의 수는 그리 많지 않다.

이들 텍스트들에서 계열화되어 이용되는 소재들은 약간의 차이를 보이지만, 대부분은 동일한 담론이나 장르로 표현되는 소재들이며, 기본적인 서사구조에서도 별 차이를 보이지 않는 것 같다. 이 텍스트들은 "빈곤한 가정에서 출생했거나, 어릴 때는 유복한 가정이었지만 아버지의 돌연한 사망, 사고로 인한 노동력 상실" 등 "돌연한 몰락이 그들의 불행의 원인을 이루고" 있으며, 학교의 중퇴, 식모살이, 가족을 위한 희생, 근면 절약, 숙련형성과 사측의 인정으로 인한 자부심, 그리고 배움에 대한 한(恨) 등 거의 "천편일률적이라 할 수 있을 정도로 비슷한 구조를 가지고 있다."(김준, 2002 : 64~82) 이들 텍스트들 역시 김준(2002)이 지적하고 있듯이, 지식인들의 윤문이나 첨삭 가능성이 높으며, 내용에서 과장되거나 축소, 왜곡가능성도 있다.5)

이 텍스트들의 모집단을 망라할 수는 없지만, 이미 발굴되어서 노동문학연구, 노동사 연구나 담론 분석 등에서 분석되거나 인용된 텍스트들을 통해 보건대, 기본적으로 선택된 소재들과 담론 및 장르 구성 등에서 일정한 분포(즉, 계열체적 분포의 차이)를 이루고 있는 것으로 추정할 수 있다.6)

본 연구에서는 노동운동에 투신한 노동자들이 쓴 수기에서 조차 동일한

---

3) 김준(2002)은 1971~80까지 이 잡지들에 실린 노동청 모집 모범근로자 수기 45편중 40편을 분석한 바 있다.
4) 예컨대, 대한광업진흥공사(1978), 『고난의 아픔을 딛고서』; 한국전력(1978), 『새마을 운동의 기수들 : 공장 새마을 운동 수기』; 해외건설협의회(편)(1979), 『해외건설 취업자의 수기』 등을 들 수 있을 것이다.
5) 노동운동 수기들도 역시 동일하게 지식인들의 개입의 흔적들을 볼 수 있다(김원, 2003). 본 연구의 결과가 이러한 해석을 지지하는 근거로 될 수도 있을지 모르겠다.
6) 정현백(1985), 김준(2002), 김원(2003), 신병현(2003), 백진기(1985), 이재현(1983) 등을 보면 개괄적인 분포를 살펴볼 수 있을 것이다. 그러나 이들 중 분석 자료로 채택된 텍스트는 소수에 지나지 않는다. 80년대 노동문학 논의들과 모범근로자 수기를 분석한 김준의 연구를 제외한 대부분의 텍스트들에서 유동우, 송효순, 순점순, 석정남, 장남수, 추송례, 민종덕 등으로 제한됨을 볼 수 있다.

서사구조와 소재들이 다루어지고, 지배적인 담론구성체의 영향을 동일하게 받고 있음을 강조하고자 하기 때문에 본 연구에서는 모범근로자들의 텍스트들은 매우 제한적으로만 다룬다.

2) 담론구성체 개념과 비판적 담론분석

최근 들어 우리 사회 노동자 일상세계와 노동자문화, 나아가 노동자 계급형성에 대한 연구들이 점차 증가하고 있다(김원, 2003 ; 구해근, 2002 ; 이종구 외, 2005). 이 연구들은 대체로 급속한 산업화, 도시화 과정에서 우리사회 노동자들이 어떠한 집합적 정체감을 형성, 발전시켰으며 어떠한 일상 문화 활동을 통해 그것을 표현하였는지, 그리고 이러한 노동자 일상 활동과 문화에 지식인들은 어떠한 영향을 미쳤는지를 다양한 소재들에 초점을 두고 조명하고 있다. 그 중에서 일부 연구들은 특히 수기 등 노동자들이 직접 생산한 텍스트들에서 당시 노동자들이 스스로와 주요 사회적 타자들과의 미묘한 사회 심리적 관계를 어떻게 표현하고자 했는지를 밝히고 있어서, 노동자들의 일상 경험과 의식에 대한 보다 상세한 분석의 필요성을 환기시키고 있다(김원, 2003 ; 김준, 2002).

이 연구들은 선진노동자나 유기적 지식인의 의식적 실천의 영향을 강조하는 노동운동 및 노동자 문화에 관한 글쓰기 혹은 연구 경향과는 그 대상과 주제에서 다소 구별된다(구해근, 2002). 이 연구들에서는 아직은 충분치는 않지만, 당시의 노동자 계급에 전반적으로 영향을 미쳤던 이데올로기 및 담론적 요소들을 포함하는 사회적 맥락이 사회적 타자로서 노동자들의 언어적 표현인 수기나 일기, 편지 등 다양한 장르에 속한 텍스트들의 생산과 어떤 관련을 맺고 있는지를 살펴보려는 노력이 엿보인다. 이 경우 노동자들이 생산한 텍스트나 구술 자료들은 사실로 간주되어서 해석의 증거로 이용되기 보다는 담론들 간의 상호연관 속에서 당시의 지배적인 이데올로기나 자신의 정체성을 명시적 암시적으로 표현하고 있는 분석 자료로 간주된다.

일부 노동사 관련 연구들은 노동운동에 투신하여 활동하였거나 현재까지 활동하고 있는 소수 활동가나 선진노동자 등 그 연구에 자료를 제공했을 주요 정보제공자들(informants)의 경험과 해석에 의존할 수밖에 없다는 한계를 보였다. 이런 경향은 E. P. 톰슨의 『영국노동자 계급형성』에서 볼 수 있듯이, 자칫 가부장제나 가족주의 등 당시의 헤게모니적 담론들이 그들에게 미쳤을 긍정적, 부정적인 영향을 식별하지 못하거나 그 효과로서 부지불식간에 남성중심주의적이고 가부장적인 노동담론을 재생산하는 우를 범할 수도 있다.[7] 이러한 특정한 경험에 대한 자의적인 해석과 의미부여의 글쓰기 경향과는 달리, 발화자들의 입장 혹은 위치와 이데올로기적 사회관계에 관련한 어느 정도의 준거를 위해서 담론구성체(discursive formations) 개념을 참조할 수 있을 것이다(쇠틀러, 2002 ; Pecheux, 1982 ; 신병현, 1995).[8]

페쉐에 의하면, 이데올로기는 발화된 것을 주체에게 얘기된 바대로 자명한 것으로 만들고 언어적 표현들을 통해 의미와 연관된 물질성을 은폐한다. 그리고 이 의미의 물질성은 이데올로기 구성체에 구성적으로 의존한다는 것이다. 이것은 어떤 단어나 표현의 의미는 기표 그대로의 투명성을 갖지 않고, 단어나 표현이 생산되고 재생산되는 사회−역사적 과정 속에서 작동하는 이데올로기적 입장들에 의해 결정된다는 것이다. 즉, 입장(곧, 그런 입장이 각인된 이데올로기 구성체)에 준거해서만 의미를 찾을 수 있고, 입장에 따라서 단어나 표현의 의미가 변한다는 것을 의미한다. 그리고 특정한 이데올로기적 구성체 하에서, 담론의 형태로 접합된 것으로서 무엇이 말해질 수 있고, 말해져야하는 지를 결정하는 것이 담론구성체다. 개

---

7) 노동담론 및 노동에 대한 사회과학 담론들의 남성중심주의에 대한 비판으로는 김원(2003)을 참조할 것.
8) 이하 담론구성체에 관한 설명은 신병현(2003)을 참조할 것.

인들은 상응하는 이데올로기 구성체를 언어적으로 재현하는 담론구성체들에 의해 (그들의 담론의 주체로서) 발화-주체로서 호명된다. 또 그가 말하는 담론과정(discursive process)은 특정한 담론구성체에서 기표들 사이에 작용하는 대체, 부연설명, 동의어 등이 관계 맺는 체계를 뜻한다. 또, 그는 모든 담론은 이데올로기 구성체의 복합체와 교직된 담론구성체들의 지배 내 복합체 즉, 불균등성, 모순성, 종속성의 법칙에 따르는 상호담론(interdiscourse)에 의존한다는 점을 은폐한다고 주장한다. 이는 전구성적인 것(the precon-structed)과 접합(articulation)이라는 상호담론의 구조 속에서 이루지는 결정, 배태 효과이다(Pecheux, 1982, pp.112~113).

하지만, 페쉐의 이론은 분석적 개념으로서의 유용성에도 불구하고 지나치게 언어학적인 분석기법에 치중되었기 때문에, 사회문화적 맥락과 언어 사용 사이의 관계에 대한 보다 설득력 있는 경험연구를 수행하는 데 관심을 갖는 사회이론가들의 접근이 용이하지 않은 단점이 있다.

언어학자인 페어클라우는 담론구성체와 전구성적인 것의 효과에 대한 경험연구의 어려움을 어느 정도 극복하는 것처럼 보인다. 그는 페쉐의 담론구성체, 상호담론성 개념 등을 담화질서, 상호텍스트성, 담론관행, 담론과 장르들의 결합 등의 개념으로 조작화함으로써 구체적인 담론분석에 유용한 도구를 제공하고 있다(Fairclough, 2004). 페어클라우는 다음과 같이 그 필요성을 언급한다.

"최근의 사회이론은 언어의 사회적 성격과 언어가 현대 사회에서 어떻게 기능하는가에 대해 중요한 통찰력을 제공하였다. (그러나) 사회이론가들은 <텍스트에 대한 구체적인 분석도 없이> 이런 통찰력을 추상적인 방식으로 표현하는 경향이 있다. 사회·문화적 분석에 기여할 수 있는 담화분석의 한 형태를 개발하기 위해서 우리는 이런 통찰력과 언어학 및 언어연구에서 개발된 정밀한 텍스트분석의 전통을 결합시킬 필요가 있는데, 이를 통해 우리는 사회·문화적 이론들을 구체적인 사례들의 분석에서 …… 실제적으로 사용가능한 것으로 만들 수 있다.

- Fairclough, 2004, pp.77~78, ( )추가와 〈 〉강조는 인용자

비판담론분석(CDA)에서는 담론을 단순히 기술하는 것을 넘어 담론 생산을 설명하는 데 관심을 갖는다(Van Dijk, 2001 ; Fairclough, 2004, 2001). 이들은 담론은 사회적 과정과 구조를 반영할 뿐 아니라, 기존 사회구조를 인정하고 강화하며 재생산 한다고 본다. CDA에서는 언어를 이데올로기가 전달, 수행, 재생산되는 일차적 도구로 간주하면서, 언어구조와 담론전략을 그것들의 상호작용과 사회적 맥락의 측면에서 분석함으로써, 담론 속에 표현된 이데올로기를 풀어내고, 사회적 의미를 찾아내고자 한다.9)

본 연구에서는 페쉐의 비판적인 담론 및 담론구성체 개념에 기초한 방법론적 문제틀 하에, 페어클라우의 비판담론분석에 의해 지배담론과 지식인 담론의 노동자 글쓰기에의 영향을 분석하고, 페어클라우의 CDA와 더불어 데이비스와 하레의 포지셔닝 이론에 의거하여 노동자들의 글쓰기에서의 정체성 선택에서 나타나는 텍스트적 실천(textual practices)의 개별성에 대해 살펴볼 것이다(Fairclough, 2004 ; Davies & Harré, 2001).

3. 70년대 지배담론의 영향과 노동자들의 글쓰기

본 연구에서는 70년대 노동자들의 사회적 정체성과 글쓰기를 비롯한 일상생활에 주요하게 영향을 미친 이데올로기는 민족주의 경제 이데올로기였고, 이는 근대화 담론구성체와 가부장적 담론구성체 등으로 다양하게

---

9) CDA는 이론적 배경을 어디에 두는지에 따라서, 그리고 언어와 사회적 관계구조 사이의 관계에 관한 가정에서의 차이로 인하여 매우 다양한 흐름을 보이고 있다. 이에 대해서는 Wodak & Meyer(2001)을 참조.

구조화되어 표현되었음을 살펴본 선행연구에 기초하고 있다.[10] 이러한 담론구성체들은 해방이후 급속한 사회변동 속에서 형성되거나 변형되면서 주요한 사회적 행위자들의 발화와 그들이 추구하고자 했던 사상 및 제도의 형성에 영향을 미치고, 나아가 당시 노동자들의 사회적 정체성과 일상생활에 주요하게 영향을 미쳤다고 할 수 있다.

　민족주의 이데올로기는 <경제발전>, <국가주의>, <군사주의>, <반공>, <가족주의> 등의 이데올로기적 요소들을 포함하는 담론들과 접합되어 표현됨으로써 대중들을 정치적으로 동원하는데 활용되었다. 이 시기 근대화 담론구성체를 구성했던 주요 담론들로 <경제발전>, <반공>, <자유>, <민주주의>, <근대화>, <가난>, <창발성(인재)>, <자유민주주의>, 국가주의적 <규율>담론 등이 등장하였다. 또 유신통치 말기에 가면서 <군사주의>담론과 <국가주의>담론이 지배적으로 나타났다. 다른 한편, 가부장적 가족주의는 전통적인 <유교적 부권주의 / 가족주의>담론과 산업에서의 <가부장적 위계> 및 <산업공동체>담론 등의 요소가 전통으로서 새로이 발견되고 민족주의 이데올로기와 근대화 프로젝트 담론구성체 내부에 하위 담론구성체로 접합됨으로써 60년대 말 이후 국가주의 및 군사주의적인 통치를 정당화하는 이데올로기를 표현하였던 지배적인 담론구성체의 하나이다. 가부장적 가족주의는 68년 '조국근대화' 시기 후기부터 나타나기 시작했던 <군사주의>담론과 나아가 유신 이후 '국민총화' 시기의 <국가주의>담론들 속에서 재 발명되어 나타났다(신병현, 2003).

　여기서는 이러한 지배담론들 중 노동담론에 영향을 미친 것으로 보이는 대표적인 지배담론 텍스트들을 분석하고, 이러한 담론적 요소들이 노동자들의 글쓰기에서는 어떻게 드러나는지를 분석한다. 나아가 노동자들의 자전적 글쓰기의 주요 특징으로서, 스토리텔링과 위치 선택하기를 통한 복합적 정체성 구성의 텍스트적 실천에 대해서도 살펴본다.

---

10) 보다 상세한 담론구성체 확인으로는 신병현(2003), pp.318~346을 참조.

1) 노동담론에 영향을 미친 지배담론들

60~70년대 당시 근대화 담론구성체는 당시의 여성 노동자들의 저임과 과도한 노동으로 인한 고통과 희생을 냉전적이고 체제 경쟁적인 '민족주의' 이데올로기와 그것에 종속적인 관계에 있는 유교적 가족주의 그리고 가부장제 이데올로기로 정당화하였다. 근대화 및 가족주의 담론구성체의 면모를 국가 통치 차원에서 그리고 산업체 및 노동과정 차원에서 주요하게 작용하였던 대표적인 지배적인 담론들을 통해 살펴보자.

첫 번째로 살펴볼 근대화 담론구성체는 <민족주의> 담론과 '산업전사', '산업역군' 등의 구호로 대표되는 <국가주의> 및 <군사주의> 담론과 접합되어 표현되거나, 국가와 민족과 가족의 공동체적 일체감을 조성하기 위한 <충효윤리> 담론과 접합되어 표현되었다. 이를 가장 적절히 표현하고 있다고 생각되는 텍스트로서 대통령 경제 제2수석비서관이었던 오원철의 텍스트와 박정희의 기자회견 텍스트를 살펴본다.

오원철의 글은 정부의 노동담론 유형의 텍스트로서 민족주의 담론구성체(혹은 담화질서)에 소속됨을 명시적으로 표현하고 있다. 이 글이 실린 『월간 조선』은 보수주의와 선정주의적 저널리즘의 성향을 강하게 드러냄으로써 잡지 시장에서 우세한 지위를 유지하고 있는 잡지이다. 1999년 11~12월호에는 이 글을 포함하여 70년대 수기 발굴과 박정희에 대한 노년 보수층의 향수를 자극하는 새마을 운동 성공수기들의 발굴과 새마을 지도자 찾기 르뽀 기획을 담고 있다.

당시 "수출전략 입안자"였던 오원철의 "여공 찬가" 텍스트는 "경제적 파산" 상태의 "국가적인 위기"와 보릿고개의 가난한 생활이 여공들의 노동과 절약, 공부에의 열망, 지도자를 비롯한 정부와 사장의 순수한 情, 그리고 이에 보답하려는 여공들의 노력을 통해서 77년에 와서야 대망의 1백억 달러 수출을 통해 극복하게 되었다고 찬양하는 글이다.[11] 이 글은 다

음과 같은 제목과 도입부에서 <가난>과 <희생>, <가족주의>, <충과
효>, <한과 정> 또는 <시혜와 보은> 담론, 그리고 <군사주의> 및 <국
가주의> 담론들을 통해 여공을 구국의 戰士와 영웅으로 호명한다.[12]

　　『女工 여러분 고맙습니다, 여러분이 나라를 구했습니다』
　　가난의 恨을 오기와 의욕으로 승화시킨 이들은 지도자를 중심으로 단결
　하여 수출戰線의 선봉대로서 나라를 구하고 가족을 구했으며, 끝내 가난을
　물리치고야 말았다.

　　우리나라에는 고래로 「보릿고개」라는 말이 있다.
　　인류 역사상 가장 비참한 말이다……

-오원철, 1999a

　오원철(1999a)의 이 텍스트는 웅변과 찬양의 장르와 <가난>, <한>,
<지도자>, <경제발전>, <위기>, <군사>, <가족주의>, <국가주의>
담론들을 이용하면서 가난한 여공들의 희생을 민족적 영웅과 동일화하여
틀지우고자 한다. 이어서 가난과 교육에 대한 한을 강조하면서 대통령 박
정희의 현장시찰과 여공에 대한 야간 교육 시혜의 묘사, 가족을 위한 희생
과 근면, 저축 장르가 따른다. 이 텍스트는 여공들을 구국의 전사이자 영
웅으로 호명하는 동시에 이를 박정희 <지도자>담론과 평행하게 재맥락
화시키는 무의식적 동일시 장치를 이용하며, "보릿고개" 이야기로 보수층

---

11) 오원철 전 대통령 경제제2수석비서관, "여공 여러분 고맙습니다, 여러분이 나라를 구했습
　　니다", 『월간조선』, 1999. 11월호(인터넷 자료). 동일 텍스트이지만 인용문을 편의상 오원
　　철, 1999a, 1999b 등으로 구분했다.
12) 잡지나 기사의 헤드라인과 전문은 사건이나 전달하고자 하는 메시지의 요체를 고도로 간
　　결한 형태로 표현하여 독자들이 그 텍스트를 미리 정해진 방향으로 읽어가도록(process)
　　하여, 한눈에 전체 내용이 어떤 것인지 알게 한다. 이 헤드라인과 전문은 독자가 기사를
　　읽고 의미부여하는 방식을 통제하는 중요한 전략적 단서로서 작용하는 인지적 거시구조
　　형성 기능을 수행한다. 이것은 텍스트의 의미를 맥락화시키는 데 필요한 장기기억으로부
　　터 관련 배경지식을 활성화 시키는 것을 포함한다(P. Teo, 2000).

독자들의 과거를 환기시키고 국가 위기를 극복할 수 있는 영웅적 지도자의 필요성 주장으로 연결시키는 프레이밍의 일환으로 <가난>담론을 이용한다. 언어적 특징으로서 이 텍스트는 민담이나 민중들의 통속적 이야기를 내포하고 변형시키는 상호텍스트적 글쓰기 전략을 동원하고 있다. 동시에 노동관련 공식적인 문어적 어휘들뿐 아니라 비공식적인 일상적 구어를 혼합하여 사용함으로써 딱딱한 인상을 완화시키면서도 이런 혼합적인 표현 스타일을 통해서 내용과 무관하게 일상생활에 친숙한 영역의 경계를 넘나들면서 영역 간 긴장을 고조시킴으로써 주장의 설득력을 높이려는 모습을 보인다.

오원철의 텍스트(1999b)는 앞부분에 이어지는 본문 텍스트 일부로서 역시 근대화 담론구성체와의 관계 속에서 선택된 장르와 담론의 독특한 배열은 "전사", "피땀", "파산", "국가위기", "민족", "영웅" 등 어휘 사용과 의미에서의 응집성을 잘 보여주고 있으며, 역시 앞서 언급된 담론과 장르 혼합적 선택과 변형을 통해 민족주의 근대화 담론구성체의 흔적을 명료하게 드러내고 있다.

> 1960년대 여성 근로자는 참으로 자랑스럽다.
> 이들 어린 女工들의 피땀 어린 노력으로 우리나라 경제는 발전하기 시작했다.
> 제1차 산업혁명의 戰士였던 것이다. 하마터면 파산할 뻔했던 국가위기에서 女工들이
> 나라를 구했다.
> 그리고 국민에게는 희망과 자신과 용기를 주었다. ……
> 우리민족은 …… 무한한 능력을 발휘할 수 있는 위대한 민족이라는 것을 여실히 증명하였다.
> 그 증명과정에는 오늘날 잊혀져 버린 이름 없는 영웅들(女工)이 있었다.
> ─오원철, 1999b

언어적 표현에 초점을 맞춰보면, 이 텍스트는 <경제>담론과 <군사>담론에서 "잊혀버린 이름없는 영웅들"과 같은 문학적 표현과 수사가 이용되는 장르적 결합도 보여준다. 어휘사용에서 보면, 우선 "근로자"의 사용은 글쓴이의 이데올로기적 입장을 명확하게 드러내고 있으며, "자랑스럽다"고 생각하는 어른과 "어린" 여공의 대조, 그리고 전형적인 전사 이미지인 남성과 "이제 50대의 어머니들"과 희생자 이미지의 여성의 대조에서 글쓴이의 남성중심주의적이고 가부장적인 군사주의 및 국가주의로 계열화된 입장이 드러난다.

오원철의 텍스트(1999b)는 자신이 이야기를 말하기 보다는 여공들과 박정희를 매개로하여 영웅과 동일화하는 역할수행자로 저자 자신을 위치지우고 있다. 이 텍스트는 또한 외환위기, 경제위기를 맞고 박정희 복원 운동과 더불어 보수언론에 의해 발굴된 회고담이며, 또한 영웅담을 담은 르뽀의 성격을 띠고 있다. 동시에 이 텍스트는 여공 출신이거나 새마을운동에 투신한 경험이 있는 보수층 여성들을 새로이 호명하기 위한 전형적인 이데올로기적 동원 텍스트이다.

박정희의 텍스트(1978)는 <공동체>, <국가주의>, <민족주의>, <가족주의> 담론들과 유교의 <충과 효> 담론들을 접합시킴으로써 대중을 민족적, 국가적 주체로 동원하는 전형적인 지배담론 텍스트이다. 박정희의 글이나 연설문들은 대부분 유교의 <충효>담론, <국민 교육>담론 혹은 <근대화> 혹은 <계몽>담론, <군사주의>담론과 접합된 <규율>담론, <실력 배양>담론을 포함하고 있다.

박정희(1979)의 이 텍스트도 역시 고도 산업화 시기 노동력 동원의 순기능을 수행하는 가부장적 가족주의 경제 이데올로기로 번안된 유교 <충효>담론과 민족주의 담론구성체를 접합시켜서 국가주의적인 통합을 노리는 전체주의적 대중 동원 텍스트이다.

　충효사상은 이처럼 자기가 속한 공동체에 대한 짙고 뜨거운 사랑에 바탕
을 두고 있다. …… 나의 가정이 하나의 조그마한 생활공동체라면 국가나
민족은 하나의 커다란 생활공동체이며, 이 두 공동체에 대한 애정은 그 본
질에서 조금도 다를 것이 없다.

　인간 누구나 갖고 있는 사랑의 정이 그 생명의 근본인 부모에게로 자연
스럽게 분출되는 것이 효도이며, 그것이 자기가 속한 운명과 생활의 공동
체인 국가를 향해 분출되는 것이 충성이다.

　따라서 자녀를 사랑하고 부모를 공경하고, 화목한 가정을 이룰 수 있는
사람이 곧 국가와 민족을 위해 헌신할 수 있는 사람이다."

―박정희, 1978, p.22, 전재호, p.104에서 재인용

　이 텍스트는 공동체라는 핵심어의 반복적 발화를 매개로 하여, 그리고
사랑, 정, 애정, 본질, 근본과 부모, 국가, 민족, 그리고 공경과 헌신이라는
핵심어들 간의 등치와 전위를 통해 의미의 응집성을 확보하면서 개인을
국가로 자연스럽게 통합시켜간다. 대부분의 대중들이 유교적 가부장제 이
데올로기에 의해 前 구성된(pre-constructed) 상태로 인하여, 이 이데올로기는
산업과 국가 모두에서 대중동원 담론의 자연화 기제로 적극적으로 이용되
어 왔다(김진균, 1983).

　텍스트의 표현적 층위에 초점을 두고 보면, 박정희(1970)의 기자회견 텍
스트는 담화문으로서 정치연설 장르이면서 문학적 표현 장르도 동원하고
있다. 또 "조금도", "누구나", "자연스럽게", "그것이", "곧" 등의 어휘 표
현들은 어휘적 응집성과 결속을 제공하는 동시에 연설문으로서의 독특한
리듬감을 담고 있는 기호론적(semiotic) 표현이기도 하다.

　국가가 잘 되는 것은 결국은 내가 잘 되는 것이며,
　민족이 잘 되는 것도 결국은 내가 잘 되는 것이며,
　국가를 위해 내가 희생을 하고 봉사를 하는 것은
　크게 따지면 내 개인을 위해서 봉사하는 것이고,
　우리 자손을 위해서 희생하는 것이다.

그렇기 때문에
우리가 국가를 위해서 충성을 하는 것은 미덕이다.
가장 보람된 일이다.

-1970. 1. 9. 연초기자회견

박정희(1970)의 기자회견 텍스트는 파시즘적 동원 담론으로서의 언어적 표현 스타일을 더 잘 보여준다. 국가와 민족을 위한 희생과 봉사는 나 개인과 자손을 위한 것이기 때문에 국가에 충성하는 것은 미덕이라고 강변하는 이 기자회견 텍스트는 반복과 각운을 살리는 문학적 장르와 연설 장르를 혼합하면서 리듬감을 잘 표현하고 있다. 이것이 주는 설득 효과는 "결국은", "크게 따지면", "그렇기 때문에", "가장" 등의 어휘적 응집성과 결속을 통해 배가된다. 또, 나와 우리를 개인과 국가로 전환시키는 과정에서 보듯이 대명사들이 창출하는 관계 구조와 "희생", "충성", "봉사", "미덕", "보람" 등 어휘들의 긍정적 계열화 혹은 배치를 통해 <국가주의>와 <전체주의>담론의 <민족주의> 및 <가족주의>담론과의 접합이 자연스럽게 완성된다.

박정희 시기 지배담론의 두드러진 특징은 그것들이 주로 대중 동원을 목적으로 하는 <교육> 및 <훈육>담론이라는 점이다. 박정희는 60년대 전반기에도 "청신한 기풍", "국민도 확립" 등 대중 교육 및 훈육을 강조했지만, 68년 국민교육헌장 발표 이후 70년부터는 "도의 재건", "전국민 정신운동"으로서 새마을운동과 새마음운동 등을 통해 유교적 충효윤리교육과 일상의례의 강화를 꾀함으로써 대중적 훈육에 더 강한 관심을 보였다 (전재호, 1997 ; 신병현, 2003).

두 번째로 살펴볼 지배적인 담론구성체로서, 가부장적 가족주의는 전통적인 <유교적 부권주의 / 가족주의>담론과 산업에서의 <가부장적 위계> 및 <산업공동체>담론 등의 요소가 전통으로서 새로이 발견되고(전재호, 1997 ; 김수영, 2000 ; 김원, 2003) 민족주의 이데올로기와 근대화 프로젝트 담론구성체 내부에 하위 담론구성체로 접합됨으로써 60년대 말 이후 국가주의 및 군사주의적인 통치를 정당화하는 이데올로기를 표현하였던 지배적인 담론구성체이다.[13)

한편, 가부장적 가족주의를 산업에서 구체적으로 표현했던 담론이 <가족공동체>담론이다. 이것은 기업을 가족 공동체로서 은유화하여 표현함으로써, 한편으로는 가족처럼 자발적으로 기업의 가치와 목표를 내면화하고, 회사의 경영관리 및 감독 층의 가부장적인 온정과 배려를 부각시키고, 이에 대한 보은의 논리를 강조함으로써 가부장적인 위계질서를 무비판적으로 수용하게 하는 전형적인 통합 기제이며 차별화 기제이다. 산업에 참여하는 행위자들 사이의 사회적 관계를 위계적인 방식으로 조직화하는 정신-육체노동 분업은 군대의 기계적 / 관료제적 조직화를 모방한 것이기는 하지만, 여성노동에 대한 사회 내 그리고 기업 내적인 분리와 차별적 포섭은 남성 가족부양자 중심의 가부장적 가족모델을 강화하면서, 여성에 대한 차별을 정당화하는 이데올로기이기도 하다.

<공장가족주의> 담론은 공장 내 질서를 유교적인 <충효 윤리>, <군사주의> 및 <국가주의>담론과 접합된 가부장적 가족주의의 표현 형태라고 할 수 있다. 즉, 그것은 산업에서의 사회적 관계를 가족적인 무엇으로 사고하고 그 가운데 유교 <충효>담론과 국가에 대한 개인의 종속을 의미하는 <국가주의>담론과 접합된 전형적인 <노동력 동원>담론들이었다. 박근혜가 주도했던 '새마음운동' 연설문의 내용이 이를 잘 표현하고 있다.

"충효 정신은 조상이 물려준 가장 소중한 자산"이고,
"충은 갖은 정성을 다해 자신이 해야 할 일을 하는" 것이며,
"종업원을 내 가족같이, 공장을 내 집같이" 하고,
"국가가 있고 내가" 있으므로, "민족의 예지를 모아 도의 사회를 재건"해

---

13) 가부장적 가족주의 담론구성체의 텍스트 예에 대한 구체적인 분석은 앞서 살펴보았던 박정희와 오원철의 텍스트 분석과 상당부분 중복되므로 간략하게 한다.

야 한다고 역설했으며,

"기업인과 종사원은 한 가족"이고

"정성으로 새마음의 기치를" 올리고

"새마음의 숨결이 제품 하나하나에 스며들도록"

"일에 열과 성을 다하면 기쁨을 얻는다"고 격려하고 있으며,

"충효사상은 물질만능의 병폐를 치료할 수 있는 힘"이고, 효는

"우리 마음을 진단하는 계기이며",

"한 인간이 인간답게 살아가고자 할 때 가장 먼저 실천해야 하는 근본"

이라고 가르친다.

−박근혜, 『새마음의 길』, 1979(김원, pp.180~181에서 재인용)

박근혜(1979)의 텍스트는 연설문 장르이면서도 마치 시를 읊고 노래를 부르듯이 문학, 예술적 장르와의 혼합을 통해 감정에 호소하는 표현 스타일을 보이고 있다. 또한 이 텍스트는 흥미롭게도 대중 <교육> 혹은 <훈육>담론이 더 나아가 대중적 질병과 병폐들을 치유에 관련된 <의학>담론, <윤리>담론, <종교>담론의 목소리들을 통해 복합적 정체성을 드러내고 있다.[14]

또한 '직장의 제2가정화' 운동을 통해서는 "기업주가 가장과 같은 위치에서 종업원의 불편한 점과 어려운 일들을 따뜻하게 보살펴주어야 하고, 종업원은 또 기업주를 어버이처럼 따르고 존경하고 회사 일을 자기 일처럼 알뜰하게 보살펴나가는 자세가 중요하다"고 강의한다(김원, p.161). 이런 담론들 속에서 기업주는 온정적인 가장(家長)으로, 그리고 종업원들은 그에 따르고 은혜에 노력으로써 보답하는 어린 자녀로서 산업에서의 노동계약 관계가 은유화된다. 이처럼 새마을운동에 접합된 '유교담론'들은 가족 내부의 가부장적인 지배를 공장에서도 동일한 양식으로 재생산하고자 했다.

---

14) 이러한 박정희와 오원철에 비교할 때, 박근혜의 텍스트가 보여주는 이와 같은 담론적 복잡성이라는 차이에 대해서는 성차나 글쓰기 전략, 사회문화적 상황의 변화 등 다양한 설명이 있을 있겠지만 이글에서는 다룰 여유가 없다.

이상의 텍스트분석 결과에서 주목할만한 점을 요약하면 첫째, 이 텍스트들은 민족주의, 국가주의, 군사주의, 경제발전 등 지배담론들과 가난, 한, 충효, 가족주의, 창의성, 근면 등의 긍정적인 가치를 갖는 담론들과 접합함으로써 선동의 효과를 증대시키려는 모습을 보인다. 둘째, 지배담론들은 담론이나 장르의 자유롭고 다채로운 사용을 넘어서서, 시적인 리듬과 박진감 등을 고려하고 있어서 기호론적 특성을 드러내고 있었다. 셋째로, 지배담론에서도 여성의 텍스트에서는 의학, 윤리, 종교 담론 등을 통해서 더 다양하고 복합적인 정체성을 드러내고 있었다.

2) 노동자 수기 글들의 담론적 특징

앞서 살펴보았듯이, 70년대 노동자들의 글로 분석 가능한 텍스트들은 그리 많지 않다. 그나마 그 텍스트들은 거의 대부분 야학이나 민주노조운동 주변에서 당시의 비판적 지식인들의 영향 하에서 생산된 것들이거나(신병현, 2003), 노동청의 공모 수기로서 회사의 추천이나 권유의 산물인 경우가 많았다(김준, 2002 ; 김원, 2003). 여기서는 지식인 대항담론의 지배적인 담론구성체에의 종속과 노동자들의 글쓰기에서 드러나는 담론상의 특징들에 초점을 두고 살펴본다.

① 민주노조활동가 수기의 상호담론적 성격과 복합적 정체성

종교 소모임이나 야학, 노조운동 경험과 관련된 지식인들의 영향 하에서 당시 노동자들이 생산했던 텍스트들에서는 <가난>담론과 <상대적 박탈감>담론, <교육>담론, <인간주의> 혹은 <진정성>담론이 표현되는 동시에, <발전주의>, <국가주의>, <신분상승>, 계몽된 질서를 강조하는 <규율>담론, 야학과 독학을 통한 지식획득으로 배움의 한을 넘어서자는 박정희식 <실력배양> 혹은 <전문성>담론 등의 영향도 역시 드러난다(김원, 2003).

유동우의『어느 돌맹이의 외침』을 비롯한 몇 개의 대표적인 텍스트들에서 상호텍스트성과 언어적 특성, 복합적인 정체성 선택에 대해 살펴보자.

유동우(1983)의 텍스트는 1977년 1월부터 3월까지 3회에 걸쳐 월간『대화』에 연재되었던 글의 일부이다. 애초에 "대화"사로부터 청탁받아 삼원섬유에서 노동조합활동을 하면서 겪었던 내용에 대해 쓴 글이고, 1978년 이 글들을 묶어 단행본으로 출간되었고, 다시 1983년 가필되어 청년사에서 출판되었다. 그는 가난한 시골에서 자라 요꼬 기술자와 금은 세공일을 거쳐 섬유공장에서 일했고, 글을 쓸 당시 저자는 75년 8월 공장에서 해고된 후 복직투쟁을 하면서 사진 현상 일을 하고 있었다. 저자가 비록 초등학교 밖에 졸업하지 못했지만, 통신으로 공부하는 신학교에 다녀서 그런지 몰라도 이 텍스트는 노동자가 쓴 글로는 믿기지 않을 정도로 세련된 글쓰기 스타일이 드러나는 글이다. 어려서부터 교회에 다닌 경험과 신학 공부를 한 경험 등이 이 텍스트 전반에 걸쳐 나타나는 성직자(구도자)로서의 정체성에 영향을 미치고 있다(유동우, 1983, pp.38~39).

유동우의 텍스트는 지식인이 쓴 글처럼 내용이나 스타일에서 매우 세련되기에 다른 노동자 수기 텍스트와 구별될 수 있을 것이다. 그럼에도 이 텍스트는 포함된 담론이나 장르들, 언어 사용법 등에서 다른 텍스트들과 동일한 특징들을 공유하고 있다. 예컨대, 이 텍스트는 다른 텍스트처럼 기독교의 영향뿐 아니라, 임금노동자, 노조 활동가, 저학력자, 지식인 등 다양한 복합적 정체성을 드러내고 있다.

또한 유동우의 텍스트는 수기 장르에 속하지만 때로는 일기, 기도문, 보고문 등의 여러 장르들과 <종교>담론, <노동운동>담론, <가난>담론, <질병>담론, <인간주의>담론, <진정성>담론 등이 혼합되어 다양한 사회적 정체성을 드러내고 있다. 예컨대, 어용노조나 사용자의 만행을 비판하는 부분에서는 보고문을 작성하는 기자나 체험담을 보고하는 대변인의 정체성을 취하지만, 동료 노동자들의 무질서한 생활을 고발하고 정화하려는 활동을 표현하는 부분에서는 성직자, 계몽적 교육자의 정체성을 취하기도 한다.

❶

이 글은 내가 썼지만 나만이 쓴 글이 아니다.

삼원섬유의 300여 명의 동료들이 이기적 욕망에 사로잡혀 인간을 인간으로 보지 못하고 이윤추구의 도구로만 보는 <가진 자>들의 횡포와 사회적 멸시와 천대, <못 가진 자>들의 비굴감·패배의식·자기혐오와 자기학대에 의해 파괴되어가는 <인간성의 회복>을 위한 투쟁과정에서 보여주는 <불의에 대한 투쟁>과 동지애적 사랑과 신뢰, 고통과 절규, 눈물과 웃음으로 씌여진 글이다

－유동우, 1984, pp.7~8

❷

어린 시절 우리 집은 너무도 가난했다. 시골에서 소작을 조금하시는 부모님 슬하에서 나는 7남매 중 셋째로 태어났다. …… 가난한 가정<환경 때문에> 국민학교를 졸업하자마자 나는 부모님을 도와 농사일을 거들어야 했다. …… 가난에 배기다 못해 <나도> 서울로 돈벌러 갈 것을 <마침내 결정>하고 말았다. …… 돈도 벌고 공부도 하겠다는 비장한 꿈을 안고 서울로 가는 기차에 몸을 실었다.

－pp.15~17

❸

이런 무질서한 생활을 하는 이들의 이면에는 …… <공장 사회> 속에서 일하는 가난하고 억울한 <근로자>들의 서글픈 비애가 가로놓여 있음을 깨달아야 한다. 가난한 이들이기에 남들이 학교에서 공부할 나이인데도 객지에 나와 공장에서 돈벌이를 해야 하고, 또한 배우지 못하고 <빽없는> 이들이기에 공장생활을 해도 가장 밑바닥의 공원 노릇을 하지 않으면 안 된다. 임금도 너무나 낮다. 이처럼 저임금, 혹사, <현장관리자>들의 횡포에 시달려야만 하는 이들은 그 보다도 <공돌이>니 <공순이>니 하는 사회적 차별 대우와 멸시를 또한 참아내지 않으면 안 된다.

－p.43

❹

"이런 무질서와 혼란을 정화하기 위해서 우리는 자체적으로 질서를 확립해보겠다는, 말하자면 새마을 운동을 시작한 것이다. 식사시간에 새치기를 막았고, 현장에서는 저속한 욕설이나 문란한 풍기를 없애자고 서로 계몽해 갔다. …… 그룹을 확대해 갈 필요성을 느끼고. 다시 폭포회 클럽을 만들게 되었다. …… 이 그룹을 통해서 우리는 의식화 작업과 조직화 작업을 병행했으며 이것이 후일 삼원섬유 노동조합 결성의 모체가 되었다."

—pp.62~63

❺

"사실 사원은 우리와 같은 종업원들이면서도 생산공원과 다르다는 우월의식 때문인지 근로자의 편에 서기보다는 항상 회사에 붙어 노조활동을 적대시하고 있는 터였다."

—p.135

❻

"우리도 남자와 똑같은 '인간이다'라는 외침이 여러분의 내면에서 우러나와야 한다고 보아요. 그랬을 때, <근로자>도 인간이다. <조합원>도 인간이고, <국민>도 인간이다라는 주장을 할 수 있을 거예요."

—p.123(< >강조는 인용자)

텍스트 서문의 일부인 인용문 ①에서는 <신분상승 또는 차별>담론, <인간주의>담론과 "불의에 대한" 투쟁 과정에 관한 보고문 장르와, 이분법적 대조를 통한 감정의 고조를 꾀하는 문학적 장르를 혼합하여, 진정한 인간성 회복의 필요성을 전달하는 보고자 및 대변자로서의 정체성을 드러내고 있다. 언어적 표현 측면에서 보면, 두 번째 문장의 주어인 '이 글은'을 생략함으로써 글쓴이인 "나"와 "삼원섬유의 300여 명의 동료들"을 내재적으로 결속시키는 문학적 표현을 볼 수 있다(박영순, 2004, p.114). 또 "이기적 욕망", "가진 자들의 횡포", "인간성의 회복" 등의 <인간주의>담론의 흔적을 담은 주제를 반복적으로 표현함으로써 의미의 응집성을 높이는 문학적 수사도 이용된다.

이런 표현들은 자신을 동료와 동일하게 위치지우면서도 또 한편으론 상호담론적 참조를 통해 글쓴이 자신은 암묵적으로 불의를 고발하고 비인간성의 회복에 나서는 신부나 목사 등 성직자나 사회현상에 대한 비판적이고 추상적인 표현에 능한 지식인과 동일시하고 있어서 다양한 정체성들을 동시에 드러내는 표현들이다.

인용문 ②에서는 자서전 장르와 '이농', '탈출', '한', '돈벌이', '상경' 이야기들을 혼합하는 문학적 장르가 <가난>담론을 주제화하는데 이용된다. 이 인용문에서도 저자의 복합적인 정체성으로 인한 혼란이 표출되고 있는데, 한편으로 환경에 의해 결정되는 운명론적인 <가난>담론이 수동적으로 표현되지만, 다른 한편으로 저자의 능동적인 결단에 따라 선택된 것으로 바로 반전되어 표현된다. "나도"라는 표현에서 드러나듯이 모두가 이농할 수밖에 없는 사회경제적 조건에 처해 있기에, 그 결단도 역시 운명적인 것이라는 점이 외면되고 있다. 인용문 ③에서 "이들"이란 표현에서 볼 수 있듯이, 글쓴이는 일반 노동자들과는 구별되는 결단하는 활동가인 동시에 진정한 인간상으로서 지식인이며, 또한 동료들과 같은 노동자가 됨으로서, 다양한 입장선택(positioning)과 거리두기가 이루어진다(Davis & Harré, 2001). 인용문 ③에서는 <노동운동> 담론이 주제를 형성하고 있으며, 특히 지식인적인 글쓰기가 두드러지게 나타나는데, "이들", "공장 사회", "깨달아야 한다", "공원노릇", "현장관리자", "저임금" 등의 공적인 (formal) 표현들은 전형적인 고학력 지식인들의 고급 문어체 어휘를 모방한 것이거나 대필 혹은 가필이나 외삽된 것이 아닌지 의심될 정도로 세련된 표현들이다. 그러나 "돈벌이", "빽없는", "공순이", "공돌이" 등의 사적인 (private) 구어체 표현 기제들은 지식인 정체성을 은폐하는 동시에 노동자 정체성과 긴장 관계가 있음을 드러내고 있다. 인용문 ④에서는 노동조합

결성의 필요성을 역설하기 위해, "정화" 등 <질병>담론, <질서>담론, <새마을운동>담론, "교육", "계몽" 등의 <훈육>담론 등 앞서 살펴보았던 지배담론들이 명시적으로 선택되어 "의식화", "조직화", "노조결성" 등 <노동운동> 담론과 결합되고 있다. 인용문 ⑤와 ⑥은 <신분상승>담론, <인간주의>담론과 보고문 장르, 연설 장르가 결합하여 '진정한' 인간, '진정한' 국민으로서 노동자와 조합원, 여성을 계열화시키면서, 노동자들을 동원하려는 노조활동가로서의 정체성을 드러내고 있다. 가난, 돈, 가족, 노동조합, 인간, 국민 등의 이런 계열화는 앞서 살펴본 지배담론의 가난, 돈, 가족, 인간, 공동체, 국민이나 민족의 계열화와 유사한 요소를 갖고 있으며, 민주주의나 인간주의에서의 진정성을 표방하는 점에서는 경쟁 관계, 반대 혹은 대항 관계에 위치하고 있다.

당시의 대항담론은 '진정한' 의미의 민주주의나 민족주의적인 발전전략을 주장하거나, 유신 독재 반대나 철폐를 주장했지, 적극적인 대안 세계를 추구하는 담론을 제공할 수는 없었다.[15]

종교계 등의 지식인들과 교류하면서 그들의 언어를 학습한 이들로 상대적으로 의식화된 노동자로서 수기를 남겼던, 극소수의 선진 여성노동자들의 텍스트에서도 '진정한' 국민, 국가, 민족의 일원으로서 노동자가 대우받지 못하는 부패하고 왜곡된 현실(소위 남성중심의 타락하고 기생적인 어용 노조와 그들을 비호하는 독재 정권)에 대한 풍자적 표현들을 쉽게 발견할 수 있다. 농촌의 가부장적인 가족제도 아래에서 유교규범을 일상적으로 교육받은 나이어린 노동자들이 지배담론에 종속될 수밖에 없음은 당연했을 것이다(전재호, 1997, pp.160~177 ; 김원, 2003, pp.192~193). 이러한 점은 대표적으로 장남수의 『빼앗긴 일터』 전반에 걸쳐서 쉽게 관찰할 수 있다.

---

15) 당시 자유주의적, 인간주의 지식인들의 담론에서도 여성 노동자의 고통과 희생이 중심적이었으며, <독립노동조합 건설> 혹은 <민주화> 담론으로도 표현되었다. 신병현(2003), 김동춘(1994), 김보현(2004)을 참조.

장남수의 『빼앗긴 일터』는 70년대 말에서 80년대 초반에 걸친 원풍모방 노동조합 건설운동에 투신하였던 여성 노조활동가가 쓴 수기이다. 역시 노조활동으로 인해 해고된 상태에서 쓰인 이 텍스트는 지식인이 노동자의 수기를 분석하여 이차적으로 작성한 것 같은 인상을 줄 정도로 다른 노동자 수기들과 여러 모로 차이를 보이는 텍스트로서, 지식인 문학가의 텍스트와 별 차이가 없는 노동자 수기이다. 이 텍스트도 역시 다양한 장르와 담론들을 복합적으로 결합하여 복합적인 정체성을 표현하고 있다. 기본적으로 수기 장르이지만 다양한 은유적 표현과 모방에서 보이듯이 문학장르와 기도문 장르도 함께 활용하고 있다. 주요하게 선택되는 담론은 역시 대부분의 노동자 수기처럼 <가난>담론, <교육>담론, <종교>담론, <경제발전>담론, <노동운동>담론, <인간주의>담론 등이 폭넓게 이용되면서도, 특히, 재판과정을 상세히 묘사하는 데서 <법>담론, 부패와 착취 등을 사회적 병리로 은유하여 고발하는 <의학>담론, 어린 여공의 죽음에 관한 <미디어>담론이 의식적으로 자유롭게 활용된다.

❶
　서울에 올라와서 <이른바 산업전사>가 되었을 때, 야학에 다닐 때, 감옥에 들어갔을 때, 그리고 또 해고자로 이리저리 떠돌아다닐 때, 문득문득 나는 내 <삶>이 이 사회에서는 달갑잖은 버려진 <역할>만을 하는 게 아닌가 하는 자조적인 생각이 들 때가 한두 번이 아니었다.

$-$p.7

❷
　이 나라 <산업발전과 경제성장>을 위해 밤잠도 못자고 땀 흘리는 우리에게 돌아오는 대가가 공순이라는 천시하는 명칭과 세상에서 말하는 여자다움이 박탈되는 거라면 우린 뭔가?

$-$p.43

지금 이 시간에도 여러 곳곳에서 <산업발전>을 위해, 또다시 <수출목표 달성>을 위해 고생하시는 <우리 동료들>을 주님 기억해 주시옵소서. 기계 앞에 서 있는 우리 동료들뿐만 아니라 전국 곳곳에서 여러 가지 형태로 고난받는 당신의 <정의로운> 자녀들을 지켜주시고 외롭지 않게 항상 같이 하여 주시길 바랍니다. 하나님, 우리들의 피와 땀의 결실로 100억 불 수출을 달성했고, 거리는 들 떠 있는데, 저희들은 왜 이렇게 외로와야 합니까. 다들 잘 살게 되었다는데, 모두들 경제가 성장했다고 하는데 저희들은 왜 이렇게 배가 고픕니까. 얼마나 많은 노동자들이 알지 못하는 가운데 착취당하며 헐벗을 것입니까. 흙 한 삽 뜨지 않고 20억을 모은 <모 검사부인>의 얘기가 신문에 나오고 있습니다. 그리고 만 오천 원짜리 돼지 저금통 하나 때문에 자살한 구로공단의 나이 어린 <여공>이 있습니다. 이 사회가 왜 이렇게 <병들어가며> 무엇이 이렇게 <검은 균>을 뿌리고 있습니까. 하나님, 이대로 두지 마옵소서. 당신이 사랑하시는 약하고 가난한 저희들이 간구하오니 주님 오시옵소서.

-장남수, 『빼앗긴 일터』, pp.61~62(〈 〉강조는 인용자)

　　인용문 ①에서 "이른바 산업전사"는 <경제발전>, <국가주의>, <군사주의> 지배담론의 간접적이고 거리를 둔 인용의 제스처인데, 이는 지식인들의 텍스트에서 주로 관찰되는 것으로서, 여기서는 지배담론과 동일한 요소를 상이한 방식으로 배치하는, 즉 지식인들의 대항적 재맥락화 혹은 상호텍스트적 관행을 보여준다. 인용문 ②와 ③에서 보면, 기도문 장르와 공식적인 <경제발전>담론, <종교>담론 또는 <민중신학>담론을 접합하여 소외된 노동자들을 구원자와 연결시켜주는 목회자 혹은 매개자의 정체성을 모방하고 있다. 언어적 측면에 초점을 두고 보면, 우선 "우리", "이 나라", " 우리 동료들", "저희들"은 주님의 "정의로운 자녀들"로 명확하게 범주화되는 반면, "다들", "모두" 등 모호하게 범주화되고 있다. 이는 고생, 외로움, 결핍, 박탈 등 소외 테마와 관련된 당시의 <종교>담론에서 두드러진 표현이다. 또 기도문 장르에서는 반복적인 질문으로 결말을 맺음으로써 소외 테마의 의미 응집성을 꾀하고 있으며, "고생하시는"과 같은 공대어 표현에서도 "우리"와 동료들을 산업발전에서 반드시 기억되어야 할 존재로 격상시키는 의미상의 응집 효과를 노리고 있다.16) 흥미롭게도 앞서 살펴본 오원철의 여공 찬양과는 상이한 맥락이지만 유사한 언어적 표현을 보인다.

특히, 인용문 ④는 기도문과 문학 장르를 이용하면서, 이와 더불어 노동자들의 착취에 대한 고발을 담는 <노동운동>담론, "검은 균"으로 병들어가는 사회의 치유를 요구하는 <의학>담론, 어린 여공의 자살을 보도한 <미디어>담론, 부패한 지배층과 정의롭지 못한 법체계를 고발하는 <법>담론 등을 다채롭게 이용하여 소외 테마와 매개자 정체성을 표현하고 있다. "여러 형태로 고난 받는 당신의 정의로운 자녀들을"(p.60) 위해 하나님의 나라가 임하기를 기도하는 가운데 자본주의적 착취관계에 대한 폭로와 부정하고 부패한 관료에 대해 비판하는 등 여러 유형의 사고들(thoughts)이 드러난다. 그러면서도 가난과 부, 정의와 불의, 약한 여공과 검사부인, 하나님의 사랑의 나라와 병들고 검은 균이 뿌려진 사회를 이분법적으로 대비시키고 있다. 언어적 측면에서 보면, 전반적으로 "박탈"과 희생자 여성에 대한 강조와 함께 착취의 피해자로서의 수동적 표현이 보인다. 이런 표현과 더불어 가해자는 명확하지 않은 대명사로 표현됨으로써 탄압과 억압의 시대적 상황을 엿볼 수 있다.

당시의 노동자 텍스트들은 경제발전의 주체로서, '조국 근대화의 기수'로서, 그리고 '산업역군'으로서 긍정적으로 가치부여 된 노동자 정체성을 드러내고 있다. 동시에, 여전히 차별받으며, 부정의하고 부패된 관료와 기업가 및 관리 층에 종속된 고통 받는 노동자 정체성을 드러낸다. 이 정체성 표현들은 공통적으로 해방되고 근대화된 국가의 시민적인 권리 주체로서 "자유롭고" "독립적인"(자주적인) 노동자가 되어야 한다는 생각을 표현

---

16) 그러나 "기계 앞에 서있는 우리 동료들"에서 보듯이 일관성이 늘 보장되지는 않고 있다.

하고 있다.

1970년대 '민주노조운동'에 관련되었던 노동자들의 수기는 당시에 그들이 처했던 주위 세계를 어떻게 인식하고 있었는지를 자신들의 사회적 위치 및 정체성과 관련시켜서 표현하고 있다. 그들이 공통적으로 표현하고 있는 <인간주의>담론은 고용주, 노동자 사이의 차이, 가진 자들과 못 가진 자들 사이의 차이, 배운 자와 못 배운 자 등 인간들 간의 차이에 대해 강한 의문을 담고 있다. 그들이 처한 객관적인 조건과 그들이 희망하는 이상적인 배움의 상태 간의 극복할 수 없는 간극은 그들의 인간주의적, 영성주의적 열망과 희망, 그리고 일상적 생활정치를 통해 다채롭게 표현되었다(신병현, 2004). 정말로 이들의 수기는 일종의 '집단전기'라고 볼 수도 있을 것이다(김원, 2003).

이상 노동자 수기에서 드러나는 주요 특징을 다음과 같이 요약해 볼 수 있을 것이다. 첫째로, 수기의 상호담론적 측면에서는, 가난, 차별, 소외 담론이 한편으로는 저항적 지식인이나 종교인들의 영향으로 교육담론, 인간주의 혹은 진정성 담론, 희생담론 등과 접합되고, 다른 한편으로는 발전주의, 군사주의, 국가주의, 신분상승, 규율, 실력배양, 전문가주의 교육 담론, 가부장제 담론 등과 접합하여 대항적 글쓰기 형식으로 재맥락화되고 있다. 둘째로, 언어적 측면에서 이들의 텍스트는 회고체의 의식적 글짓기로서 증언적이고, 서사적이며, 장르 혼합적 성격을 띠고 있었다. 또 이 텍스트들은 구어체와 문어체가 교대로 반복되면서 문어체로는 지식인 및 공식담론의 모방과 흔적들을 담아내는 동시에 사적인 구어체를 통해서는 다양한 감정변화나 이야기들을 표현함으로써 복합적인 사회적 정체성을 드러낸다. 하지만, 이들의 이야기 목록이나 인용표현들의 목록은 매우 제약되어 있었다. 이 텍스트들은 문학적 장르와 지배담론 및 지식인 담론의 모방에 크게 의존하고 있지만, 대체로 이들이 인용하는 진부하고 상투적인 표현들과 이야기들은 통속 대중소설이나 잡지, 대중가요의 가사 등 대중문화의 요소들에서 따 온 것들이다. 또 이들이 사용하는 은유들 역시 '죽은 은유'에 불과한 경우가 대부분이다.[17]

② 노동자 글쓰기에서 드러나는 텍스트적 실천

어떤 텍스트이건 특정한 이데올로기적 요소를 담고 있으며, 그렇게 생산된 담론을 고립된 텍스트로 취급해서는 안 되며, 담론 간 상호 관계 속에서 파악할 필요가 있다. 즉, 텍스트 생산자 및 해석자들에 영향을 미치는 이데올로기적 요소를 상호담론과정 속에서 파악함으로써, 텍스트 생산과 해석을 둘러싼 행위자들의 입장 혹은 위치들 간의 상호 영향과정으로서 '텍스트적 실천(textual practices)'이 야기하는 특성을 비판적으로 고려해야 할 필요가 있다. 노동자 수기들에서는 다양한 위치지우기의 선택과 전위를 통해 다양한 사회적 관계와 관련된 정체성으로 자신을 표현하는 모습을 보인다. 이에 따라 화행 시 발화자의 위치와 이에 따른 발화수반력(illocutionary forces) 사이의 생산적인 상호작용이 이루어진다(Davis & Harré, 2001, Austin, 1992).

앞서 살펴보았듯이, 노동자 수기 텍스트들에서는 다양한 위치에서 다양한 담론들을 선택함으로써 스토리텔링(storytelling) 형식의 문화적 유의미성을 획득함으로써 설득력을 높이려는 모습이 나타나며, 복합적 정체성의 선택과 전위가 이루어진다. 이하에서는 이러한 스토리텔링과 위치지우기, 정체성 채택 등의 텍스트적 실천에 초점을 두고 노동자 글쓰기 사례들을 검토해 본다.

수기를 남긴 이들은 극히 일부 남성 노동자를 제외하곤 대부분이 빈농 출신의 여성노동자들이었다. 이들은 당시에 (i) 돈을 벌기 위해서, (ii) 자신의 장래를 위해서(돈을 벌어 배우기 위한 꿈 때문에), (iii) 농사일이 고되어서

---

17) 문자적 해석과 은유적 해석 사이의 긴장이 상실된 은유 즉, "의자 다리"처럼 다양한 의미작용의 가능성을 상실한 진부해진 은유들을 의미한다. 폴 리쾨르(저), 김윤성·조현성 (역)(1994), pp.96~97.

공장생활을 선택했다(정현백, 1985). 이들의 수기는 공통적으로 다음과 같은 초기적 이야기(first memory)에 기초하여 전체의 이야기를 프레이밍한다. 그들은 한결같이 무작정 상경하고 가족의 입을 줄이기 위한 식모살이나 학원 겸 직업소개소를 경유하여 친구의 권유나 유인으로 혹은 산업화에 대한 동경심리가 작용하여, 공장에 취업하게 됨을 보여주고 있다.

아래 인용문들은 상경의 첫 번째 기억들이다. 전체 이야기를 틀 지우는 이 부분은 공통적인 담론적, 언어적 특징을 드러내면서도, 또한 각 개인들이 고유하게 하나의 경험으로 그 기억을 새로운 플롯으로 구성하고 재맥락화하고(recontextualize) 있다.[18] 인용문 모두가 고향과 도시생활의 경험을 대비시키고 있고, 이를 구어적, 여성적, 사적인 언어에 의한 감정 표현과 문어적, 남성적, 공적인 언어에 의한 현재의 생활 묘사가 병행한다. 또한 감정표현은 진부한 죽은 은유나 상투어를 이용하는 문학 장르에 의존하는 반면, 현실 묘사는 공식 지배담론에 의존한다.

❶

> 한 번 들뜨기 시작한 마음 <걷잡을 수 없이> <흔들리기> 시작했다. 한 시라도 빨리 이 <암담한> <촌구석>을 벗어나 <대처>로 나가야만 뭔가 일이 될 것 같았다.(p.11) …… 태극기 <힘차게> 나부끼고 있는 <아담하고 깨끗한> 사무실과 <잘 가꾸어진> 잔디밭과 나무들. <엄청나게 큰> 공장 건물과 기숙사를 바라보며, …… 동일방직은 …… 방대한 <조직체계>를 갖추고 이었으므로 <현장의 분위기>는 완전 <군대식>이었다. …… 무엇보다도 육체적 고통이 <갈대처럼 약한> 내 마음을 하루에도 몇 번씩 뒤흔들어 놓곤 했다. …… 3교대로 작업하는 데 …… 야근을 할 때면, 완전히 <시간의 노예>일 뿐 날씨의 변화라든가 밝고 어두운 게 <상관이 없었다.>(p.13)

—석정남, 1984

---

18) 앞부분과 중복되기 때문에 이 부분에서는 상호담론성과 언어적 특징보다는 스토리텔링상의 특징들, 즉 포지셔닝을 통한 사회적 정체성 전위에 초점을 두고 논의한다.

❷

　　나는 결심했다. 돈을 벌어야지. 돈을 벌어서 가난을 몰아내고 훗날 행복
하게 살자하는 생각이 어린 나의 가슴에 가득 차 있었다. …… 그길로 나는
정든 고향을 떠나 서울이라는 곳에 도착했다. 무조건 서울만 오면 돈을 벌
수 있으리라고 생각했던 내가 무척 와보고 싶었던 서울 땅은 내가 생각했
던 것과는 전혀 다르게 아주 초라했고 골목길에 서있는 판자집이 나를 너
무 서글프게 만들었다. …… 하지만 돈을 벌어야.

-김경숙, "나는 왜 노동자가 되었나"

❸

　　서울에 올라와서 이제 저는 시골에서 선망하던 그런 서울 생활, 그 다음
에 그 회사에 대한 이미지, 이런 것들이 정말 컸던 것 같아요. 크고, 뭔가
이제 난 가서 열심히 돈 벌어 가지고 시골에 엄마 아버지뿐만이 아니라, 불
쌍한 내 동생들 공부도 가르치고 …… (울먹이며) 그런 생각하고 왔는데,
새벽 2시, 3시에 나가서 밤 11시 까지 일하는 거였고, 한달에 두 번 쉬고
외출도 못 갔어요.

-배옥병, 김원, 2003, p.86~87에서 재인용

　　이러한 점은 인용문 ① 석정남의 글에서 두드러지게 나타난다. 첫 문장
은 고향에서의 심리상태에 대한 문학적 묘사인데, 두 번째 문장에 의해 이
경험은 "암담한 촌구석"으로 부정적인 경험으로 구성된다. 이와 대조되는
세 번째 문장에서는 화자의 위치(position) 변화가 이루어지고 "힘차게",
"깨끗한" 등과 같이 긍정적인 경험으로 현재 생활이 재맥락화되어 재현된
다. 이어지는 문장에서는 <군사주의>담론 같은 공식 지배담론들이나 지
식인들의 <노동운동>담론(혹은 <종교>담론)에 의존하여 현실 묘사가 이루
어진다. 하지만, 현실묘사에서도 자신의 감정표현과 관련된 부분에서는
"내 마음 하루에도 몇 번씩", "갈대처럼", "상관없다" 등과 같이, 사적인
언어와 죽은 은유, 구어체에 의존하는 긴장을 드러낸다. 이것은 앞부분에서
도 언급되었듯이, 노동자 정체성과 여성 정체성, 지식인 정체성 등으로의

복잡한 전위가 이루어지는 것을 보여주는 증후로 해석될 수 있을 것이다.

인용문 ② 김경숙의 텍스트에서는 당시의 지배담론에서 프레이밍하는 계열화 방식과 동일하게 가난, 돈, 상경, 희생, 근면한 노동, 저축 등의 계열을 따라 이야기를 구성하고 있으며, "몰아내고"와 같은 <군사주의> 담론의 영향과 "가슴에 가득차", "초라했던", "너무 서글프게" 등과 같은 소설문체 모방의 문학적 장르 의존성이 드러난다. 그런데 이 텍스트에서는 가난의 경험을 상기시키는 고향과 동시에 "정든" 고향이 교차하고 있어서 고향 탈출이 양가적인 감정을 수반함을 보여준다.

개별적인 스타일의 차이가 드러나긴 해도 대부분 수기 텍스트들에서는 가난으로부터의 고향탈출과 도회지 생활에 대한 희망으로서의 고향탈출 서사가 복잡하게 교차하고 있음을 관찰할 수 있다. 인용문 ③에서에서는 "선망하던 서울 생활"과 "새벽 2시, 3시에" 시작되는 중노동 생활의 도회지에 대한 이미지 대조가 명확하다. 이 텍스트에서는 <교육>담론과 희생의 <가족주의> 담론, 발전과 성공에 관한 지배담론 등 다양한 담론의 선택을 통해 양가적인 감정과 정체성을 표현하고 있다.

마지막으로 <교육>담론의 영향 사례를 통해 노동자들의 사회적 정체성의 단면을 확인해 보자.

> "그만둔 학교를 다시 다녀야겠다는 생각을 다시 한 번 굳게 마음먹었단다. …… 그러다가 공부를 생각하면서 일이 끝나고 주산도 놓았다가 영어 공부도 열심히 했단다. 그러면서 야간학교를 찾아다니던 중에 …… 지금 다니고 있는 곳을 알게 되어 일이 끝나고 한 시간씩 다니고 있단다. …… 초등학교 밖에 나오지 못했다고 자신을 비관하지 말아주기 바란다. 배우고 싶다는 마음만 있으면 배움이란 길은 꼭 있단다. 우리는 일하면서 배워야 해. 그래서 우리도 한 국민으로서 떳떳이 살아가야 돼."
>
> —지은이 미상, "벗이여 우리도 떳떳이", pp.65~66

"그러나 나의 종착역은 아직도 먼 곳에 있습니다. 2백만원, 3백만원. …… 그것은 불과 몇 년 후의 현실로 다가온다는 계산이 확실해졌으나 우리 안내양 모두가 나의 앞뒤를 다투어 정직하고 양심껏 그리고 진실하게 살며 희망찬 설계를 하라고 가르쳐 놓고야 종착역에 내릴 각오입니다. 인간에겐 석어질 육체보다 잡히지 않는 마음이 더 무섭다는 걸 … 나 자신이 짧은 기간에 체험했습니다. 이제 더 못한 공부를 여가를 이용, 독학하며 떳떳한 사회인으로 커나가야겠다는 용기가 솟고 그러기에 나의 일에 더욱 충실할 수 있습니다."

—이매순, "아직도 먼 종착역", 『산업과 노동』, 1976, 6, pp.84~91

"영세 오빠는 부안 터미널까지 바래다주면서 배움에 대해 약간 얘기 해 주었다. 난 그 오빠 얘기하는 것 중 무엇인지 몰라도 자신이 생기고 학교에 입학해서 꼭 검정고시에 합격하겠다고 결심했다. 그래서 내가 그토록 부러워했던 교복을 입고 어엿한 고등학생이 되어 그 누구보다도 인간처럼 살아보고 싶었다.(p.30 ; 1978년 2월 7일 일기) …… 나는 항상 후회 속에서 회의하는 것이 너무 많다. 모든 일을 회의하면서 애태우고 가슴을 움켜쥐고 목타도록 회의한다. 대학생 저들은 어떻게 공부했고 어떤 생활을 하여 저토록 많은 지식을 발휘하는가? 어떻게 해야 많은 지식을 소유하게 될까 안타깝다.(p.49 ; 1978년 6월 27일 일기)"

—최순희, "가로등 밑에서 공부할까"(일기),
한윤수(엮음)(1979, 2000), 『비바람 속에 피어난 꽃』, 책소리, p.30

숙련의 사회적 구성과 이를 통한 사회적 위세 차이의 일상적 재생산 구조 속에서, 생산직 노동자들의 배움에 대한 <교육>담론들은 관리층 혹은 화이트칼라 노동에 대한 동경 혹은 작업장 탈출 욕망의 한 표현이며(신병현, 2001), 동시에 학업 포기나 중단으로 인한 열등감('좌절과 콤플렉스', '배움에의 한')을 극복하고 자신보다 별로 잘 공부하지 못했던 초등학교 동창생과의 비교나 화이트칼라 관리층의 횡포와 무시 속에서, 자존심을 고양하기 위한 대리적인 욕망충족의 기제일 수 있었다(김준 : 93 ; 정현백, 1985 :

137~139 ; 박기남 : 50~51).

배움을 통한 지식만 갖고 있다면 떳떳한 국민이 될 수 있다는 희망은 야학에 다니는 자신의 위치를, 좌절한 친구에게 자신감을 갖고 충고하는 위치로 고양시킨다. 이러한 못배움의 한은 지식인들과의 만남 속에서 더욱 증폭된다(구해근, 2002).

한 출판사에서 기획된 노동자 글쓰기 서문에서는 노동자의 글쓰기의 중요성에 대해 다음과 같이 강조한다.

> "글을 쓴다는 일이 우리 생활을 보다 사람답게 이끌어 가고자 사람들 사이에 어떤 대화의 창구를 마련하는 것이라면, 사람의 참삶의 의미와 나아가 더불어 함께 사는 이 사회의 사람다운 민주적 발전과 그 의미를 따져보는 것이라면, 이 사회 속의 생활을 꾸려나가는 우리 모두가 실은 지위가 높고 낮음에 상관없이, 돈의 많고 적음에 관계없이, 생각이나 종교의 차이에 구애됨이 없이, 바람직스런 민주적 의사소통으로서의 글쓰기에 떳떳이 나서야만 할 것입니다. 그래야만 각종의 편견과 오해와 상호불신 등이 해소될 수가 있습니다. …… 모두가 작자의 생활 이야기를 스스럼없이 표현하고 자신의 의견을 막힘없이 얘기할 때, 민주사회의 밑바탕은 점점 더 튼튼해져 가고 그게 바로 진정한 '나라의 힘'이 될 것입니다."
>
> —나보순 외(지음), 돌베개 편집부(엮음), 1983, pp.1~2

대부분의 노동자들은 '실용적으로' 입을 줄이거나 약간의 가족 생계 보조나 '미래 가부장'의 교육이라는 명목으로 혹은 자신의 꿈을 위해서, 그들의 농촌 가부장으로부터, 그리고 하기 싫은 농사일로부터 사실상 '허용된' 탈출을 했던 것이라고 볼 수 있다. 그러나 탈출로부터 얻은 해방과 환희의 순간은 사라지고, 여지없이 자본주의적 도시 생활과 타협해야 하며, 다소 변경된 이유를 위해서 돈을 더 벌기 위해 공장 내 가부장적 구조에 '현실적으로' 종속될 수밖에 없게 된다(신병현, 2003, p.346).

그럼에도 불구하고 노동자 수기들은 자신의 일상과 관련된 재현뿐 아니

라, 다른 사람들의 것에 대한 재현 역시 생산하여, 그것들을 재맥락화시킨
다. "원수같은 가난"과 힘들고 고된 농사일로부터 자신의 꿈과 욕망을 위
한 탈출하였지만, 수기를 쓰는 시기에는 도시 생활에 적응하거나 타협해
야만 하게 되었고, 현실적으로 공장의 가부장적 구조로의 종속된 삶을 살
아가야만 하는 공장 노동자 위치에서 자신을 돌이켜 보게 된다(석정남,
1984, pp.11~17). 이제 탈주자의 위치는 가족부양자로 전위되고, 오빠나 동
생의 학비나 농촌의 병든 부모, 동생들의 생계를 지원해야 하는 희생자 담
론에 소속된다(정현백, 1885). 여기서 가족과 공장, 국가와 민족은 동일하게
계열화된다. 이들의 글 속에서는 누구의 동생, 딸, 계급, 여성 등 경쟁하는
다양한 정체성들이 존재하고 그 정체성들 중에서 지배적인 것으로 작용하
거나 주요하게 다른 정체성들을 틀 지웠던 것은 역시 근대화 담론구성체
의 하위 담론구성체로서 가부장적 가족주의 담론구성체의 주요 이데올로
기적 요소들이었다고 할 수 있다.

　70년대 노동자들의 생애사(life histories) 보고나 생활 글들은 자기 자신을
인지 가능한(intelligible) 형태로 공공적으로 혹은 타인에게 제시하는 방식으
로서 고유한 텍스트적 실천성을 갖고 있다. 수기를 비롯한 생활 글쓰기는
단순한 사실적 묘사가 아니라, 자기나 타인에 관련된 재현을 생산하고 그
것을 의미있게 재맥락화시키는 고유한 텍스트적 실천을 포함하고 있는 자
전적 글쓰기(autobiographies) 혹은 자신의 스토리텔링이다. 이것은 자신을
스스로 새롭게 위치지우고 타자를 새로이 위치지우는 텍스트적 실천이다.
이와 같은 텍스트적 실천을 검토함으로써 우리는 노동자들이 자신들 스스
로에게 역능을 부여하고 자신들의 공동체를 구성해가며, 타자들과 대화하
고 교류하는 방법 등 노동자 문화공동체의 형성에 있어 문화적 목록과 스
토리텔링이 중요하다는 점을 이해할 수 있을 것이다. 또한 노동자들의 스
토리텔링에 의한 새로운 정체성의 선택과 전위는 노동자 공동체와 개별성
사이의 통일을 여는 문화와 정치적 역동성을 창출할 수도 있을 것이다.

4. 맺음말

본 연구는 노동자 글쓰기에 영향을 미친 주요 담론들의 확인 수준에 머물고 있는 선행연구들에서 보였던 담론구성체의 확인 수준을 넘어, 70년대 노동자들의 글쓰기 실천에 대한 보다 구체적인 담론 및 언어적 분석을 통해, 이론 및 방법론적으로 더욱 진전시킴으로써 사회이론과 비판적 담론분석 모두에 기여하려는 관심에서 이루어졌다. 본 연구에서는 근대화 및 가부장적 가족주의 담론구성체가 70년대 노동자들이 국가와 민족과 기업 공동체의 한 성원으로서 동일화하고 스스로를 인식하도록 틀 지웠다는 전제하에, 당시 노동자들의 생활 글들에서 지배담론 및 지식인 담론의 흔적들과 더불어 노동자들의 이야기하기와 입장 선택하기 등 노동자들의 개별적인 텍스트적 실천 혹은 담론관행이 복합적으로 드러남을 보여주려고 했다. 본 연구는 텍스트가 갖고 있는 이러한 복합성을 더 자세히 살펴보기 위해서 상호담론성에 대한 분석 뿐 아니라, 노동자 글쓰기에서 드러나는 언어사용 및 표현의 특징들도 살펴보았다. 노동자들의 글쓰기는 거시적인 지배적 담론구성체에 의해 헤게모니적으로 틀 지워지지만, 이것은 특정하게 위치 지어진 노동자들의 글쓰기 실천과의 변증법적 관계 속에서 새로이 배치되어 상이한 의미를 갖고 독특한 정치를 야기할 수도 있다는 점에서 노동자 글쓰기의 텍스트적 실천 측면이 강조되었다.

본 연구는 비판적 담론분석 방법론과 포지셔닝 이론을 결합하여 노동자들의 텍스트에 대한 상호담론성과 텍스트적 실천의 고유한 개별성을 동시에 보여주었다는 점에서 기여하고 있다고 생각한다. 하지만, 본 연구는 몇 가지 한계를 갖고 있는데 첫째로, 여성 노동자의 글쓰기와 남성 노동자의 글쓰기가 문학적 표현 목록이나 대중문화나 지식인의 모방스타일, 의존하는 담론의 계열체적 구조 및 통사적 구조 등에서 분명한 차이를 보이지만 이에 대해 초점을 맞추지 못했다. 둘째, 분량의 제한으로 보다 다양한 부류의 노동자들의 텍스트들의 비교와 이들에게 영향을 끼쳤을 지식인들의 텍스트들에 대한 분석까지 나가지 못했다. 셋째, 노동자들의 다양한 포지션 선택이 갖는 전략적 성격과 그것의 노동자 문화 실천과 노동자 정치에 갖는 함의에 대해서는 제대로 논의되지 못했다. 이 모두가 향후의 여러 연구자들의 연구과제로 공유될 수 있기를 기대한다.

참고문헌

구해근(신광영 역, 2002),『한국 노동계급의 형성』, 창작과비평사.

김경숙," 나는 왜 노동자가 되었나", 나보순 외(지음), 돌베개 편집부(엮음)(1983),『우리 들 가진 것 비록 적어도 : 근로자들의 글모음』, 서울 : 돌베개, pp.17~18.

김동춘(1994), "1960, 70년대 민주화 운동세력의 대항이데올로기," 역사문제연구소(편), 『한국정치의 지배이데올로기와 대항이데올로기』, 역사비평사, pp.209~249.

김보현(2004), "박정희 정권기 저항엘리트들의 이중성과 역설 : 경제개발의 사회-정치 적 기반과 관련하여," 제2회 비판정치학대회 : 세계화와 한반도의 정치동학 발 표논문.

김수영(2000), 「동아시아 자본주의 발전과 가족 : 한국과 일본의 사례를 중심으로」, 고려 대학교 대학원 사회학과 박사학위논문.

김　원(2003),『여공담론의 남성주의 비판 : 전전 일본에 비추어 본 한국 사례를 중심으 로』, 서강대학교 대학원 정치학과 박사학위논문.

김　준(2002), "1970년대 여성 노동자의 일상생활과 의식,"『역사연구』10, pp.53~99.

김진균(1983), "공업화 과정의 사회에 있어서의 전통과 합리성",『비판과 변동의 사회학』, 한울, pp.17~49.

나보순 외(지음), 돌베개 편집부(엮음)(1983),『우리들 가진 것 비록 적어도 : 근로자들의 글모음』, 서울 : 돌베개.

대통령비서실(1966~79),『박정희대통령연설문집』, 2-16권.

박기남(1988),『여성노동자들의 의식변화 과정에 관한 한 연구-1970년대부터 1980년 대 중반까지』, 연세대학교 대학원 사회학과 석사학위논문.

박영순(2004),『한국어 담화·텍스트론』, 서울 : 한국문화사.

백진기(1985),『노동문학, 그 실천적 가능성을 향하여』, 김병걸, 채광석(편),『민중, 노동 그리고 문학』, 지양사.

석정남(1984),『공장의 불빛』, 일월서각.

신병현(2003), "1960, 70년대 산업화 과정에서 노동자들의 사회적 정체성에 영향을 미 친 주요 역사적 담론들",『산업노동연구』, 9권 2호, pp.307~351.

_____(2004), "스토리텔링을 통해 재구성한 70년대 여성들의 민주노조운동",『진보평

론』 21, pp.309~320.

에드워드 톰슨(나종일 등 역, 2000), 『영국 노동계급의 형성-상권』, 서울 : 창작과비평사.

오원철(1999), "수출 전략의 입안자가 쓴 20세기 한국의 위대한 세대-여공 찬가", 『월간조선』 12월호.

유동우(1984), 『어느 돌멩이의 외침』, 청년사.

이매순(1976), "아직도 먼 종착역", 『산업과 노동』 6, pp.84~91.

이재현(1983), "문학의 노동화와 노동의 문학화", 『실천문학』, 4호.

이종구 외(2005), 『1960~70년대 노동자의 생활세계와 정체성』, 한울.

장남수(1984), 『빼앗긴 일터』, 창작과비평사.

전재호(1997), 『박정희 체제의 민족주의 연구』, 서강대학교 정치학과 박사학위논문.

정현백(1985), "여성노동자의 의식과 노동세계-노동자 수기분석을 중심으로", 『여성』, 창작과비평사, pp.116~162.

최순희, "가로등 밑에서 공부할까", 한윤수(엮음)(1979), 『비바람 속에 피어난 꽃』, 책소리, pp.11~62.

페터 쇠틀러(2002), "심성, 이데올로기, 담론 : 제3차원의 사회사적 주제화에 대하여", 알프 뤼트케(편), 이동기(역), 『일상사란 무엇인가』, 청년사, pp.117~180.

폴 리쾨르(저), 김윤성·조현성(역)(1994), 『해석이론』, 서광사.

Austin, J. L.(지음), 김영진(옮김)(1992), 『말과 행위』, 서광사.

Davies, B. & R. Harré(2001), "Positioning : The Discoursive Production of Selves," in M.Wetherell et al.(eds.), *Discourse Theory and Practice*, London : Sage, pp.261~271.

Fairclough, Norman(2001), "Critical Discourse Analysis as a Method in Social Scientific Research", in R. Wodak & M. Meyer(eds,), *Methods of Critical Discourse Analysis*, London : Sage, pp.121~138.

Fairclough(2004), 이원표(역), 『대중매체 담화분석』, 서울 : 한국문화사.

Pecheux, M.(1982), *Language, Semantics and Ideology*, N.Y. : St. Martin Press.

Teo, T.(2000), "Racism in the News : a Critical Discourse Analysis of News Reporting in two Australian Newspapers", *Discourse & Society*, 11(1), pp.7~49.

van Dijk, T.A.(2001), "Multidisciplinary CDA : a plea for diversity", in R. Wodak & M. Meyer(eds,), *Methods of Critical Discourse Analysis*, London : Sage, pp.95~120.

Wodak, R. & M. Meyer(eds.)(2001), *Methods of Critical Discourse Analysis*, London: Sage.

1960년대 문학에 나타난 문화정책의 지배이념과
저항이념의 헤게모니

─남정현 「분지」 필화사건을 중심으로─

김 성 수

1. 문제제기

이 글에서는 1960~70년대 문학에 나타난 박정희 정권의 문화정책이 지닌 지배이념적 성격과 시민사회의 저항이념 간의 헤게모니를 살펴보기 위하여 남정현의 「분지」 필화사건을 재조명하고자 한다. 이는 문학이야말로 지배 및 저항 이념의 헤게모니 갈등이 다양하게 전개되는 장이라는 사실에 착안하여 한국근현대문학사를 새롭게 재구성하고자 하는 문제의식의 일환이다. 이를 위하여 연구 대상을 박정희 시대 문화정책으로 삼고자 한다. 그 이유는 우선 4·19 이후 1960년대에 들어서서 한국문학은 식민지 시대의 불구상태, 해방 및 한국전쟁과 1950년대 전후시기의 혼란을 벗어나서 최초로 온전한 '국민문학'으로 정립·발전하게 되는 바, 하나의 온전한 '국민문학' 단위 내에서 지배 및 저항의 다양한 이념들 간의 헤게모니 갈등이 총체적으로 드러날 수 있기 때문이다. 또한 4·19로 상징되는 국민문학·시민문학의 이념이 5·16에 의해 왜곡되면서 그 내용이 심각하게 달라짐으로써, 같은 민족을 호명해도 지배진영의 국가주의적 민족과 시민사회진영의 저항민족주의적 민족 사이의 간극이 커졌기 때문이다.

한국전쟁 이후 반공이데올로기 일색이던 한국사회는 한일수교를 둘러싼 논란의 와중에 있던 1960년대 중반에 들어서면서부터 지배와 저항의 역동적인 모습을 보이며 발전해간다. 위로는 정부 주도의 국가독점적인 자본주의 발전을 위해 국가동원체제가 가동되면서 강력한 이데올로기 장치가 문화부면을 장악해가고 있었고, 아래로는 독재체제 및 분단과 외세 문제 등의 위기상황에 대응하는 저항운동이 조직화되어 다양한 대항 담론들을 생산해내고 있었다. 그리하여 이 시기의 지배 및 저항이념의 갈등과 그로부터 연원하는 문화정책과 문학장(文學場)에서의 헤게모니 갈등이 향후 한국사회 및 문화발전의 기본노선을 결정하였다고 보아도 무리가 없다.

이 글에서는 이러한 문제의식을 가지고 박정희 정권의 문화정책이 지닌 지배이념적 성격과 시민사회의 저항이념 간의 헤게모니 쟁투 문제를 정리하되, 문제를 구체적으로 살펴보기 위하여 남정현의 「분지(糞地)」 필화사건을 재조명하고자 한다. 이 사건은 박정희 정권이 들어선 이래 작가와 작품이 법 앞에서 재판을 받은 첫 사례였고, 당시로서는 감히 엄두를 내기 어려운 반미사상·현실비판을 노골적으로 드러내는 등 큰 파장을 남겼다. 일찍이 황도경이 언급했듯이, 이 사건에는 문학을 둘러싼 여러 중요한 문제들이 내재되어 있어 더욱 주목을 필요로 하는데, 예컨대 문학과 정치 혹은 문학과 법의 경계, 창작의 자유, 문학의 자율성과 고유성, 문학의 대사회적 기능 등 지금까지도 끊임없이 제기되는 문제들이 그 안에 담겨 있다.[1] 따라서 박정희 정권의 문화정책이 지닌 지배이념적 성격과 시민사회의 저항이념 간의 헤게모니 다툼의 중요한 단서를 구체적으로 제공할 것으로 기대된다.

먼저 남정현의 「분지」에 대한 기존 연구부터 살펴보도록 한다. 남정현은 전후의 가장 뛰어난 풍자작가로 평가되어 왔다.[2] 그는 특유의 독설과 풍자로 사회 현실의 모순을 날카롭게 파헤쳐 왔는데, 사실풍자로 일관한 그의 문학은 채만식으로 이어지는 문학사의 전통 속에 놓여있으나 공격의 예리함이나 강도는 그보다도 훨씬 신랄하다. 그는 작가란 '최일선의 초소에서 조국의 산하와 민족의 이익을 지키는 초병'과 같은 역할을 해야 한다고 생각했지만, 이런 생각이 지나쳐 그의 문학을 두고 '비문학'이니 '도식주의문학'이니 하는 비판도 받았다.[3]

사실 남정현 소설의 풍자는 상당히 공격적이기까지 하다. 그의 소설에는 인간 / 짐승·진실 / 거짓·남성 / 여성 등의 선명한 이분법이 존재한다. 이와 관련하여 임헌영은 남정현 문학의 중심 테마가 '민족 주체성에 의한 반외세의식'[4]이라고 긍정했지만, 이호철은 지난 30여 년간 오로지 '반제·반미'라는 한 원칙에만 너무 치중해 있다고 비판적으로 지적한 바 있다.[5]

남정현은 「분지」하나만으로도 우리 문학사에 뚜렷한 자취를 남기고 있

1) 황도경, 「역설의 미학, 풍자의 언어-분지론」, 『환각-황도경 평론집』, 새움, 2004 참조 참고로 황도경은 이 사건을 두고 결국 작가가 유죄 판결을 받고 '수감되는 것으로 마무리' 되었다고 했는데, '구속 적부심에서 풀려난 상태의 재판에서 선고유예'를 받았으므로 엄밀하게 말하면 사실과는 거리가 있다.
2) 이어령, 「현대인의 허울을 벗기는 신랄한 풍자성」 ; 구중서, 「현실을 초극하는 집요한 풍자정신」, 『분지』(남정현), 혼겨레, 1987 참조.
3) 김병걸, 「상황악에 대한 끈질긴 도전」, 『분지』, 혼겨레, 1987, p.352.
4) 임헌영, 「반외세 의식과 민족의식-남정현의 소설세계」, 『작가연구』 제12호, 새미, 2001, p.48.
5) 이호철, 「남정현론」, 『작가연구』 제12호, 새미, 2001, pp.134~135.

다. 「분지」의 문제의식이 지금도 여전히 유효하다는 점에서 더욱 그러하
다. 강진호에 따르면 한 가정의 불행한 가족사를 통해 사회의 전도된 가치
관을 문제 삼고 그것을 민족의 주체성 확립을 통해서 바로잡으려는 의도
로 쓰여진 이 작품은 작가의 천부적 입담과 능란한 풍자로 독자들을 탄복
시키기에 충분한 것이었다. 게다가 상식을 뛰어넘는 요설과 상상력 역시
문학적으로나 이념적으로 하등 문제될 게 없었다. 하지만 당대를 횡행하
던 분단논리와 반공주의는 그것을 용납하지 못하고 작가를 그 희생양으로
만드는 불행한 사태를 불러온 것이다.[6] 남정현에게 닥친 1960년대의 필화
사건은 우리의 분단문학사에서 치러야 할 가장 혹독한 체험의 하나였던
셈이다.

　강진호에 비해 이상갑은 좀 더 비판적이다. 이상갑에 의하면 남정현은
민족 주체성을 주체와 타자와의 선명한 대립구도 속에서만 봄으로써 작가
가 그렇게 강조하는 '민족'이 또 다른 의미에서 식민지 모국과 동일한 구
조를 띤다는 역설을 노정하고 있다고 본다. 작가가 추상화된 '민족'과 다
르게 설정한 '민중' 또한 궁극적으로 '민족'으로 일반화되는 한계가 있는
데, 이는 작가가 '원형민족'의 사고에서 결코 자유롭지 못했음을 말해준다
는 것이다. 그 선명한 이분법은 서로의 특수성에 대한 인식을 소홀히 하
며, 내부의 다양한 차이까지 희석시키고 있다. 요컨대 서구와 우리를 대립
적으로만 파악하는 시각은 서구사회와 우리 사회의 모순을 동시에 극복하
는 데는 역부족일 수밖에 없다. 남정현은 그가 그토록 넘어서고자 했던
'국가 민족주의'에서 결코 자유롭지 못했다는 것이 이상갑의 비판적 결론
이다.[7]

　지금까지 살펴본 대로 「분지」 필화사건에 대한 기존 연구는 적지 않지

---

6) 강진호, 「외세의 질곡과 민족의 주체성-남정현의 분지론」, 『탈분단시대의 문학 논리』, 새
　미, 2001 참조.
7) 이상갑, 「1960년대 민족주의론과 「분지」의 위치」, 『근대민족문학비평사론』, 소명출판,
　2003 참조.

만, 박정희 시대 문화정책의 지배이념과 저항이념 간의 헤게모니 쟁투란 관점에서 문제에 접근한 것은 별반 없는 것 같다. 이에 여기에서는 당시 「분지」 필화사건을 둘러싸고 벌어진 박정희 정권의 문화정책에 나타난 지배이념과 문인·지식인 및 시민사회의 저항이념 사이의 치열한 헤게모니 다툼이 어떤 논리로 전개되었는지 규명하고자 한다. 이를 위하여 먼저 박정희 시대 문화정책의 지배이념과 저항이념의 갈등과정을 전반적으로 살펴보고, 그 구체적인 접점이었던 「분지」 필화사건을 대표적 사례로 들어 분석하고자 한다. 여기에서는 논의 수준을 한 단계 진전시키기 위하여 남정현의 구술자료를 실질적인 논거로 들어 기존 견해를 재검토하기로 한다. 그리하여 남정현의 「분지」 필화사건이 우발적인 사건이나 문단의 예외적 사례가 아니라, 1960~70년대 문학에 나타난 박정희 정권의 국가주의적 문화정책이 지닌 지배이념적 성격과 시민사회진영의 민주주의적 저항이념 간의 첫 충돌지점이었음을 입증하게 될 것이다.

이 글의 연구방법과 관련하여 가장 핵심적인 개념은 '헤게모니(Hegemony)'와 '구술사(oral history)'이다. 헤게모니는 제도와 사회관계, 이데올로기와 관념 또는 도덕적 힘을 통하여 지배 집단이 피지배집단의 동의를 이끌어냄으로써 그들을 지배하는 것을 의미한다. 국가 기구나 정치권력은 법률과 군대·경찰·감옥 등을 통하여 다양한 사회 계층을 지배하지만, 다른 한편 지배에 대한 다양한 사회 계층들의 자발적인 동의를 창출해낼 필요에 직면해 있고, 또 이를 위해 일정한 이데올로기적 지배 장치들을 고안해내는데, 헤게모니 개념은 바로 이 이데올로기적 지배 장치들이 어떻게 작동하며, 어떤 과정을 거쳐 피지배 계층들의 동의를 얻어내는가를 이해하려고 할 때 특히 유용한 개념이라 할 수 있다.

헤게모니 개념은 권력과 문화와의 관계를 극명하게 드러낸다는 점에서 사회사적이고 역사주의적인 문화 연구에 매우 유용하다. 헤게모니는 차이를 동질화시키고 자연스럽게 만드는, 이른바 '습관이 형성되는 것(habit-forming)'을 통해 형성된다. 그러나 헤게모니는 항상 내재적으로 불안정하고 공격받기 쉬운 상태에서만 작동할 뿐이다. 지배 집단에 의해 제시된 재현의 규칙들은 항용 피지배집단의 구성원들이 현실 속에서 체험하는 실제의 경험과 다를 수밖에 없으므로, 이는 결국 새로운 진리 체제의 구축이라는 목표 하에 대항 헤게모니를 향한 이데올로기적 담론의 공간을 수반하는 것으로 나타날 수밖에 없다. 진리 체제는 그것을 요구하는 정치적 사회적 필요와 서로 만나 역동적인 관련을 맺게 되는데, 이 바탕을 이른바 '문화의 장(cultural field)'이라 할 수 있다. 이 '문화의 장'은 시대의 역사적 진실을 구성하는 데 있어 자신들의 정당성(legitimacy)을 주장하기 위해 서로 다른 목소리를 가진 사회적 행위자들이 담론상의 실천을 통해 경합하고 각축하는 헤게모니의 장이라 할 수 있다.[8]

한편, 구술사 방법론은 현대문학 연구자들에게 기존 문헌 중심의 연구사적 지평과는 별개의 새로운 구술 증언 자료를 제공함으로써, 복잡다단한 문학사를 보다 풍부하고 진실하게 재구성할 수 있게 된다.[9] '구술사(oral history)'는 개인의 경험과 기억에 있는 내용을 구술로 재현, 증언하고 그 구술자료를 체계적으로 수집, 해석하여 각 부문 역사 사료로 활용하는 것을 말한다. 실제 내용은 생애사 · 자기 보고서 · 사적 서술 · 생애담 · 구술 전기 · 회상기(회고록) · 증언 · 녹음된 심층면접(the recorded in-depth interview) 등으로 이루어지지만[10] 단순한 증언 채집의 기술 차원이 아니라 나름의 이

---

8) 이상에서 정리한 '헤게모니' 개념은 이탈리아 공산주의자 A. 그람시의 정치이론과 문화이론에서 인용했고, '문학장' 개념은 프랑스 사회학자 P. 부르디외의 문학장의 기원과 구조에서 따왔다. A. Gramsci, 로마그람시연구소 편, 조형준 역, 『그람시와 함께 읽는 문화-대중문화 언어학 저널리즘』, 새물결, 1992 ; Walter L. Adamson, 권순홍 역, 『헤게모니와 혁명-그람시의 정치이론과 문화이론』, 학민사, 1986 ; 권유철 편, 『그람시의 마르크스주의와 헤게모니론』, 한울, 1984 ; Pierre Bourdieu, 하태환 역, 『예술의 규칙-문학 장의 기원과 구조』, 동문선, 1999 ; 홍성민, 『문화와 아비투스-부르디외와 유럽정치사상』, 나남, 2000 참조.
9) 김성수, 「구술사 방법론과 현대문학 연구의 새 지평」, 『한국근대문학연구』 제10호, 한국근대문학회, 2004 참조.
10) 요우(Yow, *Recording Oral History-a practical guide for social scientists*. CA : SAGE. 1994)는 구

넘과 체계를 갖춘 방법론을 지향한다는 점이 중요하다. 구술사 방법을 통해 주류적 중심적 담론이 아닌 소외된 비주류의 증언 등을 통해 그동안 금기시된 주제나 사건을 재조명해서 주변부 담론을 복원·복권시키고 타자의 시선이 가능하게 된다는 점이다. 따라서 과거 기억의 복원·복권을 통해 주류 역사 서술에서 소외된 사람들의 목소리도 동등한 위치를 확보한다는 점에서 '역사의 민주화'11)를 꾀할 수 있게 되고 '밑으로부터의 문학사'라는 이념이 가능하게 되는 것이다. 이러한 문제의식을 「분지」 필화사건에 적용하면 사회적 약자인 소설가 남정현의 기억과 목소리를 복원·복권시켜 당시 상황을 지배이념과 저항이념의 헤게모니 다툼의 장으로 재현하는데 도움이 될 것이다.12)

2. 박정희 정권 문화정책의 지배이념과 저항이념

흔히 박정희 시대로 일컬어지는 1960~70년대 한국사회를 이끌어가는 지배이념은 제도상 문화정책에서 찾아볼 수 있을 것이다.13) 이 시기에는

술사(Oral History)라는 말을 생애사(life history), 자기 보고서(self-report), 개인적 서술(personal narrative), 생애이야기(life story), 구술 전기(oral biography), 회상기(memoir), 증언(testament), 심층면접(in-depth-interview) 등을 포괄하는 개념으로 사용하고 있다. Yow, *Recording Oral History-a practical guide for social scientists*. CA : SAGE. 1994 ; 윤택림, 「기억에서 역사로」, 『한국문화인류학』 25집, 1994에서 재인용.

11) 구술사의 이념이 역사의 민주화에 기반한다는 주장은 남신동, 「국외 구술사 연구동향— 미국 구술사의 발달과 연구동향」, 『구술자료 수집을 위한 조사 연구』, 국사편찬위원회, 2003 ; 김기석 외, 「구술사—무엇을, 왜, 어떻게 할 것인가」, 『구술사 이론·방법 워크샵 자료집』, 서울대 한국교육史庫, 2003. 1 ; 정혜경, 「국내외 구술사 연구동향」, 『구술사 이론·방법 워크샵 자료집』, 서울대 한국교육史庫, 2003. 1 등 참조.

12) 구자황·김성수, 『한국근현대예술사 구술채록연구 시리즈 35 남정현』, 문예진흥원, 2005 참조.

13) 문화정책의 범위를 넘어서 제도를 한 사회를 이끌어가는 각각의 자율적 부문화와 작동 체계로서 광의로 이해한다면, 연구 영역은 신문 잡지의 문예면이나 출판 제도, 판매 금

지배블럭이 지배이념을 재생산하기 위하여 다양한 국민통합적 문화정책과 실천을 강제하였다. 그 과정에서 지배이념에 맞서거나 저항이념을 담은 담론은 금서(禁書)와 금지곡으로 배제하고 사전 검열에서 걸러내지 못한 것은 사후 검열인 각종 필화(筆禍)사건을 통해 통제하였다. 그에 대응하여 문인과 독자대중들은 검열과 탄압에 대한 저항을 통해 지배블럭의 문화정책 전반에 대한 대항이념을 모색하기도 하였다. 이 시기 문화정책의 헤게모니는 문학매체와 독자층의 동향 등 포괄적인 의미의 문학장(文學場)에서 역동적인 움직임을 보이고 반독재 민주화운동을 주도했던 시민사회·민중세력과 일정한 연대와 관련을 맺었던 셈이다. 따라서 이 시기 문학사를 헤게모니 개념으로 분석할 때 문학제도의 근거가 되는 각종 문화정책을 대상으로 하여 지배이념의 전파를 위한 각종 행사와 국책문학이 창작 유통되는 지점과, 그에 맞선 저항이념의 표현물로서의 저항문학이 창작 유통되는 과정을 상정할 수 있다. 그런 지배와 저항이념의 헤게모니 다툼에서 필연적으로 충돌하는 지점에 필화 사건이 존재할 것이다.

문학장(文學場) 개념으로 1960~70년대 문학 이념을 개관한다면 박정희 시대의 문학 담론에는 반공주의·권위주의·성장주의 등의 지배이데올로기와 그에 맞선 민주주의·인본주의 등 저항이데올로기 사이의 헤게모니 다툼이 있다고 할 수 있다.14) 4·19혁명에 의해 시민사회에 정착된 민족·민주 이념은, 5·16쿠데타로 집권한 박정희 군부정권에 의해 반공과 조국 근대화(산업화)를 핵심으로 한 국가주의 이데올로기로 대치되었다.

지·금서·필화 등의 검열 제도, 문학 유파나 동인지 문인 단체의 성격, 문단의 재생산 구조(신춘문예, 추천제, 독자 투고 등), 문학 교육(교과서), 정전(문학전집류), 문학의 유통 및 소비 메커니즘 등에 이르기까지 확장되지 않을 수 없다. 이는 다른 연구자의 몫이라 생각한다. 박명진, 「1970년대 연극제도와 국가이데올로기」, 『민족문학사연구』 26호, 민족문학사학회, 2004. 11 참조.

14) 반공주의·권위주의·성장주의 등의 지배담론과 그에 맞선 민주주의·인본주의 등 저항 담론에 대한 논의는 다음 논문집을 주로 참조하였다. 조희연 편, 『한국의 정치사회적 지배담론과 민주주의 동학』, 함께읽는책, 2003 ; 조희연 편, 『한국의 정치사회적 저항담론과 민주주의 동학』, 함께읽는책, 2004.

1972년에 친위쿠데타인 '10월 유신'체제로 재무장한 지배블럭은 '한국적 민주주의'라는 미명 하에 파쇼체제를 이념적 제도적으로 확립하였다.[15]

'성장'이데올로기는 국민 총동원체제 속에서 개인에게 '성공 신화'의 신념으로 내면화되며, 이는 개인의 '출세'의 욕망과 맞물린다. 이러한 출세는 욕망 차원에서만 작동하는 것이 아니고 하나의 규범을 형성하면서 일상을 규제하는 지배원리, 즉 일종의 '도덕'이 된다. 개발이 '민족중흥의 역사적 사명'이 될 때 경제적 근대화를 이루는 것은 민족적·국가적 과제가 되므로, 도덕화된 성공의 논리는 단지 자본주의의 논리차원에서만 작동하는 것이 아니라 국가 동원 이데올로기 차원에서도 작동한다.

이는 문화정책과 문학제도에 반영되어 '국민교육헌장'의 제정, 국가주도 교육을 뒷받침하기 위한 국정교과서와 국책과목 편성, 국민의식 통제를 위한 주민등록제와 국민동원제도, 각종 문학예술의 검열 등이 이루어졌다. 이에 맞선 시민사회의 반발은 반독재 민주화운동으로 나타났고 그를 뒷받침하기 위한 다양한 저항담론과 대항이념을 생산해내기에 이르렀다. 문화정책을 둘러싼 도전과 응전의 역동적인 현장을 분석하기 위해서는 다음 항목을 문제를 고찰해야 할 것이다. 첫째, 지배이념의 내용은 무엇이며 그 재생산구조는 문화정책상 어떻게 드러나는가, 둘째, 지배이념의 일방적 전파에 맞서 저항이념을 제시하는 경우 필연적으로 발생하는 검열과 필화 문제를 어떻게 볼 것인가, 셋째, 지배이념과 저항이념의 충돌이 강하게 드러나는 필화사건 같은 경우 지배진영에 맞선 시민사회의 대응논리는 무엇인가.

첫째, 지배이념의 재생산구조. 이 시기 문화정책의 핵심은 민족적 감정과 정서를 동원하기 위하여 '역사의 활용'이 적극적으로 시도되고 있다는 점이다. 이는 국가가 정권의 체제 유지와 강화를 위한 이데올로기적 수단

---

15) 전재호, 「박정희 체제의 민족주의 연구—담론과 정책을 중심으로」, 서강대 박사논문, 1998 참조.

으로서 '공적인 기억', 즉 '지배적 기억'을 만들어가는 과정이라고 할 수 있다.16) 가령 민족주의만 해도 박 정권이 표방한 민족주의는 대체로 민족적 사명감과 책임의식·민족 주체의식·민족문화·민족사 등을 강조하는 정서적 문화적 차원에 국한되었고 외교 등 현실정책으로 투여되는 것은 대단히 미미했으며 오히려 본질에 배치되기까지 하였다.17)

지배이념의 재생산구조를 보면 반공 이데올로기와 탈정치적 순수주의가 문화정책의 기조가 되고 있음을 알 수 있다. '국민교육헌장', 국정교과서 제도와 국사·국민윤리·반공도덕 등의 국책과목, 자유교양 경시대회 등 국민의식 통제를 위한 각종 문화행사 및 유신체제와 새마을운동의 정당성을 홍보 선전하는 관변문학 등이 지배이념의 재생산을 위한 도구로 활용되었다. 정서적 문화적 차원에 국한된 민족주의적 문화정책은 현실정책보다는 현충사의 중건 같은 문화유산의 보존, 호국정신·한국적 전통·국적 있는 교육의 강조, 스포츠정책에서 훨씬 두드러졌다.18)

둘째, 검열과 필화 문제. 1960~70년대에는 정부의 일방적 문화정책 추진을 위해 모든 순수 및 대중문학예술작품들은 무조건 밝고 건전하며 진취적이어야 했다. 따라서 지배이념을 담은 이러한 지배블록의 정책에 맞선 시민사회는 현실을 비판하고 풍자하는 우회적 전략을 통해 다양한 저항을 시도했다. 때로는 허무하고 비관적인 내용의 문학과 노래들조차 현실 비판의 또 다른 이름으로 기여한 결과 그 역시 예외 없이 금서로 선정될 정도였다.

권위주의적 문화정책의 폭압적 관철에서 빚어진 각종 검열과 그에 맞선 저항문학의 필화사건 등은 헤아릴 수 없을 정도이다. 어느 시대나 마찬가

---

16) 오명석, 「1960~70년대 문화정책과 민족문화담론」, 『비교문화연구』 4집, 서울대 비교문화연구소, 1998, pp.123~124.
17) 홍석률, 「1960년대 지성계의 동향」, 『1960년대 사회변화연구－1963~70』(정문연 編), 백산서당, 1999, pp.237~238 참조.
18) 전재호, 앞의 논문, pp.162~208 참조.

지겠지만 검열, 필화사건은 국민의 자유와 인권 탄압의 대표적인 사례로서 시대에 따라 지배체제의 전략을 강화하고 통제해 온 자취를 보여준다. 필화사건은 작가의 구금, 작품의 연재 중단 강요 및 작품집 배포 금지와 같은, 지배체제에 의한 문학 활동의 직접적인 통제 관리방식을 통해 헌법에 보장된 표현의 자유와 개인의 권리를 침해한 전형적인 정치적 탄압에 해당한다 하겠다. 실정법상 포고령·반공법·국가(원수) 모독죄·긴급조치법·국가보안법 등에 의거한 필화의 합법적인(?) 탄압의 방식은 작가에게 현실 체제의 승인을 강요하며 문학의 정치 사회적 기능을 심각하게 위축시켰다. 박정희 시대만 해도 60년대 남정현의 「분지」필화 사건, 70년대 김지하의 「오적」필화 사건, 문인간첩단사건 등이 그 대표적 사례가 될 것이다.19) 이제 필화 사건을 문화정책 상의 지배이념과 저항이념의 헤게모니 쟁투가 가장 치열하게 표현되었던 장으로 적극적 의미를 부여함으로써 재해석할 필요가 있다.

셋째, 지배이념과 저항이념의 충돌이 드러나는 필화사건에서 시민사회의 대응논리. 이 시기 문화정책의 헤게모니는 문학매체와 독자층의 동향 등 포괄적인 의미의 문학장(文學場)에서 역동적인 움직임을 보이고 반독재 민주화운동을 주도했던 시민사회·민중세력과 일정한 연대와 관련을 맺고 있다. 금서·문인간첩단사건 등 각종 검열과 필화사건에 대한 시민사회의 적극적 변호와 대항논리의 구사, 집단행동, 나아가 자유실천문인협의회 같은 문학운동조직의 탄생 등 다양한 대응양태를 드러냈다. 창작방법상의 소극적 저항으로는 검열제도를 극복하기 위한 풍자와 알레고리 문학, 문화게릴라적 지하출판 등의 양상을 보이기도 하였다. 이를테면 조세희의 「난장이가 쏘아올린 작은 공」 같은 노동소설은 기존의 리얼리즘소설

---

19) 박정희 시대의 대표적 필화 사건만 열거해봐도 이데올로기 및 반체제적 성격 때문에 작가가 곤욕을 치룬 것으로, 남정현, 「분지」(1965) ; 김지하, 「오적」(1970) ; 양성우, 「겨울공화국」, 「노예수첩」(1977) ; 이문구, 『오자룡』(1975) ; 현기영, 「순이 삼촌」(1978) 등이 있고, 음란물이라 하여 풍속사범으로 몰린 염재만 『반노』(1969) 사건 등의 예가 있다.

과 달리 환상적 리얼리즘이나 모던 동화 같은 우화적 기법과 극도의 은유적 수법을 통해 절정에 다른 유신체제 하의 혹독한 검열을 피하기 위한 하나의 방법으로 재평가될 수 있다.

3. 「분지」 필화사건에 나타난 지배이념과 저항이념

「분지」는 1965년 3월 『현대문학』에 발표된 남정현(1933~)의 단편소설이다. 해방 이후 전개된 우리의 혼란스런 상황을 작가 특유의 우화적 서술을 통해 풍자하고 있는 작품이다. 자칭 홍길동의 10대손이라는 주인공 홍만수가 죽은 어머니에게 자신이 죽을 위기에 처했다고 하소연하는 상황인데도, 비극적 상황에 독자를 몰입하지 못하게 이 상황이 허구이며 의도적으로 거리를 두고 있다는 서술을 반복함으로써 풍자효과를 강화하는 독특한 독백체 서술구조로 되어 있다. 때문에 죽음이 임박해오는 절박한 상황에서 주인공의 처절한 독백이 이어지고 있음에도 불구하고 정작 이야기 자체는 무겁거나 심각하지 않고 오히려 낙관적이리만큼 희화화되어 있고 생동감 또한 넘친다. 그 결과 아버지의 부재, 어머니의 광기와 죽음, 미군 첩이 된 여동생의 불행, 미군 아내 겁탈 혐의로 죽음을 앞둔 주인공의 처지 등 일련의 비극적인 상황이 분노와 슬픔의 직설적인 토로를 통해서가 아니라 우화적인 상황과 풍자적 언어를 통해 이루어진다.

그러나 이 작품의 미덕이 독자와 비평가 사이에서 정당하게 평가받기도 전에 초유의 필화 사건에 휘말리게 되었다. 발표 당시 이 작품은 작가의 요설체의 문장이나 야단스러운 현실풍자가 문단에만 잠깐 화제가 됐을 뿐이다. 그러다가 이 작품이 북한노동당기관지 『조국통일』 5월 8일자에 전재(轉載)되자 중앙정보부는 그 사실만을 심각하게 받아들이고 수사를 시작한 것이다. 그러니까 이 작품이 북한의 선전물에 이용되지 않았던들 별 문제가 되지 않았을 수도 있었다. 하지만 문단과 문인 개개인의 동태를 주시하던 중앙정보부의 '덫'에 남정현이 걸려들었다고 보는 견해도 당시에는 많았다.[20] 즉 작가가 「분지」를 통해 계급의식과 반정부 의식을 고취하고 반미감정을 조성함으로써 북괴의 대남 전략에 동조했다는 것이다.[21] 당국은 이 소설이 지닌 반미·용공성(反美·容共性) 때문에 북한의 『조국통일』에 전재되었음을 근거로, 남정현의 창작 작업이 반국가 단체를 이롭게 하는 행위에 해당한다고 주장하고 체포 구금하여 재판을 통해 유죄로 몰아갔다.[22]

「분지」 필화 사건의 담당 검사였던 김태현이 공소장에서 밝힌 남정현의 혐의는 다음과 같다.

(…전략…) 남한의 현실을 왜곡·허위선전하며 빈민 대중에게 계급 및 반정부의식을 부식 조장하고 북괴의 6·25 남침을 은폐하고 군 복무를 모독하여 반공의식을 해이하는 동시 반미감정을 조성·격화시켜 반미사상을 고취하여 한미 유대를 이간함을 표현하는 등을 주요 내용으로 하는 단편소설 '분지(糞地)'라는 제목의 작품을 창작하여 1965년 2월 20일 경 현대문학사에서 동사 기자 김수명에게 창작 원고를 수교하여 월간잡지 3월호『현대

---

20) 정규웅, 『글동네에서 생긴 일』, 문학세계사, 2004 참조. 구자황 외, 앞의 책, p.123 재인용.
21) 남정현의 증언에 의하면 이 작품은 1964년 12월 중순에 탈고하여 1965년 1월 중순에 3월호로 나왔다. 작품 창작 및 발표 한참 후인 1965년 5월 중순에 갑자기 중앙정보부에 의해 끌려가 온갖 고문을 받는다. 이에 대해서는 다음 구술자료를 참조할 수 있다. 구자황, 김성수, 『한국근현대예술사 구술채록연구 시리즈 35 남정현』, 문예진흥원, 2005. pp.108~125 참조.
22) 남정현은 1965년 7월 9일 중앙정보부에 의해 반공법 저촉으로 구속되었다. 그 후 7월 14일 서울지방경찰청으로 사건이 송치되고 7월 23일 구속 적부심사 끝에 석방된다. 그후 김태현 부장검사에게 1년 넘게 조사 받은 끝에 1966년 7월 23일 기소되고 1967년 6월 28일 서울형사지법 박두환 판사에 의해 징역 6개월, 자격정지 6개월의 선고유예라는 유죄 판결을 받았다. 그에게 적용된 법 조항은 반공법 제4조 1항 '반국가단체나 그 구성원 또는 국외의 공산 계열의 활동을 찬양 고무 또는 동조하거나 기타의 방법으로 반국가 단체를 이롭게 하는 행위를 한 자는 7년 이하의 징역 및 자격정지에 처한다'는 것이다. 한승헌, 「남정현의 필화, '분지' 사건」, 『남정현 대표작품선』, 한겨레, 1987, p.376.

문학』지에 게재 공포케 하여 북괴의 대남 적화전략의 상투적 활동에 동조한 것이다.[23]

지배진영을 대표하여 사법당국은 남정현 문학이 드러내는 반미적 성향을 증명하기 위하여 사상 전향자와 검거 간첩들을 증인으로 채택하여, 그의 소설이 북한의 정치 선전과 유사하다는 점을 강변하였다. 박정희 시대 우리 사회의 지배이념이었던 반공주의와 '희생양의 정치' 메커니즘에 따르면, 반공주의 기제는 우리 몸 안에 일종의 자동적 조건반사의 회로판을 만들어놓았다. 지배진영을 대변하는 사법당국의 논리대로라면 박 정권에 대한 모든 비판적 생각과 운동, 주류일탈적 사고나 행위가 '좌경·불순·용공·친북'의 혐의로 즉각 연결되거나 '혼란·분열·해이' '불순 책동, 북한의 도발 위험, 안보 불안'과 동일시된다.[24]

하지만 「분지」가 현대사에 대한 비판을 담고 있고 나아가 북한에서 그러한 주장을 긍정적으로 인용했다하더라도 그런 비판이 허용된다는 사실 자체가 우리 체제가 사회주의적 전체주의 체제인 북한보다 우월한 자유민주주의사회라는 반증이 아닌가. 이런 점은 당시에 검사측 증인으로 나온 남파 간첩의 증언에서도 일부 확인된다. 1965년에 간첩으로 남파되었다가 체포되어 복역 중이던 최 아무개 증인의 발언을 보면, 「분지」사건의 양면성이 드러난다.

검　사　　「분지」를 읽은 소감은?
최○○　　그 내용이 남한에 대한 북괴의 악선전을 대변하고 있다.
변호인　　이 소설을 읽고 대한민국은 자유스럽다고 느꼈는가, 반미적인
　　　　　소설이라고 분개하였는가?

23) 김태현, 「북괴의 적화전략에 동조 말라」, 공소장, 위의 책, p.379.
24) 권혁범, 「내 몸 속의 반공주의 회로와 권력」, 『우리 안의 파시즘』(임지현 외), 삼인, 2000 참조.

최○○　　　이런 소설이 허용된다면 자유스럽다고 생각했다. 이북에서는
　　　　　　상상도 못한다.25)

　위 대화에서 증인의 발언은 검찰과 변호인측 주장 모두를 옹호하는 양
면성을 드러내고 있다. 그 당시 죄수라는 증인의 신분을 고려한다면 증인
의 두 번째 발언이 더욱 의미 있게 들려온다. 말하자면 「분지」는 작가의
창작 본연의 입장에서 보면 전연 문제가 되지 않을 수도 있다는 점이다.
「분지」의 허구적 상상력이 누릴 수 있는 상상과 표현의 자유를 허용하지
않고 반공과 관련시켜 '반미·용공'으로 규정하고 사법처리를 했다는 바
로 그 점 때문에 박 정권의 자유민주주의는 지배담론으로서 자기모순에
빠지게 된다. 박 정권의 자유민주주의는 보편적 자유를 허용하는 '자유주
의적' 민주주의가 아니라 반공주의적 틀거리 내에서의 제한적 민주주의였
던 셈이다.26)

　이런 맥락에서 시민사회는 「분지」 필화사건에서 자유민주주의의 진정
한 실현을 대항논리로 내세울 수 있었던 것이다. 김두현·한승헌 등 3명
의 변호사가 선임되고, 소설가 안수길이 특별 변호사로 나선다. 증인으로
평론가 이어령이 나서고, 신문 사설에서도 창작의 자유 등을 주지로 한 사
회적 변호가 이루어진다.27) 이는 문학이 사회적·정치적 검열의 벽과 부
딪친 사건이므로, 재판의 결과가 향후 문예 창작의 자유 영역을 결정할 계
기가 될 것이기 때문이다.

　변호인 측은 이 소설이 지닌 반미·용공성(反美·容共性) 때문에 북한이
라는 반국가 단체를 이롭게 하는 이적행위에 해당한다는 사법당국의 논리

---

25) 위의 책, 같은 곳.
26) 조현연, 「자유민주주의 지배담론의 역사적 궤적과 지배효과」, 『한국의 정치사회적 지배
　　담론과 민주주의 동학』(조희연 편), 함께읽는책, 2003 참조.
27) 심지어 『조선일보』에서도 두 차례나 작가를 옹호하는 사설, 칼럼을 썼다고 작가는 기억
　　한다. 구자황 외, 앞의 책, p.135 참조.

에 대항하여, 전향자나 남파 간첩 같은 검찰측 증인의 증언이 공정성과 신빙성을 획득한 것이 아님을 지적한다. 그들의 증언 사이에서 북한과 남한의 차이로 제시된 자유의 개념을 역으로 이용해 검열의 부당성을 변론한다. 여기서 반공주의라는 지배이념을 대변하는 검사 측의 공소에 맞서 문학의 특성을 들어 표현의 자유를 주장하는 시민사회를 대변하는 변호인 측 대항논리를 간략하게 살펴볼 수 있다.

특별 변호사로 임명된 안수길은, 남정현의 「분지」를 주제적인 측면·기술적인 측면·문장상의 측면·저항문학의 속성으로 나누어 구체적인 예와 함께 반박에 나선다. 특히 검찰 측이 주장하는 '북괴가 주장하는 반미사상에 동조했다'는 문제의 발언에 대해 오히려 '민족의 자주정신을 강조한 것'이라고 맞선다. 「분지」에는 틀림없이 미군의 비행을 그린 대목이 나타나고 있지만, 이는 민족의 주체성을 강조하기 위한 구성상의 대조법으로 이해하는 것이 마땅하다고 주장한다. 그리고 미국인은 이민족을 대표하는 존재로서 등장한 것이므로, 소설이 다른 시점으로 씌어졌다면 타 이민족이 등장할 가능성이 높다고 부연한다.[28]

이어령은 문학적 허구세계에서 말하는 알레고리와 메타포의 준거를 현실세계의 잣대로 이해하는 몽매함을 비판하고, 문학 안에 내재한 상징을 표면으로만 읽어내어서는 곤란하다고 지적한다. 이 소설은 우화수법으로 쓴 것이므로 그 자체만으로는 친미도 반미도 아니라고 단언한다. 북한 공산집단의 주장에 동조한 것이 아니냐는 검찰 측의 심문에 대해 '달을 가리키는데 보라는 달은 보지 않고 손가락만 보는 격'이라는 명쾌한 비유를 통해 반론을 편다. 즉, 남정현이 가리키는 달은 주체적인 한국문화인데, 검찰 측은 손가락만 보고 반미와 용공의 해석을 내리고 있다는 숨은 의미를 날카로운 어조로 전달한다.[29] 또한 사법당국은 병풍에 그린 호랑이를

---

28) 안수길, 「문단의 하늘을 푸르게 하라」, 『남정현 대표작품선』, 한겨레, 1987, p.382.
29) 이어령의 증언 중 핵심만 모아보면 다음과 같다. "그는 아마 명색이 그래도 소설 재판을

보고 놀라고 무서워하겠지만 문학의 허구적 특성을 잘 아는 사람은 전혀 무서워하지 않는다는 비유도 덧붙인다.30) 이로써 문학작품에 억지로 사법 당국의 비문학적 잣대를 들이댔던 살벌한 정치이념 논쟁은 그 근거를 상실하고 창작수법을 문제 삼는 문학적 논란으로 토론이 정상화된다.

변호인 한승헌은 문학작품의 '부분만을 읽고 평가'하는 검찰 측의 태도나, '예단(豫斷)에 따라 재단(裁斷)'하거나 '전혀 이해되지 않기 때문에 부화뇌동'하는 검찰 측 증인의 증언을 부당한 것으로 간주하고, '작자의 의도와 작품의 의미를 이해'하고 '전체를 읽고 판독'하는 시각이 필요함을 역설한다. 구체적인 실례로 「분지」를 분석하고, 작품에 나타난 반공성과 민족주체성을 근거로 검찰 측의 주장을 반박한다. 모호한 반공법 적용에 따르는 위험성을 경계하고 남정현의 주변 자료를 통해 사안 판단에 고려해야 할 사항을 제기한다. 마지막으로 한 작가의 저항정신[憤志]을 오독하는

한다면서 소설은 온데 간데가 없이 자본주의냐 공산주의냐, 친미냐 반미냐 하고 재판이 시종일관 어이없게도 정치재판으로 사상재판으로 흐르고 있는 데 대하여 실망한 모양이었다. 그래 그런가 그는 증언 벽두부터 단호한 어조로 소설 분지는 반미도 친미도 아니라고 단언했다. (…중략…) 검사는 그럼 증인은 작가의 내심까지 들여다봤느냐고 윽박질렀다. 하지만 증인은 태연했다. 작품은 작가가 썼지만, 일반에게 발표한 뒤에는 작가만의 것이 아니며 그렇다고 독자가 멋대로 해석해서도 안 된다. 작품 속에 담긴 상징성은 그대로 존중되어야 한다고 말했다." 남정현, 「분지사건과 이어령의 용언술」, 『남정현 문학전집』 2, 국학자료원, 2002 참조.

30) 이에 대한 남정현 작가의 기억은 40여 년이 지난 현재까지도 선명하게 남아 있다. 구술사 방법론의 시각에서 보면 사회적 약자였던 남정현의 구술채록을 통해 그동안 억눌렸던 잠재적 기억이 공소장이나 신문 기사 같은 공적 기록보다 진정성을 획득하는 순간이기도 하다. 다음 구술자료를 보면 작가의 기억이 어느 정도인지 짐작할 수 있다. "남정현 : 지금도 기억나. 병풍에 그려진 호랑이를 실지 호랑이로 보는 사람은 겁이 나지만은 그것이 그림인 줄 아는 사람은 (구자황 : 겁이 안 난다) 남 : 겁이 안 난다. {어어.} (좌중 웃음) 참 이 그러니까 이 글 잘 쓰는 (구 : 검사를 한꺼번에 그냥, 한 번에 눌러 버리는? (좌중 웃음)) 남 : 에. 참 그런 {아.} 얘기를 허고, 인제 그때 인제 무슨 아주 문학 강의와 같은, 문학을 얘기하는 장이 됐어요. {네.} 그때 아주 정치적인 살벌한 용어만 오갔는데, {음.} 에, 그 이어령 씨가 증인을 슴으로써 {음.} 정말 이 문학작품을 가지고 논단하는, {음.} 어, 그런 분위기가 {어.} 아, 그렇게 바꼈다구. {음.} 바꼈다구. {음.} 에, 무슨 문학에 있어서의 무슨 상징성이라든가, 무슨 그 해학성이라든가, 풍자성 뭐 여러 가지 그런 면을 그냥 많이 얘기하기 때문에" (…하략…), 구자황 외, 앞의 책, p.131. 여기서 작가가 인식하기에 정치적 논란이 문학적 논란으로 바뀐 것이 중요하다는 인식이 주목된다.

행위는 사법 당국의 탄압(焚紙)을 가시화하는 행위에 지나지 않는다는 충고를 곁들인다.[31]

변호인 이항녕은 남정현의 「분지」는 당사자인 미국에서도 주목하는 작품이며, 이러한 작품에 대해 검열의 철퇴를 가할 경우 세계적으로 국가 위신을 손상당할 위험이 있다고 변론한다. 고의와 위법성이 드러나지 않는 작품에 대해 모호하기 이를 데 없는 반공법을 적용하여, 그 저촉 여부를 심판한다면 앞으로 창의적인 작품 활동을 제약할 우려가 농후하다는 것이다. 이는 민주 국가의 기본정신인 국민의 자유를 보장하지 않는 반공법의 위험성을 우회적으로 지적한 것으로 해석된다.[32]

수많은 우여곡절 끝에 「분지」사건은 선고유예로 결론이 난다.[33] 이어령이 명쾌하게 정리한 것처럼 소설 「분지」는 소설로서의 그 본분을 거역한 일이 없는데도 불구하고, 결국 사법당국은 유죄로 몰아간 형국이다. 작가 자신의 훗날 표현처럼 「분지」는 논리적인 대응에는 이겼지만, 폭력적인 대응에는 지고만 셈이다. 피고인측 진영이 육체적으로 워낙 열세에 높여 있었던 탓으로 정신적으로는 완승했지만 육체적으로는 완패한 꼴이랄까.[34] 그 결과 필화 사건과 중앙정보부에서의 고문 때문에 무엇보다도 남정현 작가 자신이 그의 문학적 인생에 큰 상처를 받았다. 「너는 뭐냐」(1961)로 당대 최고의 문학상인 동인문학상을 수상한 촉망받던 26세 청년 작가를 좌절시켰을 뿐만 아니라, 다른 많은 작가들에게도 사법의 이름으로 겁을 주어 문학을 움츠리게 만들었다.[35]

---

31) 한승헌, 「분지(憤志)를 곡해한 분지(焚紙)의 위험」, 『남정현 대표작품선』, 한겨레, 1987, p.392.

32) 이항녕, 「언론의 자유를 과시한 것」, 위의 책, p.387.

33) "담당 박두환 판사는 판결문에서 "이 작품을 읽은 독자 중 많은 사람들에게 반미적·반정부적 감동을 일으키게 하고 심지어 계급의식을 고취할 요소가 다분하다"는 이유를 들어 유죄판결을 내렸다. "징역 6월과 자격정지 6월에 처할 것이나 정상을 참작 선고를 유예한다"는 박 판사의 말을 끝으로 이 사건은 끝을 맺었다." 김지하 외, 「분지 필화사건에 대하여」, 『한국문학 필화작품집』, 황토, 1989 참조.

34) 남정현, 「분지사건과 이어령의 용언술」, 『남정현 문학전집』 2, 국학자료원, 2002 참조.

창작의 자유와 체제 수호라는 논리가 충돌하여 필화라는 사회 문제로 표출된 이 사건을 통해, 반공주의라는 지배이념과 자유민주주의라는 저항 이념 간의 치열한 헤게모니 쟁투가 어떻게 작동하게 되는지 살펴보았다. 반공주의가 군부쿠데타를 통해 집권한 박 정권의 정치적 정당성의 취약성을 보완하고 일방적인 근대화 프로젝트에서 생긴 성장의 모순에 따른 저항을 잠재우기 위해 동원된 이데올로기라면,[36] 이 필화 사건은 반공주의적 규율에 기초한 강압적 정치질서를 확립하려는 정권과 창작과 표현의 자유를 지켜내고 비판성을 문학의 본질로 이해하려는 자유민주주의적 시민사회 사이의 논쟁의 장으로 해석할 수 있는 셈이다.[37] 그 결과는 자유민주주의라는 저항담론은 효과적으로 헤게모니를 획득했으나 반공주의적 규율의 강화라는 지배블럭의 국가 폭력에는 별다른 힘을 발휘하지 못하게 된 것이 역사적 사실이다.

---

35) 구술 자료를 인용해보자. "오랫동안 심문 받, 받는 과정에서 아, 내가 이 이상 글을 쓰면은 내가 죽겠구나, 하는 그런, 그런 생각이 들었어요. 나 스스로 {음.} 어. 그러고 될 수 있는 대로 원고지를 생각 안기로, 원고지만 생각허면 불안해지는 거예요. {음.} 공포심에서. {음음.} 그래서 그 사람들이 그 말끝마다, 말끝마다 얘기하는 게 다시 글을 쓰면은 내 손을 딱 부러뜨려 놓겠다 거야. 아주 그냥 완, 내, 내 손을 부러뜨려 놓겠다, 이거 그 이 구두발 밟으면서 {음.} 그게 아주 이, 입버릇이에요 (구 : 계속 고문하는 동안도 그렇고) 남 : 그렇죠. 그 내중에 심문할 때도 (구 : 예, 심문할 때) 남 : 검찰에서도 {으음.} 어, 다시 글 쓰는 꼴을 못 본다 말이지. (채록자 웃음) 아. 근데 그게 이제 뭐, 이 그 사람들은 그냥 일종의 위협을 가하기 위해서 {음.} 어, 그게 법률적인 무슨 그, 합법적인 무슨 뭘 절차를 거쳐서 뭐 무슨 글을 못 쓰게 한다, 이런 건 아니겠지요. 하여간 {그렇죠, 예.} 그러나 그 사람들 발상은 안 쓰면 좋겠다, 이런 게 의향에 있었는지 모르겠죠 {예.} 근데 항상 그 얘기가 (웃으며) 항상 남아 있는 거야." 구자황 외, 앞의 책, pp.205~206.

36) 조희연, 「국가폭력, 민주주의 투쟁, 희생에 대한 총론적 이해」, 『국가폭력, 민주주의 투쟁, 희생』(조희연 편), 함께읽는책, 2002, p.87 참조.

37) 사회과학 개념으로 엄밀하게 말한다면 '반공주의적 자유민주주의 대 자유주의적 민주주의'의 헤게모니 쟁투에서 표면적 일시적으로는 전자가 승리한 것으로 보이지만, 한국사회의 전체적인 역사적 흐름에선 후자가 진정성을 획득하는 계기로 작용하는 것으로 해석할 수 있다. '반공주의적 자유민주주의, 자유주의적 민주주의'의 개념은 조현연의 앞의 논문을 참조하였다.

4. 「분지」의 다성적 언어와 저항담론

필화 사건의 여파 때문이지만 기존 연구에서는 그의 소설을 두고 인간/짐승·진실/거짓·남성/여성 등의 선명한 이분법이 존재하며 '민족 주체성'이든 '반제·반미'든 너무 한 가지 기준에만 치중해 있다고 비판된 바 있다. 이 소설을 두고 북한이나 남한 사법당국처럼 반미·용공으로 보든 민족 주체성의 산물로 보든 그 어느 것이든 60년대 필화 사건의 자장에서 벗어나지 못하는 내용 중심주의적 독서법에 기인한 것으로 보인다. 황도경이 정당하게 분석했듯이 「분지」의 문학적 성과는 해방과 미군정 등으로 이어지는 우리 근대사의 어둠을 비판적으로 담아내고 있다는 사실 자체에서가 아니라 이를 담담하고 때론 익살스럽기까지 한 태도로 풀어가는 서술방식에서 드러나는 것이라 할 수 있다.[38]

이 작품에서 정작 문제되어야 할 것은 민족주의적 자존심과 그로부터 우러나온 반미의식이라는 표면적 주장이 아니라 우화적 상황 설정과 풍자적 언어의 예술적 성취 자체이다. 우화적인 상황과 풍자적 언어가 왜 중요한가? 흔히 반미문학의 대표격으로 북한에서 높이 평가되는 이 작품의 문학적 미덕은 기실 언어적 이중성에 숨어 있다고 할 수 있기 때문이다. 가령 이런 식이다.

지금 제가 숨어 있는 이 향미산의 둘레에는 무려 일만 여를 헤아리는 각

---

38) 작가는 어두운 근대사 속에서 홍만수 일가로 대변되는 우리 민족이 감당해야 했던 비극적 상황과 모순적 현실들을 직접적이고 단선적인 목소리로 서술하고 비판하는 것이 아니라 우스꽝스럽고 황당한 우화적 세계와 풍자적 언어를 통해 우회적으로 그려낸다. 그러나 비극적 상황과 희극적 언술의 결합, 객관적이고 학술적인 태도를 가장한 능청스러움, 그리고 그렇게 해서 만들어지는 웃음 속에서 우리는 무엇보다도 강력한 분노와 저항의 힘을 느낄 수 있게 되며, 홍만수의 비극적 종말로 처리된 이야기 끝에서 오히려 웃음으로 부활하는 홍만수를 만나게 된다. 억압과 죽음을 뚫고 일어서는 생명의 힘, 「분지」의 풍자적 세계가 보여주는 것은 바로 그런 것이다. 황도경, 앞의 글 참조

종 포문과 미사일, 그리고 전미군 중에서도 가장 민첩하고 정확한 기동력
을 자랑하는 미제 엑스 사단의 그 늠름한 장병들이 신(神)이라도 나포할 기
세로 저를 향하여 영롱하게 눈동자를 빛내고 있는 것입니다.39)

주인공인 홍만수가 죽음을 앞두고 독백하고 있는 공간인 향미산은 선조
들의 삶의 터전이자 생명의 근원지를 상징한다. 그런데 이 산을 수많은 미
군과 무기가 포위하고 있으니, 이는 미국이라는 외세의 압력과 무력하게
마주하고 있는 당대의 우리 상황을 우화적으로 묘사하고 있는 것으로 볼
수 있다. 외세에 굴종하고 있던 부끄러운 한국의 얼굴이었던 셈이다. 미군
에 의해 강간당하고 학대받는 어머니와 누이의 몸 또한 훼손된 조국의 은
유로 해석된다. 이 훼손된 어머니, 누이의 몸에 대한 분노는 결국 미군 부
인 몸에 대한 호기심으로 옮겨가며, 그녀의 배꼽 위에다 태극무늬가 그려
진 런닝 셔츠로 깃발을 만들 꽂겠다는 선언은 민족 주체성을 의도적으로
틀어서 희화화한 요설적 기교라고 볼 수 있다.

여기서 주목할 사실은 반미나 민족 주체성 여부가 아니라 의도적인 희
화화 수법의 의미이다. 「분지」에는 의도적인 희화화와 여럿의 서술자가
착종되는 다성적 언어가 특징적으로 드러난다. 이를테면 '두더지 같은' 홍
만수의 처지는 '풍전등화'격이며, '독 안에 든 쥐', '오물'로 묘사되며, 홍
만수 하나를 잡기 위해 대한민국 1년 예산에 상당하는 금액을 소비한다는
미군에 대한 묘사는 '늠름한 장병'이 '영롱하게 눈동자를 빛내고' '성스러
운 사명감'을 지니고 있다고 묘사되고 있다. 또한 서른 번 넘게 죽은 어머
니를 부르는 절규의 반복도 흥미롭다. 우리가 부끄럽다며 오랫동안 외면
했기에 죄의식을 가지고 대할 수밖에 없는 조국의 다른 이름이라 할 그런
어머니를 상대로 대화체 독백을 하고 있으니 말이다. 강간당해 광기에 휩
싸여 죽은 이와의 생생한 대화를 통해 삶과 죽음, 육체와 영혼의 경계를

---

39) 남정현, 「분지」, 『남정현대표소설선집』, 실천문학사, 2004, p.188.

허물고 진정한 부활을 꾀하려는 의도를 담고 있는 것으로 보인다.

「분지」의 서사 전략과 다성적 소설 언어를 살펴볼 때, 비참하고 절박한 민족적 처지를 극복하고 미국에 맞서기 위하여 미군 아내 겁탈 모티브로 알레고리화하는 데 성공했다 할지라도 반미라는 주장을 펴기 위한 단성적 언어로 이루어져 있지 않다고 본다. 왜냐하면 미국에 억눌린 현대사의 비극을 알레고리화하기 위하여 설정된 비극적 가족사의 이면에는 홍길동의 10대손이라는 주인공 설정이나 비취라는 영어욕설을 애칭으로 가진 스피드 상사의 아내 명칭, 미국 여인 배꼽 위에 깃발을 꽂겠다는 다짐 등 상황 자체를 희극적 허구로 몰고 가는 교묘한 요설체가 병행되어 있기 때문이다. 사실 이 소설의 문체를 보면 진지한 서술 다음에 '이건 농담이고요'하는 식의 독자 뒤통수를 치고 빠지는 거리두기식 서술이 주를 이루고 있다. 상황은 비극적인데도 오히려 낙관적 분위기와 쓴 웃음을 만들어내는 것은 특유의 풍자적 서술 전략 때문이다. '강력한 웃음의 칼날'이라는 남정현 문학의 풍자적 면모는 바로 이러한 거리두기식 서술 전략을 통해 드러나는 것이라 할 수 있다. 따라서 이 작품을 완성된 문학 텍스트로 본다면 문체적 특징과 서술효과를 외면하고 줄거리 요약만 문제 삼는 것은 심각한 오류를 초래하게 되는 것이다.

남정현 「분지」의 문학적 의미는 '하면 된다'는 식의 군대식 근대화 프로젝트가 지배담론이던 60년대 중반의 사회에서 다성성의 목소리를 담은 흥미로운 문체 실험을 하게 된 데서 새롭게 찾을 수 있다. 박정희 정권의 문화정책은 4·19로 상징되는 근대 시민의 다양한 목소리를 근대화의 표어와 슬로건·국민교육헌장으로 상징되는 국가주의적 획일화·단일화를 꾀하는 것이었다. 국가주의 기획은 개인의 다양성과 이질성을 제거하여 단일한 국민으로 귀속시키는 권력화의 과정이라고 할 수 있다. 이러한 지배 담론의 헤게모니는 언어의 개별성과 차이를 소거하는 전략을 통해서도 수행된다. 국가동원의 이데올로기를 전면적으로 담고 있는 건전가요·표어·슬로건 등에서 사용되는 언어들은, 지배진영이 기획한 단일한 언어 이외의 모든 것을 배제하는 단성(單聲)적 언어의 특질을 잘 보여준다.

홍만수의 독백을 다시 생각해보자. 이광수 소설의 1인칭 독백체에서 흔히 보듯이 근대적 주체의 내면화 장치인 고백은 개인의 내면에서 고백되어야 하는 현실과 고백의 주체를 동시에 생산함으로써, 언어와 내면을 동시에 전유하는 권력언어로 함몰될 수 있다. 하지만 「분지」 주인공의 독백은 어머니에 대한 절규처럼 보이지만 동시에 권력언어를 야유·희롱하고 있다.

결국 국가주의적 공동체의 언어를 거부함으로써 지배언어의 동질성을 균열시키고 있다. 언어가 수행하는 소통적 기능에 대한 부정에서 비롯되는 이러한 언어의 해체와 균열의 전략은, 개별 발화에 각인된 이념적 내용을 제거함으로써 지배이념에 대한 통합을 거부하는 의식을 은연중 드러낸다. 그런데도 문학의 특수성을 몰각한 사법당국자 같은 독자 중에서는 이러한 우화적 수법과 다성적 언어 전략을 애써 외면하고 줄거리만 문제삼아 자기모순을 드러내기도 하는 것이다.[40]

5. 마무리

한국 현대사를 역사적 담론들의 경합의 장이라 볼 때, 1960~70년대 박

---

40) 재판부가 발표한 판결문은 적지 않은 모순이 내재하고 있어, 이러한 심증을 더욱 유력하게 한다. 판결문에는 "이 작품은 우리 민족 주체성의 확립이라는 피고인의 염원을 소설로써 표현한 것이라고 인정할 수 있으므로 피고인이 위 작품을 집필함에 있어서 반국가단체의 활동에 호응 가세할 적극적인 의사 또는 목적이 있었다고 볼 수 없다"는 구절이 들어 있다. 하지만 이 글을 읽는 독자들에게 "반미적 반정부적 감동을 일으키고 심지어는 계급의식을 고취할 요소가 다분하"기 때문에 유죄라는 것이다.

정희 정권의 개발 독재에 기인한 국민 동원체제 아래서 반공과 성장 이데 올로기는 한국사회 전체에 스며들면서 하나의 진리 체제로 작동하였다. 그러나 20년간의 급격한 산업화와 권위주의적 국가 체제는 역설적으로 이 진리 체계에 비판적으로 대항할 시민사회를 성장시키기도 하였다. 1960년 대 초반 이래 경제개발계획에 의거한 근대화 정책으로부터 발생하기 시작 한 민족 민주 개념이 점차 시민사회의 저항이념을 가능하게 하였던 것이 다. 즉 민주주의 이데올로기는 한국사회의 특정 부분을 지배하고 권위주 의적 국가가 만들어낸 국가주의 체제에 도전하는 대항담론으로 기능하게 되었던 것이다.

이러한 문제의식을 가지고 이 글에서는 1960~70년대 문학에 나타난 박정희 정권의 문화정책이 지닌 지배이념적 성격과 시민사회의 저항이념 간의 헤게모니 다툼을 간략히 정리하였다. 그리고 그 첨예한 사례로서 남 정현의「분지」필화사건을 사법당국의 논리와 변호인측 대응으로 나누어 재조명해보았다. 그 결과 이 필화 사건은 반공주의적 규율에 기초한 강압 적 정치질서를 확립하려는 박정희 정권과 창작과 표현의 자유를 지켜내고 비판성을 문학의 본질로 이해하려는 자유민주주의적 시민사회 사이의 논 쟁의 장으로 해석할 수 있게 되었다. 작가가 의도한 민족 주체성의 정립[41] 까지도 정권에 대한 비판이라면서 '반미·용공'으로 몰아부쳤던 사법당국 의 논리에 맞서, 표현의 자유야말로 자유민주주의의 본질이며, 문제가 된 문학작품은 상상의 산물이니만큼 우화적 수법으로 읽어야 한다는 지극히 당연한 논리가 시민사회의 적절한 대응이념이 되었던 것이다.

하지만 문학텍스트의 담론을 제대로 분석하려면 줄거리 요약에 담긴 이 념 해석에만 머물면 곤란하다. 남정현「분지」를 두고 북한이나 남한 사법

---

41) 작가 남정현은 강진호와의 대담에서「분지」를 쓰게 된 주된 배경이자 우리 역사에 대한 자신의 기본적인 시각은 늘 외세문제였다고 분명히 밝히고 있다.「분지」는 우리 사회의 파쇼 체제를 지원하는 외세에 대한 저항의 산물이었던 것이다. 남정현·강진호(대담),「험 로를 가로지른 문학의 도정」,『작가연구』제12호, 새미, 2001, p.16.

당국처럼 반미·용공으로 보든 민족 주체성의 산물로 보든 그 어느 것이
든 60년대 필화 사건의 자장에서 벗어나지 못하는 내용 중심주의적 독서
법에 기인한 것으로 보인다. 문학 담론의 이념을 보다 정치하게 분석하려
면 문체 등 서술전략의 특징과 효과를 규명해야 할 터이다. 이 작품의 문
학적 성과는 '하면 된다'는 식의 군대식 근대화 프로젝트가 지배담론이던
60년대 중반 사회의 획일화된 담론과 단성적 문학에서 벗어나 다양한 형
식실험과 다성성의 목소리를 담은 흥미로운 문체를 선보인 데서 새롭게
찾을 수 있다. 주인공의 독백은 어머니에 대한 절규처럼 보이지만 동시에
권력언어를 야유·희롱하고 있다. 이를 통해 국가주의적 공동체의 언어를
거부함으로써 지배언어의 동질성을 균열시키는 데 성공한 셈이다.

참고문헌

강준만, 『한국현대사산책 60년대』 1~3, 인물과사상사, 2002.

강진호 외 편, 『증언으로서의 문학사』, 깊은샘, 2003.

강진호, 「외세의 질곡과 민족의 주체성-남정현의 『분지(糞地)』론」, 『남정현 문학전집 3
　　-연구자료 및 논문』, 국학자료원, 2002.

구자황, 김성수, 『한국근현대예술사 구술채록연구 시리즈 35 남정현』, 문예진흥원, 2005.

권유철 편, 『그람시의 마르크스주의와 헤게모니론』, 한울, 1984.

권혁범, 「내 몸 속의 반공주의 회로와 권력」, 『우리 안의 파시즘』(임지현 외), 삼인,
　　2000.

김상주, 「남정현 소설의 기법 고찰」, 『남정현 문학전집 3-연구자료 및 논문』, 국학자료
　　원, 2002.

김성수, 「구술사 방법론과 현대문학 연구의 새 지평」, 『한국근대문학연구』 제10호, 한국
　　근대문학회, 2004.

김양선, 「허허(虛虛)한 세상을 향한 날 선 풍자-남정현 문학의 풍자성」, 『남정현 문학
　　전집 3-연구자료 및 논문』, 국학자료원, 2002.

김일영, 「박정희 체제 18년-발전과정에 대한 분석과 평가」, 『한국정치학보』 29집 2호,
　　한국정치학회, 1995.

김지하 외, 『한국문학필화작품집』, 황토, 1989.

박명진, 「1970년대 연극제도와 국가이데올로기」, 『민족문학사연구』 26호, 민족문학사학
　　회, 2004. 11.

손호철, 「박정희 정권의 재평가-개발독재 바람직했나」, 『역사비평』 1993년 겨울호, 역
　　사비평사.

여홍상, 『바흐친과 문화이론』, 문학과지성사, 1995.

오명석, 「1960~70년대 문화정책과 민족문화담론」, 『비교문화연구』 4집, 서울대 비교문
　　화연구소, 1998.

윤정원, 「유신체제의 총화 이데올로기에 대한 연구」, 서울대 석사논문, 1989.

윤택림, 「기억에서 역사로-구술사의 이론적, 방법론적 쟁점들에 대한 고찰」, 『한국문화
　　인류학』 제25집, 1993.

_____, 『문화와 역사 연구를 위한 질적연구방법론』, 아르케, 2004.

이상갑, 「비인간의 형상, 그 역설의 의미-『허허선생』론」, 『남정현 문학전집 3-연구자료 및 논문』, 국학자료원, 2002.

임대식, 「1960년대 지식인과 이념의 분화」, 『지식변동의 사회사』(한국사회사학회 편), 문학과지성사, 2003.

임영일 편저, 『국가·계급·헤게모니』, 풀빛, 1985.

임지현·김용우 편, 「'대중독재'의 지형도 그리기」, 『대중독재』, 책세상, 2004.

임진영, 「가장 강력한 웃음의 칼날」, 『한국소설문학대계43-남정현/천승세』, 동아출판사, 1995.

임현진·송호근, 「박정희 체제의 이데올로기」, 『한국정치의 지배이데올로기와 대항이데올로기』, 역사비평사, 1994.

장영우, 「통곡의 현실, 고소(苦笑)의 미학-남정현론」, 『남정현 문학전집 3-연구자료 및 논문』, 국학자료원, 2002.

전재호, 「박정희 체제의 민족주의 연구-담론과 정책을 중심으로」, 서강대 박사논문, 1998.

정재완, 김정환 외편, 「한국의 문화정책」, 『문화운동론』 2, 공동체, 1986, pp.298~298.

조현연, 「자유민주주의 지배담론의 역사적 궤적과 지배효과」, 『한국의 정치사회적 지배담론과 민주주의 동학』(조희연 편), 함께읽는책, 2003.

조희연, 「국가폭력, 민주주의 투쟁, 희생에 대한 총론적 이해」, 『국가폭력, 민주주의 투쟁, 희생』(조희연 편), 함께읽는책, 2002.

_____, 「박정희 시대의 강압과 동의-지배·전통·강압과 동의의 관계를 다시 생각한다」, 『역사비평』 통권 67호, 2004년 여름.

_____, 「한국의 경제성장과 정치변동-'반공규율사회'와 '국가주의적 발전동원체제'의 형성, 균열, 위기 및 재편의 과정」, 『성공회대학논총』 13호, 성공회대, 1999.

한국정신문화연구원 편, 『1960년대 정치사회 변동』, 백산서당, 1999.

함한희, 「구술사와 문화연구」, 『한국문화인류학』 Vol.33. No.1, 한국문화인류학회, 2001.

현택수, 『문화와 권력-부르디외 사회학의 이해』, 나남, 1998.

홍석률, 「1960년대 지성계의 동향」, 정문연 編, 『1960년대 사회변화연구-1963~70』, 백산서당, 1999.

홍성민, 『문화와 아비투스-부르디외와 유럽정치사상』, 나남, 2000.

황도경, 「역설의 미학, 풍자의 언어-분지론」, 『환각-황도경 평론집』, 새움, 2004.

황병주, 「박정희 체제의 지배 담론과 대중의 국민화」, 『대중독재』(임지현, 김용우 편), 책세상, 2004.

Adamson, Walter L., 권순홍 역, 『헤게모니와 혁명-그람시의 정치이론과 문화이론』,

학민사, 1986.

Bakhtin, Mikhail M., *The Dialogic Imagination*, 전승희 외 역, 『장편소설과 민중언어』, 창작과비평사, 1988.

Bhabha, Homi, *The Location of Culture*, 호미 바바, 『문화의 위치』, 소명출판, 2002.

Bourdieu, Pierre, 정일준 역, 『상징폭력과 문화재생산』, 새물결, 1995.

_____, 최종철 역, 『구별짓기-문화와 취향의 사회학』, 새물결, 1995.

_____, 하태환 역, 『예술의 규칙-문학 장의 기원과 구조』, 동문선, 1999.

Gramsci, Antonio, 로마그람시연구소 편, 조형준 역, 『그람시와 함께 읽는 문화-대중문화 언어학 저널리즘』, 새물결, 1992.

Ong, Walter J., The Orality and the Literacy, 이기우·임명진 역, 『구술문화와 문자문화』, 문예출판사, 1995.

민족, 주체, 전통

—1950~60년대 전통논의의 의미—

서 영 채

1. 주인기표로서의 전통

1950년대 중반에서부터 1960년대에 걸쳐 한국문학의 전통을 둘러싼 비평적 논의가 있었다. 1950년대에 들어 새롭게 등장한 신예 비평가들을 중심으로 하여, 당시 한국 문단의 주류를 점하고 있던 작가 시인 비평가들, 그리고 국문학자와 국어학자까지 가세하여 이루어진 대규모의 논의였다. 비평사라는 맥락에서 보자면, 전통논의는 순수참여 논쟁과 더불어 전후 한국 문단의 두 개의 핵심적인 쟁점으로 평가된다. 논의의 구체적인 모습이 어떠했는가를 따지기 이전에, 한 주제에 관한 논의가 이런 정도의 규모로 10년 넘게 이어졌다는 사실 자체가 예사롭지 않다.

전통을 둘러싼 구체적인 논점은, 우리에게 전통이라는 것이 있는가, 있다면 어떤 것인가 등이었으며, 이를 둘러싸고 다양한 맥락에서 다양한 논의가 전개되었다.1) 한편에서는 임화의 '이식문학론'처럼 한국의 근대문학은 과거와의 단절 속에서 형성되었다고 했고, 또 한편에서는 그건 고전에 대한 실상을 모르는 소리라고, 아무리 시대가 달라졌어도 고전의 맥은 면면히 흐르고 있다고 반박했다. 또 한편에서는 전통이라는 개념 자체에 대해 정확하게 이해하는 것이 중요하다고, 과거의 유산이라고 해서 혹은 한국적인 것이라고 해서 모두 전통인 것은 아니라고 했다. 이와 관련하여 진정한 전통이라고 할 만한 것은 과연 무엇인가에 대해 논란이 뒤이어지기도 했다. 우리에게는 향가와 『춘향전』과 시조가 있다고 했고, 그런 것이 우리가 계승해야 할 진정한 전통일 수 없다고, 이제는 과거가 아니라 미래를 문제 삼아야 한다고도 했다.

이와 같은 논의의 과정을 통해 전통이라는 주어는 부재·단절·계승·극복 같은 다양한 술어들을 거느리게 된다. 이런 술어들은 과거나 현재의 사실에 관한 파악이나 가치판단의 차원에서 서로 충돌했고 그래서 논의는

---

1) 1950~60년대 전통론에 관한 연구로는, 김창원, 「전통논의의 전개와 의의」(1991) ; 김만수, 「전후비평에서 '전통'논의의 의미」(1991) ; 전기철, 「한국 전후 문예비평의 전개양상에 대한 고찰」(1992) ; 박헌호, 「1950년대 비평의 성격과 민족문학론으로서의 도정」(1993), 한수영, 「1950년대 한국 문예비평론 연구」(1995) ; 신두원, 「전후 비평에서의 전통논의에 대한 시론」(1996) ; 한강희, 「1960년대 한국문학비평연구」(1997) ; 홍성식, 「1960년대 한국문예비평연구」(2000) ; 김건우, 「1950년대 후반의 문학과 '사상계' 지식인 담론의 관련양상 연구」(2002) 등이 있다. 김창원은 전통론을 부정·단절·계승·절충·극복론으로 구분하여 전체 모습을 개괄했고, 김만수는 유종호를 중심에 두고 당시 전통론의 맥락을 살폈다. 전기철·한수영·한강희·홍성식의 논문은 1950년대와 1960년대의 문학비평을 대상으로 한 박사논문들로, 시대사적인 맥락의 일환으로 전통론을 고찰했고, 김건우도 『사상계』를 중심으로 한 지식인 담론을 살피면서 세대론적 전략의 맥락에서 전통론을 다뤘다. 박헌호는 1950년대 전통론 속에서 민족문학론이 잉태되는 모습을 포착해냈으며, 이와 관련하여 최일수의 논리에 대해 새롭게 평가했고, 이는 한수영에게 이어져 정태용과 함께 좀 더 풍부하게 조명되기도 했다. 신두원은 50년대에서 60년대로 이어지는 논의의 전체적 맥락을 잡아주었고 각 논리들의 허실을 짚어주었다. 이들의 연구에 의해 전통론의 다양한 모습과 전체적인 맥락이 밝혀져 있다. 구체적인 서지사항은 참고문헌란에 밝혀둔다(괄호 안의 연도는 초출 연도이고, 참고문헌란의 서지는 단행본인 경우도 있다).

다분히 논쟁적인 형태가 되었다. 그러나 각각의 주장들이 전제하고 있는 당대의 현실에 대한 인식과는 무관하게, 논의의 귀결은 대부분이 당위적인 형태로, 곧 새로운 전통을 창조하여 한국문학을 발전시켜야 한다는 방식으로 맺어졌다. 이런 점에서 보자면 전통에 대한 논의는, 극단적으로 말하여 문학에 관한 일종의 개발논리였다고도 할 수 있으되, 이는 이미 전통논의라는 문제설정 자체에 내장된 것이기도 했다. 단절론이건 부재론이건 계승론이건 간에, 전통에 관한 명제에서 중요한 것은 술어가 아니라 주어이기 때문이다. 곧 어떤 말을 하느냐보다 중요한 것은 무엇에 대해 말하고 있느냐 하는 것이다. 정신분석적 사유가 보여주고 있듯이, 의식의 수준에서 행해지는 부정은 인지수준 밑에 가로막혀 있는 강한 열망이나 긍정과 연결되어 있기 쉽다. 이런 진술은 물론 인간의 무의식적인 욕망을 대상으로 가능한 것이지만, 사실이나 가치판단의 차원에서도 사정은 크게 다르지 않을 것이다. 인지수준을 표시하는 수평선이 어느 지점에 그어지느냐에 따라, 한 대상은 존재하는 것일 수도 그렇지 않은 것일 수도 있고, 또 긍정적인 것이 될 수도 부정적인 것이 될 수도 있기 때문이다.

전통논의는 이런 점에서, 20세기 한국문학 전체를 관통하는 핵심적인 쟁점이었던 민족문학에 관한 논의와 유사한 구조를 지닌다. 이들 논의 속에서 전통이나 민족문학이라는 항목은 처음부터 주어의 자리를 점하고 있었다. 논의가 축적됨에 따라 점차 많은 술어들을 거느리게 되고, 논의의 마지막에 가면 확고한 주어의 자리를 굳히게 된다. 그리고 바로 이런 점에서 이 논의들은, 순수 참여 논쟁처럼 선명한 이항대립의 구조를 지니고 있는, 즉 순수문학과 참여문학이라는 두 개의 주어를 지니고 있는 논의와 구분된다. 물론 순수와 참여라는 대립항 속에서도 우리는 이 둘을 포괄할 수 있는 공통의 주어를 끌어낼 수도 있다. 문학이라는 주어가 그것이되, 여기에서 주어로서의 문학이란 순수나 참여라는 속성의 상위에 존재하는, 보편적이고 선험적인 공간으로 기능한다. 그러나 이러한 파악은 논쟁의 바깥에서 행해지는 것일 뿐임에 비해, 전통이나 민족문학은 각각의 논의 속에서 출발점에서부터 이미 주어의 자리를 차지하고 있었다는 점에서 다르다.

왜 이런 사실이 강조되어야 하는가. 많은 술어를 거느림으로써 확고한 주어의 자리를 차지하는 일 자체가 가지고 있는 한계가 인식되어야 하기 때문이다. 부동의 주어가 된다는 것은 그 자체의 존재에 대한 근본적 질문을 차단하는 어떤 자명성의 함정 속으로 빠지는 일에 다름 아니다. 전통논의 속에서도 마찬가지다. 전통이 다양한 술어들 속에서 자명한 주어가 되는 순간, 그 자체의 존재나 의미에 대한 질문은 더 이상 불가능하게 된다. 이를테면 전통에 관한 가장 근본적인 질문은, 전통이란 것이 대체 무엇이며 왜 그것을 문제 삼는가일 것이다. 수다한 형태로 존재했던 민족문학론에 대해 가장 근본적인 적대자는, 민족문학이라는 공간을 두고 경쟁을 벌였던 서로 다른 민족문학론들이 아니라 민족문학이라는 개념 자체를 거부하는 김동인의 논리였던 것처럼,[2] 전통에 관한 논의에서도 사정은 마찬가지다. 전통의 단절을 주장하는 논리가 아니라, 전통이라는 개념 자체의 실체성을 거부하는 논리, 좀 더 좁혀서 말하자면 문학에 대한 민족단위의 사고를 거부하는 논리야말로 전통론 자체에 대한 근본적인 타자이다. 그럼에도 전통에 대한 논의는, 전통이라는 주어를 둘러싼 다양한 술어들의 경쟁이라는 형태로 전개됨으로써, 이런 타자들은 그 논의 속에서 배제되고 그럼으로써 논의 자체가 자명성의 함정에 빠지게 되는 것이다.

전체적으로 보아 전통론은 후기에 이를수록 점차 우리가 계승해야 할 진정한 전통은 무엇인가 하는 질문으로 모아진다. 중세의 평민문학이야말로 한국문학의 진정한 전통이라고 했던 1965년의 조동일의 경우가 대표적인 예일 것이다. 이 지점에 이르면 전통은 존재의 자명성과 의의의 소중함에 대해 어떤 이론도 제기할 수 없는 대상으로 존재하게 되며, 이 순간

---

2) 서영채, 「한국 민족문학론의 역사에 대한 소묘」, 『문학의 윤리』, 문학동네, 2005, p.53.

전통은 탐색의 대상이 아니라 이념적 효과로서만 존재할 수 있는, 라깡의 용어를 빌리자면 대상 a의 위치를 점하게 된다. 그리고 그 순간 전통에 관한 논의는 한계지점에 이르게 된다. 전통의 자리는 중세의 평민문학뿐 아니라 박지원의 한문 서사나 정약용의 한시가 차지할 수도 있고, 혹은 신라나 고려의 문학이 날아올 수도 있고, 아예 한용운을 기점으로 하는 시민문학의 정신이 차지할 수도 있다. 이처럼 다양한 대상이 점유할 수 있는 장소로서의 전통은 부동의 중심일 수 있으되, 그 중심은 텅 빈 중심, 그 어떤 연속성의 표지로서만 기능하는 기의 없는 기표, 즉 주인기표(master-signifier)3)가 되며, 그럼으로써 전통 자체에 대한 논의는 그 의미나 열도라는 측면에서는 무의미한 것이 된다. 이것은 흡사 길이 시작되자 여행이 끝나는 것과 마찬가지 양상이기 때문이다. 자기 입장의 구체적인 실천은 있을 수 있으되 입장 자체에 대한 논쟁은 무의미해지는 것이다.

그렇다면 논의가 시작된 지 이미 반세기가 지난 시점에서 이 논의를 다시 돌아보는 것은 어떨까. 당연한 말이지만, 현재의 우리가 느끼는 전통이라는 말의 감도가 그때와 같을 수는 없는 노릇이다. 이는 전쟁의 폐허 속에서 미국의 원조로 국가 경제가 유지되던 1950년대와, 신자유주의가 지배하는 세계 체제 속에서 분단 상황이 내용적으로 종식되기에 이른 2000년대의 차이라고 해도 좋을 것이다. 이식문학론의 극복을 위한 것이었건, 아니면 비평적 규준을 세우기 위한 T. S. 엘리어트 류의 것이었건 간에, 전통은 이미 그 자체로는 이미 역사화 된 개념이라고, 현실적 유효성을 대부분 상실한 미지근한 개념이라고 해야 할 것이다. 그러니, 이제 우리는 전통논의의 뜨거웠던 현장을 향해 이런 질문을 던질 수 있겠다. 왜 전통이었는가. 이 질문을 통해 우리는 전통론의 역사적 맥락에 접근해볼 수 있을 것이다. 그 시대의 정치와 사회적 담론의 관계망 속에 그 논의를 던져 넣

---

3) 기의 없는 기표로서의 주인기표의 개념에 대해서는, Zizek, 이수련 역, 『이데올로기의 숭고한 대상』, 인간사랑, 2002, p.166, 271을 참조.

음으로써, 전통과 민족 같은 언어들이 의미화 되었던 방식에 대해 살펴보는 것, 그리고 그러한 담론 속에 문학이 포획되는 양상에 대해 고찰하는 것, 또한 이를 통해 문학적인 것의 본성에 대해 성찰해 보는 것이, 이 질문을 통해 우리가 얻고자 하는 대답의 세목이 될 것이다.

2. 전통과 시대적 빈곤-이어령·백철·정태용

1950년대에 시작된 전통논의는 전통의 빈곤에 대한 자각에서부터 시작된다는 점에서 특징적이다.[4] 이 빈곤이 전통이라는 항목에만 해당되는 것은 물론 아니며, 단순히 문학이나 정신의 빈곤에 국한되는 것도 아니다. 한국의 1950년대라는 시대 자체가 지니고 있는 총체적 빈곤-전후 신생 독립국으로서의 한국이 감당해야 했던 정치 경제적 빈곤과 한국전쟁이라는 거대한 참화 이후의 물질적 정신적 빈곤-이 좀 더 우선적인 규정력으로 버티고 있었기 때문이다. 현재의 시점에서 이 논의들을 살펴볼 때 좀 더 실감나게 다가오는 것은, 전통이나 문학이나 사상의 문제를 따지기 이전에 생활 감각 자체로부터 오는 빈곤의 문제이다. 1950년대 중반, 한 소설(김광식의 「213호 주택」)에 관해 가해진 현대문명 비판이라는 평가에 대해, "우리 사회가 매[메]카니즘의 독소에 침해당하고 있다는 것은 옳다. 그런데도 불구하고 또 옳지 않다. 대도시 서울 한복판엔 아직도 원시적인 분뇨(糞尿)차가 질주하고 수도꼭지를 아무리 돌려도 물이 나오지 않는 형편이다"[5]라고 했던 이어령의 언급이 대표적인 예일 것이다. 빈곤에 대한 그의

---

4) 박헌호는 이어령의 예를 들어 "한국문학의 후진성에 대한 인식과 전통단절의 인식은 서로 상통하는 것이었다"고 했다. 「1990년대 비평의 성격과 민족문학론으로의 도정」, 『식민지 근대성과 소설의 양식』, 소명출판, 2004, p.420.
5) 이어령, 『저항의 문학』 증보판, 예문사, 1965(초판, 지경사, 1959), p.30.

언급은 다른 무엇보다도 당대 현실의 물질적 조건을 향하고 있었던 셈이다. 그 시대 삶 자체의 존재조건으로서 이 같은 총체적 빈곤상태가 존재하고 있다는 점을 염두에 둔다면, 전통에 관한 초기의 논의에서 그 방향성과는 무관하게 거의 모든 논자들의 공통적인 전제가 전통의 빈곤이었음은 당연해 보인다. 그런 빈곤상태로부터 벗어나 새로운 전통을 창조해야 하는 일의 절박함을 강조했던 당위적 어조를 공유하고 있었던 것 역시 자연스럽다.

1950년대가 지니고 있는 이 같은 총체적 빈곤상태는 담론의 기형성을 초래한다. 당위적 어조를 취하고 있는 이 시기의 문화나 현실에 담론 속에서, 이상적인 모습의 개념과 현실적 조건 간의 지나친 편차로 인해 담론 자체의 기형성이 초래되는 것이다. 이를테면 1950년대의 정치권의 지배이데올로기로 존재했던 민주주의만 하더라도, '사회경제적 조건과 계급적 조건에 크게 앞서 있었던 조숙한 민주주의(premature democracy)'[6]로서 이념과 실제가 크게 차이 나는 모습을 보여주었다. 그래서 1950년대의 민주주의라는 이념은, 한편으로는 반공주의의 다른 말로서 이승만 정권의 권위주의적 성격을 강화하고 정당화하는 데 봉사하기도 했고, 또 한편으로는 1960년의 4 · 19혁명으로 폭발하는 저항이데올로기의 역할을 하기도 했던 것이다. 이런 점은 민족주의나 전통이나 문학의 경우도 마찬가지여서, 이념과 실제 사이의 물매가 매우 가파른 형태로 드러난다. 이어령은 현실 속에서는 기계에 굶주려 있으면서도 문학적 담론에서는 이른바 '메커니즘'을 비판하는 것이 얼마나 처절한 모습이냐고 했거니와,[7] 여기에서 그가

---

6) 박명림, 「1950년대 한국의 민주주의와 권위주의」, 『1950년대 남북한의 선택과 굴절』(역사문제연구소 편), 역사비평사, 1998, p.82.

7) "또한 촛불 혹은 등잔불을 켜고 정전된 암흑의 도시를 밝히는 것이 오늘의 현상이다. 그뿐만 아니다. 화신 앞에는 마치 기적을 바라보는 군상들과 같이 텔레비를 구경하는 시민들이 매일 밤 人山을 이룬다. 우리가 이렇게 기계의 혜택에 굶주리면서도 메카니즘에 반항하지 않으면 아니 될 이 현상은 얼마나 처절한 모습이냐? 생활 감정과 관념의 세계가 이렇게 상이한 그 모순은 무엇을 의미하는가?" 이어령, 앞의 책, 같은 면.

말하는 처절함이란 현실적 조건과 유리된 담론의 기형성이자 그 편차의 현저함을 지칭하는 것이라 하겠다.

이런 기형성은 전통에 관한 논의에 있어서도 마찬가지다. 일제시대의 유산인 한국의 역사적 정체성론(停滯性論)과, 정부 수립 이후 남한 사회에 급격하게 밀려들어온 미국식 모더니티의 이념이 뒤섞여 있는 데다, 일민족 이국가의 분단 상황은 민족과 국가 사이의 균형을 흐트러뜨림으로써 신생 독립국이 지녀야 할 정신적 에너지의 원천까지 고갈되어 버렸던 것이 이 시대의 현실이었다. 이런 상황 속에서, 문학과 전통에 대한 논의는 과도한 자기 비하에 빠지거나 역사에 대한 인식의 부재를 드러내기도 했고, 주체성에 대한 지나친 강조로 인해 배타주의적인 모습을 드러내기도 했으며, 한국문학을 발전시켜야 한다는 절박함과 조급함으로 인해 정부에서 경제뿐 아니라 문학에 대한 개발 계획도 세워야 한다는 식의 주장까지 등장하기도 했다. 이어령이 썼던 위의 구절은 전체적으로 이런 시대적인 모습을 상징적으로 보여주는 것이겠으나, 아이러니컬한 것은, 그 속에서 전통 부재의 현실을 비판하고 또한 전통논의에 적극적으로 개입하여 전통이라는 개념 자체를 제대로 모르고 있다고 상대를 몰아부쳤던 이어령 자신도 이런 기형적 현실의 일부를 이루고 있다는 점이다. 조연현의 논리를 비판했던 이어령의 경우가 그러한데, 당대의 청년 재사 이어령이 범한 실수는, 전통이라는 개념에 대한 엘리어트적인 논리와 한국적인 실감의 차이에서, 곧 이상화된 서구와 현실로서의 한국의 편차에서 말미암은 것이다.

초기의 전통논의에서 가장 중요한 참조점으로 존재했던 것은 T. S. 엘리어트의 전통론이다.8) 이는 민족문학에 대한 논의에서 민족문학과 세계

---

8) 「전통과 개인적 재능」(1919) 등에서 개진된 엘리어트의 논리는 영문학자 한교석의 「전통과 문학」(1955)에 의해 지적된 이후로 거의 모든 논자들에 의해 거론되었고, 1956년 『자유문학』 12월호의 특집에는, 최일수·정병욱·전광용·이태극·한교석의 평론에 이어, 엘리어트의 이 글이 양주동의 번역으로 실렸고, 1957년에는 이창배의 번역으로 『T.S 엘리엇 문학론』이 나왔다.

문학에 관한 괴테의 테제가 자주 등장했던 것과 흡사하다. 전통에 대한 논의가 한창 달아오르고 있던 1957년, 『현대문학』의 주간이었던 비평가 조연현은 서정주와 김동리의 문학을 중심으로 전통성과 현대성에 대해 언급했다.[9] 그는 현재적인 의미를 지닌 전통과 단순한 과거일 뿐인 유물을 구분해야 한다는 전제 하에서, 서정주와 김동리의 서로 다른 행보를 지적했다. 논의를 요약해 보자면 이렇다 : 서정주는 초기의 반전통주의에서 전통주의로 옮겨왔고, 반대로 김동리는 민족적인 특성을 지닌 문학에서 휴머니즘이라는 보편적인 것으로 옮겨갔다, 그럼에도 이 둘은 결국 하나다, 괴테의 말처럼 가장 민족적인 것이 세계적인 것이며, 세계적인 것이 민족적인 것이기 때문이다. 그리고 조연현은 민족적 속성이 세계적인 보편성으로 통할 수 있었던 몇몇의 예를 덧붙여 놓았다. 파리에서 높은 평가를 받았던 화가 김환기의 개인전, 동남아 예술제에서 입상한 한국영화 <시집가는 날>, 또 동남아 순회공연에서 호평을 얻었던 한국의 예술사절단 등의 예가 그것이었다.

이에 대해 이어령은 「토인과 생맥주」(1958)라는 조롱조의 제목을 지닌 반박문을 통해 대뜸 엘리어트의 전통 개념을 들이대면서 조연현의 논리를 "토속적 전통관"이라 비판한다. 조연현은 전통을 토속적인 것으로 착각하고 있는데, 오히려 전통은 토속성이나 지방성으로부터 벗어나 그 어떤 보편성을 상정함으로써 생겨나는 개념이고, 보편적인 가치를 지닌 고전의 개념적 바탕 위에서 비로소 성립될 수 있다는 것, 그래서 조연현의 논리는 비논리의 극단이라는 것이다. 여기에서 그가 구사하는 전통과 고전의 개념은 엘리어트의 규정에 입각해 있다. 엘리어트가 강조했던 전통의 개념은 개성(personality)으로부터의 탈각이라는 개념과 쌍을 이루거니와, 어느 시인도 낭만주의가 강조했던 의미에서의 창조적 재능이란 있을 수 없으

---

9) 조연현 「민족적 특성과 인류적 보편성—서정주와 김동리의 전통에 대한 태도를 중심으로」, 『문학예술』, 1957. 8.

며, 개별 시인에 대한 평가는 그 앞에 놓여 있는 역사적 전통에 견주어짐으로써만 가능하다는 것이 엘리어트의 주장의 요지이다.[10] 이런 생각의 바탕에 있는 것을 엘리어트는 역사의식이라고 일컬었지만, 여기에서의 역사의식이란 문학사나 문화사적인 것으로서, 헤겔주의적인 역사의식이나 민족주의적 역사의식과는 무관하다. 고전의 개념과 결합되는 경우는 오히려, 서로 다른 민족이나 문명 사이에서 일어나는 도약으로서의 역사 개념과 결합된다. 이런 견지에서 보자면, 18세기나 19세기의 어떤 시인도 유럽 문학의 고전은 될 수 없고, 그 자격은 오로지 사어가 되어버린 두 개의 언어권(곧 희랍어와 라틴어)의 시인만이, 그 중에서도 로마의 시인 베르길리우스만이 지닐 수 있다고 했다. 베르길리우스는 희랍 문학의 전통을 이어받아 라틴문학으로 새롭게 승화시켰다는 점에서, 곧 이국의 문화를 수용하고 소화하여 새로운 모습으로 창조할 수 있었던 포용성과 성숙성을 갖추었다는 점에서 고전의 반열에 오를 자격이 있다는 것이다. 이와 마찬가지로 전통은, 한 개인의 개성은 물론이고, 한 민족이 지니고 있는 독특성이나 지방성으로부터도 생겨날 수 없으며, 오히려 그런 지역적 한계로부터 벗어나는 정신만이 전통의 반열에 오를 수 있다는 것이다. 엘리어트가 괴테에 대해서조차도 그의 문학적 성취와는 별개로 그가 지니고 있는 게르만적 특성 때문에 고전의 반열에 올릴 수 없다고 했던 것도 이런 논리의 연장에 있다.

조연현의 평가에 대해 반박을 가하는 이어령의 논리는 엘리어트의 이와 같은 논리에 근거를 두고 있지만, 그러나 문제는 이와 같은 엘리어트 식의 전통 개념이 그 인용 빈도와는 무관하게 한국의 논자들에게는 그다지 깊은 설득력을 행사하지 못했다는 점에 있다. 긍정적인 것으로서의 전통과 부정적인 것으로서의 인습(조연현의 경우에는 유물이 이와 유사한 개념이겠다)

---

10) 엘리어트의 논의는 「전통과 개인의 재능」(1919) ; 「비평의 임무」(1923) ; 「고전이란 무엇인가」(1944) 등에 의거함. 이창배 역, 『T.S 엘리엇 문학비평』, 동국대 출판부, 1999.

을 구분해야 하며, 현재에도 의미를 지닌 것이라야 진정한 의미의 전통이 될 수 있다는 정도(이러한 논의는 전통논의에 참여한 거의 모든 논자들이 전제하고 있다)가 엘리어트에 대한 상투적인 인용 대상이었고, 오히려 전통이라는 개념은 엘리어트와의 무관하게 그 자체가 지니고 있는 고유의 어감, 즉 유럽발의 모더니티에 의해 사상되어버린 전근대 한국의 고귀한 것들이라는 의미로 통용되었다. 엘리어트의 개념에 비하면 이쪽이 훨씬 실감에 가까웠다. 1962년 5월의 '사상계 토론회'에서 이어령은 이런 점에 대해, 전통이라는 개념이 혼란스러운 상태라고 투덜거렸지만, 그런 혼란으로 보자면 이어령 자신도 큰 예외가 아니다. 그가 「주어 없는 비극」이나 「신화 없는 민족」 같은 글에서 주체성이나 전통의 부재를 말하고 있을 때, 그가 말하는 전통이란 엘리어트적인 개념이라기보다는 전통이라는 한국어가 지니고 있는 일반적인 의미에, 곧 그 자신이 비판했던 조연현의 개념에 훨씬 가깝다.11) 개념적 논증의 대상으로 삼았을 때와는 달리, 이어령이 통상적으로 구사하고 있는 전통이라는 말은 일반적인 의미와 어감—이어져 내려오는 과거로서의 '전(傳)'과, 전해진 것 중에서 통서(統緖)의 올바른 흐름이 재구성된 것으로서의 '통(統)'의 결합체로서, 의미 있는 과거의 전승이라는 뜻이 된다—을 지니고 있는 것이다. 말하자면 이어령 자신도 전통이라는 말이 지니고 있는, 논리와 실감 사이에서 사이의 마법권을 빠져나가지 못하고 있었던 셈이다.

　물론 이러한 양상은 논쟁의 와중에서 빚어질 수 있는 부분적이고 삽화적인 것에 불과할 수도 있지만, 종종 부분이 전체를 압축적으로 보여주는

---

11) 「신화 없는 민족」에서 그가 "뿌리 없는 문화, 그것은 플랑크톤의 문화다. 대중 속에 침투되지 못하는 그리고 생활 근거와 결합되지 못하는 또한 민족의 혈육 가운데 섞여서 동화되지 못하는 문화는 장식으로서의 문화, 모방으로서의 문화다. 따라서 이 같은 불연속적인 문화는 필연적으로 전통의 혈맥을 그 질서의 하천을 이루지 못한 채 그대로 일말의 구름처럼 흐르다 소멸하고 마는 것이다"(이어령, 앞의 책, p.29)라고 썼을 때, 민족의 혈육과 나란히 놓여 있는 전통의 혈맥 같은 단어가 그 대표적인 예이다.

경우도 있다. 게다가 전통이라는 개념의 이상화된 논리와 실제의 쓰임 사이의 격차에서 벌어진 일이라면 그 자체만으로도 간단한 것은 아니다. 잘 알려져 있는 바와 같이 이어령은 당대 문단의 주류들을 정면으로 비판하고 나섬으로써 일약 언론의 총아가 된 신세대의 대표적인 비평가였다. 자기 시대의 지적 빈곤을 향해, 그런 사태를 초래한 앞 세대에 대해 그가 휘둘렀던 칼날 같은 언사들을 보면, 말의 내용보다는 오히려 말의 형식 자체가, 선정적인 논리구성과 문체 자체가 훨씬 더 많은 말을 하고 있는 것으로 보인다. 조연현이나 김우종과의 논전에 임했던 그의 문장은 비판이나 비난이 아니라 비아냥에 가깝다. "끝없이 되풀이하는 그 희극엔 이제 정말 염증을 느꼈다. 웃을 만한 힘도 사실 없다. 그런데도 지금 한국의 문단에는 기상천외의 曲藝가 한창이다. 詩人 小說家 評論家 (…중략…) 거창한 렛텔을 붙인 마리오네트의 군상들이 제목도 없는 희극을 연출하느라고 좌충우돌 야단들이다"[12]라고 시작되는 문장을 보자. 이런 문체는 자기 시대의 빈곤을 바라보는 절망감이나 그로부터 벗어나야 한다는 생각의 절박함의 산물일 것이다. 그러나 이런 식으로 씌어진 그의 초기 문장들이 많은 논리적 결함이나 잘못된 근거들을 지니고 있는 것[13]도 당연할 것이다. 물

---

12) 이어령, 앞의 책, p.46. 이 대목은 조연현의 전통론을 비판했던 「토인과 생맥주」라는 글의 첫 문장거니와 생맥주가 살아있다고 착각한 토인으로 조연현을 비유한 글 전체가 이런 논조를 취하고 있고, 또 이 사안과 관련하여 김우종의 글을 비판한 「바람과 구름의 대화」도 마찬가지 양상이다.

13) 사소한 사실의 오류는 접어두더라도 「주어 없는 비극」이나 「신화 없는 민족」에서 구사되는 그의 논리 자체가 단편적인 사실에 의한 추론이나 근거 없는 단정의 오류에 입각해 있다. "우리에게는 신화가 없다"라는 근거 없는 단정에서 시작하여, 지금의 현실을 절실하게 깨닫고 신화를 창조하기 위해 함께 노력한다면 "우리에게도 저 밝은 올림푸스 산이 있고 諸神들의 낭랑한 웃음소리가 있는 신화의 세계가 열려지는 것이다"라고 맺어지는 「신화 없는 민족」의 전체적인 논리구성 자체가 단정과 비약이다. "결투정신의 결여가 바로 저 李朝의 은둔사상이나 또는 비굴한 黨爭史를 유발한 원인이라고 보아도 좋을 것"이라고, 또 포로 석방 과정에서 남과 북을 모두 거부하고 인도를 선택한 포로들도 그런 정신의 후예라고 말하는 「주어 없는 비극」의 대목들도, 가치판단에 대한 논란은 미뤄두더라도 사실 판단 자체에 오류가 있다. 이런 대목들은 논리의 세목을 따지기 이전에 단정과 연역으로 이루어진 문체의 문제일 것이다.

론 논쟁적인 글을 쓰면서 오류를 범할 가능성은 누구에게나 열려 있다. 그러니 문제는 모종의 주장이나 비판이 1950년대의 이어령에게는 저와 같이 단호한 어조와 단정적 논리로 구사될 수 있었다는 사실이다.

　당시의 문단을 두고 이어령은 희극적인 인형극이라고, 마치 자신은 그바깥에 있는 것처럼 말했지만, 그 비밀스런 사실이 폭로되는 순간 그 자신도 그 희극적인 세계의 일부가 되어버린다. 유보 없는 단정의 문체가 글쓰는 손의 주인을 그렇게 만드는 것이다. 그럼에도 그 자신은 화전민이고아무런 전통도 없는 민족의 우울한 후예라고, 나아가 문단의 우상들을 척결하자고 외칠 수 있었던 것은, 빈곤한 시대의 한 20대의 청년이 지니고있는 조급성이나 미숙성의 발현이었을 것이다. 이런 점에서 1950년대의이어령은 그 자체가 시대적 빈곤과 미숙성의 한 표지이거니와, 또한 이와같은 미숙성은 전통논의의 구도 자체가 지니고 있는 속성이라고 해야 할지도 모르겠다. 전통이란 모더니티라는 타자를 상정함으로써만 발견되는것이다. 1950년대 한국의 경우 타자로 상정되었던 것은 서구와 일본이었으며, 서구는 상징적 타자로, 일본은 상상적 타자로 등장하곤 했다. 따라서 여기에는 자연스럽게 선망이나 경쟁의식이 동반되고, 비정상적인 민족적 열등감이나 자기 비하·조급함·과도한 자부심 등이 기형적인 형태로노출되곤 했다. 말하자면 청년 이어령도 그 중 하나였다고 할 수 있을 것이다.

　시대의 빈곤과 관련하여 또 하나 흥미롭게 다가오는 것은 노벨상과 관련된 백철의 주장에서 비롯된 일련의 논리들이다. 1962년, 『사상계』 문예증간호14)에 실린 권두 평론에서 백철은 한국문학의 세계 진출 방안에 대해 논했다. 가와바타 야스나리를 비롯한 일본 작가 세 명이 그해 노벨 문학상의 후보로 추천된 데 자극을 받아, 현재의 한국문학도 불가능하지 않

---

14) 월간지 『사상계』는 1961년부터 3년에 걸쳐 매년 11월 별권으로, 전체가 문학작품으로 이루어진 문예특별증간호를 간행했다.

다는 것, 개발도상국에서 경제개발을 위한 몇 개년 계획을 세우는 것처럼 문학예술 분야에서도 국가주도로 "5개년의 문학생산의 계획"을 세워서 창작 진흥에 박차를 가하자고, 결코 농담이 아니라 진지하게 하는 말이라고 썼다. 구체적 방안인즉, 지금 당장 세계수준의 작품을 생산하기는 어려우니, 한국적 취향이 물씬 풍기는 일종의 토산품을 만들어 세계 시장에 수출해 보자는 것이었고, "土産品의 材料로 현대적인 거북선을 만들고 전통적인 것의 돛을 올려서 우리 現代文學은 세계문학의 航路로 들어설 차비를 해야겠다"15)라는 문장으로 끝을 맺었다.

이런 백철의 주장에 대해, 40대의 비평가 정태용와 재일 비평가 장일우는 대뜸 사대주의적이고 주체성 없는 태도라고 비판했다.16) 백철의 발상도 문제가 있지만, 이에 대해 사대주의적이라거나 주체성 없음이라고 비판하는 것도 논리적인 것은 아니다. 논리적인 비판이라면 어떠해야 하는가. 백철이 노벨상과 소설 수출문제를 제기했을 때, 그 바탕에서 문제가 되고 있었던 것은 경제가 아니라 신생 독립국으로서의 한국의 문화적 정체성과 자긍심이었다. 그것은 경제적 재화로 전화될 수 없는 것, 등가 교환을 전제로 하는 경제나 산업의 용어로는 번역 불가능한 것이다. 자긍심은 시장에서 값을 매길 수 없는 것, 등가 교환에 의해서가 아니라 일방적 증여나 약탈 같은, 교환의 잉여의 세계에 속하는 것이기 때문이다. 백철의 주장에 대한 논리적 비판이라면 자긍심의 언어를 시장의 언어로 번역해버린 것의 오류에 관한 것이어야 했을 것이나, 정태용과 장일우의 비판은 논

---

15) 백철, 「세계문학과 한국문학」, 『사상계』 1962년 11월 문예특별증간특대호, 41면.

16) 정태용은 「한국적인 것과 문학-백, 유 양씨의 소론에 대하여」(『현대문학』, 1963. 2), 「전통과 주체적 정신-세대의식 없이 옳은 전통은 없다」(『현대문학』, 1963. 8) 첫번째 글에서 정태용은, 백철은 희대의 노벨상 기술자로, 이어령은 사대주의 선전원으로, 유종호는 가짜 한국인으로 지칭했다. 구체적인 비판에서는, 백철과 이어령은 야유와 조롱을 했지만, 유종호에 대해서는 논리적으로 대응했다. 또 장일우는 「한국적인 것과 전통적인 것」(『자유문학』 1963. 6)에서 백철, 유종호와 함께 정태용의 첫 글을 비판했다. 백철에 대해서는 야유했고, 유종호와 정태용에 대해서는 논리적으로 비판했다.

리 대신 신사대주의나 주체성 없음 같은 이념적인 용어를 선택했다. 말하자면 자긍심을 산업적 마인드의 세계로 팔아넘긴 것에 대해, 상처받은 자긍심의 영역에 속하는 언어로 되갚음을 했던 셈이다.

백철에 의해 야기된 이러한 논란은 지금의 관점에서 보자면 일종의 해프닝이라 하겠으나, 백철을 비판했던 정태용과 이 둘을 아울러 비판했던 장일우의 경우를 함께 어울려 놓으면 전통논의 자체가 지니고 핵심적인 속성이 드러난다. 정태용이 두 편의 글을 통해 백철과 유종호·이어령 등을 비판했을 때, 백철과 이어령은 비난에 가까웠고, 유종호에 대해서는 비교적 논리적으로 대응했다. 상대적으로 유종호의 글이 논리적 격을 갖춘 것이었기 때문이다. 이들에 대한 정태용의 비판의 핵심은 그들의 주장에 민족적 주체성이 없다는 점에 있다. 그렇다면 그가 강조하는 주체성이란 무엇인가. 그의 두 번째 글에서

> 그러므로 白氏와 趙芝勳氏(「傳統의 現代的 意義」新世代 63년 3월호 所載)가 傳統으로 돌아가 民族的 主體를 確立해야 한다고 말했을 때, 그들은 이 事實을 거꾸로 생각했으며, 傳統의 現代性 創造性이 어떻게 가능한가를 깨닫지 못했던 것이다. 傳統이 單純한 모방과 踏襲이 아니라 現代的 創造的으로 계승되자면, 무엇보다도 그것을 계승하는 사람들이 앞 世代나 앞 時代와는 다른 自己 世代에 充實하고 그 主體的 精神을 確立했을 때에만 可能한 것이다. (240쪽)

라고 했던 대목에서 그 단서를 찾아볼 수 있다. 전통에 의거함으로써 주체가 형성되는 것이 아니라, 주체가 먼저 있고 전통이 그에 입각해 만들어지는 것이라는 주장에서 그 핵심을 찾아볼 수 있다. 요컨대 과거와 현재의 대립 관계 속에서 우이를 잡고 있는 것은 현재라는 것이다. 그래서 전통은 단순한 과거가 아니라 자기 시대와 밀접하게 관련을 맺는 것이며, 그 같은 시대적 요청과 사명을 자각하는 것이 그의 용어법에 따르자면 '세대의식'

이라는 논리이다 : "이 時代의 民族史的 課業을 完遂할 수 있는 올바른 世代精神의 主體化야말로 傳統은 勿論, 外來文化까지도 올바르게 批判, 選擇하고 계승, 移植할 基礎的인 터전을 마련하는 것이 되는 것이다."(p.245)

그럼에도 여전히 주체성이 무엇인지는 공백으로 남는다. 전통보다 중요한 것은 주체성이며, 그것은 민족의 시대적 사명을 깨닫는 것에서 온다는 진술만이 있을 뿐이어서, 그 시대적 사명은 어디서 오는가에 대해서는 주체성을 가지고 있는 사람만이 알 수 있다는 식의 순환논리와 동어반복만이 존재할 뿐이다. 그러나 이것은 당연한 일이다. 주체성이라는 말은 전통이라는 말과 마찬가지로, 그 자체로는 의미를 확정할 수 없는, 단지 구체적인 실천을 통해서만 의미를 생산할 수 있는 말이기 때문이다. 그렇다면 민족적 사명을 자각하고 주체성을 구현했던 실천의 예는 무엇인가. 두 글에서 다양한 예를 들었으나 그 중에 가장 현저하여 눈에 띄는 것은 그가 "軍事革命의 主體勢力"이라 지칭한 5·16쿠데타의 주역들의 예다. 정태용은 이들을 가리켜 "그들은 스스로 이 民族의 歷史的 主體를 確立시키고 實踐해 보고자 하는 그 意慾만으로서도 國民의 支持를 받을만한 充分한 資格이 있다"(p.199)고 했다. 정태용의 이런 논리는 어렵지 않게, 한국적 특수성을 부정하는 논리에 대해 "우리 民族史의 主體者도 되지 못하는 위인이 마치 世界史의 主體者나 된 것처럼 헛된 걱정을 끙끙거리고 앉았는 主體喪失의 文學人 知識人을 우리는 없애버려야 하겠기 때문이다"(p.203)라는 논리로 이어진다. 또한 두 번째 글에서는 "革命政府"가 "民主主義의 移植을 위한 두 가지 政策을 썼다"는 것, 그 하나가 "民主主義를 培養시킬 수 있는 土質改良으로서의 經濟五個年計劃과 人間改造"(p.242)라고 했다. 다른 하나는 법률을 개정하는 것이니 그럴 수 있다 치더라도, 인간 개조가 민주주의를 토착화하는 즉 주체화하는 논리라면, 그것은 민주주의의 목을 조르는 일에 다름 아니다. 게다가 그런 방식으로 사유되는 주체성이 전통의 핵심을 이루고 있는 것이라면, 그것은 전통을 자의적으로 전유함으로써 그 자체를 형해화하는 것에 다름 아닌 것이다.

재일 평론가 장일우가, 백철과 유종호를 비판했던 장태용의 논리에 대부분 공감을 표했음에도 불구하고 주체성에 관한 정태용의 논리 자체는 인정할 수 없다고 했던 것은 그의 주장이 지니고 있는 바로 이런 측면 때문이었다. 주체성이 있어야 전통을 의미 있게 만들 수 있다는 논리는 과거와 현재와 미래의 관계에서 현재를 특권화하는 것인데, 그렇게 되면 "인간 개조"로까지 이어지는 현재의 전횡과 독재를 어떻게 방어할 수 있을 것인가. 그리고 현재의 독재란 주체성의 독재에 다름 아닐 터인데, 그 독재를 어떻게 방어할 수 있을 것인가. 이와 같은 문제 앞에 정태용은 무방비 상태였고 장일우는 그런 논리적 허점에 대해 지적했던 것이다. 이런 점에서 보자면, 백철을 비판했던 정태용의 논리도 결국은 전통에 관한 논의가 도달할 수밖에 없는 한계 지점에 봉착하게 되었던 것이라 해야 할 것이다. 전통이라는 개념 자체가, 채워지기를 기다리고 있는 텅 빈 공백으로 존재하는 개념이고, 또한 주체적 수용에 관한 정태용의 논리에서 드러나듯이 순환논리와 동어반복에 의해서만 존재하게 되는 기의 없는 기표, 곧 주인 기표이기 때문이다. 4·19와 5·16의 일대 격변이 이어지는 현장에서, 정태용은 그 공백을 주체성이라는 또 하나의 공백으로 덮어 가리고자 했지만, 그것 또한 이어령이나 백철의 경우와 마찬가지로 그 가난했던 시대가 지니고 있는 미숙성과 조급함의 체현 이상일 수 없었음을 우리로 하여금 다시 한 번 확인하게 하는 것이다.

3. 전통과 민족의식-장일우 · 조윤제 · 조동일

전통에 대한 논의는 그 시발점에서부터 민족이라는 개념과 결부되어 있

었다. 전통이라는 말 자체가 지니고 있는 어감에 이미, 역사적이라거나 한
국적인 것 혹은 민족적인 것의 의미가 함축되어 있기도 하다. 그래서 전통
에 관한 담론은 그 출발점에서부터, 문학작품에 관한 보편적인 비평 기준
이라는 엘리어트적인 전통 개념에 입각해 있으면서도, 자주 한국의 고유
한 미감의 특성에 관한 논의나 한국적 고전의 계승에 관한 논의들로 논점
이 확장되곤 했다. 이러한 점은 논의의 시발점이 1950년대라는 점을 감안
한다면 일견 당연해 보이지만, 사정이 그리 간단치는 않다. 민족의식과 관
련하여 20세기 후반의 한국이 지니고 있는 상황의 특성 때문이다. 여기에
대해서는 정태용을 비판했던 장일우의 논리를 살펴봄으로써 좀 더 심도
있게 논의해 볼 수 있을 것이다.

　정태용의 주체성 논의에 대해 장일우는, 민족적 전통을 객관적 실체로
제시함으로써 정태용의 주체성 개념이 지니고 있는 자의성이라는 함정을
피해나가고자 했다. 장일우가 보기에 정태용의 논리는 "傳統을 歷史的 時
間性에서 옳게 이해하면서도 어느새 歷史觀察의 相對主義에 떨어지고 歷史
的 時間의 持續性을 무시하여 버렸다"는 점에서 문제가 있다.[17] "「오늘」
의 有用性에서만 본다면 傳統은 各時代別로 斷切되어 버리며 歷史는 하나
의 몇 개 斷層의 物理學的 축적에 지나지 않을 것"이기 때문이다. 전통도
민족적 주체성도 자의성의 함정에 빠트려 버리는 것이 정태용의 논리인
셈이다. 장일우가 정태용을 비판하는 핵심적인 대목은 다음과 같다.

> 　이리하여 오늘 韓國에서는 過去의 것 낡은 것이 모조리 傳統으로 되었고
> 또 그들은 「時代의 歷史的 任務를 自覺하였다」고 말하고 있는 것이다. 自由
> 黨도 民主黨도 「時代의 歷史的 任務」를 自覺했다고 말했으며 또 鄭氏의 말
> 대로 오늘 軍事革命의 主體勢力도 『時代의 歷史的 任務』를 自覺했다고 말
> 하고 「主體를 確立」했다고 말한다.

---

17) 장일우, 앞의 글, p.247.

> 그러나 유감스럽게도 鄭氏는 傳統의 相對的 價値－時代的 價値는 알았으
> 나 그 보편적 價値는 알 수 없었으며 심지어 그는 歷史의 기만과 위조를 식
> 별하지 못하였다. 그는 現象은 보고 本質을 보지 못하였으며 局部는 보고
> 全體는 보지 못하고 있으며, 虛像을 보고 眞像이라고 말하고 있는 것이다.
> 지금 대체 어떤 세력이 『民族의 歷史的 主體를 確立시키고 實踐해 보고자』
> 하고 있으며 그것이 國民의 支持를 받을만 하단 말인가?(pp.247~278)

이러한 장일우의 비판은 전통이나 민족을 자의적으로 전유하는 것을 겨
냥하고 있다. 그리고 그 이면에는 해방 이후 1960년대로 이어지는 한국의
현실에 대한 문제의식이 존재하고 있다. 예를 들어 장일우는 말이 아니라
실천이 문제이고, 그 실천이라는 것도, "그 實踐의 내용이 보편성을 가지
고 있는가, 즉 오늘에 있어서 전국민적 意義와 전민족적 意義를 가졌는가
의 여부에 따라서 그 가치는 판단될 것이다"(p.248)라고 덧붙였는데, 여기
에서 그가 구분하여 사용하고 있는 국민과 민족이라는 말이 무엇을 뜻하
는지는 어렵지 않게 이해할 수 있다. 일본에 거주하고 있는 장일우의 눈에
는 일민족 이국가 체제라는 분단의 현실이 무엇보다 심각한 것으로 다가
오고 있는 것이다. 말하자면 전통일 수 있기 위해 갖추어야 할 덕목으로서
장일우가 내세웠던 보편성은 두 개의 국가 너머에 존재하는 민족의 개념
으로 구체화되는 것이다.

이런 점은 당시의 정황을 염두에 둔다면 의미 있는 지적이라 할 수 있
겠다. 해방 이후 시작되고 한국전쟁으로 격화된 남북 간의 적대 속에서,
신생 독립국이 지녀야 할 민족과 국가의 결합이 와해되어버렸던 것이 당
시의 현실이었기 때문이다. 근대 국가의 성립이 자본주의와 민족과 국가
의 상보적인 결합 속에서 이루어진다고 한다면,[18] 여기에서 또한 주목되

---

18) 이런 발상에는 가라타니 고진의 다음과 같은 논리가 참조될 만하다 : "근대 국가는 자본
　제＝네이션＝스테이트라 불려야 한다. 이것들은 상호 보완하고 보강하게 되어 있다. 경제
　적 자유가 계급적 대립으로 귀결될 때, 네이션의 상호부조적 감정이 이를 해소하고, 국가
　가 부를 규제하여 재분배하는 방식. 네이션은 비자본제적 생산에 기반을 갖고 있다. 국가

어야 하는 것은 하나의 공동체가 지니고 있는 에너지를 두고 세 요소 사이에서 벌어지는 상호 견제의 관계일 것이다. 예를 들어, 이 삼각형 속에서 민족은, 자본주의의 동력을 통제하고 또한 국가의 성립에 정당성의 근거를 제공함으로써 현실적 권력 행사의 방향에 개입한다. 자본주의나 국가가 시선의 주체가 되는 경우에도 이와 같은 진술이 가능하다. 이런 관점에서 볼 때 식민지 한국의 경우는, 국가 형성의 가능성은 철저하게 차단되었고 자본주의의 정상적인 발전은 가로막혔으며, 따라서 하나의 공동체가 지니고 있는 정신적 에너지의 대부분이 출구 없는 상태의 민족에 투여되고 있었던 상태라 하겠다. 민족은 이 삼각형의 중심으로서 자본과 국가의 절대 우위에 있었던 셈이다. 그러나 해방 이후는 남북 적대라는 현실적 상황으로 인해 이 관계가 역전된다. 두 개의 국가가 들어섬으로써 남북 공히 국가가 민족을 대신해 삼각형의 정점에 오르고, 이제는 국가가 민족이라는 집단적 정체성을 재정의 하기에 이른다. 일제 강점기에 고도로 충전되었던 민족적 파토스는 두 개의 국가에 의해 분열된 채로 체제의 정당성을 위해 징발되기에 이른 것이다. 남한의 경우, 이승만 정권의 이데올로기적 슬로건이었던 일민주의가 그 상징적인 예일 것이며,[19] 다른 신생 독립국들에 비해 국가 기구가 과도하게 비대해져갔던 양상[20]도 민족과 국가의

는 다른 국가에 대해 주권자로 존재한다." 송태욱 역, 『트랜스크리틱』, 한길사, 2005, pp.45~46.

19) 남쪽 정부가 내세우고자 했던 민주주의라는 기치는 북쪽이 내세웠던 인민민주주의나 남로당의 국제민주주의라는 슬로건과 차별화될 수 없었고, 그래서 안호상이나 이범석·양우정 등의 남쪽 정권의 이데올로그들은 민주주의 앞에 한국적이나 민족적이라는 관형어를 붙임으로써 스스로를 차별화했고, 더 나아가, 핏줄을 공유한 민족의 동일성과 통일성이라는, 단군이나 화랑도의 신화와 전통이 강조되는 새로운 형태의 이데올로기로서 일민주의를 제창하기에 이르렀다. 서중석, 「이승만 정권 초기의 일민주의와 파시즘」, 『1950년대 남북한의 선택과 굴절』(역사문제연구소 편), 역사비평사, 1998.

20) 일제 치하에서부터 '초과대성장 국가기구'를 유지하고 있던 한국은 이런 양상이 미군정과 분단국가 수립 이후에도 지속되었고, 한국전쟁 이후에는 팽창한 군사력으로 인해 국가 기구의 규모는 더욱 대규모로 늘어났다. 손호철, 『현대한국정치—이론과 역사 1945~2003』, 사회평론, 2003, pp.143~144.

역전된 역관계를 보여주는 상징적인 예라 하겠다.

국가가 민족의식을 장악하고 있는 상황[21] 속에서 민족적 전통이라는 항목은 국가가 민족의 파토스를 인출할 수 있는 가장 손쉬운 방법이었다. 물론 이것은 단지 한국의 경우뿐 아니라 국가의 새로운 정체성을 필요로 하는 신생 독립국 일반의 경우에 해당되는 것이라 해야 할 것이다. 그러나 한국은 특수한 국제 정치적 환경으로 인해, 정치적 의미에서의 민족주의, 즉 제국주의의 세력에 맞서 자국의 정치경제적 종속 상태로부터 벗어나고자 하는 정치적 지향성 대신에, 복고적인 형태로서의 전통의 사용이 좀 더 현저한 양상을 보였다.[22] 전통은 지배이데올로기에 의해 간택됨으로써 말하자면 어용 전통이 되어버린 셈인데, 그렇다고 하여 전통에 관한 사회적 현상들이나 담론들이 완전히 현실 정치에 종속되었던 것은 아니었으며,[23] 담론의 세계 속에서는 오히려 장일우의 경우와 같이 오히려 대항이데올로기로 작용하기도 했다. 하나의 가치를 두고 이처럼 지배이데올로기와 대항이데올로기가 대립하는 경우는, 앞에서 지적한 대로 1950년대의 민주주의나, 또한 1960년대의 민족주의가 그랬듯이 그다지 드물지는 않았던 일이다. 그래서 이런 항목들에는 언제나 '진정한'이나 '올바른' 같은 관형어들이 동반된다. 진정한 민족주의라거나 진정한 민족문학, 진정한 전통 같은 것들이 그 예이다. 그러나 사태를 거꾸로 보면, 지배와 대항 이데올로

---

21) 민족주의의 병리적 양상을 다섯가지로 지적하면서 현실정치의 도구가 된 민족주의의 병폐를 비판했던 1953년의 김성식이 겨냥하고 있었던 것도 이러한 정치적 상황으로 보인다. 김성식, 「병든 민족주의」, 『사상계』, 1953. 4.

22) 정부 수립 직후부터 단기가 사용되었고, 1949년 공포된 국경일에 관한 법률에 의해 가장 먼저 공인된 국경일이 개천절이었다. 광교에서 열린 서울시민 연날리기 대회(1956년), 성균관에서 과거시험을 재현하여 대통령이 시제를 내는 백일장(1957), 제1회 전국 활쏘기 대회(1958), 이 시기 지방별로 성행했던 시조대회 등이 집중적으로 행해졌던 것도 참고해 두자. 김경일, 『한국의 근대와 근대성』, 백산서당, 2003, 2~6장 참조

23) 김경일은, 30년만에 완간된 우리말 큰사전의 발간(1957), 국사편찬위원회의 조선왕조실록 간행(1955~56), 진단학회의 한국사(7권) 출간(1959), 국악원 부설 국악양성소 설치(1955) 등의 예를 들어, 이런 움직임은 식민지 시기 이래로 한국 문화를 지켜온 현장 학자나 예술가들의 움직임을 국가가 수용한 경우라고 지적하고 있다. 위의 책, p.205.

기 사이에서 복수의 개념 내용을 지니게 되는 명사들은 그 자체로 의미가
채워지기를 기다리는 장소로 기능하게 되며, 그 장소를 두고 경합하는 술
어들에 의해 그 자체가 이데올로기적 효과를 지니게 된다. 민족이나 전통
같은 단어들이 자명한 것으로 전제됨으로써 그에 대한 근본적 비판의 가
능성이 들어설 여지가 없어져 버린다는 것이다. 195, 60년대의 전통도 말
하자면 그런 용어 중의 하나였던 셈이다.

　장일우도 정태용도 계승해야 할 것으로서의 전통을 단순한 복고와 분리
함으로써(물론 이것은 이 두 사람뿐 아니라 전통논의에 참여했던 거의 모든 사람들
에게도 해당된다), 전통의 정치적 사용과는 거리를 두었다. 정태용은 여기에
주체성을 덧붙임으로써 전통 개념을 탄력적으로 만들었지만, 이것은 또한
장일우의 지적처럼 상대주의의 덫에 빠져 버린다. 누구나 전통을 만들어
낼 수 있다면, 어떤 집단도 자기의 현재적 유용성이나 관심에 따라 자의적
으로 전통을 전유하게 될 것이고, 이런 사태는 장일우나 정태용이 전통을
강조함으로써 지키고자 했던 민족의식을 오히려 훼손하게 되는 것이 아닌
가. 그래서 장일우는 복수로 존재하는 정태용 식의 전통 개념에 민족적이
라는 관형어를 덧붙임으로써 상대주의의 덫으로부터 거리를 유지하고자
했다. 다음과 같은 대목이 그 예일 것이다.

　　이와 같이 自己의 指導理念과 有用가치에 의하여 文學史는 과거에도 그
　러하거니와 오늘에 있어서도 「傳統」을 중심으로 줄기찬 對立과 對話가 벌
　어지고 있는 것이다. 그러면 이것으로서 우리는 傳統의 보편성을 부인할 수
　있겠는가? 아니다. 민족적 傳統이 있는 것이다. 민족적 전통은 時代的 斷層
　과 時代的 連續의 統一이며 自己時代의 가장 진실한 반영을 통하여 영원에
　접하는 것이고 또 그 속에 전 민족적 의의를 가지는 모멘트들이 있는 것이
　다. 그것은 표현 양식에도 발련[현]되어 있고 그것은 發想法에도 있으며 그
　것은 내용에도 있는 것이다. 만일 시조 쟝르는(크게 표현 양식이) 민족적 의
　의를 가지고 尹善道에도 접수되었으며, 金天澤에게도 접수되었고, 가람에게

도 복무하였고 그 밖에 누구에게나 무차별하게 복무하고 있으며, 그리고 그것이 이 나라 詩文學에 긍정적으로 작용하고 발전시킬 수 있다면(있는 것이다) 그것은 오늘의 民族的 傳統인 것이다.

　또 素月의 詩 속에는 과거 이 나라 사람들의 生活감정 속에 고유하고 있는 민족적 정서와 愛國心이 있는 것이다. 그러기 때문에 오늘의 한국문학의 전통은 이나라 사람들의 가슴에 고유하고 있는 념원과 기대, 사상과 감정을 이 나라 문학의 민족적 형식들을 통하여 새롭게, 또 리얼하게 재현하는 그것이다.

　이것은 傳統的이며 동시에 민족적인 것이다.(pp.248~249)

　그럼에도 여전히 문제는 남는다. 전통 앞에 민족적이라는 관형어를 붙임으로써 지향점 없이 떠도는 전통을 묶어는 놓았으나, 이제는 민족이라는 항목이 문제가 된다. 물론 민족이라는 일반적 개념이라면 문제 될 것이 없다. 오랜 시간 같은 동일한 집단의식을 가지고 공동생활을 영위해온 사람들의 집합체라고 하면 그만이다. 그러나 구체적으로 구사되는 민족적이라는 관형어를 규정하는 것은 쉬운 일이 아니다. 게다가 거기에 전통이나 문학 같은 말이 덧붙여지면 규정하기가 더욱 힘들어진다. 위에서 장일우가 민족적 전통에 대해 제시한 대답을 간추려 보면, 자기 시대를 진실하게 반영한 민족적 의의를 지니는 것 정도가 되지만, 진실한 반영이 특정 민족에게만 해당되는 것일 수는 없으니, 사실상 핵심은 "민족적 의의를 가지는 모멘트들이 있는 것"이 된다. 결국 장일우는 민족적 전통이 무엇인가에 대해 민족적 의의를 지닌 것이라고 대답을 하는 형국인 것이다. 이와 같은 동어반복은, '민족적'이라는 항목 자체가 정의를 위해 필요한 상위 개념과 종차를 논할 수 없는 것이므로 그 자체로 필연적인 결과이다. 현실적으로 가능한 대답이라면 구체적인 현상들 속으로 들어가서 결의론(casuistry)적으로, 곧 어떤 것이 왜 민족적 의의를 지니고 있는가를 낱낱이 논함으로써 해결책을 제시하는 방식 이외에는 있기 어렵다. 그가 이 글에서 논한 것처럼, 왜 소월의 시가 민족적 전통을 이어받은 애국적인 것인지, 그와 반대로 김기림의 문학은 왜 무주체적인 것인지를 밝히는 방식으로 논리를 세우는 것이 유일한 가능성인 것이다.

그렇다면 민족적 전통이라는 것을 일반적인 차원에서 논하는 것은 불가능하다는 것인가. 위의 장일우의 경우를 보면 시조의 예를 들어 논한 것처럼 민족정신 같은 추상적 실체를 가정하는 방식의 논의가 있을 수 있다. 헤겔의 시대정신처럼, 다양한 방식의 현상 형태를 통해 포착될 수 있는 그 어떤 객관적 관념을 찾아내는 것이 곧 그것이다. 그러나 이것을 위해서라면 구체적인 대상 속으로 들어가야 하며, 그 방법이란 궁극적으로는 역사의 전과정을 관통하는 어떤 추상적 실체를 밝혀내야 하는 것, 곧 역사 기술의 형태를 취하는 것이 될 수밖에 없다. 이런 문제의식이 구체적인 업적으로 드러나는 것은 1960년대를 거쳐 1970년대에 들어선 이후의 일이며, 이른바 식민사관의 극복이라는 과제를 수행하고자 했던 역사학자들에 의해 특히 조선후기의 역사를 실증적으로 탐색하는 일에 의해서야 비로소 도달할 수 있는 것이었다.[24) 장일우의 글이 지니고 있는 논리구성도 연속성에 대한 갈망이라는 점에서는 이들과 동일한 문제의식에 입각해 있다. 중요한 것은 전통과 근대를 연결하는 선을 찾는 것이며 이를 통해 일제 강점기에 의해 단절되어 버린 연속성을 회복하는 것이다. 그래서 그의 글은 압축적인 형태로나마 한국문학사 전체에 대한 기술을 포함하고 있으며, 이를 통해 한국문학의 역사 전체를 관류하는 어떤 실체를 구성해내고자 하고 있는 것이다.

물론 그 실체를 민족의식이나 민족정신 같은 추상적인 용어 대신에 곧

---

24) 1970년대 초 단행본으로 나온 김용섭, 『조선후기농업사연구1』 ; 강만길, 『조선후기 상업자본의 발달』; 송찬식, 『이조후기 수공업에 관한 연구』 등이 대표적인 예로 평가된다(방기중, 「196, 70년대 '내재적 발전론'과 한국사학」, 『한국사인식과 역사이론』, 지식산업사, 1997, p.139). 근대문학의 출발점을 18세기까지 끌어올리고자 했던 김윤식·김현의 『한국문학사』도 그 연장에 있다.

바로 지칭해버리는 방식도 있을 수 있다. 당시 대가 급의 국문학자였던 조윤제의 경우를 예시할 수 있겠다. 그의 논리는 같은 세대의 국어학자 이희승과의 사이에서 벌어졌던 짧은 논쟁에서 그 단초를 엿볼 수 있거니와, 한국 문화의 미적 특질을 두고 이루어졌던 이른바 '멋'에 대한 논쟁이 그것이다.[25) 이희승이 짧은 수필에서 한국적 미의 특징을 지칭하는 말로 '멋'을 들 수 있다고, 구체적으로는 '흥청거림'과 '필요 이상'이라는 요소를 지니고 있다는 점에서 서양이나 중국, 일본 등의 미감과 구분된다고 했다. 뒤이어 젊은 국문학자 정병욱이 '데포르마씨욘'으로서의 '멋'을 들어 외래적 요소를 주체적으로 변용시켜온 국문학적 전통의 방법적 특징으로 규정했다. 이들의 논의가 있은 후, 조윤제는 이희승의 글에서 구사된 멋의 개념에 대해 정색하고 비판을 했다. 멋이라는 말의 사용만 있을 뿐 그 자체의 개념이 없다는 것, 그리고 멋이라는 것은 한국에만 있는 것이 아니므로 논리가 성립될 수 없다는 것이 그 요지였다. 논리적인 비판이지만 짧은 수필에서 쓴 글에 대해 이렇게 정색하고 비판을 하는 것은 예사롭지가 않다. 물론 이유가 없을 수 없다. 이희승의 글이 실린 것은 조윤제가 그 동안의 학문적 결실로서 『국문학사』(1949)에 이어, 『국문학개설』(1955)을 낸 직후의 일이거니와, 여기에서 그가 국문학의 미적 특질로 이미 세 가지 요소('은근과 끈기' '애처럼과 가냘픔' '두어라와 노세')를 지적해 놓았기 때문이었다. 이에 대해 이희승은 한살 어린 한해 선배[26) 조윤제에게 정중하게 예를 갖춰, 자신을 비판했던 논리는 조윤제의 은근과 끈기 등의 개념에도 그대로 적용된다고, 또 멋이라는 개념이 어떻게 다른 나라의 경우와 구분되는지를 세세히 밝혔고, 논의는 그것으로 마무리된다.

이들이 논의의 대상으로 삼았던 '은근과 끈기'의 정신이나 '멋'의 미

---

25) 이희승, 「멋」, 『현대문학』, 1956. 3 ; 정병욱, 「우리 문학의 전통과 인습」, 『사상계』, 1958. 10 ; 조윤제, 「'멋'이라는 말」, 『자유문학』, 1958. 11 ; 이희승, 「다시 '멋'이라는 말에 대하여」, 『자유문학』, 1959. 2~3 등이 여기에 해당된다.
26) 조윤제는 1924년 경성제대 문과 1기생으로 들어갔고, 이희승은 한해 후배였다.

학27)은 한국 문화에 대한 담론으로 폭넓게 회자되었거니와, 그럼에도 이러한 논의는 전통에 대해 논쟁을 벌이던 당시의 젊은 비평가들에게는 복고적이라는 이유로 도외시되었다.28) 일제에 의해 끊겨진 역사적 연속성을 이어야 한다고 생각하는 사람들에게, 현대적 가치를 지니지 못하는 실체는 과거의 유산일 수는 있어도 민족적 전통이라는 이름에 값하는 것일 수는 없었던 탓이다. 하지만 그런 정도는 조윤제 자신도 이미 인정하고 있는 것이기도 했다. 그는 국문학사에 대한 개괄적인 서술에서 3·1운동 이후의 현대문학은 이미 한국적인 고유성을 잃었으며, 세계문학이라는 보편적인 범주로 자리를 옮겼다고 했다.29) 그리고 "사실상 문학에 동양의 문학이 있고 서양의 문학이 있다는 것이 우스운 일이다"(p.322)라고 덧붙였는데, 이런 조윤제의 시선은 20세기 문학만이 아니라, 향가의 시대 때부터 이어져온 "悠久 千餘年의 國文學"의 흐름 자체를 바라보고 있는 사람의 시선일 것이다. 그러니 그 시선이 당대의 관점에서 과거를 바라보고 있는 원근법과 같을 수는 없으며, 따라서 당시의 전통에 대한 논의에 있어서도, 새로운 전통의 창조를 위해서는 현대인의 교양과 아울러 민족적 교양이 필요하고, 국어에 대한 연구와 고전에 대한 이해가 있어야 한다는 당위적 진술 정도가 그의 몫이었다.30) 국문학자인 그에게 전통은 조선시대의 문학을 끝으로 이미 완결되고 완성된 질서였기 때문이었다.

그러나 현대의 살아 있는 정신 속에서 전통을 이어야 한다고 생각했던 사람들은 이런 정도의 논리에서 끝날 수는 없었다. "우리 民族文學의 現代

---

27) '멋'에 대한 논의는 조윤제가 위 글에서 밝혀놓은 것처럼 이희승만의 것이 아니라, 이미 1930년대부터 최재서, 이여성 등에 의해 논의되었던 적이 있고, 1955년 6월 6일『조선일보』좌담회(「우리문화의 장래」)에서는 역사학자 이병도가 평소의 지론이었던 풍류적인 맛과 멋에 대해 논했다. 또 김윤식이 밝혀놓은 것처럼 신석초의 「멋說」(『문장』, 1941. 3) 등이 1960년대 조지훈의 「멋의 연구」(1964)로 이어지기도 했다. 김윤식, 『한국 근대문학 사상 연구』 1, 일지사, 1984, 1~3장 참조.
28) 최일수, 「우리문학의 현대적 방향」, 『자유문학』, 1956. 12 같은 경우가 대표적인 예다.
29) 조윤제, 『국문학개설』, 탐구당, 1984, pp.322~325.
30) 조윤제, 「현대문학의 전통론」, 『자유문학』, 1958. 5.

的 方向에 가장 요구되는 問題는 西歐의 現代文學의 비판적인 攝取와 傳統
의 올바른 繼承을 통한 主體性의 확립"[31]이라고 생각했던 최일수의 경우
를 대표적인 예로 들 수 있겠다. 그의 논리는 다음 두 가지 점에서 특징적
이다. 첫째, 현대적 상황에 맞는 것을 선택하여 적극적으로 전통을 계승해
야 한다는 점에서는 여타의 계승론자들과 맥을 같이 하면서도, 그 구체적
인 예로 향가 같은 고대의 문학보다는『춘향전』같은 조선후기의 평민문
학의 정신을 들었다는 점이다. 지배층에 저항했던 "인간평등의 정신"과
한문학과 대비되는 의미에서의 "우리문학의 독자성"을 고수한 작품만이
진정한 의미의 전통정신을 보유한 것이라 할 수 있을 터인데, 비록 구비문
학의 형태이지만『춘향전』등의 평민문학이 전통정신에 가장 가깝다는 논
리였다(pp.184~185). 둘째, 진정한 전통정신을 잇는 것만이 당대의 가장 중
요한 문제인 "민족통일"이라는 과제에 부응할 수 있다고 했던 것도 최일
수만의 독특한 주장인데, 이는 반공이라는 기치가 정치권과 사회의 지배
이데올로기로 자리 잡고 있던 1950년대의 현실에 비추어보면 의미 있는
지적이라 할 수 있겠다. 그의 이런 주장이 평단의 별다른 호응을 얻지 못
했다는 사실도 당시의 시대적 정황을 짐작케 하는데, 평민문학에서 전통
계승을 가능성을 찾아야 한다는 점에 대해 좀 더 설득력 있는 근거를 제
시할 수 없었다는 점에서 그의 논리가 한계를 지니고 있었다는 점도 지적
해 둘 수 있겠다. 그의 논리가 이런 한계를 넘어 좀 더 풍부한 실증적 근
거를 가지고 재등장하는 것은 그로부터 10년 후 조동일에 의해서였다.

전통논의에 대해 1965년 조동일이 제출한 논리[32]는 기왕의 다양한 문
제제기에 대한 결정판이라 할 만하다. 기존의 전통논의가 지니고 있던 문
제점을 네 가지로 지적하고[33] 이를 바탕으로 새롭게 건설해야 할, "민족

---

31) 최일수, 「우리문학의 현대적 방향」,『자유문학』, 1956. 12.
32) 조동일, 「전통의 퇴화와 계승의 방향」,『창작과 비평』, 1966. 7.
33) 신두원이 간추린 요약은 다음과 같다. 1) 전통이란 그 속에 포함되어 있는 보편적 측면과
　　특수한 측면의 통일적 결합으로 작용하는데, 이 점을 기존의 전통론은 이해하지 못했다.

적 근대문학의 직접적인 원천"을 두 가지로 지적한다 : "하나는 일제하에
서도 재창조를 계속해 왔으며 아직도 중요한 잠재적인 전통으로 작용하고
있는 중세평민문학의 전통이고 또 하나는 식민지적 근대문학의 일부이기
는 하지만 민족적 입장을 견지하고 항거를 계속해온 민족적 근대문학의
싹이다."(pp.377~378) 조동일의 이와 같은 주장은 전후 비평의 두 핵심으
로 등장했던 전통론과 참여론을 종합한 결과라 할 수 있다. 계승해야 할
전통이 있느냐는 질문에 대해 최일수와 마찬가지로 중세평민문학을 들었
고, 근대문학의 올바른 방향성을 민족적 현실에 대한 적극적인 참여와 개
입에서 찾았다는 점에서 그러하다. 조동일의 이 같은 논리적 바탕 위에서,
"전통의 퇴화"를 초래한 식민지적 근대작가를 두 부류로 지적한다. 첫째
는 문학의 현실 연관성을 외면한 순수 문학자들이고, 둘째는 서구문학에
무분별하게 경사되었던 식민지적 인텔리 문학자들이다. 첫째 부류는 안락
한 지주의 생활에 바탕한 것으로 이미 중세평민문학에 의해 부정적으로
계승된 중세귀족문학을 이어받은, 말하자면 역사의 방향성을 잃은 문학이
라는 점에서 한계가 있고, 또 그들이 옹립하고자 한 고전이라는 것도 복고
적이고 반역사적인 것에 불과한 것이 된다. 둘째 부류는 1950년대의 실존
주의 문학론자들로서, 그들의 논리는 궁극적으로는 민족적 현실로부터의
도피에 다름 아니며, "남의 병을 수입해다 앓는" 것에 불과하다는 것이다.
여기에 세 번째로 통속 문학을 하나 추가하여 이것 역시 전통의 계승과는
무관하며 오히려 천박하고 비사회적인 측면만을 드러냄으로써 참다운 민
족문학의 수립에 역행하는 것이라 비판한다. 그렇다면 전통계승의 방향은
어떠해야 하는가. 이에 대한 대답도 명쾌하다. 세 가지 방향과 한 가지 부

---

2) 문학의 전통은 사회의 발전에 따라서 형성 변모되고 동시에 사회의 발전에 기여한다는
관계에 대한 정확한 이해가 없었다. 3) 전통은 긍정적 계승과 부정적 계승이라는 양면을
통해서 역사적으로나 현실적으로나 종합적 의미의 계승이 가능하다는 점에 대한 이해가
결핍되었다. 4)전통은 미래로의 역사성인데, 이것이 현재로의 역사성과 주관적인 역사성
두 면의 종합으로 이루어진다는 점을 정확하게 이해하지 못했다. 신두원, 앞의 글, p.272.

록이 있다. 식민지적 잔재를 청산할 것, 반봉건적 잔재를 극복할 것, 새로운 문학창조의 담당층으로 민중에 주목할 것이 그 대답이다. 여기에 민족적 전통을 보존하고 발굴하기 위한 운동이 필요하다는 요청을 부록으로 달아 두었다.

이와 같은 조동일의 논리는 결국 민중적 민족 문학 수립이라는 결론으로 정리될 수 있거니와, 그것이 "문학사의 기본적인 발전과정"(p.377)이라고 서술된다. 부분적으로는 논란의 여지가 없는 것은 아니되, 조동일의 논리는 전체적인 일관성을 지니고 있다. 게다가 그의 배후에는 '역사의 발전 법칙'이라는 거대한 후원자가 자리 잡고 있다. 역사는 이렇게 발전해 왔으며 앞으로도 그렇게 발전할 것이라는 생각이 그것이다. 그뿐 아니라 그가 부록처럼 달아둔 민족적 전통의 보존과 발굴 운동에 관한 한 그는 실제 연구 작업을 통해서 실천적으로 참여했고 현저한 성과를 거두기도 했다. 조선후기의 평민문학에 주목했던 이러한 조동일의 관심과 업적은, 4·19 세대의 연구자들에 의해 실천적으로 가시화된 식민사관의 극복이라는 문제의식과 나란히 놓여 있으며, 학문적 연찬을 통해 조선후기 사회가 지니고 있었던 근대적 잠재력을 발굴해내고자 했던 노력과 동일한 지평에 있다. 또한 여기에서 그가 강조하고 있는 새로운 주체로서의 민중은 1970년대에 들어서 가시화되고 1980년대에 전성기에 이르는 민중 사관을 선취하고 있는 것이기도 했다. 요컨대 전통에 관한 조동일의 논리는 그 시대의 당위적 요청이 도달할 수 있는 최대치에 이르렀다고 해도 좋을 것이다.

그렇다면 그로부터 40년이 지난 시점에서 조동일의 논리를 돌아보면 어떨까. 그의 논의 속에서는 전통론이 지니고 있는, 역사 기술이라는 틀과 문학의 윤리가 충돌하고 있는 지점들이 간취된다. 그것은 문학의 자리와 기능에 대한 성찰이 개입되는 대목이기도 하다.

이와 관련하여 먼저 지적되어야 할 것은, 민족적 전통의 계승을 주창하는 그의 발상이 진화론적 관념론의 산물이라는 점이다. "문학사의 기본적인 발전과정"에 대해 논하는 그의 사유는 역사적 진보라는 개념을 주춧돌로 삼고 있으며, 여기에서 진보란 진화론적으로 이해된 시간 개념 위에서 생겨난 것이다. 그의 전통계승론은 중단 없이 이어지는 시간의 등질적인 흐름을 전제하고 있으며, 그 속에서 민족적 전통의 단절은 그 개념 자체가 존재할 수가 없는 어떤 것이다. 그 비슷한 것이 있다면 단절이 아니라 퇴화일 뿐이며,[34] 그가 창안한 부정적 계승(이는 헤겔의 지양 개념을 상기시킨다)이라는 개념도 동일한 맥락에서 이해된다. 설혹 중단되어 있는 것처럼 보이는 경우가 있지만(일제시대 이후의 중세 평민문학처럼) 언제고 다시 소생할 수 있으므로 이것 역시 중단은 아닌 것이다. 이와 같은 전통계승론의 시간관을 놓고, 중단 없는 연속성을 전제하고 있다는 점에서 지금 우리는 진화론적 관념이라고 지적하고 있는 셈인데, 그러나 그것이 왜 문제라는 것인가.

역사 속에서 연속성을 포착해내고자 하는 이와 같은 시선은, 역사 기술의 주체가 된 사람의 시선, 즉 역사 속에서의 승자와 지배자의 시선이다.[35] 진화론의 시선이 전형적인 예일 것이다. 진화의 시간적 사슬을 하나의 전체로 조망할 수 있는 시선의 주인공은 그 사슬의 최종지점에 서 있는 존재, 진화의 사슬의 잠정적인 완성자이자 그 사슬의 체계 속에서 최정점에 서 있는 존재일 수밖에 없다. 그와 같은 위치에 있는 시선에 의해서만 시간은 '면면히 이어오는 유구한 역사'와 같은 방식으로, 하나의 단절 없는 신체로서 드러날 수 있으며, 지나간 시간 속에서 사라져간 패자들을 굽어보는 이러한 시선은 그 소유자를 역사의 궁극적 승자로 만드는 것이다. 역사를 바라보는 조동일의 시선이 이처럼 승자의 시선에 입각해 있음은 다음과 같은 구절에서 전형적으로 드러난다.

---

34) "그리고 그들이 지적하는 단절이란(그것은 단절이 아니고 퇴화이다) 객관적 사실이라기보다는 주관적인 의식의 노출이었다"와 같은 대목에서 드러난다. p.359.

35) 진보의 개념과 승자의 시선을 연결시킨 것은 벤야민의 발상이며, 이에 대해서는 Zizek, 앞의 책, p.246.

(…전략…) 또한 그들은 처음부터 늘 서구문학 중에서도 근대사회를 건
설하던 시기의 건실한 문학에는 관심이 적고 사회의 다른 변모와 함께 퇴
폐적이고 자학적이고, 갈길을 잃었으며 문학 그 자체까지 위기로 몰아넣은
시기의 서구문학만 도입하려 함으로써 스스로 몰락하는 편에 가담했다.(이
점은 중세평민문학을 버리고 귀족문학과의 관련만 가진 이미 분석한 경향
과 유사한 일면이 있다.) 이러한 태도와 작품경향은 전통에 대한 전면적 거
부에서부터 출발했기 때문에 전통의 철저한 퇴화를 위해서 봉사했을 뿐만
아니라 외래문학의 영향이 민족적 전통의 일부로서 건실하게 성장하도록
하는 역할도 하지 못했다."(p.374)

이 인용문은 실존주의 문학론자들에 대해 비판하고 있는 대목의 한 구
절로, 조동일은 이들을 "스스로 몰락하는 편에 가담했다"고 비판했다. 서
구문학에 대한 경사가 옳으냐 그르냐의 차원을 떠나서, 왜 하필 몰락하는
편에 가담했느냐고 비판하는 그의 논리는, 승리하는 편에 서야 한다는, 곧
승리자의 관점에서 사태를 파악하고 실천해야 한다는 생각에 입각해 있
다. 그런데 왜 이런 생각이 문제가 되는가. 여기에서의 핵심 사안이 문학
적 전통의 문제이기 때문이다. 곧 다른 어떤 것이 아닌 문학의 문제이기
때문이다. 우리는 조동일의 위의 논리에 대해 이렇게 반문할 수 있다. 승
자의 편에 서는 것이 문제라면 문학은 대체 무슨 쓸모가 있을 것인가. 몰
락하는 편에 서지 말라는 것은 처세의 윤리일 수는 있으되, 문학의 윤리일
수는 없지 않은가. 역사가 승자의 기록이라면, 문학의 패자의 기록이어야
하는 것이 아닌가. 패배자와 몰락자의 편에 서서, 공식 역사 속에서 침묵
하고 있는 사람들에게 발언권을 주는 것이야말로 문학을 가치 있는 것으
로 만드는 것이 아닌가. 물론 이런 지적에 대해, 지엽적인 표현을 가지고
지나치게 문제를 삼는 것이 아니냐는 반론도 있을 수 있겠다. 그러나 이것
이 단지 부분적인 표현의 문제만이 아닌 것은, 문학과 역사를 바라보는 그
의 시선이 위에서 지적한 것처럼, 역사적 연속성을 바라보는 시선, 곧 승

자의 시선에 입각해 있기 때문이다.

이와 관련하여 또 하나 지적되어야 하는 점은 그의 기술이 관료의 시선에 입각해 있다는 점이다. 그에게 민족문학은 발전시켜야 할 대상이었고, 전통도 마찬가지로 재창조되어야 할 대상이었다. 이것은 일제에 의해 중단되어 버린 시간적 연속성을 회복시키고자 하는 뜻에서 비롯된 것으로서, 현안 자체는 시대적 요청이었고 그 자체로 문제가 있는 것도 아니다. 하지만 문제는 그가 제시한 해결 방안이 자국의 발전과 이해관계를 지상의 목표로 삼는 관료의 관점에서 제시되고 있다는 점이다. 개별자로서의 개인이 있고 보편자로서의 인류가 있다면 그 중간에는 특수자로서의 민족(nation)이 있고, 개별자와 보편자는 특수자의 매개를 통해서만 교섭할 수 있다는 관점, 그래서 매개로서의 특수성(민족)이 중요하다는 관점이 곧 그것이다. 이런 관점에 의하면 자기 민족의 이익이라는 덕목은 다른 어떤 것보다 우선하며, 이를 극단화하면 자국의 이익을 수호하기 위해서는 개인적인 차원이나 보편적인 차원의 어떤 것도 희생해야 한다는, 건실하고 희생적인(그래서 목적합리적일 수는 있지만 결코 보편적이거나 윤리적일 수는 없는) 관료의 시선이 생겨난다.

김소월이나 이상화의 시, 그리고 이광수나 김동인의 초기문학 정도만을 제외한다면 한국의 근대문학은 식민지적 기형성을 지니고 있으므로 모두 인정할 수 없다는 식으로 일괄처리 해버린 조동일의 기술 방식[36]이 이런 시선의 존재를 보여주는 대표적인 예이다. 이와 같은 가치평가는 개별자의 내면과 진실을 고려하지 않고 기계적으로 일을 처리하는, 원칙에 충실하지만 그래서 경우에 따라서는 매우 오만하고 고압적으로 드러나는 관료

---

36) 1966년 10월 『문학』지에는 유종호와 조동일의 대담이 실려 있다. 여기에서 유종호도 조동일의 이런 시각에 대해, "일괄적인 처리보다는 개개 상황에 있어서의 역사적 기능을 간과해서는 안되다고 생각합니다. (…중략…) 이인직 이후의 모든 근대 작가들은 각자 독특한 역사적 기능을 수행했을 터이며 그 개별성은 각각 좀 더 그때의 현장에 밀착시켜서 설명되어야 할 것입니다"(pp.295~296)라고 했다.

적 시선의 한 전형을 보여준다. 단호함은 종종 미덕일 수도 있지만 폭력은 어떤 경우에도 미덕이기 어렵다. 그리고 다른 어떤 것이 아닌 문학이 가치 있는 것일 수 있다면, 표면에 드러나지 않은 개별적인 진실을 드러낼 수 있는 장치이면서 또한 폭력의 반대편에, 패자와 피억압자의 편에 서는 것이기 때문이다. 또한, 민족과 문학과 전통의 결합체가 옹호되어야 할 가치일 수 있다면, 그것은 전통이나 민족이 중요해서가 아니라 보편적 가치의 체현체로서의 문학이 중요하기 때문이다. 그것은 관료의 시선을 갖는 것이나 승자의 편에 서는 것(역사든 현실이든)과는 정반대의 모럴에 입각해 있다.[37]

1965년의 조동일이 보여주는 이런 한계는 기본적으로 그가 문학과 전통을 민족담론이라는 틀 내부에서 사유했다는 점 때문이라고 해야 하겠다. 이것은 1950년대의 이어령의 경우가 그랬듯이 그 자신만이 아니라 그의 시대가 함께 짐 져야 할 몫이었다고 하는 것이 또한 온당한 판단일 것이다. 조동일 앞에 놓여 있던 현안은 문학과 전통의 문제였지만, 그것을 현안으로 만들어낸 좀 더 큰 힘으로서, 새롭게 민족국가의 정체성을 만들어내고자 했던 한 신생 독립국의 정신적 에너지가 그 배후에 존재하고 있었기 때문이다. 문학적 전통이 민족의식이라는 틀 밖을 벗어나지 않는 한, 그것의 가치에 대한 근본적 성찰은 어려워지고 인식자의 시선이 쉽게 뚫을 수 없는 자명성의 갑주가 생겨난다. 식민사관을 극복하고자 했던 그 시대정신의 강력한 인력이 존재하고 있는데, 그 누구에게라도 민족의 울타리 바깥으로 시선을 공중 부양하는 일이 쉽지는 않았을 것이다. 그래서 전

---

37) 조동일은 문학적 전통의 새로운 주체로 민중을 제시했다. 민중이란 지배자나 관료의 반대편에 있는, 역사나 현실의 피억압자이거나 패배자(미래의 승자일 수는 있지만)이며 또 그럴 때에만 문학의 내적 주체로서 의미 있을 수 있다. 하지만 조동일의 민중은 패자가 아니라 역사의 발전 법칙에 의해 승리하기로 예정되어 있는 존재들이고, 그런 점에서 이들은 문학에 의해 발언권이 주어져야 하는 침묵 속의 존재들이라기보다는 지배자와 관료의 시선에 의해 관념적으로 조형된 존재에 가깝다.

통에 대한 조동일의 논리는 그 자신의 한계와 동시에 1960년대의 정신 일 반이 지니고 있는 어떤 한계 지점을 함께 보여준다고 해야 할 것이다.

4. 근대의 발명품으로서의 전통-유종호

전통논의 속에서 유종호는 이어령과 함께 전통 단절론자의 대표적인 인 물이었다.[38] 유종호가 이어령과 구분되는 점이 있다면, 전통의 단절을 주 장했던 어조에 있다. 때에 따라서는 내용보다는 어조 자체가 많은 말을 하 기도 한다. 이어령은 선정적인 논리로 전통의 부재를 소리 높이 외쳤고 그 런 현실에 대해 비판을 가했다면, 유종호는 상대적으로 사실을 논해보자 는 식으로 차분하게 논리를 만들었다. 이런 식이다. 근대 이전에도 문학이 있었던 것은 사실이다, 그러나 현대의 작가 시인들이 그런 문학의 영향을 받아 글을 쓴다고 생각하는 것이 무리가 아니냐, 전통이 단순히 과거의 것 이 아니라 현재의 모범으로 존재하는 것이라면, 한국의 현대문학사에서 그런 의미의 전통은 단절된 것으로 보아야 하지 않겠느냐, 최소한 이인직 이나 이광수 이전과 이후는 매우 큰 간극이 있는 것이라고 보아야 하지 않으냐는 것이 그의 주장의 요지였다.

이런 주장은 정태용이나 장일우처럼 전통의 주체적 계승을 주장했던 사 람들의 직접적 비판의 대상이 되었다. 1962년 유종호가 프랑스적인 전통 이나 일본적인 전통에 대비하여 한국적 전통의 부재에 대해 언급했을 때,[39] 장일우는 그런 판단이 무지의 소산이라고 비판했다. 김소월의 시의

---

38) 1950년대에 쓴 문장에서도 현대문학과 그 이전의 문학 사이에는 넘을 수 없는 단절이 있 다는 의견을 밝혔고, 또 1962년에 있었던 '한국시 50년'이라는 제목의 『사상계』의 토론 회에 전통의 단절을 주장하는 발제문을 기고하고 그런 입장에서 토론에 임했다.

39) 유종호, 「한국적이라는 것」, 『사상계』 문예증간호, 1962. 11.

정서에 대해 유종호는 전통적인 것이 아니라 기질적인 것이라고 했고, 장일우는 그와 반대로 민요형식을 창신한 결과라는 점에서 전통적인 것이라고 반박했다. 장일우는 여기에서 한 발 더 나아가 유종호가 프랑스적인 전통으로 들었던 대화정신이라는 것을, 조선시대의 성리학을 둘러싼 논쟁 속에서 발견할 수 있다고 했고, 조선시대 소설 문학에 있던 요소가 신소설에도 이어지고 있음을 지적함으로써 전통의 실재성을 주장했다. 이처럼, 전통이 있느냐는 질문에 대한 가장 효과적인 반박은 전통이 존재하고 있다는 사실을 구체적으로 보여주는 것이다. 이런 점에서 장일우의 유종호 비판은 어느 정도는 적실했다. 1962년의 유종호의 관점에 대한 좀 더 신랄한 비판은, 1970년대에 접어든 이후 그 동안의 학문적 온축을 통해 족출한 한국 고전문학 연구의 업적들일 것이다.

그런데 당시의 유종호는 물론이고 장일우조차도, 논리의 차원에서는 익히 알고 있으면서도 실제 논의에서는 간과하고 있었던 것이 있다. 전통은 존재하는 것이 아니라 만들어지는 것이라는 사실이다. 한국의 전통을 논할 때 유종호 앞에 놓여 있었던 것은, 프랑스로 대표되는 서구문학과 바야흐로 세계적으로 인정을 받고 있던 일본문학이었다. 이들은 비단 유종호뿐 아니라 전통의 보편적 속성을 논했던 많은 사람들의 생각 속에 타자로서 자리 잡고 있다. 서구문학은 우리가 도달해야 하는 이상적 상태라는 점에서 상징적 타자에 해당하고, 일본문학은 앞서 가고 있는 부러운 경쟁자의 위치를 차지하고 있다는 점에서 상상적 타자이다. 유종호는 가와바타 야스나리의 소설을 두고, 『설국』의 영역자의 말을 빌려 그의 상상력이 "「모노노 아와레」니 「와비」니 하는 일본 특유의 서정의 전통"(p.276)을 가지고 있다고 했고, 그런 문학적 요소라야 전통일 수 있다고 했다. 그러나 그는 '모노노 아와레'의 원천인 『겐지모노가타리[原氏物語]』나 '와비'의 원천인 하이카이[俳諧]들도 또한 '사비(이희승이 한국의 멋과 대조되는 의미로 지적했던)'의 원천인 바쇼(芭蕉)의 단가들도 모두 근대에 들어 새롭게 고전으로 등재된 것이라는 점40)을 간과하고 있었다. 이른바 일본적인 미감이라는 것도 본디부터 존재했던 것이 아니라 근대에 들어 서양에서 들어온 문학 장르의 개념에 의해(혹은 서구인의 시선을 통해) 발견된 것이라는 점, 곧 전통이란 근대의 발명품이라는 사실을 미처 떠올리지 못하고 있었던 셈이다.41)

이런 뜻에서, 전통론 속에서 시종일관 논의의 핵심을 이루었던 전통의 부재나 빈곤이란 사실은 그것을 발견해낼 수 있는 근대적 시선의 부재이자 근대 자체의 빈곤이었다고 할 수 있다. 이런 사실을 좀 더 분명하게 확인하게 되는 것은, 한국 고전문학에 대한 다양한 연구가 본격적으로 축적되기 시작한 1970년대 이후의 일이다. 실체로서의 전통이 확실한 근거를 지니고 눈앞에 드러나기 위해서는 다른 무엇보다도 모더니티의 성숙이 필요했던 셈이다. 과거는 전통이라는 이름과 무관하게 지나간 시간 속에 잠들어 있을 뿐이고, 그것을 발견해줄 시선의 소유자를 만날 때 전통이라는 이름으로 되살아난다. 서정주의 시집 『신라초』로 인해 야기된 신라 정신에 대한 논란42)이나 시조 부흥에 대한 논란43)의 경우도 마찬가지다. 영원

---

40) 하루오 시나레·스즈키 토미 편, 왕숙영 역, 『창조된 고전』, 소명출판, 2002, p.444.

41) 근대에 행해진 전통의 발명의 양상은 홉스봄의 책에 현저하다. Hobsbawm, 박지향·장문석 역, 『만들어진 전통』, 휴머니스트, 2004.

42) 문학의 현실참여를 주장했던 젊은 비평가들은 대개 서정주에 대해 비판적이었다. 신라정신의 영원성은 현실도피에 불과할 뿐이라고 비판했던 이철범의 경우가 대표적이다. 비교적 호의를 보였던 30대의 평론가 문덕수도 서정주의 신라 회귀에 대해 영원성만이 아니라, 향가에서 엿볼 수 있는 신라의 현실성에도 주목했었어야 한다고 지적했다. 반면 김윤식은 서정주의 시도가 향가로의 회귀가 아니라 『삼국유사』를 끌어낸 것이며, 그것은 역사의 예술화라는 척도로 바라보아야 마땅한 수준에 놓여 있다고 문덕수를 반박하기도 했다. 이철범, 「신라정신과 한국전통론 비판」, 『자유문학』, 1959. 8, 문덕수, 「신라정신에 있어서의 영원성과 현실성」, 『현대문학』, 1963. 4 ; 김윤식, 「역사의 예술화」, 『현대문학』, 1963. 10.

43) 이 시기 시조 부흥에 대한 논란은 이태극과 정병욱 사이에서 벌어진 논의가 대표적이다. 정병욱은 서정시로서의 시조의 수명은 다 했으니 누구나 즐길 수 있는 제2예술 정도의 위치로 물러나야 한다고 했고, 이태극은 정완영이나 이호우 등의 예를 들어 아직도 서정시로서 살아 있는 장르일 수 있다고 했다. 정병욱, 「시조부흥론 비판-현대시로의 발전은 가능한가」, 『신태양』, 1956. 6 ; 이태극, 「시조는 현대시로서 살고 있다-신조문단의 확립

한 신라 정신 같은 것이 있느냐, 혹은 시조가 부활시킬 만한 가치가 있느냐 하는 문제에 대답할 수 있는 것은, 서정주의 시가 이룬 성취에 있는 것이고, 정완영이나 이호우 같은 현대적인 시조 작가의 서정적 수준에 있는 것이지, 신라나 시조에 있는 것은 아니다. 이와 마찬가지로 조선의 평민문학의 전통도 보존회나 전수회에 의해 계승되는 것이라기보다는, 김지하에 의해 풍자시 「오적」이 만들어지고, 1970~80년대 대학가에서 정치적 풍자극으로 마당극이 연출될 때 비로소 살아 있는 것일 수 있다. 전통은 과거에서 현재로 이어지는 어떤 불변의 신체를 가지고 있는 것이 아니라, 현재의 계기 속에서만 불꽃처럼 타올랐다가 또다시 과거의 한 부분으로 돌아가는, 하나의 효과나 현상으로 존재하는 것이겠기 때문이다.

1970년대 이후 한국의 전통과 고전이 확고한 것으로 자리 잡으면서 전통에 대한 논의는 사라져간다. 전통론을 추동해온 중요한 힘이었던 문학 속의 민족의식은 민족문학론이라는 또 다른 현안을 향해 옮겨갔고, 전통을 발굴해내는 작업이 의미 있는 것이 되었기 때문이다. 전통이 구체적인 형태를 가지고 물질화되는 순간 전통은 주인기표의 지위를 상실하고, 새로이 등장한 민족문학에게 주인기표의 자리를 양여한다. 유종호는 뜨거웠던 전통논의의 와중에서 한국문학의 전통의 발현을 위해서는 좀 더 기다려야 한다고 했고, 또 '우리의 눈'을 강조하는 조동일에 대해서는 '또 다른 시점'의 중요성을 강조했다.44) 민족적 현실이 뜨거운 문제였던 시기였으므로 이런 의견이 쉽게 받아들여지기는 어려웠겠지만, 전통의 발명에 관한 한 그 정도가 현실적이고 균형 잡힌 판단이었을 것이다. 민족이나 주체와 마찬가지로, 전통이란 다수의 타자가 결합함으로써 만들어지는 것, 그래서 어떤 실체로서가 아니라 현재의 타자와 맞서는 순간 발생하는 하나의 효과로서만 존재할 수 있는 것이기 때문이다.

을 바라며 정병욱 씨의 <시조부흥론비판>에 답함」, 『신태양』, 1956. 8.
44) 유종호, 앞의 글, p.277 및 유종호·조동일 대담, 『문학』, 1966. 10, p.305.

참고문헌

1. 기본 자료

김기석, 「민족문화와 그 이상」, 『협동』, 1953. 4.

김동욱, 『국문학 개설』, 민중서관, 1962.

김사엽, 「웃음과 해학의 본질−국문학의 특질 규명을 위하여」, 『사조』, 1958. 9.

김상일, 「고전의 전통과 현대」, 『현대문학』, 1959. 2.

김순남, 「문학의 주체적 반성−한 한국문학도의 변」, 『한양』, 1962. 4.

＿＿＿, 「주체적 입장에서 본 전통 문제−본국문단에 붙이는 말」, 『현대문학』, 1964. 1.

김양수, 「민족문학 확립의 과제−20세기적 관점에서의 방법론」, 『현대문학』, 1957. 12.

＿＿＿, 「생명제일주의의 문학−보유 민족문학확립의 과제」, 『현대문학』, 1958. 4.

김용권, 「전통−그 정의를 위하여」, 『지성』, 1958. 6.

김우종, 「전통계승론의 맹점−고전 자체의 모방성은 어찌하는가」, 『한국일보』, 1957. 6. 14.

＿＿＿, 「항거없는 성춘향」, 『현대문학』, 1957. 6.

김윤식, 「역사의 예술화−신라정신이란 괴물을 폭로한다」, 『현대문학』, 1963. 10.

김종문, 「T.S 엘리어트의 전통정신」, 『문학예술』, 1957. 6.

문덕수 「신라정신에 있어서의 영원성과 현실성−우리 문학의 사상적 통일」, 『현대문학』,
　　　　1963. 4.

＿＿＿, 「전통과 현실」, 『현대문학』, 1959. 4.

＿＿＿, 「폭력과 유혈의 극복」, 『현대문학』, 1965. 4.

박종화 「민족문학의 기본 자태」, 『현대문학』, 1958. 2.

박철석 「전통과 반역의 미학−한국적인 위치에 서서 반성해본다」, 『자유문학』, 1961. 6.

백　철, 「고전부활과 현대문학」, 『현대문학』, 1957. 1.

＿＿＿, 「세계문학과 한국문학」, 『사상계』 문예증간호, 1962. 11.

＿＿＿, 「현대문학과 전통의 문제」, 『조선일보』, 1956. 1. 6∼1. 7.

사상계 1962 5월호 토론 「현대시 50년」, 조지훈・박목월・김종길・이어령・유종호.

유종호, 「우리 문학 전통의 확립−가시밭길을 거쳐야 하는 내일에의 길」, 『세계』, 1960. 4.

＿＿＿, 「한국적이라는 것−그것을 어떻게 규정할 것인가」, 『사상계』 문예증간호, 1962. 11.

_____, 「현대시의 50년」, 『사상계』, 1962. 5.

_____, 조동일 좌담 「고전의 전통계승과 현대」, 『문학』, 1966. 10.

윤병로, 「전통문학의 현대화 문제시론」, 『성대 인문과학』, 1973.

_____, 「전통의 문제점」, 『자유문학』, 1959. 3.

이봉래, 「전통의 정체」, 『문학예술』, 1956. 8.

이어령, 『저항의 문학』 증보판, 예문관, 1965(초판, 경지사 1959).

이철범, 「신라정신과 한국전통론비판-서정주씨의 지론에 대한」, 『자유문학』, 1959. 8.

이태극, 「고전문학과 전쟁」, 『자유문학』, 1956. 12.

_____, 「고전문학에 있어서의 전통계승 문제」, 『국어국문학』 34·35호, 1966.

_____, 「시조는 현대시로서 살고 있다-신조문단의 확립을 바라며 정병욱 씨의 <시조 부흥론비판>에 답함」, 『신태양』, 1956. 8.

이희승, 「다시 '멋'이라는 말에 대하여」, 『자유문학』, 1959. 2~3.

_____, 「멋」, 『현대문학』, 1956. 3.

장일우, 「한국적인 것과 전통적인 것」, 『자유문학』, 1963. 6.

전광용, 「유산계승과 창작의 방향」, 『자유문학』, 1956. 12.

정병욱, 「고전과 현대문학의 제과제」, 『자유문학』, 1956. 12.

_____, 「고전의 현대화 논의」, 『사상계』, 1957. 6.

_____, 「시조부흥론 비판-현대시로의 발전은 가능한가」, 『신태양』, 1956. 6.

_____, 「우리 문학의 전통과 인습」, 『사상계』, 1958. 10.

정창범, 「전통의 허약성」, 『현대문학』, 1964. 8.

정태용, 「전통과 주체적 정신-세대의식 없이 옳은 전통은 없다」, 『현대문학』, 1963. 8.

_____, 「한국적인 것과 문학-백·유 양씨의 소론에 대하여」, 『현대문학』, 1963. 2.

조동일, 「전통의 퇴화와 계승의 방향」, 『창작과 비평』, 1966. 7.

조연현, 「민족적 특성과 인류적 보편성-서정주와 김동리의 전통에 대한 태도를 중심으로」, 『문학예술』, 1957. 8.

_____, 「전통과 전통적 요소」, 『국어국문학』 34·35호, 1966.

조윤제, 「'멋'이라는 말」, 『자유문학』, 1958. 11.

_____, 「현대문학의 전통론」, 『자유문학』, 1958. 5.

_____, 『국문학개설』, 동국문화사, 1955.

천이두, 「계승과 극복」, 『월간문학』, 1973. 11.

최일수, 「문학의 세계성과 민족성」, 『현대문학』, 1957. 12~1958. 4.

_____, 「우리문학의 현대적 방향-전통의 올바른 계승을 위하여」, 『자유문학』, 1956. 12.

최일수, 『현실의 문학』, 형설출판사, 1976.

한교석, 「전통과 문학」, 『사상계』, 1955. 7.

_____, 「전통과 영문학」, 『자유문학』, 1056. 12.

_____, 「전통의식과 창작」, 『사상계』, 1955. 8.

홍기삼, 「전통에의 반역」, 『현대문학』, 1965. 2.

2. 단행본 및 논문

김건우, 「1950년대 후반의 문학과 <사상계> 지식인 담론의 관련양상 연구」, 서울대 대학원 박사논문, 2002.

김경일, 『한국의 근대와 근대성』, 백산서당, 2003.

김만수, 「전후비평에서 '전통' 논의의 의미」, 『현대비평과 이론』, 1991년 가을.

김미정, 「195~60년대 공론장에 대한 지식사회학적 연구」, 서울대 석사논문, 2003.

김창원, 「전통논의의 전개와 의의」, 『한국현대시사의 쟁점』(김은전 외), 시와시학사, 1991.

박헌호, 『식민지 근대성과 소설의 양식』, 소명출판, 2004.

방기중, 「196,70년대 '내재적 발전론'과 한국사학」, 『한국사인식과 역사이론』, 지식산업사, 1997.

백승철, 「창조의 보편성과 특수성」, 『문학논쟁집』(임헌영 편), 태극출판사, 1976.

성기조, 『한국문학과 전통논의』, 신원문화사, 1989.

손호철, 『현대 한국정치-이론과 역사 1945~2003』, 사회평론, 2003.

신두원, 「전후 비평에서의 전통논의에 대한 시론」, 『민족문학사연구』 9, 1996.

이세영, 『한국사 연구와 과학성』, 청년사, 1997.

전기철, 「한국 전후 문예비평의 전개양상에 대한 고찰」, 서울대 박사논문, 1992.

하루오, 시나레 · 스즈키 토미 편, 왕숙영 역, 『창조된 고전』, 소명출판, 2002.

한강희, 「1960년대 한국문학비평 연구」, 성균관대 박사논문, 1997.

한수영, 『문학과 현실의 변증법』, 새미, 1997.

_____, 『한국현대 비평의 이념과 성격』, 국학자료원, 2000.

홍성식, 『한국문학논쟁의 쟁점과 인식』, 월인, 2003.

가라타니 고진[柄谷行人], 송태욱 역, 『트랜스크리틱』, 한길사, 2005.

Eliot, T. S, 이창배 역, 『T. S 엘리엇 문학비평』, 동국대 출판부, 1999.

Eliot, T. S, Selected Essays, London : Faber, 1980.

Hobsbawm, E., 박지향 · 장문석 역, 『만들어진 전통』, 휴머니스트, 2004.

Zizek, S., 이수련 역, 『이데올로기라는 숭고한 대상』, 인간사랑, 2002.

1960~70년대 문학비평 담론 속의
'민족(주의)' 이념의 두 양상

전 승 주

1. 민족·민족주의의 양면성-역사적 허구로서의 '민족'

국민적 합의에 따른 정권의 창출이란 면에서 한계를 안고 있던 박정희 정권은 정부 주도의 개발 이른바 '조국근대화'를 위한 국민 동원의 필요성에 따라 강력한 국가주의 이데올로기를 견지해 왔다. 그러한 지배 이데올로기의 중심에 '민족'이념이 존재한다. 국가주의적 민족주의의 대표적 표현이라 할 수 있는 국민교육헌장의 제정(1968), 민족주의와 국가주의를 학교교육제도로 뒷받침하기 위한 국사 과목의 독립 교과 편성(1974), 국민 의식의 통제를 뒷받침하기 위한 주민등록제도의 실시(1962년 '주민등록법' 제정) 등이 그 주요한 제도적 장치라 할 수 있다.

하지만 제국주의적 간섭의 온존과 민족의 분단은 식민지 시대의 뒤를

이어, 민족주의를 반체제운동의 이념으로 존속시켜 왔다. 그 결과 아래로
부터의 저항적 민족주의와 위로부터의 동원된 국가주의가 절묘하게 공존,
민족이념과 국가주의를 함께 강화하는 사태를 빚어왔다. 이러한 상황 속
에서 민족과 국가이념을 둘러싼 본격적 논쟁이 1960~70년대의 '민족문
학론'을 통해 본격적으로 전개된다.

　이 글에서는 먼저 '권력 담론으로서의 민족주의'와 국가주의 이데올로
기가 보수파 문단 진영의 문학 담론 속에서 어떻게 변형, 반영되고 있는지
살펴보고자 한다. 이는 최근의 민족주의 비판 담론들이 당대 권력 담론의
핵심 내용에 대한 정공법적 천착으로 나아가지 못하고 있는 반면, 오히려
박정희식 근대화론으로의 회귀 경향이 거세지고 있는 상황에서 그 필요성
을 절감하게 되는 대목이다.1) 둘째, 지배권력 담론에 대한 대항 담론으로
서의 민족문학론에 대한 재분석과 재평가가 필요하다. 특히 이 시기 근대
화론의 핵심에 대해 어떤 문학적 대응이 이루어지고 있으며 과연 그러한
대항이념은 민족주의 및 국가주의에 내재하는 획일적 한계를 극복하고 있
는지에 대한 연구는 실로 중요한 사항이 아닐 수 없다.

　이제까지의 민족이념을 둘러싼 논의들은 저항 민족주의에 대한 찬양 혹
은 국가주의에 대한 비판 일변도의 연구시각을 보여 온 것이 사실이다.
1960년대에 제출된 내재적 발전론은 문화부문의 연구에 있어서 우리 민
족 독자의 문화적 성취와 그 전통을 발견하는 데 중점을 두게 만들었다.

---

1) 박정희의 경제개발을 '이념적으로 볼 때 5 · 16 산업화 체제는 당시 최고통치 엘리트의 통
치이념이던 일종의 경제민족주의의 표현'으로 바라보거나, 안보 · 자주 · 통일 · 민주화 같
은 민족적 과제를 달성하기 위한 기존전제로서 경제발전, 산업화를 최우선적 과제로 설정
했다는 측면에서 그가 추구했던 민족주의는 일종의 '산업화 민족주의'로 바라보는 입장이
그 대표적인 것들이다. 결국 박정희식의 강압통치는 경제발전을 위해 어쩔 수 없는 것이
었고 정당한 것이었다는 결론을 내리는데, 그 근거로 후발산업국가인 독일과 일본의 예를
들고 이들의 경제민족주의를 5 · 16군사정권에도 적용시키고 있다. 하지만 이는 당대의 현
실을 구체적으로 분석하기보다는 다른 환경 속에서 이루어진 경우를 갖다 맞춰 놓은 것일
뿐이다. 대표적으로, 김세중, 「5 · 16-산업화 민족주의 혁명」, 『박정희시대 연구의 쟁점과
과제』(정성화 편), 선인, 2005, pp.90~96 ; 김일영, 『건국과 부국』, 생각하는나무, 2004.

그 결과 은연중 민족적 동일성의 신화에 기대거나 국수적 민족주의를 강조함으로써 국가주의 이데올로기를 강화하는 결과를 자아내기도 했다. 또 다른 입장에서는 민족이념 자체가 어떠한 민족사적 저항의 논리로 표면화되고 있느냐를 해명하는 데 초점을 맞추어왔다. 그 결과 근대성−민족 해방−민주주의적 변혁−민중 연대성−리얼리즘이라는 도식화된 발전사관을 문학의 내적 발전으로 수렴함으로써, 문학 특유의 내재적인 문제들을 근대성의 진보 논리로 치환하는 폐쇄적인 도식주의의 혐의를 받기도 했다. 즉 저항적 민족문학이 기반하고 있었던 해방적 인간학은 과연 지배 이데올로기로서의 민족주의적 동원 논리의 근원적 한계로부터 얼마나 자유로운가 하는 의문을 갖게 만든 것이다.

민족이념은 추상적으로 존재하지 않고 구체적 역사적 국면과 결합하여 존재하는, 즉 역사적으로 끊임없이 생성·변이하는 이념이다. 1960~70년 대의 민족 혹은 민족주의 이데올로기의 생성과 변모에 대한 고찰도 이러한 인식을 바탕으로 이루어져야 한다. 이러한 고찰은 이념 그 자체로서 얼마나 옳고 타당한 것인가 혹은 부당한 것인가를 묻는 것이 아니라, 어떤 역사 시기에 어떤 방식으로 구성원들에게 내면화되어 어떠한 역사 추진력으로 작용했는가를 묻고자 하는 것이다. 민족이념 및 국가주의 이데올로기가 대다수 민족구성원에게 영향력을 미칠 수 있었던 것은 보수적인 민족주의가 주장하는 혈연(의식)때문이거나, 좌파의 인민통일전선적 민족해방론이 주장하는 인민의 계급적 처지에 대한 자각 때문이 아니라, 이데올로기적 국가기구와 제도적 장치 그리고 살아있는 문화의 양식을 빌어 민족구성원들에게 감수되고 내면화될 수 있었기 때문이다. 따라서 민족이념과 국가주의의 관계, 민족이념이 갖는 양가적 성격을 고려해야만 그것의 역사적 변이태들을 제대로 이해할 수 있다.

이러한 인식이 절실한 것은, 근대화 담론의 연장·확장태로서의 1990 년대 이래의 세계화 담론−그리고 그 한 갈래로서의 동아시아 담론−이,

민족주의와 국가주의를 전면에 내세웠던 1960~70년대의 '근대화 담론'에 대한 아무런 반성적 추찰 없이 제기되고 있는 현실 속에서, 민족문학 담론의 적극적 대응은 나타나고 있지 않기 때문이다.

최근 몇 가지 연구 경향은 이러한 지점에 대한 반성적 성찰의 계기를 제공한다. 하나는 최근 관심과 논쟁의 대상이 되고 있는 포스트 콜로니얼리즘 이론을 수용한 연구로, 식민성의 문제를 새롭게 제기함으로써 민족이념 문제를 다시 부활시키고 있다. 이들 연구는, 단순히 민족이념을 주장하는 것은 시대착오적이라고 주장한다거나 혹은 민족적 모순이 여전히 존재하고 있으므로 민족이념을 새롭게 갱신하고 재건해야 한다는 이분법적인 논의를 벗어나 있다. 포스트 콜로니얼리즘의 시각에서 민족이념의 문제는 어떤 민족이 갖고 있는 고유한 정체성이란 무엇인가를 묻는 질문으로부터 시작된다. 거기에 대한 해답은 민족이념이 중심적 지위를 차지한 시대적, 시기적인 상황에 따른 구체적인 현실에서 찾아야 하며, 이를 위해서는 민족이념 자체가 고정되어 있고 분명한 실체가 있는 어떤 것으로 반드시 한 민족의 역사 속에서 구현되어야 할 불변의 이념적 틀이라고 인식하는 태도를 버리고, 민족이념은 시기에 따라 가변적이며 얼마든지 상황에 따라 역으로 재구성될 수 있는 '움직이는 준거틀'임을 인정해야 한다는 것이다. 이러한 입장에 기반한 연구는 비록 식민성-탈식민성의 준거틀로 다양한 모순들을 환원하는 경향이 있음에도 불구하고, 민족이념의 생성, 변이의 양상과 기능을 한층 역사적, 구체적으로 이해할 수 있는 발판을 제공해준다.

또 하나는 과거의 민족이념이 불가피하게 내포할 수밖에 없었던 부정적 측면, 특히 국가주의로 나아가 현실 정치적 이데올로기로 전화하는 경향에 대한 급진적 비판에 입각한 논의들이다.[2] 이들 논의는 민족이념이 식

---

2) '대중독재'라는 틀로 당대를 바라보는 이 시각은 대중들이 '개발주의적 욕망'을 실현한 것이 박정희 시기의 진실임을 주장한다. 그간 사회운동과 대중들의 일상 속에 침잠되었던

민지적 상황에서의 민족적 저항의 기제로서 작용하였다는 역사적 의의와 더불어 현실정치의 가장 민감한 촉수로 작용하여 제도적이고 획일적인 역사 인식의 매개물로 언제든지 변형되고 왜곡될 수 있다는 혐의 또한 내재되어 있음을 강조하며, 그러한 변형과 왜곡이 국가에 의한 지배 이데올로기로 기능할 수 있음을 경계한다. 민족이념과 국가주의의 관련에 대한 이러한 급진적 비판은, 한편으로는 현 세계에서 현실정치의 기본단위인 국민국가가 지니는 실천적 의의에 대한 아나키즘적 부정이라는 혐의에서 자유로울 수 없음에도 불구하고, 다른 한편으로는 민족이념을 둘러싼 기존의 사유를 넘어서는 새로운 사유로의 접근을 위한 문제의식을 제공해준다.

본 연구는 이러한 최근의 연구 경향이 제공해주는 새로운 계기들을 수용하되, 포스트 콜로니얼리즘적 경향에서 나타나는 환원주의라든가 국가주의 비판 경향에서 나타나는 아나키즘적 부정의 경향을 경계하면서, 1960~70년대 문학비평 담론에 나타난 '민족'이념과 국가주의의 변모양상에 대해 살펴보고자 한다.

2. 민족적 '주체'의 확립을 둘러싼 헤게모니 투쟁

1) 민족(주의) 이념 분화 이전의 논쟁 – '전통론'과 '순수 · 참여론'

1950년대는 민족주의에 대한 논의 자체가 불가능한 시기였다. 미국의 원조경제와 친일파의 득세, 이승만의 '북진통일정책'이 유일한 민족문제

국가주의, 개발주의적 측면을 지적함은 타당하지만, 당시를 체제와 대중들의 일상을 둘러싼 모순에 대한 인식이 부재한 합의독재의시기로 일반화하는 것은 탈역사적인 문제 인식에 그쳐 사회의 변화 가능성이 봉쇄된 역사 해석으로 귀착될 가능성이 크다. 대표적으로 임지현, 『민족주의는 반역이다』, 소나무, 1999.

해결책으로 공언화되는 상황에서는 민족주의를 언급하는 것 자체가 곧 용
공으로 인식되었기 때문이다. 가장 정론적인 종합지였던 『사상계』에도 50
년대에는 겨우 1년에 한 편 정도의 민족주의에 관한 글이 실렸을 뿐이며
그나마도 반 이상의 논의가 아시아, 아프리카의 민족주의를 논하는 글이
었다. 민족주의 논의는 4·19를 겪고서야 어느 정도 가능했지만, 해방 이
후 1960년대까지 민족주의는 주로 지배담론으로서의 위치에 서 있었다.
1970년대 유신체제 성립 이후 민족주의는 '한국적 민족주의'라는 구호에
서 나타나듯, 민주주의의 보편적 요구를 민족의 특수성이라는 이름으로
억누르는, 독재권력의 통치를 노골적으로 합리화하는 도구로 사용되었다.

　1960~70년대 권력 담론으로서의 민족주의와 국가주의의 실질적 내용
은 근대화 담론이었다. 박정희가 제시한 '조국근대화'는 경제적 자립, 공
업화를 의미하는 것으로 자유주의 경제질서와 반(反)공산주의, 대기업 주
도의 경제발전, 서구적인 자본주의 발전을 그 내용으로 하고 있다. 이 발
전주의의 논리는 제3세계 후발자본주의 국가의 지도자들이 일반적으로 견
지한 민족주의의 담화를 사용했지만, 그것은 정치적 동원을 위한 수사에
불과했다. 왜냐하면 발전이념으로서 민족주의는 식민지 경제 질서의 청산
과 경제적 자립을 일차적으로 내걸어야 할 것이나, 박정희 정권이 표방한
'조국근대화'의 구호는 한·일국교정상화 과정에서 드러났듯이 민족주의
와는 거리가 있는 것이었기 때문이다.[3]

　'민족중흥의 역사적 사명'이라는 기치가 상징하듯이 박정희 정권은 민

---

3) 김동춘, 「1960, 70년대 민주화운동세력의 대항이데올로기」, 『한국정치의 지배이데올로기와
대항이데올로기』(역사문제연구소 편), 역사비평사, 1994, pp.229~230. 후발 산업화 국가의
경우 선진 산업화 국가를 따라가기 위해 빠른 경제개발을 추진하면서 강력한 민족주의를
동원하는 것은 일반적인 현상(톰 네언, 「민족주의의 양면성」, 『민족주의란 무엇인가』(백낙
청 편, 창작과비평사, 1981, pp.227~233)이라고 할 수 있는데, 박정희 정권의 민족주의 역
시 그의 집권 구호였던 '조국근대화' 정책과 처음부터 긴밀히 연결되어 있었다. 그러나 민
족 주체의식, 자립의식 등 정서적이고 정신적인 차원에서의 민족주의 강조 이외의, 식민지
를 경험한 3세계 민족주의가 보편적으로 지니고 있던 외세 침략 혹은 예속 강요 등을 경
계하거나 저항하는 논리는 거의 찾아보기 어렵다.

족이념을 적극적으로 정권의 논리로 변형·왜곡함으로써 국가주의의 지
배 이데올로기로 전화시켰다. 개발이 역사적 사명임을 강조하는 성장 이
데올로기는 개인의 성공 추구를 욕망의 차원을 넘어선 '도덕'으로 만들었
다. 즉 경제적 근대화를 이루는 것은 민족적·국가적 과제이므로, 개인적
성공은 단지 경제적 의미만 지니는 것이 아니라 국가의 성공과도 맞닿아
있는 것이라는 이데올로기로 만들었던 것이다.[4] 이처럼 개인이 경제적으
로 잘 살려고 노력하는 것은 민족을 중흥시키기 위한 최우선의 과제이므
로 출세에 실패한다는 것, 즉 '전락'은 개인의 경제적 몰락을 의미할 뿐
아니라 민족적 과제를 성실히 수행하지 않는 것, 국민 된 도리를 다하지
않는 것을 의미하게 되는 것이다. 그러므로 '성공'을 규범으로 삼음으로써
이 시스템에 진입한다는 것은 근대화와 동시에 극단적 국가주의 체제에
편입하는 것을 의미하는 것이고 '전락'은 시스템에서의 일탈, 즉 올바른
'국민'의 일원이라는 위치에서의 누락을 의미하게 된다. 이러한 권력 담론
의 영향력에 대한 이해가 전제될 때에만, 1960~70년대의 문학비평 담론
내에서 민족과 국가의 이념을 둘러싸고 진행된 민족문학 논쟁의 본질을
제대로 이해할 수 있다.

먼저 1950년대 문학의 경우 민족주의는 곧 애국심으로 치환되고 반공
이데올로기의 필연성으로 환원되는 모습을 보여준다. 50년대 문학에서 개
인의 죽음을 장엄하게 그리고 민족의 정통성을 강조하면서 애국을 설파하
는 이면에는 바로 이러한 논리가 깔려있는 것이다. 이 때 민족은 구체적인
삶을 살아가는 민중의 논리를 담지 못한 추상적이고 애매한 이념에 불과
한 것이다. 이처럼 50년대 문학에서 민족이념은 쉽게 반공 이데올로기로
전환되고 나아가 전쟁 파시즘의 논리로 극단화되기도 한 것이다.

---

4) 예컨대 이 시기 농민들의 농촌으로부터의 탈출 및 도시노동자로의 전환으로 인해 빚어지
   는 농촌붕괴 및 노동조건의 열악함을, 빈곤 탈출의 기대와 도시 중산층으로의 편입에 대
   한 희망으로 은폐한 것은 전적으로 지배 이데올로기의 영향력에 의해 가능했던 일이다.
   김동춘, 위의 논문, pp.220~224.

1960년대에는 '민족문학론' 자체가 논쟁의 초점을 형성한 것이 아니라, 전통론과 순수·참여론의 양상으로 논쟁이 이루어졌다. 1950년대에서 1960년대에 걸쳐 진행된 '전통론'은 근대적 담론의 대타적인 의미로 사용되는 동시에 근대적인 계몽의 프로젝트 안에서 움직이는 동적인 이데올로기로서의 역할을 담당했다. 즉 이 시기 전통을 둘러싼 논의는 '세계적 동시성'의 추구라는 근대화 논리에 대한 저항담론으로서 또 한편으로는 이 전통의 내면화를 통해 새로운 사회와 국가의 건설이라는 과제를 달성하고자 했던 지배담론으로서의 양가적인 모습을 보여준다. 전통 부정론을 펼쳤던 이어령 등 신예 평론가들에 맞서 전통 옹호론을 펼쳤던 백철 등의 기성 문인들과는 또 다른 차원에서, 정병욱을 비롯한 국문학 연구자들이 전통을 둘러싼 논쟁에 참가했다. 이들의 논쟁 참여는 1960년대 들어 국학계를 풍미했던 '내재적 발전론'과 맞물린 것으로, 이 내재적 발전론은 그 실증적 정당성 여부를 떠나 강렬한 '민족주의적' 의도와 결합되어 있는 것이었다. 즉 전통의 올바른 계승과 민족적 위기에 대응하는 문학적 실천을 강조하는 이러한 연구 경향은 자신들의 의도와는 관계없이, 한편으로는 1970년대의 진보적 문학운동의 이념으로 정식화된 '민족문학론' 곧 아래로부터의 저항적 민족주의와도 연결되고, 다른 한편으로는 문화에서의 민족적 전통의 발굴, 고안 및 그 확산을 통해 '국민'들에게 문화적 일체감을 부여함으로써 근대화 논리에 국민을 동원하고자 하는 국가 차원의 의지에도 기여하는 결과를 낳았던 것이다. 이처럼 이 시기의 전통론은 진보적 민족이념이나 국가주의 이데올로기 그 어느 쪽으로도 포섭될 수 있는, 미분화된 민족이념을 보여주는 것이었다고 할 수 있다.

이념적 분화는 순수·참여논쟁을 거치며 뚜렷해지기 시작한다. 서정주·김동리·선우휘·이형기·김양수·김붕구·이어령 등이 문학의 자율성과 순수주의를 옹호하는 입장에서, 그리고 김수영·김병걸·김우종·임중빈·최일수·구중서 등이 문학의 사회적 책임과 역사의식을 강조하는 입장에서 치열한 논전을 전개했다. 이 논쟁은 현실의 비참함에 대해 작가가 과연 외면할 수 있는가 하는 작가의 양심 문제를 제기하는 차원에서 시작되어, 60년대 후반에는 '창조적 자아와 사회적 자아'의 문제 및 참여문학론의 좌경화 문제 등 참여 문학의 당위성을 인정하는 위에서 문학의 현실 참여가 어떤 방법으로 이루어져야 하는가에 대한 방법적 측면에 대한 논의로 진전된다.5)

순수문학론은 특히 문학과 현실의 관계 및 문학과 이데올로기의 관계에 대해 부정적인 인식을 드러내는데, 이러한 부정적 인식은 분단 상황과 민족통일에도 연관된 것으로서 참여론을 공격하는 중요한 도구로 사용되었다. 이들의 논리적 근거는 실상 매우 간단하다. 문학의 순수성을 강조하고 현실참여적 문학론을 사회주의 문학론으로 비판하는 것이다. 즉 분단과 민족의 통일에 대한 논의를 핵심으로 삼고 있는 참여문학을 프롤레타리아 문학과 등치시킴으로써 참여론을 좌경이론으로 몰아간 것이다. 이들의 논의에 내재된 레드 콤플렉스는 당시 정권이 유포하는 국가안보논리와 직접 맞닿아 있는 것이라 할 수 있다. 즉 6·25를 경험한 사람들의 내면에 공포로 자리 잡고 있는 레드 콤플렉스를 자극함으로써 비판적 담론을 봉쇄하고 국민을 통합하는 수단으로 삼는 국가주의적 논리에 충실히 따르고 있는 것이다. 이러한 논리는 해방직후 좌우익논쟁 때의 논리와 거의 달라진 바가 없는 것인데, 이는 순수문학 진영에서 그동안 자체 내 이론의 심화나 시대적 변화에 따른 자기 갱신의 과정이 없었음을 의미한다. 이러한 사실은 분단과 전쟁을 겪으면서 남한에서 좌익이 거의 소멸되어버린 상황에서 오는 자기갱신노력의 부족에서 기인하는 것이기도 하지만 보다 근원적으로는 현실을 외면한 순수문학 이론 자체의 허약함을 말해주는 것이기도 하다.6)

─────────────
5) 논쟁의 자세한 전개과정은 졸고, 「1960년대 순수·참여논쟁의 전개과정과 그 문학사적 의의」, 김윤식 외, 『한국 현대비평가연구』, 강, 1996 참조

참여문학론의 경우 사르트르의 '앙가주망'을 수용하여 작가의 양심과 문학의 사회적 책임을 강조했다. 하지만 이처럼 서구의 현실 참여론을 근거로 하여 전개했던 원론적, 추상적 수준의 참여론은 원론 이상의 의미를 지닐 수 없는 것이었다. 구체적 현실에 근거한 문학적 자세를 취할 것을 주장하면서도 실제로 그 구체적 현실에 대해서는 '빈궁' 혹은 한국적 특성 정도의 추상적 설명에 그치고 있다. 주어진 틀 속에서의 논의만이 가능했던 60년대적 상황 자체에 갇혀 논리적 틀을 깨지 못하고, 서구 이론의 수입으로 한국현실의 모순을 진단하고자 하는 한계로 인해 이들 역시 구체적인 한국의 현실을 논하지 못한 채 원론적인 의미에서의 참여, 작가의 태도 등 논리에 앞선 의지의 강조로 맞설 수밖에 없었던 것이다. 다만 문학의 사회적 효용성에 대한 문제제기를 통해 참여 문학의 의미와 특성을 분명히 제시하고, 서구의 참여론을 통해 '문학론'의 확립을 위해 노력함으로써, 문학 및 예술 활동은 사회적 활동의 일부분이며 따라서 그것은 현실에 대한 구체적 인식을 바탕으로 해야 한다는 참여론의 논리적 정당성은 확보할 수 있었다. 그리하여 논쟁은 참여문학의 당위성 자체에 대한 논의에서 참여의 방법을 둘러싼 논쟁의 성격으로 변화하고 필연적으로 한국적 상황의 특수성 즉 분단현실에 눈을 돌리는 계기를 마련하게 된다. 따라서 이 논쟁의 가장 큰 의미는 이전의 모든 전통이 단절된 상태에서 전후비평의 탈이데올로기적 상태를 깨뜨리고 이념적 논의의 장을 마련하는 계기를 이룬 점이라 할 수 있다.

논쟁은 백낙청과 조동일의 순수문학론에 대한 비판으로 마무리된다. 이들은 순수문학은 김동리의 제3휴머니즘처럼 자신의 현실을 외면하고 넘어선 저편에서 무한한 상상력을 발휘해 현실을 마음대로 요리하고자 하는 문학[7]이며, 건실한 중산계급의 발전을 본 일도 없는 한국사회에서 유럽

---

6) 김영민, 『한국현대문학비평사』, 소명출판, 2000, p.297.
7) 조동일, 「순수문학의 한계와 참여」, 『사상계』, 1965. 10.

부르주아지 시대의 예술지상주의를 금과옥조처럼 내세우는 것은 정리 안
된 전근대적 자세를 제대로 소화하지 못한 근대서구 예술이론을 빌려 옹
호하려는 노력으로서, 이는 정치 경제면에서 유럽 중산층의 정치 경제 이
념을 평계로 한국의 후진적 사회구조를 견지하려는 것과 정확히 대응되는
현상이라고 비판한다.[8] 그리고 그러한 순수주의의 근원은 권위주의와 비
생산성을 지닌 특권층의 생활태도에서 비롯된 것으로 따라서 역설적으로
비순수의 속성을 지닌 집단의 태도에서 비롯되는 것임을 지적한다. 이러
한 비판과 함께 백낙청은 민족의 분단현실과 민족공동체에 대한 관심을
환기시키는데 이러한 관심이 바로 1970년대 민족문학론의 중추를 이루게
되는 것이다.

2) 동원대상으로서의 민족과 삶의 주체로서의 민족
-'민족문학' 개념을 둘러싼 논쟁

　위로부터의 민족주의를 강조하는 것은 민족을 합일적으로 만들어 내부통
합의 체제를 유지하기 위한 것이다. 따라서 여기에서의 민족이란 통합 대상
으로서의 민족이다. 민족의 통합성, 일체성을 강조하는 민족주의 이데올로
기는 계급·계층 간의 대립·갈등에서 헤게모니를 장악하기 위한 지배계급
의 이데올로기로 작용한다. 이에 반해 해방적 인본주의에 근거한 '저항 민
족주의'는 삶의 주인으로서의 민족 즉 주체로서의 민족을 강조한다.
　'민족문학'이란 용어가 문단의 새로운 관심을 모은 것은 '한국문인협회'
의 기관지인 『월간문학』 1970년 10월호에 민족문학 특집을 마련한 것이
계기가 되었다. 민족문학의 완성을 목표로 내건 특집에는 문덕수·이형
기·김상일·김현 등이 참여했는데, 김현을 제외하면 모두 보수진영의 문
인들로 이들의 논의는 몇 가지 공통적 특성을 보여주고 있다.

---

8) 백낙청, 「새로운 창작과 비평의 자세」, 『창작과 비평』 창간호, 1966년 겨울.

민족문학의 개념에 대해 문덕수는 "민족의식에 입각하여 민족의식이 반영된 문학"9)으로 규정한다. 여기서 그는 민족의식을 인종의식과 문화적 동류의식 둘로 나누고, 이 둘이 결부됨으로써 운명공동체 의식으로 발전하게 되는데 민족문학이란 바로 이 의식을 반영하고 있는 문학이라고 주장한다. 그리고 그러한 인종의식의 반영인 설화와 문화적 요소의 대표적인 것으로 샤머니즘을 예로 들며, 이것이 민족의 자연관 세계관으로 발전될 기반을 가진 것으로서 민족문학의 중요한 전통임을 강조한다. 이형기 역시 한국인이 단일혈통, 단일민족이라는 점을 근거로 민족문학을 "민족 특유의 역사와 전통이 한국 언어에 담긴 작품"10)으로 규정하고, 우리의 역사와 전통을 살리려면 이론이나 개념이 아닌 정신적 생리가 먼저 중시되어야 하는 까닭에 오직 김동리의 '민족문학론'만이 그러한 개념 규정에 맞는 민족문학론이며 그 구체적 작품의 예를 설화 신화 가사 등 고전작품에서 찾고 있다. 김상일도 신화가 민족문학의 원형이라는 것을 장황한 신화의 소개로 입증하고자 애쓰고 있다. 즉 민족문학의 기원은 바로 신화라는 주장을 펼친다.11) 이처럼 이들의 논의는 첫째, 민족문학의 예를 모두 고전작품에서 찾고 있으며, 둘째, 혈연을 바탕으로 한 민족개념을 근거로 하고 있다는 점, 셋째, 민족 및 민족주의란 근대사회의 출발과는 무관한 것이라는 인식에 따라 구체적 현실에 대한 언급이 전혀 없는 점, 마지막으로 민족문학의 전형을 김동리의 작품과 문학론에서 찾는 공통점을 보여준다. 이러한 복고적 성향은 당대의 정치질서와 문화의 고유성과 문화의 숭배성에 대한 숭상 및 외래문화를 국적 없는 문화로 무조건 배척하는 국수

---

9) 문덕수, 「고전문학과 민족의식」, 『민족문학론』(문학사연구회 편), 백문사, 1988, p.112(『월간문학』, 1970. 10 게재).
10) 이형기, 「민족문학이냐 좋은 문학이냐」, 『민족문학론』(문학사연구회 편), 백문사, 1988, p.122(『월간문학』, 1970. 10 게재).
11) 김상일, 「민족문학의 기원론」, 『민족문학론』(문학사연구회 편), 백문사, 1988, pp.111~112(『월간문학』, 1970. 10 게재).

주의적 경향이 급격히 대두한 1960년대 역사학계의 논의를 근거로 삼고 있는 것이다.[12]

『월간문학』의 특집에는 민족문학의 범주, 역사 등에 대한 논리적 체계를 지닌 본격적 논문은 없다고 할 수 있다. 그럼에도 당대의 문단권력을 쥐고 있던 한국문인협회가 기관지 격으로 창간한 잡지에서 특집으로 내세운 것은 해방 시기 좌익과의 민족문학론 논쟁 과정에서 제출된 김동리의 민족문학론을 다시 한 번 자신들의 민족문학론으로 내세워 그 입지를 다지고자 한 것으로 볼 수 있다.[13] 이는 월간문학의 편집인 겸 발행인을 맡은 이들이 바로 김동리·조연현이었다는 점을 생각하면 쉽게 이해할 수 있다.

『월간문학』은 1972년 10월 '민족문학재론'이라는 특집을 마련하여 김동리·김현승의 설문과 윤병로·김상일의 글을 싣고 있는데, 이 특집 역시 민족문학 개념을 정리하는 것이었다. 여기서 김동리는 민족문학에 대하여 다음과 같이 말하고 있다.

그는 '민족문학의 정의'라는 질문에 민족문학을 첫째, 그 민족이 가진 모든 문학 가운데서 대표적인 문학작품, 시대와 사회를 초월하여 그 민족이 자랑으로 생각하며 애독하는 문학, 둘째, 그 민족의 특성, 즉 민족성을 가장 잘 나타낸 문학, 셋째, 민족이란 개념이 형성된 것은 근대이므로 근대문학이 곧 민족문학이라는 세 가지 견해로 나누고, 이 가운데 첫째와 둘째 견해는 시간적 기준밖에 없으나 셋째 견해는 공간적 기준까지 곁들인

---

12) 그런 대표적 인물로 '국민교육헌장'의 초안자로 알려진 박종홍을 들 수 있는데, 그는 고대사에 대한 과찬과 확대 해석을 통해 민족 주체성과 자주성을 강조하고, 심지어는 고대 사회와 봉건 시대의 윤리를 주체적 한국사상으로 현대에 실천할 것을 강조하기도 했다. 박종홍, 「한국사상의 원류」, 『박종홍전집』 6권, 민음사, 1998, pp.65~66.

13) 김영민, 『한국 현대문학비평사』, 소명출판, 2000, p.381. 특히 이 잡지는 창간사(1968. 11)에서 민족문학의 완성이 '본지의 구경적인 목적이요 또한 사명'이라고 밝힌 바 있으며, 민족문학 특집을 게재한 호의 편집후기에서는 "민족문학이란 무엇인가부터 근본적으로 재검토"하는 작업이라고 강조하고 있다.

것이기 때문에 자신은 세 번째 견해 즉 '근대문학이 곧 민족문학'이라는 견해를 취한다고 말한다. 그것은 민족문학이란 그 민족에게만 자랑스럽고 영구적인 문학일 뿐만 아니라 세계의 문학으로 보편성을 띠어야 하기 때문이라는 것이다.[14]

하지만 2년 뒤인 1974년 '문예중흥과 민족문학'이란 심포지엄에서 김동리는 다시 예전의 자신의 휴머니즘론을 강조하며, 민족문학과 근대문학을 휴머니즘 문학에 연결시키고 있다. 민족문학의 기조는 인간주의라는 자신의 본래의 주장을 전제로 내세운 뒤, 민족문학은 인간주의 문학인 것이며 따라서 근대문학의 범주에 속하는 것이라는 논리적 비약을 보여준다. 이후 인간주의 문학은 주제 면에서 인간의 존엄성이라든가 자유의 존엄성 등을 지키는 인간성의 옹호와, 작중인물의 성격창조 및 그로부터 발전한 전형의 창조로서 구현되는 인간성의 탐구 두 가지로 대변되는 것이며, 따라서 한국의 민족문학은 한국인의 전형 곧 한국인상을 그리는 문학이어야 한다는 예의 논리를 반복하고 있다.[15] 이는 스스로 언급하고 있듯이 해방시기 좌익과의 논쟁에서 주장했던 휴머니즘 문학을 되풀이 한 것으로, 한때 민족문학을 민족주의 문학이나 계급주의 문학으로 끌고 가려는 부류들이 있었지만 이는 오류라는 주장을 덧붙이고 있는 것도 예전과 동일한 모습이다. 이처럼 현실의 변화를 조금도 염두에 두지 않고 예전의 민족문학론을 반복하여 주장할 수 있는 것은 그의 민족문학론이 근거를 두고 있는 민족개념이나 민족주의 개념의 불변성이라는 특성 때문이다. 그렇다면 그려내야 할 현재의 한국인상이란 어떤 모습인가. 한국인의 전형을 그릴 때는 인물의 개인성과 보편성 위에 다시 한국민족의 특성을 고려해야 하며 이렇게 했을 때 살아있는 한국인상을 그릴 수 있는 바, 이런 생각을 바탕

---

14) 김동리, 「민족문학에 대하여」, 『월간문학』, 1972. 10.
15) 김동리, 「민족문학과 한국인상」, 『민족문학론』(문학사연구회 편), 백문사, 1988, pp.13~17 (『월간문학』 1974. 5. 게재).

으로 '한국적인 고유한 정신의 흐름'과 한국인의 특성을 찾는 과정에서 눈을 돌린 것이 샤머니즘의 세계라는 것이다. 그 결과 그가 그려낸 전형적인 한국인상이 <무녀도>의 '모화'이다. 그러므로 <무녀도>는 민족문학이 지향해야 할 훌륭한 모범이며 '모화'는 전형적인 한국인상이 된다. 그가 주장하는 가장 개인적이며 가장 민족적인 동시에 가장 보편적인 성격의 창조가 바로 '모화'인 것이다. 이러한 인식은 이미 퇴색해버린 문화의 고유성과 문화의 숭배성에 대한 숭상을 드러내고 있던 역사학계의 민족주의 성향을 문학상에 그대로 옮겨놓은 것이라 할 수 있다. 60년대에는 미약했던 민족주의 논의가 70년대 박정희 정권의 '한국적 민족주의' 제창 및 문화적·정서적 차원에서의 민족주의 강조 그리고 현실적 저항적 측면의 민족주의에 대한 배척, 역사학계의 복고숭상이 힘을 얻는 가운데, 문단에서도 동일한 논리로 재등장하고 있는 것이다.

김동리와 함께 심포지엄에서 전형적인 민족우월주의의 문학관을 보여주는 이는 시인 구상과 소설가 박영준이다. 먼저 구상은 1920년대 카프에 대립한 국민문학파의 '조선주의'나 해방 후의 순수문학·전통계승 주장 등 기존의 민족문학은 시사적이고 관념적인 논의로 시종, 민족문학의 실체나 가치체계에 대한 명백한 제시가 없었고 민족문화사관의 정립에 의한 새로운 창작방향에 대한 추구가 없었기 때문에, '정서적 차원의 애국주의' '프로문학에 대한 우파적 보수주의' '시조 등을 앞세운 복고주의'라는 많은 오해를 불렀다고 비판한다. 이에 비해 자신이 내세우는 민족문학은, 해방 전 카프계나 해방 후 문맹계의 계급투쟁적 반(反)민족적 세계주의 표방에 맞서 내세웠던 정치적 민족주의의 일환으로서의 민족문학이라고 주장한다. 이 민족주의는 생물적 자기 보존욕구에 뿌리박은 집단적 구심력으로 민족의 전통계승을 그 특성으로 삼는 것인데, 이런 특성은 3·1운동을 치른 대중적 민족주의와 민주주의를 근거로 한 자신들의 민족문학의 기반이 되고 있다는 것이다. 따라서 자신이 말하는 민족문학은 국수주의적·

복고적·교조적·권력지향적 특성을 지니지 않는다고 천명한다.16) 여기에는 어떤 논리적 근거나 객관적 자료도 제시되지 않는다. 다만 민족을 영구불변의 실체로 지고의 가치를 지닌 우월한 주체로 천명할 뿐이다. 단 하나의 근거는 그가 인용하고 있는 "한민족에게서 문화란 민족의 독창성·우월성을 확신시켜 주는 창조적 개념이며, 따라서 그것은 한민족에게 역사적으로 사해진 모든 민족적 모순을 극복하여 줄 수 있었던 자주적 역사에너지의 하나였다"는 역사학자의 말일 뿐이다.

박영준은 근대화 논리에 충실한 문학관을 드러내고 있다. 박영준 역시 민족문학은 식민지시대나 해방 후 모두 공산주의 문학에 대한 투쟁으로 시작했지만, 이제는 계급주의적 문학이 아닌 민족주의문학을 해야 한다거나 정치문학이 아니라 순수문학을 해야 한다는 말도 할 필요가 없으며, 다만 세계문학의 일환으로서의 민족문학만 생각하면 된다고 말함으로써, 자신들의 민족문학이 예술적 논리나 체계를 지닌 것이 아니라 사회주의 문학에 대한 반대에서 비롯된 것임을 드러내고 있다. 그는 민족문학이란 첫째, 민족의 의식·사상·감정을 나타내야 하며 둘째, 민족 전통의 일부분이 될 수 있는 내용의 것이어야 한다고 말한다. 민족의 의식·사상·감정이란 어디까지나 우리 민족의 발전, 향상을 기조로 한 것으로 역사의식 위에서 미화시킬 수 있는 것이라면 토속적이든 향토적이든 무엇이나 우리의 빛깔이 드러나고 우리의 맛이 나며 우리를 느끼게 하면 된다는 것이다. 정서적 차원의 애국주의·복고주의가 완연히 제 모습을 드러내고 있다. 여기서 다시 단서를 붙여 지나친 서구화로 한국을 비하하고 멸시하는 것은 민족의식이 결여된 까닭에 민족문학이라고 말할 수 없다고 주장한다. 한국과 한국 사람을 사랑하며 아름답게 보려하지 않는 정신 속에서는 민족문학이 나올 수 없다는 것이다.17) 한국적인 빛깔·냄새·맛에 '문학다운

---

16) 구상, 「민족문학의 의의와 그 방향」, 『민족문학론』(문학사연구회 편), 백문사, 1988, pp.32~34(『월간문학』 1974. 5. 게재).

문학'이라는 표현을 덧붙여 '문학다운 문학에다가 한국적인 빛깔·맛·냄새를 풍기면 민족문학'이며 세계문학이라고 결론짓는다. 이러한 개념규정에는 '한국적'인 것에 대한 논리 이전의 무한한 우월감만이 드러날 뿐이다. 이러한 '우월적 주체의식'은 박정희의 '조국근대화'론의 핵심을 이루는 것이다. 박영준이 근대화론에 기울어 있다는 것은 새마을 운동이 농민들에게 새로운 농민의식을 불어넣어 농촌을 진흥시키리라고 생각하며, 그러한 새로운 농민의식을 주제로 한 농민소설을 쓸 것이라는 발언에서도 충분히 엿볼 수 있다. 백철 역시 '민족문학의 개념은 한마디로 주체성의 문학'임을 강조하고, 이 주체성이란 문학 분야에서는 전통성의 문학 곧 전통 위주의 문학이라고 설명하고 있다. 즉 민족문학작품에 있어서는 전통성이 주격적인 세력의 요소이어서 이 골격을 확실하게 세워놓지 못하면 민족문학 구축은 단지 모방에 그치고 만다는 것이다.[18]

조연현 역시 민족문학은 그 민족의 문학적 특성을 말하는 것으로서, 옛날부터 지금까지 이어온 역사적 전통적 특성 말하자면 민족의 문학적 개

---

17) 박영준, 「내가 쓰고 싶은 민족문학」, 『민족문학론』(문학사연구회 편), 백문사, 1988, pp.46~50(『월간문학』, 1974. 5. 게재). 그의 논리에 의하면 미니스커트를 입는 것은 지나치게 서구화된 정신에 젖어 우리의 문화를 멸시하는 것이다. 이는 박정희가 서구의 자유민주주의를 비판하고 우리의 특성에 맞는 '한국적 민주주의', '민족적 민주주의'라는 구호를 제창하면서 민족적 특성을 강조하여 비판논리를 배제한 방식을 그대로 문학론으로 옮겨 놓은 것이다. 즉 서구민주주의를 국력소모의 원인으로 간주하고 민주주의에 대한 거부를 서구중심주의에 대한 거부와 동일시하면서 민족주의를 방패막이로 내세웠던 박정희의 논법과 너무나 닮아 있다.

18) 백철, 「민족문학과 세계성」, 『민족문학론』(문학사연구회 편), 백문사, 1988, pp.13~17(『월간문학』, 1974. 5. 게재). 이 외에도 이 심포지엄에는 정창범·김윤성·모윤숙 등이 참가했다. 정창범은 「민족문학의 개념과 그 방향」에서 민족문학의 새삼스러운 개념 규정보다는 어떻게 하면 '가장 인간적인 작품' '가장 일반적 흥미를 가지고 있는 작품'을 쓸 것인가에 주력하는 것이 바로 훌륭한 민족문학을 쓰고자 노력하는 것이라고 말하고 있고, 김윤성은 「문학인의 현실참여와 국가관」이라는 글을 통해 문학적 성격의 차이는 현실생활에 대한 반성의 차이에서 비롯되므로, 선량한 시민으로서 충성된 국민으로서 시대가 요청하는 사상을 끝까지 지니는 동시에 현실에만 사로잡히지 말고 대상의 밑바닥까지 꿰뚫어 보는 자유로운 눈을 견지해야만 한다고 주장한다. 모윤숙은 「내가 쓰고 싶은 민족문학」이란 제목 하에 일제시대의 친일행위와 이후 반공주의에 투철한 자신의 사상을 내면의 민족혼과 민족주의에 투철한 자세의 표현이라는 자기변명에 급급하고 있을 뿐이다.

성을 지녀야 한다고 설명한다. 그러므로 민족문학이라 할 때에는 형식적 조건보다는 내용적 조건이 중요한 것이며, 민족문학의 개념은 민족을 어떻게 해석하느냐에 의해 좌우되는 것임을 주장한다. 그는 사전적 정의를 빌려, 민족을 인종이나 국적에 따른 분류와는 달리 후천적으로 배워 획득하는 문화적 유산에 따른 개념으로 규정하고, 이를 근거로 민족문학은 '그 민족의 문화적 유산으로서의 문학'으로 정의한다. 해방 이후 좌우익 모두 민족문학의 건설을 과제로 제시하면서 민족문학의 개념에 혼란이 왔지만, 사회주의 문학이 민족문학으로 받아들여지지 못하고 거부되는 것은 사회주의문학을 민족문학이라고 내세운 전술적 복선 때문일 뿐 아니라 역사적 전통과 특색에 위배되는 것이기 때문이었다고 비판한다. 진정한 민족문학은 1920년대의 민족주의문학과 마찬가지로 반(反)계급주의에 친(親)예술주의를 더한 문학으로, 20년대 민족주의문학이 지니고 있는 목적의식을 완전히 불식하고, 민족 고유의 문학적 특성을 문학외적인 목적에서가 아니라 문학내적인 순수문학의 입장에서 달성하고자 하는 문학이라는 결론을 맺는다.[19] 여기서 보듯 조연현 역시 반(反)계급주의·친(親)예술주의라는 예의 주장에서 조금도 변함이 없다.

그런데 여기서 주목할 것은 조연현이 '민족문학'이란 용어 자체에 대해 별 신뢰를 보내지 않는다는 사실이다. 민족문학이란 용어는 옛날부터 사용되어 왔지만 '우리 문단'에서는 사용되지 않았으며 사용되는 경우에도 대단히 불확실한 개념으로 사용되었다는 것이다.[20] 이미 보수진영에서조차 우리 문학의 영원한 과제라고 천명했음에도 불구하고 민족문학에 대하여 별 신뢰를 보내지 않는 것은 진보진영의 민족문학론이 리얼리즘론·분단문학론·제3세계문학론 등 다양한 이론적 체계를 갖추어 나가고 있는 사실에 대한 대타의식의 표현으로 볼 수 있다. 70년대 말의 시점에서 보

---

19) 조연현, 「민족문학과 민중문학」, 『정경문화』, 1979. 8, pp.382~386.
20) 조연현, 위의 글, p.380.

수문학 진영의 핵심적 비평가로 활동했던 조연현이, 민족문학이 불확실한 개념이라고 비판하는 것은 민족문학을 둘러싼 논쟁의 주도권이 완전히 진보문학 진영으로 옮겨갔음을 의미한다는 점에서 상징적인 일이 아닐 수 없다.

　이들과 반공주의는 공유하면서도 전통 우월적 시각과는 일정한 거리를 둔 이철범의 민족문학론은 양 진영 사이에서 혼란스러운 모습을 보인다. 그는 민족주의가 팽창 및 확장의 욕망을 내포하고 있다는 점을 지적하여 근대적 의미의 민족주의 개념을 원용하면서도, 민족개념의 규정에 있어서는 지역·혈족 등의 자연적 기초 위에 역사·풍습·전설·언어 등 공통의 문화를 계기로 하는 운명공동체로 파악하고 있다.[21] 이러한 개념 규정 위에서 해방 이후 민족적 주체성을 외면하고 이데올로기를 앞세운 좌익문학과 일제시대엔 반민족적인 세력이 되었다가 해방이 되자 '토속문학과 샤머니즘'을 민족문학론으로 내세우고 시대의식이나 역사의식에는 관심을 두지 않았던 순수문학이 민족문학을 내세움으로써 민족문학의 이념을 그르쳤다고 비판한다. 그러므로 현실의 과제는 공산주의의 위협과 재벌주의를 한국의 민주주의가 어떻게 극복하는가 하는 것이며, 민족문학은 이러한 현실인식을 토대로 사회주의적 문학과 샤머니즘의 악몽을 부정하고 한국의 역사와 한국인의 가치를 의식하는 역사의식을 바탕으로 삼아야 할 것임을 주장한다. "민족문학이야말로 미적 세계만을 추구하는 순수문학이 아니라 한민족의 특수조건을 형성하는 정치적 사회적인 문학"[22]이라는 민족문학에 대한 개념 규정은, 구체적 현실인식의 문제를 지적하고 있는 타당성에도 불구하고, 지배담론으로서의 반공주의에서는 조금도 벗어나지 못하고 있는 모습을 보여주는데, 이는 그가 파악하고 있는 민족개념과 한

---

21)　이철범, 「언어·민족·이데올로기─새로운 민족문학의 문제제기」, 『민족문학론』(문학사연구회 편), 백문사, 1988, pp.87~88(『현대문학』 188~189호, 1970. 2~3).
22)　이철범, 위의 글, p.100.

민족의 특수조건이라는 구체적 현실인식이 지배 이데올로기의 자장 속에 있음을 말해주는 것이다.

이에 비해 김현은 민족문학론의 특색을 우파적 보수주의 · 복고조 · 계몽주의 세 축으로 파악한다. 그는 우선 국민문학과 민족문학을 구분하고 있는데, 국민문학은 식민지 시기 프로문학에 대한 반발로 형성된 것이며, 이러한 국민문학과 프로문학의 절충 · 통합을 내세웠던 양주동 · 염상섭의 문학론을 민족문학으로 지칭하고 있다. 해방 후 김동리 · 서정주 · 조연현 등의 민족문학론도 역시 이 틀에서 벗어나는 것이 아니며, 그들의 권력지향적 특성 역시 이들이 주장하는 민족문학의 특성임을 날카롭게 지적한다. 하지만 정작 그가 우파적 보수주의 · 복고조 · 계몽주의 등을 거론하며 비판하고 있는 민족문학의 특성은 1920년대 식민지 시기 프로문학에 맞서 시조부흥운동 등을 펼쳤던 '민족주의문학'의 특성이다. 그가 이처럼 국민문학 · 민족주의문학 · 민족문학 등 개념상의 혼란을 드러내고 있는 것은 우리 문학의 전통과 역사에 대한 무관심 때문이기도 하지만, 계몽주의 혹은 이념형에 대한 비판의식 때문이며 더 근원적으로는 한국의 특수성보다는 서구의 보편성에 기울어져 있는 그의 이론적 토대에 기인한다.[23] 그가 보기에 국민문학이든 민족주의문학이든 민족문학이든 혹은 프로문학이든 모두 계몽주의를 핵심으로 삼고 있는 한 제대로 현실을 볼 수 없다. 이 때문에 민족문학을 '한국 우위주의라는 가면을 쓴 패배주의의 문학'으로 규정하고, 민족문학 대신 '한국문학'이라는 용어를 쓸 것을 제안하고 있는 것이다.[24] 여기서 주목할 점은 김현이, 보수파 문인들이 위장해 왔던 자유주의의 입장을 분명히 드러내고 있다는 점이다. 이러한 사실은 매우 중요한 점이라 할 수 있는데, 그것은 전통계승과 전통부정, 순수와 참여 등 이

---

23) 이상갑, 『한국근대문학비평사론』, 소명출판, 2003, pp.42~43.
24) 김현, 「민족문학 그 문자와 언어」, 『민족문학론』(문학사연구회 편), 백문사, 1988, pp.122~126(『월간문학』, 1970. 10 게재).

분법적으로 대립해 왔던 문학 전선의 중간지점에 새로운 입지점이 생겨남으로써, 문단이 비로소 세 가지 입장의 문학 구도로 정립되었기 때문이다. 즉 60년대에는 보수진영이 자유주의의 외피를 쓰고 진보진영과 맞서 있었다면,[25] 70년대에는 이들 보수진영이 그러한 외피를 벗고 보수진영의 색깔을 확실히 드러내게 되었고, 이른바 중간층이 거의 형성되지 못했던 60년대에는 제대로 자신의 입장을 피력하지 못했던 자유주의적 입장의 논자들이 70년대에 접어들어 어느 정도의 경제적 성장을 바탕으로 서구적 자유주의를 자신의 정치적 철학적 기반으로 삼게 되었으며, 60년대부터 박정희 정권의 조국근대화론에 비판적이었던 까닭에 체제 밖으로 배제되었던 저항적 지식인 그룹이 민족문학론·분단문학론·리얼리즘론 등 현실을 바탕으로 한 지속적인 문학론의 모색을 통해 본격적인 저항세력으로 성장하게 된 것이다. 이러한 김현의 주장에 대한 비판이 정작 민족문학 진영으로 비판당한 보수진영의 문인들이 아니라, 김현이 전혀 언급하지 않았던 임헌영·염무웅·백낙청 등 진보진영의 문인들에 의해 이루어지는 것도 이런 문단 구도의 변화를 말해주는 것이다.

보수진영이나 자유주의적 입장의 민족문학 개념과는 비판적인 거리를 둔 진보진영의 민족문학론은 임헌영·염무웅·백낙청 등의 논의를 통해 이론적 정립과정을 거치게 된다. 김현의 민족문학 비판 및 한국문학 제안에 가장 먼저 임헌영이 비판의 목소리를 낸다. 그는 먼저 근대 민족주

---

25) 일반적으로 전제적 국가에서 그러하듯 '자유'의 수사법은 대체로 국가주의, 권위주의 체제를 옹호하는 세력들이 표방하였으며 반공주의나 극우이데올로기와 결합한다. 1960년대 우리 사회의 경우 분단과 전쟁 그리고 반공극우체제의 형성 속에서 개인주의, 자유주의 성향의 중간층과 지식인은 군사독재에 비판적이기보다는 오히려 순응적이고 복종적 태도를 취했다. 그래서 언론과 사상의 자유, 국가 통제와 간섭 배제, 학원의 자율성 등 자유주의적 가치의 옹호는 중간층 일반이 아니라 민주화 운동 관련 학생과 재야 지식인 등 민중적 입장을 대변하던 이들의 몫이었다. 하지만 70년대 유신 체제의 확립 이후 자유민주주의가 제 목소리를 내면서 자유민주주의와 민중민주주의는 저항담론으로서 국가주의, 안보 성장 담론과 충돌했다고 볼 수 있다. 이 두 입장의 충돌은 80년대 들어 본격적으로 이루어진다. 김동춘, 「박정희시대의 민주화운동」, 『박정희시대와 한국현대사』(정성화 편), 선인, 2006, pp.342~345.

사상을 토대로 삼고 있는 민족문학과 식민지 시기의 민족주의문학 및 식민지 말 일제에 의해 강제된 국민문학을 구분하고 있는데, 그러한 구분의 근거로 새로운 민족문학의 주체로서의 민족은 동시에 민중이라는 점을 내세운다. 또 분단의 현실상황을 고정화하는 '국민' 개념을 비판하고 '민족'이라는 용어를 주장하는 것은 그 속에 통일의 당위성을 내포할 수 있기 때문임을 강조한다. 특히 그의 인식 가운데 두드러지는 점은 우리의 문학이 식민지적 예술의식에서 벗어나지 못했을 뿐만 아니라 여전히 신식민지적 예술관으로까지 이어지고 있다는 생각이다. 따라서 이러한 식민지적 예술의식에서 벗어나는 최상의 길이 민족문학의 정립이라고 주장한다.[26] 김현이 주장하는 '한국문학'이란 용어는 이런 관점에서 볼 때 식민지적 예술의식과 현실을 전혀 인식하지 못한 데서 나온 것일 수밖에 없다. 특히 그는 민족문학의 과제가 이미 선배 문인들이 꾸준히 추구해 오던 것이라면서 근대 민족문학의 역사적 맥락 즉 식민지 시기 프로문학과 해방공간에서의 좌익문학의 전통을 긍정적으로 이어받아야 함을 주장함으로써 김병걸·백낙청·구중서·염무웅 등 진보진영의 민족문학론자들과의 차별성을 드러내 보이기도 했다.[27]

염무웅은 서구에서의 민족문학 개념 발생 과정의 검토를 통해 한국에서의 민족문학 개념 및 민족문학의 주체가 누가 되어야 하는가 하는 문제를 논의한다. 그의 인식은 일찍이 시민계급에 의한 근대민족국가를 형성한 서구의 보편적 근대 경험과, 아직 근대적 민족국가를 형성하지 못한 우리와의 차별성을 기준으로 삼고 있다. 이러한 차별성에 따라 서구의 보편성으로는 해결할 수 없는 반제반봉건의 과제가 우리에게 제기되는 것이며, 바로 이러한 과제의 해결을 위한 민족문학이 되기 위해서는 근대적 의미의 민족개념이 민중개념과 결합해야 할 필요성이 있음을 제기한다.[28] 기

---

26) 임헌영, 「민족문학에의 길」, 『예술계』, 1970. 12.
27) 임헌영, 「민족문학의 사적 전망」, 『세계의 문학』, 1978. 12.

존의 보수적 민족문학 개념에서의 민족, 민족주의 개념규정에서 보이는 서구와의 배타적 차별성이나 무조건적인 우리 민족의 우월성을 주장하는 것이 아니라, 근대로의 역사적 발전 과정에서의 차별성을 근거로 한 이러한 규정은 바로 한국적 현실에 대한 인식의 차이와 민족을 통합의 대상으로 바라보는가 아니면 삶의 주체로서 바라보는가 하는 시각의 차이에서 비롯된 것이라 할 수 있다.

　김동리로 대표되는 보수적 민족문학론이 외면한 구체적 '민족적 현실'을 강조하며 기존 문단의 민족문학론이 복고주의와 국수주의의 색채를 띠고 있음을 비판한 백낙청은 민족문학론의 새로운 방향을 제시하고 있다. 그는 '민족적 현실'에 대한 자각 즉 민족문학의 주체가 되는 민족과 이 민족의 주체적 생존과 발전을 위해 필요한 문학으로서의 '민족문학'이라는 현실적 필요성을 지적하고, 이러한 인식을 바탕으로 할 때 민족문학 논의는 관념적 유희에 흐르지 않게 된다고 말한다. 즉 민족문학은 민족의 주체적 생존과 그 대다수 구성원의 복지가 심각한 위협에 직면해 있다는 위기의식의 소산이며, 이러한 위기에 임하는 올바른 자세가 민족문학 자체의 건강한 발전을 좌우하는 요인이 된다는 판단에서 나오는 문학이라는 것이다. 따라서 민족문학은 철저히 역사적인 성격을 띨 수밖에 없으며, 그 개념에 내실을 부여하는 역사적 상황이 존재하는 한에서 의의 있는 개념이고, 상황이 변하는 경우 그것은 부정되거나 보다 높은 차원의 개념 속에 흡수될 운명에 놓인 것으로 규정함으로써, 민족을 어떤 영구불변의 실체나 지고의 가치로 규정해놓고 출발하는 국수주의적 문학론과의 차별성을 분명히 드러내고 있다.[29] 백낙청은 특히 민족문학의 역사성에 대해 강조하고 있는데, 이는 기존의 민족문학에 관한 논의들이 몰역사적 차원에서

---

28) 염무웅, 「민족문학, 이 어둠 속의 행진」, 『월간중앙』, 1972. 3.
29) 백낙청, 「민족문학이념의 신전개」, 『월간중앙』, 1974. 7. 이 글은 나중에 「민족문학 개념의 정립을 위해」라는 제목으로 평론집 『민족문학과 세계문학』(창작과비평사, 1978)에 수록되었다.

이루어져 왔다는 사실에 대한 비판이라 할 수 있다. 또 민족문학론을 현실
적 상황에 따라 새로운 차원의 문학 개념으로 변화할 수 있는 점을 분명
히 규정한 것 역시 기존 논의들이 현실 변화에 상관없이 고정된 개념으로
일관해온 점에 대한 비판이라 할 수 있다.30) 이후 백낙청은 「현대문학을
보는 시각」·「민족문학의 현단계」 등의 글을 통해 '민족적 위기의식의 소
산으로서의 민족문학'을 더욱 강조하고 민족문학의 구체적 과제로서 민주
회복과 분단극복을 제시한다. 민주회복은 당면한 단기적 과제이며 분단극
복은 궁극적으로 이루어야 할 민족적 사명이라는 것이다.

이러한 일련의 논의는 1970년대 중반까지 정치권력의 강력한 옹호와
지원을 받는 보수 문단 진영에 의해 이루어졌던 민족문학 논의의 주도권
을 옮겨 와 민족문학 논의를 문학인 스스로의 과제로 인식하게 만드는 계
기를 만들었다. 70년대 초반 민족문학 논의의 대부분이 이른바 '어용' 차
원의 논의로 불리는 것과는 달리 70년대 중반 이후의 민족문학론은 반(反)
체제론으로까지 인식되기에 이른 것이다. 그것은 진보진영의 민족문학론
이 민주회복이라는 과제를 제기했을 뿐 아니라, 정권이 독점하고 있는 분
단과 통일의 문제를 과제제로 제기했기 때문이다.

반공과 개발독재를 지배이데올로기로 삼은 국가주의 이념과 그에 대한
대립 및 저항의 양상이 보다 뚜렷이 드러난 것은 '분단문학론'에서였다.
분단문학론에서는 분단현실의 인식과정에서 국민들의 레드 콤플렉스를 자
극함으로써 갈등과 위기의 순간마다 다른 비판적 담론을 봉쇄하고 민족의
이름으로 국민을 통합하는 수단으로 삼는 국가주의적 논리와, 작가의 양
심과 문학의 사회적 효용성을 근거로 민족 내부의 갈등과 모순, 외세에 대
한 민족 자주성의 강화 등 현실에 대한 구체적 인식을 강조하는 저항 이
념의 대립이 표출된다. 즉 분단문학론에서는 분단의 고착화를 유지함으로

---

30) 김영민, 『한국현대문학비평사』, 소명출판, 2000, p.297, pp.385~391.

써 반공주의를 강화하고 민족의 대동단결이라는 관념론적 민족주의를 내세웠던 국가주의 논리와, 분단이라는 역사적 상황 및 그로 인해 발생한 민족 내부의 갈등과 모순, 외세에 의한 민족 자주성의 침해, 실향과 이산 등으로 인한 민중적 삶의 다양한 수난상, 통일에의 염원과 의지 등을 총체적으로 표명하고자 한 저항 이념의 대립이 나타난다.

이처럼 진보진영의 민족문학론은, 문학의 보편성과 본질문제를 추상적 민족의식과 연결시켜 논하는 표현론적 개념을 통해 민족적 정서의 문제를 강조했던 보수문학 진영과는 달리, 민족의 주체적 생존과 그 역사의식의 문학적 형상성을 강조함으로써 민족 전체의 삶에 대한 총체적 인식을 추구하는 일종의 가치론적 개념을 제기하고 있다. 게다가 이러한 노력이 이후 리얼리즘론・농민문학론・상업주의론・민중문학론 등으로 이어지게 되었을 뿐 아니라 구체적 창작으로의 연결 및 각종 문예지 및 종합지를 통한 안정적인 논의의 장 확보가 가능해짐으로써 일시적인 이론에 멈추지 않을 수 있었다. 이런 과정을 거치며 민족문학론은 민족・민중을 주체로 하는 문학'운동'의 차원에서 실천운동의 모습으로 전화하는 모습을 띠게 되는데,31) 그것은 민족문학을 단순한 논의의 대상이 아닌, 당대의 구체적 정치・사회 문제에 대한 실천적 개입의 주요 매개항으로 삼고, 그것을 자신들의 창작의 구체적・실천적 화두로 삼게 된 것이라 할 수 있다.

이후 이들의 민족문학론은 당위론적 주장, 가치론적인 개념의 강조에 그치지 않고 지속적인 갱신의 노력을 보여주는데, 특히 70년대 후반 박태순・백낙청・김종철・구중서 등에 의해 본격적으로 제기되었던 '제3세계 문학론'은 민족문학론의 시각을 넓히는 중요한 계기를 만들었다. 민족문학을 제3세계적 관점에서 파악하고자 한다는 것은 강대국의 독점자본과 그 경제적 질서에의 종속화 현상을 비판하고 경제・사회・문화적인 영향

---

31) 이에 대해서는 박태순, 『문예운동 30년사』 1・2・3, 작가회의 출판부, 2004 참조.

권에서 벗어나고자 하는 태도를 견지하는 것이다. 그리고 제3세계의 다른 국가들과의 연대의식을 확보함으로써, 민족문학론이 민족적 현실과 역사적 조건이라는 특수성에 매몰되지 않고 보편성을 얻고자 했다. 제3세계문학론은 근본적으로 서구의 근대와 과학사상에 대한 비판을 겨냥하고 있으며 그 연장선상에서 서구의 리얼리즘에 대해서도 문제 제기하고 있다. 자본주의 발달이 선진 자본주의 국가들에 의해 식민지주의와 제국주의 그리고 신식민지주의로 변질되었다는 것이 제3세계문학론의 기본적인 문제의식인 것이다. 서구의 과학과 기술의 한계를 문제 삼는 제3세계문학론의 관점에서는 당연히 서구의 리얼리즘을 주체적으로 해석할 여지가 생기는 것이다. 결국 제3세계문학론은 서구 시민사회의 진보적 전통과 결부된 리얼리즘의 긍정적 가치는 받아들이되 그것을 제3세계 나름의 역사적 상황에서 창조적으로 해석하고자 하는 것이다. 그리고 이를 통해 민족주의의 현실정치적 이데올로기로의 전화를 막고자 한 것이다.

사실 백낙청의 시민문학론에서부터 진보진영의 민족문학론은 제3세계의 문제의식을 내포하고 있었다. 처음부터 민족의 배타적 성격을 강조하지 않았다는 점에서 제3세계 문학론의 정립을 예비한 것으로, 민족문학론의 이론화를 이끌었다고 할 수 있다.32) 이 제3세계문학론의 수용은 따라서 1960~70년대에 걸친 문학 담론에 드러나는 지배 이념으로서의 민족주의 및 대항이념으로서의 '저항적 민족주의' 이념을 재해석할 수 있는 이론적 거점을 만들어 내고 있다는 점에서 매우 중요한 의미를 지닌다. 이후 '민족문학론'을 중심으로 한 다양한 문학론들에 대한 이해는 첫째, 저

---

32) 이후 백낙청은 민족문학 논의를 더 발전시켜, 제3세계의 민족주의가 선진국의 민족주의 및 그 산물로서의 제국주의에 대한 단순한 반작용이 아니라 진정한 주체성을 추구하는 인간해방운동으로서의 민족문화운동, 곧 민중의 입장에 선 문학운동 및 민중문학운동으로서의 민족문학을 강조하기에 이른다. 특히 그는 80년대의 민족이념의 급진화 물결에 발맞추어 계급론적 패러다임을 일정 정도 수용하면서도 사회주의적 세계관으로부터 거리를 취하며 독자적인 민족문학 이념을 견지한 채, 90년대의 새로운 현실과 조응하면서 분단체제론이라는 독특한 입론을 세워 나갔다.

항적 민족주의의 이념을 구현하고 있는 문학작품들과 문학론을 중심으로 '민족문학' 범주를 설정하고 그 안과 밖의 성격과 특징을 구별하고 있는 논의, 둘째, 노동문학과의 연계를 통해 "민족적 전통"을 사회적인, 계급적인 전통에 이르기까지 확장하여 일련의 문예운동의 중심으로 삼고 있는 입장, 셋째, 1960~70년대의 민족주의 이념을 1980년대의 계급주의적 시각과 연결시켜 일직선적인 발전의 길로 파악하고자 하는 입장 등으로 나누어지는 것을 볼 수 있다.

이처럼 1960~70년대의 민족문학 논쟁은, 그 논의의 내용에서 나타나는바 무엇보다 사용하는 용어와 그 함의에 대한 해석의 상이함에서 이미 각 논자에 따라 민족·국가의 개념 또는 이념에 대한 입장 차가 크다는 것을 확인할 수 있다. 문단의 보수진영과 진보진영 모두 자신들의 문학적 사명을 '민족문학의 구현'으로 내걸었지만, 그 실질적 내용은 전혀 다른 것이었다. 보수진영에서 말하는 민족문학은 과거와 전통성을 강조하는 것이었다면, 진보진영의 경우 현실과 미래성을 강조하는 것이었다. 이들의 민족문학론은 이 담론이 가질 수 있는 체제변혁 이론적 가능성을 확인하거나, 혹은 원천적으로 그러한 가능성을 봉쇄하고자 한다는 점에서 이데올로기적이다. 결국 1960~70년대 순수／참여론·민족문학론·분단문학론 등 '민족' 개념과 당대 현실을 둘러싼 논쟁들은 미학적 차원에서의 논쟁인 동시에 민족적 주체의 확립을 둘러싸고 전개된 헤게모니 투쟁의 장으로 기능한 것이라 할 수 있다.

3) 전통 전유의 한 방식－한국적인 것에 대한 우월적 인식

1950년대 말부터 계속된 전통에 관한 논의는, 전통의 우월성을 강조하여 새로운 사회와 국가 건설의 과제를 달성하고자 했던 지배담론의 동력으로서 또 한편으로는 '세계적 동시성'의 추구라는 근대화 논리에 대한 저항담론으로서의 양가적인 성격을 띠고 있다. '민족'개념을 둘러싼 지배 이념과 저항 이념의 대립은 '전통'의 이름을 빌어 벌인 문학 담론에서 선명히 드러난다. 즉 전통의 계승과 복원이라는 이름 하에 전통 문제를 민속 차원으로 격하시킨 지배담론과 민중적 형식으로서의 전통을 재발견하고 창조하고자 했던 저항 담론 간의 헤게모니 쟁탈전이 이데올로기적 차원에서 전개되었다고 할 수 있다. 문학·문화에서의 민족적 전통의 발굴·고안 및 확산을 통해 '국민'들에게 문화적 일체감을 부여하려는 국가주의적 노력과, 전통탐구를 통해 민족적 가치를 복원하고 민족적 주체성에 대한 질문을 던짐으로써 현실적 삶에 대한 성찰을 일깨우고자 했던 대립적 양상은 여성 '국극'과 마당극의 재현이라는 모습으로 나타나기도 했다.

박정희 정권은 쿠데타 직후부터 '민족주의'·'민족의식'·'자립의식' 특히 운명공동체로서의 민족적 자의식을 강조했다. 박정희는 민족주의를 "사대주의적 근성·식민주의적 근성·전근대적인 봉건적인 잔재를 완전히 일소해 버리는, 자주 국민으로서 우리의 자주성 민족의 주체의식을 똑바로 가진 (…중략…) 외국에서 들어오는 주의 사상·정치제도를 우리 체질과 체격에 맞추어서, 우리에게 알맞은 사회를 만들자는 것"33)이라고 밝히면서 사대주의 근성 타파와 민족 '주체의식'의 확립 등 정신적 측면을 강조하고 한국사회의 문화와 체질의 특수성을 강조한다. 그러한 의식의 집약적 표현은 1963년 대통령 선거의 대립구도를 "민족의 이념을 망각한 가식의 자유민주주의 사상과 강력한 민족적 이념을 바탕으로 한 자유 민주주의 사상과의 대결"34)로 규정하고 이른바 '민족적 민주주의'를 주장한 데서 드러난다.

---

33) 박정희, 서울 중·고교 교정에서 행한 대통령 선거연설(1963. 9. 28), 『박정희 대통령 연설문집』 2, 대통령 비서실, 1973, p.529 ; 전재호, 「박정희 체제의 민족주의 연구―담론과 정책을 중심으로」, 서강대 박사논문, 1997, p.77에서 재인용.

34) 박정희, 중앙방송을 통한 정견발표(1963. 9. 23), 『박정희 대통령 연설문집』 2, 대통령 비서실, 1973, p.520.

이처럼 스스로 민족주의자임을 강조하는 것은 애국적 감정이나 감상 때문이 아니라 그가 내세운 '조국 근대화' 정책에의 국민 동원이라는 객관적이고 현실적인 필요에 의한 것이었다.35) 여기서 민족주의 이데올로기와 그 현실의 거꾸로 된 관계를 볼 수 있다. 일반적으로 민족주의 이데올로기는 겨레·민속·민중문화 등을 강조한다. 그러나 실제로는 바로 이러한 것들이 인위적으로 만들어지는 시기에 민족주의가 생겨나는 것이다. 즉 이처럼 전통에 대한 강조가 이루어지는 시기가 바로 민족주의 이데올로기를 창출하는 과정이자 그 이데올로기를 통한 민족주의의 교육이 이루어지는 순간인 것이다.36) 그리고 이를 통해 '민족'의 일원으로 '국민'의 이름으로 근대화정책의 동력으로 참여시키게 되는 것이다. 민족주의가 정서적이고 문화적인 요소를 강조하는 것은 결코 특이한 것이 아니다. 식민지시대에 활동했던 신채호·박은식·정인보 등의 민족주의자들도 국수(國粹)·국혼(國魂)·조선의 얼 등 정신적 측면을 강조했다. 이들이 강조한 정신적 민족주의의 강조는 반제국주의 및 식민지 저항과 관련이 깊은 것이다. 반면 박정희 정권의 민족주의는 정신적 차원에서 민족주의를 강조하기는 하지만 이와 같은 반제국주의·반(反)예속을 추구하는 논리가 결여되어 있다.37)

이처럼 전통을 지배 이데올로기로서의 민족주의의 핵심요소로 간주하

---

35) 박정희는 1960년대 들어 다양한 문화전통정책을 추진하게 되며 1968년 문화공보부의 발족과 함께 전통문화시설의 복원 등 본격적인 정책을 실시한다. 여기서 눈여겨 볼 것은 특히 70년대 들어 유달리 '호국문화유적의 복원과 정화'를 강조하는 특성을 보인다는 점이다. 이는 박정희 체제의 전통문화정책이 어떤 일정한 정치적 목적을 가지고 있다는 사실을 짐작케 해주는 점인데, 이는 곧 조국근대화에 필요한 민족주체의식의 확립 및 자주국방의 의지를 과시함으로써 박정희 체제가 민족의 수호자임을 보여주고자 함이었다. 전재호, 「민족주의와 역사의 이용─박정희 체제와 전통문화정책」, 『사회과학연구』 7, 서강대, 1998, pp.90~92.

36) 어네스트 겔너, 「근대화와 민족주의」, 『민족주의란 무엇인가』(백낙청 편), 창작과비평사, 1981, pp.146~148.

37) 홍석률, 「1960년대 한국 민족주의의 분화」, 『1960년대 한국의 근대화와 지식인』, 선인, 2004, pp.191~193.

고 있는 것은 민족문학 담론에서도 마찬가지다. 앞에서 보았듯 백철은 민족문학을 전통성의 문학 곧 전통 위주의 문학으로 파악하고 있다. 특히 그는 이러한 전통성 위주의 민족문학이 세계문학과 연결되어야 한다고 강조하는데, 그가 말하는 세계문학과의 연결 방법은 "기성작품을 들고 세계문학으로 나가보는 일"이며 "한국문학의 전통적인 특질로서 해학문제를 갖는 세계문학에의 루트"를 개척하는 것으로 표현되고 있다. 민족문학작품을 하나의 특산물로서 세계로의 수출을 강조하는 산업적 논리의 모방이 아닐 수 없다.

한 논자가 지적하고 있듯이[38] 근대화·경제개발논리를 극단적 형태로 반영한 이런 문학작품의 특산품화 논리는 1968년 일본의 가와바타 야스나리가 노벨 문학상을 수상하자 여기에 자극을 받아 "우리 신문학 50년사에서 특산품을 추려낸다면 단편 소설에서 30편 내외, 시에서 1백편 내외를 뽑아내어 각각 동양적인 확실한 장정(裝幀)으로 포장을 하여 구미시장에 내보낼만하다"[39]고 말하는 대목에 이르면 더욱 노골적이다. 전통적인 것을 외국의 것과 구별되는 특수한 '특산물'의 차원에서 보는 이런 논리는 당시 박정희 정권의 근대화론이 지식인의 민족적 전통과 특수성에 대한 담론에 어떠한 영향을 미치고 있는지를 보여주는 것이 아닐 수 없다. 다른 논자들 역시 별반 다르지 않다. 우리 민족의 독창성·우월성을 확신시켜 주는 창조적 개념이자 한민족에게 역사적으로 가해진 모든 민족적 모순을 극복하여 줄 수 있었던 자주적 역사 에너지의 하나로서 우리 민족의 전통과 문화 그리고 그 중심으로서의 문학을 강조하는 구상이나, 민족문학이란 최소한 첫째, 민족의 의식·사상·감정을 나타내야 하며 둘째, 민족 전통의 일부분이 될 수 있는 내용의 것이어야 하는 바, 민족의 의식·사상·감정이란 어디까지나 우리 민족의 발전, 향상을 기조로 한 것

---

38) 홍석률, 위의 글, pp.211~212.
39) 백철, 「세계문학과 한국문학」, 『사상계』, 1968년 문예특별증간호, 1962.

으로 역사의식 위에서 미화시킬 수 있는 것이라면 하지만 토속적이든 향토적이든 무엇이나 우리의 빛깔이 드러나고 우리의 맛이 나며 우리를 느끼게 하면 된다고 주장하는 박영준의 논리는 더 말할 여지가 없다. 한국적인 고유한 정신의 흐름'과 한국인의 특성을 샤머니즘의 세계에서 찾고 있는 김동리 역시 예외가 아니다.

여기서 발견할 수 있는 하나의 공통점이 있다. 그것은 모두 민족문학을 언급하면서 세계문학으로서의 연계, 혹은 발전을 주장하는 점이다. 70년 『월간문학』의 특집에 등장했던 논자들의 글에서는 볼 수 없었던 내용인데, 이는 진보진영의 민족문학론에 대한 대타의식의 표현이자 근대화 논리의 문학적 표현이라 할 수 있다.

그러나 이처럼 민족적 전통의 특수성과 우수성을 곧바로 민족의 우월성으로 연결시키고 무조건적으로 강조하는 태도에 대한 비판은 당대부터 나오고 있었다. 한국적인 것을 과시하고 그것을 서양사상이나 중국사상과도 다른 특수한 것으로 숭상하여 한국사상의 우월성과 숭고성을 운운하는 경향은, 한국사상의 이른바 한국적 특성을 사상 일반의 보편성으로부터 떼어버린 것으로 더 이상 한국적 특성이라고 할 수 없다는 비판이 그것이다.[40] 이 비판처럼 보편성과 분리되어 일방적으로 강조되는 한국적 특성과 한국인의 우월성은 논리적 근거를 갖추지 못한 일방적 선언일 뿐이다. 이에 대해 유종호 역시 문학상 한국적인 것, 한국적인 정서를 강조하는 좋으나 한국적인 것이 세계적인 보편성과 분리되어 제기된다면 이는 특수성이라기보다는 단순히 로컬리즘에 빠질 우려가 있는 것이라고 비판한 바 있다.[41]

---

40) 송건호, 「한국근대화론」, 『세대』, 1966. 4.
41) 유종호, 「한국적이라는 것」, 『사상계』, 문예특별증간호, 1962.

4) 피해와 억압 기제로서의 민족 인식의 한계

70년대의 민족문학론에서 80년대를 거쳐 90년대 초반까지 이어지는 '진보적' 저항담론에 입각한 민족문학 진영은 계급론적 패러다임을 수용하면서 민족이념의 보수화로부터 거리를 유지한 가운데 더욱 진보적인 민족이념을 추구해 나갔다. 이러한 흐름은 1980년대에 정점에 달하게 되는데, 이는 사회주의문학운동의 전통에 대한 연구열과 상승작용을 일으켜 상당히 폭넓은 확산을 이루게 된다. 하지만 이러한 진보성 추구와 확산이 반제국주의 투쟁을 통해 '민족해방' 및 자주적인 민족국가를 이룩해야 한다는 목적론적·당위적 역사관 및 그 주체로서의 인민통일전선(민중연대성), 그리고 그것을 가능케 하는 것으로서의 노동계급성(및 당파성)에 대한 선규정적인 강조로 편향되지는 않았는가, '민족주의' 내지 '국가주의'가 지닐 수 있는 양면성에 대해서 명확히 인식하지 못한 채 진보적 민족이념에 대해 지나치게 낙관적인 태도를 드러낸 것은 아닌가 하는 점에 대한 자기점검 및 반성의 모습은 별로 없었던 것이 사실이다.

이른바 민족문학 진영 내에서는 '민족'은 의문의 여지가 없는 것으로 전제되어 있고, 어디까지나 문제가 되는 것은 '민족문학'을 어떻게 확대하고 그 중심을 어디에다 세울 것인가 하는 것 등이었다. 이러한 사실은 민족을 영구불변의 실체나 지고의 가치로 규정하고 출발하는 '국수주의적 민족문학론'과의 구조적 동일성을 의심하게 만드는 지점이다. 반(反)봉건-반(反)식민 의식을 내용으로 하는 근대문학으로서의 민족문학이라는 규정을 통해 일단의 차별성을 보여주고 있지만, 일반적인 민족주의의 역사적 전개가 보여주듯 또 초기 보수진영의 문학론이 그러했듯, 진보진영의 민족문학론 역시 보수진영에 대한 억압과 배제를 통한 자기동일성에의 강한 집착을 보여주고 있는 것은 아닌지 근본적인 질문이 필요한 것이다.

특히 이러한 비판의 빌미를 제공하고 있는 것은 80년대 이후의 민족문학론에서 두드러진 것이지만 그 근원에는 우리 역사에서 기인하는 민족주의에 대한 인식의 왜곡이 작용하고 있다는 점은 간과할 수 없는 사실이다. 그것은 피해와 억압의 기억을 자신의 정체성 확립의 주요한 심리적 기제로 삼아왔다는 것, 즉 우리 민족은 단 한 차례도 타 민족에 대한 침입을 강행한 바가 없는 한없이 순결하고 무구한 민족으로서 언제나 외적의 침입을 받았지만, 항상 이를 물리치고 민족의식을 다져왔다는, 피해자로서의 역사적 경험과 기억을 바탕으로 근대 민족구성의 핵심적 정서를 이루었던 점이다.[42] 이러한 인식은 특히 우리 민족의 우월성을 강조하는 국수주의적 민족문학론에서 두드러지지만, 해방 이후 지속적으로 이루어져 온 국수적 민족주의 교육은 서구 민족주의가 지니는 제국주의적 성격을 경계해온 진보적 민족문학론 속에도, 제국주의 국가의 민족주의와는 다른 형태로 피억압자의 억눌린 욕구를 자극하는 형태로 자리 잡게 만든 것이다. 국수주의적 민족문학론이 우리 사회 내부의 갈등과 모순을 민족의 구호 아래 강제적으로 통합하는 일익을 담당해 왔다면, 진보적 민족문학론은 그러한 보수적 민족문학론과 맞서는 과정에서 받아온 억압의 기억을 바탕으로 자신들의 민족주의 이념을 신성불가침의 것으로 인식하도록 정당성을 부여해 온 경향을 드러낸 것이다.

물론 1960~70년대의 현실 즉 진보적 이념이나 실천이 원천적으로 봉쇄되어 있던 현실을 생각하면, 진보진영의 민족문학론이 지니는 이런 약점은, 허용된 틀 내에서 비판의 시각을 예각화하기 위한 데서 나온 것이라 할 수도 있을 것이다. 실상 그러한 문제가 두드러지는 것은 80년대라는 급격한 실천의 시대로 넘어온 이후 민족문학이 그러한 근원적 질문을 던지지 못한 채, 동구권의 몰락이 상징하는 이념의 상실시대라는 90년대를 맞이했기 때문이다.

---

42) 김철, 『국민이라는 노예―한국문학의 망각과 기억』, 삼인, 2005, pp.221~222.

이와 함께 민족문학론을 포함한 진보진영 전체의 한계로, 산업화 시기의 노동자 농민 이른바 민중에 대한 일방적 시각을 지적할 수 있다. 즉 국가주도형 산업화 전략에서 국가와 기업의 통제의 효율성을 강조하기 위해 '동원대상으로서 민중'으로 바라보는 시각에 맞서, 인간다운 권리를 찾기 위해 투쟁하는 민중으로만 바라보는 이러한 시각은 특히 80년대 이후의 노동운동론적 관점의 수용으로 인해 더욱 고착되었다고 볼 수 있는데, 민주-반민주 혹은 '억압-해방'의 대립적 구도 속에서 저항적 주체의 '발전적 양상'만을 보아내는 한계를 낳게 된다. 예컨대 1980년대 초중반 노동소설 속에 그려진 민주노조운동의 전형적인 승리담은 많은 새로움에도 불구하고 노동자의 인간적 특성에 대한 묘사의 폭을 좁혀버리고 노동자상을 고정시키는 한계를 노출하게 되는 것이다. 집단적 주체로서의 민중이 아닌 일상적 개인의 삶의 차원에서는 근본적으로 저항적인 노동자도, 근본적으로 비정치적인 노동자도 산업화와 파시즘의 '시대경험'으로부터 자유로울 수 없는 것이 사실이다. 이러한 관점에서 볼 때 국가기구와 지배권력의 강압에 대한 저항적 주체의 구성만을 강조하는 것은 지나치게 일차원적일 수밖에 없다.[43] 따라서 실제 저항적 주체를 구성했던 모순은 무엇이며, 민중을 둘러싼 가족 · 국가 · 젠더 등의 중층적 모순의 내용에 대해서는 진전된 인식을 보여주지 못할 공산이 큰 것이다. 중요한 것은 민중의 일상적 경험 속에서 지배이데올로기로서의 민족 · 민족주의 이념이 어떻게 기억되고 재해석되고 있는가, 즉 노동자 · 소시민 등 모든 계층의 각 구성원이 1960~70년대 권위주의 체제와 산업화라는 체제와 그 지배 이데올로기를 일상에서 어떻게 경험하고 받아들였는가 하는 점까지 중층적으로 인식할 필요가 있는 것이다.

저항적 민족주의 이념이 인본주의로서 박정희 정권의 개발독재와 국가

---

43) 김원, 「한국산업화 시기 여성 노동자의 '일상'」, 『일상사로 보는 한국근대사』(유종필 편), 책과함께, 2006, pp.309~310.

주의 이념으로서의 민족주의에 맞서 대항했던 진보성과 건강성을 지니고
있었던 점은 분명한 사실이지만 집단적 실천이라는 사회적 지평을 지나치
게 강조할 경우, 이 저항적 민족주의는 지배체제의 위로부터의 민족주의
와 동일한 메카니즘적 성격을 지니게 될 수도 있다는 경계심을 늦추지 말
아야 하는 이유가 여기에 있다.

3. 결론 및 남는 문제

　1960~70년대 한국사회의 내적 갈등과 동력은 민족이념을 둘러싼 헤게
모니 쟁탈전의 양상을 보여준다. 개발독재를 통한 산업화를 추구했던 권
위주의적 국가주의 리더십과 시민적 자유의 요구에 입각해 대항했던 대안
적 시민 영역 사이의 대립과 갈등, 반제·반외세의 해방적 요구에 입각한
민족통합을 요구한 주체적 민중 진영과 성찰적 시민으로서의 국민 개념을
앞세운 자유주의 진영 사이의 대립·갈등, 당대 한국사회의 저류를 형성
한 주된 대립과 갈등은 모두 그 근저에 민족이념과 국민국가에 관한 분화
되고 차별화된 이해를 반영하고 있었다.
　하지만 국민 동원적 국가주의와 해방적 민족주의 양자가 공히 자유로운
개인들로 구성된 성찰적 시민사회의 발전에 장애이자, 그 한계로서 기능
하고 있다는 사실은 한국 근대사의 굴곡을 그대로 드러내 보여주는 것이
다. 이는 정당한 민족이념과 주권 국가에 대한 열망이 빠질 수 있는 함정
이 얼마나 위험한 것인가를 잘 보여주는 사례라 할 것이다.
　민족이념이 갖는 긍정적 기능과 지향성을 간과하지 않으면서도 그것이
국민국가 창출의 열망과 결부될 때 갖게 되는 독선적인 반작용의 측면들
을 현재의 시대적 과제와 결부하여 어떻게 해결할 수 있을 것인가? 만일

국민국가에 대한 열망이 시민을 국민으로 호명해내는 과정에서 자유로운 개체성과 혁신 가능성을 억압하고 유린하는 닫힌 체계로서 기능한다면 이는 문제가 아닐 수 없는 것이다.

민족개념은 첫째, 근대적 상상력의 한 결과물이다. 그것은 국민국가 창출의 열망이 현실적인 실천에로 전화되면서 나타난 담론적 구성의 결과물이지, 현대 특유의 자명한 산물이 아니다. 둘째, 그렇지만 민족개념 자체는 역사적·상대적 규정이 가능한 탄력 있는 개념이라는 점을 확인할 수 있다. 국민국가를 넘어 세계 시민 사회로 나아가려는 경향을 보이는 현금의 세계사적 상황과 결부시켜 볼 때, 민족개념을 혈통의 순수성이나 지역적 연고, 언어적 통합에만 묶어두는 일은 불가능한 일이다. 민족개념은 그 문화적 정체성의 차원에서 재인식되어야 하며 특정한 민족의 통합을 가능하게 했던 문화적 자산이 인류 보편의 자산으로 화할 수 있는 가능성의 차원에서 다시 결산되고 재평가되어야 하는 것이다. 민족 통합 또는 민족 구성원의 창출이라는 기획 하에 진행된 일련의 담론적 실천의 과정들이 보편적 개인의 자유와 가능성을 억압하고 배제하는 구체적 맥락들에 대한 탐구 역시 이루어져야 한다.

이상 1960년대 이후 순수−참여논쟁으로 드러나는 문학의 현실인식 강조가 과연 어떻게 민족문학론으로 수렴되고 있으며 그 과정에서 민족이념과 국가주의적 의식은 어떤 양상으로 드러나는가, 또 1960~70년대 민족문학론에서는 '민족'이념과 '국가주의'라는 개념이 문학의 장 내부에서 어떻게 형성되고 어떻게 내면화되었는지를 살펴보았다. 이 과정에서 '민족'과 '국가주의'는 긍정적 면에서든 부정적 면에서든 우리 문학을 형성해온 가장 중요한 이념적 요소임을 확인할 수 있고, 또한 그것이 지배세력에 의해 일률적인 모습으로 이루어진 것이 아니라 다양한 하위 갈래들에 의해 다양한 방식으로 수용되고 있음을 알 수 있다.

기존의 민족문학적 시각도 지나치게 이념 편향으로 기울어지고 자기 이념의 타당성을 검증할 수 있는 전형적인 작품들 중심으로 연구가 진행되었기 때문에 이념의 논리를 검증하기 어려운 다양한 담론과 작품들을 배제하는 역기능을 낳았다. 이제 '민족적 주체'를 호명하는 모든 문학적 담론 전체를 대상으로 하여 그 다양함이 어떠한 역사 국면에서 어떻게 전개되는지를 더욱 폭넓게 연구해야 한다. 이 글은 그 시작일 뿐이며 이러한 연구는 문학적 측면에서 뿐만 아니라 영화·연극·드라마·풍속 등 문화 일반의 차원으로 더욱 넓혀가야 할 것이다.

참고문헌

김　철, 『국민이라는 노예-한국문학의 망각과 기억』, 삼인, 2005.

김윤식 외, 『한국 현대비평가연구』, 강, 1996.

김일영, 『건국과 부국』, 생각하는나무, 2004.

김정훈, 「남북한 지배담론의 민족주의 비교 연구」, 연세대 박사논문, 1999.

니시카와 나가오, 윤대석 역, 『국민이라는 괴물』, 소명출판, 2002.

문학사연구회 편, 『민족문학론』, 백문사, 1988.

김영민, 『한국현대문학비평사』, 소명출판, 2000, p.297.

박태순, 『문예운동 30년사』 1·2·3, 작가회의 출판부, 2004.

백낙청 편, 『민족주의란 무엇인가』, 창작과비평사, 1981.

백낙청, 『민족문학과 세계문학』, 창작과비평사, 1978.

서중석, 『한국근현대의 민족주의 연구』, 지식산업사, 1989.

역사문제연구소 편, 『한국정치의 지배이데올로기와 대항이데올로기』, 역사비평사, 1994.

유종필 편, 『일상사로 보는 한국근대사』, 책과함께, 2006.

이상갑, 『한국근대문학비평사론』, 소명출판, 2003.

임지현, 『민족주의는 반역이다』, 소나무, 1999.

전재호, 「민족주의와 역사의 이용-박정희 체제와 전통문화정책」, 『사회과학 연구』 7,
　　　　서강대, 1998.

＿＿＿＿, 「박정희 체제의 민족주의 연구-담론과 정책을 중심으로」, 서강대 박사논문,
　　　　1997.

정성화 편, 『박정희 시대와 한국현대사』, 선인, 2006.

정성화 편, 『박정희시대 연구의 쟁점과 과제』, 선인, 2005.

한국민족운동사학회 편, 『한국민족운동사 연구』 45, 2005.

홍석률, 『1960년대 한국의 근대화와 지식인』, 선인, 2004.

1970년대 텔레비전 드라마에 대한
신문담론과 헤게모니 구성

김 수 정

1. 들어가면서

1970년대라는 시기에, 텔레비전을, 특히 텔레비전 드라마를 살펴본다는 것, 그리고 드라마 자체에 대한 고찰이라기보다는 그 드라마에 대해 쏟아내는 신문의 담론들을 고찰한다는 것은 무엇을 의미하는 것일까? 이 글에서는 텔레비전 드라마에 대한 신문 보도를 고찰함으로써, 텔레비전 문화에 대한 비평담론 형성자로서 신문이 어떻게 기능하며, 텔레비전방송, 신문, 그리고 정권의 이해관계가 어떻게 상호 접합되고 또한 균열되는지를 추적하고자 한다.

사실 한국 현대사에서 어느 한시기도 중대한 의미 부하를 받지 않는 시기가 있겠는가만은, 특히 1970년대는 박정희 정권의 성과인 경제 발전 만큼이나 왜곡되고 파행적인 한국사회구조를 오랫동안 한국사회의 과제로 남겨놓게 한 시기이다. 즉, 국가 주도의 경제개발을 통해 한국이 산업사회와 대중사회로서 골격을 갖춰가는 압축적 근대화의 시기였지만, 동시에 18년의 군사독재라는 폭압적 정치를 통해 한국의 민주주의를 정체와 질곡에 놓이게 한 이중적 시기이다. 박정희로 표상되는 1960년대 경제개발의 시작 그리고 국가비상사태, 계엄령, 긴급조치 등으로 점철된 유신독재체제로 이어지는 1970년대는, 이 시대의 성격과 평가를 아직도 현실 정치계에서나 학술계에서나 논쟁적이며 현재 진행형으로 만들만큼 한국사회전체와 국민구성원들 삶의 구석구석에 영향을 끼쳤고, 오늘날 현재까지도 일정정도 규정력을 행사하고 있다. 텔레비전도 바로 이러한 박정희 시대인 1961년 개막하였으며, 그리고 그의 집권의 독기가 맹렬한 1970년대에 서민들의 보편적 오락매체로서 본격적인 '텔레비전 시대'가 열렸다.

70년대 한국 텔레비전은 흔히 '텔레비전 삼국시대(三局時代)'로 묘사된다. MBC-TV가 1969년 12월에 개국됨으로써 1970년대는 1961년과 1964년에 각각 개국한 KBS-TV와 TBC-TV(1980년대 KBS로 통합된 당시 동양방송)와의 시청률 경쟁 삼파전이 한국방송문화를 좌우하였다. 63년 당시 TV 수상기는 3만 4천여 대로 가구당 채 1%도 못되는 보급률을 보였는데, 1975년에는 대중문화의 임계치(critical mass)라 할 수 있는 세대당 보급률 30%를 넘으며 비약적 양적 성장을 이루게 된다(한국방송공사, 1987, p.752). 그리고 1970년대 텔레비전을 '드라마의 홍수시대'(최창봉·강현두, 2000, p.218)로 명명할 만큼, 텔레비전은 바로 '드라마'로 인식되었다. 특히, 지금은 상대적으로 시들하지만, 당시 '드라마의 꽃'으로 지칭되었던 일일연속극은 '저질'이란 비난도 쉽게 무시할 수 없을 만큼 '한국방송국의 편성 제작분야의 중추로, 개편의 향방을 가늠하는 얼굴로, 채널권 확보와 시청률 경쟁의 지표로, 그 편력은 사운을 걸어온 영고성쇠의 점철'이었다(오명환, 1994, p.77).

시청자들에게 텔레비전의 구매욕망을 불러일으키고, 그리고 텔레비전의 사용가치를 오락적 매체로서 인식하게 만든 한국 드라마를 어떻게 평가할 것인가는 현재 그 드라마가 보존되지 못하고 전파와 함께 사라져 버린 상황에서 직접적 평가와 판단이 불가능하다. 또한 당시의 드라마 시청의 즐거움을 그리고 그 정치적 함의를 거의 40여 년의 세월이 지난 이 시점에서 수용자들의 집합적 기억을 수집하거나 재구성하는 것도 쉽지 않다. 그러나 어쩌면 드라마 자체에 대한 당시의 수용자 개개인의 경험 자체보다도 그러한 드라마의 시청경험을 특정방식으로 해석하도록 유도하고 해석의 틀을 제공하는 공적 담론으로서 신문의 비평이 더욱 흥미롭다 하겠다. 왜냐면 경험은 그 자체로 자명하고 투명한 증거가 아니며, 담론의 장에서 경쟁적으로 해석되고 특정 방식으로 규정되며 위치지워지는 것이기 때문이다. 당시의 텔레비전 프로그램 일반 그리고 특히 드라마에 대한 공공 영역에서의 평가는 대중들의 직접적인 평가가 반영될 수 있는 현재의 인터넷과 같은 매체가 부재한 상황에서 여론형성의 직접적인 영향을 가진 신문의 담론에 의해 매개되었다. 따라서 본 글은 신문이라는 당시의 막강한 대중매체가 어떻게 방송 드라마를 규정하고 위치지우며, 그럼으로써 시청자들의 반응을 특정방식으로 구조화하는지를 살펴보고자 한다.

신문매체의 전개와 성격도 그러하지만, 텔레비전의 성장과 성격 역시 물론 박정희 정권을 떼놓고 생각할 수 없다. 텔레비전의 양적 성장은 거시적으로는 박정권의 경재개발의 결과로서 전반적인 산업의 발달과 소득수준의 향상에 의해, 그리고 미시적으로는 텔레비전의 국내 생산이나 수상기 구매촉진을 위한 정부의 여러 조치에 의해 가능할 수 있었다. 그리고 정부의 지원과 관심은 일차적으로 국민에 대한 '계몽과 홍보'라는 통제의 도를 넘어서 생각하기 힘들다. 특히 정권획득의 비합법성을 경제개발의 성과로 만회하고자 했던 박정권이 3선개헌과 유신체제로 인해 정당성의 구축이 더욱 어려워진 상황에서, 텔레비전의 통제와 규제는 다분히 정권의 노골적인 방송 장악이라 설명할 수 있다. 그러나 이러한 설명이 곧 텔레비전이라는 문화적 제도나 실천이 쉽게 조작될 수 있다거나 또는 통제나 규제가 곧 곧바로 헤게모니를 구축을 의미하는 것은 아니다. 있다.

바로 이 지점에서, 지배의 과정과 성격을 강제(coercion)뿐 아니라 피지배 집단의 '자발적 동의(consent)'의 부단한 획득과정으로 설명하는 그람시의 헤게모니 개념이 유용할 수 있다.[1] 텔레비전 방송국과 신문이라는 두 대중매체는 담론의 생산을 통해서 공적세계와 대중의 사적세계를 연결하고 동시에 특정한 방식으로 상호작용하게 만드는 역할을 본질적으로 수행한다. 따라서 이들 매체는 대중의 동의를 구축할 수 있는 주요한 헤게모니 장치로서 통제, 이용하고자 하는 정권의 의도와 실천 밖에 순수하게 독립적으로 존재할 수 없다. 그러나 문화제도들은 자신의 이해관계와 논리를 지니며, 정치나 지배계급에 일정정도 상대적인 자율성을 지닌다. 따라서 헤게모니는 권력의 궁극적 지점이기보다는 우연적인 접합을 내포하는 복잡한 과정으로 이해되어야 한다. 이러한 헤게모니 개념이 도구주의나 정치 우선주의를 넘어서게 하고, 그리고 '시청자'를 선취해야 할 무력한 대

---

1) 현재 한국학계에서는 박정희 시대에 대한 재평가가 계속적으로 이뤄지고 있고, 특히 박정희 시대의 성격을 진단하는데 있어서 박정권이 당시 피지배 집단들의 '자발적' 동의를 획득했다고 볼 수 있는가의 여부가 논쟁의 중요한 지점을 이루는 듯 하다. 이에 대해서는 학술지 <당대비평> 2004년부터 전개된 조희연과 임지현의 논쟁을 들 수 있다. '동의'의 '성격과 규모(정도)'에서 이견이 첨예하게 나타나는 듯한데, 해결의 실마리를 위해서는 이론적 수준에서의 논증에서라기보다 경험적 수준에서 조사와 증거분석이 더욱 긴요해 보인다. 이 글의 목적이 결코 이러한 논쟁과 연관하여 박정희 시대 전체를 평가하거나 또는 판단하는데 증거를 제시하려는 것이 아닌 까닭에 직접적으로 관계가 없을지 모른다. 논쟁이 격렬하게 양대 구도로 나눠지게 되면, 문제점이 명확해지고 개념적 수준에서 세련화와 경험적 연구를 추동시켜 주지만, 동시에 그 이분법적 구도 때문에 다양한 사고와 실험이 제약되는 측면이 있다. 때론 그 이분법에 어디에도 서지 않는 듯 한, 외곽이나 다른 측면에서 이뤄지는 다양한 연구들이 오히려 그러한 논쟁에 많은 시사를 제공할 수 있다. 그러한 점에서 이 글이 그러한 논쟁에 간접적인 하나의 참고자료가 될 수도 있겠다.

상으로 타자화시키는 것을 막아준다. 즉, 헤게모니에 대한 주목은, 박정희 유신체제의 방송에 대한 강압적 통제 실천과 동의의 구축이라는 시도가 어떻게 방송사의 행위와 드라마에 대한 공적 담론 생산자로서 신문의 담론실천들과 접합되는 지를 살펴볼 것을 요구하는 뜻한다.

본 글은 먼저 신문, 방송, 그리고 시청자의 실천행위에 압력과 한계를 설정하는 객관적 조건으로서 시대적 상황에 대한 간략한 기술과 함께 당시 방송사의 환경을 소개하고자 한다. 이어서, 70년대의 방송사의 행위규범과 문화적 실천결과물로서 드라마 프로그램의 특성에 대해 논의 할 것이다. 세 번째로는 이러한 드라마들에 대한 신문의 비평담론들의 형식을 고찰하고, 동시에 그 지배적 담론이 어떻게 하위담론들에 의해 구성되어 있는 지를 분석할 것이다. 네 번째는 신문담론이 어떻게 방송과 정부의 이해관계와 접합하고 균열하는가를 헤게모니적 문화정치학으로서 고찰하고, 이어 글을 마무리하고자 한다.

드라마에 대한 신문 담론을 조사하기 위해, 1970년 1월 1일부터 1979년 12월 31일까지 10년 동안 조선일보에 보도된 드라마 관련기사들을 분석하였다. 조선일보는 1970년대 초 다른 신문매체에 비해 텔레비전 비평담론의 기능을 상대적으로 빨리 정착시켰기 때문이다. 분석자료로 사용된 기사 건수는 모두 535건이다. 하지만 70년대 초반인 1970년과 1971년만 해도 신문의 일관된 방송비평이 발달되지 못하여, 비록 방송 비평이라고는 주로 방송 프로그램 일정표 옆에 '연예 오락' 그날의 프로그램 소개란에서 한두 구절이 첨가되는 양태였다. 하지만 이것이 유일한 방송 비평들이라서 이를 분석대상에 포함하였다. 그러나 1972년 이후에는 텔레비전 방송에 대한 기획연재나 고정란들이 등장함으로써, 단편적인 프로그램 소개가 목적인 <연예 오락>란은 참고하였으나 구체적인 분석에서는 제외하였다. 따라서 비평담론을 담는 형식의 변화로 인해 연구 대상이 과정 중에 선택적으로 판단되었어야 했기 때문에, 일관된 내용분석 방법을 사용

하여 통계화하지 않고, 텔레비전 드라마 관련보도와 비평담론의 특성을
일일이 메모, 정리하는 방식을 통해 조사 분석하였다.

2. 박정희 유신체제와 텔레비전 시대

1) 유신체제와 민족주의 담론

박정희 군사정권체제는 위로부터의 권위주의적인 경제개발을 통해 5 · 16
쿠데타와 유신체제로 인해 상실한 정당성의 회복과 북한과의 경쟁에서 승
리라는 이중과제를 해결하고자 했다(최장집, 1996, pp.26~33). '조국근대화'
의 기치아래 독재정치에 의해 주도된 산업화임에도 불구하고, 이것이 세
계적으로 3세계의 경제개발의 모델이 될 수 있었던 것은 바로 궁핍과 기
근에서 벗어나고자 하는 온 국민의 집합의지가 정권의 의지와 결합될 수
있었기 때문이다. 즉, 60~70년대 전국 곳곳에서 들리던 '잘살아보세'란
노래는 바로 이러한 열렬한 국민적 호응을 드러내는 것이고, 이점이 바로
라틴 아메리카와 같은 다른 3세대 개발도상국가와 한국을 구별시키는 특
징인 것이다(최장집, 1996, pp.26~27).

실제로 1962년 시작한 근대화 프로젝트는 '농촌 근대화 10개년 계획'의
발표와 전국을 일일생활권으로 묶는 경부고속도로와 호남고속도로의 잇따
른 개통으로 1970년 벽두를 장식했다. 1972년부터 시작된 농민들의 자발
적 참여를 유도한 국가주도 대형 프로젝트인 새마을 운동의 성과와 1960
년대의 가내수공업과 경공업 중심의 노동집약적 수출주도전략에서 1970
년 4월 포항종합제철의 기공을 시작으로 한 중화학공업국가로의 발돋움은
한국경제를 놀랍게 성장시켰다. 그 결과 1961년에는 80%에 달하던 농림어

업 종사자가 1971년에는 50% 이내로 축소되고, 광공업과 사회간접자본 /
서비스 종사자가 절반을 넘음으로써(한국은행, 1982, p.20 ; 임종수, 2003, p.39
재인용), 한국의 경제구조가 1차 산업 중심에서 2, 3차로 전환되는 형세를
띠기 시작했다. 1974년에는 지하철이 개통되고, 집권 후 연평균 8.3%의
경제성장과 1977년 수출 100억 불 달성, 1978년 1인당 GNP 1,279달러
달성을 통해, 한강의 기적을 이뤄냈다. 참으로 극적이며 숨 가쁘게 달려온
이 성장은 국민의 열성적인 참여 없이 단지 국가의 계획과 강제로서만 이
뤄지기 힘든 과정들이었다.

　그러나 세계 냉전과 분단체제가 가져다 준 반공주의와 새로운 경제개발
프로젝트를 기반으로 박정권이 대중의 동의를 창출하는 정치적 리더십을
획득하였지만, 경제개발국으로서의 성과에 대한 자부심 못지않게 깊은 구
조적 문제들이 드러나기 시작했다. 수출주도형 산업이 가져온 높은 대외
의존도와 국민경제의 불균형, 달동네로 불리는 무허가 판자촌에 거주하는
대량 도시빈민과 농민의 희생을 담보로 하는 저곡가 정책으로 농가부채로
신음하는 농촌빈민을 양산해내었다. 군사독재정권이 배태한 사회구조적
모순과 왜곡의 모습은 1970년대 초부터 적나라하게 정인숙사건(1970)이나
전태일 분신사건(1970), 실미도 공군특수부대원 난동사건(1971) 등으로 터
져 나왔다. 박정권은 3선 개헌 이후 1970년대 들어 더욱 심화된 정치적
불안정성을 1971년 국가비상사태선언과 10월 국회해산 및 비상계엄령 선
포, 그리고 유신헌법을 통과라는 강압으로 대응하였다. 이후, 지식인, 언론
인, 대학생들은 유신체제의 철폐를 요구하는 민주화운동이 더욱 확산되었
고, 국가권력은 1974년 긴급조치 1호와 1975년 긴급조치 9호라는 강압정
책을 통해 전 한국사회와 국민들의 일상생활 하나하나를 감시, 억압, 통제
하고자 했다. 그러나 동시에, 정권의 유지를 보장할 수 있도록 지속적으로
국민의 자발적 동의를 유도할 수 있는 도덕적 리더십의 확보가 필요했으
며, 이를 위해 박정희 체제는 '조국 근대화를 위한 멸사봉공의 국민(민족)적

집단주체'를 구성하는 '국민 만들기'에 매진하였다(황병주, 2005, p.129, p.144). 이는 국가권력이 지도하는 근대화 계몽운동의 일종으로 초기에는 주로 물질적 개량운동이었지만, 70년대 후반에 들어와서는 산업화와 도시화등 대중사회의 부산물로서 나타난 여러 사회적 부작용을 정화하기 위한, 즉 도박추방, 퇴폐일소, 정화, 국민교육 등 정신개조 운동으로 전환되었다. 흥미로운 점은 이러한 대중동원에 대해 국민들은 자신의 자유를 박탈하는 것으로서 보다는 동일한 근대화 체험을 가능하게 하는 '근대 국민으로서의 호명'으로 받아들였다(황병주, 2000).

 '조국 근대화'라는 지배담론은 경제개발과 반공주의 외에도 민족주의, 국가주의, 민주주의, 평등주의의 하부담론들을 포섭해내고 있었다(황병주, 2005, p.130). 이 가운데 특히, 민족주의는 경제개발과 반공주의, 그리고 국가주의를 접합시켜 종국엔 정권을 넘어 박정희 개인을 등치시킬 수 있게 해주는 중요한 하위담론으로서, 민족주의에 정당화를 부여하면 할수록 역으로 박정권 체제가 정당화를 부여받게 되는 이데올로기 기제였다. 민족은 영토와 언어, 혈연, 종족과 같은 객관적 요소에 '의지와 기억'이라는 주관적 요소(Hutchinson & Smith, 1994, p.4)를 모두 지칭하면서 민족을 역사적 유기체로 보고 운명 공동체임를 강조한다. 여기에는 강렬한 원초적 감정이 수반되어, 민족주의가 쉽게 국가주의로 전치되고 또다시 정권과 등치됨으로써, 지배권력을 정당화하는 정서기제로 작동할 수 있게 된다. '민족의 존재 후에 그 속에서 개인의 존재가 확인되고 의미를 지니게'(박승현, 2005, p.47) 됨으로써 개인은 민족 범주 속에서 동질화된다는 점에서 그것은 폭압적이지만 근대화의 접변 속에서 혼란된 개인에게 정체성의 정박지를 제공하는 강력한 호소력을 지닌다. 그러나 사실상, '민족과 민족주의'라는 개념에 모두가 충분하고 동의될 만한 정의를 찾기 어렵다(Hutchinson & Smith, 1994, p.4). 그리고 바로 이점 때문에 역설적으로 민족주의는 어떠한 이데올로기도 포섭할 수 있는 신축적이고 '다양한 변주가 가능한 문화적 구성물'(유선영, 2007, p.3)로서 국가나 정권의 필요성에 쉽게 복무할 수 있게 된다. 정권의 입장에서 또 다른 민족주의 이데올로기의 매력은 이견의 학자들도 쉽게 동의하듯 '민족적 충성과 정체성은 계급, 젠더, 그리고 인종에 대한 충성이나 정체성에 비해 월등한 파워를 지니며, 아마도 그 범위나 열정에 있어서 민족적 충성에 비견할 만한 것은 종교적 헌신 말고는 없다'(Hutchinson & Smith, 1994, p.4)는 데 있다. 이러한 점에서 어느 국민국가의 형성시기에 민족주의 이데올로기가 동원되지 않은 적이 없었다. 박정희체제 역시 국가의 공적 목표와 달성을 위해 개인의 영웅적인 희생을 요구하는 방식으로 국가의 주체성을 확립해 나갔다(박승현, 2005, p.51).

민족주의 중심담론은 문화정책에서도 중요하게 적용되었다. 유신권력은 '문화재 개발 4개년 계획(1969~1974)' 사업을 통해 광범위한 유무형의 전통문화를 동원하였고, 세종대왕과 같은 역사적 민족영웅과 충효교육을 민족중흥교육을 핵심지표로 삼았다(임종수, 2003, p.46). 1970년대에 들어 '문화예술진흥법'과 '문예중흥 5개년 계획'(1974~1978)으로 본격적인 문화정책 개발이 시작되었다. 이러한 문화정책의 핵심은 '국가주의'와 '민족문화담론'의 교육과 홍보를 문화정책의 핵심으로 삼고, 연극과 음악등의 공연예술 뿐 아니라 텔레비전과 영화[2]와 같은 대중매체를 동원하는 것이었다. 대중문화의 근간을 이루는 방송과 영화 등에 적용된 정책지침 또한 이처럼 국가와 민족의 발전을 위한 국민정신 계몽에 그 초점이 두어져, 이들 매체로 하여금 퇴폐적이고 향락적인 외세문화의 청산과 건전한 정신함양을 위한 정신개조의 목적을 수행하도록 요구하였다(오명석, 1998, 박승현, 2005, pp.47~48 재인용).

---

[2] 정치권력은 영화제작과 수입의 인허가권이라는 경제적 통제권 역시 활용하여 영화계 내부에 충직한 인력을 창출하고, 정치권력의 정당성을 확보하고자 하는 도구로 한국영화를 활용하였다. 그러나 건전영화의 제작을 통한 계몽 정책은 영화제작사들이 정치권력이 부여하는 정책적 지원과 경제적 혜택을 목적으로 적극 협조하였지만, 관객의 외면으로 계몽적 정책은 실패했다(박승현, 2005, pp.69~71).

2) TV 삼국(三局)시대의 개막과 국가 규제

박정희 정권에게 텔레비전 방송국은 정책홍보와 국민계몽을 통해 정권을 유지하는 효과적인 수단으로서 뿐 아니라, TV의 보급 자체가 조국근대화의 하나의 중요한 내용이자 상징으로서 간주되었다. 따라서 박정권은 TV의 개국을 서둘러 국영 KBS를 '혁명정부의 크리스마스 선물'로서 급조해 내었다.3) '언론을 기업으로 육성하고 그 내용을 향상시킨다'는 1962년 언론정책의 기조를 유지하여, 박정희 정권은 1970년대에도 적극적인 텔레비전 육성정책을 전개하였다. 이러한 흐름을 타고 5·16 장학회가 인수한 MBC는 1969년 8월 개국 후, 당시 부산 밖에 지역국을 가지고 있지 못한 TBC-TV와는 달리, 엄청난 기세로 대구, 광주, 전주, 대전에 지방국을 KBS처럼 직영체제로 하는 전국 네트워크를 형성하고 71년 7월 전국 동시 방송을 시작했다(정순일, 1991, p.158, pp.163~164). 뿐만 아니라, 69년 수상기 보급이 22여만 대에 이르러 KBS 시청료 수입이 증가한 정부는 국고에만 재정을 두고 광고를 중단함으로써, 당시 새로 출범한 MBC-TV가 그 광고량을 이어받아 호황을 누릴 수 있게 하는 혜택을 주었다(정순일, 1991, p.178). 이처럼 박정권의 언론정책은 방송에 대해서는 상업방송의 계속적인 허가와 관련법 정비를 통해 적극적으로 매체육성책을 실행한 반면, 신문 등 정기간행물은 매체축소라는 이중정책(강대인, 1997, pp.24~26)으로 대별되는 특성을 보인다. 그러나 박정권 시대를 전체적으로 보면, 미디어의 기업화 지원과 동시에 규제라는 '채찍과 당근'의 양면정책이 신문과 텔레비전에 공히 적용되었다고 볼 수 있다(조항제, 2003, p.265).4)

---

3) KBS-TV의 창설 당시 공보실장이던 오세경장관의 표현에서 나타나듯 텔레비전 개국은 국민에게 주는 '혁명정부의 크리스마스 선물'로서 구상되었고, 창설준비 작업이 본격화 된지 불과 2개월 반 만에 급조해 내어 마침내 12월 31일 7시 개국식에 당시 국가재건최고회의의 박정희 의장과 송요찬 내각수반이 직접참석 소개되었다(정순일, 1991, p.135 ; 정일영, 2001, pp.172~173). 1966년 당시 문공부 모니터실에서는 매일 아침, KBS와 TBC의 시청결과를 '성적표'처럼 만들어 당시 홍종철 장관에게 제출했다(정순일, 2001, p.161).

텔레비전 프로그램의 내용규제로서 한국에서 방송심의가 공식적으로 처음 시작된 것은 1962년 6월 14일에 공보부가 방송계의 동의를 얻어 방송의 자율적 규제기관으로서 '방송윤리위원회'(이하 방송윤리위)가 발족하면서부터이다. 다음해인 1963년 말 방송법이 제정되고, 여기에 '방송윤리위원회' 설치가 명문화 되면서 법정기구로서의 자격을 갖게 되었다.[5] 그러나 1964년 <언론윤리위원회법> 제정으로 방송법에서 방송윤리위가 삭제되었다가 <언론윤리위원회법>이 시행보류 됨에 따라 같은 해 9월부터는 임의단체로 남아있게 되었다(이범경, 1994, p.381). 방송윤리위는 심의결과에 따라, 주의, 경고, 해명, 정정, 사과의 조치, 그리고 제작자 개인에게 집필정지 및 근신, 출연정지, 연출자 경고 등 중징계를 내릴 수 있었으나 실질적 제재효과라기 보다는 '가시적 제재효과'로 여겨졌다.[6] 그러나 유신체제에 들어서 제정된 1973년 방송법에 의해 임의단체였던 방송윤리위가 다시 법정 자율기구로 되고, 심의 규제의 이행을 문화공보부 장관이 요구하는 권한도 명시됨으로써, 방송윤리위는 사실상 국가의 통제기구로서 기능을 담당하게 되었다(백미숙·강명구, 2007, pp.148~149).

유신체제는 정권유지수단으로 적극 동원하려는 의도에서 1973년 2월 16일 방송법 개정을 통해 방송국에 심의실을 두어 사전심의를 의무화 하

---

4) 텔레비전에 대해 주로 내용적 통제가 채찍이었다면, 신문언론에 있어서는 갖갖은 법, 제도, 관행, 법외적 테러를 통한 다각적 통제와, 회유책으로서는 신문카르텔 조장 및 묵인, 언론기업의 과두화와 거대화, 언론인의 정치인 충원, 언론인금고의 설치와 같은 것을 들 수 있다(조항제, 2003, p.265).

5) 위원회는 1963년 1월 18일 '방송윤리규정'이 성안되자 매달 정기적으로 위원회를 열고, 방송국 개별프로그램에 대한 심의를 수행했다. 초대 위원장은 강원용 목사, 비방송인 위원은 김기석(교육), 조풍연(언론), 이혜구(음악) 이병용(법조), 우대규(실업) 씨였다(정순일, 1991, p.93).

6) 방송윤리위가 규정한 방송윤리에 관한 8가지 조항은 다음과 같다. 1. 인권존중에 관한 사항, 2. 보도 논평의 공정성 보장에 관한 사항, 3. 민족의 주체성 함양에 관한 사항, 4. 민족문화의 창조적 개발에 관한 사항, 5 아동 및 청소년의 선도에 관한 사항, 6. 가정생활의 순결에 관한 사항, 7. 공중도덕과 사회윤리의 신장에 관한 사항, 8기타 공서양속에 관한 사항. (김승현·한진만, 2001, p.61).

는 등, 법적 통제를 강화하였다. 73년 방송법의 주요특징은 첫째, 문화공부의 관리를 강화하고, 둘째 교양프로그램을 20%에서 30%로 이상으로 상향 조정시키며, 셋째 방송윤리규정과 심의규정을 강화하는 것이었다. 특히, 방송윤리위를 통해서 뿐 아니라, 문공부 장관이나 대통령이 지침이나 담화의 형식으로 법체계 외적인 개입을 일상화하게 되었다(최창봉·강현두, 2001, pp.200~201).

1970년대를 들어서면서 첫 규제는 1971년 1월 22일 히피족을 방송에 출연금지 시키라는 법체계외적인 박정희 대통령의 직접지시였다. 60년대는 문공부장관의 방송 비판이 있었으나, '대개 국영방송인 KBS에 대한 감독권 행사로 보아 무방'했지만, 방송이 최고 통치권자인 대통령의 '노골적인 비난의 대상이 된 것은 71년이 처음'이었다(정순일, 1991, p.191). 이때부터 외래문화를 퇴폐문화로 규정하는 등의 구체적인 내용규제가 시작되어, 1971년 6월 16일 새로 취임한 문공부 장관이 방송의 저속성을 비난하는 초강력 담화문을 직접 발표로 이어진다. 이 담화는 중앙매스컴 기자·동아일보 기자의 언론자유선언이 발표된 지 2달이 지난 시점이며, 동시에 박정희 7대 취임을 2주 앞 둔 시점이다. 따라서 분명 방송을 길들이기 위한 정권의 목적도 있었겠지만, 무엇보다도 그러한 개입의 직접적이고 공식적 구실 역할을 한 것은 하루 12~15편의 일일극을 쏟아내는 방송3사의 치열한 드라마 시청률 경쟁과 그로인한 오락일변도의 프로그램의 질적 저하였다. 물론 인기드라마인 <아씨>(TBC)나 <꽃동네 새동네>(KBS)나 <북간도>(KBS) 같은 호응 좋은 건전드라마도 존재하였으나, 유신정권의 윤리의식에서는 허용하기 힘든 <정>(MBC)과 같은 불륜을 중심으로 한 자극적이고 흥미위주의 드라마도 적잖았다. 드라마의 인기나 호응에 대한 인쇄매체의 주목이나 평가는 쉽사리 찾아보기 힘들지만, 드라마의 부정성에 초점을 맞춘 인쇄매체의 질타는 절대적 주류를 이루었다. 한 사설은 '보기 거북한 텔레비전 드라마와 영화'라는 제목 아래, '……어떤 위인의 집인지

테니스 코트만한 응접실에서 일류 호텔 같은 계단을 오르내리고, 등장인물들은 속만 상하면 으레 양주를 숭늉처럼 퍼마시고, 일이 뜻대로 안되면 훌쩍 미국이나, 프랑스로 떠나버린다. 이것이 싸우면서 일해야 하고 「새마을운동」을 하고 있는 안보우선주의사회의 국민들이 보아야 하는 텔레비전 드라마이다'라고 한탄하고 있다(조선일보, 1972. 4. 2, p.2).

재미있는 점은 전 생활영역에서의 정부의 간섭과 통제가 편재하였고 일상적이었기 때문인지, 당시 정부의 담화의 강력성에 비해 그 조치가 일반 시민들에게나 방송계에 그렇게 놀라운 것은 아니었던 듯싶다. 이어지는 호통과 자숙 요구에도 텔레비전의 관행은 크게 변화됨이 없었기 때문이다. 같은 해 12월에 국가비상사태가 선포되면서, 역시 문공부는 방송매체의 개선을 요구하는 방송시책을 발표했는데, 그 골자는 '오락방송의 안보위주의 새 가치관을 확립하고 퇴폐풍조와 무사안일주의의 일소'였다. 그러나 단지 국영인 KBS에만 약간의 반영이 있을 뿐, 민영방송국들은 여전히 주간연속극을 줄이고 일일연속극을 하루 4편으로 하면서 치열한 맞불작전의 대치편성을 지속하였다(정순일·장한영, 2000, pp.92~93).

그해 한국사회를 드라마 열기로 몰아넣은 것은 KBS의 <여로>와 한국 일일연속극 사상 최장수를 기록한 MBC의 <새엄마>였다. 후세에 와서는 <여로>의 성공이 서민이 공감할 수 있는 드라마였기 때문에(정순일·장한영, 2000, p.93)라거나 또는 '드라마와 시청자들과의 교감을 이루고' 한민족의 정서인 '한'을 잘 담아내었기 때문(김승현·한진만, 2001, pp.71~75)이라고 평가되어지지만, 당시에는 저능의 주인공을 아이들이 흉내낸다며 방송이 저속화를 부추긴다는 비판 역시 많았다(정일순, 1991, p.197). 그러나 신문의 비판이나 정부의 규제와 무관하게 드라마의 인기는 날로 올라갔고, 그를 흉내내는 아류작이나 더 자극적인 일일극 경쟁은 계속되었다.

'방송계가 충격을 받았다'고 표현되는 정부 규제는 73년 7월 문공부장관이 '드라마를 줄이고 하루 1편 이상의 교양프로그램을 편성토록 하라'는 요망사항 전달이었다. 이 지시가 비록 강요가 아닌 권장이긴 하지만 2편의 드라마를 줄이면 '천만원의 수입 감소'가 초래되어 방송국을 긴장하게 하는 것이란 해설성 기사도 나왔다(조선일보, 1973. 19, p.5). 그럼에도 불구하고, 민영방송의 시청률 추수주의는 크게 변화된 것이 없으면서, 1975년에는 6차례에 걸쳐 문공부의 정화지침이 하달되고, 방송윤리위는 불륜물의 '퇴폐풍조'의 대표적 사례로 일일연속극 <안녕>과 <갈대>(둘다 MBC)와 <아빠>(TBC)를 지적하여 도중하차 시키게 만든다. 방송윤리위원회는 '해당방송국에 <아빠>의 경우 불륜, 사치심과 요행심 조장, 퇴폐적 연가가 문제됐고 <안녕>은 불건전한 애정행각, 호화로운 배경, 내용전개의 저질성'을 지적하면서 '소재와 내용이 가정의 순결성, 생활기풍을 진작하기 위한 취지에 어긋'난다는 요지를 전달했다(조선일보, 1975. 5. 18, p.5).

그러나 가장 큰 방송규제는 1976년 한 해 동안 3차례에 걸쳐 이뤄진 것으로서 방송의 편성권을 박탈한 시간대 편성지침이었다. 이는 상업적 민영방송들조차도 정책동원으로 끌어들이고자 한 것으로서, 구체적 지침내용은 당시 골든아워라 지칭된 저녁 7시부터 9시 30분까지를 체제홍보와 국민동원의 정책프로그램으로 채우라는 것이었다. 1월의 1차 지침은 문공부의 'TV 드라마 및 코미디 내용 정화' 지침에 따라 일일극과 오락 쇼프로그램이 골든아워에서 밀어냈고, 4월의 2차 지침에서는 가족시간 띠와 민족사관 정립을 위한 프로그램이 신설하여 교양위주로 내용을 바꾸었으며, 10월의 3차 지침에서는 광고방송과 일일극을 줄이고 농어민, 주부, 어린이광고 방송을 강화시켜놓으라는 것이었다. 그러나 이러한 몇 차례의 개편이 방송을 '오락적 기능에서 교육적 기능'으로 바꿔 놓았지만, 개편 후 더 재미없어졌다는 불평을 낳게 했다. 그러나 동종 동시간 편성정책은 오히려 평일 시청을 주말에 비해 현저히 줄게 만들었고, MBC의 몇 개 프로그램을 제외하곤 'TBC에 시청률을 몰아주거나 평일저녁의 시청시간을 TV시청 외의 생활로 전환시킨 의외의 결과'를 초래하게 되었다(정순일 · 장한영, 2000, p.121). 1977년 이후는 더 이상의 커다란 방송제작이나 편성에 충격적인 지침은 없었지만, 그 규제와 개입이 매달 전달될 만큼 일상화 되었다(정순일, 1991, p.250 참고).[7]

3) '저질 드라마론'과 국가규제에 관한 해석들

70년대 전반에 걸쳐 끊임없이 지적된 '드라마의 저질화'와 이에 대한 정부의 방송규제간의 관계를 설명하는데 있어서 방송역사 관련 학자들은 약간씩 서로 다른 관점들을 드러내는데, 이를 대략 다섯 가지로 구분해 볼 수 있겠다. 첫째는 방송사의 '규제 자초론'이다. 대부분의 연구자들은 1970년대 시청률의 경쟁은 지나칠 정도였고, 실제로 그 결과 프로그램의 질의 저하와 저속함은 '차마 눈뜨고 볼 수 없었다'는 당시의 여러 인쇄매체들의 지적을 객관적 사실로 인정하는 입장이다. 특히, 가장 비난의 핵심이 되는 일일연속극이야말로 시청률 제일주의가 체화되어있는 '철저한 상업적 장르'(조항제, 2003, p.209)였기에 이러한 관점은 비교적 널리 퍼져있다. 이 해석을 방송 드라마의 성격과 정부의 방송규제간의 관계의 유일한 설명으로 취급할 경우, 방송규제의 전체 책임을 방송사에 돌리게 되는 우를 범할 수 있다. 비록 드라마 저질론이 일정정도 사실이었다고 할지라도, 이러한 접근은 당시 '드라마 저질론'을 분석 없이 객관적으로 주어진 사실로 받아들이고, 유신정권의 방송규제에 대해서는 일정정도 면책효과를 줄 수 있다는 위험성을 지닌다.

---

7) 주로 방송윤리위가 일상적으로 개입하였지만, 문공부 당국 역시 잦은 지침을 하달했는데, 한 예로, 코미디 저질론이 신문에 몇 차례 기사화 된 후, 당국은 '코미디 폐지론'을 제안하다가 이에 대한 반박들이 여러 곳에서 나오자, 폐지여부는 방송국이 알아서 할 일이라고 슬그머니 발을 빼는 한바탕의 코미디가 벌어진 사건이다. 또, 78년에는 장발을 이유로 당시의 인기가수 '남진'을 출연정지 시키는 사건(정순일, 1991, p.250)들이 송창식의 '왜불러'가 방송금지 만큼 놀랍지 않게 발생했다.

두 번째 해석은 드라마 저질화를 획책한 것은 바로 국가라는 '국가 음모론'이다. 이러한 입장은 여러 신문방송학 개론책에서 정권의 언론통제를 연대기적으로만 대략 기술하는 경우, 흔히 한두 줄로 제시되어 있는 관점들이다. 이는 드라마 저질론의 담론의 사실여부나 그것이 정치적·문화적 함의에 대한 분석이나 판단 고려 없이, 유신정권의 폭압성과 유신체제 내에서 행해진 언론탄압에 의해 위로부터 채색된 입장이다. 예를 들어, 유신체제가 텔레비전에 부여한 두 가지 기능은 바로 권력의 정당성을 유지를 위한 '선전 및 상징조작기구'로서의 기능과(추광영, 1986) '텔레비전의 상업성에 편승하는 국민적 오락을 통해 탈정치화와 탈이데올기화를 수행하는 기능'이었다(이옥경, 1984, 조항제, 2003, p.277 재인용) 식의 설명이 이에 해당한다. 이러한 시각은 결과론적 해석이기 쉬우며, 모든 것을 정치음모론적 또는 정치결정론적으로 바라보는 편향성을 지닌다.

세 번째 해석은, 정부의 규제가 유신체제하의 정권유지의 의도에서 나온 것이라는 점은 앞의 입장과 같지만, '드라마 저질론'의 사실에 대해서는 암묵적으로 반대하는 입장이다. 통상 받아들여지던 부정일변도의 드라마 평가를 드라마 편견론 또는 엘리트주의로 간주하며 2000년대에 등장한 시각이다. 예를 들어, 1970년대 TV 드라마 시기를 '낭만적 전유기'(김승현·한진만, 2001)로 보거나 '일상과 통속으로 탈출을 시도하는' 시청자들의 '순종과 저항의 맥락'(정영희, 2003)에서 보는 시각이 여기에 속할 수 있다. 이러한 관점은 그 시각을 정권이나 방송사가 아니라 시청자에 둔다는 점에서 획기적일 수 있지만, 객관적인 지형에서 상호관계를 살펴보기 보다는 손쉽게 시청자의 즐거움을 시청자의 저항과 등치시켜 버리는 낭만적 해독의 위험성을 약점으로 지닌다.

네 번째 시각은 일종의 '복합론적 관점'으로서, 임종수(2003)의 연구를 예로 들 수 있다. 복합론적 관점은 정권과 방송사와 시청자의 관점을 골고루 취해가면서, 각 행위 주체들의 이해관계와 역할을 다각적으로 파악하려는 장점을 지닌다. 그러나 그 관계가 복합적인 만큼 여러 점에서 관계에 대한 설명의 명료성이 떨어지는데, 예를 들면, 임종수는 드라마 저질론을 '부추겨진 데카당스'로서 명명함으로써 '부추긴' 주체를 방송사의 상업주의로 암시했다가, 다시 국가인 듯 음모론적 뉘앙스도 띠면서, 동시에 시청자의 정권에 대한 '데카당스적' 저항으로 보는 관점까지도 섞고 있는 것이다. 따라서 주체 뿐 아니라 주체행위의 구체적 인과성이 모호하게 기술된다.[8] 또 다른 기술인 '"퇴폐성의 조장"과 "퇴폐성의 규제"라는 이율배반적 문화정치는 정당성이 결여된 국가권력이 행사할 수 있는 훌륭한 헤게모니 수단이었던 것이다. 결국 민족의 재발견으로 동원된 근대 민족국가 건설의 심성은 단순히 국민을 통제하거나 억압하는 것으로만 받아들여지지 않고 새로운 시대의 정상적인 심성으로 수용될 수 있었다'(임종수, 2003, p.216)는 기술에서 드러나듯, 정권의 헤게모니 구축 여부에 대한 평가 또한 모호하다. 그러나 이 시각은 방송과 국가의 양자구도에서 시청자의 심성과 일상세계를 주요하게 다룸으로서 다수 행위자의 상호작용을 고려한다는 점에서 논의의 지형을 넓히는 데 기여했다고 평가할 수 있겠다.

다섯째 해석은 방송사의 자본의 논리가 정권의 정치규제간의 '갈등론'적 관점으로 지칭될 수 있겠다. 즉, 국가의 지속적인 드라마에 대한 '저질론'의 비난과 규제는 바로 시청률에 근거한 텔레비전의 상업전략과 이를 '산업현장에 동원되어야 하는 국민의 건전한 정서를 저해하는 적'으로 간주하는 지배계급의 통치이데올로기 간의 갈등 표출(조항제, 2003, p.270)이

---

8) '텔레비전이 비문화, 데카당스적 테크놀로지로 이미지화된 데에는 시대적 특수성이 작용했다. 텔레비전은 건전·명랑사회를 건설하겠다는 국가권력의 직접적 선언에도 불구하고 근대화에 지친 주체(주로남성)를 위로하고 부당한 권력에 대한관심을 흩트릴 필요가 있었다. 따라서 이시기의 데카당스는 문화정치적 측면에서는 '부추겨진 데카당스'였고, 구체적인 방식은 여성의 몸을 소재로 한 '몸의 데카당스'의 성격이 짙었다. …… 텔레비전의 이미지는 방송사의 상업적 시청률 경쟁과 텔레비전의 비도덕성을 질타하는 전통적인 '문자우위의 문화주의' 텔레비전을 통한 국가권력의 '문화정치의 필요' 등이 상호작용하면서 형성된 것이다'(임종수, 2003, pp.213~214). 위의 글에서 '권력의 관심을 흐트릴 필요'의 주체가 누구인지는 명확하지 않다.

라는 것이다. 이 관점에 따르면, 한국 텔레비전의 자본의 논리가 국가의 개입과 제한으로 매우 제한적으로 작동되게 되었고, 이는 역으로 '체제의 압력'으로서 방송윤리위원회를 포함한 다양한 국가통제가 '사회의 하위단위에서 헤게모니가 형성될 수 있는 여지를 허용하지 않았다'(조항제, 2003, p.271)는 것이다. 국가와 방송사의 각각의 이해논리를 치밀하게 파고들며 그 정치적 함의를 살핀다는 점에서 이 시각은 미디어산업과 국가의 속성과 관계를 보다 정세하게 이해하는 것으로 볼 수 있다. 그러나 이 시각 역시 '드라마 저질론'을 담론실천의 구성물로서 받아들이기보다는 주어진 실체로만 받아들이는 문제를 지니고 있으며, 방송과 국가의 양자구도에서 벗어나고 있지 못한 한계를 지닌다.

그렇다면 텔레비전의 실천에 대한 '드라마 저질론'과 국가 규제의 성격과 관계를 어떻게 파악해야 할 것인가를 고찰하기 전에, 먼저 1970년대 텔레비전 시대의 방송환경과 드라마의 부상에 대해 다음절에서 간략히 살펴보고자 한다.

3. 70년대 텔레비전의 대중화와 드라마의 인기

1970년대 한국 텔레비전은 다음 세 가지 주요 특성을 지닌다. 첫째는 '건국 후 30년, 이 땅에 가장 큰 변화가 있었다면, 그것은 TV의 출현이다'(조선일보, 1978. 9. 1, p.5)라고 신문에서 평가할 만큼, 70년대는 '텔레비전의 시대'로서 텔레비전의 대중화가 이뤄졌다는 점이다. 이는 일차적으로 텔레비전 수상기 보급률에서 드러나는데, 1961년 KBS-TV가 개국할 당시 불과 8천 대였고 1968년에 약 12만 대로 증가했지만 아직 세대당 보급률은 3.9%에 머물렀던 TV 수상기가, 1970년 37만 대에 이른 것이다. 특히,

드라마 '아씨'(1970)와 '여로'(1972)의 폭발적 히트와 함께 1973년에는 약 128만여 대로 20.7%의 세대 보급률에 다다르게 되었다. 1975년에 들어와 아직 주택용 전화는 53만대, 업무용과 공중전화를 모두 합쳐서 100만대 보급된 상황에서, TV 등록대수는 200백만 대에 진입하여 세대 당 보급률 30.4%로 결정적 임계규모를 달성하게 됨으로써 1970년대의 대표적 매체로 군림하게 된다(체신부, 1980 ; 문화공보부, 1979, p.215. 임종수, pp.68~70에서 재인용). TV의 대중화는 한국인들의 여가소비 패턴이 1970년대 들어와 TV 중심으로 바뀐 것을 의미하는데, 1960년대 대표적 여가생활을 주도했던 영화관람이 1970년대에 들어와 꾸준히 감소하게 되며, 1975년을 기점으로 큰 폭으로 하락하게 된다.[9]

1975년 세계적 상황과 비교해 보면, 가장 보급률에서 앞선 미국의 55.6% 다음에 캐나다 34%, 스웨덴 34.7%이며, 영국(31.7%)과 서독(31.2%)은 한국(30.4%)과 근소한 차이를 보이고 있으며 프랑스는 25.4%로 한국보다 보급률이 뒤처진 상태였다(조선일보, 1976. 5. 12, p.5). 1977년에는 농촌에도 보급이 시작되면서 1979년에는 78.5%에 이르게 되었다(한국방송공사, 1987, p.752).[10] 물론, 이러한 텔레비전 시대의 도래는 TV 수상기의 국내조립생산(1968)이 활발해졌고, '전자산업육성법'(1969)의 시행 및 월부제 실시, 물품세 인하(1972, 1975), 그리고 '새마을 TV' 보급(1974)[11] 등, 정부의 적극적인 육성정책에 의한 지원도 큰 역할을 하였다. 또한 당시 개발경제

---

9) 1966년 전국에서 1인당 평균관람회수가 5.4회이던 것이, 1970년 5.3회, 1970년 2.9회로 떨어졌고, 서울을 기준으로 봤을 때는 전국의 3~4배 높은 수치로(1966년 19회, 1970년 14.5회, 1975년 5.6회) 평균이 하락하는 경향을 보인다(조선일보, 1976. 2. 15).

10) 70년에서 79년까지 라디오의 보급이 3.7배 인데 비해, TV의 보급은 13.5배나 빠른 속도로 증가한 것이다(김승현·한진만, 2001, p.57).

11) 새마을 TV는 1973년 있었던 1차 에너지 위기에 대한 대처로 발효된 1974년 '국민생활의 안정을 위한 대통령 긴급조치 제3호'인 1·14 조치로 텔레비전 수상기가 중과세되어 수상기 가격이 올라가자, 정부가 투자한 기업에서 보다 싼값의 대중용 텔레비전 수상기를 표준 생산하여 보급하려는 정책이 취해졌는데, 이 표준형 TV 수상기를 '새마을 TV'라고 불렀다.

의 성과로 인한 근대적 가전소비제품에 대한 국민들의 구매력 증가도 지적하지 않을 수 없다. 하지만, 1970년대의 텔레비전의 급속한 대중화는 무엇보다도 일일연속극의 인기가 1969년 <개구리남편>(MBC-TV)에서 점화된 뒤, 1970년 <아씨>(TBC-TV)에서 폭발됨으로써 소비자들의 텔레비전 구매욕망을 상승시켜 놓은 것을 주요한 추동요인으로 꼽지 않을 수 없다.

두 번째 특징은 국영방송이던 KBS가 공영방송체제로 전환된 것이다. 1972년을 마감하느라 분주한 12월 30일에 유신체제하의 비상국무회의가 한국방송공사법을 공포하고, 한국방송공사를 발족시킴으로써 현재의 모습인 공·민영의 이원 방송체제로 한국방송시스템이 규정되게 되었다는 점이다. 그러나 국영에서 공영으로의 전환을 오늘날 우리가 생각하는 것처럼, 방송의 정치·자본으로부터의 독립성이나 전파의 공공성에 대한 제도적 실현이라는 성과로 해석하는 데는 무리가 따른다.12) 당시 공영화는 시민단체나 방송사 내부의 운동의 결과가 아닌 정부주도의 변신이었다. 그리고 공영방송사로의 전환을 실행하게 된 주요 필요성은 주로 운영의 합리성과 효율성을 제고하기 위한 것으로서, 국영체제하의 KBS로는 기존의 행정부의 문화공보부 산하에서의 운영의 경직성, 그리고 방송비전문가인 문공부 관료들로 인해 방송 기능이 적절히 발휘될 수 없었던 점, 그리고 유능한 인재 활보를 막는 직제 및 급료제도의 불균형 등을 극복하려는 시도였다(정순일·장한성, 2000, p.87 ; 노정팔, 1995, pp.639~640). 즉, 공영방송을 세우는데 있어서, 공영제도에 본질적인 자율성과 같은 제도윤리나 전파자

---

12) 예를 들어, 노정팔(1995, p.637)은 '방송의 공영화는 KBS에 종사하는 모든 방송인의 소망이요 꿈이었다'라고 기술하고 있다. 그러나 실제로 당시 공사설립에 참여한 정일순(1991)의 회고를 보면, 당시 KBS 내부에 국영방송 개혁의 필요성을 느끼는 사람은 내부의 최창봉 국장 외 소수뿐이었고 대부분의 직원은 공사 후에 원래의 공무원으로 남고 싶어 했을 정도로, 국영 KBS 공무원으로서 공영화의 절박성을 별로 느끼지 않고 있었다고 한다. 그리고 오히려 이를 '답답하게 느낀 윤주영 문공부 장관이 KBS 간부들에게 "눈만 뜨면 NHK, BBC를 찾더니 왜 방송공사를 만든 생각은 안하느냐"고 일갈하였다는 일화를 전달한다(p.208).

원의 공공성에 대한 인식이 부재하고, 또한 그러한 문제제기도 부재한 결과,[13] 공영화 전환은 영국의 BBC나 일본의 NHK의 외형만을 흉내 낼 뿐인 '행정적 경영의 공공화'에 지나지 않게 되었다. 정치권력의 예속성과 홍보 도구책으로서의 방송의 역할은 바뀌지 않았다(이범경, 1994, pp.379~381). 이점에서 조항제(2003, pp.176~177)는 KBS 공사화의 궁극적 목적은 '정부의 통제력을 줄이지 않는 가운데 조직내부의 효율화·전문화를 통해 시청자에 대한 '공영'방송의 영향력 강화를 꾀하는 데 있었다'고 평가한다. 윤주영 문공부 장관 등과 같은 몇몇 고위층에서 분명 BBC와 NHK와 같은 수준의 방송에 대한 경외심이 있었고, 당시 민영 텔레비전에서 어떤 대안을 찾을 수 없는 상태에서 기존의 국영 KBS와는 다른 새로운 매체가 치를 확립하고 싶었던 욕구가 감지된다는 점에서, 처음부터 효율적인 유신체제하의 통제를 목적으로 한 공사로의 전환설명은 의심스러운 면이 없지 않다. 그럼에도 불구하고 장기집권의 유신체제를 확립시키고자 하는 국면에서 발생되었고, 또한 KBS 운영과정과 성격, 그리고 결과를 초점으로 볼 때는 공영화가 효율적 통제를 위한 것이었다는 평가를 피하기 어려울 듯하다.

　세 번째 1970년대 텔레비전의 특징은 바로 TV 드라마가 한국 텔레비전을 대표하는 장르로 인식될 만큼 드라마 전성시대가 펼쳐졌다는 점이다. 실상 텔레비전의 대중화에 가장 큰 공을 세운 것은 당시 한국인들의 안방을 휩쓴 <개구리남편>(1969), <아씨>(1970), <여로>(1972)와 같은 초기 TV 드라마의 성공과 꾸준히 해마다 이어지는 히트 드라마의 탄생이었다. 1971년 초 방송문화연구원의 전화조사에 따르면, 서울거주 시청자들은 저녁시간대에 드라마(60.5%)를 가장 많이 보며, 다음은 쇼와 외화(15.5%), 그

---

13) 한국에서 언론관련 학과로서 신문방송학과가 1972년에 처음 연세대학교에 설립된 것을 고려할 때, 당시 방송체제나 공영방송의 의의를 주장하거나 문제를 제기할 학계의 적극적인 목소리가 부재하였음을 추측할 수 있다.

리고 단지 8.8%만 뉴스를 시청하는 것으로 나타나(조선일보, 1971. 2. 11, p.5), 드라마의 압도적인 시청 흡인력을 볼 수 있다. 1970년대 말에 가서야 (1978년 조사) 선호하는 프로그램 질문에서 드라마가 뉴스에 밀려 2위를 차지하기까지, 1976년 조사(일간스포츠, 1976. 4. 4, p.8)에도 여성의 경우 88.1% 가, 남자의 경우 56.4%로 일일연속극을 가장 선호하는 장르로 꼽았다(임종수, p.80). 1970년대는 텔레비전 3국의 치열한 오락방송 주축의 편성경쟁이 격화되었는데, 그 가운데서도 드라마가 그 핵심에 놓여져 있었다. 드라마 가운데서도 일일연속극 장르는 1970년대 와서 만개하게 되는데, 특히 1975년 이후 주말 연속극이 인기를 몰기 전까지 70년대 전반부의 텔레비전 문화를 특징짓는다. 일일 연속극이 주로 여성취향의 애정소재 멜로물 이었는데, 한국방송문화의 기초에 영향을 미친 이러한 경향은 60년대 라디오의 주가를 한껏 높였던 '멜로를 위한 멜로'의 유산으로 평가(조항제, 2005, p.39)되기도 한다. 일일연속극의 성공은 '안방에 동일한 수용의 감수성을 전달함과 동시에 일상적 대화소재를 제공함으로써 바야흐로 텔레비전을 일상생활의 중심매체로 부각'(임종수, 2003, p.90)시켰다.

오늘날에 와서도, 시청률의 측면에서 절대적 인기를 누린 드라마 역사를 통해 한국방송문화사를 이해할 수 있게 할 만큼, 드라마 장르의 강세는 바로 70년대에 그 확고한 토대를 형성하였다. 1970년대 들어와서 드라마를 처음 궤도에 올려놓는 히트작은 1970년 9월 KBS 기획조사실의 시청률 조사에서 85.1%(서울지역)라는 경이적인 시청률로 1위를 차지한 <아씨> (MBC)였다.[14] 70년 8월 서울대 사회학과 조사에 따르면, 이 드라마 덕으로 국별 시청점유율에서 락중심의 TBC가 압도적인 우세(KBS 27%, TBC 46%, MBC 27%)를 점했고, 이러한 경향은 1970년대를 전체적으로 관통하였다(정순일·장한성, 2000, p.90).

---

14) 한국 방송사상 첫 일일연속극은 TBC의 64년 개국 드라마인 <눈이 나리는데>(한운사 작, 황은진 연출)였으나, 제작여건이 좋지 않아서 25회차로 중단되어 버렸다.

홈멜로 일일극의 성공은 드라마를 둘러싼 여러 역학관계의 결과이기도 했다. '높은 시청자 접촉도'(정순일, 1991)의 유지, 특히 주부들의 높은 충성도, 시청의 정기성, 연속극이 소구하는 보편적 정서라는 드라마 장르의 특성들이 여성과 어린이를 목표소비자로 하는 당시 광고산업(식품, 음료산업, 의류, 화장품)의 이익과 부합하였다. 따라서 이러한 계기 속에 방송사는 내부적으로는 저렴한 드라마 제작비용과 외부적으로는 광고물량의 증대라는 이중의 방송자본의 이윤추구논리를 따라 정권의 규제에도 불구하고 상업적 일일드라마의 양산을 꾀하게 된 결과로 볼 수 있다(조항제, 2003, pp.281~283).

그러나 근대적 기기로서 텔레비전은 드라마 대부분의 연애·불륜 중심의 소재와 주제내용으로 인해 좁게는 드라마, 넓게는 텔레비전에 대해 '저속·저질'이라는 이중적 이미지를 지니게 되었다. 당시 일일연속극에 대한 시청자들의 매료는 단순히 이야기를 들려주는 이야기꾼의 역할을 넘어서 범속한 서민으로서의 시청자들의 '통속적인 삶의 이야기'를 풀어내주었으며, 주인공에 있어서도 헌신적 여인이나 사회가 필요로 하는 전형적인 모범 또는 영웅을 주인공으로 하는 '낭만적 특성'을 지니고 있었다고도 후세에 평가되기도 한다(김승현·한진만, 2001, p.75). 그러나 다음절의 신문담론에서 살펴보겠지만, 당시에는 인쇄매체에 의해 주도되는 텔레비전 드라마에 대한 부정적 평가가 절대적인 위치를 차지하고 있었고, 또한 지금의 평가에서도 그것이 전혀 근거 없는 것은 아닐 수 있다. 한국방송사에서 일일극이 올린 성과만큼 그 폐해도 병존했는데, 첫째로 시청률 제일주의에 기반하여 졸속과 파행이 반복되었고, 둘째로 방송사간 얕은 편성위주의 경쟁 패턴을 유산으로 남겨놓았으며, 셋째로, 코미디와 함께 오락 프로그램에 대한 '공분'을 불러일으켰고, 마지막으로 특정 제작인력에 중심을 둔 '드라마 생산요소시장의 독과점화를 초래'하였다는 것이다(조항제, 2003, pp.209~211).

다음절에서는 구체적으로 드라마들에 대한 신문비평은 어떤 양태와 내용으로 이뤄지고 있었는지를 살펴보고 유신체제의 문화지형 속에서 드라마를 둘러싼 방송과 신문, 그리고 권력과의 관계를 살펴보고자 한다.

4. 신문의 '드라마 저질론'의 담론적 구성과 특성

1) 신문의 텔레비전 담론의 형식적 특성

TV와 연관하여 70년대 신문 '문화면'에서 발견되는 가장 큰 특징은 바로 TV 프로그램이 고정적인 비평대상으로 부상한 점이다. 이는 형식면에서 두 가지 변화를 수반했는데, 하나는 TV 프로그램 관련 기사가 6면이나 8면에 위치하는 TV 편성표 옆의 프로그램 소개란을 벗어나서 독립적으로 '문화면'인 5면에 실리기 시작했다는 점이다.[15] 즉, 70년대 이전까지는 신문의 '문화'면이(당시 조선일보는 5면) 흔히 순수예술에 속하는 문학, 음악, 미술, 연극 등을 보도의 주요 대상으로 했으며, 매스미디어 중심의 대중문화 가운데 문화면에 실리는 것은 유일하게 60년대 대중문화의 전성기를 누린 영화뿐이었다.[16] 70년대 신문에 등장하는 영화기사는 극장에서 상영

---

15) 편성표 역시 70년에는 불규칙적으로 실렸는데, 프로그램 가이드 형식인 <연예·오락>라는 1970년에는 압도적으로 6면에, 1971년 이후부터는 8면에 주로 게재되다가, 1972년부터는 8면으로 고정되어 게재되게 된다.

16) 흥미로운 점은 1970년대 문화면의 구성이 1971년 1월부터 완전히 바뀐다는 사실이다. 1970년대 문화면은 거의 외국의 순수예술에 집중되었으며, 그 비평의 수준도 일반서민의 일상과는 완전히 유리된 것이었다. 예를 들자면, '세계의 명화−살바도르 달리 시간의 기억'(70. 3. 1)과 같은 명화 시리즈나 미래주의 창시자 '마르셀 뒤샹'(70. 3. 13, 5면), 또는 브로드웨이 연극에 대한 보도이다. 이는 당시 문화면에서 다룬 문화적 관념이 고급문화 중심적, 순수예술 중심적, 그리고 서구문화 중심적 특성을 띤다. 그리고 국내의 문화관련 동향이나 생활문화들은 거의 찾아보기 힘든데, 이러한 점은 1971년 1월부터 완전히 변화된 모습으로 나타난다. 비록 여전히 순수예술이 중심이 되고 있지만, 거의 모든 기사의 대상은 국내로 한정되어졌고, 국내 평단이나 외부전문가들의 평가나, 국내 예술활동 들이 주로 다뤄지게 된다. 이러한 점은 1971년 1월 연두기자회견에서 문예중흥을 위한 문

되는 외국영화, 또는 화제의 외국 영화인들에 대한 기사가 주류고 방화 등은 이따금 게재되었다.17) 따라서 문화면(5면)에서 텔레비전 프로그램에 관한 기사가 나온다면 그것은 대부분 <주말 시네마> 또는 <주말TV>라는 주말에 방영예정인 TV 외국영화 프로그램의 줄거리 소개와 평에 관한 것이고 기사의 형태로 텔레비전 전반에 관한 기사들은 드물게 발견할 수 있었다. 따라서 70년대 방송에 관한 신문담론과 연관하여 일어난 첫 번째 변화는 방송비평의 문화면으로의 진입을 꼽을 수 있다. 두 번째 변화는 70년대 중반에 주로 부정기적으로 방송관련 보도기사와 기획연재가 실렸었던 것에 반해 70년대 후반에는 고정적인 TV 비평섹션들이 신설되고 기획연재와 특집도 더욱 빈번해진 점이다.

신문의 텔레비전 비평담론은 구체적인 기사형식의 시기적 변화와 그 특성에 따라 대체로 3단계로 구분 될 수 있다. 먼저, 70년 초반부터 73년 중반까지는 '비전문적' 비평단계로서 TV 비평을 위한 일정한 형식이나 지면이 확보되지 못하고 'TV 가이드'식의 프로그램 소개에서 간헐적으로 첨가되는 양태이다. 두 번째 단계는 73년 6월부터 76년 말까지는 '외부전문가 매개적' 비평형태로 지칭될 수 있는데, 프로그램을 포함한 텔레비전 전반에 관련된 기획연재나 좌담, 특집 형태속에서 외부인사들의 TV에 관한 담론을 매개하는 방식을 말한다. 마지막 단계는 비평의 정착단계로서 신문의 텔레비전 비평을 위한 고정섹션이 마련되고 고정 필자가 글을 써 나가는 신문의 비평의 '전문화' 단계이다.

먼저, '비전문적' 비평 양태를 보이는 70년대 초반의 경우를 살펴보자.

예진흥 5개년 계획에 대한 구상이 발표 되면서, 민족문화의 강조와 민족정신의 고취가 문화정책의 중심이 될 것이라는 정부방향이 반영된 결과라고 추정된다.
17) <해외의 화제> 등에서는 외국 영화배우에 대한 경력과 특성들이 자세히 소개되었는데, 예를 들면, <해외화제> '이색여우 더나웨이-동정과 반발'(조선일보, 70. 1. 25, p.5) 등이다. 방화에 관한 기사는 '오수미, 6편 영화 겹치기 출연' (조선일보, 70. 1. 27, p.5) 이거나 '엄앵란 양 ,TV 출연'(조선일보, 1970. 5. 31, p.5)의 예와 같다.

TV 편성표 옆에 위치해왔던 TV 가이드도 매체환경과 시대의 변화에 따라 부침을 보이고 있는데, 1970년대 조선일보는, 같은 시기 동아일보가 객관적인 프로그램 내용의 소개를 간결하게 전달하는 것과 비교되게, 프로그램을 소개하면서 기자의 주관적인 비평이 한 두 문장씩 덧붙여지는 흥미로운 특성을 보인다. 즉, 객관적 프로그램 정보가 아니라, <연예 · 오락> 또는 <TV> 란은 기자의 개성과 관점 및 평가가 드러나는 프로그램 비평실천을 담고 있다.[18]

조선일보의 경우, TV 가이드로서 주로 <연예 · 오락> 섹션은 1970년대 4월 이후 비교적 정례화되는데, 5단 내외의 지면에 대중음악과 영화 등 모든 대중문화를 포함하고, 방송의 경우도 모든 장르를 다 포함한 까닭에 드라마에 관련된 글은 일주일에 한 두 차례 등장한다. 따라서 1970년에는 방송사의 새소식 또는 프로그램 개편소식이나 소수의 유명 탤런트의 다수 배역에 관련 소식만이 이따금씩 실리고, 새로이 신설되는 프로그램이라 할지라도 유명 원작이나 특이한 사항이 아닌 경우 별 소개가 없다. 1970년 일일극 <아씨>의 성공 여파인지 1971년부터는 <연예오락> 섹션 내에 다시 <TV>라는 하위섹션 제목이 비교적 정규적으로 등장하게 되어 텔레비전 드라마에 대한 소개가 상대적으로 좀더 빈번해지게 된다. 단순히 프로그램의 줄거리 소개 뿐 아니라 때론 제작비, 출연료도 상세히 소개되며, 출연 배우와의 인터뷰도 싣는 등, 다양한 소재와 양식이 혼합적으로 자유롭게 제시된다. 짧은 기사도 있지만, 한 프로그램에 대해 인터뷰도 포함하는 등 전체 섹션을 전체를 사용하기도 한다.[19] 이러한 형식과

---

18) 이에 비하면, 최근의 신문들은 프로그램 내용에 대한 객관적 정보는 고사하고, 프로그램 편성표만으로도 다채널로 인해 지면의 반페이지를 차지하게 됨으로써 전통적 TV 가이드의 모습이 거의 사라진 상태이다.

19) 방송사 프로그램 소개의 한 예를 들자면, '(소제목) TV 모닝쇼 붐, 3국서 치열한 경연─화제중심의 좌담회형식─TBC, 전문해설가 분석 및 대담─KBS, 뉴스보다 기획기사위주─MBC, ·바야흐로 「모닝쇼」붐이라도 맞은 듯한 TV 방송계. 지금 13일부터 KBS-TV의 「뉴스와 화제」(아침 7시 10분)가 새로 등장하면서 텔레비전3국은 모두 출근 전 시청

내용의 자유로움은 기자의 촌평에 있어서 반영된다고 하겠는데, 담당기자가 한정된 까닭인지 1970년대 내내 촌평은 괄호 속 물음표의 빈번한 사용, 한글로 표기한 잦은 외국어 사용, 신랄한 평가 등을 자주 드러내고 있다. 그 예들을 살펴보면,

- TBC <동기> 마지막회─35분으로 늘려 대단원─만천하의 홍루파팬을 의식하고 신파 멜로드라마의 대표처럼 이야길 엮어온 TBC「동기」… (중략)… 어쩌면 이토록 네거티브한 어머니만에 집착하는지 모르겠구나 할이 만큼 우리나라 방송극은 신파병에 걸려있다.

  ─조선일보, 1971. 9. 4, p.5.

- 범람하는 천편일률적 쇼─TBC <톱스타>는 나훈아편, 어느 채널을 돌려도 같은 노래, 같은 가수의 얼굴이 줄을 서고 동류항(?)에 속하는 저IQ의 멜로드라마·사극이 무한궤도처럼 브라운관을 누비는 우리나라 텔레비전이고…… (나훈아가 부를 노래 소개) 게스트 하춘화와 함께「잘했군 잘했어」(이 묘곡?은 지난해 백치가요곡의 챔피언격 노래다)도 이중창으로 들려준다……

  ─조선일보, 1972. 4. 19, p.8(사용된 괄호, 물음표 등은 모두 원자료).

자…… (생략). • TBC-TV의 「굿모닝」(월~토, 7시 30분~8시 30분)─제작비는 2만 오천원 정도지만 이것은 스폰서 없는 자주프로그램기기 때문에 대부분, 아니 거의 전액이 출연자에 대한 개사례 및 출연가수, 악단에의 개런티(?)로 나간다. 일인당 1천원에서 일천5백원 까지. …(중략) 아나군─(미소공존의? 질문으로) 꽃과 더불어 50년, 재미있는 얘기도 많으실텐데 얼마나 부러운 평생이십니까? 앞으로도 계속 꽃과의 여생을 보내시겠지요? 『아유 무슨말을 그렇게 하슈. 지긋지긋 합니다. 돈만 벌면 당장 내일이라고 집어치우고 싶은데…』─어느날의 「굿모닝」스케치지만 이런 경우로 보아 모닝쇼프로의 진행이 쉽지 않다는 걸 알 수 있다…(이하 생략)…'(조선일보, 1970. 4. 16, p.6). 또 새로움의 경우의 예로선, 'KBS-TV 새일일연속극의 <가시리> 히로인 대하드라마. …… TBC전속 탤런트로 활약중인 안은숙(28·43년 6월 28일 마산 태생)양이 30일 저녁 9시 20분부터 채널9를 비롯한 전국이 KBS네트워크를 통해 국영텔레비전 첫선을 보인다. 안은숙 양은 KBS「가시리」(매회 20분)와 TBC「딸」의 주역으로 우리나라 방송사상 일일연속극 타이틀 롤의 겹치기 출연 탤런트 제1호가 되는… (중략) <가시리>의 방송예정횟수는 <무한정>이라지만…(중략)… 신예 시나리오 라이터 이상현 씨의 첫 TV 극작품이기도 하다(조선일보, 70. 11. 28, p.8).

물론 <연예오락> 섹션이나 <TV> 섹션에서의 비평 외에도 문화면(p.5)에 기존의 <문화가 산책>이나 <일사일언>의 외부집필자가 텔레비전을 소재로 하여 비평을 싣는 경우도 이따금씩 발견된다.

두 번째 단계는 '외부전문가 매개적' 비평형태(76. 6~76. 12)로서 기획연재나 좌담, 특집 형태를 통해 구체적 프로그램 보다는 텔레비전 전반과 관련된 비평담론이다. 이때는 주로 신문방송학 학자나 방송윤리위의 심사위원이 주로 좌담 또는 대담인사로 나오고, 또한 여러 방송관련 학술발표를 게재하며, 이따금씩 <TV와 어린이>와 같은 기획연재를 싣는 형태이다. 물론 일반 기사의 형태로 비평이 실리기도 한다. 특히, 여기서는 지식인의 참여가 세 단계 중에서 가장 두드러지는데, 이는 1971년 7개 대학이 신문방송학과 과정을 두기 시작하는 등, 신문기사에서 보듯 '각광받는 학문으로' 부상(조선일보, 1971. 4. 7, p.5)하는 것과 때를 같이한다. 방송윤리위나 신문방송학 관련 학회들에서 텔레비전 관련 세미나들이 개최된 것들도 이러한 매스컴 관련학문의 대학 학과로서 제도화와 관련되어진다.

마지막 단계는 비평의 정착단계로서 신문의 텔레비전 비평을 위한 고정섹션이 마련되고, 고정 필자가 글을 써 나가는 신문의 '비평전문화' 단계이다. <방송> 섹션이 문화면에 77년 1월 15일 시작하여 비정기적으로 TV 비평을 게재하기 시작했고, <TV 주평>이 78년 1월 21일 고대 신문방송학과 교수에 의해 비교적 매주 한 번씩 고정적으로 집필하기 시작하였다. <방송>이 방송 관련의 특정 이슈에 주목하거나 특정 현상을 취급하는데 비해, <TV 주평>은 본격적인 TV 프로그램의 전문 비평의 형태와 질을 띠었다. 그러나 후자는 다시 4개월이 채 못 되어 <TV 기자석>(78. 5. 7 시작)에 의해 대체되었는데, 70년대 내내 조선일보 연예, 오락, 텔레비전 관련 기사를 고정적으로 담당해온 정중헌 기자에 의해 집필되었다. 즉, 이는 외부인사가 아니라 신문사 기자가 텔레비전 비평담론의 공식적이고 전문적인 주조자로 등장한 것이다.

지금까지 신문의 텔레비전 비평담론이 1970년대에 그 기본틀을 형성하는 과정을 형식면에서 살펴보았다. 다음은 이러한 형식 속에 70년대 TV를 대표하는 드라마가 어떻게 평가되고 있는지 그 내용을 다루고자 한다.

2) 드라마에 대한 신문의 지배담론과 그 구조

앞으로 살펴볼 조선일보를 포함하여 신문들의 TV 드라마 비평은 전반적으로 그 논조에 있어서 압도적으로 부정적이었으며, 그 내용은 '저질론'으로 압축되고 있다. 특히, 일일연속극은 모두가 '비윤리적이고 퇴폐적인 내용'이라는 비난은 모든 인쇄매체에 공통적인 것이었다(정순일·장한성, 2000, p.117). 기사나 비평의 내용에 있어서는 일부 긍정적인 내용이 담겨 있을지라도 헤드라인은 과장되리만치 '저속, 저질, 불륜, 퇴폐, 저능, 천편일률…' 등의 용어로 부정적인 것만 제시되어 있다(부록1 참고).

이처럼 부정적인 기사가 이루어진 데는 텔레비전 드라마의 내용이 기존 규범에서 금기하거나 또는 규범으로부터 일탈된 소재와 주제를 빈번하게 취급하는 데 일차적으로 관련된다. 한 예로, MBC가 개국한 1969년 말에 시작하여 주부층의 비상한 관심을 끈 <개구리 남편>은 직장에서 바람을 피우는 남자의 이중성을 다루고 있는데, 이러한 주제가 '가정생활의 순결성과 건전한 생활풍조를 저해한다'는 사회여론에 따라, 방송윤리위가 70년 3월 11일 방송사에 경고와 작가에는 근신처분을 내려서, 종영 몇 회를 앞두고 70년 3월에 도중하차하게 된다(정순일·장한성, 2000, p.102). 이처럼 부정의 소재는 드라마 초기에 등장하여, 바로 강경조치를 받았음에도 불구하고 MBC-TV의 진입으로 인해 더욱 치열해진 방송 3사의 시청률 경쟁의 격화로 인해 70년대 내내 관철되어졌다.

그러나 비록 부정적인 기사가 대다수이지만 긍정적인 비평이 완전히 부재하는 것은 아니다. 본격적인 텔레비전 프로그램 비평이 발달하지 않는

70년대 초반, <연예·오락>(주로 8면) 섹션에서는 다음과 같은 긍정적인 코멘트들도 발견된다. '방송이 시작된지 1주일만에 이상한 무드의 뜨거운 반응을 불러일으킨 KBS 일일연속극「꿈나무」(한운사작, 이성행연출)… 10대 자녀를 가진 부모, 시청자, 그리고 사춘기 젊은이들의 관심을 모은… 재미 있으면서도 교훈적인, 그리고 우리생활과 절실한 상관관계를 가진 연속극 이라고 호평이다'(조선일보, 1971. 2. 23, p.8). 또 다른 것으로는 'KBS <북간 도>… 대하문예드라마… 함경도 사투리로 사실적인 로컬 컬러를 살리면 서 민족수난사의 한 페이지를 담는 이 일일연속극은 감상적인 통속멜로드 라마가 범람하는 우리 현실을 볼 때 하나의 청량제적 기획'(조선일보, 1971. 10. 22, p.8)이라는 기사가 있다.[20] 비록 긍정적 논평의 드라마가 공영방송 이 제작하는 드라마이긴 했지만, 이와 같은 긍정적 논평도 73년 이후에는 거의 자취를 감추고 찾아보기가 힘들어진다. 즉 <연예·오락>(8면) 섹션 을 벗어나 문화면(5면)에서의 본격적인 신문비평에는 긍정적으로 조명 받 지 못하였다.[21]

이처럼 드라마에 대한 부정적인 평가는 상대적이기보다 절대적이고, 다 면적이기 보다는 일면적이고, 그리고 간헐적이 아닌 항상적인 방식으로 TV와 TV 드라마에 대한 신문담론의 주류를 형성하였다. 그렇다면 비록 TV 드라마가 전반적으로 소재의 건전성을 담보하지 못했다 하더라도 높 은 인기와 시청률을 지니고 있었고, 10년 동안 텔레비전 드라마가 항상

---

20) 다른 나머지 예로서는, 'KBS「먹구름 흰구름」, 우리 현실 속에서 젊은 세대가 올바르고 바람직하게 사는 길이란 어떤 것일까? 생산적이고 건전한 삶의 좌표를 알찬 드라마로 엮 어가는 KBS 금요연속극, 호평 속에서 3회 방송. 첫 회가 전파를 타자 시청자 격려전화 가… 자찬도 있을 법한 제법 탄탄한 작품이다(조선일보, 71. 12. 10, p.8).' 서민의 애환 역사상황과 교직-<한백년>종영 …… 순종일변도의 스테레오타입을 벗어나 능동적으로 문제를 해결하려는 의지를 보여준 것은 특기할 만하다…… 옥외 녹화의 시도나 진귀한 사진, 필름을 활용한 연출자세는 출연진의 진지한 태도와 함께 높이 평가돼야 할 것이다 (조선일보, 1974. 3. 31, p.5)'.

21) 78년 상반기의 <TV 주평>이 신설되어 교수에 의해 집필될 때가 거의 유일하게 텔레비 전 드라마들을 보다 다면적으로 평가하여 찬사도 주어진 예외적 시기라고 할 수 있다.

퇴폐적이고 저질인 것만은 아닐진대, 왜 신문담론은 거의 절대적으로 부
정적 담론이 주류를 이룬 것일까?

　TV 전체, 또는 TV 드라마에 대한 신문의 '저질론'은 다음과 같은 다면
적 차원의 논리들로 구조화되어 있다. 첫째, TV 매체관, 둘째, 대중문화관
셋째, 규범주의, 넷째, 민족주의, 다섯째 엘리트주의, 여섯째 가부장적 시
청자관이다. '저질론'의 지배담론은 이 다섯 가지 차원의 특정 담론들이
함께 절합된 것이며, 지식인과 기자는 바로 이러한 담론들의 담지자이자
실행자들로 이러한 담론들을 매개하고 동시에 대표한다. 그리고 이러한
담론들이 기능할 수 있게 하는 객관적 구조이자 정당화의 상호 매개적 행
위주체들은 각축하는 방송사들과 정부 / 규제기관이다.

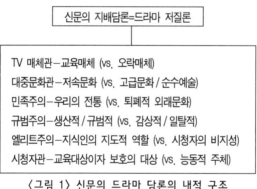

〈그림 1〉 신문의 드라마 담론의 내적 구조

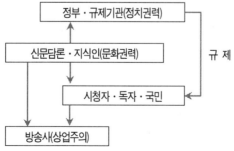

〈그림 2〉 신문의 외적구조와 신문담론의 영향력

① TV는 교육매체

'드라마 저질론'은 기본적으로 TV를 오락매체로서보다 교육매체로 인식하며,[22] 드라마 역시 순수하게 오락적인 것으로 인식하기보다는 교육매체적 효과를 보조하는 것이어야 한다는 관점을 지닌다. 이러한 교육적 기능은 한국사회의 근대화 과정에서 시청자/국민을 대상으로 교육 및 계몽하는 것을 뜻하는데, 그 기능을 가장 잘 수행할 수 있는 장르는 저널리즘 장르이거나 교육 및 교양 프로그램들이 된다. 오락의 경우는, 건정성과 '교훈적' 감동으로 그러한 교육적 기능을 보조해야 하는 것이다. 즉, 이러한 매체인식은 교육과 오락의 두 기능을 교육을 오락의 상위에 놓는 위계적인 것으로서, 장르적 측면에서는 교양·교육, 보도 장르들이 드라마 장르보다 더 가치를 지니는 것이 된다.

이러한 텔레비전 매체관은 '자원불황시대의 대중매체'란 주제로 Y 시민논단서 마련한 두 매스컴 관련학과 교수의 좌담내용을 실은 기사이다. 당시 용지관련 신문의 공휴휴간과 TV 낮 방송중단의 두 의제를 두고, 한 교수는 신문의 공휴휴간은 '국민의 「알권리」제약'이므로 안 되지만, 'TV 낮 방송중단은 종래의 낮방송이 저널리즘의 기능을 해온 것이 아니고 흥미위주의 오락물을 재방하는데 그쳤기 때문에 큰 문제가 될 수 없다고 본다'는 것이다(조선일보, 1974. 4. 3, p.5). 또, 신문에 자주 등장하는 다른 신문방송학과 교수는 1978년 방송계 결산 기고문에서, '방송의 주기능은 교육, 문화, 보도에 두고, 오락, 흥미제공은 부차적인 기능으로 주기능의 효과도를 높이기 위한 것이 되어야 한다'(조선일보, 1978. 12. 15, p.5)고 주장한다. 당시, 텔레비전의 정보적 기능(방송저널리즘)도 아닌 교육적 기능을 학자들이 강조하는 것은 커뮤니케이션 학문적 견지라기보다는 한국의 근대화 과

---

22) 한 예로서, 1965년 11월 'KBS가 TBC를 의식하고 시청률을 올리고자 25일부터 사흘간 레슬링을 특집 편성했는데, 레슬링의 (각본된) 난투극을 보고 활자매체들이 "왜 이런 반교육적인 방송을 KBS가 하느냐"고 일제히 비난을 퍼부었다'는 것을 들 수 있다(정순일, 1991, p.161).

정과 유신체제의 정치적 상황에 맞춰진 매체관이라고 할 수 있다. 방송윤리위원회 역시 드라마가 '생활도 주제도 없는 드라마'이며 '예술성 무시 오락 편향'이므로 '애정묘사 말고 계도 기능을' 확충해야 한다고 주장(조선일보, 1978. 8. 26, p.5)하여 그 공감대를 같이하고 있다.

그런데 흥미로운 점은, 외국 연구를 인용하여 'TV 캠페인 효과 없다, 미 미시건대 로저스교수 연구, TV는 본질이 「오락매체」-긴장풀기 원하는 사람에 오히려 반작용 유발시켜'(조선일보, 1974. 1. 10, p.5)라는 기사가 소개된 점이다. 텔레비전 매체의 본질이 '오락매체'라는 기사는 70년대 신문이 전개하는 TV 매체인식과는 정면으로 배치되는 것이지만, 근대화의 모델로 삼고 있는 미국의 저명한 학자의 연구결과를 싣는다는 것이 꼭 텔레비전관의 변화를 의미하는 것은 아니다. 이 기사는 일반 독자를 대상으로 한 것이기 보다, TV를 교육적 매체를 넘어 정책홍보와 정권유지의 도구로 삼으려는 정부를 향한 것으로 추론가능하다. 이 점에서 볼 때, 기본적으로 조선일보는 방송사들과 달리 텔레비전의 본질을 여전히 교육매체 중심으로 파악하면서도, 정부와는 완전히 일체되지 않고 일정정도의 상대적 자율성을 확보하려는 의도가 감지된다.

② 저급한 대중문화, 저속한 드라마

드라마 저질론을 주장하는 신문은 문화를 고급문화와 저급문화(대중문화)로 나누는 이분법적, 위계적, 엘리트주의적, 그리고 본질주의적인 문화관에 정초해 있다. 즉, 대중문화는 문화산업에 의해 상업적으로 대량생산되어 매스미디어에 의해 전파되는 것으로서 작가정신이 부재한 반면, 순수예술(문학, 회화, 클래식 음악)은 정서를 순화시키고 인간정신을 고양시키는 문화라고 간주한다. 한 예로서, 1970년 다음의 기사를 볼 수 있다.

서울시립교향악단이 정기적으로 나가, …… 서곡, 조곡, 콘체르토, 오페

아 아리아, 발췌곡등 세미클래식을 연주하는 '동아제약 콘서트'. …(중략)…
교양 오락 겸용의 40분을 주말저녁 안방의 어른 아이공존?의 즐거운 시간
으로 …(중략)… 대개의 오락방송프로그램이 지나치게 저급하다고 말이 많
은 요새 이런 좋은 시간이……

-조선일보, 1970. 6. 28, p.4, 물음표는 원래 출처.

대중문화는 수용자적 측면에서 보더라도, 문화적 소양을 갖추지 못한
교육받지 못한 자들이 소비하는 문화이기 때문에 또한 저속·통속적인 것
으로 취급된다. 신문이 담지한 이러한 대중문화관은 지식인들의 학술발표
회등에 대한 보도를 통해 지지되어진다. 다음 기사는 「대중문화와 가치관
의 문제」를 주제로 한 계명대학의 학술연구 발표회에 대한 보도이다.

　　오늘날 대중문화의 지배권 …(중략)… 따라서 지식수준은 저하되고 비판
능력은 둔화된다. 그러나 말초신경을 자극하고 관능적 쾌감을 가져다주는
본능은 상대적으로 예민해진다 …(중략)… 매스미디어는 대중을 높은 수준
으로 이끌지 못하고, 안이, 피상, 저속화로 흐른다. 건전한 대중문화의 형성
을 위하여 성의의 통제조절이 이념과 식견을 겸비한 전문문화 창조엘리트
에 의해 간단없이 수행돼야 한다. 대중에겐 수단가치보다는 목적가치, 자기
고양의 의욕을 주는 일이 중요하다.

-조선일보, 1970. 6. 11, p.5.

기사의 거의 대다수가 이러한 엘리트주도의 고급문화 지상주의를 펼치
고 있을 때, 한 신문방송학 교수의 반론인 '매스컴의 과대평가는 금물이
며, 지나치게 비관적으로 볼 수 없다. 개인적인 변화를 일으키는 것은 매
스미디어가 아니고 개인적인 관계이다'라는 주장이 발표되었다. 그러나
그 내용은 상대적으로 아주 간략히만 기사화되고 헤드라인과 소제목들에
전혀 반영되지 못했다. 당시의 신문방송관련 지식인들이 실제로 얼마나
부정적 대중문화관을 지녔는가와 무관하게 신문에는 '저급한 대중문화'론

이 주류담론화 되어 텔레비전 프로그램 논의의 전제가 되고 있다. 한 칼럼에서 어느 지식인은 공전의 히트를 친 <여로> 드라마 총 211회를 모두 보는데 드는 시간이 70시간 20분이라고 계산해 낸다. 그리고선 "이만한 시간이면 「전쟁과 평화」나 「까르마조프의 형제들」 같은 거작 장편도 충분히 읽을 수 있는 시간"이라며 드라마 인기가 허구적이라고(조선일보, 1972. 12. 29, p.5) 한탄한다.[23]

여기에는 언론매체인 신문기자가 지식인층과 공유하는 문자우월주의가 깔려있는데, 당시 방송 연예계의 종사자들에 대해 지식인이나 언론인이 갖는 권위는 현업 드라마 연출자나 극작가가 스스로를 적극적으로 변호할 수 없는 위치와 대조된다. 이는 일일드라마의 개선방향을 위해 학계와 언론, 그리고 제작진이 함께 참가한 세미나에서 연출가와 연기자가 일관되게 침묵함으로써 극명하게 표출되었다. 당시 신문기사는 이 모임을 '주제 접근이 제대로 안된 점, 연출가 연기자들의 의견제시가 전혀 없었다는 것이 이번 모임의 흠이었다'(조선일보, 1975. 9. 6, p.5)쓰고 있다.

신문의 '드라마 저질론'은 그 담론의 주요 생산자들이 기자와 학자라는 계층(계급)적 요인이외에도, 이들의 절대적인 수가 남성으로 구성되어 있는 반면 드라마의 주 시청자는 여성이라는 가부장제 아래 젠더적 요인과도 무관하지 않다. 즉, 남성들이 '저질'의 것으로 정의한 '드라마'를 여성들이 즐기기 때문에 여성들을 쉽게 무시하며, 동시에 여성이 즐기기 때문에 역으로 '드라마'는 저질임을 순환론적으로 입증하려 한다. 더구나 근대 경제의 기본단위로서 노동력의 재생산을 가능하게 하는 주부의 역할은 무시되고, 주부는 근대화의 과정에 생산자로서 참여하지 않는 무능력한 소비자

---

23) 텔레비전에 대한 지식인 비평에서 지식인 자신이 TV를 즐긴다는 것(구체적으로는 특정 동요프로그램, 고등학생 프로그램, 연속극, 스포츠 중계, 그리고 주말의 명화 프로그램)과 TV가 '아주 드물게나마 "지혜의 상자"로 바뀌기도 한다'는 경험과 감탄을 솔직하게 쓴 TV 옹호론은 소설가 조해일씨가 기고한 기사 한건(조선일보, 76. 8. 19, p.5)이 유일한 것이었다.

로서만 전적으로 취급된다. 이러한 논리구도 속에서 드라마 이용자인 여성은 무지하거나 비이성적이거나, 그 취향이 저속해서 계도 받아야 할 대상으로 다뤄지고, 텔레비전에 관련하여 도덕적 우월성은 남성들이 독점하게 된다. 이러한 담론의 유포로 여성들은 자기의 즐거움에 대한 권리를 주장하기는커녕, 자신들이 즐기는 드라마가 흔히 불륜을 소재로 한 까닭에 드라마를 즐기는 자신들에 쏟아지는 비난이 정당하다고 내면화하고, 드라마시청의 즐거움에 대해 죄책감을 동반하게 된다. 만든다. 이는 서구의 텔레비전 역사에서도 비슷하게 나타났는데, 문화연구가인 이앤 앵(Ien Ang, 1985)은 피지배자인 여성이 남성의 관점을 받아들여서 대중문화를 죄의식 속에서 즐기고(guilty pleasure), 스스로를 자아비판하게 하는 것을 '대중문화 이데올로기'라고 부른다. 그래서 시청률은 올라도 공개적으로 자신을 팬이라고 말하기 보다는 '그래선 안되는 데'라고 말하며, 모두 TV가 '바보상자'라는데 동의한다. 어떤 기사는 <여로>의 인기로 어린이들이 저능아 주인공을 너도나도 흉내 내게 되어 이젠 흉내 내지 못하는 아이가 바보가 된다면서 정말 "TV가 '바보상자'로 된 대표적 예"로 적고 있다(조선일보, 1972. 12. 30, p.5).

③ 규범(도덕)주의

드라마에 대한 신문담론들은 드라마의 소재와 주제에 있어서 엄숙한 도덕주의 기준을 적용하였기 때문에, 불륜과 부정을 다룬 소재에 바로 일탈과 타락이란 비난을 쏟았다. 모범적인 소재로서 신문이 권장하는 이상적 드라마는 '건전함과 윤리성'을 담보하는 '가슴 훈훈한' 드라마, 즉 근대적 휴머니즘을 담지하는 드라마이다. 따라서 공적세계나 사적세계나 사회가 용인하는 규범이 정상적으로 작동하면서 인간애가 발휘되어야 하는 드라마여야 하며, 그렇지 못한 드라마는 사회윤리를 파괴하는 것이 된다. 드라마에 대한 이러한 인식과 태도는 방송협회 방송인 세미나에 참석한 교수들의 발표 내용을 편집해 요약 보도한 신문기사에서 잘 드러난다.

• 교수 A
(드라마들이) 지나치게 오락성에 치중하여 값싼 눈물, 황당무계한 풍자, 관능을 자극하는 에로티시즘, 퇴폐분위기 묘사, 얄팍하고 값싼 호기심만을 충족시키는 줄거리 전개를 경쟁적으로 감행할 때는 사회윤리를 파괴하고 건강한 생활기풍을 해치는 정반대의 역기능을 일으킬 위험성(白痴性)이 있다.

이 자리에서 한 신문방송학과 교수는 '텔레비전 드라마를 예술적인 기준에서 보는 시청자나 제작진의 관점이 문제'라며 신문에서 보기 드문 텔레비전 매체관을 펼치지만, 대안적 드라마의 성격은 '소박하고 건전한 윤리성'과 '전통적인 도덕관'을 담지한 것이어야 한다는 주장을 펼침으로써 그러한 인식의 틀을 깨지는 못한다.

• 교수 B
멜로드라마에서 문제가 되는 것은 방송극이 예술적이 못된다고 한탄하는 시청자의 소리, 또 예술행위를 하고 있다고 자부하는 제작진의 태도이다. 이것은 멜로드라마의 성격이 대중에게 건전한 오락-흥미를 주는데 목적이 있다는 것을 모르고 있기 때문이다. (그러나) …… 방송극은 가정을 대상으로 하고 있어서…… 소박하고 건전한 윤리성은 물론 소재선택도 각별히 고려해야 한다. 사회에 면면히 지속돼 내려오는 전통적인 도덕관을 잊어서는 안된다.

—조선일보, 1975. 6. 15, p.5.

고급문화론 또는 전통문화론과 밀접한 연관을 갖는 규범(도덕)주의 관점은 드라마의 즐거움이 주인공이 느끼는 감정들에 상상적으로 공감함으로써 얻게 되는 리얼리즘, 즉, '감정적 리얼리즘'에 기초하고 있다는 것을 이해하지 못한다. 따라서 '드라마 저질론' 담론자들은 단지 소재의 비현실성이나 과장에 집착하게 된다. 또한 이러한 도덕주의의 옹호는 현재가 갖는 정상성이나 도덕질서를 철저하게 지킴으로서 기존 질서의 유지에 봉사한다는 점이다. 따라서 인기를 끄는 일일극에서 여인의 끊임없는 인내와 순종으로 고난을 이겨내는 헌신적인 여성은 개인성이 박약한 전근대적인 여성관임에도 불구하고, 남성중심의 지배질서에 순종한다는 점에서 비난에서 비켜있다. 비난받는 것은 혼외의 모든 이성적 관계일 때이다. 남성의 혼외 연애는 가장으로서의 도덕적 우월성이나 권위를 깎기 때문에 부정되어야 하며, 여성의 혼외연애 드라마 역시 대개가 주부인 여성시청자들에게 가정의 질서를 벗어나는 일탈을 상상적으로 허용한다는 점에서 '풍기문란한 것'이고 금지되어야 하는 것이다.

드라마에 대한 신문담론의 도덕주의적인 규범주의는 규제기관인 방송윤리위원회의 규제원칙과 일치한다. 백미숙·강명구(2007, p.174)는 1969년부터 1987년까지 방송윤리위가 텔레비전 드라마의 성표현 측면에서, '성표현이 부재하는 남녀간 사랑,' '일탈적 성풍속의 금지' '불륜의 금지와 순결한 성'으로 규제해온 이유를 '순결한 가정'이야 말로 한국의 '근대화 과정에서 요구되는 가족부양체계의 문화적 기반'이었기 때문이라고 추론한다. 물론, 저자들이 인정하는 것처럼, 드라마 성표현 규제 내용과 그 규제의 의도나 원인의 설명 사이에는 큰 간격이 있어서 보다 면밀하고 설득적인 논증의 징검다리들이 필요하겠지만. 그들의 해석 역시 당시의 정치, 경제, 사회적 정황을 생각할 때 그 개연성을 부정할 수 없다.

흥미로운 점은 남성중심, 그리고 기존 지배질서를 유지하는 이러한 규범(도덕)주의가 여성일반과 여성단체들의 동의를 이끌어 내는데 성공했다는 사실이다. 일반 주부들은 자신의 사회적 가치와 존재방식을 정당화하고자 하는 심리적 기제 아래, 규범주의에 기대 주부의 가치를 사수하고자 했음을 이해할 수 있다. 이와 관련된 일화로서, 직장에서 바람을 피우는 남성의 양면성을 그린 <개구리 남편>(1969, MBC)이 주부들의 일대 관심을 끌자 <임택근 모닝쇼>가 드라마의 남자 주인공을 출연시켜 가정주부들과의 생방송 토론을 진행하였다. 그런데 토론 중 남자 주인공이 '연기를 하다보면 (직장연애를 하는) 유부남의 심리를 이해할 만도 하다'고 발언하자, 이에 '격분한 주부대표(?)가 "뭐 이놈아"하고 멱살을 잡으려 드는 해프닝이 벌어졌다'는 것이다 가정 내에서도 여성들이 남성들의 집 밖에서의 행위에 대해 의심들이 생겼다는 화제들과 함께 결국은 그 드라마는 종영 전 4회를 남겨놓고 1970년 중도하차 되었다(정순일, 1991, p.181). 이는 당시 남성의 공적세계와 유리되어 있는 주부들에게 공적세계의 남성에 대한 정보와 상상을 동시에 제공하는 불륜드라마 시청의 즐거움과 동시에 자신들의 존재 및 가치적 위기의식을 느끼는 주부들의 모순적 심리의 발현을 보여준다.

당시 여성들을 대표하는 여성단체들의 입장 역시 이후에 좀 더 논의하겠지만, 대부분 자신들이 대변하는 여성을 '주부'와 동일시했고, '주부'의 이익을 '가정의 수호'로 등치시켰다. 이로써 여성단체나 일반 주부들이 남성이 주도하는 신문담론에 의해 쉽게 호명되었는데, 다음의 기사는 이를 시사해준다.

> 한국여성단체협의회는 22일 「TV 드라마가 가정에 미치는 영향」을 주제로 세미나르를 열었다. …… 요즘 TV 드라마는 안방극장에서 유행을 만들고, 언어를 조작하고, 풍기를 문란케하는 등 때로는 그 본질적인 사명을 망각한 유희로 가정을 유흥장으로 만들고 있다.
>
> —조선일보, 1972. 3. 25. p.8.

④ 전통문화 중심의 민족주의 담론

드라마 저질론을 뒷받침하는 또 다른 하위담론은 민족주의 담론이다. 이 민족주의 담론은 전통문화=좋은 문화 vs. 외래문화(서구문화)=퇴폐문화의 이분법적 사고에 근거하는 민족주의 담론이다. 신문이나 지식인들은 한편으로는 '근대화'를 '서구화'와 동일시하면서도 다른 한편에서는 근대화는 하되 우리의 전통을 전수함으로써 서구화는 피하고자 하는, 민족주의 정체성론을 폄으로써, 근대화를 물질적・경제적 발전으로 한정한다. 이때 민족문화는 고급문화와 동류로 취급되며, 서구문화는 대중문화와 동류로 취급된다. 다음에서 보듯이 신문담론과 지식인들의 민족문화 담론은 여러 점에서 박정권의 '민족중흥' 및 '전통의 복원' 정책과 호응되어서, TV 내용의 평가 기준으로 등장하게 된다.

> • 대중문화는 고급문화, 민속문화와 달리 …… 이윤추구나 특수한 사회경제적 목적을 지닌 상품문화라 …… 모든 사람이 가지고 있는 최대공약수적인 관심에 어필함으로써 …… 작품내용은 비속해지고 이른바 드릴, 서스펜스, 액션, 섹스, 넌센스, 에로티시즘, 새디즘, 그로테스크 등으로 가득 찬다. …… 비생산적이고 회피적인 상품문화를 배포하는데 사용할 것인가, 아니면 민족문화와 고급문화를 보급하는데 사용할 것인가 하는 것은 우리들 인간에게 달렸다 …… 우리에게도 훌륭한 민족문화와 전통문화가 계속되어왔다. 그럼에도 불구하고 하필이면 퇴폐적이고 해괴망칙한 외국의 상품문화들을 직수입해서 보급하고 있다면 이것은 놀라운 현실이라고 아니할 수 없다. …… 우선 우리의 민족문화를 육성 신장시키면서 외국문화의 훌륭한 점은 골라서 받아들이자는 입장이다. …… 한국사회를 휩쓸고 있는 경박한 외래문화는 사회에 민족적 허탈감과 현실도피풍조만을 자아내고 있다. 민족문화에 대한 정당한 재인식과 민족적 가치관의 확립 없이는 결코 우리가 당면한 내셔널 콘센서스를 이룩할 수 없을 것이다……
>
> ―이상희, 조선일보, 1971. 6. 19. p.5.

> • 매스미디어 국제학술회의에서 …… 전통적인 민족문화의 개발로 건강한 대중예술을 발전시켜야 할 것……
>
> ―조선일보, 1972. 9. 19. p.5.

• TV 3국 가을프로 개편에 …… 모방 아닌 「한국적인 것」 개발 …… 먼
   저 주체성 없는 방송을 지양하여 순수한 의미의 민족적인 방송을 ……
   한국적인 내용의 개발이 절실……

   －조선일보, 1975. 8. 24, p.5.

   70년대에 자주 신문에서 주장되는 '전통의 민족문화를 계발하자'는 민
족문화 중심의 민족주의 담론은 비단 박정권의 강조만이 아니라 당대 지
식인층에서도 흔히 발견되는 공통담론이었다. 신문이 광복 30년을 기리면
서 마련한 '한국인은 누구인가' 주제의 특별 좌담회 기사는 그 헤드라인
을 「「고유」 바탕 가치관 아쉬워, 자본주의가 이기로 변질 / 이질 폭주, 소
화불량 / 「전통」 소외 속 짙은 자학 / 된장 즐기며 장독대엔 열등감'(조선일
보, 1975. 8. 15, p.5)으로 제시하고 있다. 또한 '우리는 우리 것을 얕잡아 본
다 / 체질화된 「민족비하」 전통경시 「외래추종」'(조선일보, 1975. 8. 23, p.5)
라는 지식인들의 자성도 박정권의 민족주의 담론과 그 맥을 같이 한다.

   개항 후 서구 근대에 대한 조선인의 정신적, 신체적, 물질적 콤플렉스를
식민지 기간에 깊이 경험하였던 박정희는 이러한 열패감을 조국 근대화와
국민정신개조로서 극복될 수 있다고 보았다(황병주, 2005, pp.158~165). 황
병주에 따르면, 박정희의 초기 민족담론은 민족의 부정적 측면을 강조한
'정신개조'였으나, 1960년대 말 이후에는 민족의 긍정적 측면을 적극적으
로 부각시키기 시작했다. 이는 혁명 대신 건설을 도모하는 국면에서 민족
사는 긍정적 모습으로 재구성 될 필요가 있었으며, 동시에 산업화에 따른
서구화가 일정정도 위기의식을 가져왔기 때문으로 풀이된다. 따라서 서구
문화를 한국 전통을 갉아먹는 적대적인 것으로서 규정하고 국가주의를 핵
심으로 하는 민족주의 담론을 구축함으로써, 박정희는 전재호(1999)가 지
적하는 것처럼, 1970년대의 한미관계의 악화라는 외적 요인과 국내 민주
화의 저항이라는 내적 요인에 대응하여 국민들의 민족주의 정서를 동원하

고자 했다는 설명도 가능하다.

박정희의 서구(외래)문화에 대한 경계와 저항감은 개인적으로는 서구화, 장발족, 퇴폐성에 대한 극도의 거부감으로 드러났고, 상업주의에 빠진 민방에 대해 규제는 전통·민족문화 중심담론에 의해 정당화 되었다. 70년대 들어 가장 가시적이었던 방송규제는 71년 1월 22일, 히피족의 방송 출연금지라는 박정희의 지시였고, 곧이어 6월 16일 '방송이 집중적인 비난을 받은 적은 방송사상 일찍이 없었'을 만큼의 강도 높은 문공부장관의 담화가 이어졌다. 취임 날이기도 했던 신임문공부 윤주영 장관은 '방송이 저속한 외래풍조를 무분별하게 받아들여, 내용의 저속화는 물론 퇴폐풍조를 확산하고 있다'고 호되게 질책하고, 11가지 방송지침을 내렸는데, 그 첫째가 민족문화의 계승이고 둘째가 외래문화의 무분별한 도입 억제였다.24) 그런데 여기서 주목해야 할 점은, 문공부 장관의 이러한 방송정화에 대한 담화가 여론의 높은 지지를 받았다(정일순, 1991, p.190)는 점이다. 이때 여론의 지지는 일반 국민으로부터 표출된 직접적인 지지라기보다는 인쇄매체와 지식인들에 의해 대변된 지지였고, 이러한 지지는 저급한 대중문화=드라마 퇴폐성=외래문화 영향=민족·전통문화 결여라는 알고리듬의 결과인 것이다.

⑤ **지식인의 엘리트주의**

신문을 집필하는 기자나 논설위원은 한국사회의 대표적 지식인층을 이루며, 또한 이들이 교감하는 정보원 역시 흔히 학계의 지식인들이다. 특히 당시 신문언론은 박정희 정권의 감시와 통제 속에서 심층 탐사나 비판적 저널리즘 등을 감히 시도하지 못하고, 문화면에서는 특정주제와 관련하여

---

24) 나머지를 살펴보면, 3. 대중가요의 외국어 가사 사용억제, 4. 저질 저속 프로그램 배제, 5. 공서양속과 사회질서 존중, 6. 히피광란 등의 추방, 사회환경 정화, 7. 퇴폐풍조를 쓸어낼 것, 8. 음란 또는 선정적인 묘사를 막을 것, 9. 성실 근면 협동 단결심을 높일 것, 그리고 사회명랑화를 위한 분위기 조성하고 바르고 고운 말을 보급하라는 것이다.

학계 지식인들을 불러 좌담회를 열거나 학술회의의 결과나 보도자료를 매개하는 소극적 역할에 머물러 있었다. 이 과정에서 신문언론계와 학계에 종사하는 지식인들의 세계관은 '저급한 대중문화-도덕주의-전통중심의 민족주의-수동적 수용자관'이라는 의미의 연쇄 고리로 구성되어 상당정도 일체감을 드러냈으며, 박정희 정권의 문화적 인식과도 별 차이를 지니지 않았다. 이 뿐 아니라 지식층의 엘리트주의 역시 드라마 저질론를 구성하는데, 신문기사에 등장하듯이 지식인들이 스스로의 역할을 국민을 '지도하는' 규범 주조자로 규정하는 것이 그것이다. 한 예로, '외래문화의 수용자세'라는 주제로 3인의 교수가 좌담회를 가진 것을 요약, 정리한 '동양과 서양사이'라는 마지막 기획연재물에서, 교수들은 '국민들이 건강한 양식을 갖는 것이 중요'한데, 여기서 '결국 외래문화를 받아들이는 기준을 누가 만들고 결정하느냐는 문제가' 생긴다고 말한다. 그리고 어느 교수의 전통문화 중심의 규범주의에 기초한 엘리트주의적 답변이 다음과 같이 제시된다.

> 나는 여기에 지식인의 역할이 크다고 봐요. 지식인들이 음미 검토한 후, 내린 판단이 국민들 속으로 스며들어가 그들을 계도하는 방향이 돼야 할 것으로 봅니다. 지식인이 규범을 만들어 줄 수 있지 않을까요?' [전통적 규범이] 도시에선 무너졌지요. 하지만 예를 들어 충이나 효 같은 것은 진실되게 살아보겠다는 태도로서 지금도 남아있지 않을까요?'
>
> —조선일보, 1973. 6. 12. p.5.

지식인의 엘리트주의와 권위주의는 다음의 두 기고문에서 적나라하게 드러난다. 하나는 30세의 젊은 시인의 가요(대중문화) 비평이다. 기사의 헤드라인은 '모럴이 없는 세상에서 / 부도덕한 TV / ……엄마가수는 아기에게 대중가요 가르치고 / 퇴폐가요가 건전가요인 것처럼 / '나는 못난이' 불러대는 한심함도'로 제시되어 있다. 그는 1977년에 히트가요였던 <피리

부는 사나이>와 <나는 못난이>이 두곡을 두고 다음과 같이 힐책한다.

> 어찌하여 이런 노래가 판을 치는가 …… 얼마나 타락적이고 전근대적이
> 고, 비현실적이며, 퇴폐적인가. 사나이가 얼마나 청승맞은 이야기인가 ……
> 이런 노래는 추방해야 마땅하다. ('나는 못난이' 노래가사에 대해서는) ……
> 아가씨에게 키스를 못해서 못난이라고 한다면, 이것 도한 얼마나 비도덕적
> 인가. 이런 젊은이가 있다면 따귀라도 때려 정신이 번쩍 들게 만들어야 한
> 다. 때가 어느 때라고 …… 그런데 이런 노래가 인기가 높다니 어이된 일인
> 가. 도대체 '방송가요 심의위원회'에서는 뭘 하는가 모르겠다.
>
> —조선일보, 1977. 5. 8, p.5.

이 젊은 시인의 눈에는 대중에게 큰 인기를 끈 이 가요들이 '타락적이
고, 전근대적이고, 비현실적이고, 퇴폐적이니', 이를 애창하는 대중들은 자
연히 판단능력 없는 사람들로 밖에 보이지 않고, 따라서 규제기관이 나서
서 정화시켜야 한다고 요청하고 있는 것이다.

지식인들의 권위주의나 엘리트주의는 여기서 그치지 않는다. 70년대 대
중문화 비평에 유일하게 등장한 한 여성교수는 79년 주말 인기극인 '사랑
도 미움도'(조남사 극본)에 대한 글을 '주인공들 언제 제정신 차리나—비현
실적인 얘기…… 볼수록 고루하고 답답해'라는 제목아래 다음과 같이 시
작하고 있다.

> 좀처럼 TV를 잘 안보지만 어쩌다가 '사랑도 미움도'는 …… 대개 다 보
> 아온 셈이다. …… 이때까지 내가 보아온 유일한 연속극이기에, 우리나라
> 안방인구들이 도대체 어떤 연예프로들을 보나또 그 프로들이 국민전체의
> 식에 미치는 영향 또한 지대한 것이기에, 싫다고 눈만 가려버릴 수는 없기
> 때문이다.
>
> —조선일보, 1979. 7. 8, p.5.

'좀 더 의식이 깨어있고, 발랄하고, 진취적인 행동파를 보고 싶다'는 주문에 이르기까지, 이 칼럼의 전반부는 평소에 자신은 TV 연속극과는 관계없이 살아온 사람, 즉 '우리나라 안방인구'와는 근본적으로 다른 부류임을 강조하고 있다. 그러면서도, 사회 지도층의 지식인인 까닭에 '눈만 가려버릴 수' 없어서 연구자의 입장에서 분석대상에 대해 한 말씀해야 하는 계도적 의무를 느낀다는 엘리트주의를 강하게 드러내고 있다.

⑥ 교육대상으로서의 수용자론

드라마의 저질성을 비난하는 지배적 신문담론은 드라마 시청자를 수동적이며, 계도되어야 할 대상으로서 인식하고 있다. 서구의 미디어와 커뮤니케이션 학계에서도 수용자를 무비판적, 수동적인 존재가 아닌 비판적이고 능동적인 존재로 인식의 전환을 이루며(Ang, 1985 ; Fiske, 1987 ; Hall, 1980 ; Hobson, 1980 ; Lewis, 198 ; Morley, 1980, 1986) 수용자론 연구를 새롭게 활성화시키게 된 것이 1980년대 중반에 와서임을 생각한다면, 텔레비전의 위력을 체감해가는 1970년대 한국사회에서 시청자를 계도의 대상으로 파악했다는 것은 그리 놀라운 일이 아닐 것이다. 당시 '방송드라마의 사회적 기능'이란 주제로 열린 현역 작가들의 세미나에 참석한 대표적 드라마 작가 중 한명의 다음 말에서도 그 시청자관이 잘 드러난다.

> • 극작가 A
> 각 방송국도 민중을 계도하는 역할을 인식하면서 그 독자성을 지킬 수 있다면…… 오늘 우리는 시청자를 훈련시켜놓고, 내일 순수오락을 즐기게 해야 한다.
>
> —조선일보, 1975. 11. 21, p.5.

그렇다고 이러한 수동적이고 교육 대상으로서 수용자 인식이 무작위적으로 모든 시청자를 향한 것은 아니었다. 이러한 시청자관은 더 구체적으로 말하면, 한편으로는 여성, 특히 주부를 염두에 둔 것이며, 다른 한편은 청소년, 특히 아이들을 대상으로 구성된 담론이었다. 70년대 텔레비전의 주 시청자로 부상한 것은 여성과 아이들이었으며, 특히 드라마는 세계 어디서나 흔히 그러하듯 여성들에게 가장 인기 있는 장르였다. 따라서 드라마에 대한 저질론은 남성에 비해 상대적으로 교육의 기회를 갖지 못했으며, 또한 사회적 또는 공적 세계에서의 활동이 제약되었던 당시 주부에 대한 폄하적 인식을 반영하는 일부 반영하고 있다. '드라마나 보고 찔찔 짜고 있다'는 남성들의 흔한 조롱은 드라마 장르와 여성 시청자를 함께 경멸하는 말이었으며, 이에 대해 분개하거나 저항하는 주부보다는 그것을 인정하는, 즉 자신들의 취향에 대한 스스로의 평가를 쉽게 포기하는 주부가 다수인 사회였다. 따라서 주부로서 시청자들은 '단순함과 무능력'으로 규정되고 저질 드라마로부터 '아이들'과 마찬가지로 보호해야 될 대상으로 암묵적으로 취급되었으며, 동시에 드라마에 대한 비난이나 규제는 정당화 되었다.

여성 시청자에 비해, 어린이 시청자를 구실로 한 '드라마 폐해론', 넓게는 'TV 유해론'은 70년대 초반 이후 70년대 말까지 가장 명시적이고 나타났다. 70년대 초기에는 아이들에 대한 TV 효과에 관한 기사가 비교적 중립적인 내용을 담다가, 73년 이후에는 부정적 효과 일색으로 바뀌게 된다. 구체적으로 살펴보면, 70년대 들어 첫 TV 관련 기획연재물은 71년 11월의 <TV와 어린이>(71. 11~72. 2)였다. 이 기획연재기사는 비록 제목에서 TV의 부정적 효과를 주로 제시하고 있지만, 실제 기사본문은 어린이의 TV시청의 긍정적 효과를 많이 제시하고 있었다. 예를 들면, 어린이들은 날마다 '전자적 역사'를 배워, '어린이가 학교에 입학 할 때의 수준이 TV가 나오기 전보다 훨씬 높아졌다'며, '어린이 교육프로인 「세사미스트리트」를 시청해온 아이들의 수준은 초등학년의 교육수준을 능가하고 있다'는 것이다(조선일보, 1972. 12. 3, p.5). 또한 연령이 아주 어린 '3~4세의 아이들은 사실과 아닌 것을 구별하는 데 상당한 곤란을 느끼고 있음'을 얘기하면서, TV의 영향이 무차별적인 것이 아니라 '나이 따라 받아들이는 영향이 천차만별'임을 밝히고 있다(조선일보, 1972. 12. 7, p.5). 연재의 마지막 회 기사에서는 비록 기사 헤드라인이 '책을 안 읽게 해 결국 문화의 후퇴초래, 우려론 많아'로 제시되고 있지만, 기사의 본문내용은 미국의 연구결과를 인용하며 'TV를 지지하는 사람들과 TV를 해독의 매체로 보는 사람들 사이의 의견차는 매우 크다'며 양론을 소개하고 있다(조선일보, 1973. 2. 15, p.5). 기사의 제목과 내용을 비교해 보면, 신문의 편집 경향이 분명 어린이들에 대한 TV 부정론에 기울고 있음을 알 수 있지만, 내용면에서는 외국의 연구내용이나 국내 의학전문가를 정보원으로 하고 있어서, TV 효과에 대해 비교적 중립적인 보도가 이뤄졌다.

이러한 초기 모습은 1973년 이후 달라지는데, 무엇보다도 정부 개입이 더욱 강화됨과 동시에 TV 부정론의 담론 생산자가 신문기자와 함께 신문방송학과 교수를 위시한 소수의 지식인들로 한정되면서부터이다. 1975년 불륜극으로 비난받으며 중도하차하게 된 드라마 <안녕>(김수현 작)과 <아빠>(나연숙 작)에 대한 비난기사 역시 '유부남-여대생의 퇴폐성만을 부각, 유치한 4각외도 애들 볼까 두려워'라는 제목에도 드러나듯 '어린이들'은 어김없이 드라마에 대해 비난과 강력한 제제를 정당화하는 기제로 사용되고 있다.

> 「아빠」는 불륜의 스토리를 안방에 까지 몰고 온 문제 외에도 외설스런 슬랭이 판을 치는 퇴폐적 행동묘사로 어린이와 청소년에게 끼치는 영향이 사회적으로 문제가 되고 있다.
>
> ─조선일보, 1975. 5. 11, p.5.

아이들에 대한 TV 유해론에 근거한 TV 드라마에 대한 공격은 1977년 8월 인기외화인 <6백만불의 사나이>를 흉내 내다 어린이가 사망한 사건으로 더욱 강화되게 된다. 신문들은 교수들의 발표를 매개하며, 이러한 TV 부정론을 확산시킨다.

> • 교수 A
> 이대로 가면 어린이들이 TV 중독에 걸려 TV바보가 될 뿐 아니라 주체적 능력이 약화된다. …(중략)… (이를 막는) 방법으로 부모들이 강력한 압력 단체구실을 하여 TV내용을 샅샅이 검토, 역기능적이고 부정적인 내용을 고발하고 저질내용을 추방해야 할 것이다.
>
> —조선일보, 1977. 10. 1, p.5.

텔레비전 저질론은 주부와 어린이들을 주 구성원으로 하는 편파적 시청자관을 기반으로 전개된다. 신문담론의 참여자들에게는 사실상 주부나 어린이는 항상 계도되어야 할 대상이며, 비판능력이 없기 때문에 보호해야 될 피해자이고, 또한 자신의 쾌락을 절제할 줄 모르므로 규제가 필요한 무능력자라는 점에서 동일인이다.[25] 이들은 한국사회에서 자신을 대변할 수 없는 주변인으로 취급된다.

이점에서 다시 여성단체를 떠올릴 수 있는데, 당시 여성단체 조차도 여성들에게 문화적 권위를 찾아주기 보다는, 여성에 대한 교육과 계몽을 통해 여성의 사회적, 정치적 권리를 확보하려는 근대화 담론에 포섭되어 있었던 상황이었다. 뿐만 아니라 여성의 즐거움을 옹호해 주기 보다는, 지적한 것처럼, 가정에서의 주부의 위치와 '가정의 순결성'을 방어하는 것에

---

25) 그러나 수용자 연구 전문인 커뮤니케이션 학자인 엘렌 세이터(Ellen Seiter, 1999)는 어린이들 역시 비판적 사고를 하며 나름대로 다양한 해독을 함을 주장한다. 실제로 조선일보 역시 제목은 부정적으로 제시하였지만, 아이들이 획일적으로 텔레비전 프로그램을 수용하는 것이 아니라 현실과 연결하여 다양하게 해독한다는 것을 미국 초등학생과 10살 전후의 아이들을 대상으로 한 미국연구를 소개하며 이를 간접적으로 드러내고 있다('TV 폭력 흉내 내면 어떡하나', 조선일보, 75. 3. 2, 'TV는 많이 보면 바보가 된다', 75. 4. 21, p.5).

치중해 신문과 동일하게 불륜에 대한 비판논리를 펼치고 있었다. 여성단체와 TV 드라마와의 이러한 적대적 입장과 연관하여 한 홍미로운 사건이, 70년대 히트 드라마 주요 제조자였던 드라마 작가들(한운사, 김수현,[26] 나연숙)과 시청자와의 대화라는 행사에서 벌어졌다. 그런데 이 행사가 '작가와 시청자가 터놓고 의견을 교환하여 드라마 발전을 기해보자는 주최의도와 달리, 작가 측의 신경질적인 반응으로 입씨름 판'이 돼 버린 것이다. 먼저 시청자로서 발언한 두 여성은 모두 YWCA의 간사였는데, 신문기사 내용은 다음과 같다.

> • 시청자 A
> '직장을 가진 관계로 드라마를 많이 보는 편은 아니지만 어쩌다 보려 해도 별로 보고 싶지 않은 것이 솔직한 심정'이라 했다. 그 이유로 김씨는 '주인공들이 한결같이 20대 젊은 층으로 한정되어 유행에 가까운 말장난이나 일삼는 것은 감칠맛은 있으나 공감을 주지 못하는 점을 들었다. 또 재미있는 장면은 지나치게 엿가락처럼 늘리는 경향이 있는데 이는 제작자나 스폰서의 요구인지는 모르나 시청자로서 아주 짜증스럽다'고 했다. 이에 작가 나연숙씨는 …… '드라마를 열심히 보지도 않는 시청자와는 얘기하고 싶지도 않다'고 답변했다. 또 다른 가정부인인 정씨는 '인물설정에 종살이하는 것도 서러운데 병신을 만드는 등 지나친 데가 있고, 출가한 딸이 친정부모에게 반말을 하는 등의 말투는 듣기 거북하고 교육상으로 좋지 않은 것 같다'고 지적했다. 이 의견에 김수현씨는 '작가가 교육문제까지 책임져야 하느냐'고 반문하면서 '듣기 거북하면 시청자쪽에서 채널을 돌리는 수밖에 없다'고 답변하였다. …(중략)… 이날의 모임은 안 가진 것만도 못했다는 것이 중론이었다.
>
> —조선일보, 78. 12. 10. p.5.

---

26) 김수현의 <새엄마>(1972, 방송대상 수상), <강남가족>(1974), <신부일기>(1975), <여고동창생>(1976), <당신>(1977), <후회합니다>(1977), <청춘의 덫>(1978)은 장안의 화제를 뿌리며 인기 절정을 달렸다. 그러나 김수현의 극에서 <안녕>(1975)과 <청춘의 덫>(1978)은 불륜과 혼전동거의 소재 등으로 퇴폐적이고 비윤리적이라는 신문의 비난과 방송윤리위원회의 지적에 따라 중도하차 당했다.

이 사건은 같은 여성이라 할지라도 실상 시청자 일반과 여성단체, 그리고 여성작가 삼자간의 복잡한 입장과 권력지형을 드러낸다. 즉, 당시 여성 지위향상을 위한 도덕적 규범적 단체로서 일반 시청자를 대표하고 나선 여성 단체와 실제 일반 주부 시청자간에 놓여진 격차, 그리고 사회적 명성을 지닌 여성작가의 특수한 위치와 적절한 사회적 인정과 존중이 주어지지 않는 주부라는 위치간의 간격, 동시에 생산자로서 작가가 수용자로서 시청자에게 지니는 권력 문제가 복합적으로 얽혀있는 것이다. 따라서 70년대 당시 여성작가와 여성단체간의 대화는 텔레비전 드라마에 있어서 연대 할 수 있는 지점을 찾지 못하고 실패하게 된다.

드라마 저질론이란 신문의 지배적 담론과의 관계에 있어서, 시청자는 말해지는 대상이고 또한 언제나 대변되어져야 하는 존재로서 스스로는 발언할 수 없는 존재이다. 그러면서도 항상 '시청률과 여론'이라는 이름아래 거대하게 존재하는 덩어리로 신문담론에 의해 중요한 듯 취급된다. '여론 무시한 주먹구구식의 프로개편'(조선일보, 1974. 10. 31, p.5, '신문방송학과 교수 좌담')이란 기사의 제목처럼 지식인들에 의해 시청자는 '여론'으로 쉽게 개명된다. '시청률'과 '여론'의 이름 안에 구체적 개인들의 삶의 흔적은 없으며, 시청자들이 취하는 다양한 시청행위와 다양한 해독의 차이(Morley, 1980 ; Kim, 2004)는 무시되어진다. 이러한 점에서 시청자는 주어진 실체라기보다는 구성되는 이름이며, 개별 집단들이 자신들의 이해를 위해 서로 획득하고자 투쟁하는 대상이다. 방송사는 '시청자가 원하는 것을 주는 것'이 좋은 방송이라고 주장하며 시청자가 원하는 것을 시청률과 등치시키면서 이윤을 추구하고, 식자들과 정부는 시청자들을 대신해서 '시청자에게 좋은 것을 규정'하려고 하면서 방송사를 통제하려고 한다.

이엔 앵(Ang, 1991)은 상업적 텔레비전 영역에서 수용자는 '시장'으로, 그리고 정치가나 비판자들에게는 '공중'으로 취급되어 왔는데, 이 두 관념은 모두 수용자(시청자)를 어떤 주관적 독특성을 결여한 집합적 존재로 파악한다는 점에서 서로 닮아있다고 비판한다. 이 두 관점은 개인들의 행위 패턴에 관한 정보를 제공하면서, 텔레비전 수용자를 '국민'이나 '인구'와 같은 정도의 낮은 구체성만을 지닌 일반적 용어로 대체해 버린다는 것이다. 그러나 시청행위란 시청률과 같은 단순한 숫자로 번역되기에는 너무도 복잡하고 다면적인 행위이며, 시청자는 '사회적으로 구성되고, 제도적으로 산출되는' '불확정한 담론적 구성물'로 이해되어야 한다고 앵은 주장한다(p.3). 이러한 주장은 국민/민중을 '이미 주어진 실체라기보다는 특정의 이데올로기와 담론에 따라 구성되는 존재'로서 인식해야 함을 강조하는 황병주(2001)와 닿아있다. 그는 '진공상태가 아닌 구체적 현실속의 인간을 특정의 추상개념으로 포획하고자 하는 시도는 그 성공여부를 떠나서 본질적으로 폭력적인 것이다. 그 폭력은 현실의 다양한 차이와 이질성을 용납할 수 없으며, 다수자 정치로 소수자 정치를 질식시키는 것'이라고 주장한다(p.51, 67). '드라마 저질론'이라는 지배적 신문담론은 구체적인 삶속의 시청자들을 수동적이고 무비판적인 어린이처럼 가부장제하에 보호되어야 존재로 호명하며, 동시에 시청률과 여론이라는 추상화된 일반 이름 아래 구체적인 삶이 사상된 동질적 존재로서 포섭하는 것이다.

⑦ 경쟁자로서 텔레비전 매체

신문의 텔레비전 비판은 텔레비전이 신문매체의 강력한 경쟁자로 미디어시장에서 부상하는 것에 대한 위기의식과 무관하다 할 수 없다. 즉, 신문의 드라마 저질론, 넓게는 TV 저질론은 그 외적구조로서 한국의 매스미디어의 지형이 고려되어야 한다. 두 민영방송사인 TBC-TV와 MBC-TV의 광고매출은 71년 총 31억 2천 6백만 원(각각 1,436백만, 1,690백만 원)이었으나, 74년에는 3배가 되었으며, 7년 뒤인 1978년에는 16배인 483여 억 원으로 엄청난 수익을 내며 증가하였다(한국방송공사, 1987, pp.518~519, 정순일·장한성, 2000, p.124 재인용). GNP대비 국내 광고비 추이를 살펴보면, 77

년 총광고비 2,185억 원(경상 GNP 307억 원) 가운데, TV 광고비는 409억 원으로 376여 억 원의 신문광고비를 앞질러(제일기획, 1989, p.898, 정순일·장한성, 2000, p.125 재인용) 신문시장에 비상을 걸게 만들었다.

70년대 후반에 들어서 광고시장에서 대표적 주자였던 신문산업이 방송 산업에 의해 그 몫을 크게 위협받기 시작하면서, 드라마 저질론에 대한 신 문담론의 비판의 초점 역시 변화된다. 70년대 중반이전에는 드라마 저질 론이 주로 드라마 내용과 작가의식의 부재에 초점이 맞춰졌던데 반해, 70 년대 중반이후에는 방송사의 빈약한 투자와 열악한 제작환경이 드라마 저 질화의 주요원인으로 부각되어진다. 1976년 5월 30일 5면 기사에서는 'TV 드라마의 虛/實－알맹이도 재미도 없는 내면을 들어다 본다'란 주제 목과 '막대한 수입… 과감한 제작 왜 피하나'란 부제아래, 드라마 작품의 빈곤은 역량 있는 작가의 부재 외에도, 흑자임에도 투자를 안하는 방송사 가 큰 원인임을 지적하고 있다. 그리고 근거로서 KBS와 민영방송사들의 광고수입과 드라마 제작비용의 대차대조표가 제시된다. 78년 9월 1일에는 'TV 이대로 좋은가'란 기획시리즈에서 TV를 '바보상자'로 규정하고 '재 미없지만 안볼 수 없는 저질'이란 헤드라인 밑에 '혹이 빈 외형비대증… 2가구 1대, 여기능가항한 드라마… 유행어 남발, 사치－낭비 조장… 개인 의 돈벌이 수단만 될 수는 없어'라는 소제목아래 방송의 이윤추구를 비판 하기 시작한다. 다음날인 2일에는 같은 기획연재에서 '거대기업' 편으로 '제값 보여주지 않는 시청료 200억 원, 두 민방광고료 수입 연 3백 억 넘 겨, 단 20초에 40만 원, 제작비 불과 20%'이란 소제목아래 KBS와 민영방 송에 대한 강도 높은 비판이 이어진다. 그리고 5일 같은 시리즈에는 '방송 종사자' 편을 통해 '돈 안쓰는 흑자기업, 재투자 않는 흑자기업, 사람대접 못 받는다, 재투자 않는 경영은 많은 사람을 타락시켜, A급 가수 2곡 만 5천원, 보너스 없고, 미용－의상비도 안되고 생계도 곤란'이란 내용요약을 소제목으로 강조하고, 텔레비전 산업의 어두운 측면을 기사본문을 통해 과감히 드러내고 있다. 따라서 두 미디어 산업 간의 경쟁은 신문의 'TV 저질론'을 보다 산업적이며 구조적인 측면에서 접근하게 만드는 계기로 작용했다.

5. 유신정권, 텔레비전, 그리고 신문의 헤게모니적 문화정치학

1) 신문의 '저질론' 담론과 정부 개입의 절합

지금까지 1970년대 조선일보에 게재된 TV 드라마 비평의 지배적 담론으로서 '드라마 저질론'의 형식적 특성과 드라마 저질론의 내적·외적 구조를 살펴보았다. 여기서는 드라마 저질론이라는 신문의 지배담론을 방송에 대한 국가개입이라는 지형에 재위치 시킴으로써, 앞서 논의에서 암시되었던, 국가의 방송규제가 신문에 의해 일정정도 촉발되고 동시에 정당화 되는 과정을 살펴볼 것이다. 결론부터 말하면, 신문은 '드라마 저질론'으로 대표되는 TV에 대한 부정적 담론 전개를 통해 문공부나 방송윤리위원회의 규제를 적어도 자연스럽거나 정당한 것으로 보이게 하였으며, 동시에 정부의 규제에 긍정적인 사후평가를 부여함으로써 정부의 행위뿐 아니라 신문 자신의 정당화 작업을 수행하였다는 것이다.

방송에 대한 정부의 규제는 자체적인 판단에 의해 이뤄진 것도 물론 존재하였지만(특히, 박정희의 장발족 단속이나 히피족 출연 금지와 같은 예), 정부의 방송규제조치 이전에 방송의 지나친 시청률 경쟁과 질적 저하에 대한 사회의 맹렬한 비판이 여론으로서 조성되어야 함은 비록 유신독재정권 아래서도 정치행위의 필수 조건이라고 할 수 있다. 사실상 70년대 정부의 방송 정화조치 등은 정부가 방송의 저속성에 대한 비판여론을 보다 못해 나섰다는 식의, 즉, '급기야 문공부 장관이 71년 6월 16일 TV 프로그램의 저속성을 비판하는 담화문을 발표하고 방송계의 자숙을 요청하기 이르렀다'(정순일·장한영, 2000, p.91)는 식의 인식과 평가가 만들어졌다.

이러한 과정의 단적인 예로서 74년 신문이 드라마 <안녕>과 <아빠>를 불륜·저질로서가 크게 신문에 기사화한 뒤 얼마 안 되어, 바로 방송위원회의 지적으로 두 드라마가 중도하차 하게 되었다. 또한 드라마 사극이 열풍이 불던 1974년, 신문이 TV 사극이 고증이 허술할 뿐 아니라 황당무계하며 저질이라고 강도 높게 연이은 비판을 행한 뒤(예, 조선일보, 1974. 6. 8, p.5, 9. 3, p.5, 10. 18, p.5, 1975. 1. 16, p.5), 결국 문공부에서는 연예오락을 줄이고 정부시책방송을 늘리라는 지시와 함께 '사극의 경우 고증을 철저히 하고, 간신배, 음모등 권력암투나 모함하는 내용은 빼라'는 구체적 지침이 하달되었다(조선일보, 1975. 2. 23, p.5, 12. 14, p.5). 또한, 77년 방송이 걸핏하면 고부간의 갈등을 소재로 삼고 있다고 신문이 비판을 싣자, 7월에 방송윤리위는 '방송윤리기준'을 제정하면서 그 안에 고부간 갈등을 담지 말도록 구체적으로 주문한다. 78년에는 김수현 극본의 드라마들이 '지나친 말장난'에 기댄 흥미위주라는 비판과 방송에서 지나치게 '순박성 잃고, 저열함을 강조하는' 사투리가 많다고 방송언어에 관한 비판이 지속적으로 나간 뒤(1978. 2. 18, 1978. 12. 3) 방송윤리위는 '유행과 소비성을 조장한 사치스러운 복장, 자극적이고 지나친 교태의 율동, 남자의 장발, 비속어은어와 무분별한 외래어 및 소재 및 사투리사용, 경박한 소재 및 지나친 말장난을 삼가줄 것을 당부'하는 권고사항을 제시한다(조선일보, 1979. 2. 25). 문공부나 방송윤리위에서 신문의 비판 문구를 거의 그대로 사용하여 어떤 측면에서는 정부의 정책이 신문의 비판을 지지 또는 반영하는 방식으로 시행되는 모양새가 이뤄진 것이다.

정부의 규제가 있고 나면, 신문은 정부의 방송규제의 부당함을 지적하

기 보다는, 명시적으로 정부가 '국민의 여론'을 반영한 결과로 해석하거
나, '학자의 의견'이나 '시청자' 또는 '여론'의 이름 아래 정부조치를 정당
화하는 긍정적 논평을 기사화한다. 예를 들어, 73년 7월 일일연속극을 단
축하고 하루 1편이상의 교양프로를 편성하라는 정부의 권고가 시달되자,
신문은 '그동안 TV 매일연속극이 소재빈곤에다 주제의식의 한계를 보인
다하여 식자의 빈축을 받아온 것이 사실'이라고 그 타당성을 인정한다(조
선일보, 1973. 7. 19, p.5). 또한 1975년 긴급조치 발효 이후, 학계, 언론인,
제작진들의 좌담에 대해, '참가자들은 긴급조치 발효이후 TV 드라마가 퍽
건전해졌다는데 일치된 의견을 보였다. 긍정적인 모럴의 제시라든지 세팅
이 호화주의를 탈피해 생활화 되고 있는 것은 바람직하다'는 기사를 싣고
있다(조선일보, 1975. 9. 6). 1975년에 문공부는 12월 8일부터 <TV 드라마
및 코미디 내용정화>의 강력한 지침을 각 방송국에 보냈는데, 개선방향으
로 현재 방송중인 일일연속극수를 3편 이내로(당시, 민방은 4~5편), 주간극
은 2편(당시 민방은 4편), 코미디는 주 1편(당시 민방서 총 4편) 이내로 줄이도
록 하는 구체적 지침이 전달되었다. 그리고 이에 대해 신문은 '시청자들
은… "치기어린 넌센스 코미디나 지리멸렬의 엉터리 드라마가 줄어든다니
바람직한 일"이라는 반응을 보였다'라고 기사화 하며 '시청자들'의 이름아
래 그 규제를 간접적으로 지지하고 있다(1979. 12. 14, p.5). 뿐만 아니라, 신
문은 '당국이 이처럼 드라마를 규제한 것은 내용 없는 드라마들이 시청자
들의 말초신경만 자극하고 국민의 윤리나 정서에 해로운 영향을 끼친다는
여론에 따른 것이다. 당국의 지속적인 정화방침에도 아랑곳없이 민방들은
시청률경쟁에 눈이 어두워 계속 저질 드라마를 방영했다'는 부연설명을
통해 정부 시책을 정당화한다(조선일보, 1977. 11. 6, p.5). 이처럼 정부는 신
문의 방송에 대한 비판담론을 여론으로서 간주하며 방송규제를 정당화하
고, 신문매체는 방송에 대한 비평담론을 통해 방송을 견제할 뿐 아니라 여
론 형성자 또는 여론 대변자로서의 자신의 문화적 권력을 제조하고 확대

하였다. 이러한 과정에서 신문은 방송에 대해서 상당정도 유신정권의 동조자로서의 역할을 수행한 것이다.

2) 상대적 자율성과 헤게모니

신문의 과도하게 부정적인 방송 프로그램 비판이 정부가 개입할 수 있는 길을 보다 쉽게 만들었음을 앞서 지적했는데, 왜 이러한 결과가 발생할 수 있었을까라는 질문을 다시 근본적으로 짚어볼 필요가 있다. 물론 유신정권이라는 독재정권이 당시 모든 행위자들의 실천 행위에 구조적 조건과 근본적인 한계를 설정한다는 점을 여기서 다시 강조할 필요는 없을 것이다. 다시 말해, 신문이 정부에 대항하는 담론을 수시로 펼쳐낼 수 있는 정치상황이 아니었으며, 그래서 일정정도 모든 매체처럼 신문 역시 정권이 그은 한계선을 넘지 않으려고 눈치를 보며 행동할 수밖에 없었다는 점을 인정하며 논의를 출발한다. 그러나 당시 유신정권의 언론통제의 압력을 받고 있었기 때문에, 신문이 의도적으로 정부의 비위를 맞추기 위해서 또는 정부의 강압에 의해서 그러한 드라마 저질론의 기사를 양산했다고 볼 수는 없을 것이다. 오히려 이는 상대적으로 자율적인 신문의 영역에서 신문 자체의 내적 및 외적 요인들의 측면에서 설명되어야 한다.

먼저, 담론생산자로서 신문기자와 편집자 등 집필자들은 그 자신이 지식계층에 속하면서 학계와 같은 다른 지식집단들과 정서 및 인식을 공유하고 있었던 점을 들 수 있다. 사실상 신문에 초대되는 지식인들은 때론 교수이면서 방송윤리위의 위원장이거나 위원이기도 했다. '드라마 저질론'의 담론을 구성하고 있는 교육매체로서 TV 매체관, 대중문화에 대한 폄하, 외래문화에 대항하는 민족주의 담론, 도덕적 규범주의, 지식인의 엘리트주의, 그리고 가부장적인 시청자관은 다름 아닌 신문과 신문 담론의 주요 형성자로 참여하는 지식인들의 일종의 문화적 습속과 성향체계, 즉 아비투스(habitus)의 반영으로 볼 수 있다. 그리고 이들의 아비투스는 여러모로 당시 유신정권의 정신과 맞닿아 있었다. '박정희 지배담론인 "조국 근대화"가 지식층의 광범위한 지지와 동참을 이끌어내었고, 지식인들은 근대화 담론에 압도당했다'(황병주, 2000, p.53)는 주장 역시 이와 전혀 무관하지 않은 맥락을 이룬다. 허은(2007, p.248)에 따르면, '1960년대 후반 한국 지식인들을 크게 '전통계승' 지식인과 '탈전통' 지식인 두 집단으로 나뉘는데, 이들은 상호 비판적이었으나, '박정희 정권의 지식인 호명에 화답하며,' '조국근대화'의 이데올로기 주조를 위해 박정희 정권과 결합했다고 지적한다. 즉, 이 두 지식인 집단들은 전통의 계승과 단절이라는 첨예한 대립에도 불구하고, '냉전분단체제의 유지에 일치했고, 수동적이며 '탈정치화'된 근대 주체를 양성하고자 했다는 점에서' 그리고 정신적 측면을 강조하고 국민을 계몽의 대상으로만 취급한 점에서 일치되었다고 밝히고 있는 것이다. 따라서 텔레비전이 편성권을 침해받고 프로그램에 강제적인 규제가 이뤄진 1976년 4월, '꼼짝 못하게 편성권을 챙겨가 버린 문공부에 말 한마디 못하는 방송 현업에 동정은커녕 그동안 방송의 타락상을 나무라며 오히려 잘 되었다고 말하는 "식자"도 많았다'(정순일, 1991, pp.231~232)는 증언이 그리 놀랍지 않은 것이다.

둘째, 미디어 산업의 지형적 측면에서, 신문이 광고시장에 있어서나 매체영향력에 있어서 방송의 강력한 도전을 받는 정황 역시 신문의 부정적 텔레비전 담론을 일정정도 이해가능하게 한다. 특히 방송광고 점유율이 신문광고를 넘어선 1977년, 신문의 방송 비평이 내용적 차원의 초점에서 흑자재정에도 불구하고 투자의 결핍, 방송 제작환경과 종사자들의 처우의 열악함을 집중적으로 비판으로 그 초점을 이동한 점은 이러한 정황적 판단에 더욱 무게를 실어준다.

그러나 동시에 신문이 자신들의 아비투스와 정권과의 일체감이나 신문권력을 축적하고 과시하는 지점에서 스스로를 떼어내어, 자신의 상대적 자율성의 공간을 지키려는 노력 또한 시도됨을 신문의 담론의 변화 속에서 놓치지 말고 감지해야 한다. 정부의 규제가 방송의 일거수일투족에 대한 세세한 간섭으로서 시행된 결과, 방송이 실제로 재미없어지고 시청자들이 정책 프로그램을 피해 상업적 연예오락 프로그램을 선별해 보는 전술을 발휘하자, 신문이 간접적으로 정부규제를 비판하기 시작한다. 이는 신문 역시 시청자·독자들의 동의와 지지를 구축하는 한도에서만 자신들의 상대적 자율성이 확보되며, 정부나 방송에 대항할 수 있는 자신의 궁극적인 신문권력이 형성되기 때문이다. 단적인 예는, 79년 신문이 정부의 시청료 인상에 대해 '납득안가는 시청료인상, 질 향상 없이 요금 20% 올려'라는 제목아래, 방송과 관련하여 정부를 비판하는 기사를 싣는데서 찾아볼 수 있다(조선일보, 1979. 2. 3). 이 기사를 통해 신문은 방송공사의 시청료 사용의 내역을 분석하면서 '난시청 해소는 정부서 해야'지 왜 방송공사가 시청료를 인상해 가며 시행하느냐는 강력한 비판을 내 놓는다. 또한 정부의 규제로 인해 TV가 재미없어졌음을 '시청자'의 이름을 빌어 비판하는 글이 늘어난다.[27] 이는 유신정권의 말기적 독기가 강렬해 질 때, 즉 유신정권에 대한 일말의 국민적 동의를 찾아보기 힘들고 민중집단들의 저항이 분출하여 유신정권의 헤게모니가 거의 와해된 지점에서, 신문이 자신의 장에서 국민의 지지를 재구축하는 과정이며, 정부로부터 상대적 자율성의 공간을 지키려는 담론적 실천으로 볼 수 있다.

셋째, 초기부터 이윤추구를 위한 상업주의의 깃발아래 방송문화를 형성하며 한국에 시청률 경쟁이라는 관성을 형성시킨 방송사 자체를, 신문의

---

27) '가을개편 앞두고 정화바람, 계층-윤리문제 등이 대상'이라 제목아래, 기사는 '가뜩이나 획일된 편성으로 침체된 TV프로가 더 무미건조해지지 않을까 하는 염려도 없지 않다. TV의 오락적 기능은 무시될 수 없기 때문이다. 또 PD들이 제작의욕을 상실하지 않도록 세심한 배려도 필요…… 당국이 편성에서부터 세부내용에 이르기까지 일일이 간섭하는 듯한 인상을 주는 것도 곤란하다'(조선일보, 1978. 9. 16, p.5), '개편 TV-건전한 경향은 좋으나 내용 재미없어질까 우려'(조선일보, 1978. 10. 21, p.5).

담론적 정치학의 하나의 주요한 대상이자 행위자로 지적하지 않을 수 없다. 오늘날과 같이 시민의 의견이 매순간 상호 교환되고 확인될 수 있는 인터넷과 같은 매체가 부재한 상황에서, 당시 신문은 한국사회에서의 의제를 설정하고, 사회적 현상을 정의내리며 처방전을 주문하며 여론을 형성할 수 있는 가장 강력한 매체였다. 더구나, 70년대 후반에 들어와서야 보도기능이 확충되었던 방송은 이러한 신문매체에 대해 상대적으로 무기력하였다고 볼 수 있다. 따라서 방송은 강압적 유신체제아래 순종과 변칙을 번갈아 사용하며, 유일한 오락거리로서 TV에 의존하는 시청자를 볼모로 이윤확충에만 그 주력을 다하였다고 볼 수 있다. 이러한 점은 방송이 정권의 비위를 맞추기 위해 탈정치를 조장하고자 하였다는 음모론을 반박한다.[28] 분명 정권이 방송을 헤게모니 수단으로 이용하려 한 점은 명백하지만, 역으로 방송이 그러한 역할을 자발적으로 하였다고 볼 수 없다는 것이다. 그 증거는 무엇보다 방송이 끊임없는 비판에도 불구하고 시청률을 높이기 위한 통속적 드라마 제작에만 몰두했고, 정부는 끊임없이 이를 막으려고 개입하고 들어왔다는 사실일 것이다.

　흥미로운 점은 방송사 역시 시청자들의 시청으로부터 자신의 매체적 가치와 존재적 정당성을 찾지 않을 수 없다는 점 때문에, 공영방송인 KBS가 보인 문화적 실천이다. KBS는 민영의 시청률 싸움과 정부의 정부시책적 프로그램 제작이라는 이중적 압력 속에서, 70년대 초반 반공드라마(예, 실화극장)에 극적 스릴을 더하여 정상의 인기드라마로 등극시켰고, 정부의 근대화시책을 찬미하는 드라마(예, 꽃피는 팔도강산)를 재미있는 장수 인기

---

28) 1972년 9월, 제1회 <KBS 배 쟁탈 전국 장사 씨름대회>가 열려 장안의 화제가 됐을 당시, 정국은 7·4공동성명, 10·26비상계엄령이 선포된 상황이라서 그 경기중계를 두고 국가의 스포츠를 통한 탈정치화라는 음모론적 해석이 제기될 법하다. 그러나 당시 이를 기획한 정순일(1991)은 이 기획은 박종국 TV 부장과 손영호 제작 1과장님이 급하게 만들어 낸 것으로서 당시의 경직된 정국과 '우연히 겹친 일이지, 민심을 탈정치 내지는 무관심으로 몰고 가기 위한 고등전술로 등장한 것은 아니었다고 생각된다'(정일순, 1991, p.209)고 기록하고 있다.

의 홈드라마로 변환시켜 놓았다. 또한 정부의 규제가 심한 70년대 후반에, 역사적 영웅이나 국가주의·민족주의를 높이는 역사극이나 시대극을 제작하라는 정부의 지침에 대해, 시청자와 비평가들의 양자의 높은 호응을 이끌어 낸 훌륭한 대형특집 단막극을 산출하여 한국방송문화의 수준을 한 단계 높이는 성과를 보였다. 그 결과 민영 방송까지 흉내 내게 만들어 한국단막극의 대형화를 가져오며, 단막극의 차원을 새롭게 높인 점은 여러 행위자들의 역동적 실천망 속에서 이뤄진 예상 밖의 결과들이었다. 이러한 점들은 어떤 한 행위집단의 의도와 실천만으로 역사적 행위를 설명할 수 없으며, 구조적 조건과 한계 내에서 각자의 논리를 관철하려는 실천이 복잡한 상호 접합과 균열로 드러나고, 예상 밖의 결과물들을 산출하게 됨을 보여준다.

6. 나가면서

이 글에서는 드라마에 대한 70년대 신문비평의 지배적 담론이 무엇이고, 그것이 어떠한 하위 담론의 내용과 양태로 전개되었는지를 방송에 대한 국가개입과의 관계지형 위에서 살펴봄으로써, 드라마를 접점으로 하는 텔레비전 방송과 신문의 문화실천이 결과한 정치적 함의를 밝히고자 하였다.

70년대 한국사회 전반은 강력한 유신독재정권의 체제 아래서 강력히 조정, 통제받고 있었지만, 신문에 대한 정부의 강력한 통제에 비해, 방송은 근대적 성과물의 하나로서 정부의 적극적인 육성지원을 받아왔다. 특히 1970년대의 텔레비전과 여타 미디어간의 복합소유를 여전히 허가하는 산업구조로 유지되었다는 점은 유신체제가 '주로 텔레비전의 내용 통제에만 주력했다'는 점을 보여준다(조항제, 2003, p.269). 그러나 MBC-TV의 개국과 함께 공민영의 이원방송체제(73년 이후)와 무관하게 전개된 세 방송사의 치열한 시청률 경쟁으로 인해 70년대 유신정권에 들어서 그 내용통제의 규제수위는 새로운 국면을 맞이하게 된다. 즉, 유신정권은 방송을 체제 안보와 이익을 도모할 수 있는 헤게모니 구축의 장치로 삼고자 하였으나, 방송을 정책홍보와 계도적 매체로서 기능시키고자 한 정부의 의지는 방송 3사의 시청률 경쟁이라는 난관에 부딪치게 된다. 따라서 당시의 방송 3사의 프로그램 내용과 편성에까지 이르는 강력한 정부개입이 발생하게 되었다는 것이 당시의 텔레비전 방송과 정권의 역학구도에 대한 기본적인 지형인식이라고 할 수 있다.

그러나 이처럼 방송과 정권의 양자 구도에서만 정권의 규제를 이해한다는 것은 당시의 유신체제하의 문화적, 사회적, 그리고 미디어 산업적 지형의 복잡한 역동성을 간과하게 만든다. 구체적으로 말해, 국가의 방송 통제를 국가와 방송의 양자구도에서만 보게 되면, 70년대 방송사간의 치열한 경쟁이 결과한 프로그램의 저질화가 정부의 개입을 초래했다는 해석이 도출되고 그 결과 유신정권에 대한 일정정도의 면죄부를 주게 되거나, 아니면 당시 유신정권의 집권야욕이 시시콜콜 방송의 모든 행동을 규제하게 되었다는 정치주의적 해석이나 방송의 저질화를 의도했다는 정치음모론이 제기되기 쉽기 때문이다.

국가의 규제가 강제적이고 억압적으로 이뤄질 지라도 흔히 국가는 최소한의 정당성을 확보함으로써 국민의 동의를 구하고자 한다. 비록 유신체제를 고안해야 할 만큼 동의보다는 강압적 수단에 의존할 수밖에 없는 국면이었다 하더라도, 이미 경제개발로 상당정도 국민의 동의를 획득했던 박정희 정권이 국민의 동의를 유도할 수 있는 헤게모니적 정당화에 무심했다고 말할 수 없다. 오히려 1968년 국민교육헌장의 선포(황병주, 2005)나 1972년 '잘살아 보세'의 노래를 방방곡곡 흘러나오게 만든 새마을운동 사업 전개와 같은 민심동원의 정황을 고려할 때, 유신정권은 국민과 일체를 이루고자 하는 헤게모니적 욕구가 강렬했음을 알 수 있다. 이러한 맥락위에 이 글은 방송국의 상업적 경쟁으로 인한 드라마 질의 전반적 저하가 방송을 정책홍보와 정권유지의 수단으로 삼으려는 유신정권의 목적과 마찰을 일으켜 방송규제를 초래하게 만든 직접적 단초였다면, 정부 개입에 적절한 타이밍을 제공하고 그 개입의 책임소재를 방송에 전적으로 전가시킴으로써 정권의 규제에 정당화의 공간을 넓혀준 것은 바로 신문의 TV비평담론이라는 주장을 개진한다. 즉, 방송의 질이 정부개입을 불러온 하나의 필수조건을 형성했다면, 신문의 드라마 저질론은 정부개입의 충분조건을 마련했다고 할 수 있다.

　TV에 대한 신문 담론의 이러한 역할을 정권에 대한 의도적인 협조로 물론 볼 수 없다. 이는 신문의 상당정도의 자율성을 지닌 담론의 실천결과라 볼 수 있는데, 무엇보다도 신문기자나 신문기사에 주요 정보원인 지식인들이 정치적 편향성과는 무관하게, 매체관, 도덕관, 대중문화관, 민족주의관, 엘리트주의, 그리고 시청자관에서 당시 정권의 인식 및 정서와 상당정도 교감이 이뤄지고 있었음을 지적할 수 있다. 그리고 외적으로는 경쟁매체로서 위기의식을 가져온 방송의 급속한 성장과 폭압적 정권이라는 외부적 조건이 신문의 상대적으로 자율적 실천을 특정방향으로 이끄는 한계와 압력으로 행사되었다고 얘기할 수 있겠다.

　본 연구 속에서 명백히 드러나는 것은, 정권이 순전히 강압적으로 방송에 개입했다기보다는 신문담론의 실천을 통해서 국민적 동의를 구할 수 있는 방식을 취했다는 점이고, 나아가 정권만이 아니라 방송의 문화적 실천 역시도 신문이 주조해내는 담론적 실천을 통해 매개되어지고 평가되어졌다. 뿐만 아니라, 신문과 방송의 각 행위자들의 입장에서 볼 때, 자신들의 상대적 자율성을 확보하고 자신의 논리를 관철하려는 노력은 언제나 시청자나 독자의 지지를 구축하려는 또 다른 헤게모니 투쟁이며 그것은 정권과의 끊임없는 접합과 균열, 그리고 의도하지 않은 효과의 산출임을 보여준다 하겠다.

분명 신문에 문자화된 것에 주로 의존해서 살펴본다는 것은 문자화되지 않은 당시 맥락의 많은 정황과 실천들을 사상하는 위험을 부담으로 지니게 된다. 이러한 점에서 본 연구의 주장이 보다 많은 사료와 신문사와 방송사, 그리고 정부규제기관에 소속된 행위자들의 많은 구술자료에 의해 보강되어져야 함을 후속과제로 남겨둔다고 하겠다.

참고문헌

강대인(1997), 한국방송 70년의 정치·경제적 특성, 한국방송학회(편), 『한국방송 70년의 평가와 전망』(pp.13~48), 서울 : 커뮤니케이션북스.

김승현·한진만(2001), 『한국사회와 텔레비전 드라마』, 서울 : 한울.

노정팔(1995), 『한국방송과 50년』, 서울 : 나남.

박승현(2005), 대중매체의 정치적 기제화 : 한국영화의 건전성 고양(1966~1979), 언론과 사회』 13권 1호, pp.46~74.

백미숙·강명구(2007), '순결한 가정'과 건전한 성윤리 : 텔레비전 드라마 성표현 규제에 대한 문화사적 접근, 『한국방송학보』 21(1), pp.138~181.

오명환(1994), 『텔레비전 드라마 사회학』, 서울 : 나남.

유선영(2007), 동원체제의 과민족화 프로젝트와 섹스영화 : 데카당스의 정치학, 『언론과 사회』 15권 2호, pp.2~56.

이범경(1994), 『한국방송사』, 서울 : 나남.

임종수(2003), 1970년대 한국 텔레비전의 일상화와 근대문화의 일상성, 한양대학교 대학원 박사논문.

임지현(2000a) 파시즘의 진지전과 합의독재, 『당대비평』가을, 12호, 24-45.

_____(2000b) 한반도 민족주의와 권력담론, 『당대비평』10호, 183-208.

_____(2002) 다시, 민족주의는 반역이다, 『창작과 비평』 117호, 가을, pp.183~201.

_____(2004), 박정희 시대의 강압과 공의, 『역사비평』 67호, 여름, pp.135~190.

임지현·이상록(2004), 대중독재와 포스트파시즘, 『역사비평』 68호, 가을, pp.298~330.

전재호(1999), 박정희 체제의 민족주의, 『한국정치학회보』 32(4), pp.89~109.

정순일(1991), 『한국방송의 어제와 오늘 : 체험적 방송현대사』, 서울 : 나남.

정순일·장한성(2000), 『한국 TV 40년의 발자취 : TV 프로그램의 사회사』, 서울 : 한울.

정영희(2003), 『한국사회의 변화와 텔레비전 드라마』, 서울 : 커뮤니케이션북스.

정일몽(2001), KBS-TV 방송창설 비화, 한국TV방송50년위원회(편), 『한국의 방송인』(pp.171~178), 서울 : 커뮤니케이션북스.

조항제(2005), 한국방송의 근대적 드라마의 기원에 관한 연구 : <청실홍실>을 중심으로, 언론과 사회』 13권 1호, pp.6~45.

조희연(2005), 박정희체제의 복합성과 모순성, 『역사비평』 70권, 봄, pp.388~426.

최장집(1996), 『한국민주주의의 조건과 전망』, 서울 : 나남.

최창봉·강현두(2000), 『우리방송100년』, 서울 : 현암사.

황병주(2000), 박정희 시대의 국가와 민중, 『당대비평』 12호, 가을, pp.46~68.

_____(2005), 국민교육헌장과 박정희 체제의 지배담론, 『역사문제연구』 15호, pp.129~175.

허은(2007), 1960년대 후반 '조국근대화' 이데올로기 주조와 담당지식인의 인식, 『사학연구』, pp.247~291.

문화공보부(1979), 『문화공보 30년』.

제일기획(1989), 『광고연감 89』.

한국방송공사(1987), 『한국방송60년사』.

조선일보, 1970. 1. 1.~1979. 12. 31.

Ang, I.(1985), *Watching Dallas : soap opera and the melodramatic imagination*, London : Routledge.

_____(1991), *Desperately seeking the audience*, London : Routledge.

Fiske, J.(1987), "British cultural studies and television", in R. Allen (ed.) Channels of Discourse, London : Methuen

Hall, S.(1981), 'Encoding and Decoding', in Hall et al., Culture, media, Language, pp.128~138. London : Hutchinson.

Hutchinson, J. & Smith, A. D.(1994), Introduction, In John Hutchinson and Anthony D. Smith (eds) *Nationalism* (3-14), Oxford : Oxford Univ. Press.

Kim, S.(2004), Rereading David Morley's *Nationwide Audience, Cultural Studies*, 18(2): pp.85~108.

Lewis, J.(1991), The Ideological Octopus: An Exploration of television and Its Audience. New York : Routledge.

Morley, D.(1980), *Nationwide Audience : Structure and Decoding*, London : British Film Institute,

_____(1986), *Family television : culture, power, and domestic leisure*, London : Comedia Publishing Group.

TV 전체와 드라마를 중심으로 한 비평들만 간략히 나열한 것으로 괄호 속은 기사내용의 일부이다.

연	월	일	헤드라인	출처
70	6	11	지식수준 저하와 비판능력의 둔화, 관능적인 쾌감본능만 예민	학술연구발표
70	9	12	質 밀치고 시간대 경쟁에 혈안, 「3천만 白痴化」촉진	<문화가산책>
71	2	23	열애속에 8회 맞는 <꿈나무>(재미있으면서도 교훈적인)	<연예오락>
	3	14	<TV 공해>, 시청률 만능사고	<일사일언>
1971. 6. 16			문공부장관, 방송의 저속성을 비난하는 담화문 발표	
	9	1	MBC <돌개바람> 부정의 엉망진창(가히 간통·부정의 엉망진창)	<연예오락>
72	4	6	보기 거북한 텔레비전 드라마와 영화	사설
	7	2	불건전한 연애 드라마 등 윤리관 해쳐	기사
	10	29	「저질화 TV극」 줄거리 재탕, 신선미 없어	기사
73	2	12	밀도 없는 얘기, KBS 「여로」의 경우, 인기의식하자 회수만 끌어,	기사
	6	23	대중문화시대, 그레셤 법칙, 「통속화 도가니」 매스미디어, 취미	기획연재
1973. 7. 17			문공부 장관의 TV 연속극 편수 감량 지침	
	8	14	TV와 시청자-저속화를 막기 위한 시리즈, 발휘 못하는 TV기능	기획연재
		16	TV와 시청자-저속화를 막기 위한 시리즈, 프로부재, 현실무시	기획연재
		18	TV와 시청자-저속화를 막기 위한 시리즈, 생활감각과 떨어져	기획연재
		30	스폰서-시청자 사이에 낀 TV극작가는 괴로워, 저속성 날로 심해	방송작가좌담
74	4	21	TV는 많이 보면 바보가 된다 : 미국어린이 눈에 비친 괴상한 상자	외국기사
	6	8	고증에 소홀한 TV사극, 창작도 예술보단 오락치중, 인기위주지양	기사
	7	10	방송극에 사투리 많다, 순박성 잃고 저열한 것 강조	기사
		25	TV, 공익외면, 저질일변도… 자체 필름프로도 '볼모'	지식인
	8	17	TV에 불만 많다, 저능아를 영웅처럼묘사, 사극은 오락만 치중	기사
	9	3	TBC-윤지경, 갈수록 거친대사, 제작진의 무신경… 눈살 찌푸림	기사
	10	1	보여줄 것은 안보여주고 안보여줄 것은 보여 바보상자 시청자들 우롱	지식인
		18	TV 사극 이래도 좋은가?(곡해와 왜곡, 악영향)	기사
	11	29	갈수록 심한 사투리 공해, 엉터리 남발	지식인
1975			75년 한해, 5차례 문공부의 방송정화 지침 시달	
75	1	16	시대상 외면한 TV 사극	기사

연	월	일	헤드라인	출처
	5	11	불륜, 저질 투성이 쇼·드라마, 유부남-여대생의 퇴폐성만 부각	기사
	5	18	TV는 창이다-자극경향과 공공성에 대하여	기사
	5. 18		**방송윤리위 지적, 도중하차한 드라마 〈아빠〉, 〈안녕〉**	
	6. 5		**문공부 대중문화 정화 : 사치·폭력·외설조장 배제, 무비판 외국모방 추방**	
		21	다같이 생각해 봅시다. 저질문화, 상혼에 놀아나는 드라마·만화	지식인 좌담
	6	11	신분제도 무시한 TV 드라마-사극 〈옥피리〉 비친 시대상	기사
	7	29	사극-교육책임 크다, 민족문화고증강좌 주제발표 요지	세미나 발표
	8	3	방송윤리위, 손이 모자란다, 방송공해 방지 못해	〈방송〉
		24	해외도피 풍조 없애야-매스컴이 경박한 저속문화 부채질	대학총장대담
		29	어린이유괴, 누구의 책임인가?, 도덕심 좀먹는 매스컴 폭력물자제	기사
	9	6	생활과 먼 TV 드라마, 오락치중-호기심만 자극	학계 등 좌담
	11	16	TV 드라마홍수, 성격내용 없는 바보놀음. 저속규제에 안일한 통속	〈방송〉
		21	방송드라마의 사회적 기능, 시세에 편승, 흥미오락 일변도	작가 세미나
	12. 14		**문공부의 강력한 방송정화 방침**	
	1976		**한해 동안 3차례(1월, 4월, 10월) TV 편성 규제**	
76	1	18	TV 코미디 부정적 측면 많다, 주제 불분명, 남녀관계 주로 다뤄	방윤조사결과
	5	12	TV 사극 풍속오류 많다	기사
		23	볼만한 TV 프로가 없다, 드라마도 따분	기사
		30	TV드라마의 허/실, 알맹이도 재미도 없는 내면을 들여다 본다	기사
	6. 5		**문공부 대중문화에 정화바람**	
	6	17	TV 사극, 시대상 어긋난 점 많다	기사
77	1	15	새것도 없는 새해방송프로, 밤낮 같은 소재에 말장난(드라마)	기사
	5	8	모럴이 없는 세상에서, 부도덕한 TV.	지식인
	5	29	TV가 보기 싫어졌다, 상대눈치보기 편성으로 질만 저하	기사
	6	15	방송드라마 역기능-고증-윤리성, 상류층 무대-욕구불만 자극	방송인세미나
	10	1	어린이은 성인프로 즐긴다… TV 중독에 걸려 TV 바보가 될	세미나
	11	16	연속극 양상, 성의 없는 제작, 저질우려 많아… 상업성만 부채질	기사
78	1	31	고증 소홀한 난중일기	〈TV 주평〉

연	월	일	헤드라인	출처
		17	저속한 방송어	기사
	4. 9		긴급조치 7호 선포	
2		11	의상고증 소홀한 사극, 인물 이미지 잘못 부각	<TV 주평>
		18	소재선택, 표현, 천편일률, 대사 성의 없고 사투리 남발	<TV 주평>
2		25	드라마의 천박한 언어에 짜증	<TV 주평>
	3. 10		문공부와 3국 편성 담당자들과 협의·방송사 경영주와의 간담회	
3		4	<친근한 안반의 벗> TV 탤런트 김혜자…엄마의 따뜻한 얼굴	기사
		10	저질연속극 줄이고, 공감있는 드라마를, 사치스런 도시무대 위화감	기사
		11	사실 접근하는 태도 차분해져, 기획 좋고 제작에 정성	<TV 주평>
		19	PD 중심제작 후 작품 좋아져, 성공적인 전기…인물평 곁들였으면	<TV 주평>
4		2	질질 끌고 눈물강요, 고식적-도식 중심 편성 벗어나야	<TV 주평>
5		7	소재 없으면 과감히 끝내야…<당신>	<TV 기자석>
		9	오늘의 어린이들 이대로 좋은가 <TV 공해>	기획연재
		14	신파조의 눈물 이제 그만…주제 없고 부도덕한 속어 남발	<TV 기자석>
		21	예술도 창의도 없는 연속극, 상업-안일 탈피해야 할 때	학자·제작진
6		11	알면서도 실천 않는 방송용어 순화, 인기의식…유행어 비어까지	<TV 기자석>
		25	교육 외면한 흥미위주…어린이 프로, 황당무계, 거친 내용,	<TV 기자석>
7		2	의욕 보인 수준작들, 6·25 특집극, 고증 미흡하지만 양적 압도	<TV 기자석>
7		5	TV 연속극 재미가 없다, 통속 못 벗고, 진전 없는 스토리	기사
		30	KBS의 특집 다큐멘터리, 시의에 맞는 알찬 내용의 수작,	<TV 기자석>
8		19	고증 아쉽고, TBC, 밋밋한 역사흐름, MBC	<TV 기자석>
8		26	생활도 주제도 없는 드라마, 예술성 무시오락 편향, 애정묘사.	방윤위 조사
		26	땀흘려 애쓴 각국 납량특집프로, 의도없는 드라마 내용은 짜증만	<TV 기자석>
9		1	TV 이대로 좋은가-바보상자, 재미없지만 안볼 수 없는 '저질'	기획연재
		2	TV 이대로 좋은가-거대기업, 제값 보여주지 않는 시청료 200억	기획연재
		5	TV 이대로 좋은가-방송종사자, 돈 안쓰는 흑자기업, 재투자 않는	기획연재
		6	TV 이대로 좋은가-시청률, 체면유지 프로는 저질화 불가피	기획연재
		8	TV 이대로 좋은가-방송인, 스타없는 고난의 주역들, 안일서 벗어	기획연재
	10	29	방송극 <모란꽃> 조작성 없어 호감	<TV 기자석>
	11	15	드라마 없는 드라마들…빈 연기만	<TV 기자석>
		18	연예오락프로-향상될 수 없나, 문제점 개선방향, 관료화 탈피	세미나
	12	3	불쾌감만 주는 TV의 사투리 남발, 재미있지만 감동 없는 수사극	<TV 기자석>

연	월	일	헤드라인	출처
79	1	17	신정 특집극 TBC 해오라기, 한편의 문예작품으로 완성	⟨TV 기자석⟩
	2	3	납득안가는 시청료 인상, 질 향상 없이 요금 20% 올려	⟨TV 기자석⟩
		8	TV 부모가 함께 보며 대화를, 어린이 무인도 집단가출의 충격	⟨방송⟩
		25	TV 방송의 중대성－5백만대를 주시하는 시청자들의 눈	사설
		25	TV서 사라질 '퇴폐풍조', 지나친 몸짓, 노출, 디스코등 규제	⟨십자로⟩
	3	3	교양과 감동 함께 준 3·1절 특집, 정사－르포 조화된 수준급 기획	⟨TV 기자석⟩
		21	탤런트 백서－허만 있고 실이 없다, 광고료 2억에 인건비 8백만원	기사
	4	27	어린이는 시달리고 있다, 저질 TV 프로 홍수,	세미나
	6	3	재미에 치중한 민방 일일극 너무 치졸	⟨TV 기자석⟩
	7	8	TV극 사랑도 미움도, 주인공들 언제 제정신 차리나,	지식인
	12	5	규제와 영리속의 획일화	지식인 좌담

1970년대 대중예술에 나타난 대중의 현실과 욕망

―〈별들의 고향〉·〈겨울여자〉를 중심으로―

배 선 애

1. 머리말

1970년대는 본격적으로 대중문화가 그 영향력을 행사하던 시대로, 매해 수십만 부가 팔리는 베스트셀러가 속출하고, 40만 이상의 영화관객이 극장을 찾아갔으며, 상업적 뮤지컬이 홍행에 성공하고, TV수상기의 양적 확산을 통해 다양한 장르의 TV프로그램이 활성화되던 시대이다. 정부가 정책적으로 '문예진흥 5개년 계획'과 같은 각 대중예술의 장르들에 대한 지원책과 법령을 구체적으로 마련하거나 보완[1]함으로써 의도적으로 풍부한 대중문화의 생산을 주도한 점도 있지만, 1960년대 이후 적극적으로 추진

---

[1] 1970년대 대중예술에 대한 정부의 지원책과 규제에 대해서는 김창남, 『대중문화의 이해』, 한울아카데미, 2003년 개정판, pp.140~145 참조.

된 산업화 정책에 의해 형성된 대규모 노동자들이 대중문화를 소비하는 소비 주체로 형성된 점, 전쟁의 기억보다 풍요로운 경제 환경에서 자라난 세대가 적극적으로 대중문화를 소비할 주체로 성장하였다는 점을 기반으로 하여 대중문화의 풍부한 스펙트럼을 만들어내게 된다.2) 즉, 우리나라의 대중문화는 1970년대에 와서야 본격적 소비 주체의 대중들을 만나게 된 것이다.

이처럼 적극적으로 형성된 대중에 대하여 정부는 긴급조치와 다양한 조직 동원방법을 통해 그들의 일상까지도 통제하고 규제하였기 때문에 1970년대의 대중과 대중문화를 바라보는 시각은 그다지 곱지 않았다. 특히 대중문화라는 것이 지배이데올로기를 선전하고 무의식적으로 주입하는 일방적 속성을 지니고 있어 이 시기의 대중문화는 대체로 지배이데올로기를 어떠한 방식으로 공고화하였고 대중들에게 각인시켰는가를 분석하는 데에 주안점이 놓여있는 형편이다. 그러나 대중문화가 강제적인 일방향성을 띠고 있다고 할지라도 그것을 수용하는 대중 개개인의 취향과 특성3)에 따라 지배이데올로기를 적극적으로 수용4)하거나 혹은 그 의도에 완전히 엇나

---

2) 단적인 예로 1970년대 영화 관객집단은 1960년대 중후반부터 서울로 유입된 도시 하층민과, 1950년대 후반 베이비붐 시기에 출생한 청년 집단이 중요한 관객집단을 형성하였다고 한다. 이길성·이호걸·이우석, 『1970년대 서울의 극장산업 및 극장문화 연구』, 영화진흥위원회, 2004, pp.87~89.

3) 부르디외는 특정 문화예술을 수용하여 권력화하는 개인의 계급적 취향과 주관적 성향을 '아비튀스(Habitus)'라고 개념화하는데, 아비튀스는 상대적 자율성을 갖는 것으로 주어진 상황과 아비튀스 사이의 변증법적 관계를 통해 구체적 실천이 이루어진다고 보았다. 부르디외의 아비튀스 개념은 대중문화를 중심으로 지배이데올로기와 그것에 길항하는 대중들의 욕망을 풀어내고자 하는 이 연구의 출발점이자 기본적인 전제로 작용한다. 아비튀스의 개념에 대해서는 현택수 외, 『문화와 권력』(나남, 1998) 제6장 아비튀스와 상징폭력의 사회비판 이론(pp.107~108) 참조.

4) 대중문화의 지배이데올로기를 적극적으로 수용한 측면들은, 독재가 지배권력과 함께 그것에 적극적으로 호응한 대중들의 자발적 의지와 맞물려 이루어졌다는 대중독재 담론의 이론적 근거로 지적될 수 있다. 그러나 대중독재를 둘러싼 담론들은 다양한 측면에서 비판받고 있는데, 특히 "박정희가 대중성에 기대어 합의독재를 추구할 수 없었던 가장 중요한 원인은 그의 반공주의 자체가 전쟁의 비극체험에 질린 한국대중을 활성화시키기보다는 공포 속에 얼어붙게 함으로써 자발적 참여를 유도할 수 없었"기 때문에 대중독재의 논리적

가는 현상이 나타나기도 한다. 즉 유신이념을 긍정적으로 구현하는 대중
문화를 통해 균질하고 획일적 대중을 규율하고자 한 지배이데올로기에 대
해 '청년문화'와 같은 변종의 문화가 나타나게 된 것은 이 시기 대중문화
속에 지배이데올로기와 그것에 반하는 대중들의 저항이데올로기가 역동적
이며 직접적으로 충돌하였기 때문이다. 획일적이거나 일방향적이지 않은
역동적 대중문화, 이 글의 문제의식과 목적은 바로 이 지점에서부터 출발
한다.

　전 국가적으로 통제가 행해지던 1970년대에 대표적으로 대중조작의 중
요 기제로 작용한 대중문화의 특정 작품에 대한 분석을 통해 이 시기 지
배계급에 의해 이루어진 대중통제와 대중 취향의 획일성을 살펴봄과 동시
에 그 이면에 내재하고 있던 대중들의 자생적 욕망에 대한 실체를 파악하
는 것이 이 논문의 목적이다. 이 작업을 통해 위로부터 조작된 대중문화의
일방적 속성에 대해 대중이 어떠한 반응을 통해 그들 나름대로의 저항의
식을 표출하였는가를 밝혀낼 수 있으며, 이는 궁극적으로 이 시기 문화의
모든 영역에서 일어난 지배와 저항의 헤게모니 투쟁의 역동성을 규명하는
데 일조할 수 있을 것이다.

　1970년대 대중들의 취향과 현실, 그리고 욕망을 파악하고자 하는 이 연
구의 목적을 위해서는 이 시기 대중들이 가장 선호한 예술장르와 구체적
인 작품들을 선별하는 작업이 필요한데, 여기서는 그 범주를 영화와 소설,
특히 베스트셀러를 영화로 만든 작품으로 한정하기로 한다. 이 시기 본격
화되기 시작한 대중문화산업은 방송국을 중심으로 한 TV드라마와 음반
산업·영화산업 등으로 구분되는데, TV드라마의 경우는 현재 구할 수 있
는 작품 자료와 당시 시청률 성적 등을 확인하기 어려운 현실적인 문제가
있고, 가요 또한 음반 판매량 및 방송횟수 등의 실제적 흥행의 수치 등이

　타당성이 미흡하다는 비판은 주목할 만하다. 홍윤기, 「민주화시대의 '박정희'」, 『개발독재
　와 박정희시대』, 창비, 2003, p.397.

자료로 남아있지 않다는 문제점이 있다. 따라서 구체적 관객 수를 확인할 수 있는 영화와 판매량을 실질적으로 확인할 수 있는 소설로 범위를 제한하며, 특히 소설로 발표되어 영화로 각색의 과정을 밟아 흥행한 작품들로 연구 대상을 삼았다.

그 구체적 분석 작품은 1970년대 개봉 영화 중에서 최고의 흥행작 1위와 2위를 차지한 <겨울여자>(1977년, 김호선 감독)와 <별들의 고향>(1974년, 이장호 감독)이다.5) 이 두 작품은 '영상시대' 동인 출신의 신예 감독의 활약이라는 공통점 외에 모두 원작소설을 각색한 작품으로, 원작소설 역시 신문연재와 단행본 출판을 통해 베스트셀러가 된 작품이기도 하다. 최인호의 소설 『별들의 고향』은 1972년 7월 1일부터 1973년 9월 9일까지 조선일보에 연재되었으며, 1973년 예문관에서 상·하 2권의 단행본으로 출판된다. 이 책은 출판되자마자 베스트셀러 1위가 되었으며, 그 인기는 영화가 개봉된 해에도 지속된다. 조해일의 소설 『겨울여자』는 1975년 1월부터 연말까지 중앙일보에 연재되었고 이듬해인 1976년 문학과 지성사에서 상·하의 2권으로 출판되어 그 해의 베스트셀러가 된 작품이다.6) 신문연재를 통해 대중성을 검증받은 소설이 연재가 끝남과 동시에 단행본으로 출판되고 곧이어 영화로 만들어지는 발 빠른 시스템은 1970년대의 대중문화가 체계적이며 산업적 단계로 들어섰음을 보여주는 현상이기도 하다.

이처럼 흥행에 성공한 영화와 베스트셀러 소설이라는 양적으로 성취된 대중성은 이 시기 대중들의 취향과 가치체계를 파악할 수 있는 일차적인

---

5) 1970년대 관객 40만 이상을 기록한 영화는 <겨울여자>·<별들의 고향>·<고교 얄개>의 3편으로, 이중 <겨울여자>는 58만, <별들의 고향>은 46만의 관객을 동원해 영화흥행의 역사를 새로 쓴 작품들로 기록되어 있다. 정종화, 『자료로 본 한국영화사 2-1955~97』, 열화당, 1997, p.88, 98.

6) 1970년대 베스트셀러에 대한 자세한 사항은 이임자, 『한국 출판과 베스트셀러 1883~1996』, 경인문화사, 1998, pp.186~199, pp.356~364 참조. 이 책에 따르면 1970년대를 통틀어 최고의 베스트셀러는 조세희의 『난장이가 쏘아올린 작은 공』이다. 이 소설은 1981년에 영화로 만들어졌지만 흥행 면에서는 큰 성공을 거두지 못하였다.

근거가 되며, 소설에서 영화로의 각색과정에서 발생하는 변이는 곧바로 그것에 개입된 대중들의 현실인식과 욕망을 발견할 수 있는 여지를 마련해준다.

1970년대 영화와 소설에 대한 연구에서 위의 작품들은 개별적으로 많이 다루어졌는데, 영화 쪽에서는 이장호 감독의 연구[7]나 이 시기 우리나라 영화 속에 나타난 여성의 모습과 주체 형성에 관련된 연구들[8]이 진행되었고, 문학에서는 대중소설의 특징과 의미를 밝혀내고자 하는 관점에서 매우 다각적으로 이루어졌는데, 특히 작품 속에 나타난 여성과 육체, 성의 담론에 초점을 맞춘 연구가 활발하게 진행되었다.[9] 그 외에 소설의 영화화에 초점을 맞춘 연구[10]도 있으며, 청년문화의 틀 속에서 이 시기 소설과 영화를 다루기도 한다.[11] 그러나 기존의 연구에서 영화와 관련된 연구는 영화적 표현 방법이나 그것이 시대적 상황을 어떻게 은유하고 있는가

7) 강영희, 「이장호 감독론」, 동국대 석사논문, 1993.
8) 최정화, 「1960~70년대 한국 멜로드라마 영화의 여성 주체성 형성에 관한 연구」, 서울대 석사논문, 2002.
9) 대표적인 연구는 다음과 같다. 김원규, 「1970년대 최인호·황석영 소설에 나타난 성과 신체의 의미」, 연세대 석사논문, 2000 ; 이정옥, 「산업화의 명암과 성적 욕망의 서사」, 『한국문학논총』 29집, 한국문학회, 2001. 12 ; 정덕준, 「1970년대 대중소설의 성격에 관한 연구－도시의 생태학, 그 좌절과 희망」, 『한국문학이론과 비평』 16집, 한국문학이론과비평학회, 2002. 9 ; 김현주, 「1970년대 대중소설 연구」, 연세대 박사논문, 2003 ; 김은하, 「산업화시기 남성 고백담 속의 여성 육체-「별들의 고향」을 대상으로」, 『한국근대문학연구』 4권 1호, 한국근대문학회, 2003. 4 ; 김미지, 「<별들의 고향>을 통해 본 1970년대 대중문화와 문학의 존재양상에 관한 일 고찰」, 『한국현대문학연구』 13집, 한국현대문학회, 2003. 6 ; 김현주, 「1970년대 대중소설의 '육체' 담론」, 『여성문학연구』 10호, 한국여성문학학회, 2003. 12 ; 곽승숙, 「1970년대 신문연재 소설의 여성인물과 '연애' 양상 연구」, 『여성학논집』 23호, 이화여대 한국여성연구원, 2006. 12.
10) 이선영, 「최인호 장편 소설의 영화화 과정 연구」, 서울대 석사논문, 2002. 이 논문에서는 『별들의 고향』과 『도시의 사냥꾼』을 대상으로 최인호 장편 소설의 특징을 밝히고 있다. 서동훈, 「소설의 영화화에 따른 서술방식 변모양상 연구-<영자의 전성시대>를 중심으로」, 『대중서사연구』 10호, 대중서사학회, 2003. 12. 소설의 영화화 과정에 나타난 변모양상을 다루는 이 연구는 구조와 인물의 변화를 중심으로 장르적 변이를 설명하고 있다.
11) 송은영, 「대중문화 현상으로서의 최인호 소설」, 『상허학보』 15집, 상허학회, 2005. 8. 이 연구에서는 청년문화가 지닌 당대적 의미에 중점을 두고 최인호의 소설 『바보들의 행진』을 분석하였다.

를 중심에 놓고 있으며, 문학연구에서는 대체로 대중소설의 미학적 특성과 성과들의 가치부여에 초점이 맞추어져 있기 때문에 영화와 소설의 두 예술 장르 속에 개입된 대중의 현실과 욕망 등은 관심 영역에서 제외된 것이 사실이다. 따라서 이 글에서는 기존의 연구 성과들을 수용하면서 무엇보다 중심에 두는 것은 개별적인 영화나 소설 자체의 미학적 의미 구현이 아니라, 대중예술이라는 커다란 범주 속에 투영되어 있는 대중들의 현실인식과 욕망, 미학적 감수성에 대한 분석이며, 이는 궁극적으로 대중예술 속에 나타난 지배이데올로기와 저항이데올로기의 역학관계를 밝혀보고자 하는 것이다.

이를 위해서 논의의 전개는 두 방향으로 진행되는데, 먼저 영화와 소설[12]을 각각 구분하지 않은 채 두 장르 속에 공통적으로 드러나는 속성들을 통해 대중예술 속에 발견되는 동시대적 대중성의 내용을 파악하는 것이 첫 번째 방향이다. 영상 이미지로, 혹은 서술된 내용으로 구현되는 인물들이 존재하는 공간에 대한 의미를 살펴보면서 지배이데올로기가 강조하고자 하는 바와 그것에 반응하는 대중의 감수성을 분석할 것이다. 다른 하나는 소설이 영화로 각색되면서 변화되는 지점에 대한 분석이다. 하나의 장르가 다른 장르로 각색될 때 필연적으로 각 예술장르의 규칙과 문법에 맞는 모습으로 바뀌는 것은 당연한 일이다. 문제는, 그 각색의 내용이 반드시 장르적 특성에만 기대어 있는 것이 아니라 그것을 직접적으로 소비하는 소비 주체의 의식이 반영될 여지가 있다는 점이다. 따라서 대상작품 속에서 소설이 영화로 각색될 때 변화된 지점들을 지적하고 그러한 변이가 지닌 당대적 의미와 그 속에 투영된 대중의 욕망을 분석하고자 한다. 이러한 과정을 통해 일상까지 규율하고 조작하려고 한 1970년대 대중들

---

12) 구체적 작품의 분석은 <별들의 고향>의 경우 1974년 제작된 영화(개인 소장)와 1994년 샘터에서 출판된 소설을 대상으로 하며, <겨울여자>는 1977년의 영화(한국영상자료원 영상자료실 소장)와 1976년 문학과 지성사에서 출판된 소설을 대상으로 한다.

이 그들의 문화 속에서 표출한 소극적이지만 나름대로의 반체제적 저항이
데올로기의 면모들을 발견할 수 있을 것이다.

2. 베스트셀러의 영화화 속에 나타나는 도시적 감수성

국가에 의해서 적극적으로 시행된 경제개발 정책은 1970년대 가시적
성과들을 만들어내고, 그것을 바탕으로 대중들의 일상도 변화되게 된다.
특히 "일상생활의 정치학을 구성하는 데 빠져서는 안 될 요소"[13]인 공간
의 문제에 있어서 발전의 논리, 경제의 논리는 성공신화의 환상으로 대중
들에게 인식되어 시골과 지방의 공간은 노골적으로 배제된 채, 점차 거대
해지는 도시에 집중되는 현상을 만들어 낸다. 일반적으로 도시는 "산업생
산과 축적의 중심지로서의 두드러진 역할 뿐만 아니라, 노동력·교환·소
비패턴의 측면에서 자본주의 사회를 재생산하는 핵심적인 통제지점으로
간주"[14]되는데, 이 시기 특히 서울로 특화되어 있는 도시는 공장과 아파
트 등의 새로운 노동공간과 주거공간이 대거 등장함으로써 이전에 없었던
거대하고 수직적인 도시미관을 창출하면서 대중들의 성공 욕구와 소비욕
구를 자극시키는 공간의 역할을 하고 있다. 대상이 된 두 작품은 소설과
영화 모두 도시의 여러 공간들을 보여주면서 그 속에서 존재하는 인물들
의 면면들을 구체적으로 제시하는데, 그 첫 번째 영역인 개인의 주거공간
부터 살펴보기로 한다.

---

13) 김백영, 「서울의 도시공간에 대한 시론적 분석」, 『근대성의 경계를 찾아서』, 새길, 1997,
    p.126.
14) 에드워드 소자·이무용 외역, 『공간과 비판사회이론』, 시각과언어, 1997, pp.125~126.

1) 양옥과 아파트, 서구적 개념의 새로운 주거 공간

<별들의 고향>에서 주거공간은 크게 두 가지로 나타난다. 하나는 경아가 결혼한 후 살게 되는 중소기업 사장 만준의 2층 양옥이고, 다른 하나는 경아를 직접적으로 회상하고 설명하는 중심 화자 문오가 살고 있는 아파트이다. 이것은 <겨울여자>에서도 마찬가지인데, 주인공 이화가 살고 있는 집과 그녀를 스토커처럼 집요하게 관찰하던 첫 번째 남자 민요섭의 중심 공간도 양옥이다. 또한 이화가 적극적으로 재결합을 주도한 대학교수 허민의 주거공간은 아파트이다.

영화와 소설 모두 인물들이 주거하는 공간으로 양옥과 아파트만이 나타나고 있는데, 이는 우리나라의 전통적 가옥구조인 개방형의 한옥과는 매우 다른 양상과 의미를 지니고 있다. 서구적 개념의 양옥은 개인의 사생활이 은폐되는 폐쇄형의 가옥구조로, 기능에 따라 수직적으로 공간이 분리되는 특징을 보이는데, <별들의 고향>에서는 부부만의 공간과 딸, 그리고 죽은 전처의 공간으로 구분되고, <겨울여자>에서는 부모의 공간과 자녀들의 공간으로 상하가 분리된다. 수평적인 공간분할의 한옥과는 다른 양옥의 수직적 공간분할은 개인의 사생활이 은폐된다는 특징을 지니기 때문에 만준이 자살한 전처의 기억을 경아에게 들키지 않도록 비밀스럽게 보관할 수 있었던 것이다. 이러한 공간의 내부적 분할 외에, "현대의 공간은 단순히 물리적·자연적인 개념이 아니라 사회적 구조와 관계가 표출되는 역동적 개념으로서 이해"[15]된다고 볼 때, 양옥이 표상하는 사회적 의미는 매우 안정적인 주거환경, 혹은 성공의 주거환경으로 작품 속에 그려지고 있다. <별들의 고향>에서 만준은 내실 있고 탄탄한 중소기업의 사장으로 사회적·경제적으로 성공한 인물이다. 그의 이러한 경제적 안정과 성공은 식모와 홈드레스를 입고 다정하게 맞아주는 부인을 둔 양옥을 통

---

15) 김영순, 「도시공간의 기호학」, 『공간과 도시의 의미들』, 소명출판, 2004, p.242.

해서 구체적 이미지로 실현되는 것이다. 이는 <겨울여자>에서도 마찬가지인데, 양옥에서 살고 있는 이화 아버지의 직업은 목사로, 종교적 경건함과 안정적 생활을 반영하고 있으며, 이화의 첫 번째 남자인 요섭의 경우 그의 아버지는 정치계에서 활동하는 정치인으로, 사회적 성공 혹은 지배권력의 생활공간이 곧바로 양옥의 이미지로 의미를 표출하고 있다. 결국 양옥이라는 주거공간은 잘 사는 사람, 경제적으로 안정된 사람, 성공한 사람들이 생활하는 공간이라는 인식을 대중들에게 직·간접적으로 제시해 주는 기능을 담당하고 있다.

급속한 경제발전의 결과물로 이 시기 새로운 주거 공간으로 각광을 받기 시작한 것이 아파트이다. 아파트는 최소한의 투자로 최대한의 효용을 얻고자 하는 경제성의 원칙을 실현한 공간으로, 엘리베이터와 급배수·난방 등 설비 기술의 향상을 과시하는 공간이기도 하며, 그 내면에는 사람들의 일상을, 시간에 따라 일정한 장소들을 정형화된 방식으로 움직이게 만드는 공장의 표준화된 공정처럼 기계화시키는 공간이다.16) 이렇듯 계산되고 획일적인 기능만이 강조된 공간인 아파트이지만 이 시기에는 발전되고 세련된 주거공간으로 재인식되었으며, 아파트가 담지하고 있는 발달된 제반 설비들은 일반 대중들에게 동경의 대상이기도 하였다.

두 작품에서 대체로 남성 주인공에 해당하는 인물이 아파트에 거주하는데, <별들의 고향>에서는 시골에서 올라와 그림을 그리는 문오가 생활하는 공간으로, 영화와 소설 속에서 가장 많이 등장하는 배경이다. <겨울여자>에서는 이화의 대학교수17)인 허민이 생활하는 공간인데, 이 두 작품에서 나타나는 아파트의 공통된 특성은 남성이 혼자서 생활한다는 점이

---

16) 김백영, 「공간의 역사—도시와 주택, 일상생활의 공간학」, 『근대성의 경계를 찾아서』, 새 길, 1997, pp.103~108.

17) 허민의 신분에 대해서는 소설과 영화가 다르게 표현하고 있는데, 소설에서는 이화의 대학교수로 설명되어 있지만, 영화에서는 대학교수이긴 하되 이화가 고등학생 때 선생님이었다는 과거의 일을 새롭게 꾸며내어 그 관계를 설명하고 있다.

다. 종래의 가옥구조 속에서는 남성의 공간과 여성의 공간이 뚜렷하게 분리되어 있었기 때문에 남성의 독거는 쉽게 상상되지 않는 반면, 작품 속에 등장하는 아파트는 모든 기능이 내부 공간 안에 배치되어 있고 그것의 총체적 관리를 본인이 아닌 타인이 수행[18]하고 있기 때문에 남성 혼자서도 거뜬히 생활할 수 있는 공간으로 그려지고 있다. 또한 아파트의 부대시설인 놀이터를 그려내는 풍경도 아이들의 웃음소리와 그들을 바라보는 젊은 부부의 이미지가 중첩되면서 젊은 감각의 주거공간으로 이미지화 시키고 있다. 이처럼 편리하고 세련된 공간인 아파트는 성공을 욕망하는 젊은이들에게 각광받는 새로운 주거공간으로 대중들에게 인식시키고 있으며, 무엇보다 그곳에서 생활하는 사람들의 직업 — 대학교수·화가 등 — 은 아파트가 지닌 기능적 면모에 사회적 의미를 교묘하게 덧붙이고 있다고 할 수 있다. 사회적으로 인정받는 직업을 가진 혼자 사는 남성이 자유롭게 여성들과 대담한 사랑을 나눌 수 있는 공간, 그것이 바로 아파트인 것이다.[19]

바로 이점으로 인해 아이러니하게도 아파트에서는 여성이 존재하지 않는다. 경아도 문오의 아파트는 잠시 빌붙어 사는 공간일 뿐이고, 이화에게도 허민의 아파트는 허민의 상처를 치료하고 위안해주기 위해 들르는 방문의 공간일 뿐이다. 남자가 혼자 살 수 있는 것은 사회적·경제적 안정을 기반으로 하기 때문에 가능하지만 여성이 그만큼 성공하기에는 당대 사회적 분위기 속에서는 결코 보편적 현상이 아니었기 때문에 혼자 사는 성공한 여성은 아파트에 등장하지 않는다. 자신의 일에 성공한 독신 여성

---

18) <별들의 고향>에서 문오에게 방문자를 알리러 오는 경비원의 여객기 조종사와 같은 세련된 제복은 당시 아파트가 지닌 공간의 사회적 메타포를 단적으로 보여주고 있다.

19) 박철수는 1970년대에 접어들면서 "사회적으로는 빈부갈등을 상징하는 대상으로 아파트가 존재하게 되었"고, 특히 기능적 공간의 폐쇄성은 "익명의 대중 속에서 폐쇄적 속성을 가진다는 이미지와 함께 고독과 소외의 문제를 드러내기 시작하였"다고 이 시기 아파트의 이미지를 분석하고 있다. 박철수, 「대중소설에 나타난 아파트의 이미지 변화과정 연구」, 『대한건축학회논문집 계획계』 21권 1호, 2005. 1, p.196, 200.

이든, 직업을 가지고 있는 이혼녀이든 혼자 사는 여성의 생활공간을 제시하지 않는다는 것은 여성은 반드시 가정 혹은 가족 속에서 존재해야 한다는 가부장적 이데올로기를 공간 이미지를 통해 표현하고 있는 것이다.[20] 결국, 이상적 주거공간으로 떠오른 아파트는 실제 그 속에서 일상을 담당해야 하는 여성의 시선은 부재한 채 남성들에게 비밀스럽고 편리한 사생활을 제공해주는 은밀하며 비일상적인 공간으로 표현되고 있다.

일상을 구성해내는 주거공간이 성공과 안정에 대한 기대와 이상을 조장하는 데로 이미지화되고 있으며, 기존의 구조와 다른 발달된 제반여건의 편리함과 개인적 사생활의 폐쇄적인 속성을 기반으로 하여 남성을 중심에 두고 있다는 점은 이 시기 대중예술에서 발견되는 주거공간의 특징으로, 도시적 생활의 대표성을 획득하면서 대중들의 욕망을 재구성해내는 역할을 담당한다.

2) 소비와 향락의 도시, 젊은이들의 유흥 공간

주거 공간을 제외한 나머지 공간들은 모두 작품 속의 인물과 그들의 직업과 관련된 곳이다. 일단, 두 작품 속의 주인공들이 대부분 젊은이들이기 때문에 그들의 공간은 곧바로 당대 젊은 대중들의 공간과 직결될 수 있는데, 그 공간들의 궁극적 내용은 소비와 향락의 유흥공간으로서의 도시이다. 먼저 <별들의 고향>에서는 카페 여급인 경아의 개인적 이력에 따라 다양한 유흥의 공간이 나타난다. 첫 남자인 영석과 데이트를 할 때 경아는

---

20) 경아와 문오가 마지막 밤을 보내는 경아의 숙소는 문오와 함께 지냈던 아파트의 세련됨과는 달리 지나치게 좁고 허름하고 초라하게 그려지고 있는데, 이는 혼자 사는 여성과 남성, 그리고 그들이 가진 직업이 지닌 사회적 의미를 단적으로 보여주는 예가 된다. 가정에 속하지 못한 채 웃음을 파는 여성이 머무는 공간이 초라할 수밖에 없는 것은 그 인물을 이해는 하지만 수용할 수 없는 대중들의 보수적인 도덕의식을 공간적으로 반영한 것이라고 할 수 있다.

다방에서 차를 마시며, 극장에서 영화를 보고, 놀이공원에서 회전목마를 타고, 슬롯머신에서 행운을 잡기도 한다. 유리창으로 보여지는 전시된 웨딩드레스는 경아가 궁극적으로 바라는 안정된 가정을 그대로 반영하고 있다. 이들의 데이트 공간은 생산적 기능보다 소비의 기능이 강화된 공간으로, 영석이 직장동료임을 감안할 때 그들의 주 공간이 사무실이어야 함에도 불구하고 이들은 다양한 소비의 공간들을 중심으로 사랑을 키워나간다. 도시는 이들이 경험할 수 있는 다양한 놀이들을 제공해주는 거대한 놀이터였던 것이다.

이러한 놀이터는 경아가 여급이 되면서 점차 자극적 환락의 공간으로 변모하게 된다. 문오와 처음 만난 공간, 그리고 경아가 일하는 공간 모두 성인들을 위한 주점이다. 그런데 이렇게 술을 파는 공간도 인물의 사회적 지위에 따라 다른 모습을 보이고 있는데, 경아가 좀 더 젊고 예쁠 때, 즉 여급으로서 그 가치가 상대적으로 높을 때 그녀가 활동하는 공간은 매우 세련된 인테리어와 그 분위기에 걸맞은 직업의 인물들이 출입하는 주점이 된다. 문오를 처음 만날 때는 바텐더와 이야기를 나눌 수 있는 바에 손님으로 찾아갔을 때인데, 그 바텐더의 복장과 문오의 직업, 그리고 주변 손님의 분위기는 충분히 고급한 술집의 이미지를 그려내고 있다. 또한 문오가 경아를 우연히 만난 그녀의 노동 공간은 여급들이 맥주를 날라주며 손님들과 이야기를 주고받는 공간으로, 여급들의 유니폼과 개별 테이블의 배치, 손에 들고 있는 맥주는 그 공간을 찾아오는 손님들이 어느 정도의 경제력을 지녔다는 것을 간접적으로 보여주고 있다. 귀엽고 발랄한 여인 경아가 일하던 곳은 그렇게 남성들의 욕망을 직접적으로 해소하는 향락의 공간이지만 그 대상은 안정된 사회적 지위를 가진 존재였던 것이다.

그러나 알코올중독이 되어 점차 쇠락해가는 경아는 그녀의 모습만큼이나 초라하고 보잘 것 없는 공간 속에 존재하게 된다. 특히 경아가 죽기 직전에 머물던 대포집의 경우 여성에게 점잖게 말을 건네는 교양있는 손님

이 아닌 육체노동을 마치고 하루의 피로를 푸는 하층민들이 왁자지껄하게
떠드는 공간으로, 여성에 대한 육체적 욕망의 해소만이 주목적인 손님들
이 차지하는 초라하고 허름한 공간으로 그려지고 있다. 교수와 같은 사회
적 지위를 확보한 손님들의 지적 분위기와 그것에 대응하는 종업원들의
잘 훈련된 이미지와는 매우 상반된 대포집 손님들과 주인의 투박함은 상
대적으로 싸고 지저분한 이미지를 만들어내고 있어서 똑같은 주점이라고
해도 그곳에 출입하는 인물들이 누구냐에 따라 사회적 의미가 달라지고
있다. "결국 도시공간에서 소비의 본질은 공간 속에서 하나의 차이와 위
계를 생산해내는 계급적 제도이다. 소비가 사회적 관계를 균등화하기보다
는 오히려 시·공간적 구조 속에서 사회내의 차이를 두드러지게 하는 것
이다."[21] 사회적 지위 여하에 따라 그들이 출입하는 주점이 달라지는 양
상도 이처럼 도시 속에 내재한 소비의 본질이 사회적 위계질서를 더욱 공
고화하고 있기 때문이다.

호스티스였던 경아와 달리 <겨울여자>의 이화는 대학생이다. 따라서
그녀가 움직인 공간들은 대체로 당시의 대학생 문화, 이른바 "대학생들이
입는 청바지, 그들이 들고 다니는 책, 그들이 듣던 음악, 그들이 마시는
술, 그들이 가는 장소가 대학생들만의 전유물이 아니라, 사회의 다른 계층
과 집단으로 확산되는"[22] 청년문화의 공간적 특성을 많이 따르고 있다.

고등학생에서 대학생이 된 경아는 그녀의 두 번째 남자인 석기를 처음
만나는 날 생맥주집[23]으로 향하는데, 그곳의 손님들은 대체로 대학생 혹

---

21) 김영순, 앞의 책, 247면.
22) 송은영, 「대중문화 현상으로서의 최인호 소설」, 『상허학보』 15집, 상허학회, 2005. 8.
　　pp.436~437.
23) <겨울여자>는 이른바 청년문화 논쟁 이후에 등장한 작품으로, 생맥주집과 같은 청년문
　　화의 공간이 매우 자연스럽게 빈번히 나타난다. 그러나 그 논쟁 이전에 만들어진 <별들
　　의 고향>에서는 생맥주집이 등장하지 않는데, 이것은 경아와 이화의 여급과 대학생이라
　　는 사회적 신분의 차이도 원인이겠지만, 보다 구체적으로는 1970년대 초반에 형성되기
　　시작한 청년문화가 사회적 자장을 넓혀 주목받기 시작한 시기가 공교롭게도 영화 <별들
　　의 고향>이 흥행할 때와 맞물려 어떤 면에서는 논쟁을 촉발시킨 기폭제의 역할을 하였

은 그 또래의 젊은이들로 이들이 만들어내는 소란하면서도 활기찬 분위기는 공간 자체를 매우 생동감 있게 표현해낸다. 초면임에도 불구하고 당돌하게 이화에게 질문을 던지는 석기의 태도와 옆 테이블에 신경쓰지 않은 채 친구들과 큰 소리로 대화하는 모습이 불손하거나 무례하지 않게 받아들여지는 것도 생맥주집이 지닌 자유로운 분위기에서 기인하는 바가 크다. 생맥주집보다 이화가 석기와 함께 한 중심공간은 음악감상실24)이다. 클래식 음악을 주로 들려주던 음악감상실은 대학생들의 만남의 장소이자 지적 허영심을 채워주는 공간으로 기능하는데, 이 작품에서도 특정 음악에 대한 관심보다는 이화와 석기가 만나는 만남의 장소로서만 기능하고 있는 공간이다. 이처럼 생맥주집과 음악감상실로 대표되는 대학생들의 공간은 이화와 석기를 통해 대중들에게 직접적으로 제시되며 그 공간을 채운 고뇌하는 지성의 발랄하고 밝은 분위기는 대중들에게 대학생 문화에 대한 긍정적 시각을 형성하게 한다.

석기의 죽음 이후 만나게 된 허민과는 주로 그가 거주하는 아파트를 중심으로 사건이 전개되어 특정한 공간의 이미지화는 발견하기 어렵지만 허민과 이화가 아파트를 떠나 만나는 공간으로 수영장이 제시된다. 수영을 할 줄 모르는 이화에게 허민이 그 방법을 알려주기 위해 찾아간 수영장에서 허민은 이화의 육체를 새롭게 발견하게 되고 그것을 통해 자신의 욕망이 끓어오르고 있음을 인식하게 되는데, 일반적으로 수영장은 두 가지의

고, <겨울여자>는 청년문화가 이미 대중적으로 확산된 시점에 만들어졌기 때문으로 이해된다. 참고로, 청년문화 논쟁은 1974년 3월 29일 동아일보에 김병익 기자가 「오늘날의 젊은 우상들」이라는 기사를 게재하면서 본격화된다. 이 논쟁을 통해 청년문화의 내용과 본질이 나름대로 정립되게 되는데, 최인호는 「청년문화선언」을 한국일보 4월 24일 지면에 발표하면서 이 논쟁에 참여하게 된다. 청년문화 논쟁과 관련된 사항은 강준만, 『평화시장에서 궁정동까지 2권-한국 현대사 산책 1970년대 편』, 인물과사상사, 2002, pp.137~142 참조.

24) 소설 속 음악감상실 이름은 '에로이카'인데 영화 속의 이름은 '나목(裸木)'이다. '겨울여자'라는 제목과 연관지었을 때 '에로이카'라는 음악적 명칭보다는 앙상한 겨울나무의 이미지가 그려지는 '나목'이 보다 효과적인 듯하다.

의미를 지니는 공간이다. 하나는 수영이라는 운동을 하기위한 기능적 공간이며, 다른 하나는 수영복을 입은 몸매를 과시하기 위한 욕망의 공간이기도 하다. 수영복만 입은 남녀가 서로 살을 맞대는 것이 자연스러운 장소인 수영장은 건강을 추구하는 욕망과 건강한 육체를 과시하고 감상하는 욕망이 충돌하는 공간으로, 수영이 일반화되지 못한 당시의 상황을 놓고 본다면 수영장은 여유 있는 일상을 이상화시키는 공간으로 제시되어 있다. 결국 이 작품에서 나타난 생맥주집과 음악감상실, 수영장 등의 공간들은 그 곳을 채우고 있는 젊은이들의 활기가 직접적으로 제시되면서 젊은 대중에게 긍정적 이미지를 심어주고 있다.

두 작품에서 적극적으로 구현하고 있는 공간들, 즉 경제개발 이후 새롭게 각광받는 주거공간인 아파트와 함께 당대 젊은이들의 다양한 유흥공간들은 농촌과 대별되는 도시의 이미지를 구축하고 있으며, 소비와 향락의 내면을 사회적 성공과 긍정적 이미지화로 교묘하게 은폐하고 있는 것이다. 1970년대의 대중들은 도시를 전면화한 대중예술을 통해 도시의 다양한 공간들을 자신의 욕망으로 병치시키면서 끊임없이 그것들을 갈망하게 된다.

3. 대중예술에 나타난 대중의 욕망 표출 양상

지금까지 소설과 영화가 공통적으로 표현하고 있는 공간의 특징을 도시적 감수성에 초점을 맞추어 살펴보았는데, 이 과정에서 소설과 영화 사이에 나타나는 간극은 분석되지 못하였다. 특정한 예술작품이 다른 장르로 각색될 때 필연적으로 발생하는 변이과정을 분석함으로써 그 속에 개입되는 대중의 의식을 파악하기 위해 이 장에서는 소설과 영화의 차이와 그

의미에 대해 본격적으로 살펴보기로 하는데, 특히 경아와 이화의 두 주인공에 대한 인물 분석에 초점을 맞추기로 한다. 베스트셀러의 소설을 영화로 각색할 때 "소설 자체를 비교적 그대로 재현해내려는 시도를 보이고 있다"[25]고 해도 1년 이상의 연재기간을 가진 소설의 내용을 모두 2시간 이내의 영화로 옮겨낼 수는 없는 일이다. 소설과 영화의 예술장르적 특징과 문법이 서로 다르기 때문에 소설의 영화로의 각색과정에서는 필연적으로 서사와 인물 등의 선택과 집중이 따르기 마련인데, 이 과정에서 소설의 상대적으로 풍부한 사회적 풍경들이 대체로 여성 주인공인 경아와 이화의 행위에 집중되는 양상을 보이고 있다. 여기서는 각 작품 별로 소설의 영화로의 각색과정에서 발견되는 의미를 분석하면서 그 속에 투영된 대중들의 욕망을 간접적이나마 추출해보고자 한다.

1) 죄의식으로 포장된 욕망, 경아

소설 『별들의 고향』이 영화로 각색되면서 변모된 양상의 큰 맥락을 정리하면 다음과 같다.

① 아버지의 갑작스런 죽음으로 대학을 포기하고 직장에 나가게 된 경아의 개인 가족사가 생략되어 있다.
② 문오에게 정신적 안식의 공간이 되는 고향이 나타나지 않는다.
③ 경아와 달리 현실적 인식을 바탕으로 한 문오의 오래된 여자 친구 혜정이 영화 속에서는 존재하지 않는다.
④ 경아에 대한 문오의 내재적 고민들이 배제되어 있다.

소설이 경아의 죽음을 알리는 소식을 접한 문오의 회상으로 시작하면서 경아가 죽음으로 내몰릴 수밖에 없는 과정을 세밀히 서술한 데 비해서 영

---

25) 이선영, 「최인호 장편 소설의 영화화 과정 연구」, 서울대 석사논문, 2002, p.5.

화는 고백 혹은 회상의 문법들은 사라진 채 경아를 중심으로 그녀를 거쳐 간 남성들과의 관계를 에피소드별로 펼쳐내고 있으며, 시각적으로는 발랄한 경아의 성격을 강조하기 위해 과장된 화장과 헤어스타일, 색상이 강조된 의상 등을 중심으로 경아가 뿜어내는 강렬한 육체적 이미지를 전면에 내세우고 있다. 따라서 문오를 중심으로 한 ②, ③, ④의 모티프는 경아에 집중하고자 한 각색의 방향에 일치하지 않아 생략되었고, 경아 개인에게 해당되는 ①의 모티프 역시 상대적으로 무게가 약하기 때문에 배제되었다. 이러한 각색의 대체적 성격은 모두 사회적 풍경이나 당대 사회체제에 대한 소설 속의 표현들은 대거 삭제되어 오로지 경아라는 여성인물의 행위로만 집중하고 있어 경제개발의 발전 논리 이면에 자리 잡고 있는 소비와 향락의 본질 등은 무화된 채 인물의 상황은 오로지 개인의 몫으로 치환하고 있다.

먼저 공간에 있어서, 도시는 경제개발의 가시적 성과가 구현되어 개인의 자유가 한껏 펼쳐질 수 있는 이상적 공간으로, 농촌은 새마을운동과 같은 공동체적 사업을 통해 도시적 면모로 개발해야 하는 대상으로 양분하면서, 대중예술에서는 경제개발의 달디 단 결과물들의 전시장인 도시의 면면들만 강조하여 보여주고 있다. 성공과 편리성, 신속함과 다양함, 그리고 그 속에 존재하는 개인의 은밀하면서도 자유로운 사생활, 이성에 대한 육체적 욕망 등이 즉각적으로 충돌·해소되는 공간으로 도시공간의 소비와 향락·계급불균형 등의 본질이 가려져 있는 것이다.

이는 소설 『별들의 고향』에서 꽤 많은 비중을 차지하고 있는 문오의 고향 공간이 각색과정에서 생략된 부분에서 구체적으로 확인할 수 있는데, 서울 아파트에서 혼자 생활하는 문오는 직업이 화가이지만 그림을 그릴 수 없을 만큼 무기력한 인물이다. 그에게 다가온 경아 "천성적인 밝음과 천성적인 낙관을 가진 그녀는 언제나 어디서나 어떤 역경에서도 예쁘고 건강"[26]하였기 때문에 문오는 경아를 통해 다시 붓을 들게 되지만 그들의 밝은 생활은 오래 가지 못하고 경아의 과거 남자인 동혁이 나타나고 경아가 알코올중독이 되면서 둘은 헤어진다. 도시생활에 싫증을 느낀 문오는 고향으로 내려가 그림그리기에만 집중하게 되고 몇몇 응모전에 제출한 그림이 좋은 평을 얻어 대학의 시간 강사로 다시 서울로 돌아온다. 이러한 과정 속에서 도시에 환멸을 느낀 문오에게 고향은 삶의 생기와 활력을 불어넣어주는 '자궁'이자 안식의 공간으로 역할을 한다. 명랑하고 밝고 예뻐서 누구에게나 생기를 불어넣는 경아지만 문오가 갖고 있는 외로움과 무기력함을 치유하는 근본적 위안이 될 수 없었던 것은 경아가 곧 도시였기 때문이다.

> 나는 경아를 잊어버리고 있었다. 경아는 말하자면, 내가 한때 사랑을 하고 몸을 나누고 그런 여인으로 남아 있느니보다는 내 몸을 흐르는 도시적인 기질 속에 용해된 도시의 그림자에 불과하였던 것이다.
>
> ─『별들의 고향』하, p.263.

이처럼 경아의 마지막 남자인 문오는 도시의 환멸과 무기력함을 대표하는 인물이었기 때문에 그가 생의 의미를 재발견한 고향은, "또 하나의 꿈"(하권, p.250)이자 소비적이며 성공 지향의 도시와 대비되는 긍정적이고 생산적인 공간으로 나타나고 있는데, 영화는 이러한 고향 공간의 특징을 제거하면서 도시 속 경아와 문오에게만 초점을 맞추고 있다. 이것은 문오의 성격과 그의 오래된 여자 친구인 혜정의 존재에도 영향을 미치게 된다.

소설에서 문오는 두 명의 여자에게 서로 다른 태도로 관계를 맺고 있는데, 경아는 우연히 만나 문오와 동거하는 호스티스이지만 혜정은 그의 오랜 대학동기이자 문오의 첫사랑이며 영원히 소유할 수 없는 여성이다. 문

---

26) 최인호, 『별들의 고향』상, 샘터, 1994, p.87. 앞으로의 소설 인용은 상·하권의 구분과 면수만 표기하기로 한다.

오가 외로울 때마다, 삶에 무기력해질 때마다 혜정은 지극히 현실적인 삶의 태도로 문오를 질책하거나 충고해주는 "내가 만든 우리 시대의 최후의 친구"(하권, p.273)이다. 동혁에게 벗어나기 위해 문오가 필요했던 경아처럼, 문오에게는 경아를 통해 육체적 욕망은 해소되어도 정신적 위안을 찾기 위해서는 혜정이 필요했던 것이다.27) 이렇게 본다면 혜정은 상대적으로 비중이 높은 인물임에도 영화의 각색과정에서는 생략된다. 혜정은 문오의 모든 것을 전적으로 이해해주는 유일한 인물인데, 바로 이점이 영화 속에서 그녀의 모습을 발견하지 못한 이유가 된다. 모든 서사가 경아에게 집중되도록 각색되었기 때문에 그녀와 어떠한 갈등관계도 형성하지 못한 혜정은 오로지 문오에게만 의미 있는 인물이기에 등장할 필요가 없었던 것이다. 영화 속의 남성들은 경아와의 직접적 관계를 통해서만 위안과 안식을 얻을 수 있어야 했고, 그로 인해 문오의 정신적 상대인 혜정과 그의 재생 공간인 고향은 과감하게 삭제된 것이다.

이에 따라 소설에서 꽤 많은 분량 서술되어 있는 경아에 대한 문오의 고민과 연민·죄책감은 그대로 사라지고 마는데, 경아의 과거 남자 동혁이 나타나면서 시작된 문오의 고민은 "과연 경아의 육신에서 얻을 수 있는 것은 무엇인가"(하권, p.197)이다. 이것은 경아와의 결별에 대한 직접적 원인이 되고, 서로에게 더 이상 구원이 되지 못한 채 쾌락의 감정도 소진해버린 둘의 관계에 대한 문오의 성찰로 이어지며, 결국은 여러 가지의 변명과 핑계를 빌미로 경아와 도시를 떠나게 된다. 문오의 이와 같은 구체적

---

27) 소설 속에 나타나는 경아와 혜정은 표면적으로 매우 다른데, 대학을 중퇴하고 남자들에게 사랑받기를 원하는 호스티스인 경아에 비해 혜정은 약사이자 안정된 미래를 위해 미국약혼자를 따라 사랑 없는 결혼을 하려는 지극히 현실적인 인물이다. 그러나 문오의 입장에서 본다면 "이들 여성은 표면적으로 다른 성격의 소유자로 인식되지만 본질적으로는 가부장적 이데올로기에 순응하는 여성성을 지닌 인물의 변형적 '반복'에 불과"(김현주, 「1970년대 대중소설의 '육체' 담론」, 『여성문학연구』 10호, 한국여성문학회, 2003. 12, p.235)하다는 이 시기 대중소설 전반의 여성성에 대한 분석에 정확하게 들어맞는 여성들로, 모두 남성인 문오를 중심으로 움직이는 인물이라는 점에서 같은 부류로 묶여진다.

인 감정은 경아의 죽음에 직면했을 때 느끼는 죄책감으로 연결되어 스물여덟의 짧은 생을 자살로 마감한 젊은 여인에 대한 책임을 자신으로, 사회로, 거대한 도시로 확대하여 깊은 연민을 느낀다.

> 그래, 경아는 실제로 존재하지 않았던 여자인지도 몰라. 밤이 되면 서울 거리에 밝혀지는 형광등의 불빛과 네온의 번뜩임, 땅콩 장수의 가스등처럼 한때 피었다 스러지는 서울의 밤, 조그만 요정인지도 모르지. 그래, 그녀가 죽었다는 것은 바로 우리가 죽인 것이야. 무책임하게 골목골목마다에 방뇨를 하는 우리가 죽인 여자이지. 그녀가 한때 살아 있었다는 것은 거짓말일지도 몰라. 그것은 자그마한 우연이었어. 그녀는 마치 광화문 지하도에서 내일 아침 조간신문을 외치는 소년에게서 십원을 주고 살 수 있는 조간신문일지도 몰라. 잠깐 보고 버리면 그만이었어. 그래, 그녀가 살아 있었다는 것은 조그만 불빛이었어, 서울의 거리에서 흔히 볼 수 있는 불빛이었지.
>
> —『별들의 고향』상, p.72.

그러나 영화에서는 문오의 서사와 내면이 대거 삭제되었기 때문에 경아와의 결별도 더 이상 사랑하지 않는 알코올중독자, 끈질기게 집착하는 남자의 과거를 가진 여자를 버리는 무책임한 행동으로 표현되고, 그녀의 죽음에 대한 일말의 죄의식도 표출되지 않은 채 그저 죽음에 대한 연민으로만 표현되어 있다. 소설에서는 경아의 모든 것을 이야기해주는 중심 화자이지만, 영화는 경아의 이력을 화면을 통해 직접 제시해주기 때문에 그의 내면은 자연스럽게 삭제된 것이다.

결국, 각색의 방향이 인물들의 내면을 면밀히 포착하기보다는 경아가 거쳐 간 남자들과의 관계와 그 행위, 그 속에서 경아가 어떻게 상처를 입으며 스스로를 소진하는가에 초점이 맞추어져 있어서 소설이 담고 있던 다양한 사회적 의미는 다른 모습으로 변화된다. 대중들은 영화를 통해 경아 이외에는 그녀를 둘러싼 주변 인물들의 개인 서사를 알려고 하지 않았고, 철저하게 경아에게만 집중함으로써 남성에 의해, 사회에 의해 등 떠밀린 여성의 종말을 목도함으로써 순결 이데올로기, 가부장제 이데올로기를 다시 한 번 되새기게 되는 것이다.

그러나 한편으로, 영화의 모든 공간이 도시에 집중됨으로써 자신들이 생활하고 있는, 혹은 갈망하고 있는 공간의 이미지들을 마음껏 소비하고, 그 속에 존재하고 있는 경아와 문오의 자유분방한 생활과 스타일을 도덕적 관습과는 상관없이 새로운 삶의 모습으로 받아들이면서 도시의 이미지를 자신의 욕망으로 체화하게 된다. 경아와 같은 삶을 경계하면서도 경아처럼 꾸미고 행동하고 사랑하고 싶은 욕망이 표출되는 것, "남자가 없으면 못살 것 같다"는 욕망을 직접적으로 표현하는 행동의 자유로움은 곧 이 시기 대중들의 욕망을 반영하면서 다시 재구성해내고 있는 것이다. 즉, 시각적 이미지로 구체화된 경아의 육체가 남성 대중들의 적극적 소구 대상이었다면 경아의 육체를 둘러싼 이미지와 그녀의 성격은 곧 여성 대중들의 소구 대상이었고, 이것의 결합체인 경아는 호스티스라는 비도덕적 직업을 가졌음에도 불구하고 당대 대중들의 욕망을 적극적으로 표출해내는 인물로 큰 인기를 얻었던 것이다. 대중들의 일상에서부터 일어나는 체제에 대한 저항적이며 불순한 무의식의 욕망들은 이렇게 소설과 달라진 영화 속의 경아를 통해 구체화되고 있다.

다만, 경아의 죽음이라는 비극적 결말은 그것을 자초한 경아 개인의 운명과는 별도로 대중들에게 일말의 죄의식과 책임감을 느끼게 하는 장치가 되는데, 이는 자신들의 욕망을 경아를 통해 직접적으로 소비하였음에도 불구하고 불순한 욕망으로 인한 한 여인의 비극을 온전히 도덕적으로 비난하기엔 어딘가 불편한 대중들 나름대로의 의식을 포장하고 있는 것이다. 결국 호스티스의 불행한 인생과 죽음은 한편으로는 지배이데올로기의 도덕적 공고화의 역할을 하지만 다른 한편으로는 대중들이 소비한 욕망들에 대한 죄의식과 책임감을 불러일으켜 그 불순하며 반체제적인 욕망을 포장하는 장치로 사용되었다고 할 수 있다.

2) 성처녀에 응집된 노골적 욕망, 이화

<겨울여자>가 소설에서 영화로 각색되는 과정에서 인물과 공간, 서사의 측면에서 발생한 대표적 변이사항을 정리하면 다음과 같다.

① 민요섭의 자폐적 생활의 원인이 변화되었다.
② 석기의 죽음에 대한 사회적 의미가 제거되어 있다.
③ 요섭·석기·민의 세 남자 이외의 남성 인물이 영화 속에 존재하지 않는다.
④ 이화가 마지막으로 헌신하는 야학교사 김광준의 서사가 모두 배제되었다.
⑤ 허민과 그 전부인의 결합 노력이 구체적으로 제시되어 있다.

"누군지는 모르지만 남자의 짓이 분명한 편지를 받았다는 사실 자체가 수치스럽다"[28]고 느끼던 이화가 요섭의 죽음을 계기로 많은 남성들에게 몸과 마음을 바쳐 헌신하고 위로하는 '성처녀(聖處女)'로 변화하는 과정을 소설에서는 각각의 인물과의 관계 속에서 이화의 다양한 발화들을 통해 전개하고 있는 반면, 영화는 이화의 내면적 고민보다는 그녀에게 적극적으로 다가가는 남성들과의 관계맺음과 그것의 시각적 구현에 더욱더 천착하고 있으며 궁극적으로는 결혼제도를 거스르면서까지 남성들과의 육체적 관계가 자유로운 이화의 행동에 중점을 두어 각색되었다. 특히 그녀의 육체적 관계보다 정신적 위안이 더 크게 작용한 마지막 남자 김광준의 생략은 영화가 이 소설에서 지향하고자 하는 바를 보다 뚜렷하게 보여주는 부분이다.

<겨울여자>의 각색과정도 <별들의 고향>과 마찬가지로 공간의 측면에서 도시공간으로 제한되어 있다. 물론 소설 속에 등장하는 공간이 모두

---

28) 조해일, 『겨울여자』 상, 문학과 지성사, 1976, p.11. 이 작품은 상권과 하권의 면수가 이어져 있기 때문에 앞으로의 소설 인용은 권 호의 구분 없이 면수만 표기하기로 한다.

도시이긴 하지만 이화가 경험하는 공간은 대학생들의 전용공간뿐만 아니라 도시외곽·변두리까지 포함하고 있는데 영화에서는 오로지 도시의 화려한 공간만을 제시하고 있다. 이것은 이화의 마지막 남자인 김광준과의 서사가 모두 배제되어 있는 것과 연결되는데, 대학을 졸업하고 여성잡지사 기자가 된 이화는 'ㅁ'동 천변에서 야학활동을 하고 있는 김광준에 대한 인터뷰기사를 담당하면서 둘의 관계가 시작되는데, 이발소와 야학을 함께 하는 김광준의 공간은 이화에게 "고통에 가까운 감정"을 느끼게 하는 곳이었다.

> 적잖이 넓은 바닥의 한가운데로만 불결한 회색의 물이 흐르고 있는 개천 좌우, 서로 마주보고 있는 두 개의 기다란 둑 전체가 개천 바닥을 흐르고 있는 물빛 비슷한 집들로 뒤덮여 있었던 것이다. 둑의 경사면, 그리고 거의 개천 바닥에 이르기까지.
> 모두 헝겊 지붕이나 종이 지붕 같은 것을 덮은 집들이었고 개중에는 집 전체의 높이가 그녀의 키보다 낮아 보이는 집들도 있었다.
>
> —『겨울여자』, p.533.

잘 정돈된 주택가, 요섭의 별장이 있는 작은 섬, 덕기와 함께 한 음악감상실, 허민의 아파트 등 깔끔하고 세련된 공간에서만 존재하던 이화에게 천변의 풍경은 그 자체로 큰 충격이었기 때문에 이 공간 속에서 이화는 이전과 달리 나름대로의 사회와 인간에 대한 관계를 진지하게 고민한다. 그러나 영화에서는 광준이 이화의 마지막 남자임에도 불구하고 이렇게 누추한 공간 속에 이화를 배치하지 않았다. 그것은 소설 속의 이화를 어떤 측면으로 이미지화할 것인가에 대한 영화적 각색의 시각에 의한 것으로 이해된다.

영화를 보면, 자신을 스토킹하던 요섭의 자살은 이화에게 강렬한 트라우마로 작용하여 이후에 만나는 남성들에게 아낌없는 희생과 위안의 명분이 되고, 이에 따라 이화는 상처 입은 남성들을 위로하고 품어주는 성모마리아와 같은 이미지로 그려진다.[29] 성모 마리아는 가장 낮은 신분이면서도 가장 성스러운 존재인데, 영화는 이러한 성모 마리아의 성스러운 부분에 이화를 대입시키고 있다. 따라서 실제로 이화의 희생과 봉사가 적극적으로 부각되는 가장 낮은 곳에서의 행동은 각색과정에서 배제해버린 것이다. 이로 인해 이화는 성스러운 성당 속에 갇혀 있어 낮은 사람들의 구원으로 나서기 어려운 마리아와 같이 화려한 도시공간 속에서 그녀의 이름대로 '꽃'처럼 빛나는 존재로 그려지고 있다. 이것은 그녀의 위안과 헌신·봉사가 진정한 의미의 성(聖)스러운 희생이 되지 못하고 결국은 도시와 시대 속에 부유하는 남성들의 욕망을 충족시켜주는 육체적으로만 성(性)스러운 존재임을 보여주고 있다.

'성처녀'[30]로서의 이화는 소설 속에서 더 많은 남성들을 몸으로 위안해주고 있는데, 석기의 죽음을 극복하지 못한 채 군입대를 해버린 석기의 친구 수환에게 자신은 상처가 다 아물었다는 것을 성관계를 통해 확인시켜 수환을 위로해주었고, 이화에게 끈질기게 청혼을 해온 안세혁과 하룻밤을 보내면서 그 집요함에서 벗어난다. 이화가 판단하기에 내면에 깊은 상처

---

29) "이제 교육을 받을 만큼 받은 대학생은 남성들의 고민을 해소하기 위해 웃음짓고, 남성들의 용서를 바라지 않고 적극적으로 이해하며 그런 남성을 위해 도움이 되길 바라는, 모든 것을 용서하며 모든 것을 그 품에 품을 수 있는 마치 성모마리아 같은 '어머니'의 이미지로 그려진다." 문현아, 「박정희시대 영화를 통해 구현된 여성이미지 되짚어 보기」, 『박정희시대 연구』, 백산서당, 2002, p.242. 실제 영화 속 이화의 이미지를 놓고 본다면 '어머니'보다는 배우 장미희의 비주얼과 맞물려 '성모마리아'가 더 어울린다. 특히 영화의 마지막 엔딩은 온화한 미소를 짓는 이화의 얼굴이 클로즈업되어 그녀가 지닌 성모마리아와 같은 이미지를 시각적으로 부각시키고 있다.

30) 소설 『별들의 고향』에서는 9장, 『겨울여자』에서 8장의 제목이 '성처녀'인데, 이 단어의 의미는 도덕적으로 문란한 그녀들에게 대중들이 씌워준 면죄부이자, 그녀들을 바라보는 욕망을 교묘히 은폐하는 대중들의 가면으로 읽혀진다. 안낙일은 『별들의 고향』 속 경아를 성처녀로 표현한 것에 대해 "착한 심성 탓에 여러 남성들의 노리개가 되어 굴절된 삶의 나락으로 전락하는 여자를 두고 '성처녀'라고 명하는 것은 독자의 정서를 좌우하려는 작가의 지나친 개입"으로 파악하고 있다. 안낙일, 「1970년대 대중소설의 두 가지 서사 전략」, 『한국문학이론과 비평』 제9집, 한국문학이론과비평학회, 2000. 12, p.280.

가 있어 그것을 감싸주고 싶은 남성들에게는 스스로 알아서 관계를 맺어 나간다. 이러한 이화의 숱한 남성들은 영화 속에서 모두 생략되는데, 소설의 서사에서 중요한 위치를 차지하는 인물, 즉 이화의 트라우마인 요섭, 이화의 첫 남자인 석기, 그리고 사제관계에 있는 민과의 관계만 영화 속에 등장한다. 이 인물들은 모두 소녀에서 여자로 성장해가는 이화에게 특정한 계기를 던져준 인물들이기 때문에 성처녀로 변화하는 이화를 부각시키기 위해 필요한 존재들이다. 요섭의 죽음은 남자의 충동적 욕망을 비난할 권리가 아무도 없다는 인식을 하게 되고, 첫 남자인 석기는 사랑이라는 감정을 통해 젊은이들의 열정적 사랑을 표출하고 있지만 죽음이라는 허무한 결말로 이화의 상처가 되었으며, 허민의 경우는 이화가 행동으로 옮겨낸 진정한 의미의 위안을 실질적으로 성취해낸 대상이었다.

이렇게 볼 때 소설이든 영화든 남성들에게 적극적으로 헌신하고자 하는 이화라는 인물은 경아와는 또 다르게 대중의 욕망이 노골적으로 구현된 것으로 보여 진다. 이화는 깔끔한 교복이 잘 어울리는 정숙한 소녀였고 여자대학의 대학생이다. 여학생 수가 상대적으로 많지 않았던 당시의 상황에 놓고 볼 때 여대생이라는 이화의 신분은 매우 지적인 이미지와 동경의 대상으로 비춰진다. 또한 부분적으로 드러나는 이화의 집안은 그녀의 성장배경이 매우 도덕적이고 경제적으로도 결점이 없는 인물이라는 것을 드러내고 있으며, 그 많은 여학생들 중에서 석기를 한눈에 사로잡을 만큼 아름다운 외모를 지닌 인물이다. 거기에 뭇 남성들을 위로하는 자신의 논리를 조목조목 펼쳐내는 이화의 언변과 행동은 실제 현실 속에서는 기대하기 힘든 이상적 존재의 성격을 가지고 있다. 한마디로 이화라는 인물은, 도덕적으로나 경제적으로 결함이 없는 정상적 성장환경에서 자라났고, 지성과 미모를 겸비하였으며, 자신의 의지대로 남자들과의 관계를 자유롭게 이끌어가면서 동시에 어떠한 책임도 묻지 않는 비현실적 존재다.

이는 대중들의 욕망이 경아에 대한 것과 달라졌음을 간접적으로 보여주는데, 환경에 의해 어쩔 수없이 여급으로 전락한 경아의 죽음이라는 비극적 결말은 비록 경아의 자유분방함을 대중들이 향유했음에도 일말의 죄의식과 불편함을 던져준다. 그런 경아에 비해 자신에게 다가오는 남자들을 더욱 적극적으로 품어주면서 스스로 상처받지 않고 온화하게 웃을 수 있는 이화는 자신들이 느껴야 하는 책임감을 가볍게 덜어내 주고 있기 때문에 경아와 같은 연민의 대상을 이화라는 쿨한 성격을 지닌 동경의 대상으로 대체시키고 있다. 대중들이 여성을 통해 그들의 욕망을 해소하고자 하는 데에 더 이상 도덕적 죄의식이나 책임감 같은 불편한 감정을 느끼고 싶지 않은 의도를 보여주는 인물이 바로 이상적 여성인 이화이다.31)

영화 속의 이화가 남성과의 관계 속에서 성처녀로서의 면모를 뚜렷이 하고 있기 때문에 소설에 나타난 다양한 시대적 풍경은 자연스럽게 사라지는데, 자살한 요섭이 이화에게 스토커적 관심을 가질 수밖에 없었던 것은 정치계 인물인 그의 아버지가 자행하는 여러 부도덕적인 행위들 때문으로 소설에서는 표현하고 있다. 그러나 영화 속에서는 요섭이 스스로 이화에게 털어놓는 이유는 그러한 아버지를 매도하고 욕하는 친구들이 보기 싫어 자신의 공간에만 은폐되었다고 설명하고 있다. 권력으로 대표되는 아버지에 대한 반감이 그런 아버지를 비난하는 타인으로 옮겨간 것으로, 권력에 대한 직접적 비판이 실현되지 못하는 현실적 상황을 그려내고 있으며, 군대에서 의문사를 당한 석기 역시 군 입대 전후 심경의 변화를 직접적으로 제시하면서 그의 죽음에 대한 무게를 싣고 있는 소설에 비해 영화는 자세한 정황 설명이 빠진 채 이화의 첫사랑이 이루어지 못한 안타까움이 전면화되어 있다.

이렇듯 영화는 추하고 험난한 공간과 그 속에 존재하는 이화를 제거함

---

31) 이상화되어 있는 이화의 성격을 분석하면서 이정옥은 두 작품 모두 "당대 남성들의 성적 욕망과 꿈과 환상이 투사된 성인동화"라고 하였다. 이정옥, 「산업화의 명암과 성적 욕망의 서사」, 『한국문학논총』 29집, 한국문학회, 2001. 12, p.403.

으로써 이화가 지닌 희생과 봉사의 성처녀적 이미지의 일면만을 더욱 강화하는 방향으로 각색되었고, 대중들은 경아보다 더 도시적이며 세련된 조건을 갖춘 이화를 통해 그들의 자유로운 성의식과 기존 도덕관념에 대한 거부를 확고하게 표출하고 있는 것이다. 이화가 남성들에게 펼치는 논리, 즉 가족 이기주의에 함몰되는 것을 경계하여 결혼하지 않겠다는 논리는 곧바로 결혼이라는 관습과 제도에 얽매이지 않는 개인의 자유를 만끽하고자 한 대중의 욕망에 대한 직접적 발언이다.

이러한 이화의 태도는 작품 속 인물은 물론 당대 대중들도 당황하게 하고 곤혹스럽게 만드는 가치의 혼란과 도덕적 규범에 위배되는 것이지만 결과적으로 이 논리는 그들에게 편안한 안식처가 되었고 위안이 되었기 때문에 한 순간의 욕망을 충족시키는 육체관계에 더 이상 죄책감이나 책임감을 갖지 않아도 되는 면죄부가 되는 것이다. 화려한 도시의 공간, 그 속에 빛나는 꽃과 같은 여인, 그 여인을 한 번 품고자 하는 원초적 욕망, 그리고 그런 행위에 대해 수치스러움과 부끄러움을 느끼지 않도록 주어진 도덕적 가치의 면죄부, 누구나 가질 수 있는 매력적인 여인에 대한 노골적이며 직접적 욕망의 표출을 성처녀라는 단어 속에 은폐시키는 대중. 이것이 소설 『겨울여자』가 영화로 각색되면서 투영된 대중들의 욕망의 실체라고 할 수 있다.

4. 맺음말 – 1970년대 대중의 욕망과 대중예술

지금까지 1970년대 대중예술 중에서 그 시대를 대표할 만한 두 작품 <별들의 고향>과 <겨울여자>를 중심으로 소설이 영화로 각색되는 과정을 통해 그 속에 투영되어 있는 당대 대중들의 욕망과 의식을 짚어보았다.

　우선 주목되는 것은 영화와 소설에 공통적으로 드러나는 특징인 도시적 감수성의 표출인데, 각 작품 속에 나타나는 공간은 모두 도시였고, 그것은 또다시 주거공간과 유흥의 공간으로 구분되어 구체화된다. 주거공간은 부유함과 사회적 성공, 안정적 생활을 반영하는 서구적 개념의 양옥과 당시 새로운 주거공간을 각광받아 도시의 미관을 바꾸어나가던 아파트로 정리되는데, 이 공간들은 모두 전통적 주거공간과는 달리 기능적으로 분리된 개인의 공간과 발달된 제반 설비 시설을 통해 은폐된 개인의 사생활을 적극적으로 펼쳐낼 수 있는 공간이었다. 또한 주인공들을 중심으로 움직인 도시의 다른 공간들은 술집과 놀이공원, 수영장 등 가장 원초적인 욕망들이 충돌하고 직접적으로 소비되는 공간으로, 도시가 지닌 소비와 향락의 본질, 그리고 그것이 만들어내는 소비와 전유에 대한 계급적 차이를 교묘하게 은폐하면서 젊음의 열정과 쾌락의 감정이 충족되는 공간으로 그려져 있다. 도시공간에 대한 강조는 경제개발의 가시적 성과를 직접적으로 그려내고 있으며, 이를 통해 당시 대중들은 성공에 대한 욕망, 경제적 안정에 대한 욕망, 그것의 결합체인 도시 생활에 대한 욕망을 적극적으로 소구해내고 있는 것이다.

　본격적으로 각색과정에서 나타난 변화와 그것의 의미를 살펴보면, 두 작품 모두 인물의 총체적 삶을 그려내는 소설과는 달리 경아와 이화라는 주인공 여성의 행동과 그들의 궤적을 따라가는 데 초점이 맞추어지는데, <별들의 고향>에 나타난 경아의 경우는 그녀와 관계한 남자들을 중심에 놓고 그녀가 자살할 수밖에 없었던 정황들을 에피소드적으로 펼쳐내고 있다. 따라서 경아와 직접적 관계를 맺지 않은 주요 인물 혜정이 제거되었고, 문오의 끝없는 고민과 그의 재생 공간인 고향이 영화 속에서 배제되었다. 이는 단순한 공간의 배제라기보다는 서사의 중심을 경아에게만 한정한 결과로, 이렇게 각색된 영화는 대중들에게 경아의 비극적 종말에 대한 연민을 느끼게 함과 동시에 경아의 발랄하고 자유분방한 성격과 욕망의 직접적 표출을 통해 대리만족을 느끼게 한다. 즉, 경아는 대중들에게 '그렇게 살면 안 된다'는 교훈적 인물임과 동시에 '그렇게 살 수도 있다'는 가능성을 던져준 존재로, 기성의 도덕관념을 거스르고자 하는 대중들의 욕망을 발견할 수 있는 인물이었다.

<겨울여자>는 이화의 성처녀로서의 면모를 강조하는 방향으로 각색되는데, 그 성스러움을 미화하고 포장하기 위해 공간과 인물이 대거 변화된다. 소설 속 이화의 가장 치열하면서도 초라한 공간인 천변의 이발소와 그 속에 존재하는 인물이 배제되었고, 이화가 몸을 통해 위안을 준 많은 남성들이 생략되었으며, 현실에 대한 고민을 안겨줄 여러 요소들이 가볍게 처리되어 버렸다. 따라서 성처녀로서의 이화는 모든 이들에게 성스러움을 베푸는 존재가 아닌 상처 입은 남성들만을 대상으로 한 성처녀였음을 확인하게 된다. 결국 표면적이나마 주체적으로 남성들과 관계를 맺어 그들을 위안하고, 그것에 대한 책임을 묻지 않으며 편안하게 떠나보낼 수 있는 성처녀로서의 이화라는 인물이 지닌 특성은 여성을 욕망하고 소비하는 대중들에게 책임감과 죄의식을 부여하지 않으려는 의도로 파악되며, 이는 경아로 대표되는 비극적 인물에 비해 더욱더 적극적으로 기존의 관습보다 자신들의 욕망에 충실하고자 한 대중들의 인식을 구체적으로 구현하는 인물로 형상화되었다.

경아와 이화로 대표되는 두 여성 주인공은 일상생활까지 강제되던 1970년대 대중들을 위안해주는 안식처의 역할을 하면서 대중의 현실 도피적 성향을 더욱 부추겼다는 혐의를 지울 수 없지만, 지배계급이 대중문화 전면에 걸쳐 대중조작을 꾀하던 시기, 모든 대중예술이 반드시 추구해야 할 이념적 근거인 유신이념을 강조하여 대중의 일상까지도 조직화하고 장악하려 한 1970년대 지배계급의 논리에 대해 대중들은 그것을 일정 정도 수용하는 한편, 경제개발로 인해 촉발된 자유분방하고 개인적이며 도시적인 대중의 욕망을 대중예술 속에서 소극적이나마 은밀하게 표출하고 있는 것

이다.

　대중예술은 대중들에게 오락이자 위안이며, 지배이데올로기를 무의식적으로 노출하여 그들의 의식을 공고화하는 기제임과 동시에, 그들의 욕망을 가장 직접적으로 드러내고 충족시키는 예술이다. 바로 이 점으로 인해 대중예술·대중문화는 지배이데올로기와 그것에 저항하는 대중의 이데올로기가 직접적으로 충돌하는 공간이며, 이것에 대한 헤게모니가 어디로 옮겨가느냐에 따라 다양한 대중문화 현상과 흥행에 성공한 대중예술 작품이 출현하는 것이다. 따라서 대중문화와 대중예술은 그 시대의 상충하고 혼재하는 이데올로기들을 분석하고 살펴보는 데 있어서 매우 중요한 연구 대상임에 두말할 필요가 없다. 지금도 사회적으로나 정치적으로 끊임없이 호출되는 1970년대의 의미를 보다 면밀히 하기 위해서는 이 시기 많은 대중예술에 대한 분석이 진행되어 그것을 통해 대중의 일상과 이데올로기를 재구성하는 작업이 지속되어야 할 것이다. 1970년대는 이미 지나간 시기이지만, 이 시기 대중예술은 '추억'이라는 미명하게 현재에도 영향을 미치고 있기 때문에 이에 대한 지속적 연구의 의미는 크다고 할 것이다.

참고문헌

1. 기본 자료

김호선 감독, 영화 <겨울여자>, 1977.
이장호 감독, 영화 <별들의 고향>, 1974.
조해일, 『겨울여자』 상·하, 문학과 지성사, 1976.
최인호, 『별들의 고향』 상·하, 샘터, 1994.

2. 단행본 및 논문

강영희, 「이장호 감독론」, 동국대 석사논문, 1993.
강준만, 『평화시장에서 궁정동까지 2권』, 인물과사상사, 2002.
곽승숙, 「1970년대 신문연재 소설의 여성인물과 '연애' 양상 연구」, 『여성학논집』 23호,
　　　이화여대 한국여성연구원, 2006. 12.
김미지, 「<별들의 고향>을 통해 본 1970년대 대중문화와 문학의 존재양상에 관한 일
　　　고찰」, 『한국현대문학연구』 13집, 한국현대문학회, 2003. 6.
김원규, 「1970년대 최인호·황석영 소설에 나타난 성과 신체의 의미」, 연세대 석사논문,
　　　2000.
김은하, 「산업화시기 남성 고백담 속의 여성 육체-「별들의 고향」을 중심으로」, 『한국근
　　　대문학연구』 4권 1호, 한국근대문학회, 2003. 4.
김창남, 『대중문화의 이해』(개정판), 한울아카데미, 2003.
김현주, 「1970년대 대중소설 연구」, 연세대 박사논문, 2003.
　　　　, 「1970년대 대중소설의 '육체' 담론」, 『여성문학연구』 10호, 한국여성문학학회,
　　　2003. 12.
문현아, 「박정희시대 영화를 통해 구현된 여성이미지 되짚어 보기」, 『박정희시대 연구』,
　　　백산서당, 2002.
박철수, 「대중소설에 나타난 아파트의 이미지 변화과정 연구」, 『대한건축학회논문집 계
　　　획계』 21권1호, 대한건축학회, 2005. 1.
서동훈, 「소설의 영화화에 따른 서술방식 변모양상 연구-<영자의 전성시대>를 중심으

로」, 『대중서사연구』 10호, 대중서사학회, 2003. 12.

서울사회과학연구소, 『근대성의 경계를 찾아서』, 새길, 1997.

송은영, 「대중문화 현상으로서의 최인호 소설」, 『상허학보』 15집, 상허학회, 2005. 8.

안낙일, 「1970년대 대중소설의 두 가지 서사 전략」, 『한국문학이론과 비평』 9집, 한국
    문학이론과비평학회, 2000. 12.

에드워드 소자, 이무용 외역, 『공간과 비판사회이론』, 시각과언어, 1997.

이길성·이호걸·이우석, 『1970년대 서울의 극장산업 및 극장문화 연구』, 영화진흥위원
    회, 2004.

이병천 역, 『개발독재와 박정희시대』, 창비, 2003.

이선영, 「최인호 장편 소설의 영화화 과정 연구」, 서울대 석사논문, 2002.

이임자, 『한국 출판과 베스트셀러 1883~1996』, 경인문화사, 1998.

이정옥, 「산업화의 명암과 성적 욕망의 서사」, 『한국문학논총』 29집, 한국문학회, 2001.
    12.

정덕준, 「1970년대 대중소설의 성격에 관한 연구」, 『한국문학이론과 비평』 16집, 한국
    문학이론과비평학회, 2002. 9.

정종화, 『자료로 본 한국영화사2-1955~97』, 열화당, 1997.

철학아카데미, 『공간과 도시의 의미들』, 소명출판, 2004.

최정화, 「1960~70년대 한국 멜로드라마 영화의 여성 주체성 형성에 관한 연구」, 서울
    대 석사논문, 2002.

현택수 외, 『문화와 권력』, 나남, 1998.

정전과 동원

-1960~70년대 역사물을 중심으로-

차 원 현

1. 서 론

정전은 문학의 장 내부에서 사회 구성원 개인을 단일화된 민족 혹은 균일한 국민으로 통합해내는 문학 제도의 하나로서, 정전화 작업은 문화 단위에서 이루어지는 국가 동원체제의 핵심 중 하나이다. 원론의 차원에서 볼 때, 정전이 구성되는 방식에 대해서는 세 가지 견해가 존재한다. 그 하나는 정전 자체가 갖는 고전으로서의 예술적 가치와 그것의 불변하는 보편성, 지속성 때문에 독자 대중들이 자연스럽게 선택하게 된다는 것이며, 또 하나는 권력과 문화적 헤게모니를 가진 집단이 자신들의 헤게모니를 정당화하기 위한 이념적 형식으로 그것을 선택한다는 것이다. 마지막으로는 사람들의 의도와 직접적인 관계없이 더 광범한 문화의 운동 법칙에 의해 구성된다는 견해가 있다.

첫 번째 관점이 정전 텍스트가 지닌 고전으로서의 보편성과 지속성을 강조하고 그에 입각한 문학적 가치 준거의 모범 틀로서 활용·발전시키는 데 관심을 갖는 문학주의적 태도를 견지한다면, 이에 비하여 정전을 헤게모니 투쟁의 산물로 보는 견해는 문학을 포함한 문화 현상이 정치나 정치적 이데올로기와 분리될 수 없는 것이라는 관점에서 출발하고 있다. 이 견해에 의하면 정전 목록은 어떤 특정집단의 이데올로기가 반영된 실체로서 자신들의 지배 이데올로기를 정당화하기 위하여 작성된 것에 불과하다. 정전은 항상 유동적인 것으로 권력투쟁의 결과에 따라 달라질 수 있으며, 예컨대 노동자 계급이나 여성 등 다른 집단들과의 헤게모니 투쟁의 결과에 따라 수정될 수 있다고 보고 있다.

이런 태도는 문화 법칙에 의하여 정전이 구성된다는 견해에서도 유사한 방식으로 견지되는데 이 경우 정전은 학습이 이루어지는 학교나 문화 상품을 생산 보급하는 문화 자본이 의도적으로 추구하는 문화 재생산의 결과를 반영하여 그 목록이 확정된다는 것이다. 이 과정에는 지배 계급의 이데올로기를 확대 재생산하는 제도라고 할 수 있는 학교나, 자본주의 생산과 소비 구조에 작용하는 자본가의 이해가 작용하지만 그것이 직접적이고 노골적인 방식으로 이루어지는 것은 아니므로 결과적으로 정전 확정 작업이나 목록 자체보다는 이런 텍스트를 선택하거나 해석·평가하여 교습하는 과정에서 이데올로기가 어떻게 작용하는가를 살피는 일이 중요해질 수밖에 없다.

이상의 세 견해들은 모두가 정전이라는 실체를 인정하고 이 정전이 어떻게 구성되느냐는 원리에 주목하고 있다. 다만 후자의 두 견해들은 전자의 일반적인 개념에서의 자율적인 정전 형성론을 비판하고, 정전이 절대적인 권위를 지닌 것이 아니라는 점과 새로운 텍스트의 생산과 보급에 따라 정전 목록은 끊임없이 수정되고 보완된다는 점을 강조하고 있다. 이 경우 정전은 정치적 이데올로기의 차이에서 생기는 헤게모니 투쟁의 산물이거나 그것이 유통되는 사회를 지배하는 문화 법칙이 작용한 결과의 산물로 간주된다.

문학이 항상 그 외부의 사회와 어떤 방식으로든 소통하고 있으며 사회에서 발생하는 갈등을 주요한 내적 계기로서 포괄하고 있다고 보는 문학사회학적 입장에서 보면 문학 작품은 특정한 이념 체계를 구현하며 이런 이념 체계는 문학 작품의 언어, 인물, 행동 등으로 구체화되어 나타난다. 문학 작품에 나타난 묘사나 서술, 대화와 같은 언어적 현상이나 인물, 배경, 행동 등을 해석하고 감상하는 일 자체가 작품이 실현하고자 하는 이념을 체득하는 장치로 기능하는 것이다. 그러므로 작품의 장르적 성격에 따라 이념의 표현 및 수용 양상은 다르게 나타날 수 있지만 문학적으로 형상화된 특정 이념들이 나름의 이념 체계를 더욱 공고히 하는 방향으로 작용하면서 서로 다른 이념들과 경쟁 관계를 이루는 것이 문학적 헤게모니가 관철되는 문학 장의 현실이라 볼 수 있을 것이다. 결국 어떤 문학 담론도 사회적으로 독립적일 수 없으며 이런 사회의 이념에서 자유스러울 수 없다고 할 것이다. 바흐찐은 이런 이념을 표현하는 장치나 요소를 이념 그 자체와 구분하기 위해 이념소(Ideologeme)라고 명명하고 있다. 그에 따르면 문학 현상은 이념소에 의하여 구현되고 있는 이념 표현 형태이며 이 이념소들을 통하여 특유한 이념이 자신을 관철하고 있는 것에 지나지 않는다. 이념을 담고 있는 문학 텍스트를 평가하고 감상하는 단계는 이런 이념소를 분석하여 그 특징을 알아내고 이념소에 담긴 이념이 작품의 창작과 해석, 감상, 수용의 단계에서 어떤 방식으로 일관되게 작용하고 있는 것인지를 확인하는 것이라고 할 수 있다.

본 연구는 정전이 일단 확정되면 영원히 불변하는 권위를 지닌 것이 아니라, 그것이 터전을 삼고 있는 현실 사회의 문화적 요구와 힘의 이동에 따라 변화하게 된다는 위의 관점에 찬성하는 입장에서 1960~70년대의 공인된 역사물들이 어떤 사회적 헤게모니 논리 하에서 창작되고 유통, 소비되었는지를 살피고자 한다. 역사물은 항용 위기담론의 하위 장르로서 자신의 시대를 위기의 시대로 규정하고 싶어하는 이들의 전유물이었다. 일찍이 니체는 역사에 대한 태도를 기념비적인 것과 골동품적인 것, 비판적인 것으로 나누었거니와 선명한 차이에도 불구하고 삼자 공히 그 속에는 역사 점유에 대한 집단적 열망이 내연하고 있다는 점에서는 공통된다 할 수 있다. 지나간 시대의 기억을 누가 먼저 포착, 점유하느냐라는 문제는 역사의식에 눈뜬 이래 현재의 정당성을 과거에서 구하는 이른바 헤게모니 투쟁의 일환이었던 것이다. 문학사적으로 보드라도 변혁기의 위기 담론에는 항상 역사물을 위한 자리가 마련되어 있었다. 국가의 운명이 풍전등화의 처지였던 애국계몽기의 위기 담론에서 대중들에게 조국 수호의 신성한 사명을 일깨웠던 위인·전기류의 민족 영웅담이 그러했고, 천민들의 반역의 역사를 통해 혁명의 열정을 고취하려 했던『임꺽정』류의 민중 영웅담과 수난사를 중심으로 직조된 민족 대하소설에 이르기까지 역사물은 위기 담론의 한 하위 장르로써 역사적 주체를 확인, 확보, 재건하고 그럼으로써 집단적 통합을 꾀하려했던 정치·사회·문화적 기획의 일환이었던 것이다.

물론 문제가 없을 수 없다. 과거의 충실한 재현이란 말처럼 쉬운 것이 아니다. 올곧은 세계 이해의 불가능성을 들어 플라톤이 시의 효용성에 의심의 눈초리를 보냈듯이 역사소설 역시 자신의 언어가 과거를 그 현재적 관심에 입각해 정확히 재현해내고 있는지를 끊임없이 감독당해야 하는 처지에 놓여 있기 때문이다. 현재적 관점에 입각해 과거를 실용적으로 동원해도 된다는 식의 역사의식은 항용 문학의 언어에 구속으로 작용하게 마련이다. 1960~70년대의 역사물은 이런 류의 헤게모니 쟁탈전의 양상과 그 한계가 비교적 선명하게 상연된 무대였다. 위로부터 주어진 국가 주도의 경제적 근대화와 시민 사회의 자율적 발전이라는 과제가 상호 모순된 시대적 과제로서 주어지면서 역사의식 고취를 위한 전범을 만들어 내는 일이 문학 쪽에 할당되자마자 당대의 역사물들은 자신의 언어에 대한 성찰 없이 급전직하 시대의 요구에 밀착한 진영(陣營) 문학의 하위 장르로 편성되었고, 각각의 이념과 취향에 따라 계열화되고 동원되었다. 진영의 논리와 이념에 따라 역사의 줄기는 재편성되었고 인물과 사건은 교화적 동기에 입각해 각각의 색깔로 채색되면서 강력한 집단적 공감과 열정을 환기하는 방향으로 가공되었던 것이다.

2. 국가 담론과 역사의 동원

1960~70년대에 간행된 역사물 중 유독 눈에 띄는 것은 위인·전기류의 간행이 활발했다는 사실이다. 항용 위인·전기류는 자라나는 청소년 세대에게 역할 모델을 제공하거나 성인들에게 처세술 정보를 제공하는 기능을 담당하고 있는 것인데, 이 시기 위인·전기류는 그런 기능에 충실하기보다는 주로 민족 단위의 영웅들을 전범으로 한 국민서사로의 성격을 강하게 띠고 있다는 점이 특징이다. 설혹 제시되고 있는 위인이 민족적 영웅의 범주에서 벗어난 과학자나 사상가의 경우라 할지라도 주된 초점은 지식의 갱신과 축적이었으며 그러한 축적이 국가나 공동체의 발전에 얼마만한 기여를 하고 있는가란 사실이 우선적인 관심사로 설정되고 있었다. 한마디로 '성공'과 '발전'이란 화두가 이 시기 역사물의 주된 관심사였고 실제 시장에서 주로 소비되는 대상이었던 것이다.

역할 모델군에 속하는 위인들을 다루고 있는 위인·전기류는 주로 '세계위인전집'을 통해 소비되었다. 이 전집들은 주로 근대화의 물살을 타고 등장한 중산층 시민가정의 자녀들에 의해 소비되는 교양도서로서 시장에서 유통되고 있었고 정치적인 색채로부터 상대적으로 자유로운 처지에 있었다. '세계위인전'이라는 타이틀을 달고 있는 마당에 예컨대 세계3대 성인 중 어느 한 분을 뺄 수는 없는 노릇이므로 종교적 편견이나 시대적, 인종적, 이념적 장벽이 없었으며 심지어 어떤 경우는 마르크스를 <정치경제학>을 창시한 지식인으로 소개하는 경우조차 있었다.[1] 물론 직업 혹은 직분 단위로 세분화된 위인전은 그것이 갖는 기능주의적 속성 때문에 다분히 탈이념적 산업화를 추구했던 당대 지배계층의 입맛에 맞는 것일 수 있었다. 산업화의 부산물로 나타나는 계급 대립과 이념 분화 및 그로 인한 사회적 갈등을 회피하고 싶었던 당대 지배블럭의 입장에서 보자면 공인된 보편적 가치를 기준으로 편집된 기능주의적 차원의 '세계위인전' 같은 것이야말로 자라나는 세대에게 현실순응적인 정체성을 부여하기 알맞은 장르였을 것이기 때문이다. '세계위인전집'들의 내용 또한 긍정적이고 진취적인 자기 경영을 강조하고 있다는 점에서 체제 순응적인 것이었다. 특히 청소년물 같은 경우 축약된 서술 방식 때문에 위인들의 위대함은 대개 자신이 처한 환경이나 운명과 개인이 성실하게 맞서 싸운 성취담이 주류를 이루었으며, 공과에 관한 판단 역시 개인이 사적 이익을 넘어 그가 속한 시대와 공동체에 어떤 기여를 하고 있는가가 주요한 기준으로 제시되고 있었다. '세계위인전집'의 공동체 우선주의적 경향은 1960~70년대만의 문제는 아니었고 무엇보다 청소년물 시리즈 '위인·전기'라는 것이 본래 정직과 성실, 근면, 소명 의식, 추상적인 인본주의 같은 인류 공동체의 보편적 가치를 강조하는 속성을 가졌기 때문이라고 봐야 할 것이다.

청소년들에게 역할모델을 제시하기 위해 출판된 '세계위인전'이 비교적

---

1) 김기동·권순만·하정옥 공편저, 『세계위인전백선』, 한국출판사, 1965.

역사물에 관한 시대적 요구와 동떨어진 곳에서 소비되고 있었다면, '한국
위인전' 쪽은 사정이 달랐다. 전술한 것들이 자라나는 세대에 대한 시민
교육이나 성인들을 대상으로 하는 교양 제공을 주된 목적으로 발간되고
있었다면, '한국위인전'은 주로 민족 단위의 영웅들을 전범으로 한 국민서
사로의 성격을 강하게 띠고 있었다. 예컨대 해방 이후부터 1980년대 초반
에 이르기까지 이름을 달리하며 거듭 발간된 『대한위인전』의 경우,[2] 수록
된 위인 목록 자체가 광개토대왕, 을지문덕, 고려태조, 강감찬, 이순신 등
주로 무인들과 민족의 영웅들을 중심으로 구성되어 있다. 연대순으로 위
인들을 나열했다는 점을 감안하드라도 민족의 영토를 확장한 광개토대왕
이 첫머리에 나와 있고, 그 뒤를 잇는 인물들이 주로 이민족으로부터 한민
족을 구한 민족 보존 전쟁을 주도한 위대한 전사들의 이야기로 채워져 있
다. 이는 결국 이 책이 한민족과 이민족간의 대립·투쟁·발전의 역사가
곧 우리 민족사의 구체적 내용이라는 신민족주의식 사관에서 한 발자국도
벗어나지 못했다는 사실을 드러내는 것으로, 그 중에서도 특히 전선의 현
장에 존재했던 전사들의 무용담에 근거한 위인전이라는 사실을 노골적으
로 강조하고 있다고 할 수 있다.

한마디로 말해 전투적 민족주의에 입각해 저술된 책이라 할 수 있을 터
인데, 이 책이 표방하고 있는 강성 민족주의는 동일한 무인 반열로 분류가
능한 김춘추나 김유신 등이 위인 선정에서 배제된 이유를 설명하고 있는
편자의 말에서도 확인된다. '외세의 힘을 빌어 동족국가를 멸망시킨 신라
의 삼국통일은 극히 불완전한 통일'[3]이라는 것이 그 내용인데, 이런 식의
역사인식은 '국가는 성쇠하나 민족은 영원하다'는 식의 절대화된 민족의
식의 산물이라고 하지 않을 수 없다. 내용상으로도 민족의 자기 보존을 지
상의 절대명령으로 부여받은 영웅들의 소명의식과 자기희생적 에토스를

---

2) 장도빈, 『대한위인전』, 아세아문화사, 1981.
3) 장도빈, 「대한위인전해제」, 『대한위인전』, 아세아문화사, 1981 참조.

전면에 내세우고 있으니 가히 전장의 기록이자, 전선의 담론이라 할 만한 전투성을 보여주고 있다. 1960~70년대의 위기담론이 내부의 전열을 가다듬는 교술적 서사의 생산을 강요한 결과였다.

1969년도에 최근학이 편집하여 주로 고학년의 아동물과 청소년 대상 독서물로 읽혔던 『한국위인전』의 경우[4] 역시 사정은 마찬가지인데, 수록된 위인들은 주로 민족의 기원에 관계된 이들이거나 민족의 최전선에서 싸워 나라를 지킨 전사들, 내정 안정에 복무한 관료들, 민족의 문화를 발전시킨 위인들로 구성되어 있다. 이 책은 발문에 백두산 천지를 사진으로 담고 있고 해설을 붙이기를, '여기 겨레가 있고 얼이 있고 역사가 있다'고 하여 역사의 근본 의의를 집단화된 민족의 자기 보존과 민족얼의 창신에 두고 있음을 분명히 하고 있다. 민족의 자기 보존이라는 절대 명제에 더하여 민족얼의 창신이라는 제도적·문화적 차원의 발전을 민족의 과제로서 덧보탠 셈인데, 후자의 문화적 경향이 위기에 처한 민족의 자기 성찰과 윤리적인 갱신을 촉구하고 있는 것이 아님은 물론이다. 이 경우 민족얼의 창신에 대한 요청은 문화적 발전이 민족 보존을 뒤따르는 제2의 과제라는 사실의 지적에 다름 아니며, 이를 위해 개인의 사심 없는 헌신과 희생을 요구하는 집단화된 파토스의 또 다른 이름에 지나지 않는다. 개인에로 향하는 일체의 정동은 사적 이익에 맹목적으로 붙박혀 있는 어두운 숙명이며, 즉물적으로 존재하는 개인은 공공의 우선성이라는 지상명령에 언제든지 겸허하게 불려나와 헌신함으로써 민족의 존립 목적에 걸맞게 가공되어야 할 원재료로서, 동원가능한 예비 전사로서만 그 의의를 인정받는다.

생존과 발전을 위한 동원과 통합이 근대화 이후 저발전 국가의 단계에 머물러 있던 당대의 통정적 가치로서 절실하게 요구되는 가치들이었다는 사실이야 십분 이해한다 치더라도, '통합'이라는 아젠다를 두고 이 책이

---

4) 최근학, 『한국위인전』, 경학사, 1969.

어떤 기획을 추구하고 있는지는 위인을 분류하는 방식에 도덕적 규범들을 외삽하는 방식으로 책의 편집이 이루어지고 있다는 점에서 잘 나타나 있다. 예컨대 「아버지를 찾아온 유리 태자」 항목에는 주제어로 '효제(孝悌)'를 넣어 부모에 효도하는 일의 중요성을 가르치려 한다든지, 「황희 정승」 항목에는 '청렴결백'을, 「신입장군」 항목에는 '무혼' 등을 배치하고 있는 점을 볼 때, 이른바 전통사회 공동체 도덕의 핵심에 존재하는 멸사봉공의 윤리 하에 근대화된 일반 대중들을 소환하고 집결시킴으로써 균일화된 민족 구성원을 만들어내려는 국민 기획의 일환이 당대 위인전의 핵심에 존재한다는 점을 알 수 있다.

한편 이 책은 그 마지막 부분을 '애국정신' 혹은 '애국애족' 등, '애국'이란 화두를 중심으로 근세사 인물들을 소환하는데 할애하고 있는데, 대상 인물들은 대마도주로부터 울릉도를 지킨 것으로 평가되는 안용복과 순국지사 민영환, 의사 안중근, 순국소녀 유관순이다. 울릉도를 지키기 위해 귀양을 마다하지 않았던 안용복을 제외하면 멸사봉공의 자세로 순국을 택한 분이 세 분이다. 올바른 일을 행하려는 의기와 죽음이 결합되면서 민족을 위한 자기희생이라는 주제가 전면화되고 있는 셈인데 이 자기희생이 사적 영역과 공공 영역을 자유롭게 유영하면서 스스로의 주체성을 구성해내는 근대적이면서 주체적인 개인에 대한 의식으로부터 출원한 것이 아니라, 봉건시대의 선공후사적 덕목을 강조한 데서 출원한 것이라는 점은 문제다. 구성하고 개혁하며 합심해서 돌보아야 할 공화적 대상으로서가 아니라 되돌아가 통합되어야 할 원천으로서 민족을 혹은 국가를 설정하는 퇴행성을 보이고 있기 때문이다. 공공의 적으로서 타민족인 일본을 겨냥하고 있고 그 양상이 전 생애를 건 결단과 그에 따른 전투의 양상을 띠고 있다는 점 역시 군국주의하 일제가 저질렀던 국민총동원의 양상을 답습하는 폭력적인 전선 분할의 형태라 하지 않을 수 없다. 민족의 자기 보존과 발전이 획일화된 윤리적 기준하에 동원된 예비 전사들의 양육에 초점을 맞추고 있었고, 그마저도 민족이라는 이름의 배타적 전선에 전사를 소환하는 방식으로 이루어지고 있다는 것이 이 책을 통해 본 당대 위인전의 일반적인 양상이었음을 확인할 수 있다.

역사 담론이 과거에 대한 반성과 겸허한 자기 성찰의 차원을 이탈해 민족의 과시적인 자기 정체성 확립이라는 차원과 연관될 때 문제되는 것은 그것이 기본적으로 한 민족의 자기 정체성을 구심(求心)의 방향으로 응축시키면서 스스로를 고립시키고 배타적인 독선 속으로 구성원들을 몰고간다는 점에 있다. 흔히 배외주의나 외국인 혐오증(Xenophobia)의 뿌리가 거기 있거니와, 문제는 이런 류의 병리적 현상이 태평양 라인 국가들과의 개방적인 결합을 통해 근대화를 추진하려 했던 당대의 국가적 상황이 낳은 이데올로기적 현상이라는 사실에 있다. 이런 현상은 전장의 파토스는 장군의 에토스를, 그리고 정부의 이성을 요구한다는 클라우제비츠의 전쟁론이 묘사하고 있는 상황과 안성맞춤으로 맞아 들어가는 상황이기도 하다. 정부의 이성과 전사의 에토스 그리고 국민의 파토스가 삼위일체로 정립되었을 때 승리하는 전쟁을 수행할 수 있다는 식의, 이른바 '전쟁을 수행한다'는 집단 심리가 당대의 역사물 속에 본질적으로 내재하고 있었던 것으로 보인다.

승리에 대한 열망과 물 샐 틈 없는 자기 경영, 자유자재한 전술 능력, 전선을 효과적으로 운영하고 전력을 최상의 상태로 유지하기 위해 요구되었던 것은 총화·단결의 이념이었고 자기희생, 헌신의 윤리적 자세였으며 무엇보다 이러한 것들을 가능케 하는 위기 감각이었다. 항용 전장은 내부의 갈등을 허용하지 않는 법인 까닭에, 성찰의 윤리성은 진영을 구분하지 못하는 우둔한 자의 담론이거나 두 마음을 품은 자의 허언에 지나지 않았을 것이다. 내부의 갈등은 용납되지 못하며, 일상의 발판 위에서 사적인 삶을 추구하고자 했던 시민들은 모범적인 국민의 범주에서 제외되었고 시대의 '올바른' 서사에서 자신의 자리를 찾지 못한 채 삭제되었다. 숭고한 대상으로서의 민족 혹은 민족의 역사는 그것을 경배하며 자신의 열정을 그것에 투사함으로써만 국민으로서의 삶을 구성할 수 있는 절대 다수로서의 균일화된 개인들을 만들어내는 일에 동원되었고, 위인·전기류는 그러한 역사를 가공하는 문학적 도구로서 존재했다.

1970년에 편찬된『위인전 ─ 민족을 이끈 위인』(필중서관 편집부, 필중서관, 1970)은 일반인 교양물로 기획된 책으로 김구와 김성수, 박정희, 신익희, 윤보선, 이승만, 조병옥 등 해방 후 정국을 이끈 정치인 중심 위인전이었다. 이 책의「서문」은 민족사를 '수난사'로 파악하고 있다. "수난의 기억이 역사속에서 망각되고 있다는 것, 따라서 수난의 민족을 인도한 위인들의 투쟁사는 우리 겨레의 오늘과 영원한 앞날에 길이 <거울>이 되리라 믿어지는 이 <전기>를 마련함에 한층 그 의의가 큰 것"이란 식의 발간사가「서문」에 주어져 있다. 철저하게 정치인 중심으로 편집되었다는 점, '독립투쟁'과 '반공'을 두 개의 준거로 설정한 뒤 "민족은 영원불멸의 존재요, 국가는 왕래하는 존재이다"라는 슬로건을 끌고 들어와서 민족의 절대성을 강조하고 있긴 하나 그것은 수사에 지나지 않고 결국 민족주의와 반공이 결합한 형태 특히 민족주의가 반공의 하부에 자리잡아 복속되어 있는 형태의 전기를 지향하고 있다는 점에서 전형적인 1960~70년대식 이념 위에 서 있는 위인전의 형태를 띠고 있다. 우익 정치인 중심, 반공이라는 커트라인을 설정함으로써 민족 단위가 아니라 자유주의 이념의 정통성 위에 서 있는 분단된 남한 단위의 위인전을 기획한 셈이다.

이 책은 특히 박정희를 '당쟁의 부패를 일소한 5·16 군사혁명의 지도자'로 소개하면서, 그를 '우리 겨레의 어두움에 빛을 밝혀준 참다운 태양'으로 기록하고 있다는 점에서 당시 정권의 정당성 확보를 위해 제작된 팜플렛의 수준을 보여주고 있다.5) 재미있는 것은 조병옥 박사를 소개하는

---

5) 첫머리에 이승만을, 중간쯤에 이기붕을 소개한『한국근세위인전』(오재식 편, 행정신문사출판국, 1958)과 비교해 보면 이 책이 팜플렛임을 미루어 짐작할 수 있다.

대목에는 '빈대 잡자고 초가삼간 불태울 수 있으리!'라는 식의 해제를 붙여두고 있고, 김구의 경우, '겨레와 더불어 숨쉰 님 눈물 바다 만들다니!'를, 신익희 초상이 게재된 면의 하단에는 '갈증난 민주주의 백사장에 모였건만!'의 표제어를 붙이는 등, 해당 위인의 사진을 게재한 후 그에 붙이는 짤막한 설명문들이 이 책의 편집 의도를 잘 드러내고 있다는 점이다. 이 짤막한 해제들은 결국 당대 독서대중의 평균적 상식과 연결되는 것일텐데, 5·16 정권이 4·19의 민주주의를 계승하고 있다는 당시 정권의 자기 인식이 신익희에 대한 우호적인 평가로 이어지고 있다는 점이나 이승만을 두고 '호랑이도 죽을 때는 제 집을 찾는다고!'라고 묘사한 대목은 혈연과 지연을 강조하는 종족적 민족주의가 자연스럽게 표현된 경지라 할 만하다. 전체적으로 보아 민족주의를 자신의 하위 가치로 설정한 잠재적인 반공적 성향과 노골적인 정권 예찬이 역사물의 외피를 입고 나타난 사례라 할 만하다.

　개괄적으로 보아 1960~70년대에 출판된 위인·전기류는 정치적 팜플렛의 수준으로부터 교양물에 이르기까지 일관되게 민족 단위의 자기 보존과 발전이라는 폐쇄적인 집단주의적 가치 하에 편집되고 있음을 알 수 있다. 지배블럭으로부터의 간섭과 영향으로부터 상대적으로 자유로웠던 '세계위인전'류조차도 공공의 가치를 전면에 배치하여 개인보다는 공민(公民)의 정체성을 각인시키는데 골몰하였다. 항용 위인·전기라는 장르 자체가 국민의 서사로서 출범한 것이라는 사실을 감안한다 하드라도 매우 노골적인 현상이었던 것으로 파악되는데, 이는 당대의 한국 사회가 기본적으로 자신의 시대를 위기의 시대로 규정하고 있었기 때문이었다. 일제에 의해 국권이 상실된 식민지 시기의 민족담론이었던 신민족주의가 한국사 교과서술의 원칙으로 부활한 사실이나 기본적으로 전장의 서사였던 무훈담들이 위인·전기류의 핵심을 이루고 있었다는 사실이 이를 증명한다. 한국사가 한민족과 이민족간의 대립·투쟁·발전의 역사라는 주장은 민족사가 기본적으로 전장의 기록, 전사의 담론임을 뜻한다. 무릇 전사들만이 한국사의 현장을 지킨 산 증인들이었기 때문이다. 후방의 대중들에게 남겨진 몫은 전사들에 대한 예의를 지키고 승리의 염원 하에 일치, 단결하며 전투의 예비대로서 스스로를 주조하는 일이었다. '총화'와 '단결'은 시대의 슬로건이자, 지상 명령이었다.

3. 이순신이라는 아이콘

「『이순신』을 읽다가 부부싸움 한 이야기」[6]는 1930년대 중반에 간행된 이광수의 『이순신』을 읽다가 생긴 일화를 소개하는 한 독자의 이야기다. 군국주의화한 일제의 만행이 제2차대전을 향해 치닫던 시기에 단행본으로 출판된 이광수의 『이순신』을 손에 잡고 밤을 새워 읽었다는 것, 책 읽기가 '맹군(盲君) 선조대왕'과 원균의 모함 등, 간신의 감언이설에 현혹된 군주로 인해 국가와 민족의 재생불능적인 패망이 확실시되던 절망적인 위기 상황 등에 이르자 민족사 전체의 불구와 오욕에 생각이 미쳤다는 것, 그때문에 '주변머리 없는 못난 조상들'에 실망했지만 오직 충무공 어른 한 분에 대해서는 참마음으로부터 솟구쳐 올라오는 '존경과 동정'을 드린다는 내용 등이 담겨져 있다. 전체적으로 보아 이 글이 작성된 1970년대 후반기의 이순신에 대한 대중의 생각을 잘 반영하고 있는 글이다.

이 글이 흥미로운 것은 일상을 살아가는 한 소시민이 어떤 경로를 통해 민족이라는 집단의 일원으로 자신을 재인식하고 자기 삶의 총체성을 민족 단위에서 조망하면서 국민의 일원으로 호명되는가라는 점을 잘 보여준다

---

6) 차칠선, 「『이순신』을 읽다가 부부싸움 한 이야기」, 『상서』 2권, 한국장서가회, 1979.

는 사실에 있다. 승리를 향한 '국가의 이성'과 결집된 '국민의 파토스'가
부재하는 마당에 오롯이 빛나는 이순신의 '장군으로서의 에토스'만이 위
기에서 민족을 구한 숭고한 행위로 격상되고 있으니, 무능함으로 인해 훼
손된 '정부의 이성'과 민족성 탓으로 결집하지 못한 '국민의 파토스'가 공
격의 대상이 될 수밖에 없었다. 표범의 근육과 매의 발톱, 사자의 심성이
요구되는 '장군의 에토스'란 사실 비정하고 무자비한 전장의 윤리에 불과
한 것일 터인데, 이를 이광수는 성실과 책임이라는 일반화된 개인윤리로
서, 훈육되어야 할 공공윤리로서 격상시켰다. 그 결과 다성적 목소리는 사
욕에서 출원하여 내부를 교란하면서 민족에 위해를 가하는 행위로 격하되
었고 일상의 논리에 따라 각자도생했던 민중들은 '쥐'의 속성을 닮은 비
국민으로 전락했다. 무릇 대개의 '이순신담'이 민족 단위로 전선을 긋고
있고, 승리가 유일 절대의 지상명령인 상황을 묘사하는 것이기 때문에 이
른바 승리를 향한 '국민의 파토스'를 야기하는데 효과적이지만 특히 이광
수의 그것은 이를 일상적인 풍속과 윤리의 수준에서 재구성함으로써 독자
대중들로 하여금 정서적 일체화를 가능케 했다.

> 충무공 어른의 일거수 일투족에 심취되어 다른 생각이라곤 생각할 여백
> 이 전무하다. 내 자신은 모조리 충무공『이순신』의 책 속에 완전히 매몰되
> 어 버렸다.[7]

신채호의『이순신』이 '위기' 담론을 기축으로 '이순신'을 그리고 있다
면 이광수의『이순신』이 표방하고 있는 것은 '결핍'의 담론이며, 결핍된
것을 채우기 위한 '계몽'의 담론이라고 한다.[8] 이 경우 민족사 전체는 '결
핍'의 역사로만, 다시 말해 사후적으로 강인한 리더십에 의해 혁신되고 보

---

7) 차칠선, 위의 글, p.60.
8) 공임순,「역사소설의 양식과 이순신의 형성 문법」,『한국근대문학연구』제7호, 2003, 3장
　참조.

충되며, 도약해야할 역사로서 간주된다. 이른바 지도자 대망론이 내포하고 있는 권력의 양도 혹은 권리의 자발적인 포기, 원초적 공동체로서의 순수한 민족에 통합되기 위한 개인됨의 포기, 부재하는 미래를 확보하기 위해서 요구되는 현실의 잠정적 부정 및 그에 따른 고통의 감수 등 집단화된 사도마조히즘의 논리들이 전술과 전략의 구별, '말로 주고 되로 받는다'는 식의 전장의 논리에 의해 정당한 것으로 강변되고 있다. 이른바 집단화된 도착이 존재하는 것이다. 그리고 바로 이 집단화된 도착이야말로 이광수의 『이순신』류가 표방하고 있는 저 도저한 '근본주의적 태도'에 대중들이 호응한 사회심리학적 이유였을 것으로 판단된다.

결핍의 어두운 역사로 규정된 한국사에서 이순신의 자리가 민족사의 은총 같은 것으로 존재한다는 식의 발상은 유대교의 신비주의 사관과 한 치의 차이도 없는 종교적 광기다. 역사를 은총과 결부시켜 시대의 소명을 담지한 집단으로 민족을 지목한 것은 나치즘의 이론가였던 하이데거이거니와, 하이데거적 역사 속에서 민족 공동체의 성원들에게 부여된 선민 사상은 당대 시민들에게 남루하고 고통스러운 일상을 보상받을 수 있는 신비로운 꿈처럼 읽혔을 것이다. 이는 결국 일상 속의 불만과 고통이 그것을 낳게 한 현실의 구조적 차원으로부터 유발된다는 자각에로 나가는 길을 봉쇄하고 문제 해결의 대행자로서 국가를 상정하고 국가에 만사를 위임함으로써 시대의 소명에 참여한다는 도착된 의식을 가능케 한 것으로 보인다.

한마디로 말해 이광수의 '이순신'은 국가가 자신의 지배를 관철시켜 나간 문학의 헤게모니 장이었다. 거기서 '이순신'은 일상 속에 존재하는 민족 혹은 살아있는 '국민'이 아니라 국가에 의해 선택됨으로써 개인의 자율성을 박탈당하고 일체의 권리로부터 소외된 익명화된 전사들의 숭고한 대상으로 동원되고 있었던 것이다. 1970년대에 대항담론의 일환으로서 창작된 김지하의 「구리 이순신」이 지목하고 있는 것 역시 바로 이 살아 생동하는 시민들의 삶에 동참하지 못하는 '이순신'의 자기 음미와 슬픔에 관한 한탄이니 거기에서 '구리'란 국가에 의해 공적 기록의 형태로 전파되고 당대의 '국민'들이 승인한 서사화된 지배 이데올로기에 지나지 않았던 것이다.

박정희 집권 기간 동안 이순신의 이미지는 애국명장의 그것에 더하여 일본의 침입에 대비하여 사전에 대책을 강구한 선견지명의 경세가, 탁월한 전략가, 거북선을 발명한 과학자, 정의와 충성, 용기, 사랑과 의리, 바름과 밝음 등 윤리적인 인격자 등 위기에 처한 국가와 민족을 지도할 지도자 상의 총화 등 다양한 변주를 보이고 있다.9) 사실상 이순신에 대한 평가 자체가 역사화의 과정을 거쳐 정착된 것에 불과하다. 이순신의 이미지는 사후적으로 대략 세 번에 걸친 변화가 있었다는 것이 중론이다. 우선 왕조실록이라는 공적 기록에 대해 이순신 자신이 직접 집필한 「난중일기」가 공적 기록으로 격상한 것, 신채호에 의해 사대주의의 노예성과 사적 개인의 이기심을 모두 청산한 신국민의 형상으로 규정된 것, 이광수에 와서 다시 "자기희생, 초훼거적, 끝없는 충의"10)라는 신민의 도덕을 체현한 윤리적 국민으로 규정된 것이 그 내용이다. 특히 마지막 이광수 판본에 와서는 전 판본들에 비해 난중일기 특유의 파토스인 '공적 기록에는 없는 억울함과 비통함, 절실함, 진정성'11)과 같은 파토스들이 이순신을 성화하는 과정에서 문학적 장치로서 외삽되고 있다는 점이 특징적이다.

이광수의 『이순신』은 사적 진정성의 윤리와 공적 자기희생의 윤리라는 두 개의 에토스에 고통받는 자의 페이소스를 결합하여 대중들을 포획하고 있는 셈인데, 이는 결국 인격과 윤리적 올바름의 구현 혹은 자기 분야에서의 말없는 정진 등이 국가 사회에 이바지하는 길이며 민족의 발전을 도모하는 첩경이라는 인식을 개인들에게 심는 결과로 나타난다. 다시 말해 직

---

9) 노영구, 「역사 속의 이순신 인식」, 『역사비평』, 2004년 겨울, pp.353~354 참조.
10) 이광수, 「작자의 말」, 『이광수 전집』 제16권, 삼중당, 1963.
11) 공임순, 앞의 글, 201면 참조.

접적인 정치적 행위를 통해서가 아니라 묵묵히 자기 삶의 고통을 견디며 다가올 민족의 빛나는 미래를 향해 걸어가는 순례자적 태도와 윤리를 대중에게 요구하면서 동시에 대중에게 그런 류의 환상들을 심어주는 이데올로기적 역할을 담당하게 되는 것이다.

반공과 민족주의, 국정 최고지도자에 대한 개인적 우상화, 절약과 저축, 호국영령들에 대한 6월의 국가적 제의, 애국애족의 구호들, 애국조회, 엄격한 사회적 규율, 까닭모를 공포와 두려움, 미래에 대한 장밋빛 청사진과 더불어 전쟁의 공포가 뒤범벅되어 생활을 영위할 수밖에 없었던 1970년대 공적 영역에 있어 위로부터 주어지는 담화는 항용 위기의 담론이었다. 당시 대통령의 담화는 항상 "우리는 지금 인류의 역사상 지금까지 겪어보지 못했던 위기와 모순 속에 살고 있다. 이러한 오늘의 어려운 고비와 모순을 이겨내는 것은 우리들 인간의 사명이며 임무이기도 하다."[12]는 식의 위기담론으로 시작되었다.

구국의 영웅이었던 신채호의 '이순신'과 윤리적 이상형으로서의 이광수적 '이순신'이 다같이 시대의 모범으로까지 격상되었던 까닭 역시 바로 이 위기의 담론을 발판삼아 가능했다. 이순신 이야기의 핵심에 해당하는 이른바 순사(殉死) 혹은 순국(殉國)의 이념, 되돌아가 통합되어야 할 전체로서의 민족, 대의를 향한 멸사봉공의 자세 등은 1960~70년대의 시대사적 요구이기도 했다. 춘원 이광수가 쓴 『이순신』을 읽고 감동받은 박정희가 이순신 관련 유적의 보수와 확장을 꾀하고, 충무공 탄생 기념일을 국가주도의 기념일로 삼음은 물론, 『난중일기』와 『충무공 전기』의 간행 독려하고 <충무공의 노래>를 제정하며, 이순신 이야기의 교과서에 등재한 후, 사생대회와 글짓기대회, 영화제작과 단체관람, 기념동상의 제작 등을 통해 '우리 민족사상 불멸의 공적을 남긴 위인 및 열사로 민족의 귀감이 된다.'

---

12) 박영택, 「박정희 시대의 문화와 미술」,『한국근대민술사학』 제15집, 2005, p.209.

고 생각되는 인물들 중 최선두에 이순신을 격상시킨 것은 이로 보면 당연한 귀결이었다. 무장(武將)의 동상을 건립한 것 자체가 일제 군국주의의 소산일 터,[13] 1973년을 기준으로 당시 정부는 광화문에 세워진 이순신 동상을 비롯 전국에 이순신의 영정 75점, 동상 275기를 세움으로써 산업화의 발빠른 진행이 한반도의 도시 지리지를 혁명적으로 재편성하던 1970년대에 임진왜란의 총동원체제라는 무대를 재현했다. 가히 병영국가라고 불릴 만한 사태가 벌어진 것이다.

1960~70년대 위인전의 정점에는 '이순신'이 놓여 있었다. 위인전이라는 이름이 붙은 거의 모든 전집·선집류에서 항상 그의 이름이 보이거니와, 1970년대에 간행된 가장 대중적인 문고본의 첫머리를 장식한 이름 역시 이순신이었다.[14] 항용 이순신은 청소년 대상 설문에서 민족사 오천년 이래 가장 존경할만한 위인으로 선정되어 왔거니와, 한갓 무장에 지나지 않는다는 점은 새삼 강조될 필요가 있다. 완미한 유교적 교양인이자 효자, 충실한 지아비이자 자상한 아비, 철의 충성을 간직한 우국충신의 면모가 없지 않았을 것이나 무엇보다 그는 무인의 길을 통해 세계와 대면코자 했던 직업 군인이었던 것이다. 장군의 에토스란 비정한 전장의 윤리에 불과하다. 애국 계몽기 이래 이민족에 대한 투쟁의 선봉에 서서 민족적 성전을 수행했던 이순신류의 무신들에게 부과된 과도한 가치는 민족단위의 집단화된 위기의식을 조장하고 그것으로부터 지배의 동력을 찾고자 했던 국가기획의 산물에 다름아니었다. 민주 사회의 발전과 그러한 사회에 걸맞은 책임 있는 개인의 실존적 인간상을 재정립하는 일은 매우 중요한 현 시점에서 와서 '이순신'에게 주어진 과도한 역사적 가치를 재평가, 재서술, 재서사화하고자 하는 움직임이 활발한 것은 이로 보면 당연한 일이라 하겠다. 한국 사회 자체가 이미 역사를 그 전체에 있어 확정하려는 집단적이고

---

13) 박영택, 위의 글, pp.221~222 참조.
14) 1978년에 발간된 삼중당 문고의 1번 서적이 이은상, 『성웅 이순신』 1이다.

교회주의적인 역사 기획이 몸담을 공간이 없는 단계로 깊숙이 진입해 들어와 있기 때문이다.

4. 역사의 예술화

1970년대의 역사물들을 살펴보면 흥미롭게도 문협의 적자인 김동리 역시 역사소설을 쓰고 있는 사실을 발견할 수 있다. 『김동리 역사소설 : 신라편』은 1976년에 발행된 단편집인데 발행 시기가 김동리 자신에 의해 발화된 '사회주의 리얼리즘' 논쟁의 와중이었다는 점, 역사소설의 무대와 소재가 신라라는 점 때문에 문학사적 의의가 있다. 이 역사소설이 당시 지배블록에 의해 추진되었던 역사 재정비 사업과 유관한 것인지 그렇지 않은 것인지와는 상관없이 그 소재를 과거에서 구하고 있으되 비교적 순문학적 형태를 띠고 있다는 점, 그럼에도 불구하고 거기에서 발현되고 있는 것은 신라 정신 혹은 신라얼의 재발견이라는 과제라는 점은 주목을 요한다.

> 이 책에 묶어진 열여섯 편의 단편소설은 모두가 신라에서 취재한 역사소설들이다. …(중략)… 전체적으로 신라 사람들의 생활과 감정과 의지와 지혜와 이상과, 그리고 그 사랑 그 죽음의 현장을 찾아보려는 나의 종래의 계획에 투철한 기조의 작품들이다. …(중략)… 작품은 막연히 신라 시대의 이야기를 쓴 것이 아니고 어느거나 다 확실한 역사적 근거를 가졌다.[15]

'확실한 역사적 근거'라고 했지만, 그 근거는 『삼국사기』와 『삼국유사』의 그것에 지나지 않는다. 한마디로 상상력에 의해 재구된 역사거나 쉽게

---

15) 김동리, 「자서」, 『김동리 역사소설』, 지소림, 1976.

확인할 길이 없는 고대사의 단편적인 기록을 원텍스트로 동원한 뒤 작가의 자유분방한 상상력을 발휘한 셈이니 역사 소설이란 명칭이 무색할 지경이다. 역사소설이 항용 현재의 전사(前史)로서 과거를 호출해내는 것이라면 김동리의 그것은 역사소설이라 이름하기 힘든데 이는 신라의 역사 중 현대사와는 무관한 재료들, 예컨대 이별의 정한이나 이루어질 수 없는 사랑 따위를 끌고 들어와 인류사에 흔히 존재하는 비극적인 사건들과 보편적인 정한의 감정을 형상화하고 있기 때문이다. 한마디로 말해 예술을 위해 역사를 재료로서 동원한 셈이니 역사의 예술화라 불러 마땅할 것이다.

단행본의 첫 장을 장식하고 있는 「회소곡」에서 시작하여 중요 작품에 해당하는 「최치원」, 「원왕생가」, 「호원」에 이르기까지 김동리 역사소설의 기본항은 역사적 사실에 대해 작가의 상상력이 압도적인 우위를 점하고 있다는 사실이다.16) 「회소곡」은 축성에 동원된 이후 사별하게 된 남편과 남편의 부재로 인해 야기된 한 여인네의 삶의 고단함과 갈등을 '회소'라는 노래의 미학적 일반성에 기대어 초월하는 것을 그리고 있다. 가히 실패와 좌절을 뿌리로 하는 대중적 심성인 '한(恨)'을 민족 삶의 근원에 놓인 페이소스로 설정하여 그 뿌리를 탐구한 소설이라 할 만한데, 『삼국사기』의 기록과는 완전히 동떨어진 자리에서 사건의 형상화가 이루어지고 있다.17) '한'의 뿌리는 물론이요 노래를 통한 미학적 초월 역시 인간 사회면 어느 곳에나 존재하는 보편적인 탈역사적 현상에 불과한 것일 터인데 면면하게 이어져 내려오는 민족적 심성의 원형인 것처럼 착시적으로 형상화되고 있다.

「최치원」 역시 사회적 삶의 기본 정조인 질투와 시기가 그려낸 한편의 그로테스크한 사건으로 절세미인인 두 쌍둥이 자매의 자살을 다루고 있으

---

16) 진정석, 「역사적 기록의 변형과 텍스트의 저항—김동리의 역사소설에 대한 한 고찰」, 『김동리문학연구—서헌유기룡박사송수기념논총』, 살림, 1995, pp.480~482 참조.

17) 『삼국사기』에는 다만 길쌈 내기에서 진 측의 여자 하나가 '회소, 회소'라는 감탄구를 가진 노래를 불렀다고만 되어 있다. 『삼국사기』 중 「유리왕(제3대) 9년 춘건」 편 참조.

니, 인간 삶의 근원적 비극성에서 한 발도 더 나가지 않은 작품이다. 소재는 '최치원'이라는 역사적 인물에서 취하고 있으되 액자형식으로 제시된 최치원의 「쌍녀분후지」 발견 소동 자체가 가공의 텍스트인 데서도 잘 드러나듯이 그 내용은 전적으로 상상의 산물에 지나지 않으며 가히 김동리의 역사소설이 증거 없음을 속성으로 하는 설화의 경지로 나가고 있음을 보여주는 작품이라 할 만하다. 여인과 더불어 살아가는 세속의 삶이 주는 행복과 종교적 삶의 숭고성이 만났을 때 벌어지는 갈등을 종교적 초월을 통해 해소하는 것을 보여준 「원왕생가」의 경우나, 왕권을 두고 일어난 정치적 다툼을 두 남녀 사이의 사랑과 희생의 문제로 치환하여 이루어질 수 없는 사랑에 내재한 보편적 비극성을 그리고 있는 「호원사기」의 경우 역시 신라 당대의 역사적 사실은 다만 마음껏 요리가능한 상상력의 재료로서만 기능할 뿐이다. 특히 「호원사기」의 경우 여인다운 헌신과 죽음의 결합을 통한 자발적인 비극성을 그리고 있음에도 불구하고 그 비극성이 '더 큰 희생을 막기 위한 작은 희생'이라는 식으로 정당화되고 있고 승리자인 경신왕의 역사를 정당화하는 방향으로 결단이 이루어지고 있음은 사서의 기록이 갖는 정치적이고 윤리적인 측면에 대한 비판이나 성찰과는 무관한 자리에 김동리의 역사소설이 놓여 있다는 사실을 예증하고 있다.

문제는 결국 신라 정신 혹은 신라얼의 재발견이라는 과제 자체에 놓여 있다 할 것이다. 신라 정신 혹은 신라얼은 비록 그런 것이 있다 하드라도 역사적인 과정을 거쳐 생성된 것에 지나지 않을 텐데, 이를 마치 원래부터 거기 존재하면서 사후적인 해석과 형상화를 기다리는 원초적인 현상인 것으로 간주하는 비역사적 태도가 문제의 근원이었다. 취향이든 정서든 그것의 기원이 망각되는 순간 역사적 사실은 토속적 향토성이 풍기는 막연한 종족의 신비주의에 침윤되기 마련이고 낭만적 향수의 대상으로 전락하기 마련인 것이다. 또한 설혹 신라얼이 실제 우리의 고유한 삶의 정신을 표현하고 있는 유구한 전통의 하나로 기입가능하다 하더라도 일단 그것이

타민족의 정신에 대해 자율적인 것으로서 규정되는 순간 그로부터 빠져나가는 일체의 모순된 것들에 규율의 힘을 작용시키는 억압과 배제의 기제로 전화하고 만다는 사실이 여기서는 몰각되고 있다. 해방과 억압, 자율적인 것과 배타적인 것 사이에는 항용 상호전화의 변증법이 존재하기 마련이다. 신라정신과 그것의 현대화, 역사적인 것의 보편적인 것으로의 치환이라는 사상 자체가 특수성과 보편성이라는 차원을 아무리 동원해 봐야 대외적인 독립과 대내적인 지배를 분리하여 관철시키려는 지배의 논리에 지나지 않는다는 사실은 재삼재사 강조될 필요가 있다.

5. 유토피아니즘 혹은 도덕화된 역사

황석영의『장길산』(『한국일보』, 1974. 7. 11~1984. 7. 5)과 유현종의『들불』(1976) 등 이른바 민중주의에 입각한 역사소설들이 대거 씌어진 1970년대는 사회적 갈등이 통합 불가능한 상태로 폭발하던 시기였다. 시대의 서막을 연 것은 고요한 아침을 깨우는 '새벽종'의 희망찬 울림이 아니라 열악한 노동 현장에서 울려나온 외마디 기성이었다. 새마을 운동이 막 출범하던 시기 다른 한쪽에서는 '조국 근대화'의 거대한 수레바퀴에 역사(轢死)당한 한 젊은 노동자의 분신 사건이 발생했던 것이다. 청계피복 노조원이었던 전태일의 분신 사건이 그것이다. '근로기준법 준수'와 '우리는 기계가 아니다'란 것이 그의 주장이었다. 이 사건을 계기로 '조국 근대화'의 초석이었던 노동자들의 그늘진 진상과 피멍든 민중의 상처들이 날것 그대로 고스란히 드러났다.

'조국 근대화'의 시대적 소명 하에서 자명한 진리체계로 간주되었던 경제적 민족주의와 반공 이데올로기는 의심되었고 공격 받았으며 부정되었다. 양자는 공히 계급적·계층적 갈등을 억압하고 개발과 성장을 통해 자본주의적 세계체제 내에서 자신의 지배를 공고화하려했던 당대 지배 블록의 허언에 지나지 않는 것으로 간주되었다. 위로부터의 강력한 리더십에 입각한 국가주도의 산업화가 사회적 통합의 결렬로 나타나고 그 피해가 일반 민중에게 고스란히 전가된다는 사실이 확인되자마자 사회적 모순이 집중되는 집단이었던 민중의 복지를 기저로 한 새로운 역사기획이 제시되었다. 한국사회 특유의 평등주의적 전통에 기반하여 당대 시민사회는 1960년대 초반 이래 점진적으로 사회적 힘을 축적해 온 민중 개념을 통해 대항세력을 주체로 한 역사 서술을 추구하기 시작했다. 이른바 민중 이데올로기가 당대 한국 사회를 지배하고 있던 진리체계로서의 권위주의적 국가담론에 도전하는 대항담론으로서 기능하기 시작했던 것이다. 저항적 민족주의와 해방적 인본주의가 이들의 무기였다.

문학 쪽에서도 마찬가지 과정이 진행되었다. 민족 개념을 '국민'과 '민중'으로 양분하여 헤게모니 투쟁에 나선 국가영역과 시민사회의 대립은 문학에서도 고스란히 나타났다. 민중 주체의 저항적 민족주의와 해방적 인본주의는 문학의 사회적 책임과 역사의식을 각성케 하고 심화시키는 계기로 나타났다. 참여론이 나타난 1950년대 후반기 이래 문학의 순수성과 자율성을 강조함으로써 사회적 갈등과 차별을 은폐하는 국가주의 이데올로기에 순응하였던 주류 문학에 대항하여 문학의 사회적 책임을 강조한 당대 문학은 다양한 방법으로 민족 내부의 차별과 외세와의 갈등이라는 현실을 직시하고 그것을 갱신하고자 했던 저항적 이념을 자신의 중핵으로 받아들였다. '레드 콤플렉스'를 자극함으로써 갈등과 위기의 순간마다 비판적 담론을 봉쇄하고 국가 안위의 이름으로 국민을 통합하는 수단으로 삼았던 반공 논리는 분단으로 인해 발생한 민족 내부의 갈등과 모순, 외세에 의한 민족 자주성의 침해, 실향과 이산 등으로 인한 민중적 삶의 다양한 수난상, 통일에의 염원과 의지 등을 총체적으로 표명하고자 한 저항 문학에 의해 도전받았다.

비평 쪽에서는 이른바 '민족문학'의 실질적인 내용과 주체, 그것이 담지해야 할 가치 등을 둘러싸고 일대 논전이 펼쳐졌다. 1960년대 중반 이래 당대 문학논쟁의 핵심에 존재했던 것은 이른바 '민족문학론'이었다. 임헌영, 백낙청의 논의를 통해 이론적 정립과정을 밟아간 대항진영 측의 민족문학론은 민주화운동의 고조 속에서 당대를 민족의 존엄성과 생존 자체가 위협받는 절박한 위기의 시대임을 확인하면서 민중 주체에 의해 견인되는 민족문학의 창출과 발전을 골간으로 하는 문학운동으로 나아가게 된다. 민족의 주체적 생존과 그 역사 인식의 문학적 형상화가 중요하다는 인식 하에 당대의 민족문학론은 민족 전체의 삶에 대한 총체적 인식이 민중을 기저로 한 새로운 역사적 기획에 의해서만 가능하다는 새로운 가치론을 정립하게 된다. 한마디로 '민족'에 대한 개념 정의 자체가 시·공간상으로 혁신되고 확산되었던 것이다.

황석영의 『장길산』과 유현종의 『들불』 등 이른바 민중주의에 입각한 역사 서사들이 대거 씌어진 것은 이런 시대적 배경 하에서였다. 『장길산』은 장장 10여 년간의 연재 끝에 탄생한 역사대하소설이자, 기층민중의 반체제 활동이 극성을 부리던 17세기 조선민중의 휴머니즘에 기대어 70년대 당대의 해방 사상을 선양하고자 했던 역사 소설이다. 작가 자신 이념적이고 해방지향적인 문학 창작에 대한 당대 검열의 엄혹함을 우회하고 대중성을 획득하기 위한 고심의 일환으로 의미 부여하고 있는 만큼 『장길산』은 70년대적 진보문학 활동의 일환으로 역사를 소환하려는 계몽적 역사소설의 전통을 이은 것이라 볼 것이다. 사서에 따르면, 장길산은 '해서의 광대 도적'이었다. 항용 의리(royalty)는 인간 삶의 본바탕이거니와, 계급 정치의 가혹한 악정에 신음하던 기층 민중들의 원한을 소수의 반사회적 의기로써 고발하거나 초월적인 용화 사상의 설법 수준에 멈추지 않고, '민중의 끈질긴 합력'에 의해서만 창출 가능한 해방된 세계상을 지향하는 인간 보편적 열망으로 묶어낸 것은 1970년대 역사소설의 한 경지를 드러내 보인 것이라 할 수 있다. 당연한 결과로 "유신시대에 맞설만큼 강력한 민중성을 역사적 주체로 일으켜 세우기 위한 의지를 담아낸"[18] 수작이란 평가가 주어졌다.

장길산이 활동했던 시대는 두 차례에 걸친 전란과 양반 계급 내부의 분쟁, 문란해진 정치 질서 속에서 이루어진 하층민들에 대한 양반 관료들의 무자비한 착취와 억압, 그리고 민중들의 생존 투쟁으로 사회 전체가 혁명적 상황에 처해 있던 시기였다. 삶의 터전을 유린당하고 산으로 들어간 농민들과 이러저러한 사연 때문에 도주한 노비들이 힘을 합쳐 이른바 '녹림당'을 만들었다. 서사의 진행은 이들 기층 민중들의 삶의 고통과 도주, 집단적 의식화의 과정, 탐관오리와 악덕 부호들에 대한 징치와 굶주리는 이들에 대한 구휼의 과정 등을 샅샅이 훑어나가면서 윤리적이고 집단화된 연대에 바탕해 삶의 사회적 지평을 갱신함으로써만 만인이 평등한 세상을 실현할 수 있다는 강렬한 유토피아 지향성을 드러내고 있다.

이른바 초월적인 용화사상과 그것에 가탁한 민초들의 윤리적인 세계 실현에 대한 열망은 작품의 말미를 장식하고 있는 '천불동 전설'에서 집약되어 나타나고 있다. 차별 없는 세상에 대한 염원은 정치적 좌절마저도 꺾을 수 없다는 사실, 현세에서의 해방을 지향하지만 설혹 그것이 좌절된다 하더라도 미륵 세상은 언젠가 일시에 이루어지는 것이 아니라 그들의 투쟁 속에서 끊임없이 이루어지고 있다는 깨달음 속에서 참된 역사에 대한 확신과 진리를 실현시키고자 하는 민중들의 열망은 종식되지 않는다. 문자 그대로 비극적 숭엄함의 세계가 열린 셈이다. 억울함을 호소할 길 없어 저지른 행위의 결과로 공개처형의 처지에 놓이게 되었을 때 산지니가 되뇌는 독백은 바로 이와 같은 현실 부정의 유토피아 지향성이 현실 속에 노정되

---

18) 황광수, 「텍스트로서의 장길산과 미륵세상」, 『황석영 문학의 세계』, 창작과 비평사, 2003, p.122.

었을 때 나타나는 비극적인 자기 해소의 전형적인 사례라 할 만하다.

황석영은 1부에서는 풍열 스님, 2부에서는 운부 대사의 입을 통하여 혁명 사상으로서의 미륵 사상을 보여 주었고, 3부에서는 산지니의 죽음을 통해 그것이 민중들 속에서 체화되어 나타나는 양상을 비극적 자기 해소의 에토스라는 차원에서 형상화했다. 4부에는 이러한 과정을 통해 당대의 봉기하는 민중들과 그들의 처지에 공감하는 지식인들을 포괄하는 반역의 연대를 구상하고 있다. 그러나 이들의 연대는 그 내부에 존재하는 입지의 차이와 세계관의 편차, 근본적으로는 혁명의 성격과 그것에 부여하는 의미들에 차이 때문에 현실적인 봉기로 이어지지 못한 채 무산되고 만다. 한쪽에서는 이른바 '진인'을 내세워 새로운 정권을 만들어내는 개혁의 수준이 현실성의 차원에서 강조되고 있고, 다른 한쪽에서는 타협 없는 민중 봉기와 도덕적인 세계 재편만이 유일한 희망이라는 식의 근본주의적 생각들이 첨예하게 맞부딪혔다. 작가의 시각은 물론 후자를 지향하고 있지만, 현실은 그렇지 못했다. 유토피아에 대한 민중의 꿈은 결국 기약할 수 없는 미래의 시점으로 옮겨졌고 작품의 말미는 이들의 열망이 봉산탈춤의 간접화된 사회 비판 속에 재생되어 그 흐름을 이어가는 것으로 대미를 장식하고 있다. 밀도 높은 정치적 열망이 현실 속에서는 예술의 그것 속에서 간접화되어 용해되는 것으로 한때의 역사는 결말을 맺고 있다.

최근에 씌어진 장길산론은[19] 『장길산』 특유의 해방적 역사의식이 '억압되어 왔던 것들을 구제하고자 하는 목적 아래 역사에 새로운 이념을 이끌어들인 것은 그 나름의 의미를 지니'지만, '결핍과 부재의 욕망에 추동되어 목적지향성에 의해 움직이고 있다는 점에서는 기존의 역사서술에서 나타나는 역사 일반의 욕망을 공유하는' 것이라는 식의 비판을 가한 바 있다. 『장길산』이 숙종 연대의 특정한 시기를 대상으로 한 역사소설임에

---

19) 신형기, 「민중 이야기와 도덕의 정치학—『장길산』다시 읽기」, 『문학판』 통권14호, 2005년 봄, pp.64~65 참조.

도 불구하고 유신 시대의 '국민'에 대항하는 역사적 주체로서 '도덕적 민중'을 상정한 뒤, 실제의 현실 속에 존재하는 일체의 '생활세계의 불합리와 모순, 억압의 경험, 사적 슬픔'들을 '도덕화된 역사'속에 투사함으로써 '역사의 도덕화'란 함정 속에 빠졌다는 것이다. 『장길산』이 요구하는 역사의 과도한 이상주의와 방법론의 종교적 낭만성, 연대의 윤리지상주의 등이 현실을 과축소시키고 있다는 사실을 지적한 셈인데, 『장길산』이 다루는 시대의 한계가 만들어낸 한 편의 비극을 1970년대의 문학이 사후적으로 과도하게 역사화시키고 있다는 점에서는 올바른 지적이라 생각된다. 사실 1970년대의 역사소설이 보여주는 이런 류의 과도한 역사화 경향은 그 시대 자체가 갖는 비극적 측면의 분출일 지도 모른다. 1970년대야말로 일상 자체가 전장이었던 시대라는 측면에서 보자면 그렇다는 이야기이다.

항용 현실의 부재를 미래의 희망으로 보충하는 모든 유토피아 사상에는 현실의 결핍과 고통을 보상받고자 하는 개인들의 욕동이 존재한다. 그것을 나쁘다 말할 수는 없으나, 일체의 숭고한 신념은 외기를 쐬는 순간 상투화될 염려가 있고 빛나는 모든 순간은 세속의 시간에 의해 검증되어야 할 필요가 있다. 인생의 순금 부분에 해당하는 일체의 경험들을 녹이는 부식제가 곧 세속의 시간이며 이 시간을 견뎌내는 것만이 진정한 소설의 대상이라 했거니와, 『장길산』 역시 이런 관점에서 보면 소설의 세계를 뛰어넘어 시적 순간으로 도약해버린 대목들이 수시로 나타나고 있다. 1970년대의 역사소설은 현실에 등을 돌리고 존재하지 않는 역사의 신에 가탁한 것인 만큼 기본적으로 죽음에 대한 욕동으로밖에 읽히지 않는 이런 방식의 의식의 운동을 현실 전유의 윤리적 경향성이라는 차원에서 용인해 들인 데서 성립한 것일 터인데, 이를 1970년대 대항 문학의 무의식이라 할 수 있을 터이다.

『장길산』의 세계가 요구하는 혁명적 정의(正義)와 윤리적 결단이 현실초월의 낭만적 무시간성을 보이고 있다는 사실은 작중 인물들 간에 이루어지는 사랑'의 방식에서도 동일하게 드러난다.20) '길상'과 '묘옥' 사이에서 형성되는 금욕적 사랑의 방식은 '길상'의 급진적인 인본주의가 실은 날것 그대로의 일상으로부터 자신을 떼어낸 금욕적이고 주의주의(voluntarism)적인 결단으로부터 연원한 것이며, 본인 스스로가 그러한 사실을 '죽음'이라는 메타포로 이해하고 있다는 사실을 잘 보여준다. '길산'에게서 보이는 이런 류의 결단이 '맹목적 사랑 혹은 사랑의 관념을 빌린 추상적 관념, 순진무구한 열정'21)으로부터 나온 것임은 의심할 여지없는 사실일 터인데, 같은 현상이 다른 인물들에서도 되풀이되어 나타난다. '갑송-도화'나 '여환-원향' 쌍들이 여기에 해당한다. 특히 후자의 경우가 적실한데, '여환'이 보이는 해원(解寃)의 희생적인 사랑은 낭만적 사랑이 요구하는 이상주의를 불심의 실현에 엮어 형상화한 대목이다. 거기에는 "질투며 열등감이며 승부욕이며 과시욕이며 이성으로 통제하기 어려운 날뛰는 육욕이며 등등 이성 간의 관계에 있어서 있게 마련인 감정과 욕망 등이 애당초 배제"22)될 수밖에 없다.

1970년대의 역사소설이 이른바 역사성을 시적 순간들 속에 용해해 들임으로써 '역사의 도덕화' 경향을 보이고 있다는 사실은 『장길산』과 비슷한 시기에 나온 작품으로 좀 더 강한 민중적 파토스를 보이고 있는 유현종의 『들불』에서도 반복되어 나타난다. 『들불』은 원래 전체 3부로 기획된 미완성 소설인데, 그중 1970년대에 출판된 것은 '동학난'을 다룬 1부(1976)이다. "갑오 동학혁명을 당대의 지식인과 하층농민의 관점에서 취급하고 혁명의 일반적 본질을 탐구하고 있으며, 한국소설의 구태의연한 성격을 바꿔놓은 소설"23)이란 상찬이 주어졌다. 최근 한 연구자는 『들불』에 나오

20) 정호웅, 「『장길산』과 성 페르소나」, 『작가세계』 통권 60호, 2004년 봄, pp.95~96.
21) 위의 글, p.96.
22) 위의 글, p.97.
23) 이보영, 「동학혁명 소설의 가능성-『혁명』과 『들불』」, 『한국소설의 가능성』, 청예원, 1998 참조

는 농민을 '항민'과 '원민'으로 구분했다.24) 그 설명에 따르면, '항민(恒民)'
은 일상 속에 존재하면서 격변하는 위기 시대의 저울로 기능하거나 전통
문화의 계승자의 역할을 담당하는 일상적 농민을 말하고, '원민(怨民)'은
고통과 원한 속에 존재하면서 언제든지 들불로 일어날 수 있는 예비군적
측면, 집단화된 분노의 파토스의 저장고를 의미한다.『들불』은 이를테면
후자를 좀 더 강조하여 동학혁명에 주어진 민중들의 열망을 문학언어로
번역해 내고 있는 작품인 셈인데, 이는 동학혁명이 갖는 현실연관의 다양
성을 '반역의 파토스' 속에 용해시켜 단순화한 결과를 가져왔다. 결국 문
제가 되고 있는 것은『들불』이 동학군을 묘사하는 방식의 집산주의적 측
면이다. 결과적으로 일상 속에 존재하면서 동시에 혁명적 행위 속에서 자
신의 온전한 주권을 쟁취하고자 했던 민중의 산 모습을 그 직실한 현실에
있어 형상화하지 못한 한계를 드러내었다.

이른바 '원민'에게는 역사에 대한 기획이 존재하지 않는다. 분노의 파토
스는 일상의 고통을 반증하면서 타오르는 해방에의 열망이 빚어낸 아름다
운 불꽃일 수 있지만 그 이상은 아닌 것이다. 그 속에는 현실의 모순을 타
개하고 인본주의적 해방의 세계를 향해 나아가는 힘찬 의지와 성숙한 방
법론이 존재하지 않는다. 쉽게 말해 그 속에는 미래를 향해 현실을 밀어붙
이려는 역사의 이성과 윤리가 보이지 않는 것이다. 이는 결국 작가가 민중
을 무분별한 본능의 존재 혹은 합리적 사고를 결여한 비이성적 존재로 보
고 있음을 뜻한다.

원(怨)과 한(恨)을 풀기 위해 직접적인 '행위' 속에서 일상을 지양해버린
농민들의 연대는 분노의 연대일 수는 있어도 혁명의 그것일 수는 없었다.
더구나 그 최종 지점이 자주적 민족국가의 확립과 해방적 인본주의라는
목적론적 차원에서 규정되는 정의의 차원에 맞추어져 있기 때문에 일상

---

24) 황국명, 「유현종의『들불』연구—동학농민전쟁과의 관련을 중심으로」, 『한국어문논집』
16집, 1995, pp.409~411.

속에 존재하는 즉자적 민중의 현실은 관심의 대상이 될 수 없었다. 일상성 속의 민중은 다만 '수동적이고 이기적인 존재'로만 치부될 따름이다. 이는 결국 행위에로 나아갈 수밖에 없는 삶의 구체성, 즉 농민들의 일상적 생활과 풍속이 전혀 작품 속에서 중요한 요소로 표출되지 못하게 하는 원인으로 작동하고 있다.[25]

'항민'의 삶의 구체성이 형상화되지 못하고 있다는 작품의 한계는 그와 등을 맞댄 지도자의 낭만적 형상화에도, 그리고 동학사상이 표방한 민족 사상의 편협성[26]에도 고스란히 반복되어 나타난다. 지도자에 대한 민중의 태도는 종교적 열광이라는 낭만적 일체화의 형태로 표출되고 있고, 동학 사상 역시 '단군으로부터 내려오는 진민족 고유의 신앙 및 사상, 밝음과 태양을 숭배하는 샤만사상이 풍류도를 거쳐'(1부 상, p.182)[27]이어져 온 것이라는 식의 관념적 탐구에 그치고 있다. 이런 식의 자기규정은 구한말을 다루고 있는 제2부에서 동학혁명의 지도자였던 '여삼'의 아들 '정한'이 동경유학 중 쓴 글인 「조선인의 정신적 원류고」에서도 그대로 반복되어 나타난다. 거기서 '정한'은 동학농민혁명을 민족사 이천년을 내려온 고유한 사상의 발로로 간주함으로써 역사의 특수성을 초월해 버렸다. 민중의 현실을 기축으로 새로운 역사 서술의 장을 열려 했으나 결과적으로 인간과 역사에 대한 낭만적 해석을 통해 역사 자체를 초월해버렸고, 정서적이고 윤리적인 역사를 몽상한 결과로 나아가고 말았다. 역사적 현실의 다층성과 그 속을 살아내었던 당대 민중들의 삶의 다성성을 몰각한 채 선규정된 목적의식 하에 역사를 축소시켰기 때문이다.

역사소설의 새로운 개화기를 맞이한 1970년대는 두루 알다시피 윤리적 연대에 입각한 새로운 시민 사회 건설에 대한 요청과 열망이 드높던 시기

---

25) 위의 글, p.410.
26) 위의 글, p.411.
27) 여기서는 1991년에 완간된 지양사 본을 저본으로 한다.

였다. 모든 이들이 그랬던 것은 아니었겠지만, 최소한 인권과 민주주의 혹은 대안적 발전에 대한 꿈과 열망을 버리지 않았던 이들에게 있어서는 일상 자체가 도전과 응전, 승리와 패배로 선명하게 구분되었던 전장의 나날이었다. 전투의 시기에는 문학마저도 병사로서 동원되어야 하는 것이 원칙일 터이다. 무릇 진지한 문학이라면, 그리고 진보적인 문학인이라면 이 싸움에 나아가 찌르는 창의 역할을 피할 수 없었다. 베는 칼과 찌르는 창, 선전과 선동 중에서 문학이 담당해야 할 몫은 조국 근대화라는 미명 하에 진행되고 있던 반시민적 개발독재의 이면을 폭로하고 그 암영 드리워진 현실을 고발하는 것, 더 나아가서 대안적 시민사회의 비전을 제시하는 일이었다.

'문학과 삶의 절실한 연계성' 혹은 '현실에 대한 문학의 책임'이 필연적인 사회적 압력에 의해 창작의 기저로 선택된 것은 이런 시대적 배경 하에서였다. 당대는 '생존 조건에 의해 우연히 정치·사회적 조건을 깨닫게 되는 시기'였던 것이다. 조급한 발전 욕망이 빚어낸 온갖 사회학적 모순이 농민과 노동자 등 근대화의 직접적인 동원 세력이면서 동시에 착취의 대상으로 주변화될 수밖에 없었던 집단들에게 일방향적으로 집중되던 시기였다. '윤리적 연대'에 대한 문학의 적극적인 참여는 비껴갈 수 없는 시대적 요청이었다. 그것은 외부로부터 계몽된 상태로 주어지는 명령이 아니라, 내부에서 자연발생적으로 나타난 자기표현의 열망이라는 형태로 나타났다. 인간은 사회적 동물이라는 옛 희랍 철학자의 말도 있거니와, '사회적 지평'이라는 용어가 인간 행위의 최종적 지평이자, 더불어 사는 것으로서의 '사회'를 지목하는 것이라면 당대의 삶이야말로 이를 적실하게 보여주는 시대였던 것이다.

1970년대의 민중주의적 역사소설은 이런 상황 속에서 당대 삶의 '국민'적 에토스 전체에 대해 정면으로 도전하고 있었다. 사실의 재현이 역사가 내장하고 있는 윤리적 경향성과 일치한다고 믿었음에도 불구하고 사실과 윤리 중에서 후자를 선택할 수밖에 없었다는 점, 역사적 사실의 올바른 재현이라는 과제에 더하여 도덕화된 역사의 확보라는 모순된 과제 속에서 운동할 수밖에 없었다는 점 때문에 당대 민중주의 역사소설은 스스로를 축소시키는 결과를 낳고 말았다. "본래부터 급진적인 역사성을 지니고 있고 항상 올바른 기호들을 방출하는 그런 류의 소여된 공동체나 역사의 주체는 결코 존재하지 않으"며, "본질지향적이고 근본주의적인 논리에 입각한 세계 이해는 항용 그런 것들을 요구할 때 늘상 수반되는 도덕주의에 함몰되는 일에 지나지 않는"[28]다는 것이 21세기에 들어선 인류사의 경험이다. 개발과 성장이 약속한 동물의 왕국에 대한 대항담론으로서 당대 시민사회에 도덕적인 자기 성찰을 촉구했다는 점에서 민중주의에 입각한 1970년대의 역사소설이 한 몫은 컸지만 그 역시 자신의 한계 속에서만 운동하고 있었다는 사실을 외면할 수는 없다.

6. 결 론

역사물은 시간 압축을 통해 과거의 특정한 시점에 도달할 수 있고, 거기에서 현재를 가늠하며 가치 있게 통합할 수 있는 역사적 준거를 발견할 수 있다는 믿음 위에 서 있다. 과거는 신뢰할만한 준거로서 존중되며, 반드시 도달해야 하고 되돌아와 현재를 확인할 수 있는 적극적인 힘으로 존재한다. 역사물이 항용 집단적 통합의 서사이자 확인의 서사로 간주되는 것은 이 때문이라 할 수 있다. 그러나 역사의 통일성은 특정한 사건이나 행위에 불멸의 가치를 부여함으로써 사후적으로 만들어지는 것에 불과하

---

28) 호미 바바, 「이론에의 참여」, 나병철 역, 『문화의 위치』, 소명출판, 2003 참조.

다. 현실 역사 속에 존재하는 개인을 힘 있고 존엄한 개체로서의 정체성을 부여하는 세속종교적 에너지가 그 속에서 작동하고 있다는 것은 신비로운 일인 동시에 무서운 일이기도 한 것이다. 역사물에는 만인을 무릎 꿇게 하는 괴기스런 숭고함이 존재한다. 문제는 이 숭고함의 배후에는 항용 역사 창출의 근원적 폭력이 숨어 있다는 사실이다. 기념비로서의 역사를 해체하는 일이 의미를 갖는 것은 그 때문이다. 역사적 인과율의 배면에서 작동하고 있는 폭력성을 탐색하고 해체하는 일, 집단화된 역사확인의 욕망이 갖는 도착된 집단심리학을 그 뿌리에서부터 재성찰해 들어가는 일 등 이른바 준거와 전범이 없는 새로운 세기를 맞아 역사물에 부과된 과도한 집단적 가치를 해체하고 제자리를 찾아주는 일이 필요한 까닭이 거기에 있다.

1960~70년대 문학은 전장의 문학이었다. 생존과 번영을 원했던 '국민'의 파토스는 기회의 균등과 사회적 정의를 촉구한 '민중'의 파토스와 대립했고, 총력과 화합, 일치, 단결을 통해 민족의 장래를 구현하고자 했던 '국민'의 에토스는 해방적 인본주의와 못 가진 자들의 유토피아를 구현하고 싶어했던 '민중'의 에토스와 충돌했다. 민족사의 미래를 위해 현재의 굴욕과 고통을 잠정화시킬 수 있어야 한다는 당대 지배계급의 국가 이성은 세계사적 정의의 실현과 민족의 자긍심을 요구하는 민중 주체의 새로운 국가 기획에 의해 논쟁에 붙여졌다. 각각의 진영은 자신에 걸맞은 문학적 언어로 세계를, 그리고 그 원천으로서의 민족사를 채색하고 있었고 자신의 정당성을 강변하는 상이한 감수성과 상상력의 뿌리와 진리체계를 확인하고 확보하기 위해 투쟁했다. 일찍이 니체는 역사에 대한 태도를 기념비적인 것과 골동품적인 것, 비판적인 것으로 나누었거니와 선명한 차이에도 불구하고 삼자 공히 그 속에는 역사 점유에 대한 집단적 열망이 내연하고 있다는 점에서는 공통된다 할 수 있다. 지나간 시대의 기억을 누가 먼저 포착, 점유하느냐라는 문제는 역사의식에 눈뜬 이래 현재의 정당성을 과거에서 구하는 이른바 헤게모니 투쟁의 일환이었던 것이다.

참고문헌

공임순, 「역사소설의 양식과 이순신의 형성문법」, 『한국근대문학연구』, 제4권 제1호, 2003. 4.

김윤식, 「역사의 예술화—신라정신이란 괴물을 폭로한다」, 『현대문학』 10월 합병호, 1963. 9.

노영구, 「역사 속의 이순신 인식」, 『역사비평』, 2004년 겨울.

박영택, 「박정희 시대의 문화와 미술」, 『한국근대미술사학』 제15집, 2005.

신형기, 「민중 이야기와 도덕의 정치학—『장길산』 다시 읽기」, 『문학판』 통권14호, 2005
년 봄.

윤진현, 「1970년대 역사 소재극에 나타난 담론투쟁 양상」, 『민족문학사연구』 26호. 2004.

이보영, 「동학혁명 소설의 가능성—『혁명』과 『들불』」, 『한국소설의 가능성』, 청예원, 1998.

정호웅, 「『장길산』과 성 페르소나」, 『작가세계』 통권 60호, 2004년 봄.

진정석, 「역사적 기록의 변형과 텍스트의 저항—김동리의 역사소설에 대한 한 고찰」, 『김
동리문학연구—서헌유기룡박사송수기념논총』, 살림, 1995.

하루오 시라네·스즈키 토미 엮음, 『창조된 고전』, 왕숙영 옮김, 소명출판, 2002.

황국명, 「유현종의 『들불』 연구—동학농민전쟁과의 관련을 중심으로」, 『한국어문논집』
16집, 1995.

황광수, 「텍스트로서의 장길산과 미륵세상」, 『황석영 문학의 세계』, 창작과 비평사, 2003.

'새마을소설'에 나타난 근대화 담론의 자기 모순성

정 홍 섭

1. 문제제기

1970년대 한국소설의 특징에 대해서는 일반적으로 다음과 같은 관습화된 규정이 내려진다. 즉 '민중'·'민족'·'산업화시대' 등의 몇몇 용어들이 시대(의 문학)의 핵심을 상징하는 키워드로서 제시된다. 대표적인 예를 들자면 김윤식·정호웅의 『한국소설사』(예하, 1993)에서 1970년대를 다루는 장의 제목이 '민중주의의 성장과 산업화시대의 소설'로 되어 있고, 민족문학사연구소가 엮은 『민족문학사 강좌』(하, 창작과비평사, 1995) 가운데에서 하정일이 쓴 1970년대 문학 부분 역시 '민중의 발견과 민족문학의 새로운 도약'으로 그 제목을 삼고 있다. 이러한 문학사적 규정들을 상기하는 것은 그러한 규정의 적절성을 문제 삼으려 하기 때문이 아니다. 문제는 바로 당대의 그 '민중'들이, 특히 그 가운데에서도 당시 농민들이 실제로 쉽게 손에 잡을 수 있었던 문학 작품들은 예의 '민중주의'와 아무런 상관이 없는 것들이었다는 데에 있다. 1970년대의 여러 진지한 작가들은 분명 민중을 '발견'하고 민중주의적인 입장에서 많은 작품을 썼다. 그러나 실제로 민중들 가운데로 '조직적으로' 유통된 작품들은 당시 정치권력의 이데올로기를 전파하기 위해 의도적으로 제작된 것들이 대부분이었다. 이 글에서 살피고자 하는바 1970년대 당시 새마을운동 이데올로기를 선전하기 위해 만들어진 관제 월간지『새마을』(대한공론사)에 실린 소설들의 실상이 그것을 증명한다.

월간지『새마을』[1]은 1972년 6월부터 화보로 제작되던 것이 1974년 5월호부터는 본격적인 새마을운동 홍보·계몽잡지로 탈바꿈하여 재창간된 잡지로서, 문화공보부가 이것을 전국농어촌 및 새마을 지도자, 이·동사무소, 학교, 은행, 직장 등 기관·단체에 무료로 배부했다. 특히 농촌 지역에는 각 마을에 2부씩 배포되었는데, 이는 한 부를 새마을회관이나 새마을문고에 공공 독서용으로 비치하고 또 한 부는 회람용으로 삼을 것을 지침으로 했기 때문이었다. 그만큼 이 잡지는 정부가 새마을운동 이데올로기—실제로는 유신 이데올로기—를 대중적·조직적으로 유포하기 위해 핵심적으로 활용한 매체였던 것으로 보인다. 여기서 우선 새마을운동과

---

1) 이 잡지는 1974년 5월 창간호부터 1978년 9월호까지는 대한공론사가 발간했고, 1978년 10월호부터 1980년 12월호까지는 일간 내외경제와 코리아헤럴드를 발간 주체로 하고 있다. 1981년 1월호부터 같은 해 4월호까지는 코리아헤럴드에서 발간한 것으로 되어 있고, 전두환 정권이 공고해지는 시기와 맞물려 1981년 5월호부터는 전두환의 동생인 전경환을 편집인으로 하여 새마을운동중앙본부라는 단체에서 발간하게 된다. 그 이후 새마을운동중앙본부는 새마을운동중앙협의회로 명칭이 바뀐 채 계속해서 이 잡지의 발간 주체가 되지만, 정권 교체에 따라 편집인 명의는 몇 차례 변화를 겪게 된다. 이 잡지는 1998년 2월호까지 발간된 것으로 보이며, 1998년 3월 5일에 새마을운동중앙회에서 창간한『새마을운동신문』(격주간)이 이 잡지의 후신이 된 것으로 짐작된다(이에 대해서는 좀더 분명한 확인이 필요하다). 이 신문은 지금도 발행되고 있다.

'10월 유신' 간의 본질적 연관 관계에 대해 새삼 확인해 볼 필요가 있다.

> 따라서, "새마을운동은 곧 10월 유신이요, 10월 유신은 곧 새마을운동이
> 다", 또한 "새마을운동은 이 이념을 구현하기 위한 실천 도장이다"라고 말
> 할 수 있는 것입니다.
> 즉, "새마을운동은 한국적 민주주의의 토착화를 위한 실천 도장이요, 참
> 다운 애국심을 함양하기 위한 실천 도장인 동시에 10월 유신의 이념을 구
> 현하기 위한 실천 도장이다"라고 나는 결론을 짓고자 합니다.[2]

『새마을』은 새마을운동이 담고 있던 이와 같은 이념적 본질을 가장 대
중적 · 조직적으로 유포하기 위해 만들어진 것으로 보이며, 이러한 이 잡
지의 본질은 그 속에 실린 문학 작품들 속에도 뚜렷하게 배어 있음을 알
수 있다. 따라서 이 잡지에 실린 문학 작품들, 특히 소설들에 대한 검토는
당시 정치권력이 전파하고자 한 이데올로기의 실상을 구체적으로 확인하
는 계기가 될 뿐만 아니라, 당시 '민중'들이 실제로 더 많이 접했을 문학
작품들의 실상에 대한 분석 계기가 될 것이다. 그렇다면 이와 같이 철저하
게 하향식의 정치적 홍보 · 계몽 의도가 분명한 '문학' 작품들은 어떤 분
석 방법을 통해야만 그 본질이 제대로 드러나게 될 것인가?

먼저 작품들 속에 공통적 · 반복적으로 나타나는 제재들을 적출해 냄으
로써 새마을운동의 이데올로기적 동력을 밝혀낼 필요가 있다. 이와 같은
제재 분석을 통해 새마을운동을 핵심으로 하는 1970년대 당시 근대화 이
데올로기의 자기 모순성을 드러내고자 한다. 이와 더불어 이른바 '새마을
소설'들이 지니고 있는 창작 원리의 근본 문제를 따져 보고자 한다. 특히
이러한 문제들이 '전형적인' 새마을소설들과 새마을소설의 일반적 특질에
서 일탈해 있는 몇몇 예외적 작품과의 대비를 통해 잘 드러난다는 점에

---

2) 「대통령 각하 유시-전국새마을지도자대회(1973. 11. 22)」, 『새마을운동』 창간호, 새마을지
   도자연수원, 1974. 7, p.19.

주목하고자 한다. 또한 새마을소설의 '전형성'이 시간이 가면 갈수록 강화
된다는 점 역시 염두에 두고 분석에 임하고자 한다. 이 글은 이러한 점들
을 분석 초점으로 하여 1974년 5월 창간호부터 1977년 12월호에 이르기
까지 이 잡지에 실린 소설들을 검토한 결과물이다.3)

2. 도시생활 비판에서 드러나는 근대화 이데올로기의 자기 모순성

월간지 『새마을』에는 다양한 차원의 계몽적 글들이 실려 있다. 창간호
에 실린 몇몇 주요 글들을 통해 이 잡지의 체제와 성격을 일별해 본다. 우
선 '새마을 논단'란에 실린 것들로서 「북괴의 도발과 우리의 총화」(강인덕),
「국가 발전과 새마을운동」(김계숙)이 있고, '새마을 사색'란의 계몽적 에세
이로서 「금주령과 새마을운동」(이숭녕), 「이기주의를 버리자」(유홍렬), 「시
골의 젊은이들에게」(조연현), 「자연과 인공」(유봉영) 등이 잡지 앞부분에 실
려 있다. '생활의 과학화와 새마을운동'이라는 특집란에서는 농민들에게
'과학적' 사고방식과 생활방식, 영농방식을 계몽하는 글을 여러 편 집중적
으로 싣고 있고, '기술지도'란에서는 농사에 실제로 도움이 될 만한 기술
적인 지도 내용을 전달하고 있다. 그러나 이 잡지가 본질적으로 지니고 있
는 정치적·이데올로기적 계몽의 방향은 다음 두 글이 내세우는 바로써,

---

3) 분석 대상을 이렇게 한정하는 것은 무엇보다 이 잡지 전체를 검토하는 데에 너무나도 많
은 시간이 소요되기 때문이다. 그렇다고 해서 이러한 자의적 한정이 무조건으로 허용될
수는 없는 노릇이다. 그러나 1977년 말까지 발간된 이 잡지의 내용을 검토해본 결과 그것
만으로도 이 잡지의 전체 체제와 거기에 실린 소설 작품들 속에서 형식과 내용상의 일정
한 '규칙'이 발견되었기 때문에 그것으로써 일단 하나의 연구 결론을 내릴 수 있다고 판
단했다. 이러한 이 글의 검토 결과가 더욱 확증되기 위해서는 물론, 최소한 1979년 말까지
의 나머지 발간본들에 대한 추가 검토가 이루어져야 할 것이다.

즉 「새 역사 창조와 유신의 길」(임방현·홍윤숙 대담)과 「북한의 생활 실정」
(김봉서)이라는 제목만으로도 극명하게 드러난다. 다시 말해 이 잡지가 겉
으로 볼 때 새마을운동이라는 위로부터의 농촌계몽운동(또는 농촌'혁신'운동)
의 매개체로 자리매김되어 있는 듯하지만, 실제로는 무엇보다도 '유신' 이
데올로기를 실질적으로 정당화하기 위한 대중적 매체가 되고 있음을 알
수 있다. 또한 이를 위해 북한에 대한 총체적 비판이 필수적이고도 가장
강력한 도구로써 동원되고 있음을 확인할 수 있다. 특히 다른 무엇보다도
이 반(反)북한(또는 반공) 전략이 유신체제 유지의 필수불가결한 요소였다는
것은 이 잡지의 편집 원칙에서도 분명하게 확인된다. 이 잡지는 이후로 내
내 북한 체제를 비판하는 글을 한 호도 빠짐없이 매우 체계적인 형식으로
싣고 있다. 그런데 특기할 만한 것은, 마찬가지로 한 호도 빠짐없이 두 편
내지 세 편의 소설 작품이 이 잡지에 실리고 있다는 사실이다. 물론 소설
뿐만 아니라 시와 수필 장르의 글 역시 매호 빠짐없이 실려 있다. 어쨌든
이 잡지는 이러한 '문학' 작품들을 매우 비중 있게 다루고 있는데, 이는
소설을 중심으로 한 문학적 글들이 이 잡지의 계몽적 의도를 충족시킬 매
우 중요한 수단으로 간주된다는 점을 시사하는 것이다.

　창간 초기 이 잡지에 실린 소설들의 작가 가운데에는 박영준, 조정래와
같은 지명도 높은 이들도 눈에 띈다. 그런데 주목할 만한 것은 이 작가의
소설들이 지니고 있는 제재 또는 주제의식이 이후 이 잡지에 실리게 되는
다른 대부분 작품들에서도 공통적으로 나타난다는 점이다. 그것은 바로
농촌에서의 새마을운동의 필요성과 정당성을 내세우는 주된 근거가 농촌
내부보다는 외부 즉 도시(생활)의 부정성에서 찾아지고 있다는 점이다. 물
론 위 두 작가의 작품들에는 새마을운동의 정당성을 직접적으로 역설하는
내용은 담겨 있지 않으나, 도시가 아닌 농촌에서야말로 진정으로 '인간다
운' 삶이 모색될 수 있다는 주제의식은 이후 나타나는 많은 '새마을소설'4)
의 공통된 핵심 요소로 자리 잡는다. 우선 창간호에 실린 박영준의 소설

「영애의 결혼」을 보자. 어느 농촌 마을의 모범적인 일꾼인 영애는 올해
스물셋으로 결혼할 나이지만 결혼 생각이 전혀 없다. 좀더 일을 해서 어머
니와 오빠가 조금 넉넉하게 살 수 있도록 돈을 벌어야 한다고 생각하기
때문이다. 그러나 작년에 군대에서 제대하고 돌아와 결혼한 오빠가 자꾸
만 결혼을 재촉한다. 영애는 오빠가 자신을 귀찮게 여기는 게 아닐까 하는
짐작을 하며 섭섭한 마음을 갖기도 한다. 영애가 마음에 두고 있는 남자가
사실 없는 것도 아닌데, 그는 바로 오빠 친구인 경태이다. 경태는 국민학
교 교사인데, 영애는 경태가 자신을 그저 친구의 동생으로 여길 뿐이라고
생각하여 아예 결혼 상대로서의 가능성을 두지 않는다. 영애는 오빠의 성화
에 못 이겨 결국 선을 보게 되고, 오빠에 대한 오해가 점점 커지면서 자신
이 해 온 농촌 일에 대해서도 일종의 환멸을 느끼게 되어 농촌을 떠나 도시
로 가서 살고 싶다는 말을 서슴없이 한다. 그러던 어느 날 경태는 영애를
불러 자신이 이제까지 영애를 좋아했고 결혼할 생각도 했는데, 영애가 도시
로 떠나고 싶다는 생각을 하는 것을 알고 실망했다는 말을 한다. 그런데 이
대목에서 경태가 영애에게 던지는 일장 훈계가 이렇게 이어진다.

> "(……) 이봐. 영애, 일 안하는 도시가 뭐 그리 좋아. 소비의 도시는 결국
> 허영의 도시야. 요즘 신문에는 구천만원을 부정 대출해 쓴 사람, 그리구 이
> 억원의 토지 사기를 한 여자 사건이루 떠들썩해. 그거뿐이야? 살인 강도 사
> 건이 매일처럼 보도되구 있어. 사기, 강탈, 죄악의 도시. 개인이나 국가는
> 일하는 가운데서 변화되야 한다구 생각해. 영애는 그새 너무 고생을 많이
> 했으니까 지쳐서 그런 생각을 할지 모르지만 일에서 느끼는 보람이 가장
> 즐거운 것이라구 생각해."5)

---

4) 잡지 『새마을』에 실린 소설들에는 '단편농촌소설', '연재소설', '실명소설' 등의 명칭이 붙
   어 있고, 특별히 임성경의 『합창』(문공부 주최 문예창작공모소설 입선작, 『새마을』, 1974.
   6~12)에만 '새마을소설'이라는 별칭이 붙어 있다. 그러나 이 글에서는 이 잡지에 실린 모
   든 소설 작품들을 '새마을소설'이라 부른다.
5) 박영준, 「영애의 결혼」, 『새마을』 창간호, 1974. 5, p.149.

한 마디로 말해 도시는 죄악으로 가득 찬 불건강한 공간이다. 그러한 불건강함과 죄악을 치유할 수 있는 곳은 오로지 농촌이라는 논리가 이 작품의 핵심이다. 이런 정도로 극단적인 도시－농촌 대비는 아니라 하더라도 조정래의 작품 역시 농촌만이 사람 살 만한 곳이라는 논리를 분명하게 내세운다. 그의 「숨쉴 수 있는 땅」이라는 작품을 살펴보자. 농촌의 고단하고 가난한 삶에서 탈출하기 위해 감골댁의 작은아들 봉길은 중학을 마치자 가출을 해버린다. 가출한 지 9년 만에 봉길은 결혼을 하게 되었다는 편지를 어머니에게 보내고 이로써 서울에서 모자 상봉이 이루어진다. 그런데 작은아들을 만나 보기 위해 세 번째 상경을 한 감골댁은, 봉길이 자신이 다니는 회사에서 해고를 당하게 됐다는 사실을 알게 된다. 야간 상업학교만을 나온 봉길은 학력이 낮다는 이유로 감원 대상이 되었던 것이다. 실의와 갈등에 빠져 있는 작은아들을 안쓰럽게 바라보면서 며칠을 지낸 감골댁은 결국 고향으로 내려오기 전전 날 봉길에게 고향으로 내려와 함께 살자고 제안한다. 그런데 봉길 역시 큰 갈등 없이 어머니의 제안을 받아들인다.

> "(……) 그리고 제 맘껏 숨쉴 수 있는 땅으로 돌아가고 싶습니다…… 어머니 말씀대로 사람답게. 제 분에 맞게 사는 것이 제일일 것 같더군요. (……)"[6]

작중 주인공의 귀향 이유가 좀 다르긴 하지만 도시 또는 서울 생활의 비인간성과 농촌 생활의 희망을 부각시키는 것이 두 작품이 보이는 핵심 공통점이다. 새마을운동의 모토인 이른바 근대화가 도시(또는 서울)에서뿐만 아니라 농촌에서도 이루어지기를 희망한다는 긍정의 논리가 아니라, 위에서 본 바와 같이 도시는 타락한 곳이므로 농촌에서 인간다운 삶을 모

---

6) 조정래, 「숨쉴 수 있는 땅」, 『새마을』, 1974. 12, p.127.

색해야 한다는 식의 주제는 『새마을』에 실리는 소설들의 주류 논리가 된다. 이를테면 "사치와 나태와 말초 신경적 욕구에 들떠 있는 서울"[7]이라는 이미지, 또는 "서울은 갈수록 시끄럽고 물가가 비싼 데다 농촌은 나날이 풍부해 간다"[8]든지 "도시에는 거짓이 있고 속임수가 있고 나아가서는 부조리(不條理) 현상이 성행하지만 농촌에는 그런 것이 발을 붙이지 못한다. 그래서 흙은 혜택을 준다. 양심적인 농군에게 은혜를 주는 것"[9]이라는 극단적 이분법이 기이하게도 농촌 새마을운동을 정당화하는 핵심 논리로 자리 잡게 되는 것이다. 『새마을』에 실린 소설들은 이렇게 도시(서울)에 대한 환멸을 경쟁적으로 고백한다.

> "솔직이 말해서 난 2, 3년 서울 생활에 환멸을 느꼈다. 말은 좋아 하루 일당 얼마, 한 달 월급이 얼마라고 하지만, 나같이 못 배운 인간이 기술을 배워서 기술자가 된다 해도 돈을 번다는 것은 거의 하늘에 별따기라는 것을 절실히 느꼈다. 그 대신 아자식은 점점 막난이만 되어 가고……." (…중략…)
>
> "길게 설명할 것도 없이 아자식 버리기 좋을 만한 곳이 바로 서울이드라 그 말야. 의리도, 도덕도, 예절도, 아래위턱도(어른 아이 구별) 없이 한 마디로 말해서 개판이더라니까. 사내놈들은 전부 깡패, 도적놈으로만 보이고, 계집들은 전부 갈보로 밖에 안 보이더라니까, 나 참 기가 차서……."[10]

왜 이러한 '도시 환멸-농촌 희망'이라는 논리가 기이하다고밖에 할 수 없는가? 그것은 바로, 의도했건 그렇지 않건 간에 이것이 1960년대 이래로 급속하게 이루어진 근대화-산업화의 결과를 그 주체-말할 필요도 없이 잡지 『새마을』을 발간한 실제 주체-가 스스로 부정하는 격이 되기 때

---

7) 곽학송, 『대지의 미소』, 『새마을』, 1976. 2, p.150~151.
8) 오유권, 「돌아온 고향」, 『새마을』, 1975. 3, p.161.
9) 김송, 「하면 된다」, 『새마을』, 1976. 1, p.156.
10) 유승규, 『춤추는 산하』, 『새마을』, 1976. 9, p.146.

문이다. 이러한 자기 모순성에서 벗어나자면 사실 근대화—산업화의 성과가 도시뿐만 아니라 농촌에까지 미치고 있음을 자신감 있게 표현해야 마땅하다. 바로 다음과 같은 자축의 노래를 불러야 마땅한 것이다.

> (……)
> 세상이 변했다고 하지만 / 이렇게 빨리 이 산골 마을에 /
> 서부활극이 화면에 요란하고 / 런던, 파리, 뉴욕이 솟아 어지럽고 /
> 젊은 남녀들의 러브 신이 안방에 가득할 줄이야 //
> 삼천리 어디나 새마을 바람 / 텔레비 화면 따라 / 세월은 밝아진다.[11]

그렇다면 왜 이렇게 '솔직한' 농촌 근대화 예찬보다는 도시에 대한 부정적 이미지와 환멸을 농촌 새마을운동의 근본 동력으로 삼을 수밖에 없는 것일까? 이는 1960년대 이래의 산업화—도시화가 낳은바 급속하고도 기형적인 도시 집중 및 탈농이라는 심각한 문제점을 솔직하게 인정할 수 없었던 데 기인한 문제로 보인다. 즉 "탁한 공기, 메마른 인정, 교통의 혼잡 이런 것에 시달리고 있는 도시 사람들"[12]을 자꾸만 의도적으로 강조하는 것은 실제로는 "성공은 도시에만 있는 것이 아니고 시골에도 있다는 것을 시골의 젊은이들이 증명해"[13] 주기를 바라기 때문인 것이다. 그러나 이러한 논리는 두 가지 점에서 근본적으로 문제가 있다. 우선 도시의 그러한 부정적 측면들이 과연 급속한 근대화 과정과 어떤 본질적 연관성이 있는지를 반성하지 않고 있다는 점이 그것이다. 또 한 가지는 과연 당대의 근대화 패러다임 하에서 볼 때 진정한 '성공'이란 어떤 것인가를 명확하게 제시하지 못하고 있다는 점이다. 물론 새마을소설들 역시 이와 같은 두 가지 점을 똑같은 문제로 안고 있으며, 이것이 이 작품들의 '계몽' 논리에

---

11) 조병화, 「밝아진 세월」, 『새마을』 창간호, 1974. 5, 목차의 앞부분.
12) 조연현, 「시골의 젊은이들에게」, 『새마을』 창간호, 1974. 5, p.38.
13) 같은 곳.

그대로 배어 있다. 그 결과 거의 모든 작품들이 '소득 증대'와 '미신 타파'라는 공통된 주장을 교조처럼 내세우게 되는 것이다.

이렇게 한편으로 도시에 대한 환멸감이 새마을소설의 커다란 주제의식으로 자리 잡고 있지만 이는 허위의식에 불과하다. 사실상 새마을소설에서 적극적으로 주장하는 바는 '소득 증대'와 '미신 타파'라는 두 가지 점에 있다. 이를테면, 마을 한복판에 용이 승천(昇天)할 때 발판이 되었다는 우물이 있어서 마을 이름이 용정(龍井)이 되었다는 자기 마을의 오랜 전설에 대해 이 마을의 토박이 청년은 "참으로 어처구니없는 일"[14]이라고 단정할뿐더러 "우리 마을의 가난은 그 전설 때문"[15]이라는 생각을 확고한 신념으로 지니고 있다.[16] 물론 이 주인공 청년은 마을 사람들의 이 오랜 '미신'과 싸움으로써 도로 개설과 전기 가설, 그리고 소득 증대 등의 성과를 얻는다. 이와 같은 작품 구조는 대부분의 새마을소설에서 공통적으로 나타난다. 한 마디로 말해 당대의 근대화란 도시에서건 농촌에서건 '돈을 많이 버는 일'을 목표로 하는 것이었다는 점이 이로써 분명해진다. 새마을소설에서는 단지 이에 대한 허위의식적 포장이 도시에 대한 환멸로 나타났던 것이다.

그런데 새마을소설에서 도시의 부정적 이미지 제시는 그 정치적인 의도가 매우 공공연하게 드러나기도 한다. 즉 그것은 당시 유신 정권에 대한 반대 투쟁을 하던 대학생들의 타락상을 매도하는 것으로 나타난다. 예컨대 "기성 정치인들과 요정 출입을 하고 접대부들과 동침"하는 "이른바 학생 혁명아(學生革命兒)의 우두머리 남학생"[17]이라든지, "요즘 도시의 일부

---

14) 곽학송, 「용허리 고개」, 『새마을』, 1974. 9, p. 118.
15) 위의 책, p.119.
16) 당시 대한민국을 대표하는 작가이자, 한국의 대표적인 '미신'인 샤머니즘을 보편적 미학의 수준에서 형상화한 『을화』(1978)의 작자 김동리가 이와 같은 새마을소설 또는 새마을운동의 '미신 타파' 이데올로기를 과연 어떻게 받아들였을 것인가는 하나의 중요한 연구거리라 할 것이다.
17) 곽학송, 『대지의 미소』, 『새마을』, 1975. 5, p.149.

젊은이들에게서 볼 수 있는 장발(長髮)과 통기타, 국적을 알 수 없는 해괴한 옷차림…… 외국의 것이면 뭐든지 좋다는 식으로 받아들여 흉내 내는 그들"[18]로써 도시(서울)의 이미지를 대신하는 경우가 그것이다. 특히 '장발과 통기타'에 대한 일방적 비난의 실제 의미는, "국적 있는 교육이나 한국적 민주주의와 개방적인 세계성과의 괴리(乖離)를 형식 논리적 차원에서 두려워할 필요는 없습니다"[19]라는 주장 속에 담겨 있다. 즉 당시의 '장발과 통기타'는 사실 이른바 '한국적 민주주의' 이데올로기를 주장하기 위한 희생양이었던 것이다.

> (……) 민주주의는 교조(敎條)가 아닙니다. 그 기본 이념은 보편적일지라도 구체적인 제도는 나라에 따라 다를 수밖에 없습니다. 민주주의는 공리공론이 아니라 나라 살림의 지혜요 기술이기도 합니다. 박 대통령 각하의 말씀과 같이─국적 있는 교육이란 지금까지의 무비판적인 외래 사조나 제도의 모방에서 벗어나 우리의 민족 주체성을 되찾으려는 민족적 자각의 구체적 표현입니다. 그러므로 국적 있는 교육이 이른바 세계성과 상충되는 폐쇄적이고 독선적인 교육은 결코 아닙니다.[20]

위에서 보는 바와 같이 새마을소설들은 도시의 부정적 이미지와 도시에 대한 환멸을 기본적인 주제의식으로서 깔고 있으며, 그것은 매우 분명한 정치적 저의를 지닌 것이다. 그런데 여기서 중요한 것은, 앞서 확인한 바와 같이 농촌 새마을운동의 목표('소득 증대')가 도시 근대화의 그것과 실질적으로는 구별되지 않는다는 점이다. 바로 '획일주의'와 더불어 '박정희 패러다임'의 주된 축인 '경제지상주의'[21]가 도시에서건 농촌에서건 똑같

---

18) 이호일, 『용정리의 합창』, 『새마을』, 1977. 1, p.164.
19) 임방현의 발언, 「새 역사 창조와 유신의 길」(임방현·홍윤숙 대담, 『새마을』 창간호, 1974. 5, p.28.
20) 같은 곳.
21) 황대권, 「지금도 계속되는 박정희 패러다임」, 『창작과비평』, 2005년 여름, pp.260~266 참조.

이 관철되고 있음이 분명하게 확인되는 것이다. 그런데도 그와 같이 도시 비판이라는 자기 모순적 포즈를 드러내면서 농촌 새마을 건설의 당위성을 주장하지 않으면 안 되었던 데에 새마을운동 이데올로기의 허구성이 있다. 정치적으로 볼 때 이는 파시즘적 선동 방식과 대단히 유사해 보인다. 국가 차원에서는 반공이라는 부정적(negative) 구호를, 그리고 국가 내부의 계층·지역 차원에서는 도시와 농촌의 대립이라는 구도를 내세우는 것 모두가 그러하다.22)

> 파시즘은 전혀 하나의 새로운 사회체제가 아니며 또 그것을 지향하는 것도 아니다. 때문에 파시즘에는 적극적인 목표와 일관된 정책이 없다. 유일한 목적은 반혁명뿐이다. 반공이라든가 반유태인 등 여러 가지 부정의 형태로밖에 자신의 주장을 표현할 수 없는 이유도 여기에 있다. 또한 이것이, 일당독재 형태를 취하는 경우에, 바로 이 독재가 이데올로기적으로도 영구화되어 버리는 이유이기도 하다. 게다가 파시즘은 선동에 의해 마치 모든 계층의 우군(友軍)인 양 가장한다. 그러나 이해가 대립되고 엇갈려 있는 현대 사회에서는 일관성 있는 적극적인 정책을 채택하면, 반드시 어떤 계급의 이해에 저촉되게 된다. 때문에 히틀러는 자본가에게는 노동자 조직의 박멸을 약속하고, 노동자에게는 자본에 의한 착취의 근절을 맹세하고, 중소기업에게는 백화점과 트러스트의 해악을 비난하고, 농민에게는 도시의 부패와 타락을 설명하고, 카톨릭에게는 반종교운동과 무신론의 탄압을 약속하며, 신교에게는 카톨릭의 부패를 폭로했으며, 언제 어디서나 볼셰비즘과 유태인의 재앙으로부터의 해방을 부르짖었다.23) (강조는 인용자)

우리의 경우 '볼셰비즘과 유태인'의 자리에 '북한과 그 동조세력'이 놓

---

22) 물론 당대의 새마을운동에서 주장된 농촌근대화론에는 '소득 증대'라는 '적극적' 구호가 담겨 있었다. 그러나 도시에 비해 상대적 박탈감을 갖고 있었던 농촌 사람들에게는 그와 같은 '적극적' 구호의 또 다른 한편에서 도시의 '타락'을 비난하는 '부정적' 구호 역시 동원되지 않을 수 없었고, 바로 이 점이 파시즘의 정략을 닮아 있다는 것이다. 또 한편, 여기에는 당시 권력의 주된 '표밭'이었던 농촌에 대한 특별한 '배려' 역시 작용했을 것이다.
23) 마루야마 마사오, 서동만 편역, 「파시즘의 본질—파시즘의 정치적 동학(動學)에 관한 연구」, 『파시즘 연구』, 거름, 1993, p.30.

여 있음은 익히 아는 바이다. 그런데 새마을소설을 통해 우리가 새롭게 알
게 되는 것은, 바로 새마을운동 이데올로기를 전파함에 있어서 '도시의 부
패와 타락'에 대한 강조가 필수적이었다는 점이다.

3. 규범화된 현실관과 사이비 내면성의 노출
―비전형적 새마을소설과의 대비를 통해 나타나는 것

새마을소설에 직간접적으로 작용하고 있는 정치적 의도의 부자연스러
움은 필연적으로 소설 내적 형식면에서도 파탄을 가져오지 않을 수 없다.
한 마디로 말해 일반적인 새마을소설24)에는 근대소설의 본질적 형식 구성
요소라 할 아이러니가 없다. 왜냐하면 "내면세계와 외면세계 사이의 상호
이질감과 적대적 성격은 지양되지 않고 단지 필연적인 것으로 인식"25)되
기는커녕, 새마을소설 속에서는 작중 주인공의 일방적인 계몽 이데올로기
에 의해 결국 모든 갈등과 문제들이 해소되어 버리기 때문이다. 위에서 살
핀 바와 마찬가지로 일반적으로 새마을소설에 담긴 현실은 매우 천편일률
적이며, 더 큰 문제는 작중 주인공들에게 진정한 의미의 내면세계가 없다
는 점이다. 그들 내면에 존재하는 갈등도 이미 그들이 의도한 바대로 해소

---

24) '일반적인' 새마을소설(또는 뒤에서 쓰고 있는 새마을소설의 '모범적' 도식)이라는 용어가
    뜻하는 바에 대해서는 부연 설명이 필요하다. 이는 바로 『새마을』이라는 매체가 이데올
    로기적 · 담론적으로 강제하는 바를 어떤 소설 작품이 의식적 또는 무의식적으로 '수용'
    한 경우를 말하는 것이다. 따라서 바로 밑에서 쓰고 있는바, '비전형적' 새마을소설이라
    했을 때에는 그와 같은 강제에서 상당히 빗겨나 있는 경우를 말한다. 『새마을』에 실린
    작품 치고 그 강제에 대한 적극적 저항이 불가함은 말할 필요도 없다. 그러나 이데올로
    기와 담론 형성면에서 이 잡지가 기대하는 바를 교묘한 형태로 빗겨나가 당대 현실을 조
    금이라도 더 깊은 차원에서 반영하고 있는 작품들이 있는데, 바로 이를 '비전형적' 새마
    을소설이라 부르고자 하는 것이다.
25) 게오르그 루카치, 반성완 역, 『소설의 이론』, 심설당, 1985, p.96.

될 예정으로 된 것이라 할 수 있다. 그런데 이러한 문제가 더욱 뚜렷하게 부각되는 것은 『새마을』에 실린 '비전형적' 새마을소설을 통해서이다. 이런 명칭이 가능한 것은 이 소설들이 여타의 소설들에서 보이는 규범화된 현실관이나 사이비 내면성과는 거리가 멀기 때문이다.

『새마을』 창간호에는 앞서 살핀 박영준의 작품과 함께 이문희의 소설 한 편이 나란히 실려 있다. 이 작품의 줄거리는 다음과 같다. '우리'는 새마을 사업의 성공 사례를 직접 확인하기 위해 별천(鼈川)이라는 이름의 마을을 찾았다. 그런데 "새마을 사업으로 성공을 거둔 마을이라면 성공의 내용을 설명하는 고시판이나 마을을 소개하는 석각물(石刻物) 따위가 동네 입구에 세워져 있는 것을 흔히 보게 마련인데 동네의 입구에는 아무런 표시판도 만들어져 있지 않았다."26) 또 "성공한 새마을은 우선 외식(外飾)부터가 눈을 끄는 법인데 별천 마을에서는 색칠을 한 양철 지붕도 회도배(灰塗褙)를 한 개조된 가옥 한 채도 구경할 수가 없었다."27) 이 마을의 새마을 지도자는 강규석이라는 인물이지만 작중 주인공은 이 사람이 아니라 이장인 최형표라는 인물이다. 이 인물은 독특한 삶의 이력을 지니고 있다. "주색잡기를 골고루 했었노라고, 그는 지난날을 술회했다. 술 마시고, 아내에게 폭행을 가하고, 공장에 다니는 딸을 들볶아서 술값을 뜯어내고, '기둥뿌리'를 뽑아 팔아 노름 밑천을 장만하고 …… 하는 것이 일과였다."28) 결국 딸은 집을 나가고 부인도 폐병으로 죽고 만다. 죽으면서 그의 아내는 이백 평 밭뙈기를 남겼는데, 그는 이때부터 사람이 완전히 달라진다. 아내가 남긴 밭뙈기를 개간하여 자기 자신의 새로운 살림 밑천을 삼은 것은 물론, 그 자신의 살림살이 방식이 마을 사람들에게 본이 됨으로써 실질적인 새마을 지도자 역할까지 맡게 된 것이다. 그런데 이 인물에게는 더 깊

---

26) 이문희, 「술회(述懷)」, 『새마을』 창간호, 1974. 5, p.154.
27) 같은 곳.
28) 『새마을』 창간호, 1974. 5, p.157.

은 과거 상처의 기억이 남아 있다. 그는 농고 졸업 후 경찰에 투신했다가 공비 토벌에 참가했는데, 이때 공비 한 사람을 죽인 충격으로 경찰을 그만 둔다. 공비를 죽인 충격이 컸던 것은 그 공비가 바로 그의 학교 후배이기 때문이었다. 경찰을 그만두고 고향에 돌아온 그가 예의 방탕한 삶을 살게 된 것도 바로 그 충격 때문이었던 것이다. 극도로 가난했던 자신의 고향 마을을 웬만큼 살 만한 곳으로 만들어 놓은 지금, 그는 자신 때문에 폐인 이 돼 있을지도 모를 딸을 찾아 나서기로 한다. 그는 이제 고향을 떠나고 자 하는 것이다.

　보는 바와 같이 이 작품은 몇 가지 면에서 일반적인 새마을소설과 매우 다른 양상을 보인다. 우선 이 작품에서 모범 새마을로 소개되고 있는 별천 마을부터 그 외양과 내실이 여느 모범 새마을의 경우와 매우 다르다. 이 마을에는 새마을운동의 성공을 과시하는 어떤 선전 기념물도 없을 뿐만 아니라, 새마을사업의 상징이라 해도 좋을 '양철지붕'도 '회도배한 가옥' 도 없다. 이는 물론, 진정으로 마을 사람들의 살림을 위하는 것이 바로 '생활 기반'을 다지는 데 있다는 이 마을 지도자의 사고방식에 기인한 것 이지만, 결과적으로는 새마을사업의 일반적인 방침과 방식에 대한 간접 비판의 효과를 낳는다. 이와 같이 이 작품에는 여느 새마을소설과 같은 식 의 판에 박힌 현실문제 타개의 방식, 즉 미신타파와 소득증대 및 생활환경 개선이라는 도식이 나타나지 않는다. 최형표라는 인물이 추진하는 마을 소득증대 사업이라는 것도 그 배경이 꽤 박진감 있게 제시되어 있어 설득 력이 남다른 바가 있다. 또 작중 주인공인 이 최형표라는 인물은 다른 새 마을소설에서와 달리 새마을 지도자 신분이 아니다. 즉 그는 새마을운동 을 의식하면서 마을의 지도자를 자임한 인물이 아니었다. 단지 그 자신의 실패한 과거를 반성하고 그것을 만회하기 위해 자기 자신의 새 삶을 꾸려 나가기 시작했고, 그것이 계기가 되어 우연하게도 그는 마을 지도자가 된 것이었다. 이러한 면도 다른 새마을소설에서는 거의 찾아볼 수 없는 대목이다.

그러나 이 작품이 문제적인 것은 무엇보다도 이 최형표라는 인물의 '과거'에 있다. 경찰 신분으로 공비 토벌에 참가했다가 죽인 한 사람의 공비가 바로 자신의 학교 후배였고, 궁극적으로는 이 때문에 아내의 죽음과 딸의 가출이라는 삶의 비극이 빚어졌다는 이 작품의 이야기는, 이 작품이 새마을소설이라는 사실을 진정 무색케 한다. 무엇보다도 새마을운동을 그 이면 핵심에서 뒷받침하고 있었던 반공 이데올로기와 이 작품은 전혀 무관해 보일 뿐만 아니라, 그 줄거리가 매우 소략하기는 하나 우리가 친숙하게 접해 온 분단소설의 '고전적' 사연을 매우 닮아 있음을 알 수 있다. 이역시 여타 새마을소설과의 대비를 통해 더욱 극명하게 두드러진다. 예컨대, 북한에서 정예 훈련을 받고 내려온 남한 출신의 한 남파 간첩이 태백산 산중에서 어느 농부가 지겟다리에 북한에서는 귀하디귀한 트랜지스터 라디오를 걸고 다니는 것을 보고는 충격을 받고 마음이 흔들려, 자기도 고향에 무사히 돌아가게 되면 새마을운동 지도자가 되겠다는 줄거리의 다소 황당해 보이는 소설29)과 이 작품을 함께 놓고 보면 그 '이질성'이 분명해지는 것이다. 이렇게 새마을소설의 '모범적' 도식을 한참 벗어난 작품이 『새마을』 창간호에 실려 있다는 사실이 하나의 아이러니라 할 수 있지만, 이러한 기현상은 이후 더 이상 거의 나타나지 않는다. 이후 이 잡지에 실리는 작품들은 대부분 그 도식을 충실히 따르고 있음을 확인할 수 있다. 그러나 아주 드문 현상이기는 하나, 미묘한 대목에서 그런 도식을 탈피한 작품도 발견되고 있어 세심한 주의를 요한다.

전병순의 두 작품 「세 번째의 귀향」과 「혼담」은 표면적으로 보아 일반적인 새마을소설의 논리를 그대로 따르고 있는 듯하나, 그 구체적인 내용을 보면 예의 일반적 도식과 상당한 차이가 있다. 먼저 「세 번째의 귀향」

---

29) 홍성유, 「지겟다리 위의 「라지오」」, 『새마을』, 1975. 4.

의 줄거리부터 살펴보자. 농촌에 고향을 둔 스물세 살 처녀 말례는 열네 살 때부터 지금까지 9년 동안 서울에 올라와 살다가 다시 고향으로 내려가는 일을 두 번이나 반복했고, 이제 "다시는 서울은 생각하지 말자"[30]고 다짐하며 세 번째로 고향을 향해 내려가고 있다. 서울에 사는 동안 말례는 자신이 기숙한 집 주인들의 호의 덕분에 비교적 편안한 마음으로 생활할 수 있었지만, 이제 더 이상은 서울 생활에 미련을 느끼지 못한다. 9년간의 서울 생활을 경험한 그의 결론은 이런 것이었다. "서울은 불행한 사람들만 모여 사는 곳 같애요. 제가 본 사람들은 맨 그런 사람들뿐이던데요."[31] 서울에 사는 동안 그는 여러 가지 일을 해보았는데, 평화 시장의 기성복점 시다, 과일 노점상, 식모살이 등이 그것이다. 말례는 자신이 서울에서 하던 것만큼 부지런히 일하면 농촌에서 잘 살 수 있을 거라는 희망을 품고 이제 마지막 귀향 기차에 몸을 싣고 가는 것이다.

줄거리만 봐서는 이 작품 역시 일반적인 새마을소설의 그것과 전혀 다를 바가 없다. 특히 서울 생활에 대한 단정적인 부정적 평가라는 면에서 그렇다. 그러나 말례라는 여성 주인공이 그와 같은 서울 생활 평가를 하게 된 근거를 보면 이 작품이 여타 새마을소설과 꽤 큰 차이를 지니고 있음을 알 수 있다. 우선 말례가 서울에서 처음으로 다닌 직장이라 할 수 있는 평화시장 기성복점에서의 생활에 대해 그는 이렇게 말한다.

> "(……) 지금은 어떤지 모르지만 다닐 곳이 못 되던데요. 첫째 공기가 나빠서 못 견디겠구요. 월급이래야 우리 또래 가정부보단 일이천 원 더 많지만, 자취하면서 출퇴근하자니 왕복 버스비에 방세, 수도세, 전기세, 연탄 값, 그리고 매일 못 먹는다 해도 콩나물 한 줌이라도 사 먹어야 하잖아요. 목욕도 다녀야 되고 하니까 매월 적자 생활이예요. 육 개월을 다니다가 집어치워 버렸어요. 참고 더 다녀서 진짜 기술자가 되면 수입도 괜찮고 그렇다지

---

30) 전병순, 「세 번째의 귀향」, 『새마을』, 1977. 7, p.160.
31) 위의 책, p.163.

만 제 성격엔 안 맞는 것 같았어요."[32]

말례는 단순히 자기 성격에 맞지 않아 평화시장 시다 생활을 그만 두었다고 말하지만, 그렇게 가볍게 듣고 넘어가기에는 평화시장의 노동조건에 대한 증언 내용이 매우 심각하게 받아들여진다. 게다가 평화시장이라는 공간의 상징성이 그와 같은 심각성을 불가피하게 배가시킨다. 이 작품이 발표된 게 1977년이고, 이때는 이미 전태일이라는 한 노동자의 최후의 충격적 저항이 있은 지도 7년이나 지난 시점이기 때문에 더더욱 말례의 '가벼운' 이야기가 결코 가볍게 받아들여지지 않는다. 더구나 말례의 말로는, 퇴근 후 오빠가 하는 과일 도매상에서 외상으로 과일들을 얻어 와 길거리에서 그것들을 판 돈이 평화시장 시다 월급보다도 많았다는 것이다. 다시 말해 '아르바이트' 수입이 본업 월급보다 많았다는 것인데, 이를 보더라도 평화시장에서의 노동자 생활이 얼마나 고단한 것이었는지를 충분히 짐작할 수 있게 된다. 서울 사람들의 생활방식에 대해 말례가 최종적인 부정적 평가를 내리게 된 구체적이고도 분명한 근거는 더 있다. 그는 문교부의 ××××국장님 댁에서 식모살이를 했었는데, 다음은 자신이 그 집에서 살 때의 일과에 대한 설명이다.

"제 일이 밤 열한 시가 넘어야만 끝나거든요. 다 큰 딸만 다섯인 집인데 사모님이랑 아무도 자기 양말은커녕 팬티 하나 제 손으로 빠는 사람이 없구요. 자기 방의 청소 한 번을 안 하는 사람들이거든요. 저는 그 시간에야 들어가서 밀린 신문을 읽고, 편지, 일기를 쓰고, 다른 잡지 같은 것도 읽다가 한 시 넘어 보통 자는 습관이었어요. 아침엔 네 시 반에 일어나야 돼요. 새벽 밥 먹고 과외에 다니는 막내 딸 때문이에요. 그 때부턴 종일, 다만 십 분이라도 쉴래야 쉴 수 없게 차곡차곡 일들이 밀려 있거든요. (……)"[33]

---

32) 위의 책, p.164.
33) 위의 책, p.167.

말례의 일과는 1970년대 서울의 웬만한 중산층 이상 집에서 볼 수 있었던 '식모'들의 전형적 생활 형태라 할 것이다. 물론 뚜렷이 다른 점이 하나 있다면, 말례의 성격이 남다르게 밝고 진취적이며 또 부지런해서 피곤한 몸을 이끌고도 밤늦게 자신의 지식욕을 채우고자 노력한 점이다. 그러나 그가 묘사하는바 서울 사람들의 생활은 그로 하여금 일종의 환멸감을 느끼게 하기에 충분했다는 생각을 갖게 한다. 더 없이 바쁘게 살지만 자기 손으로 자기 일상생활을 전혀 챙기지 못하는 사람들을 보며, 그리고 그런 사람들을 온종일 뒷바라지하면서도 자기 손에는 단돈 '이 만원'의 월급밖에 들어오지 않는 자기 처지를 깨달으면서, 아무리 성격 좋은 말례이언정 서울 생활에 대한 환멸을 느끼지 않을 수 없었던 것이다. 이 밖에도, 말례가 보기에는 서울 사람들의 생활에는 또 다른 근본적인 문제가 있는데, 그것은 바로 서울 사람들의 무감각한 낭비벽이다. 다음과 같은 말례의 소박한 설명도 의미심장하게 느껴지는 바가 없지 않은 것이다.

> "네. 모두 불광동 엄마한테 얻어 오는 건데요, 빈 커피병, 헌 신문, 헌 옷, 먹다 남은 새우젓, 멸치젓, 장아찌 같은 거예요. 식구가 적으니까 항상 남거든요. 시골집은 농사지으니까 뭐든지 쓰고 단 것이 없고, 커피병이나 신문지도 서울에선 고물상이 몇 푼 안쳐 주지만 시골에선 얼마나 귀하고 요긴한 거라구요. 가져갈 수만 있으면 주신다기에 다아 얻어 왔어요. 헌 옷도 농사지을 때는 아무거나 걸칠 수 있잖아요. 일하면 그렇게 질긴 나일롱 옷감들도 잘 헤지거든요."[34]

이처럼 이 작품은 겉으로 보기에 여느 새마을소설의 줄거리와 뚜렷이 구별되지 않는 듯하면서도, 구체적인 내용면에서는 매우 심상치 않은 문제 제기를 하고 있는 독특한 작품이다. 물론 그 문제 제기가 말례의 발랄한 말투를 통해 이루어짐으로써 다소 가벼운 느낌을 주기는 하지만, 이는

---

34) 같은 곳.

작가 자신의 문제의식이 경박해서라기보다는 『새마을』이라는 잡지가 지닌 유무형의 불가피한 제약 탓이라 보는 것이 옳다고 생각된다.

전병순의 또 다른 소설 「혼담」은 「세 번째의 귀향」의 연작 격인 작품이다. 작중 주인공은 바로 세 번째 귀향으로써 완전히 고향에 정착한 말례이며, 말례가 고향에서 사는 이야기를 그 내용으로 한다. 작품 제목에서 짐작할 수 있듯이 말례의 결혼에 관한 짧은 에피소드가 이 작품의 줄거리를 이루고 있다. 우연한 일을 계기로 말례의 오빠와 친분을 맺게 된 어느 국민학교 교사가 그녀에게 매력을 느끼게 되고, 오빠의 주선으로 두 사람이 만나 나누는 이야기가 이 작품의 중심이다. 말례는 사실 이 남자에게 호감을 갖고 있지 않았지만 맞선 자리에 나서지 않을 수 없었던 것은, 어머니와 오빠 모두 이 남자와의 결혼을 강권하고 있었기 때문이다. 오빠는 이렇게 말한다.

> "그 사람 월급이 십만 원을 넘을 텐데, 비료, 농약, 인건비 드는 것 다아 쳐서 떨고 나면 일 년 농사라고 지어 봤자, 남는 건 제 일한 품삯 한꺼번에 챙기는 꼴밖엔 되지 않는 법 아니더냐 말야. 한 달 월급이 논 서 마지기 벌이보다 나은 편이고 일 년이면 논 서른 마지기 가진 사람보다 낫다는 건데, 뭘 더 이상 바라느냐 말야. 네 처지에, 우리 형편에 농투생이 신세 면할 날이라곤 이번 기회뿐이다. (……)"[35]

오빠의 말이 야박하기는 하나 이를 통해 다른 한편으로는 그만큼 절박한 그들의 생활 현실을 짐작하게 된다. 그러나 말례는 이 사람이 자신과 결혼하고 싶어 하는 이유 중 하나가 "농촌 생활에 취미를 느끼기 시작한 거라고 한다"[36]는 말을 전해 듣고, 그 사람과 자신이 만일 결혼한다면 그것이 얼마나 심각한 불행을 초래할지를 단번에 꿰뚫어본다. 다시 말해,

---

35) 전병순, 「혼담」, 『새마을』, 1977. 9, p.163.
36) 위의 책, p.164.

"오빠는 그 사람의 월급이 논 서른 마지기 수입보다 낫다는 점을 넘어다 보는 것이고 말례는 그 사람의 그 실현성 없는 꿈같은 생활 설계를 불신한다는 말이다."37) 농촌 생활을 지극히 낭만적이고도 안이하게 바라보는 이 남자와의 결혼 생활이 불행해질 수밖에 없다는 것을 말례는 직감적으로 느낀 것이다. 물론 말례 자신이 농촌에서의 삶의 전망에 대해 낙관적으로만 생각하는 것은 아니다. 말례가 자신 있어 하는 것은 단지 자신의 굳은 의지였다. 즉, (농촌에서의) "일 같은 것, 그까짓 것, 이 세상의 일이란 일은 뭐든지 무서울 게 없다는 경지에 도달한 말례였다."38) 그런데 이런 의지와 자신감을 얻게 된 계기가 바로 9년간의 서울 생활이었다는 것이 이 작품에서도 강조되고 있다.

> 서울에선 월급을 이삼만 원씩 받는 가정부들이라지만, 새벽 네 시 반부터 일어나 밤 열두 시나 한 시가 아니면 잠자리에 들 수 없을 만큼 고된 일을 계속하는 처지에 비하면 시골의 들일 같은 건 속 시원하기라도 해, 즐거운 편에 속한다고 말례는 생각하는 것이다.39)

이 작품에서도 서울 생활에 대한 환멸을 재차 강조하고 있지만, 이 역시 「세 번째의 귀향」을 염두에 둔다면 근거 없는 매도로 받아들여지지는 않는다. 그런데 이 작품에서는 고향 생활에 정착하고자 하는 말례가 새롭게 부딪치는 농촌 생활의 문제점이 암암리에 제시되고 있어 주목할 필요가 있다. 무엇보다도, 논 서른 마지기를 경작해도 그 성과가 국민학교 선생 월급에 미칠 수 없다는 말례 오빠의 분노 섞인 한탄에서 분명하게 보듯이, 지긋지긋한 서울 생활에서 탈출해온 말례가 농촌에서라고 마음 편안히 살 수만은 없다는 냉엄한 현실이 여지없이 폭로되고 있다. 게다가 농

37) 같은 곳.
38) 위의 책, p.165.
39) 위의 책, pp.165~166.

사라는 것이 결코 쉽지 않은 일이라는 사실은, 말례에게 매력을 느끼면서 농사 행위를 지극히 낭만적인 것으로 상상하는 그 국민학교 선생의 안이한 사고방식을 통해 역설적으로 강조된다. 이 작품에서 역시 말례는 매우 낙천적인 모습을 보이기 때문에 이와 같은 농촌 현실의 심각한 난관이 그야말로 심각하게 두드러져 보이지 않을 뿐이다. 그러나 실제로 이 작품에서 제시되고 있는 농촌 현실은 그 전망이 결코 낙관적이지 않다. 이처럼 이 작품 역시 일반적인 새마을소설의 규범적 현실관과 판에 박힌 인물 유형을 지니고 있지 않다. 특히 이 점은, 이 작품에 새마을 또는 새마을운동이라는 말조차 등장하지 않을뿐더러 여타 새마을소설에서와 같은 농촌 새마을운동의 일반적 사업 역시 전혀 소개조차 되지 않는다는 사실에서 분명해진다.

이상에서 본 바와 같이 극히 드물게 나타나나마 몇 편의 비전형적인 새마을소설을 통해 역으로, 일반적인 새마을소설들이 지니고 있는바 도식적 현실관과 판에 박힌 인물 유형이라는 본질적 문제를 뚜렷이 확인해 볼 수 있다. 그런데 이 몇몇 작품들의 '비전형성'이 결국 일반적인 새마을소설들을 밑받침하고 있는 새마을운동 이데올로기의 근본 문제를 확인시켜 준다는 점에서 그것은 적지 않은 의미를 지니고 있다고 할 수 있다.

4. 맺음말

잡지 『새마을』에 실린 소설들은 비록 관제 새마을운동 이데올로기의 직간접적 영향 또는 조종하에 씌어진 것들이기는 하나, 이 소설들을 '발견'한 것 자체가 의미 없어 보이지는 않는다. 새마을소설들에 대한 검토는 그 자체로서 1970년대 한국 소설에 있어서의 하나의 특수한 양상을 살펴본다는 의미가 있다. 그런데 앞서 살핀 바와 같이 우리는 새마을소설에 대한 두 가지 분석 결과를 얻게 된다.

첫째, 새마을소설을 추동하고 있는 새마을운동 이데올로기의 치명적 자기 모순성을 확인할 수 있었다. 이는 곧 당대 근대화 담론의 본질을 확인하는 것이다. 1960~70년대 근대화 담론을 뒷받침한 것은 다른 무엇보다도 반공 또는 반북한 이데올로기였다. 그런데 새마을소설에 대한 분석을 통해 새롭게 알게 된 사실은, 농촌 새마을운동을 추진하기 위해 당대의 근대화 담론이 동원한 주요 논리가 바로 도시(서울)의 부정성을 두드러지게 강조하는 것이었다는 점이다. 농촌 새마을운동의 권력 주체가 바로 1960년대 이래 급속한 근대화−산업화−도시화를 폭력적으로 수행한 집단이었음을 새삼 확인해 본다면, 이와 같은 '반(反)도시 이데올로기'는 대단한 자기 모순의 논리라 하지 않을 수 없다. 또 한편, 주로 이러한 '부정'의 논리로써 대중에 대한 정치적 영향력을 확보하는 방식이 파시즘적인 것이라는 사실 또한 확인했다.

둘째, 일반적인 새마을소설에 담겨 있는바 '도시 부정(또는 환멸)−농촌 희망'이라는 논리가 당대의 구체적 현실과 얼마나 동떨어져 있는지, 그리고 그와 같은 논리가 소설 내적 형식을 왜 근본적으로 파괴할 수밖에 없는지를 폭로해 주는 것은, 역설적이게도 몇 안 되는 비전형적 새마을소설을 통해서라는 점을 확인했다. 이 몇 안 되는 문제적 작품들이 비록 '본격' 소설의 요건을 충분히 갖추지 못했다 하더라도, 이 작품들을 통해 우리는 일반적인 새마을소설들에 대한 농촌 새마을운동 이데올로기의 자기 모순성을 더욱 뚜렷이 확인할 수 있으며, 그 내적(본질적) 형식으로서의 아이러니가 파괴되었을 때 (근대)소설이 작품 자체로서도 성립할 수 없다는 단순한 진리를 다시 한 번 새삼 확인하게 된다.[40]

---

40) 새마을소설들에 대한 검토는 일반적인 북한 소설이 안고 있는 문제점이 무엇인가를 판단하는 데에 좋은 자료를 제공한다.

한편 새마을소설에 대한 검토 결과 두 가지의 새로운 향후 과제를 설정하게 된다. 우선 잡지『새마을』에 새마을소설을 실은 작가들이 과연 어떤 동기로 이런 작품들을 쓰게 됐는지가 궁금했다. 결국 이는 당대 새마을운동 이데올로기를 작가들이 어떻게 받아들였는가라는 문제로 귀결된다. 이 문제에 접근하기 위해서는 새마을소설을 집필한 작가들이 같은 시기에『새마을』이외의 지면에서는 어떤 성격의 작품을 썼는지를 먼저 확인해볼 필요가 있다. 이를테면 조정래의 경우 어떤 작가 연보를 보면 1973년에 10월 유신으로 교직을 떠났다고 되어 있는데,[41] "나라에서 우리 농민 잘살게 혈라고 새마을운동인가 헌마을운동인가 혈라면 암시랑토 않은 지붕이고 담 뜯어고침서 아까운 쌩돈 바수지 말고"[42]라는 식의 신랄한 비판 의식이 과연 당시에는 어떻게 표현되었는지를 확인해야 할 것이다. 다음으로, 일제 말기에 등장했던 이른바 '생산소설'과의 대비 연구가 필요하다고 여겨진다. 이를테면 박영준의 경우 식민지시대 이래 농민소설의 대표 작가로 알려져 있을 뿐만 아니라 일제 말기에는 만주로 이주하여 작품 활동을 한 경력이 있는데, 이 당시 쓴 작품과『새마을』에 쓴 작품을 대비 검토하는 것 자체가 의미 있는 작업일 수 있다. 그가 이 잡지 창간호에 작품을 쓴 것부터가 하나의 상징일 수 있을뿐더러 새마을소설의 규범을 제시한다는 의미도 있지 않았을까 생각된다. 앞서 분석한 새마을소설의 기본 논리가 일제 말기의 '생산소설' 속에서도 발견된다면 이는 새마을운동 이데올로기의 면면한 본질을 밝히는 데에도 중요한 단서가 될 것이다 판단된다.

---

41) 조정래,『조정래, 그의 문학 속으로』(대하소설『한강』부록), 해냄, 2002, p.246.
42) 조정래,『한강』9권, 해냄, 2002, p.51.

참고문헌

1. 1차 자료

『새마을』, 대한공론사, 1974. 5(창간호)~1977. 12.
『새마을운동』, 새마을지도자연수원, 1975~1979.

2. 논문 및 단행본

김인진, 「새마을운동을 통해서 본 한국사회의 근대성형성에 관한 연구」, 서울대 석사논
　　　문, 1999.
김　한, 「파시즘의 특성에 관한 연구─지배도구와 근대성문제를 중심으로」, 연세대 석사
　　　논문, 1984.
백낙청, 「박정희시대를 어떻게 생각할까」, 『창작과비평』, 2005년 여름.
서동만 편역, 『파시즘 연구』, 거름, 1993.
윤상길, 「새마을운동 관련 미디어 선전물을 통해 구성되는 근대 '국민'에 관한 연구」,
　　　서울대 석사논문, 2001.
조석곤, 「박정희신화와 박정희체제」, 『창작과비평』, 2005년 여름.
조정래, 『조정래─그의 문학 속으로』(대하소설 『한강』 부록), 해냄, 2002.
＿＿＿, 『한강』, 해냄, 2002.
최진아, 「새마을운동에 나타난 自助에 관한 연구─새마을지도자의 수기를 中心으로」, 서
　　　울대 석사논문, 2003.
황대권, 「지금도 계속되는 박정희 패러다임」, 『창작과비평』, 2005년 여름.

게오르그 루카치, 반성완 역, 『소설의 이론』, 심설당, 1985.
마아틴 키친, 강명세 역, 『파시즘』, 이론과실천사, 1990.

전체의 신화와 개인의 신화

이 기 성

1. 서 론

1960~70년대 근대화 담론은 억압과 배제의 장치를 일상 속에 구체화하는 동원 체제의 메커니즘을 통해서 실현되었다. 이 시기 지배 집단은 다양한 형태의 이데올로기적 국가장치를 가동함으로써, 개인을 전체성 속으로 복속시키는 다양한 담론 전략을 구사하였다. 개별자들을 민족 혹은 국민이라는 가상의 집단성 속으로 호명함으로써, 사회의 동질성을 구성하려는 동원 체제의 논리는, 동질적 집단 내에 포섭되지 않는 타자들에 대한 배제의 전략과 동시적으로 수행되었다. 이러한 배제의 전략은 언제든 집단으로부터 이탈될 수 있다는 공포를 환기하고 유포함으로써, 개인들로

하여금 통제와 규율 원리를 내면화하게 하고, 집단의 동질성을 공고하게 구축하는 동력으로 기능하였다. 이러한 지배집단의 전략은 근대화라는 숭고한 비전 속으로 전 민중의 에너지를 투사하도록 강제함으로써 사회 전체를 동일화하고 균질화하려는 전체성의 신화를 구성하게 된다. 따라서 1960~70년대를 관통하는 근대화 프로젝트는 개체를 국가라는 충만한 신체 속으로 귀속시키고자 하는 전체성의 신화를 바탕으로 구축된 지배의 전략으로 이해될 수 있다.

한편 개체를 호명하는 지배 담론의 언어는 개체의 무의식 속에 억압에 대한 동일화 욕망을 생산해 내는 파시즘적 억압에 기초하고 있다.1) 지배 담론의 호명에 응답함으로써 개인은 비로소 주체로서의 승인을 얻게 되는데, 이때 개체의 내면에 다양한 양태의 지배 이데올로기가 의식적으로든 무의식적으로든 각인되는 것이다. 사회의 공적인 담론은 물론 일상의 미세한 국면까지 장악한 집단의 신화는 개개인의 무의식을 관통하는 이데올로기적 조작은 물론, 개인의 내밀한 영역인 정서와 감수성의 지점에까지 깊숙하게 영향력을 확장해 간다.

우리 문학사에서 1960~70년대의 근대화 담론에 대한 비판은 절대적이고 보편적인 것으로 설정된 전체성의 가치를 부정하는 자율적 개인에 대한 자각과 더불어 출현한다. 이 시기의 문학은 전체주의의 억압에 대한 대항 지점에 자율성의 원리를 내세움으로써 미학적 근거를 마련하였던 것이다. 전체성 속으로 수렴되기를 거부하는 이러한 자율성의 이념은 지배 담

---

1) 들뢰즈와 가타리의 말을 빌면, 파시즘은 모든 흐름을 하나의 신화적 장소, 곧 하나의 거대한 시니피앙에 투사하는 것이다. 이러한 파시즘의 오이디푸스화는 개별자의 욕망을 초월적인 법에 종속시키고, 기존의 체제로부터 이탈하려는 대중의 분자적 욕망을 새로운 집합적이고 몰적인 욕망으로 전환시키는 것이다(들뢰즈·가타리, 최명관 역, 『앙띠오이디푸스』, 민음사, 1997, 56면). 한편 팩스턴은 파시즘을 하나의 단일한 실체로 규정하기보다는 복수적이고 유연한 개념으로 이해하고자 한다(로버트 O. 팩스턴, 손명희·채희영 역, 『파시즘』, 교양인, 2005). 이 글에서는 파시즘이라는 용어를 역사적, 정치적 함의에 국한시키지 않고, 전체주의 체제를 관철시키는 담론의 억압성을 포괄하는 넓은 개념으로 사용할 것이다.

론에 대한 대항적 영토로서의 당대 문학의 근거를 이루는 미학적 준거인 동시에, 집단의 신화에 대응하는 개별적 주체의 설정을 가능하게 하는 실천적 지표로서 중요한 의미를 지닌다. 개체의 의식과 무의식을 관리하고 지배하는 권력의 헤게모니에 대항하는 새로운 주체의 출현을 통해, 지배 담론과의 개인 간의 이념적·언어적 충돌 그리고 집단적 신화의 균열이 가시화되기 때문이다.

여기서 개인을 구성하는 지배와 억압의 메커니즘이 개체의 동의와 무의식적인 승인과정을 거쳐서 작동하게 된다는 점을 환기할 필요가 있다. 지배 담론에 대한 동일화의 욕망은 억압에 대한 저항과 동시적으로 개체를 관통하고 있으며, 이런 점에서 개인을 규정하는 내면성이란 매우 제한적 의미를 지닐 수밖에 없기 때문이다. 따라서 1960~70년대의 저항 담론을 특징짓는 자율성의 최대치는, 주체로의 호명을 거부한 개인이 절대적이고 숭고한 대상으로 고양되는 순간에 정점에 이르게 된다. 이러한 순간은 전체의 신화에 대한 저항의 최종 심급인 개인의 내면이, 자기 기만의 허구성과 만나게 되는 지점이기도 하다. 여기서 이 시기의 문학을 규정하는 전체와 개인 사이의 역학 관계가 새롭게 드러나는데, 그것은 이 둘의 관계가 지배 / 저항이라는 대립 구도로 환원되는 것이 아니라, 담론간의 충돌과 긴장 속에서 상호 규정적으로 작동하고 있음을 의미하는 것이다.

따라서 1960~70년대의 담론 장에서 문학의 구도를 살펴보기 위해서는, '전체'의 대립항으로 출현한 '개인'이, 규제와 억압에 대한 대항적 주체인 동시에 지배 이념을 내면화함으로써 스스로를 '국민' 혹은 '민족'으로 승인하는 자발적 동원의 주체라는 양가성을 내장하고 있다는 점에 주목해야 한다.2) 이는 근대 프로젝트에 작동하는 지배 장치가 억압 / 저항이라는 견

---

2) 알뛰세는 의미와 가치의 체계로서의 이데올로기가 사회적 존재로서의 개개인을 특정한 방식으로 호명함으로써 개인을 지배 장치의 내부로 포섭한다고 본다. 이러한 호명테제는, 아래로부터의 자발적인 동원 체제를 설명하는 데 효과적이다. 모든 전체주의 체제는 '새로운 인간형', 즉 자발적인 동원을 위한 근대적 주체를 완성하지는 못하지만 그것의 완성을 끊

고한 대립항으로 구축되는 것이 아니라, 개인의 의식과 감수성에 정교하게 작동하는 억압과 동원 그리고 동의와 승인이라는 무의식적 과정을 포함하고 있다는 것이다. 그러므로 1960~70년대의 문학에서 지배 담론과 저항 담론 간의 길항 관계를 해명하기 위해서는, 전체와 개인의 관계를 억압과 저항의 충돌로 파악하는 이분법적 구도에서 벗어나, 이 시기의 문학을 둘러싼 담론간의 충돌과 긴장, 의식의 역동성을 섬세하게 들여다볼 필요가 있다. 지배/저항이라는 대립적 문법을 해체하고, 저항의 근거로서 '개인'을 관통하는 이데올로기적 언어의 존재 양상과 의미를 새롭게 살펴보아야 하는 것이다.

2. '내면 탐구'와 주체의 양가성

본 연구에서 주목하는 것은 1960~70년대의 문학 장에서 개인-주체가 호명되는 양상과 지배 담론과의 갈등의 과정에서 이를 실감하고 표출하는 미학적 감수성 및 방법의 문제이다. 이를 위해서 기존의 연구에서 당대의 문학을 해명하는 핵심어로 제기한 '자율적 주체' 혹은 '내면성', '자기세계'의 문제를 새롭게 살펴보아야 한다.

먼저 주목할 것은 전체주의의 이데올로기적 언어가 개인들에게 어떻게 감각되고 수용되는가 하는 점이다. 주지하듯 지배 담론의 언어는 완결되고 매끄러운 동질적 언어가 아니라 그 내부에 무수한 불일치와 균열을 내포하고 있는 비결정성의 언어이다. 전체주의의 담론은 '고정된 권력체계가 아니라 움직이는 정치적 과정으로',[3] 개체의 감수성을 지배하는 다양

임없이 시도한다. 임지현 외, 『대중독재』, 책세상, 2004, pp.19~20.
3) 위의 책, pp.22~33.

한 담론을 동원함으로써 구성되고 유지되는 것이다. 이를테면 1960~70년
대는 반공 이데올로기 구축에 동원되었던 조작적이고 허구적인 정치 언어
들, 근대화 프로젝트를 뒷받침하는 새마을 운동식의 계몽적 언어들, 그리
고 사회의 도덕화와 정신의 개조를 강조하는 윤리적 언어들과 자본주의
체제의 통속적 욕망의 언어들이 혼란스럽게 뒤섞이면서 지배 담론을 구성
하고 있었다. 당대 사회에 전면화되는 이러한 이데올로기적 언어들은 기
실 국가 장치가 하나의 등질적 실체가 아니라 끊임없이 새로운 담론에 의
해서 보수되고 보충되어야 하는 불완전한 구조물임을 폭로한다. 동시에
이러한 비균질성의 언어는 지배 담론 내의 빈틈을 가리기 위한 환상의 스
크린을 끊임없이 생산해 낸다. 이러한 이데올로기적 환상의 무대 위에서,
개체의 인식과 감각을 재구성하기 위한 이데올로기적 지배 전략은 다양한
형태로 일상의 삶에 개입하는 것이다. 이 시기를 관통하는 전체성의 신화
는 개체의 매혹과 욕망을 집단성 속으로 투사하도록 의식적, 무의식적으
로 강제하면서, 자발적 동의와 무의식적인 승인을 이끌어내는 표상으로
기능하였다.

　흔히 1960년대 문학의 특질을 '감수성의 혁명'이라는 용어로 지적하곤
한다. 김승옥의 『무진기행』으로 대변되는 당대의 새로운 감수성의 기원을
우리 문학사는 '4·19혁명의 좌절로 인한 환멸과 한글세대의 절망'에서
찾았다. 이때 당대 문학적 주체들의 황폐한 내면을 특징짓는 용어로 차용
된 '세계 상실'이라는 수식어는, 폐허의 현실에 대한 환멸과 자아의 위기
의식을 드러내주는 것으로 이해된다.[4] 흥미로운 것은 '세계 상실'이라는

---

4) 기존의 연구에서는 1960년대 이후 외부 현실에 대한 강한 부정의 의식에서 비롯되는 '세
　계상실'의 의식을 전제하고, 이를 통해서 4·19세대의 의식을 규명하고자 하였다. 이들의
　논의는 세계 상실의 조건에 대응하는 미적 대응의 양상에 주목함으로써, 이러한 세계상실
　의 기원에 질문을 던지지 않는다. 특히 이 시기 문학적 지각 변동의 징후로서 지적되는
　'개인'의 출현을, 자본주의적 물화와 소외의 '결과'로서만 바라보는 것은 매우 단편적인
　지적처럼 보인다. (1960~70년대 문학에 대한 총체적 접근을 시도함으로써 이 시기 문학
　의 지형도를 그려준 민족문학사연구소 편 『1960년대 문학연구』, 『1970년대 문학연구』를

불행한 의식이 출현하는 순간이, 역설적으로 개인이 자신의 고유한 내면성을 확보하는 지점이기도 하다는 사실이다. 1960~70년대 문학의 출발을 개인의 내면성 혹은 감각의 새로움에서 찾을 때, 이 '감수성'이야말로 주체의 자율성을 보증해 주는 최종심급이 된다. 전체성의 포획에 대항하여 개별자의 감각(감수성)을 전면화하면서 등장한 1960~70년대의 '개인'은, 국가의 신체 속으로 수렴되기를 거부하고 자율성의 영토에 자신의 내면성을 양육하기 시작한 것이다.

여기서 개체의 자기 확인의 통로인 감수성이 '자아'라는 절대적 준거를 전제로 하여 성립한다는 점을 환기해야 한다. 당대의 문학을 규정하는 '감수성의 혁명'이란 바로 새로운 내면성의 세계 곧 개인의 출현을 수식하는 말에 다름 아닐 터인데, 문제는 이러한 감수성이 어떻게 개별적 주체를 보증하는 최후의 준거로 승인되는가 하는 것이다. 이에 답하기 위해서는 당시의 문학 주체들의 감수성이 지배 담론과 자아의 경계를 모호하게 만드는 '안개' 속에서만 감각될 수 있는 성질의 것이었다는 점을 환기해야 한다. 주지하듯 이 시기의 문학적 출발을 이루는 감수성의 선언은 자신의 내면성이 '기원을 모르는 아픔'에서 비롯된다는 고백과 닿아 있다. 이것은 시기의 문학 주체들이 아픔의 계기가 되는 현실적 근거에 대한 물음을 사상한 채, 아픔의 감각 혹은 징후만을 집중적으로 표출하고 있음을 의미한다. 다시 말해 안개로 상징되는 모호한 삶의 조건들 속에서 세계의 구조적 연관성을 탐색하기보다, '아픔'이라는 감각적 확실성을 통한 자기 확인에 집중하고 있는 것이다. 이렇게 감각의 기원으로서의 역사적 현실에 대한

관류하는 기본적인 관점도 이러한 점에서 크게 벗어나지 못한 것처럼 보인다. 물론 위의 연구들이 문제 삼는 지점들은 당대 문학에서 가장 중요한 지점을 포착하고 있으며, 이 글 또한 이러한 선행 연구에 빚지고 있음을 밝혀둔다.) 이렇게 당대의 문학주체들의 감수성이 '산업화와 문명화에 따른 소외의 문제'로 환원될 때, 당대의 정치적 맥락과 역사적 조건에 주목하지 못하게 될 우려가 있다. 1960~70년대 문학과 정치성의 내적 지형을 탐색하게 위해서는 이 '자율적 개인'의 내면을 구성하는 정치적 맥락을 세밀하게 들여다보아야 할 것이다.

물음이 사라지고 감수성의 징후만이 가시화될 때, 감각이 주체의 내면을 대치하는 전도된 상황이 생겨난다. 아픔의 기원이 사상되는 순간, 절대화된 내면이 주체의 징표로 전면화되는 의식의 메커니즘이 구성되는데, 이때 내면성이라는 허구가 주체를 지배하게 되는 아이러니가 발생한다. 따라서 이 시기 주체의 불안을 산업화와 물화된 개인 소외의 결과로서만 파악해서는 개체의 내부를 관통하는 억압적 담론의 구조를 살피지 못하게 된다. 1960~70년대 문학을 상실과 회복의 서사로 파악하고, 문학 주체의 고유한 감각과 감수성의 차원에서 당대의 미학을 해명하고자 한 기존의 작업이 부분적인 조명에 그칠 수밖에 없는 것은 이러한 까닭이다. 따라서 1960~70년대 문학과 정치성의 내적 지형을 탐색하기 위해서는 자율적 개인의 내면을 구성하는 맥락을 세밀하게 들여다볼 필요가 제기된다.

이 시기 모더니즘 시에서 '개인'의 문제는 지배 담론에 대한 미적 대응의 양상을 해명하기 위한 중요한 테마이다. 이승훈·오규원·황동규 등 이 시기의 신진 시인들은 '개인의 내면성'을 탐색함으로써 전체주의적 담론의 호명으로부터 비껴 선다. 이들은 전체주의의 언어를 철저하게 배제하는 한편 공포와 환상, 냉소의 감각을 전경화하여, 지배 담론의 언어에 대한 미학적 대응을 수행한다. 파시즘의 공포를 존재의 내적 원리로 파악한 황동규, '나'를 배제하고 환상의 방법론을 전경화하는 이승훈의 비대상의 시들, 전체주의의 '고귀한 열정'에 대응하는 '냉소'의 감각을 통해 개인이라는 허구를 구축한 오규원의 아이러니의 경우에도 개인의 내면성은 타자와 대응하는 근거이자 출발점이 된다. 이렇게 당대의 시인들은 1960~70년대 파시즘적 담론이 내장하고 있는 기만적인 증상인 공포와 환상, 냉소를 감각화함으로써, 지배 담론과 개인의 내면이 서로를 관통하는 흔적을 보여주는 것이다.[5] 또한 그것은 안개 속에서 시선을 봉인당한 개체의 자

---

5) 슬라보예 지젝, 이수련 역, 『이데올로기라는 숭고한 대상』, 인간사랑, 2002, p.51.

기 확인의 양식이면서 동시에 내면성이라는 자기 기만의 허구성이 노출되는 지점을 드러내줌으로써 시쓰기의 방법론과 연결된다. 이 시기 시인들이 공통적으로 보여주는 공포와 환상, 냉소는 텍스트 안에서 자기 존재를 구성하기 위한 주체의 언어 전략인 동시에, 자기 내면성을 텍스트에 각인하는 미적 방법론으로 기능하였던 것이다.

이 글에서는 공포와 환상, 냉소의 시쓰기 방법론을 통해, 지배 담론과 개인의 내면성의 교차되고 착종되는 양상을 살펴보고자 한다. 이를 통해서 1960~70년대 문학에서 제기되는 '전체와 개인'의 문제를 산업화에 따른 인간 소외의 측면에서만 주목해온 기존 연구를 보충하고, 1960~70년대 시에서 실현되는 주체의 존재 방식과 시쓰기 문제를 함께 조망할 수 있을 것이다.

3. 공포의 기원과 탈(脫)주체―황동규

1960~70년대 문학에서 '개인'의 출현은 전체주의 체제의 균열을 드러내는 사건이다. 이 개인의 자리는 지배 권력이 스스로를 위장하기 위해 동원하는 이데올로기적 언어를 교란하는 대항적 지점에 구축된다. 내면이라는 절대성의 영역을 내세우면서 등장한 개인의 존재는, 이데올로기적 언어의 의장 속에 스스로의 존립 근거를 구축하였던 지배 담론의 은폐된 지점을 겨냥하고 있기에 문제적이다. 근대화라는 미래 속으로 모든 개인의 열망을 투사하게 함으로써 개별자를 통합하고자 하는 이 시기 지배 담론의 언어에는 권력 주체들의 자기 절멸에 대한 공포가 은폐되어 있었던 것이다. 이는 파시즘적 권력의 이면에 과잉된 지배의 열정을 상쇄하는 거대한 허무주의가 내장되어 있음을 의미한다. 그리하여 전체의 신화는 스스

로의 절멸을 예감하는 공포와 허무주의를 은폐하기 위해 권력 집단의 언어적 수사로 구성되는 것이다. 사회의 전면에 소위 '전락의 공포'를 유포함으로써 성장의 신화 속으로 개체를 포획해 가는 과정은 지배 담론에 내장된 이러한 공포를 은폐하기 위한 전략으로 이해된다.

한편 끊임없이 물질적, 정신적 결핍을 생산해냄으로써만 가동되는 자본주의의 원리는 개체들을 삶의 현재성으로부터 분리시켜 유토피아적 미래를 향해 질주하도록 만든다. 이것은 근대화의 흐름으로부터 언제든 배제되고 도태될 수 있다는 위기를 조장하고 내면화하도록 유도함으로써, 개체들로 하여금 진보와 발전의 수사학적 외장에 감추어진 불안과 균열을 자신의 공포로 감각하게 만든다. 이렇게 공포를 각인하는 것은, 사회의 합리적 발전과정으로부터의 소외라는 상황을 가정함으로써 내부의 '결여'를 의도적으로 창출하는 지배 집단의 전략이며, 동시에 이는 개체들로 하여금 전체주의의 원리를 내면화하도록 강제하는 무의식적 억압의 기제이다.[6] 그리하여 성장의 이념에 대한 열광적 집중으로 대변되는 근대화의 수사들은 지배 담론 내부에 놓인 죽음의 공포를 은폐하는 환상으로 기능하게 되는 것이다.

1960~70년대 모더니즘 시의 고립된 내면이 표출하는 공포의 감각으로부터 이러한 파시즘적 욕망의 투사와 착종된 죽음충동을 읽어내는 것은 어려운 일이 아니다. 이 시기의 시에 공통적으로, '근원을 알 수 없는' 공포의 언어들이 자주 출현하는 것은 지배 담론에 내포된 공포의 무의식이 텍스트에 투사되고 있음을 의미하는 것이다. 황동규, 오규원 비롯한 일군의 시인들은 자기 파괴적 공포와 허무의 파토스를 적극적으로 텍스트화함으로써 지배 담론의 균열을 드러낸다. 특히 1960년대 황동규의 시에서는

---

6) 자본주의 체제 내에서 지배계급은 결여를 의도적으로 창출함으로써, 개인의 결핍과 욕구를 의도적으로 조직한다. 이것은 모든 욕망을 동요하게 하고, 개인으로 하여금 스스로의 욕구가 충족되지 못했다는 공포의 희생양으로 되도록 한다. 이에 대해서는 들뢰즈, 가타리의 분석을 참조할 것(최명관 역, 앞의 책, p.26 참조).

이러한 공포에 대한 감각이 시 텍스트를 구축하는 기저로서 가시화된다. 첫 시집 『어떤 개인 날』(1961)과 『비가』(1965)에서 황동규는 비극적 정조와 공포의 감각을 드러내는 데 집중한다.

> 어둠이 다르게 덮여오는군요. 요샌 어둡지 않아도 오늘처럼 어둡습니다. 이젠 더 자라지 않겠어요. 마음먹은 조롱박 덩굴이 스스로 마르는 창엔 이상한 빛이 가득 끼어 있습니다. …(중략)… 길이 없군요. 없습니다. 한 점씩 불을 켠 채 언덕을 오르는 아이들. 자 문을 나서는 아이들의 길을 걸어보실까요. 아이들은 넘어지지 않습니다. 쓰러집니다. 우리들은 휘청대다 넘어집니다. …(중략)…
>
> —「바다로 가는 자전거들」 부분

이 시에서 보듯, 현실적 문맥이 소거된 고립된 내면에서 시인은 죽음의 충동과 맥락 없는 공포에 시달리고 있다. '어둡지 않아도 오늘처럼 어둡습니다'라는 진술에 내재된 모순은 어둠을 감지하는 시선을 교란시키는 현실의 억압성을 지시하고 있다. 시인은 스스로 성장을 멈춘 '조롱박 덩굴'을 통해 생명력이 고갈되는 현실의 황폐함을 가시화한다. 성장의 좌절에서 비롯된 위기감은, '길이 없습니다'와 같이 직설적으로 제시되는 극단적 상황으로 인해 더욱 심화된다. 주목할 것은 '어둠', '이상한 빛' 등 현실을 인식할 수 있는 시선의 봉쇄로 인해서 이러한 위기감이 더욱 강화되고 있다는 점이다.

여기서 '이상한 빛'은 자아의 시선을 빼앗는 억압적인 타자의 존재를 환기한다. '얼음 위에 고단한 몸을 기울일 때 / 머릿속 캄캄한 곳에서 머뭇대는 / 이상한 빛'(「비가 제5가」)에서도 자아를 지배하는 폭력적인 힘은 '과잉된 빛'의 이미지로 표현되고 있다. 이 시기 황동규의 시에서 자주 출현하는 '이상한 빛'은 자아의 시선을 포획하고 지배하는 타자의 악한 시선 (evil eye)을 드러내준다. 주체를 포박하는 이 빛은 실체를 드러내지 않으면서 개인의 시선을 장악하고 지배한다. 이러한 빛에 의해 장악된 자아의 시선은 인식적 가능성을 상실한 채 불안과 공포의 감각만을 표출하게 된다. '신경이 모두 보이는 이 밝음!'(「지붕에 오르기」)에서와 같이, 지나치게 밝은 빛으로 인해 비정상적으로 예민해진 시각은 자아로 하여금 대상에 대한 인식적 거리를 조율할 능력을 상실하게 한다. 타자—빛의 응시에 포획되는 순간 시각이 상실되고, 자기 소멸의 위기와 공포감이 내면을 지배하게 되는 것이다.

이렇게 황동규는 지배 담론으로부터 흘러나온 '과잉된 빛'이 그 이면에 놓인 죽음의 검은 구멍을 은폐하는 환상임을 환기하고 있다. 그의 시에서 환상을 투시하는 시선은 필연적으로 그 타자—빛 속에 내재된 소멸의 공포와 맞닥뜨리게 된다.

> 나는 요새 무서워져요. 모든 것의 안만 보여요. 풀잎 뜬 강에는 살 없는 고기들이 놀고 있고 강물 위에 피었다가 스러지는 구름에선 암호만 비쳐요. 읽어봐야 소용없어요. 혀 짤린 꽃들이 모두 고개 들고, 불행한 살들이 겁없이 서 있는 것을 보고 있어요. 달아난들 추울 뿐이에요. 곳곳에 쳐 있는 세 그물을 보세요. 황홀하게 무서워요. 미치는 것도 미치지 않고 잔구름처럼 떠 있는 것도 두렵잖아요.
>
> —「초가(楚歌)」 전문

이 시의 시적 발화는 '보여요', '보고 있어요', '보세요' 등으로 변주되는 술어를 통해서 '보다'라는 시각적 감각을 집중적으로 표출하고 있다. 그러나 이러한 집중된 시선은 세계의 의미를 해석해 내는 데는 실패한다. '살 없는 고기들', '불행한 살', '스러지는 구름' 등의 인과성을 상실하고 파편화된 이미지들만이 암호처럼 낯선 풍경을 구성하고 있는 것이다. 모든 것이 안개처럼 모호하고, 불안하게 뒤섞여 있는 세계 속에서 자아의 시각은 대상을 상실한 채 봉인되기에 이른다. '암호만 비쳐요', '읽어봐야 소용없어요' 등의 구절은 해석이 불가능한 현실에 대한 절망을 드러내는 진술이다. 또 시에서 '고기·구름·꽃' 등의 기호들을, 주체의 의식을 촉발하는 타자로서의 기능을 상실한 채 자아와 무관한 것으로 배치된다. '읽어봐야 소용없는' 이러한 현실의 기호들은, '세그물'에 갇힌 존재의 불안과 공포를 더욱 증폭시키는 기능을 하는 것이다. 이때 '나'의 존재와 무관하게 곳곳에 펼쳐진 '세그물'은 이러한 기호들을 배치하는 권력 체계의 담론 기술을 상징하는 것으로 읽힌다. 이렇게 그물로 둘러싸인 불가해한 현실은 자아의 내면을 고립시키는 억압적인 단절의 상황을 드러내준다.

주목할 것은 황동규가 세계로부터의 단절이 가져오는 공포를 예민하게 포착함으로써만 자기 존재를 확인하고 있다는 점이다.[7] 공포란 외부 폭력적 힘에 의해 억압된 자아의 위기의식으로부터 발생하는 것이다. 다시 말해 공포는 왜소한 자아와 압도적인 외부 사이의 불균형이, 내적인 위기의식으로 전이되면서 촉발되는 상태이다. 그런데 이 시에서는 자아의 내면과 외부의 현실이 서로 뒤섞이는 지점에서 공포가 발생한다. '황홀하게 무서워요'에서 '무서움'이란 자아가 스스로를 자각하는 순간을 지시하는바, 자아의 '내면'이란 현실과의 충돌하는 순간의 공포로부터, 그 공포와 더불어 생성되는 것이다. 따라서 '황홀한 무서움'은 소멸과 죽음을 통해서만 자기를 확인하는 존재의 딜레마를 적확하게 드러내는 수사라고 하겠다. 이렇게 시인은 죽음의 기호들에 대한 동일화의 욕망과 소멸에 대한 공포가 착종된 지점에서 출현하는 내면을 공포의 감각을 통해 전경화하고 있는 것이다.

여기서 우리는 1960~70년대 시적 인식의 기저에 놓인 '기원을 알 수 없는 아픔'이라는 문제와 만나게 된다. 당대의 시에서 '기원을 알 수 없는 아픔'이라는 모호한 수사 속에 감추어진, 언표되지 못한 언어들이 이 시에서

---

7) 황동규 초기 시에서의 공포와 나르시시즘의 문제는 이기영, 「공포에의 눈뜸과 가면의 시」, 『1960년대 문학연구』(민족문학사연구소 편), 깊은샘, 1988 참조.

'공포'의 언어로 변형되어 텍스트의 전면에 출현하고 있음을 볼 수 있다. 공포의 언어 속에서, 세계에 대한 개별 시인들의 환멸, 불안의 언어와 지배 언어가 서로 침투하고 겹쳐진다. 즉 시인들의 내밀한 고백의 언어에 지배 담론이 은폐하고 있는 죽음의 언어가 스며드는 것이다. 환언하면 당대의 시 텍스트에 출현하는 공포의 언어들은, 전체주의에 내재된 절멸의 공포를 재현하고 대신 발화하는 일종의 복화술적 언어로 실현된다고 하겠다.

물론 개별 시인의 언어에서 스며있는 지배 담론의 언어는 불안하게 흔들리며, 공포를 통해서 생성된 내면은 스스로를 절대적 주체의 자리에 올려놓지 못한다. 황동규의 시에서 주요한 소재로 등장하는 '탈'은 이러한 주체의 흔들림을 보여준다.

> 이 악물고 울음을 참아도 얼굴이 분해되지 않는다. 이상하다. 마른 풀더미만 눈에 보인다. 밤에는 눈을 떠도 잠이 오고 바람이 자꾸 잠을 몰아 한 곳에 쌓아놓는다. 1972년 가을, 혹은 그 이듬해 어느날, 가는 곳마다 마른 풀더미들이 쌓여 있다. 풀 위에 명새가 죽어 매달리고 누군가 그 옆에서 탈을 쓰고 말없이 도리깨질을 하고 있었다. 여기저기 그리고 내가 서 있는 자리에, 마음 모두 빼앗긴 탈들이 서로 엿보며 움직이고 있다.
>
> —「세 줌의 흙」 부분

이 시에서 '죽은 새', '마른 풀더미', '도리깨질' 등 어두운 시어들이 구축하는 텍스트의 분위기는 그로테스크한 내면 공간을 그려낸다. 자아의 시선에 포착되는 세계는 '마른 풀더미'만 쌓여진 폐허의 공간이다. 이러한 공간이 환기하는 비현실성은 '눈을 떠도 잠이 오는' 의식의 모호함으로 인해 더욱 강화된다. 현실과 환상의 경계를 넘나드는 '잠'의 모호성은, '1972년'이라는 시간이 지시하는 구체적 삶으로부터 현실성을 휘발시키는 한편, 탈을 쓰고 도리깨질을 하는 상황의 폭력성을 비현실적인 행위로 치환하는 기능을 한다. 이렇게 시인은 현실에 환상적이고 상상적인 렌즈를 덮어씌움으로써, 당대의 폭력과의 대면을 피해간다. 세계의 사실성으로부터 비껴서는 이러한 미학적 변용은 시인이 자신의 얼굴과 목소리를 변조하는 일종의 '탈쓰기'의 행위로 비유될 수 있다. '탈'을 쓰는 것은 존재의 얼굴을 지워버리는 행위이다. 시인은 타자의 얼굴을 자신이 뒤집어씀으로서 주체의 자리를 타자에 내어 준다. '돌들이 / 얼굴을 가리고 박혀 있다'(「조그만 사랑의 노래」), '얼굴 없는 비'(「세줌의 흙」), '눈도 코도 입도 아조아조 비벼버리고(「계엄령 속의 눈」)에서와 같이, '자기 얼굴'을 지우고 대신하는 '탈'을 통해서만 시인은 자신의 정체성을 확인하게 된다.

이러한 탈쓰기는 황동규의 시 텍스트에서 가시화되는 주체의 존재양식을 드러내주는 한편, 시쓰기의 주체로서의 시인의 자의식을 환기한다는 점에서 의미심장하다. 이러한 가면(탈) 속에는 '마음 모두 빼앗긴 탈'에서처럼 어떠한 내면성도 존재하지 않는다. 이것은 자기 해체와 위장의 욕망에서 출발한 황동규의 탈쓰기가 결국 현실의 공포를 해체하는 동시에, 자신의 내면성을 붕괴 시키고 있음을 의미한다. 존재의 근거인 내면이 텅 비어 있음을 발견하는 순간, 세계에 대한 대항적 거점으로서의 주체의 공허함이 적나라하게 폭로되는 것이다. 이렇게 텍스트에서 탈쓰기의 주체는 곧 내면의 공허와 부재를 고백할 수밖에 없는데, 이는 내면의 고유성에 성찰적 지반을 마련한 주체의 자기 기만이 노출되는 과정이기도 하다. 그리하여 황동규의 시에서 '공포'의 인식은 탈[假面]쓰기라는 행위를 통해, 자기를 배반하는 탈(脫)주체화의 도정으로 나아가게 된다.

이 시기 시인들의 시에서 주요한 모티프로 드러나는 공포는, 국가라는 타자의 시선에서 흘러나온다. 즉 공포란 전체주의의 담론 속으로 들어가기 위해 개별 주체가 경험하는 결여를 드러내는 지점이며, 그것은 동시에 대타자의 담론의 비균질성을 드러내는 검은 구멍인 것이다.8) 황동규는 이

---

8) 토니 마이어스, 박정수 역, 『누가 슬라보예 지젝을 미워하는가』, 앨피, 2005, pp.184~185.

러한 권력적 시선에 내장된 절멸의 공포를 자아의 내적 공포로 치환하여 텍스트화 함으로써, 지배 담론의 포획에서 벗어나는 동시에 그 속에 내장된 공포를 무의식적으로 반복하고 있다. 그의 시가 보여주는 탈주체는 대타자의 호명을 거부하는 방식으로 주체화의 실패를 드러내는 한편, 자아가 딛고 있는 내면성이 텅 빈 공백의 지점임을 고백하는 역설적 존재양식을 보여주는 것이다. 이러한 딜레마 속에서 황동규의 공포의 언어는, 파시즘적 언어의 동일화 전략에 대응하여 구성된 개인 신화의 허구성을 폭로하고 있다.

4. 환상의 건축술과 위장된 주체—이승훈

황동규의 경우에서 볼 수 있듯이, 1960~70년대 시인들이 탐구하는 내면성이란 집단 혹은 지배 담론에 대항하는 거점인 동시에 전체주의의 공포를 무의식적으로 드러내는 지점이다. 이러한 개인화의 문제와 결부지어서 주목할 것은 파시즘적 담론은 매끄러운 일관성을 가진 체계가 아니라, 끊임없이 균열되는 과정이라는 사실이다. 지배 담론은 자신의 비일관성과 결여를 은폐하기 위해서 이념적 환상을 구축한다. 이러한 균열을 가리는 스크린으로서의 환상은, 사회 내부에 존재하는 개인들에게 현실을 바라보는 틀을 제공하고 당대의 이데올로기적 시계(視界)를 결정하는 규준이 된다. 주지하듯 1960~70년대의 지배 담론은 근대화의 성장 이데올로기 혹은 순수한 민족이라는 집단적 환상에 의해 지지되고 강화되었다. 이러한 환상은 개별자들의 욕망을 근대화라는 비전 속으로 투사하도록 강제함으로써, 개인을 호명하는 권력적 언어로 기능하게 된다. 현실의 표면에 포진한 이데올로기적 환상의 언어들이 세계를 바라보는 개인의 시선을 규정하는 프레임으로 기능할 뿐만 아니라, 개인의 언어 속에 스며들어, 개별자의 언어를 장악하고 지배하는 것이다.

당대 시인들의 미학적 출발점인 환상의 방법론은 근대화 프로젝트의 바탕을 구성하는 성장−서사의 동일성을 해체하고, 지배 담론의 허구성을 폭로한다는 점에서 이 시기의 시를 살피는 중요한 의미항이 된다. 이승훈·황동규·오규원 등은 자기 내부에 고유한 '환상'을 창조함으로써 이러한 집단적 환상에 대한 미학적 저항을 수행한다. 이들의 초기 시에서 보여주는 환상은 파시즘적 권력의 공포를 가시화하면서 역설적으로 그것을 붕괴시키는 방법론이 된다. 그들은 일상을 왜곡, 변형함으로써 현실적 언어를 비껴서거나, 역사적 맥락을 완전히 휘발시킨 새로운 시적 공간에 개인의 환상을 채워 넣는다.

특히 이승훈의 경우, 환상은 억압적이고 훼손된 현실을 인식하는 방법론이며, 동시에 '일체의 관념으로부터 해방된 순수추상의 세계'를 구축하려는 창작 원리로서 드러난다. 스스로 '비대상'의 시로 명명한 바 있듯이, 그는 초기 시에서 모든 현실을 소거하고 환상을 통해서 절대화된 내면을 구축하고자 한다. 그의 시에서 일상적 시공간과 절연된 절대의 시공간은 자신의 '환상'을 상연하는 무대가 된다.9) 지배 담론의 틈입을 배제하는 독백의 언어로 구성된 첫 시집 『사물A』에서 보여주는 환상의 풍경들은 전체주의의 언어가 가진 억압성에 대한 강한 부정의 효과를 갖는다. '환상의 건축술'이라 이름할 만한 특징을 보여주는 이 비대상의 텍스트들은 억압적 질서와 경험적 현실을 재구성함으로써 규율화된 의미화의 회로를 파괴(non-signification)하는 전략으로 수행된다.10)

---

9) 최현식은 이러한 이승훈 시의 특성을 내면성 탐구의 결과로서 지적한다. 최현식, 「데포르마시옹의 시학과 현실대응방식」, 『1960년대 문학연구』(민족문학사연구소 편), 깊은샘, 1998.
10) 로즈메리 잭슨, 서강여성문학연구회 역, 『환상성』, 문학동네, 2001, p.55.

사나이의 팔이 달아나고 한 마리 흰 닭이 구 구 구 잃어버린 목을 좇아 달리다. 오 나를 부르는 깊은 명령의 겨울 지하실에선 더욱 진지하기 위하여 등불을 켜놓고 우린 생각의 따스한 닭들을 키운다. 닭들을 키우다. 새벽마다 쓰라리게 정신의 땅을 판다. 완강한 시간의 사슬이 끊어진 새벽 문지방에서 소리들은 피를 흘린다. 그리고 그것은 하이얀 액체로 변하더니 이윽고 목이 없는 한 마리 흰 닭이 되어 저렇게 많은 햇빛속을 뒤우뚱거리며 뛰기 시작한다.

－「사물A」 전문

　시인은 '팔이 달아난 사내', '잃어버린 목', '하이얀 액체' 등의 그로테스크한 이미지들을 병치함으로써 파편화된 의식의 단면을 드러낸다. 시에서 절단된 신체의 각 부위는 동적인 서술어들과 결합됨으로써 각기 다른 방향으로 질주하고 있다. '달린다→ 땅을 판다→ 액체로 변한다→ 뛰기 시작한다'로 이어지는 서술어의 역동성적 치환은 '사물A'라는 텅 빈 중심을 둘러싼 기호들의 운동을 낳는다. '사나이, 나, 우리, 흰 닭'등의 이미지들은, '생각', '정신'의 주체인 자아의 내부로 수렴되지 못하고 텅 비어 있는 중심을 둘러싸고 회전하고 있다. 부재하는 중심을 둘러싼 시적 기호들은 계속 미끄러져 궁극적인 동일성에 도달하는 데 실패하게 된다.

　이렇게 이승훈의 시는 이질적인 이미지의 충돌을 통해 현실적 세계와 어떠한 연관성도 거부한 채 오직 자아의 내면에서 펼쳐지는 유희적 풍경을 보여준다. 그로테스크한 이미지의 병치를 통해 현실을 왜곡하는 이러한 추상성의 세계는, 논리적 인과성으로부터 비껴섬으로써 지배 담론의 자장으로부터 스스로의 영토를 분리시킨다. 이러한 세계의 추상성은 지배 언어를 절단함으로써 섬뜩한 것으로 환기시키고, 세계에 대한 '낯선' 감각을 전면화하는 것이다.

　　① 나는 눈을 뜬다
　　　촛불이 소리를 지르며

들녘으로 달려간다
내 속의 바다에
나는 쓰러져 울고
나의 팔은 길게길게 연장되어
바람부는 밤을 끌어안는다

-「이유」 부분

② 보이지 않는 시계가
가라앉는 열두 아이
얼굴에 손을 대고 운다
오래오래 컴컴한 골짜기로
초록빛 새들이 빠져나간다
個人의 質疑가 번쩍이며
달리는 어둠을 뚫고 질주한다

-「내 몸속을 바다가」 부분

　위의 시들에서는 현실 연관성이 배제된 자아의 내적 환상이 직조되는 양상을 살펴볼 수 있다. ①에서는 '소리를 지르는 촛불', '내 속의 바다' 등 의미연관성을 상실한 낯선 이미지들이 모두 '나'를 중심으로 배치되고 있다. 그러나 이러한 이미지들은 '나'라는 중심으로 수렴되는 것이 아니라, 나의 외부로 확산되는 양상을 보여준다. 그리하여 '나'가 눈을 뜨는 행위는 대상 현실과의 연관을 얻는 것이 아니라, 오히려 그것과 절연된 환상의 이미지들과 연관을 맺는다. 이것은 '나'가 이 이미지들을 통제하는 절대적 자리에 놓인 것이 아니라, 분산되는 이미지들과 더불어 분열되고 있음을 보여준다.

　②에서도 보이지 않는 시계, 열두 아이, 초록빛 새 등의 이질적 이미지들이 모여서 구축되는 시적 공간은 인과성을 상실한 무중력 속에 병치되어 있다. 텍스트에 넘쳐나는 여러 이미지들은 스스로 의미의 함량을 휘발시켜 버린 기호로서만 자신의 존재를 드러내는 것이다. 제 의미를 감당하

지 못하는 각각의 이미지들은 언어의 맥락으로부터 탈주함으로써 환상적 세계를 구성하는 퍼즐조각이 된다. 이러한 환상적 텍스트는 과잉된 기호들이 의미론적인 공허를 은폐함으로써 구축되는 것이다.

　이러한 환상의 방법론은 대상 현실을 인식할 수 있는 시선의 붕괴로부터 생성된다. 시에서 '나'의 시선이 포착하는 것은 타자로서의 현실이 아니라, 분열된 이미지들이 만들어내는 가공의 세계이다. 이러한 시적 환상을 통해서 시인은 규범과 권력의 지표로서의 전체주의 언어와 미학을 변형, 왜곡하고 굴절시킴으로써 지배 담론의 포획으로부터 벗어나고 있다. 이러한 시적 환상은 사회 질서에 합리적 통일성을 부여하고자 하는 이데올로기적 환상의 구조물에 내재된 결절 지점을 드러내는 증상이 된다고 하겠다.[11]

　이승훈 시의 방법적 원리인 환상은 현실의 허구적 맥락을 해체하고 파편화함으로써, 인과적 의미를 균열시키는 대항적 언어에 의해 구축된다. 왜곡된 현실에 대한 인식은 대상을 언표하는 언어에 대한 좌절로 귀결되는데, 초기 이승훈이 훼손된 언어의 문제에 관심을 집중하는 것은 이러한 이유에서이다. 시인에게 세계의 본질에 닿지 못하는 언어의 결핍과 불구성은, 세계 질서 내에서 거처를 찾지 못한 주체의 불구성을 드러내는 환유로 읽혀진다.

　　헛간에는 / 스산한 바람소리가 / 휘장을 들치고 // 그는 / 점점 보이지 않게 되어 / 이윽고 캄캄한 곳에서 / 한마리 흰 닭으로 발각된다 // 달아난 목에서 / 흐르는 피가 / 經驗의 뜨락을 물들인다 // 달빛 속에서 / 잠 깬 새들이 / 우수수 날아가기 시작한다 // 보라 하 하 / 이제 내 머리는 어디 있는가, / 끝끝내 挫折의 말을 배운 밤 / 時間의, 안타까운 暴風은 / 다시 그의 살을 헤집고 들어간다 // 헛간에는 / 쓰라린 精神만 남는다.

　　　　　　　　　　　　　　　　　　　　　　　　　　－「어휘Ⅱ」전문

---

11) 슬라보예 지젝, 이수련 역, 『이데올로기라는 숭고한 대상』, 인간사랑, 2002, p.51.

이 시에서 텅 빈 '헛간'이 상징하는 정신성의 세계에서, 언어(그)는 스스로의 존재를 드러내지 않는다. 그것은 스스로 자신의 실체를 드러내지 않으며, '흰 닭'이라는 실물성을 통해서 발각될 뿐이다. 그러나 '닭'이라는 기호의 물질성은 시인이 상정하는 언어의 본질과는 한없이 단절되어 있다. '흰 닭'으로 사물화된 언어는 경험의 영역에 붙들린 언어의 그림자이자 흔적이다. '달아난 목에서 / 흐르는 피'가 구체적 실물감을 획득하지 못하는 것은 그 때문이다. 결국 본질을 지시하는 '새'들이 날아간 빈 공간을 채운 바람 소리만이 언어를 대치하는 기호로 드러난다. 그것은 시간성 속에서 소진되는 좌절의 언어이며, 언어의 근원을 향한 시적 탐구의 좌절을 드러내 준다. 본질로서의 언어와 기호들 간의 간극은 '내 머리는 어디 있는가'와 같은 자기 상실의 절망감을 함축하고 있다. '헛간'이라는 공간의 비어 있음을 통해서 더욱 부각되는 상실감은, 자아와 세계 사이에 놓인 간극을 환기 시킨다. 이러한 상실의 공포로부터 거리를 두기 위해서 시인은 환상을 재구성한다. 본질과 현상, 언어와 기호의 간극에서 비롯되는 비극적 인식이야말로, 시인이 구축한 환상의 풍경이 부재하는 기원의 언어를 대치하는 흔적들의 놀이임을 잘 보여주는 것이다. 시에서 '쓰라린', '스산한'이라는 감각들이 환상의 놀이에 복종하기 위해서 동원될 뿐, 자아의 실제적 감각으로 귀환하지 못하는 것은 이런 까닭이다.

이승훈의 시에서 환상은 지배 담론이 기초한 언어적 동일성에 대한 해체와 파괴의 방법을 통해서 구축된다. 주지하듯 이 시기의 지배 집단에 의해 추진된 근대화 기획은 개체의 다양성과 이질성을 제거하여 단일한 집단 내부로 귀속시키는 권력화의 과정이다. 이러한 지배 담론의 헤게모니는 언어의 개별성과 차이를 소거하는 전략을 통해서 수행되었다. 전체주의의 이데올로기를 표상하는 지배 언어는, 집단의 단일한 언어 이외의 모든 것을 배제하는 단성(單聲)적 특질을 잘 보여준다. 이 시기의 문학 주체들은 다양한 미학적 전략을 통해서 지배 언어의 동질성을 균열시키고자 하였다. 언어의 실험과 시적 양식의 파괴는, 동일성의 언어로 포섭되지 않는 개인의 고유한 언어를 구축하려는 전략으로 이해될 수 있다. 이승훈의 시가 보여주는 언어에 대한 물음과 탐색은 전체성의 언어에 대응하는 개인어를 구축해 가는 과정이라 할 수 있다. 환상의 시편들이 보여주는 언어의 해체는 의미의 절대성에 대한 신뢰를 바탕으로 구축된 지배 담론의 집단적 신념을 위반함으로써 권력적 언어 붕괴를 가시화하는 것이다. 이 시기 이승훈을 비롯한 다수 시인들에 의해 실험된 데포르마시옹(deformation)의 언어들은 언어 자체의 물질성을 강조함으로써 공식 언어의 문법을 자유롭게 변형, 왜곡하고 있다. 언어의 소통적 기능에 대한 부정에서 비롯되는 이러한 해체와 균열의 전략은, 개별 발화에 각인된 이념적 내용을 제거함으로써 지배 이념으로의 통합을 거부하는 반동일화의 의식을 보여준다. 시공간적 자율성 속에 구성된 이러한 환상의 세계는 공식화된 전체성의 언어적 문법과 이데올로기로부터 벗어난 자율적 개인의 심미적 언어에 의해서 구축되는 것이다.

그런데 문제는 현실과의 소통을 거부하고 스스로를 소외시키는 언어 전략이, 소통적 측면을 거부하는 언어 소외로 경사될 수 있으며, 이러한 반동일화의 전략은 내면화의 기제를 통해 지배 담론에 공모하는 양식으로 귀결될 가능성을 내포하게 된다는 점이다. 이승훈의 경우에 미학적 저항의 거점인 환상이, 언어적 결여, 자아와 타자 사이의 간극에서 비롯된 상실의 공포를 메우기 위한 상상적 보충물로서 기능할 때 이러한 딜레마는 극명하게 드러난다. 그의 시에서 파편화된 언어에 의해 직조된 환상은 그것을 통어하는 강력한 주체의 시선에 의해서 보충된다는 점이 지적되어야 한다. 최현식의 말처럼, 그의 시에서 '환상'으로의 기투는 '현실의 초월적, 파멸될 수 없는 궁극적 심급기관으로서의 자아'라는 절대적 주관성의 세계에 발을 딛고 있는 것이다.[12] 이승훈의 시에서 감각의 극대화는 이러한 주체의 절대화를 드러내는 표지이다. 그의 초기 시에서는 '흰색'의 강조와

'울음'이라는 청각의 극대화가 두드러지는데, 이러한 감각의 전경화는 텍스트에서 가시화되지 않는 주체의 존재를 부각하는 방법이다. 예를 들어 '단단한 아픔'(「室上」)과 같은 구절을 통해서 시인은 '단단한'이라는 감각적 실체성을 부여함으로써 아픔을 감지하는 자아의 존재를 강조한다. 또 '명료한 슬픔'(「세레피아」)에서도, '명료한' 인식적 태도와 결합된 슬픔의 정조 역시 주체를 환기하는 데 기여한다. 또한 '내 안의 바다', '내 안에서 대낮이' 등의 진술에서 드러나는 '나'의 과도한 강조는 시적 세계 안에 주체를 각인하고자 하는 무의식을 보여준다. 환상이 견고해 질수록 그것을 구축하는 주체의 시선 또한 강화되는 것이다.

앞에서 살펴본 시 「사물A」에서 텅 빈 중심은 곧 절대적 주체의 시선이 자리하는 지점이다. 시에서 환상을 구축하는 이미지들은 파편화되고 분산됨으로써, 그 내부에 작동하는 주체의 시선을 은폐하고 있다. 여기서 텅 빈 중심에 자리한 것은 시적 기호들을 분산시키고 굴절시킴으로써 자신을 기만하는 위장된 주체인 것이다. 이렇게 분산되고 균열된 시선 내부에서 숨겨진 완강하게 고착된 주체를 발견할 수 있다. 결국 이승훈 시의 주체는 현실과 대화를 거부한 '내면'의 순수 영토에 고착된 환상의 드라마를 상연하는 것이며, 내면성이라는 신화를 구축하기 위해 타자의 언어를 빌려온 셈이다. 고로 환상 속에서의 주체의 부재를 드러내는 시선은 절대적 주체의 위장술에 다름 아닌 것이다.

이렇게 개인을 호명하는 전체주의의 욕망을 방어하기 위해 구성된 1970년대 시의 미학적 환상은 일그러진 집단 환상의 스크린 위에서 구성된다. 개별자를 호명하는 권력적 언어로부터 벗어나려는 욕망은 스스로 구성한 환상을 이데올로기적 환상에 맞세움으로써, 현실의 지배를 벗어나고자 한다. 그러나 이때 환상을 구성하는 절대적 진공의 언어는 현실의 언어를 전

---

12) 최현식, 앞의 글 참조.

도된 형태로 되비추고 있으며, 결국 자기 환상을 통과한 개인-주체는 스스로의 기원을 기만하는 위장된 주체로 출현하게 되는 딜레마에 빠지게 되는 것이다. 전체주의의 신화에 맞서는 개인의 신화가 탄생하는 것은 바로 이 지점이다.

5. 기교의 변주와 냉소적 주체-오규원

1960~70년대 지배 담론은 개별자를 집단의 신화 속으로 통합하기 위해서 가시적이고 직접적인 동원의 언어를 구사할 뿐 아니라, 무의식적인 동의를 이끌어내기 위한 정서적 동원을 중요한 원리로 삼는다. 민족·국가·성장 등 숭고한 이념을 전면화한 파시즘의 언어는 개별자를 포획하는 중요한 정서적 모티프들이다. 1970년대의 시적 인식의 바탕에는 지배 언어를 관통하는 '고귀한 열정'에 대응하는 '냉소'의 감각이 자리하고 있다. 전체와 개인의 사이의 균열을 드러내는 냉소의 시선은 집단적 환상의 붕괴를 포착하고, 그 균열의 지점에서 지배 담론의 허구성을 전면화한다. 즉 냉소는 지배 담론이 쳐놓은 환상의 스크린을 걷어내는 탈신화화의 전략이며, 담론간의 헤게모니의 장에서 개인이라는 대항적 보루를 구축하고 지지하는 최대치로 기능한다.

오규원의 첫 시집 『분명한 사건』(1971)에서는 현실에 대면하는 개인의 불안정한 내면이 직접적으로 표출되고 있다. 주체를 둘러싼 불가해한 현실의 억압성은 '고층건물의 모진 옆구리에 걸려 / 기울어진 하늘이나'(「무서운 계절」)와 같은 불균형의 풍경으로 감지되며, 이러한 현실의 구도가 가져오는 불안을 시인은, '불길한 환각을 방출하는 정맥'(「현황B」)에서와 같이, 내면에서 분출되는 환각으로 대치하고자 한다. 이 '환각'은 주체가 놓여진 현실을 배제한 고립된 내면을 재구성하는 언어의 놀이로 구축된다. 환각을 구성하는 우연적이고 돌발적인 언어들은 현실의 맥락을 지워버리고, 시인은 비유기적으로 결합된 언어 속의 풍경만을 '분명한 사건'으로 인식하는 아이러니를 보여준다.

그러나 『분명한 사건』이 지닌 의미는, 시인의 시선이 절대적 자족성을 지닌 환상을 구축하는 것이 아니라 환상의 배경에서 그 균열을 읽어낸다는 점이다. 그의 시에는, 현실을 환상 속으로 재구성하고자 하는 시인의 의지를 끊임없이 배반하면서, 시적 환상 속에 개입하는 현실의 목소리들이 떠다니고 있다. 이 점에서 오규원의 시는 절대적 환상을 통해서 현실을 탈색하는 이승훈의 내면 탐구와 다른 길을 가고 있다. 그는 환상이 기초하고 있는 자족성의 언어의 파탄을 가시화한다. 즉 의미와 기호의 연관성에 대한 시인의 불신은 언어에 의해 구축된 환상의 붕괴를 보여주기에 이르며, 이러한 언어적 관계의 붕괴를 통해서 파탄된 현실의 이면이 폭로된다.

> ① 환상의 마을에서
> 　살해된 낱말이
> 　내장을 드러낸 채
> 　대낮에
> 　광화문 네거리에 누워 있다.
>
> 　　　　　　　　　　　　　　　　　　　　－「대낮」 부분

> ② 내 앞의 현실, 나의 가장 아름다운 해체, 나의 가장 아름다운 환상의 입체, 빌딩과 기와집과 오물이 뒹구는 골목 사이로 가면 기름투성이 먼지를 뒤집어쓴 잡풀들, 극기로 가는 내 꿈의 잔해들이다.
>
> 　　　　　　　　　　　　　　　　　－「보물섬-환상수첩 1」 부분

> ③ 生界엔 별일 없음. 문협선거엔 미당이 당선된 모양이고, 내 사랑 서울은 오늘도 안녕함. 서울 S계기의 미스 천은 17살(꿈이 많지요), 데브콘에이

중독. 평화시장 미싱공 4년생 미스 홍은 22살(가슴이 부풀었지요), 폐결핵.
모두 안녕함.

一「나의 데카메론」 부분

앞서 말했듯이, 오규원의 시에서 환상은 현실의 논리로부터 벗어난 미
적 자족성의 세계를 환기한다. 그것은 시인의 말을 빌면, '등기되지 않는
현실'인 환상은 그의 시에 자주 등장하는 페르조나인 '돈 키호테의 언어'
로 표현된다. 그런데 오규원의 시적 관심은 자족적 환상의 세계를 구축하
는 것이 아니라 그 붕괴를 드러내는 데 놓인다. 그는 환상의 세계에서 추
방된 언어에 의해 유지되는 현실에 대한 절망을 통해서, 역설적으로 환상
의 절대성이 붕괴되는 지점을 텍스트화한다.

시 ①에서 시인은 언어로부터 환상의 베일을 벗기고, 참혹한 실체를 적
나라하게 드러내고 있다. 환상의 마을로부터 추방당한 언어(낱말)는 곧 마
술적 힘을 상실한 당대적 삶에 대한 미학적 좌절을 상징하는 것으로 이해
된다. '광화문 네거리'로 상징되는 현실의 한복판에 내장이 드러난 채 버
려진 언어의 실체는 비참하기까지 하다. 이러한 장면은 개인의 내면을 구
축하는 미학적 언어가 어떻게 현실의 언어 속으로 투항하고 있는가를 섬
뜩하게 보여준다.

시 ②에서 자아는 '기름투성이 먼지를 뒤집어쓴 잡풀'들 속에서 상실된
꿈의 잔해를 발견한다. 그것은 빌딩과 기와집 그리고 오물이 뒹구는 골목
의 현실성 속에서 미적 언어를 키워낼 공간을 발견하지 못하는 것과 마찬
가지다. '먼지를 뒤집어쓴 잡풀'은 '살해된 낱말'과 동일하게 현실에 남은
환상의 흔적이다. 환상의 붕괴는 '수술대 위에 놓인 牧神의 죽음'(「빗방울
또는 우리들의 언어」)이 상징하듯 현실에 대한 대항적 지점으로서의 미적 세
계의 사망선고에 다름 아니다.

이렇듯 세계의 실재성을 부인하고 환상 속으로 몰입하는 이승훈과 달

리, 오규원에게 환상은 좌절의 흔적으로 존재하게 된다. 오규원의 시선은 이중의 틈새 곧 현실의 언어와 환상의 미학적 언어 사이의 간극을 투시한다. 이러한 간극 속에서 환상의 붕괴는 역설적으로 현실의 지배 언어가 유포하고 있는 이데올로기의 허구성을 해체하는 기능을 하게 된다. 결국 오규원에게 아이러니는 환상의 잔해인 언어를 가지고, 현실의 장을 지배하는 언어에 대항하기 위해서 선택된 미학적 방법론이다. 아이러니는 환상에 대한 강렬한 지지가 아니라, 환상의 불가능성에 대한 자각, 다시 말해 환상과 현실의 틈새를 자각하는 데서 탄생하는 것이다. 아이러니를 통해서 시인은 '등기되지 않은 현실'과 실제 현실 사이의 간극을 드러내고, 이데올로기적 언어의 허구성에 대응하고자 하는 역동적 의식을 보여준다.

시 ③은 경제성장의 이데올로기를 유포하면서 일관되게 생의 안녕함을 말하는 지배 담론의 언어로 채워지고 있다. 시인은 현실의 표면적 안녕함의 이면에는 비참한 노동에 내몰리는 현실, 그리고 협잡, 비굴과 타협이 자리하고 있음을 보여준다. 이 시에서 시인은 '안녕한' 현실을 지배하는 언어를 자신의 언어로 발화하고 있다. '내사랑 서울은 오늘도 안녕함'에서와 같이 시인은 근대화의 논리 속으로 여성 노동자들의 욕망과 삶을 포획하는 지배 언어를 반복하고 있다. 한편 성장의 그늘에서 중금속에 중독되고 폐결핵에 걸린 여공들의 숨겨진 꿈은 현실로 표출되지 못하고 괄호 안에 숨겨진다. 괄호 속의 언어는 가혹한 현실에 짓눌린 삶의 욕망이며, 억압된 언어인 것이다. 시인은 텍스트의 표면을 장악한 지배 언어와 괄호 속의 언어를 충돌시킴으로써, 표면적으로만 안녕한 현실의 허구성을 폭로하고 있다.

이렇게 괄호 안과 밖의 이중성을 투시하는 시인의 시선은 언표된 현실의 허구성을 드러내는 아이러니에 의해 구축된다. 현실의 허구성을 폭로하는 아이러니는 괄호의 안과 밖으로 분리된 세계를 넘나드는 언어적 긴장을 내포하고 있다. 그런데 오규원의 시에서 주목되는 것은, 현실의 이중

성을 투시하는 아이러니의 시선이 지배 담론의 허구성을 드러내는 것뿐
아니라, '나'를 구성하는 의식의 허위성을 동시에 폭로하고 있다는 점이
다. 시에서 '시를 쓰는 자신의 허위의식'을 고발하는 메타적 언어들은, 시
쓰기라는 행위가 귀속된 담론의 환상을 붕괴시키는 한편, 진술 주체로서
의 시인의 자기 분열을 가시화하고 있다. 이러한 자아의 분열은 대상을 공
격하려는 순간 바로 자신이 그 공격의 대상이 된다는 역설에서 비롯된다.
즉 시적 자아는 냉소의 주체인 동시에 대상이 되는 것이다.13)

> 이 세상은 나의 자유투성이입니다. 사랑이란 말을 팔아서 공순이의 옷을
> 벗기는 자유, 시대라는 말을 팔아서 여대생의 옷을 벗기는 자유, 꿈을 팔아
> 서 편안하게 사는 자유. 편한 것이 좋아 편한 것을 좋아하는 자유. 쓴 것보
> 다 달콤한게 역시 달콤한 자유, 쓴 것도 커피 정도면 알맞게 맛있는 맛의
> 자유.
>
> 세상에는 사랑스런 자유가 참 많습니다. 당신도 혹 자유를 사랑하신다면
> 좀 드릴 수는 있습니다만,
>
> ―「이 시대의 순수시」 부분

이 시에서 세계에 넘쳐나는 '자유'는, 역설적으로 진정한 자유의 부재를
드러낸다. 그것은 자유의 이름으로 주체를 유혹하는 현실의 논리가, '사랑,
시대, 꿈'을 팔아서 얻어지는 허구적 자유에 다름 아니라는 인식을 보여준
다. 이때 자유는 세계와 사물의 본질을 담지 못하고 위조된 관계만을 지시
하는 '불순한 언어'(6연)라 할 수 있다. 시의 마지막 서술어('있습니다만')는
'자유'라는 기호에 내장된 의미를 전복시킨다. 그리하여 지배 담론의 허구
적 헤게모니에 대응하는 시인의 언어는 서술어 이후의 공백에서 실현된
다. 이 여백의 침묵 속에서는 도달 불가능한 상상적 기표인 자유에 대한

---

13) 이연승, 『오규원 시의 현대성』, 푸른사상, 2004, p.127.

시인의 조롱과 자조가 읽혀진다. 이러한 침묵의 언어야말로, 시의 아이러
니를 성립시키는 중요한 기능을 하는 것이다.

오규원의 시에서 아이러니를 구축하는 것은 텍스트를 이끌어가는 주체
의 냉소적 시선이라 할 수 있다. 이러한 냉소의 태도에는 지배 담론을 비
판하는 동시에 그 담론의 질서 속으로 투항하는 존재의 자기 비판이 공존
하고 있다. '순수시'마저 불순하게 오염되어 있음을 비판하는 시적 진술은
결국은 위조된 언어적 관계에 공모하는 자기에 대한 고백으로 읽힐 수 있
는 것이다.

> 얼지 않은 겨울은 비참하다. 이 비참하고
> 긴 겨울의 삼강오륜과
> 冬夜를 사랑하는 밤 불빛과
> 불빛을 따라가서 자주 외박하고 오는
> 나와
> 빌어먹을 시를 쓰는 나를
>
> 너는 용서하라
> 너는 패배하라
> 나에게 패배하라.
>
> —「동야」 전문

앞서 말했듯이, 파시즘적 언어는 집단적 정체성에 바탕을 둔 숭고한 이
념을 끊임없이 대중의 정서에 호소하면서 대중 지배를 수행한다. 이때 환
상으로서의 이데올로기는 모든 고유한 가치를 박탈하는 냉혹한 사물화의
원리를 통해서 열광과 냉소를 동시에 유포한다. 이데올로기적 언어의 숭
고한 열정에 대응하기 위한 오규원의 태도는 현실에 대한 냉소적 거리두
기로 표출된다. 그의 시에서 지배 집단의 이데올로기에 대한 주체의 거리
두기는 풍자적이고 반어적인 냉소의 언어를 통해서 텍스트화되고 있다.

위의 시에서 자아의 분열된 의식을 가시화하는 주체의 진술은 인식과 행위의 불일치에서 비롯된다. '불빛을 따라가서 외박을 하는 나'와 '시를 쓰는 나' 사이의 균열에 내포된 의식의 진폭은 냉소적 주체의 존재 양상을 보여준다. 얼어붙은 세계의 질서와 규율에 둘러싸여 타락하는 자신에 대한 환멸은, 한편으로 시를 쓰는 행위마저도 몰가치하고 부정적인 것으로 인식하게 만든다. 폭력적 현실에 대한 비판과 자기 환멸은 동전의 양면처럼 동시에 존재하는 것이다. 이렇게 현실로부터 벗어나는 행위인 시쓰기가 내포한 숭고함마저 속화시키는 깊은 환멸은 현실로부터 벗어날 출구를 잃어버린다. 문제는 이렇게 냉소적 주체의 현실에 대한 공격적 전망이 이미 왜곡되어 있다는 것, 그리고 왜곡된 전망을 피할 수 없다는 점을 스스로 수용한다는 사실이다. 이렇게 되면 세계에 대한 냉소적 거리두기란 이데올로기적 환상이 지니고 있는 구조화된 힘에 대해서 눈 감아버리는 것과 다르지 않게 된다.14) 오규원의 시적 방법으로서의 아이러니는 현실의 구조에 대한 냉소적 거리두기가 가진 이러한 위험성을 처음부터 내장하고 있었다. 즉 지배 언어의 이중성을 폭로하고 비판하는 아이러니의 주체인 개인은 자신의 내부에 준거를 마련하지 못한다. 그리하여 그는 스스로를 대상화하는 자기 비판과 부정을 역설적인 자기 보존의 전략으로 삼는다. 결국 지배 언어를 자신의 언어로 구사하면서, 동시에 그 언어에 내재된 허구성을 교묘하게 폭로하는 아이러니는, 당대의 언어적 질서 속에서 자신의 언어를 보존하기 위한 주체화의 전략이 되는 것이다.

여기서 아이러니의 방법론은 그것이 전체의 신화를 어떻게 비판하고, 시적 자아의 자기 갱신과 관련된 행위로서 감당하는가 하는 미학적 실천의 문제와도 연관된다. 오규원에게 이러한 미적 방법론과 실천의 문제는

---

14) 지젝은 이데올로기적 환영을 구성하는 것은 이러한 세계의 허구성을 간파하면서도 그것을 현실에 대한 대응으로 연결시키지 못하는 것 곧 행위의 부재 때문이라고 지적한다. 슬라보예 지젝, 이수련 역, 앞의 책, p.68.

'기교'라는 방법론으로 구체화된다. '기교'는 허구화된 주체의 본질을 인식하면서 동시에 지배 담론에 대한 저항을 수행하는 이중의 의식에서 탄생한다. 아이러니는 이 '기교'를 통해 대상을 해체하고 재구성함으로써 지배 담론과 자아의 허구성을 동시에 문제삼는다. 주목해 보아야 할 것은 이 '기교'에 내포된 자기 기만의 문제이다. '기교'는 타자를 부정하면서 동시에 승인하고, 마찬가지로 주체를 해체하면서 재생산하는 이중성의 지점에 놓인다.

> 슬픈 것은 이 기교 때문이다.
> 아니다
> 개봉동의 밤 기교 때문이다.
> 이 슬픔밭에 슬픔 심기, 이 슬픔밭에
> 슬픔의 씨는 잘 자라서
> 나는 슬픔의 기교가 되지만
> 떠들지 마라. 이것이 나의 패배임을
> 너의 패배가 아닌 나의 패배임을
> 내가 왜 모르랴.
>
> 　　　　　　　　　　　　　　　－「콩밭에 콩심기」 부분

이 시에서 나의 기교가 곧 패배라는 역설은, 바로 오규원의 아이러니적 시선이 귀착되는 지점을 환기하고 있다. 기교란 '아프지 않게 기술적으로 포기하는 법을 익히고 마는 것들'(「사랑의 기교 3」)처럼 불가해한 현실을 포기하는 방법론이며, 동시에 '동어 반복의 시대'(「사랑의 기교 2」)를 비켜가는 기술이기도 하다. 그러나 한편으로 기교란 훼손된 언어를 위장하는 동어 반복의 자기 유희 속으로 수렴되는 회로를 갖는다. 여기서 '콩밭에 콩심기와 슬픔밭에 슬픔을 심는' 동어 반복이 원리는 결국 자기 폐쇄적인 세계의 회로를 벗어나지 못하는 주체의 존재 양식을 환기한다. 지배 언어

의 권력적 장(場)을 벗어나지 못한 채 '기교'라는 변주의 기술만을 반복하는 아이러니는 결국 자신의 폐쇄성 속으로 귀결되는 것이다.

현실의 언어 질서를 뚫고 나가지 못하는 시인은 스스로 '내가 왜 모르랴'라는 물음으로 회귀할 수밖에 없다. '이데올로기적 허구성을 간파하면서도 여전히 그것을 행하는' 냉소주의의 격문을 환기시키는 이 물음 속에서 오규원의 시가 도달한 미학적 딜레마를 읽을 수 있다. 그의 시에서 현실에 대한 비판과 자기 비판은 줄곧 평행선을 달린다. 이러한 평행선은 1970년대 오규원 시가 부딪친 일종의 임계점을 가시화한다. 아이러니를 통해서 세계와 자기 존재의 허위성에 대한 성찰적 물음을 제기한 시인은, 불행하게도 당대의 권력적 언어의 자장에서 벗어나지 못하고, 아이러니를 통한 전복의 수사는 제자리를 맴돌고 있는 것처럼 보인다. 남는 것은 반성 없는 기교이며, 기교가 절망을 낳는 순환론인 것이다.

이렇게 1970년대 오규원 시의 의미는 지배 담론의 허구성에 대한 통찰로부터 내면의 허구성에 대한 인식으로 귀환하는 지점에서 찾을 수 있다. 시인은 자신이 공격의 대상이 되는 적의 얼굴을 하고 있음을 깨닫는다. 그것은 개인의 얼굴 속에서 전체주의 신화의 낯익은 얼굴을 발견하는 것이다. 결국 오규원의 기교의 방법론적 실패가 보여주는 것은 자기의 언어 속에 함께 살고 있는 적의 목소리를 발견한 자의 고통이다. 1980년대 오규원은 자본주의의 물화된 현실과 기호들을 공략함으로써 주체를 텍스트에서 추방하는 방법론의 세계로 나간다. 자아의 얼굴을 감춘 채 광고와 소비의 언어를 통해 자본주의의 욕망을 공격 대상으로 삼는 1980년대의 오규원의 시적 자의식은 결국 1970년대의 '실패한 기교'가 더욱 확장된 결과로도 읽을 수 있을 것이다.

6. 결 론

이 글에서는 1960~70년대 모더니즘 시에 나타난 전체성의 원리와 개인-주체의 갈등과 언어 미학의 역동성을 조명해 보았다. 이 시기를 관통하는 지배 담론은 근대화 기획이라는 경제 논리를 뒷받침하는 이데올로기적 언어를 사회 전반에 포진시킨다. 개인을 전체의 논리 속으로 호명하는 집단적 담론은 개별 주체들의 욕망과 개성, 언어적 특성을 거세하고 이들을 단성적인 동일성의 언어로 포획하고자 한다. 신진 모더니스트 시인인 황동규, 이승훈, 오규원은 각각 공포와 환상, 냉소의 방법론을 통해서, 전체주의 담론이 구축한 이데올로기적 환상에 대응해 간다. 미적 방법론의 차이에도 불구하고 이들은 모두 사회 전체를 관통하는 전체주의적 언어의 지배에 대응하는 '개인'의 내면을 미학적 출발 지점으로 삼는다는 점에서 시대적 감수성을 공유한다. 이들의 문학이 보여주는 단독자의 개인주의적 세계는 전체주의 담론으로부터 스스로를 소외시킨 주체가 선택한 미학적 저항의 거점으로서 의미를 지닌다.

그러나 개인-주체가 공적이고 합리적인 세계로의 가능성을 차단당한 채 자기 보존이라는 사인화(私人化)된 영역에 구축될 때, 그것은 전체성의 신화를 대치하는 새로운 신화로서 기능하게 된다. 전체성에 대한 대항의 지점으로 설정된 개인의 '내면'이 그 자체로 절대적인 것으로 가치화되어 버리고, 결국 개인-주체란 지배 담론이 무의식적으로 각인된 내면성을 숭고한 상징적 가치로 전화시킴으로써 도착적으로 구성된 것임을 의미하는 것이다. 이는 1960~70년대 문학에서의 '개인'의 출현이, 전체성의 이데올로기에 맞서는 대항적 출구인 동시에 그러한 대항의 허구성을 보여주는 역설적 지점임을 의미하는 것이다. 따라서 이 시기의 문학을 특징짓는 개인 혹은 내면성의 출현은 자본주의화에 따른 소외와 물화의 결과로서만

이 아니라, 지배 담론의 이데올로기적 전유에 대항하는 개별 주체의 적극적 대항의 근거로서 이해되어야 할 것이다. 대항적 주체로서의 개인은 지배 담론과 저항 담론이 끊임없이 충돌하고 스며드는 헤게모니 갈등이 펼쳐지는 지점인 것이다. 개인—주체에 대한 이러한 시적 사유는, 개인의 문제가 억압과 저항이라는 단선적 대립적 잣대로 포괄되지 않는 다층적 의미 생산의 지점이 되고 있음을 보여준다.

참고문헌

민족문학사연구소 편, 『1960년대 문학연구』, 깊은샘, 1998.

_____ 편, 『1970년대 문학연구』, 소명출판, 2000.

상허학회 편, 『1960년대 소설의 근대성과 주체』, 깊은샘, 2004.

김준오, 「현대시의 추상화와 절대은유」, 『현대시사상』, 1995년 가을호.

이연승, 『오규원 시의 현대성』, 푸른사상, 2004.

임지현, 『대중독재』, 책세상, 2004.

최현식, 「데포르마시옹의 시학과 현실대응방식」, 『말 속의 침묵』, 문학과지성사, 2003.

들뢰즈·가타리, 최명관 역, 『앙띠오이디푸스』, 민음사, 1997.

O. 팩스턴, 손명희·채희영 역, 『파시즘』, 교양인, 2005.

슬라보예 지젝, 이수련 역, 『이데올로기라는 숭고한 대상』, 인간사랑, 2002.

토니 마이어스, 박정수 역, 『누가 슬라보예 지젝을 미워하는가』, 앨피, 2005.

로즈메리 잭슨, 서강여성문학연구회 역, 『환상성』, 문학동네, 2001.

1960∼70년대 배역시와 민중상의 선취

유 문 선

1. 머리말

이 글에서는 1960∼70년대에 씌어진 배역시(配役詩)를 살펴보려 한다. 고전적인 정의에 따르자면 배역시란 어느 특정한 인물의 입을 통해 표현하는 시라고 할 수 있는데,[1] 주아성(主我性)과 현재성을 자신의 미학적 본성으로 갖는 서정시에서 배역시는 일견 이색적인 존재가 아닐 수 없다. 그럼에도 배역시는 오랜 시사적 전통을 갖고 있고 그 점은 우리 시사에서도 마찬가지이다. 멀게는 조선 시대 정철의 가사 양미인곡이 모두 여성 화자의 입을 빌고 있으며 20세기로 들어와서는 주요한과 김억을 거쳐 김소월

---

1) W. 카이저, 『언어예술작품론』, 김윤섭 역(대방출판사, 1989), p.296.

과 한용운에 이르러서는 풍성한 성과를 낳았다. 이어 프롤레타리아 문학이 융성하던 시절에는 임화의 이른바 '단편서사시'가 나와 흡사 프롤레타리아 시의 규범인양 많은 아류작들을 낳았고 그 흐름은 이용악 등에까지 이른다.

시인 자신과 확연히 구별되는 인물을 내세우고 그를 통하여 서정을 진술하는 배역시가 씌어지는 데는 분명히 강렬한 동기적 요소가 개입해 있을 터인데, 1960~70년대의 배역시는 어떤 근거를 갖고 있는가를 따져 이 시기 시사의 한 흐름을 제어하는 저류를 알아보고자 하는 것이 이 글의 목적이다. 그런데 시인 자신과 구별되는 화자라는 기준을 내세워 배역시 여부를 판별한다고 하지만 그것이 그리 손쉬운 문제는 아니다. 엄밀하게 말하자면 모든 서정시는 배역시라는 원론적인 문제 제기도 가능할뿐더러 비유와 상징의 기제를 통하여 동일성의 원리에 따라 시인의 퍼소나를 덮어쓰고 있는 사물이나 사람도 있고 서술 시점을 유년기로 돌려 말하는 작품 등도 있다. 따라서 그 엄정한 논의는 또 다른 한 편의 글을 요구할 수밖에 없는데 여기서는 성별, 직업, 계층 등에서 시인과 확연히 구별되는, 완전한 별도의 화자를 내세운 시만으로 대상을 한정하고자 한다.

한편 1960~70년대를 대상 시기로 잡는다고 하였는데, 구체적으로는 이 시기에 발표된 시 작품들을 수록하고 있는 시집을 모두 검토하는 것을 원칙으로 하였다. 이는 몇 가지 문제가 있는데, 우선 원 발표 지면의 확인을 결락하면서 연대 획정에 문제가 있을 수 있으며 작품의 개작 여부를 살필 수 없다는 점, 현실적으로 모든 시집을 수합하여 검토하는 데 어려움이 있다는 점 등이 그것이다. 따라서 이같은 문제점들이 실재로 현현하면 이 글의 논의 또한 다소의 방향 전환을 감내할 수밖에 없다는 사실을 미리 밝혀 두고자 한다.

2. 1960년대 말 배역시의 등장–김지하와 신경림

1970년의 해가 저물어 갈 무렵 간행된 김지하의 시집『황토』는 그 해
에 이미 벌어졌던 담시「오적」이 빚은 필화 사건도 겹치면서 그 선명한
사회역사적 상상력으로 세간의 주목을 끌었다. 이 시집 앞부분에 그 전 해
잡지『시인』에 발표한「서울길」이 실려 있다.

길고도 무거운 탄식과 발걸음이 담긴 "간다 / 울지 마라"라는 전별사를
정인(情人)에게 남기면 서울로 "몸 팔러가"는 시골 청년은 왜 정든 고향을
떠나고 있는 것일까? 1960년대에 본격화된 경제개발 계획의 진척에 따라
급속히 분해되어 간 농촌에서 먹고 살 길이 막막해지자 떠나고 있는 것이
다. 아니, 떠밀려 나간 것이다. 화자는 "언제야 돌아오리란 / 언제야 웃음으
로 화안히 / 꽃피어 돌아오리란 / 댕기풀 안스러운 약속도 없이" 고향을 뜨
고 있는데, 이 떠남과 이별이 더욱더 가슴 아픈 것은, 귀향이 불가능하다
는 것, 이 이별이 영원한 이별이라는 것을 그 스스로 잘 알고 있기 때문이
다. 화자는 다음과 같이 말한다.

> 모질고 모진 세상에 살아도
> 분꽃이 잊힐까 밀 냄새가 잊힐까
> 사뭇사뭇 못 잊을 것을
> 꿈꾸다 눈물 젖어 돌아올 것을
> 밤이면 별빛 따라 돌아올 것을
>
> ―「서울길」제2연 부분

꿈 속에서나 정인과 고향에 돌아올 수 있으리란 것은 현실에서는 불가
능하다는 냉혹함을 뒤집어 말하고 있는 것이고, 더 나아가 생각한다면 그
현실 속에서, 이제 떠나고 있는 고향도 분꽃이 피어나고 밀이 익어가는 아

름답고 평화로운 공동체의 현상을 유지하는 것조차 난망하리라는 불길한 예언도 던지고 있는 것이라 할 수 있겠다.

이 처절한 이농(離農)이 국부적·일시적이 아니리란 것은 아직은 강제된 이농을 면하고 농촌에서 살아갈 수 있는 이들의 삶에서 미루어 짐작할 수 있다. 그들은 "도도리장단 좋아 헛맹세랑 우라질 것 / 보릿대춤이나 춤시다요"하든지(「형님」), "돌아라 낮도 밤도 없이 / 돌아라 돌아 / 미칠 듯 미친 사람 미치듯이 웨쳐라 / 씨허연 쌀빛 앞에 눈멀어서 돌아라 / 발동기는 시커멓게 소리지르고 / 해는 이마 위에 번쩍번쩍거리고"하는(「타작」) 상황에서 살아갈 뿐이다. 자포자기와 분노의 끝을 살고 있는 이들의 모습은 특히 후자에서는 강렬한 시·청각 이미지와 함께, 그 극점이 거의 착란에 가까운 지경에 와 있음으로써 전율감마저 주고 있다. 이들 역시 조만간 「서울길」의 청년의 뒤를 밟을 것이리라.

1960년대 농촌의 붕괴를 담아내고 있는 이들 시들은 모두 농민의 입을 빌어 씌어지고 있다는 점에서 특징적이다. 김지하로 하여금 이같은 배역시를 쓰게 한 동력은 무엇이었을까? 혹시 앞선 세대의 영향은 아니었을까? 김지하에 앞서 사회 현실에 비판적인 시각을 던졌던 시인으로는 김수영과 신동엽을 꼽을 수 있을 것이다. 특히 김수영은 김지하에게 깊은 영향을 준 것으로 판단되는데, 외적으로 보아도, 시 「책들」에 김지하는 "또는 '김수영쪼'"라는 부제를 붙이고 있고 김수영의 시 「누이야 장하고나! : 新歸去來 7」의 한 구절 "누이야 / 풍자가 아니면 해탈이다"을 오독하면서 제목을 붙인 시론 「풍자냐 자살이냐」(1970)는 김수영의 계승과 극복을 동력으로 삼고 있을 정도이다. 그러나 주체의 반성과 자각에 기초를 두고 있는 김수영은 배역시를 쓰지 않았다.

한편 김수영에 비해 현실의 틈입을 월등히 허용하고 있는 신동엽 역시 배역시 양식을 이용하지 않았다. 「鍾路 五街」, 「왜 쏘아」 등에서 신동엽은 1960년대 남한의 민족 민중 현실을 적실하게 보여 주고 있지만 어디까지나 관찰자적 시선을 유지하고 있을 뿐이다. 그리고 「진달래 山川」, 「별밭에」, 「좋은 言語」 등에서는 성인 남성 목소리로는 어울리지 않는 '-어요' 투, 즉 여성적 어투를 구사하고는 있지만 이는 여성 화자의 것이라기보다는 감성적 소구력을 높이기 위한 장치로 이해하는 편이 온당할 듯싶다.[2] 그 대신 신동엽은 서사시 「錦江」, 「이야기하는 쟁기꾼의 大地」와 詩劇 「그 입술에 파인 그늘」로 나아갔다.[3] 요컨대 신동엽조차도 아직 민중의 내부에서 현실을 조망하는 역사적 단계는 아니었던 셈이다.

결국 현실을 고발하고 있는 김지하의 일련의 배역시 양식은 위로부터 온 것은 아니라는 결론에 이르게 된다. 그렇다면 어디로부터 온 것인가? 이에 대해서는 후술하기로 하고 김지하의 배역시들을 좀더 살펴보기로 하자. 「서울길」에서처럼 고향을 떠났건 「타작」에서처럼 처참한 모습으로 아직 고향에 남아 있건 이후 그들은 어떻게 되었을까? 『황토』가 발행되고 5년 후에 발표된 시편들 속에서 우리는 그 향방을 찾을 수 있다. 고향에 남아 있던 빈농들의 상태는 더욱 악화되었다.

> 가자구
> 이봐 어서 가자구
> 오래 굶어 환장한 이 거대한 빈 창자를 끌고
> 서울로 가자구 가서 주워먹어보자구 닥치는 대로
> 닥치는 대로 우라질 것 이봐 어서 가자구
> 생선 뼈다귀도 콩나물 대가리
> 개들이 먹다 버린 암소갈비도 복쟁이도
> 집도 거리도 자동차도 모조리 모조리 우라질 것
> 암수컷 가릴 것 없이 살찐 놈으로만 콱콱콱

---

2) 화자가 자신의 서정적 목소리를 울려내는 것이 아니라 외부 정황을 제시하는 데 중점을 두고 있는 시의 구조 자체가 이를 방증한다 하겠다.

3) 전8연 25행으로 된 「丹楓아 山川」은 소품이기는 하지만 화자가 번갈아 진술하는 극적 구성을 취하고 있다. 이 점에서 이 시는 양식론적 측면에서 보자면 「그 입술에 파인 그늘」의 원형에 해당하는 작품이라 할 수 있다.

사람고기도 씹어보자구

-「허기」 부분

　그로테스크하기까지 한 위 진술은 처절함의 극을 다하고 있는데 결국 이들이 택할 길 역시 "서울로 가"는 것뿐이라는 사실이 재삼 확인되고 있다. 한편 서울로 간 이농민들은, 허름한 공장의 밑바닥 노동자가 되었을 뿐이다. 「지옥1」, 「지옥2」, 「지옥3」을 통하여 나타난 그들의 모습은 "새를 꿈구며 잘린 손 감아쥐면"서 "움직이지 않는 핏발 선 네 뜬 눈의 거리" "구로동 길 언저리 / 침묵한 거리"에서 끝내는 "육신의 저 밑바닥까지 / 기계에 감겨 / 회전하며 울부짖으며 기계가 되어가는 지옥의 / 저 밑바닥"을 살아가고 있을 뿐이다.

　이처럼 1960년대 후반~70년대 전반에 씌어진 김지하의 일련의 배역시들은 당시 우리 사회가 겪고 있었던 '농촌의 분해와 붕괴 → 이농 → 도시 빈민화 → 밑바닥 노동자로의 전락'이라는 전형적인 경로를 잘 보여주고 있다. 그러나 이 배역시들 속에서 우리는 그들의 절망과 분노와 체념과 자포자기 등만을 볼 수 있을 뿐이다. 바꾸어 말해 절망 속의 희망을 낳을 수 있는 태반인 '생활'을 볼 수 없다는 것인데, 이 한계의 의미는 후술할 논의에서 밝혀보겠거니와 여기서는 다만 그 사실을 확인해 두기로만 하자.

　김지하의 배역시 중에서 『황토』의 「비」와 1975년 봄 『창작과 비평』지에 발표된 「어름」도 같이 기억해 둘 필요가 있다. "어디에선가 / 붙잡"혀 "묶여 간 그이"를(「비」) 그리는 여인의 모습과, 죽음마저 감수하겠다는 각오로 현실과 팽팽히 맞서고 있는 시인의 심사를 전이 받고 있는(「어름」) 남사당 줄 광대의 모습을, 잠시 뒤를 위하여, 마음에 담아두기로 하자.

　한편 김지하와 거의 같은 시기에 일련의 배역시를 쓴 시인으로 우리는 마땅히 신경림을 들어야 할 것이다. 신경림은 일찍이 1955년 등단하였으나 곧 낙향과 방랑의 길로 접어들었고 김관식의 도움으로 1965년에 「겨

울밤」으로 활동을 재개하였다. 그리고 1970년 『창작과비평』에 「눈길」,
「그날」, 「파장」, 「벽지」, 「산1번지」 등을 발표하면서 일약 문단의 눈길을
끌게 된다. 그에게 제1회 만해문학상의 영예를 안기고 '창비시선'의 제1권
의 자리를 잡게 한 시집 『농무』는 이 시기 그의 시들을 오롯이 담고 있다.
그리고 여기에 그의 대표작으로 꼽히는 데 부족함이 없는 「겨울밤」, 「파
장」, 「농무」 등의 배역시가 열 편 실려 있다. 이 중 「겨울밤」과 「꽃그늘」
이 각각 1965년과 67년의 발표작이고 나머지는 모두 1970~72년 사이에
발표되었다.

흔히 『농무』에 대해서는 "우리 민족 정서의 바탕인 농촌을 배경으로 하
여 이 땅에서 가장 끈질긴 생명력으로 버티며 살아온 대다수의 사람들, 즉
농민들의 삶과 그 이야기를 서사적 기법으로 표현하고 있다"는 식의 평가
가 일반적인데,[4] 이는 이 시집에 실린 배역시들에도 두루 적용되는 내용
이다.[5] 그런데 『농무』가 '농민'의 세계인 것은 틀림없는 사실이지만 『농
무』를 찬찬히 읽다보면 우리는 두 가지 공통되는 사실을 알아차리게 된
다.[6] 그 첫째는 '농민'들의 모습에 관한 것이다. 『농무』 속에 "쌀값 비료
값 얘기가 나오고 / 선생이 된 면장 딸 얘기가 나오고" "올해에는 돼지라
도 먹여 볼거나"하는 셈평 속에서(「겨울밤」) "호남의 가뭄 얘기 조합 빚 얘
기"들을 나누다가는(「파장」) "비료값도 안나오는 농사 따위야 / 아예 여편네
에게나 맡겨 두"자고 푸념하는, 농민들이 있음은 분명한 사실이다. 그리고
「건답 직파」나 「농지세 1프로 감세」 등의, 농촌에서나 볼 수 있는 구호가
시의 배경에 깔리고 있음 또한 사실이다. 그러나 이들 '농민'이 서 있는
곳은 '농토'가 아니다. 『농무』의 '농민'들이 있는 곳은 장터, 구판장이나

---

4) 조태일, 「열린 공간, 움직이는 서정, 친화력」, 『신경림 문학의 세계』, 구중서・백낙청・염
   무웅 편(창작과비평사, 1995), p.129.
5) 단 강렬한 정치적 메시지를 담고 있는 「이 두 개의 눈은」은 예외적이다.
6) 이하 『농무』의 문제점에 대해서는 유문선, 「밀려난 자들의 느꺼움 : 신경림, 『농무』」, 『시
   집이 있는 풍경』, 한계전 외(위즈북스, 2003), pp.344~346.

정미소, 상점, 선술집 또는 농가의 마당이나 뒷방 혹은 길바닥 등이다. 말하자면 좁은 의미의 농촌 '현장'과는 거리가 있는 곳이다.

장소가 그렇다보니 이 곳에 있는 농민들의 행위 또한 '생산'과는 다른 것일 수밖에 없다. "묵내기 화투를 치고/ …… / 겨울밤은 길어 묵을 먹고/ 술을 마시고 물세 시비를 하고/ 색시 젓갈 장단에 유행가를 부르고/ 이발소집 신랑을 다루러/ 보리밭을 질러 가"거나(「겨울밤」), "징소리 꽹과리 소리/ 면장은 곱사춤을 추고/ 지도원은 벅구를 치고"는(「오늘」) 할 뿐이다. 시에 나타난 겉모습만 보면 이들의 주업은 농사이기는커녕 화투 놀음, 술자리, 씨름 (구경), 농무일 뿐이다. 그리고 종종 제사를 지내거나 시위에 나서는 장면이 끼어들기도 한다. 그런데 이들이 벌이는 술판이나 씨름판 혹은 농악판은 전혀 흥겨운 꼴이 아니다. 싸움질과 울음판, 헛짓거리와 킬킬거림이 마구 뒤범벅되어 아수라장의 장관으로 귀결된다.

두 번째로는 『농무』의 배역시들이(비단 배역시만에 한정되는 것은 아니지만) 모두 그 화자를 불특정한 '우리'로 내세우고 있다는 점이다. 온통 '우리'가 전경에 나선 것이 『농무』의 세계이다. '우리'가 뭉치면서 만들어지는 이 '판'이, 뚜렷한 목적 아래 "아우성과 노랫소리"(「갈 길」)로 덮인 적극적인 단결과 주장의 자리가 되어 있는 적이 없는 것은 아니지만, 그것은 매우 드물다. 거의 대부분 이 '판'은 그냥 그저 모여 이루어진 것이다. 어떻게 이것이 가능할까? "못난 놈들은 서로 얼굴만 봐도 흥겹"기(「파장」) 때문이라고 시인은 전한다. 물론 이것은 과장과 반어의 수사이다. 이들을 한데 모은 것은 '외부'의 힘이다. 농토에서 그들을 떨구어 낸 장터, 구판장이나 정미소, 상점, 선술집 또는 농가의 마당이나 뒷방 혹은 길바닥 등으로 밀어붙이고 있는 그 힘이다. 스스로의 선택에 의해서가 아니라 그 파괴적인 폭력에 의해 이들은 집단적으로 내몰렸고, 그래서 그 좌절과 실의와 분노를 싸움질과 울음판, 헛짓거리와 킬킬거림으로 담아낼 수밖에 없었던 것이다. 요컨대 농촌에서 농민으로 살아가기는 하지만 농토와 농사일에서 밀려난 사람들의 세계를 그려낸 것이 『농무』의 세계인바, 배역시를 내세웠음에도 격렬한 저항으로 치닫지 않은 것은 『농무』가 지닌 정직함의 미덕이자 동시에 이 시기 '농민'들의 역사적 한계라 할 수 있을 것이다.

『농무』에서 밀려난 사람들의 후일은 어찌 되었을까? 『농무』를 이은 시집 『새재』에 실려 있는 네 편의 배역시 「어허 달구」, 「달래강 옛 나루에」, 「각설이」, 「돌개바람」 등은(모두 1976년작) 이제 더 이상 농민이 아니라 장돌뱅이와 각설이 등 떠돌이가 되어버린 사람들을 그리고 있다. 도시 변두리의 공장으로 보낸 것이 아니라 시골의 여기저기를 떠돌아다니게 한 데서 김지하와 구별되는 신경림만의 독자성이 보이는 것이지만 그나마 간신히 붙어 있던 '현장'에서 떨어져 나와 개별적 존재로 화한 이들은 짙은 무력감에 사로잡히게 된다. 그렇다면 거기에 다음과 같이 '죽음'의 그림자가 서리는 것도 자연스러운 일이라 할 수 있을 것이다.[7]

> 어허 달구 어허 달구
> 차라리 한세월 장돌뱅이로 살았구나
> 저녁 햇살 서러운 파장 뒷골목
> 못 버린 미련이라 좌판을 거두고
> 이제 이 흙속 죽음 되어 누웠다
> 어허 달구 어허 달구
>
> —「어허 달구」 부분

3. 1970년대 현실지향적 배역시의 전개

현실지향적 시인 중 박봉우, 고은,[8] 민영, 조태일,[9] 양성우, 문병란, 장

---

7) 『새재』 다음 시집인 『달넘세』(1985)에는, 특히 그 제1부에는 '혼령'들이 넘실거리고 있는데 이는 『새재』의 연장에서 보자면 충분히 이해할 만하다 할 수 있을 것이다.

영수, 김명인[10] 등이 김지하와 신경림의 뒤를 이어 1970년대에 한 편, 혹은 두세 편의 배역시들을 남기고 있지만, 적지 않은 배역시들을 남기며 배역시를 자신의 창작방법의 한 영역으로 확고히 하고 있는 시인들로는 이시영, 정희성, 이성부, 이동순, 김창완 등을 거명할 수 있다. 특히 앞의 두 시인은 열 편 이상의 배역시를 남기며 1970년대 배역시의 흐름에서 뚜렷한 족적을 남기고 있다.

1970년대 배역시가 누구의 입을 빌고 있는가를 살필 때 가장 먼저 떠오르는 것은 흔히 '노가다'(일본어 도카타에서 유래한 말)로 대표되는 일용직 노동자들이다. 정희성의 「露天」, 「저문 강에 삽을 씻고」, 「아버님 말씀」, 「눈을 펴내며」, 이시영의 「어느 늦가을 저녁」, 「바람이 불면」, 김창완의 「忍冬日記1」, 「불빛 하나」, 민영의 「海蘭江 橋梁工事 殉蹟碑」, 장영수의 「城南에 산다는 사람」 등을 꼽을 수 있다. 1970년대 배역시의 중심이 전 시기 김지하나 신경림과 달리 빈농이 아니라 일용직 노동자로 이동하고 있다는 사실은 이 짧은 시간에 우리의 현대사가 얼마나 빠른 속도로 자본주의화를 향해 돌진하고 있는가를 잘 보여주고 있다. 토지에서 유리되어 서울을 비롯한 도시 변두리로 흘러들어 왔지만 변변한 공장이 많지 않은 경제 현실에서 이들이 갈 곳이 어디였는가를 이 시편들은 증언하고 있다. 그런데 일용직 노동자의 입을 빌리고는 있지만 이들 시편은 일용직 노동자의 '생활'을 구체적으로 그리는 데까지는 나아가지 못한다. 이들이 중점을 두고 있는 것은 이들의 '육체'가 아니라 '정서'이다.[11] 시 속의 노동자들은 예

---

8) 『문의 마을에 가서』(1974) 이후의 고은을 가리킨다. 그 이전, 즉 1960년대의 고은에 관해서는 다음 절에서 언급하고자 한다.

9) 「나의 처녀막」 연작은 얼핏 여성 화자의 목소리로 읽히지만 "소생의 처녀막 파열사"(「나의 처녀막 3」)에서 보듯 처녀막은 정치적 상징물이다. 따라서 온전한 의미의 배역시라 하기는 어렵다 억눌리고 학대 당하는 존재를 여성으로 환치시키는 것은, 「눈깔사탕3」, 「처녀 귀신 전상서」에서 보이듯, 조태일의 근본적 상상력의 한 줄기이다.

10) 특히 이후의 시작 전개를 고려한다면, 장영수와 김명인을 현실지향적 시인으로 가르는 데 동의하지 않을지도 모르겠다. 그러나 적어도 『동두천』(1979) 시절의 김명인이나 『메이비』(1977)의 장영수는 현실지향적으로 분류하기에 부족함이 없다.

외 없이, 지금 '일을 하고' 있는 것이 아니라, 작업 도중에 쉬고 있거나 일을 마쳤거나 비가 오거나 일이 없어 '공치고' 있는 상태에 놓여 있다. 그리고 그 상태에서 그들에게 다가오는 회한과 분노, 좌절과 체념 등을 진술하고 있는 것이다. 이같은 괴리는 물론 시인과 배역 주인공 사이의 사회적 존재의 위상 차에서 비롯하는 것이겠지만,[12] 때로 그 괴리는 시 내부의 통일성을 해치기도 한다. 그 적실한 예를 이 계열의 작품 중 가장 수작으로 꼽히는 「저문 강에 삽을 씻고」에서 찾을 수 있다.

> 흐르는 것이 물뿐이랴
> 우리가 저와 같아서
> 강변에 나가 삽을 씻으며
> 거기 슬픔도 퍼다 버린다
> 일이 끝나 저물어
> 스스로 깊어가는 강을 보며
> 쭈그려 앉아 담배나 피우고
> 나는 돌아갈 뿐이다
> 삽자루에 맡긴 한 생애가
> 이렇게 저물고, 저물어서
> 샛강바닥 썩은 물에
> 달이 뜨는구나
> 우리가 저와 같아서
> 흐르는 물에 삽을 씻고
> 먹을 것 없는 사람들의 마을로
> 다시 어두워 돌아가야 한다
>
> —「저문 강에 삽을 씻고」

---

11) 민영의 「해란강 교량공사 순직비」만큼은 건설 현장의 실체적인 모습을 어느 정도 그리고 있다. 그러나 이 작품은 당대의 현실을 소재로 한 것이 아니라 일제 시대의 일을 다룬 것으로 또 다른 의미에서의 '추상성'을 담고 있다고 할 수 있다.

12) 황정산, 「70년대의 민중시」, 민족문학사연구소 현대문학 분과, 『1970년대 문학연구』(소명출판, 2000), p.237.

위 시는 고달픈 하루를 마친 일용 노동자의 저녁의 심사를 그리고 있지만 시 속에 형상화된 화자의 심사는 일용 노동자라기보다는 지식인, 혹은 시대적 한계를 넘어 표현하자면, 흡사 선비와도 같은 느낌을 준다.

이 시기 배역시의 중심이 일용 노동자로 이동하였다고 하였지만 역사적 단계 범주로서의 전(前) 형태인 빈농이나 후 형태인 공장 노동자가 이 시기 배역시의 화자로 등장하지 않는 것은 아니다. 이시영의 「대침」, 민영의 「五歌」, 문병란의 「流行歌調 2」 등이 빈농을, 정희성의 「어머니 그 사슴은 어찌 되었을까요」, 「맨 주먹」, 조태일의 「그리움·아수라장 : 國土 47」, 김명인의 「태엽을 감아놓고」 등이 공장 노동자를 화자로 내세우고 있다. 그러나 빈농을 내세운 시들은 이미 그 편수가 현저히 줄어들고 있고, 공장 노동자들이라고 하여도 동일방직 사건을 다룬 「어머니 그 사슴은 어찌 되었을까요」를 제외하고는[13] 모두 소규모 공장 직공으로 김지하의 「지옥」 시편들을 벗어나고 있지 못하며, 시의 진술 내용 또한 빈농과 공장 노동자의 '직접적'인 생활과는 거리가 있다는 점에서 동질적인 한계를 내보이고 있다.

일용 노동자와 더불어 이 시기 배역시의 또 다른 한 축을 형성하는 것은 사회 주변부의 소외된 인물들이다. 이 소외 계층의 스펙트럼은 실로 다기해서 온갖 인물들을 내세우고 있다. 광부(김명인, 「坑木」), 어부(김명인, 「어떤 少年 어부」), 노예(이시영, 「푸른 눈과 미늘기 목장」), 양공주 동생(이시영, 「강냉이」), 창녀(이시영, 「고추밭에서」 ; 이성부, 「날궂이 詩」), 마을 머슴(이시영, 「오금바우」), 대장장이(정희성, 「쇠를 치면서」), 열쇠 수리공(정희성, 「열쇠」), 실향민(이동순, 「내 눈을 당신에게」), 문둥이(이동순, 「달개비꽃」), 백정의 딸(이동순, 「검정버선」), 땅꾼(이성부, 「白蛇」), 혼혈 가수(김창완, 「혼혈 가수의 노래」), 머슴

---

13) 「어머니 그 사슴은 어찌 되었을까요」는 19세 처녀의 입으로 동일방직 여공에 이르기까지의 일들을 모두 진술한 것으로 동일방직 사건이 중심에 놓이기는 하지만 그것만을 다룬 것은 아니다.

(민영, 「道程記」), 수몰민(양성우, 「水沒地區」), 그리고 일군의 전통 연예인(「줄
광대 김씨」, 「발탈춤 이씨」, 「裝錫匠 김씨」, 「남사당 한씨」, 모두 이성부 작) 등이
그들이다.

 이들 시들이 갖는 의의는 다름 아니라 '이들'이 등장한다는 사실에 있
다. 현실지향적 시인들이 주목한 것은 일용 노동자, 빈농과 공장 노동자와
더불어 세상의 변두리에서 힘겨운, 때로는 비인간적이기까지 한 삶을 살
아가면서 사회의 천대를 받고 있는 인물들이다.[14] 시인들은 좀체 번듯한
사람의 입을 빌려보고자 하지 않았다.[15] 시인들이 눈길을 준 이들은 경제
개발 계획의 전개와 더불어 급속히 양산된 소외 계층으로 사회적으로는
앞서의 일용 노동자들과 다를 바 없으며 또한 상호간 가역적인 위치 변환
이 언제든지 일어날 수 있는 사람들이다. 흥미로운 것은 이들 시편에서 시
인들은 빈농, 공장 노동자, 일용 노동자 때보다는 훨씬 상세하고 가시적인
삶의 편목들을 그려내고 있다는 점이다. 다음 시를 보라.

> 불 달군 백통 찬물에 식혀
> 두드리고 두드리고 또 두드린다.
> 하루 해 저물어 옛이야기 다가선다.
> 쇠 타는 연기에 나도 요 모양
> 요 꼴로 타져버린 인생이 아니냐.
> 풀무질 소리
> 먼 데서 들려오는 육자배기 한 토막

---

14) 이 시기 시인들이 소외 계층에서 이같은 성격을 읽어내고 있음을 잘 보여주는 사례가 일
 군의 전통 연예인을 다룬 이성부의 시편들이다. 이성부는 이들 시편에서, 전통 연예인의
 연회자로서의 성격을 아주 박탈한 것은 아니지만, 전통 연예인이 되기까지 그리고 전통
 연예인으로서 살아가는 것의 고통과 간난에 주목하고 있다. 2절의 김지하가 「광대」에서
 현실과 팽팽히 대립하고 있는 예술가로서의 광대를 그렸던 것과는 대조적인 것으로서 70
 년대 후반 들어 훨씬 예각화된 사회적 시각을 볼 수 있다.
15) 예외적인 것이 박봉우의 「경제학 교수 휴강」으로 대학 경제학 교수가 등장하고 있지만
 풍자와 야유를 겨냥하고 있는 이 시 속에서 '경제학 교수'가 '진정'한 시적 주인공이 아
 님은 자명하다.

지게 장단 푸나무 한 짐
보리밥 한 사발

-「장석장 김씨」 부분

　시인들이 이들 소외 계층에의 묘사에서 좀더 생활적이고 구체적일 수
있었던 것은 아마도 이들 계층이 정통적인 '노동' 혹은 '생산'으로부터 한
발 비껴서 있는 존재였기 때문이 아니었나 싶다.
　소외 계층과 더불어 시인들의 의식에 자연스럽게 들어온 것은 최후의
식민지라는 여성들에 대한 관심이다. 앞서서 지금까지 거명한 작품들 가
운데 「대침」, 「어머니 그 사슴은 어찌 되었을까요」, 「고추 밭에서」, 「날궂
이 시」, 「검정버선」 등이 모두 여성 화자이었고 여기에 고은의 「자장가」,
「어느 처녀의 말」, 이시영의 「새벽길」, 「며눌에게」, 정희성의 「石女」, 「뜨
개질」, 「바늘귀를 꿰면서」, 「流頭」, 이동순의 「瑞興金氏 內簡」, 「싸리꽃」,
김창완의 「나의 始祖 할머니의 求愛」, 문병란의 「나를 버리고 가신 님」,
「시골 女中生의 노래」 등을 더할 수 있다.
　여성을 시의 화자로까지 내세우는 데는 몇 가지 동기가 있을 수 있다.
그 하나는 그리움의 호출자로서 여성을 등장시키는 것이다. 우리 시사가
전통적으로 가장 오래 그리고 많이 써온 방법이라 할 수 있다. 그리움의
주체를 여성으로 삼아 소구력을 강화함으로써 그 간절함의 정도를 심화시
키는 것이다. 또 하나는 인생의 고통스러움을 극단적으로 그리고 이중적
으로 감내하게 되는 여성을 내세워 삶과 사회와 역사의 신산스러움을 부
彫(浮彫)하는 것이다. 그래야 할 뚜렷한 이유도 없으면서 우리 역사와 사회
는 희생과 고난의 끝에 흔히 여성을 놓아두곤 했다. 운동가보다 운동가의
아내가 더 힘든 삶을 살았고, 오빠의 등록금을 대기 위해 여동생은 공장을
다녀야 했고 전쟁의 상흔은 여성의 몸에 더 깊은 자국을 내곤 했던 것이
다. 마지막으로 페미니즘적 시각에서 인간 해방의 주체로서의 여성을 당

당한 주인공으로 전면화시키는 것이다.

　이 시기에 여성을 화자로 삼은 배역시들이 주로 착목한 것은 위 세 경우 중 처음 두 가지로 이들은 자주 중첩되었다.

> 국화무늬 치마폭에 방울방울 눈물 받으며
> 그 눈물 흐르는 대로 윷을 모아 던집니다
> 당신의 기운찬 어깻짓으로 하늘 높이 던집니다
> 제가 던진 윷가락은 달 속으로 솟아올라
> 원망스런 달을 치고 풀이 죽어 떨어집니다
> 아 그때 저는 보았읍니다 달 속의 당신을
> 곧 돌아오마던 당신 목소리를 들었읍니다
> 북만주 차디찬 어느 벌판에 지금도 살아계신가요
> 떨어진 윷은 모두 엎어져 소원대로 모를 내어
> 윷꾼들 함께 일어나 세상 모르고 춤추었지만
> 저는 당신을 향해 영영 굳은 망부석 되어
> 하염없이 당신 모습을 보고 또 보았읍니다
>
> ―「싸리윷」 부분

　시의 화자는 정월 대보름에 윷을 놀고 있다. 여인이 던지는 싸리윷은 특별한 것이다. 민족 독립 운동의 길에 나서 지금은 생사도 모르는 남편이 "싸리윷만 오래 지니면 나라 해방된다고 하"면서 만들어 놓았던 것이다. 그러나 그리움과 고생에 사무친 길은 "수십년"을 지낸 오늘에도 계속되고 있을 뿐이다. 이처럼 이 시기 배역시에서 여성은 정서와 사회와 역사의 상징물로서 혹은 대체물로서 등장하는 것이 보통이다. 「뜨개질」에서 "그이는 늘 돌아왔지만 / 나는 항상 떠나고 있어"라고 말하는 데서 단초는 보이지만 세계의 절반의 주인공으로서의 당당한 자기 선언을 하는 것은 아직 보이지 않는다.[16]

---

16) 이는 고정희 등과 같은 1980년대 여성 시인을 기다려서나야 이루어지게 된다.

1970년대 배역시를 살피면서 마지막으로 주목해야 할 사항은 이 시기 배역시들이 자기 속에 역사 의식을 투영하고 있다는 점이다. 우리 사회의 어두운 측면이 속속 부각되고 그 그림자 속에서 민중들이 낙담과 좌절의 보낼 때 그 역사적 연원을 탐구하고 역사 의식을 투영하려는 노력이 시작된 것이다. 주로 이시영과 이동순에 의해 집중적으로 씌어진 이 부류의 시편들은 몇 개의 항목으로 추려볼 수 있는데, 통사적으로 배열해 본다면 동학농민혁명을 중심으로 한 근대 초입의 민중 저항(이시영, 「고개」 ; 이동순, 「검정버선」 ; 양성우, 「녹슨 낫을 갈면서」), 일제하 민중들의 참상과 저항 및 독립운동(이시영, 「1942년, 침략자의 경기장에 뛰던 숫말들」 ; 이동순, 「앵두밥」, 「싸리꽃」 ; 민영, 「해란강 교량공사 순적비」), 해방 직후의 격렬한 각축(이시영, 「누이 곁에서」, 「며눌에게」 ; 이동순, 「서홍김씨 내간」, 「달개비꽃」), 그리고 4·19와 당대의 민중민주 운동(이시영, 「서울길」, 「송별」 ; 정희성, 「어머니 그 사슴은 어찌 되었을까요」 ; 이성부, 「날궂이 시」) 등이 그것이다.

이 시편들의 대부분은 민중들의 참상을 제시하고 고발함으로써 역사의 부당함을 증언하고 있다. 이를 당대사에 오버랩하려는 의도를 깔고 있음은 물론이다. 그런데 주목할 만하게도 이시영의 시편들은 대체로 참상보다는 저항에 방점을 두고 있다. 좀더 적극적인 역사 의식을 드러내고 있다고 할 수 있겠는데, 이를 「고개」의 상세한 해독을 통해 살펴보자.

> 앞산길 첩첩 뒷산길 첩첩
> 돌아보면 정든 봄 첩첩
> 아재야 아재야 정갭이 아재야
> 지게목 떨어진다 한가락 뽑아라
> 네 소리 아니고는 못 넘어가겠다
> 기러기떼 돌아넘는 천황재 아홉 굽이
> 내 오늘 너를 묶어 이 고개 넘는다만
> 언제나 벗어나리,

　　가도 가도 서러운 머슴살이 우리 신세
　　청포꽃 되어 너는 어덕 아래 살짝 필래
　　파랑새 되어 푸른 하늘 훨훨 날래
　　한주인을 벗어나면 또 다른 주인
　　한 세월 섬기고 나면 더 검은 세월
　　못 살아가겠다고 못 참겠다고 너도 울고 낫도 울고 쩌렁쩌렁 울었지만
　　오늘은 찬 바람에 봉두난발 날리며
　　말없이 너도 넘고 나도 넘는다
　　뭇새들 저러이 울어 예
　　차마 발 떨어지지 않는 느티목 고개,
　　묶인 너 부여안고 한번 넘으면 그만인 아, 죽살잇 고개를

—「고개」 전문

　　머슴으로 보이는 「고개」의 화자는 이별을 위해 지리산 천황재의 느티목 고개를 넘고 있다. 누구와 이별하는가? 정갭이 아재로 불리는 인물이다. 느티목 고갯길은 깊은 지리산 자락 속에 놓여 있어 앞을 봐도, 뒤를 봐도 첩첩 산중이다. 그러나 그 산중은 화자와 정갭이 아재에게는 추억이 서린 곳이다. 아마도 나뭇짐이나 하러 넘나들면서 정이 든 곳이리라. 커단 나뭇짐을 지고서 소리 잘 하는 정갭이 아재의 가락에 남은 힘을 모아 짐을 추슬러 가며 고개를 넘어가곤 했을 것이다.

　　그 고개를, 오늘 정갭이 아재를 묶어 넘어가고 있다. 그리고는 그에게 소리 한 가락을 하라고 재촉하고 있다. 도대체 어떤 상황에서 왜 묶어 가고 있는 것일까? 시인은 우리의 궁금증만 잔뜩 불러일으켜 놓은 채 짐짓 모른 척하며 화제를 돌린다. 제8행 이하에서 우리는 화자와 정갭이 아재가 모두 머슴으로 서러운 시절을 보냈음을 알게 된다.

　　그리고 문득 청포꽃(녹두꽃)과 파랑새가 나온다. 녹두꽃과 파랑새는 동학과 전봉준을 떠올리는 상징물로 받아들여진다. 동학의 가장 중심되는 교리 중 하나가 '인내천(人乃天, 사람이 하늘이다)', 즉 모든 사람이 평등하다는

것이다. 19세기말 동학이 창시된 이래 혹세무민의 종교로 극심하게 탄압 받았던 가장 큰 이유 중의 하나가 바로 여기에 있었다. 조선 중세 사회의 기틀이 신분제에 있었던 만큼 만인평등은 조선 사회를 뿌리에서부터 흔들 수 있는 불온한 사상이었기 때문이다.

머슴 살이를 벗어나고 싶다는 이들의 생각은, 그러나 청포꽃이나 파랑 새나 되어야 가능할 뿐이었고 현실에서는 불가능한 것이었다. 그래서 봉 기를 일으켰지만(제14행) 참담히 실패하고 "찬 바람에 봉두난발 날리며" 창망히 고개를 넘고 있을 뿐이다. 이에 이르면 화자가 정갭이 아재를 묶어 가되 지게를 지고 있었음을 상기하게 된다. 즉 정갭이 아재는 죽어서 묶여 지게에 실려 가고 있는 것이고 화자는 그 정갭이 아재를 지게에 지고 천 황재 굽이굽이를 넘어가는 것이다. 제16행의 너(정갭이 아재)와 나가 말이 없음은 따라서 당연하다. 하나는 죽어서 이미 말이 없는 것이고, 하나는 서러운 죽음 앞에서 말을 잃은 것이다.

말 없는 이들의 심사를 훑는 것은 뭇새들 울음소리이다. 죽음 앞에서 말을 잃은 이들 앞에 던져지는 새 울음소리는 죽은 자의 원한이 채 풀리지 못한 절규이자 죽은 자를 보내는 산 자의 한스런 원망이다. 그리고 산 자와 죽은 자의 영원한 이별에 울리는 비가이다. 그런 만큼 산 자나 죽은 자 모두 발걸음이 떨어질 수가 없다. 더구나 느티목 고개는 생과 사가 갈리는 죽살잇 고개 아닌가? 천황재 느티목 고개에서 산 자는 죽은 자를 보내고 작별을 고해야 한다. 맨 앞서 말했듯 고개는 이별의 장소이기 때문이다.

죽살잇 고개에서 갈리는 생사의 양상은 이중적인데 우선은 정갭이 아재의 죽음과 나의 삶이다. 그러나 좀더 생각해 본다면 죽어 진정한 삶을 찾는 길을 간 정갭이 아재와, 살아 여전히 죽음과도 같은 삶을 지내고 있는 나가 갈리고 있는 곳이다. 즉 표면적으로는 물리적인 삶과 죽음의 분기점이지만 이면적으로는 억압에 맞선 진정한 삶과 죽음의 의미가 무엇인가 질문되고 있는 시험대가 바로 죽살잇 고개이다.

생각이 이에 이르면 아까 지나쳤던 제12, 13연의 진술이 실제의 내용을 반영하고 있는 것인가라는 의문이 들게 된다. "한 주인을 벗어나면 또 다른 주인 / 한 세월 섬기고 나면 더 검은 세월"과 같은 사태 전개가 동학과 머슴이 존재하던 시절에 얼마나 있을 수 있는 일인가 하는 생각을 하게 되는 것이다. 물론 이같은 일이 실제로 벌어질 가능성이 아주 없지는 않다. 예컨대 섬기던 주인이 죽고 그 아들이 젊은 새 주인이 되어 상황이 더 고약해지는 정황이 있을 수 있을 것이다. 또 주인이 머슴을 종과 같이 팔아넘길 수도 있을 것이다. 그러나 이같은 해석은 시가 갖는 의미의 폭을 좁힐 뿐이다.

정갭이 아재라는 인물의 실제 존재를 전제하고서도 우리는 이 시가 과거 동학 혁명 시대에 있었던 어떤 사건에 대한 진술이라는 좁은 의미망을 넘어설 수 있다. 그것은 '머슴살이'를 머슴과도 같은 삶으로 이해하는 것이다. 그럴 때 정갭이 아재는 역사적·구체적 인물의 영역을 넘어서게 되고 이 시 속의 사실 또한 우리 역사 속에서 끊임없이 전개되어 온 압제와 저항과 좌절의 일반적인 사실로 확장될 것이고 주제 의식은 억압의 구조 속에서 진정한 삶이란 무엇인가를 물으면서 자신을 질책하고 있는 것으로 일반화될 수 있을 것이다.

지금까지 1970년대 배역시의 전개 양상을 일용 노동자, 사회 주변부 소외 계층, 여성, 역사의식 등으로 항목화하여 살펴보았다. 역시 가장 큰 문제는 배역시가 가질 수 있는 근원적인 한계, 즉 시인과 화자 사이에 가로놓여 있는 사회적 존재로서의 존재론적 괴리라고 압축할 수 있을 것이다. 그러나 그 한계를 도드라지게 강조하는 것 또한 온당한 대우라 할 수는 없을 것이다. 괴리와 격차를 가로질러 접근하고자 했던 시적 노력과 성취를 같이 읽어내야 할 것이다.

4. 1960~70년대 배역시의 또 다른 양상

충분히 예견 가능한 일이지만 1960~70년대의 배역시가 현실지향적 시인들에 의해서만 씌어진 것은 아니다. 이른바 전통적인 시인군, 자기반성적인 시인, 실험적인 시인들에 의해서도 배역시들이 제출되었다. 물론 그 비중은 현실지향적 시인들에 비하면 작다. 편수를 들어 말해 보자면 박목월, 서정주, 김춘수, 고은이 각기 몇 편씩의 배역시를 썼고, 그 외 김종삼, 황동규, 이건청, 오규원, 김광규 등이 한 편 씩의 배역시를 남기고 있다.[17] 이들의 배역시는 현실지향적 시인들의 그것과는 달리 부류를 묶기 어렵기에 개별적으로 논의하고자 한다.

1939년 시작을 개시한 이래 60년대에 들어와 소박한 생활인의 양상으로 시적 중심을 옮긴 박목월은 「萬術아비의 祝文」, 「恨歎調」, 「天水畓」 세 편의 배역시를 시집 『慶尙道의 가랑잎』(1968)에, 「샘」 한 편을 『무순』(1976)에 실어 남기고 있다. 『경상도의 가랑잎』에 수록된 세 편은 서로 놀라울 정도의 동질성을 갖고 있다. 사투리를 직접 드러내면서, 가난하고 평범한 경상도 서민들의 소박한 마음씨와 바람을 담고 있으며 대화조의 구성으로 되어 있다는 점이다. 「샘」은 여성 화자를 내세워 자연스럽게 유로(流露)하는 생을 노래하고 있다. 모두, 실체적인 사람이 존재하지 않았던 『청록집』의 지극한 절제를 벗어나 그 대척점에서 모든 면에서 자연스러운 사람의 심사를 읊고 있는 것들이다.

이 시기 서정주는 시집 『徐庭柱文學全集』(1972)에 「우리 데이트는 : 善德女王의 말씀2」, 「石工 其壹」, 「어느 新羅僧이 말하기를」, 「추운 겨울에 흰

---

17) 도시 변두리 사람들과 그 살림을 잘도 묘파한 박용래 역시 배역시를 남기지 않고 있는데, 다만 다섯 편의 소품 연시로 이루어진 「童謠風」의 한 편 「가을」이 아이의 입을 빌었다는 점에서 배역적 구성을 취하고는 있지만 이는 동요라는 갈래가 빚은 특수한 경우라 해야 할 것이다.

무명 손수건으로 하는 奇術」, 『떠돌이의 詩』(1976)에 「어느 늙은 水夫의 告
白」, 모두 다섯 편의 배역시를 남기고 있다. 화자는 각각 선덕여왕, 석공,
신라승, 야바위꾼, 수부이다. 이 시편들은 후기 서정주의 시답게, 특별한
주제 의식을 담고 있는 것들이 아니라, 자유자재의 언변에 적당한 정도의
인생관과 세태 묘사가 결합되어 있는 것들이다. 그런 만큼 위 화자들도 굳
이 그들이 되어야 특정한 이유도 없다고 보아야 할 것이다.

  '무의미시' 시작을 계속하고 있던 김춘수는 이 시기에 「李仲燮1」~「李
仲燮8」 연작시와 마찬가지로 예수에 관한 연작시의 한 편인 「겟세마네에
서」 등의 배역시를 쓰고 있다. 특정한, 더구나 잘 알려진 인물을 내세운
이 시편들은 일반적인 배역시들과는 다르다. 그리고 이 시들에서 중요한
것은 작품들이 이중섭과 예수를 어떻게 그렸느냐가 아니라 왜 이들을 그
렸느냐일 것이다.[18] 그것은, 아마도 이들이, 의미 있고 소중한, 자신의 가
족과 그 자신, 그리고 모든 것을 버린, 혹은 버릴 수밖에 없었던 존재이었
기 때문이 아닌가 한다. 즉 그로써 모든 것을 건, 시인 자신의 예술적 · 시
론적 좌표로 삼은 것으로 보인다.

  고은은 1966년에 낸 시집 『海邊의 韻文集』에 3편의 배역시 「唐의 東海
岸에서」, 「海邊의 拾得物」, 「御悲哀」를 남겨 놓고 있다. 멸망한 나라의, 혹
은 무력한 황제가 화자로 되어 있는 이 세 편은 설정에서나 주제 의식에
서나 동질적이다. 주제를 함의하고 있는 구절들, "얼마나 창조보다도 멸망
은 찬란한가", "비로소 나에게는 감회만 있고 내 일체는 사라졌노라", "王
이란 虛無이노라", "水仙花는 피어 / 朕을 어여쁘게 어여쁘게 괴롭히고 있
도다"에서 명료하듯 이 세 편 시는 앞선 시집 『彼岸感性』의 문제 의식이
그대로 이월된 것이다. 즉 훼손과 부패와 부정으로서의 현세적 생, 죽음에

---

18) 시인도 시집 『南天』(1977)의 후기에서 이중섭이 "이 3년 동안의 내 詩作의 主軸"이며 "예
  수에 대한 매력은 날이 갈수록 더해 간다"고 쓰고 있다. 『金春洙全集1 : 詩』(문장, 1982),
  p.309.

의 유혹, 생의 초탈 등이 담겨 있는 것이니,[19] 시 속의 '황제'는 실제 황제
와는 물론 아무런 인연도 없다

이 시기 주지적 시풍의 한 대표라 할 만한 김종삼은 꽤 이색적인 배역
시 「엄마」 한 편을 남기고 있다. "장사를 잘할 줄 모르는 행상" 여인과 그
아이들 일가를 짤막히 그린 이 시편은 수록 시집 『시인학교』에 같이 실린
「民間人」, 「掌篇·2」와 궤를 같이 하는 것으로 보인다. 그런데 시는 돌연
"엄만 죽지 않는 계단"이란 한 행으로 끝을 맺는다. 동요로 읽든 종교시로
읽든[20] 이 시가 행상 여인에 대한 사회경제적 관심의 산출물이 아닌 것은
분명해 보인다.

시집 『어떤 개인 날』에서 『악어를 조심하라고』에 이르기까지 1960~70
년대에 적지 않은 시적 성과를 산출한 황동규는 도시 그의 시 속에서 존
재 이전을 요구할 만한 계층, 민중이라 범칭할 만한 인물들을 등장시키지
않는다. 그다지 많이 나오지도 않는, 그의 시 속에 등장하는 타인들은 허
균, 박지원, 이중섭 등과 당대의 문인, 예술인들이다. 심지어는 「삼남에 내
리는 눈」의 전봉준마저 역시 지식인적 존재로 그려지고 있다. 다만 그의
시사에서 억압적인 사회 현실에 대해 가장 비판적인 관점을 드러냈던 시
집 『나는 바퀴를 보면 굴리고 싶어진다』에 실린 「아이들 놀이」만이 유일
한 배역시라 할 수 있다. 그러나 「아이들 놀이」의 '아이'는 '순연'한 아이
가 아니다. '아빠'의 '총'을 빌려 "한 눔만 죽이"면 "다들 설설 기"리라고
생각하고 있는 아이의 입을 빌린 이 시는 당시 권력의 무소불위함, 폭력의
무제한적 방류, 민중들의 왜소함을 동시다발적으로 고발하고 있는 것으로
읽힌다.

이건청은 연작시의 한편인 「沈봉사傳4」에서 심청의 입을 빌고 있다. 눈

---

19) 유문선, 「'가다'의 시학 : 고은 초기 시의 행로(1)」, 『만해학보』 제5집(화남, 2003), pp.109~
110.
20) 시 제3연에 "내일은 꼭 하나님의 은혜로 / 엄마의 지혜로 먹을거랑 입을거랑 가지고 오
마"라고 진술되고 있다.

먼 채 세상을 헤매고 다니는 심봉사는 이건청이 부단히 그려온 현대 사회의 비극적 존재이다. 이 시에서 심청은, "죽은 잎 하나가 가린 / 애비의 전 생애"가 낳은 "낭자히 흐르는 피 / 잃어버린 유년"의 담지자로서 나타난다. 비극의 부단한 연속을 체현하고 있는 존재인 것이다.

오규원은 「어떤 感動派」에서도 그의 특장인, 뒤집힌 사회에 대한 통렬한 비판과 야유를 내보이고 있다. 이 시의 화자인 창녀는 같은 처지에 놓여 있는 이시영의 「고추밭에서」와 이성부의 「날궂이 시」에서의 그녀들과는 전혀 다르다. 이시영과 이성부 시 속의 그녀들이 역사와 사회에 짓눌린 존재로 그려지고 있다면, "그들이 내 배 위에서 껄떡거릴 동안 / 콧구멍을 후비거나 손톱 밑의 때를 파"는 「어떤 감동파」의 그녀는 "생각보다 많은 돈"을 받아들고 "잠시 진심으로 감사하고 / 잠시 남자들이 사랑스럽다고 생각하고 / 쥐어진 지폐를 다시 한번 헤아리며" 허밍으로 노래한다. 물론 이를 액면 그대로 받아들여서는 아니 된다. 오규원은 욕망에 스며든 물신성과 허위성을 뒤집어 내보임으로써 현대 사회의 한 양상을 조소하고 있는 것이다.

단순해 보이나 결코 단순치만은 아닌 세계 인식을 그려냈던 김광규는 「쓰레기 치는 사람들」에서 청소부의 눈으로 바라본 세상을 그려내고 있다. 시 속의 청소부는 자신들을 "쓰레기 치고 받은 돈으로 / 눈오는 날은 소주 한 잔 걸치고 / 적금 들어 3년 뒤 / 리어카 한 대 사서 / 엿장수나 고물장수 차리는" 존재로 보는 세상의 시각에 대해 "천만의 말씀"이라고 일갈한다. 자신들은 "세상의 모든 욕망 끝나버린 곳 / 돈이 죽어버린 쓰레기터에서 / 우리는 연탄재를 흙으로 돌려보내"는 존재라는 것이다. 여기서 청소부는 사회의 통념적 시각에 비치는 현상적인 존재도, 사회역사적 관점에 포착된 민중적인 존재도 아니다. '욕망'을 자연으로, 존재의 근원으로 되돌려 보내는 지극히 형이상학적인 존재이다.

한편 이 시기에 여성 시인들은 대체로 배역시를 잘 남기지 않는 것 같

다. 김남조가 그러하고 허영자가 그러하고 또 다른 선 상에 서 있는 강은
교 또한 그러하다. 경향이 많이 다른 김승희 역시 사정은 같다.

현실지향적 입지점과는 다른 자리에 서 있던 시인들의 배역시는 모두
인간과 그 삶을 사회역사적 관점이나 계층적 시각에서가 아니라 일상인이
나 형이상학적 존재 혹은 자기반성적인 존재의 관점에서 그리고 있다. 그
런 마당에 이들 시에서 시 속의 '생활'을 찾는다든가 하는 것은 애시당초
무연(無緣)한 일일 터이다.

5. 1960~70년대 배역시의 문학적 · 사회적 의의
-맺음말에 대신하여

지금껏 해온 논의를 종합하면서 몇 가지 의미 있는 결론을 도출해 보고
자 한다.

1960~70년대의 배역시는 주로 현실지향적 시인들에 의하여 씌어졌다.
이 흐름 밖의 시인들에 의해 배역시가 씌어지지 않은 것은 아니지만 우선
양적이 측면에서부터 비교가 허락되지 않는 정도이다. 김지하와 신경림에
서 연원을 찾을 수 있는 이 시기 배역시는 그 앞선 시대의 유산을 갖지
않는다는 점에서 문학외적인 자극에 의해 형성된 것임을 짐작할 수 있다.
김지하와 신경림의 초기 배역시는 주로 빈농의 세계를 그리고 있는데, 시
속의 빈농들은 이농길에 올라 있거나 분해된 농촌 공동체에서 제 자리를
찾지 못한 삶을 영위하고 있다. 1970년대에 들어와서 현실지향적 배역시
는 이시영, 정희성, 이성부, 이동순, 김창완 등의 새로운 시인군을 생산자
로서 갖게 되는데, 70년대 배역시의 중심은 일용 노동자로 이동하게 된다.
그리고 사회 주변부의 소외된 계층도 주 영역으로 삼게 된다. 이같은 시적

현실은 당시 우리 사회 자본주의 발전의 경로와 그대로 대응하는 것이기
도 하다. 70년대 배역시는 또한 여성을 시의 화자로 끌어들이고 있다는
점과 역사의식을 투영하고 있다는 점에서도 주목을 끈다. 1960~70년대
배역시는 총괄적으로 구체적 생활의 부재라는 공통적인 한계를 갖고 있
다. 이는 배역시가 늘상 빠지기 쉬운 함정, 즉 시인과 시적 화자 사이에
가로놓여 있는 사회적 존재로서의 존재론적 괴리에서 유래하는 것이겠지
만, 오히려 주목해야 할 것은 그 괴리와 격차를 넘어서고자 했던 시적 노
력과 성취라 해야 할 것이다. 한편 같은 시기에 박목월, 서정주, 김춘수,
고은 등이 중심이 된, 다른 경향의 시인들에 의해서도 배역시가 창작되었
으나 이들은 인간을 일상인, 형이상학적 존재, 자기반성적 존재로 바라보
는 관점에 서 있다는 점에서 현실지향적 시인들의 배역시와는 전혀 다르
다 할 수 있을 것이다.

　여기서 우리는 왜 이 시기에 빈농, 일용 노동자, 소규모 공장 노동자,
주변부 소외 계층, 여성 등을 자신의 시의 화자로 삼는 배역시들이 그토록
등장했는가라는 의문이 들게 된다. 물론 그 가장 근저적인 동력은 1960년
대 이후 이른바 '경제개발계획'의 진척과 더불어 급속도로 진행된 한국
자본주의의 발전을 꼽아야 할 것이다. 그로 인하여 오래동안 산업과 공동
체의 기반이었던 농촌이 분해되고 도시화와 공업화가 급속도로 진척된 만
큼 그에 따라 재편된 계층적 '현실'이 시적 '현실'로 주어졌을 것이다. 그
러나 그렇다고 하여 그것이 반드시 배역시의 다량 산출이라는 귀결을 낳
을 이유는 없다. 시적 화자의 변이 양상을 전면화, 관찰화, 배역화로 대별
해 보았을 때,[21] 관찰화로도 충분히 감당할 수 있지 않았겠냐는 것이다.
여기서 우리는 헤게모니론의 '호명' 개념을 떠올리게 된다.[22]

　이 시기 배역시들은 급속하게 재편되고 있던 당시의 계층들을 국민이나

---

21) 박용찬, 「시적 화자의 변이 양상에 대한 연구」, 『국어교육연구』 제29호(1997), pp.1~22.
22) 안토니오 그람시, 『대중문학론』, 박상진 역(책세상, 2003), p.151.

대중의 일부가 아니라 '민중'이라는 새로운 개념으로 파악하였다.[23] 역사의 희생양이자 새로운 역사의 주체로서 이들을 '민중'으로 재인(再認)한 것이다. 그리고 그 사회역사적 존재로서의 인식을 우선 자신의 존재론적 문제로 치환하였다. 소시민 지식인으로서의 자신의 존재를 전이하기 위해서였을까? 개별적 측면까지 고려한다면 완전히 아니라고 할 수는 없겠지만, 일반론적으로는 '민중'을 호명하였다고 보아야 할 것이다. 그리고 민중으로 호명된 자기 인식을 민중에게 되돌리고자 했던 것이다. 그것이 이 시기 현실지향적·민중적 배역시의 탄생 동인이자 역사적 소임이다. 그렇게 본다면 이 시기 현실지향적 배역시에서 나타나는 구체적 생활의 부재, 의식과 존재의 괴리, 그리고 그로 인한 시의 내적 통일성의 혼란은 불가피한 결과가 아닐 수 없고, 그런 이유를 들어 이 시기 배역시의 성취에 따르는 한계를 지적하는 것은, 원론적으로는 타당하겠지만, 역사적으로는 무의미한 평가가 될 것이다.

1960~70년대 현실지향적 배역시가 민중을 '호명'하자 우리 역사와 문학은 기다렸다는 듯이 이어 80년대에 화답하였다. 현실적인 민중 출신인, 노동운동가 박노해, 동일방직 노동자 정명자, 버스 안내양 최명자, 현대중공업 노동자 백무산, 박영근, 정인화, 일용 노동자 김해화 등과 진정한 의미의 농민 시인인 정동주와 고재종 등이 시작 활동을 펼친 것이다.[24] 그것으로써 1960~70년대 현실지향적 배역시는 자신의 역사적 임무를 완수하였다. 이후 김지하와 신경림과 고은은 서사시로 나아갔고,[25] 이들을 포함하여 배역시를 썼던 시인들은 서정시 본연의 전면화의 길로 되돌아 나아갔다.

---

23) 1970년대 민족문학론의 전개 과정 속에서 1972년 염무웅에 의해 '민중' 개념이 민족문학론의 역사적 지평에 등장하게 된다.

24) 물론 이들 외에도 많은 사람들에 의해 노동시와 농민시가 씌어졌다. 그 성과를 『노동시선집』(실천문학사, 1985), 『통제구역』(산하, 1989), 『농민시선집』(실천문학사, 1985) 등에서 확인할 수 있다.

25) 고은은 서사시 『백두산』과 아울러 관찰시의 집대성인 『만인보』로도 나아갔다.

저자 소개(집필순)

임상훈	한양대 경영학부
신병현	홍익대 경영학부
김성수	성균관대 학부대학
서영채	한신대 문예창작학과
전승주	한국외국어대 국어국문학과
김수정	충남대 언론정보학과
배선애	광운대 국어국문학과
차원현	경주대 문예창작학과
정홍섭	인하대 한국학연구소
이기성	이화여대 국어국문학과
유문선	한신대 국어국문학과

1960~70년대 한국문학과 지배-저항 이념의 헤게모니

인 쇄 2007년 8월 20일
발 행 2007년 8월 30일
지은이 한신대학교 인문학연구소
펴낸이 이대현
편 집 이태곤 권분옥 이소희 김주헌 양지숙 김지향 허윤희
펴낸곳 도서출판 역락
　　　　서울 서초구 반포4동 577-25 문창빌딩 2층
　　　　전화 3409-2058, 3409-2060 | FAX 3409-2059
　　　　이메일 youkrack@hanmail.net
　　　　등록 1999년 4월 19일 제303-2002-000014호
ISBN 978-89-5556-566-9 93810

정 가 22,000원

* 이 책은 2004년도 한국학술진흥재단의 지원에 의하여 연구되었음(KRF-2004-073-AM2021)

* 잘못된 책은 교환해 드립니다.